시간과 이야기 2

현대의 문학 이론 35

시간과 이야기 2

허구 이야기에서의 형상화

폴 리쾨르 / 김한식 · 이경래 옮김

문학과지성사
2000

폴 리쾨르 Paul Ricœur는 1913년 프랑스의 발랑스에서 태어났다. 렌 대학과 소르본 대학에서 철학을 공부했으며, 제2차 세계대전 중에는 전쟁 포로로 1940년부터 5년간 수용소에 갇히게 되는데, 이 시기에 카를 야스퍼스의 글을 읽고 후설의 『이념들 *Ideen*』을 프랑스어로 번역했다. 석방된 후에는 프랑스 국립과학연구소의 연구원으로 재직했으며, 1948년부터는 장 이폴리트의 뒤를 이어 스트라스부르 대학에서 철학사를, 그리고 1956년부터는 소르본 대학에서 일반 철학을 강의했다. 1966년에 낭테르 대학으로 옮겨 1969년에 대학장으로 선출되었지만 학생 운동의 여파로 이듬해에 학장직을 사임하고 루뱅 대학에서 3년간 철학 강의를 맡았다. 그 후 미국 대학들의 청을 받아 예일 대학, 시카고 대학 등에서 강의하였다. 1990년대 이후 주로 프랑스에 거주하면서 활발한 사회활동과 저술활동을 펼쳤고, 2005년 사망했다.
저서는 *Philosophie de la volonté I: Le Volontaire et l'involontaire*(1950), *Philosophie de la volonté II: Finitude et culpabilité*(1960), *Histoire et vérité*(1955), *De L'interprétation: Essai sur Freud*(1965), *Le Conflit des interprétations: Essais d'herméneutique* I(1969), *La Métaphore vive*(1975), *Temps et récit* I·II·III(1983~1985), *Du Texte l'aciton: Essais d'herméneutique* II(1986), *Soi-même comme un autre*(1990), *Lecture* I·II·III(1991~1994), *La mémoire, l'histoire, l'oubli*(2000) 등 20여 권에 이르며, 철학과 문학, 신학, 정치학에 관한 많은 논문들이 있다.

옮긴이 **김한식**은 서울대학교 불어교육과와 같은 대학원 불어불문학과를 졸업하고, 프랑스 파리10대학에서 「이야기의 시학과 수사학─베르나노스의 정치평론을 중심으로」라는 논문으로 박사학위를 받았다. 현재 중앙대학교 불어불문학과 교수로 재직 중이다. 「소설의 결말에 대한 해석학적 연구」「텍스트, 욕망, 즐거움─소설의 지평구조와 카타르시스」「미메시스 해석학을 위하여」 등의 논문이 있으며, 폴 리쾨르의 『시간과 이야기』 1·2권(공역), 아리스토텔레스의 『시학』(로즐린 뒤퐁록·장랄로 주해, 2010, 펭귄클래식코리아)을 우리말로 옮겼다.

옮긴이 **이경래**는 연세대학교 불문과와 같은 대학원을 졸업하고 파리3대학에서 「스탕달의 소설 작품에 나타난 시간성 연구. 상상 세계에 관한 해석학적 시론La Temporalité vécue dans l'oeuvre romanesque de Stendhal. Essai herméneutique sur le monde imaginaire」으로 문학박사 학위를 받았다. 현재 경희대학교 프랑스어학과 교수로 재직 중이다. 주요 논문으로 「폴 리쾨르의 문학 이론」「스탕달의 역동적 서술 연구」 등이 있다.

현대의 문학 이론 35

시간과 이야기 2

제1판 제1쇄_2000년 12월 5일
제1판 제8쇄_2023년 2월 20일

지은이_폴 리쾨르
옮긴이_김한식·이경래
펴낸이_이광호
펴낸곳_㈜**문학과지성사**
등록번호_제1993-000098호
주소_04034 서울 마포구 잔다리로7길 18(서교동 377-20)
전화_02)338-7224
팩스_02)323-4180(편집) 02)338-7221(영업)
전자우편_moonji@moonji.com
홈페이지_www.moonji.com

ISBN 89-320-1211-3

책머리에

『시간과 이야기』의 2권에는 별도의 서문이 필요하지 않다. 1권의 서두에서 이미 밝혔듯이, 이 2권은 전체적으로 하나를 이루는 작품의 3부에 해당한다. 허구 이야기에서의 시간의 형상화라는 이 3부의 고유한 주제는 역사 이야기에서의 시간의 형상화라는 2부의 주제에 대응하여 한 쌍을 이룬다. 이 책의 마지막 3권을 구성할 4부에서는 포괄적인 의미에서의 이야기가 갖는 시간의 재형상화 능력에 관해 현상학·역사·허구의 세 영역에서 공통적으로 입증될 수 있는 것들을 이야기된 시간이라는 제목으로 묶을 것이다.

이 짧은 머리말을 빌려『시간과 이야기』1권 첫머리에 실린 감사의 글에 덧붙여 노스캐롤라이나에 위치한 국립인문학연구소 National Humanities Center 소장에게 감사를 표한다. 여기에 수록된 연구들은 그가 동료 교수들에게 제공한 이례적인 작업 조건에 힘입어 완성된 것이다.

옮긴이의 말

　이야기란 인간의 경험을 언어로 진술하는 방식이다. 경험이란 정신과 육체가 바깥의 사물과 만나는 것이다. 경험을 통해 사람은 앎을 얻고 삶의 방향을 설정한다. 물론 경험하지 않고도 알 수 있는 것이 있다. 칸트가 말한 선험적 감성이나 선험적 논리, 선험적 직관 등이 그렇다. 하지만 선험적인 것 또한 경험을 만들어내는 일종의 틀이라는 점에서 경험의 필요 조건이다. 산다는 것 자체가 경험이다. 정신과 육체를 가지고 다른 사람과 부대끼며 현실 속에서 살아가는 한, 사람이 겪고 행동하는 모든 것은 경험이 된다. 능동적이든 수동적이든 인간의 행동이 경험을 만들고, 이때 경험은 실제로 일어날 수도, 상상 속에서 일어날 수도 있다. 그런데 일상 현실의 경험은 사물에 파묻혀 그대로 잊혀져 흘러가버리고 만다. 혼돈이고 무의미인 것이다. 인간은 그러한 무의미를 극복하기 위해 삶의 뜻, 존재의 뜻을 찾는다. 여기서 주체가 개입한다. 그것은 반성을 통해 경험에 형태를 부여하는 행위다. 모든 예술 작품이 그렇고 언어가 그렇다. 다시 말하면 경험은 할말이 있고, 말해지기를 기다린다. 물론 모든 경험을 말로 다할 수는 없지만 말해지지 않은 경험은 무의미에 빠지고 만다. 그러한 경험이 말로 될 때, 그것은 상징이나 은유, 이야기가 된다. 경험은 이야기되기를 기다리고, 이야기는 서술적인 방식으로 경험에 형태를 부여하는 것이다. 인간의 경험을 엮어 줄거리로 만듦으로써

6

형태를 부여하는 것이 이야기다. 진부한 이야기가 아니라 살아 있는 이야기, 존재 체험에 관한 이야기는 삶의 의미를 새롭게 한다. 경험을 통해 존재를 체험하고 존재의 뜻을 찾아 삶의 뜻을 세우는 것이다. 그러나 다 이야기할 수 없기에 그 여백에 무한한 뜻이 들어간다. 뜻이 넘치는 것이다. 그래서 해석학의 영역이 된다. 이야기의 뜻을 풀어 삶을 다시 그려보고 삶의 뜻을 찾는다.

리쾨르의 주된 관심 영역은 다양한 '해석들의 갈등'이 일어나는 곳이다. 주체, 시간, 구조와 역사, 텍스트와 삶, 정체성 등이 그렇다. 그러나 갈등을 푸는 리쾨르의 방식은 어느 한편의 손을 들어주기보다는, 다양한 해석들을 대조함으로써, 그리고 무엇보다도 서로 대립되는 해석을 대치시키고 겹쳐놓음으로써, 해석들의 갈등을 '중재'하고자 한다. 각각의 해석이 갖는 한계와 가능성을 탐색하면서 '메마른 논쟁'이 아니라 '사랑이 가득 찬 전투'를 벌이는 것이다. 이를 위해 리쾨르가 택한 방법론을 우리는 상징해석학을 발전시킨 텍스트 중심의 해석학, 그러나 폐쇄된 기호 체계로서의 텍스트가 아닌 밖을 향해 열린 텍스트 해석학이라 부를 수 있을 것이다. "기호, 상징 그리고 텍스트에 의해 '매개'되지 않는 자기 이해는 없다. 자기 이해는 궁극적으로 이 매개항들에 적용된 해석과 일치한다. 하나에서 다른 하나로 넘어가면서, 해석학은 점차적으로 후설이 현상학과 동일시하고자 했던 관념론으로부터 벗어난다." 기호 · 상징 · 텍스트를 매개로 한 자기 이해라는 측면에서 리쾨르의 해석학은 코기토 중심의 반성철학의 한계에서 새로운 가능성을 모색한다. 리쾨르가 말하는 텍스트는 문화에 의해 전승된 상징이다. 그러나 기호나 상징과는 달리 글로 씌어진 텍스트는 담론(누가 누구에게 무엇에 관해 무엇을 말한다)으로서, 어떤 세계, 리쾨르가 '텍스트 세계'라고 부르는 것을 텍스트 밖으로 투사한다. 그렇게 이해된 텍스트는 글 쓴 사람의 뜻(의도)으로부터, 글을 읽는 사람의 뜻으로부터, 글을 쓸 당시의 경제적 · 사회적 · 문화적 상황으로부터 벗어나 의미론적 자율성을 얻게 된다. 이 점에서 후설의 지향성으로부터, 해석의 악순환으로부터 벗어난다. "자기를 이해한다는 것, 그것은 '텍스트 앞에서' 자기를 이해하는 것이며, 책을 읽는 나와는 다른 자기의 조건을 텍스트에서 받아들이는 것이다." 이 점에서 리쾨르의 해석학은 타인의 심리를 이해하려는 딜타이류의 낭만주의 해석학에서 벗어나 하이데거적인 존재론적 이해로서의 해석학과 만난다. 그러나 텍스트를 통한 자기 이해라는 먼 길을 택한다는 점에서 하이데거와는 다르다. 반성철학·현상학 그리고 기호·상징·텍스트의 매개를 통한 해석학은 직관에 의한 투명한 자기 인식의 꿈을 포기하고 길고도 먼 우회로를 통해 자기 이해─세계 이해에 이르고자 한다. 리쾨르의 이야기론을 이해한다는 것은 바로 이 텍스트 해석학을 이해하는 것이 된다. 텍스트를 해석한다는 것은 한편으로는 텍스트 내에서 작품의 구조화를 지배하는 내적 역동성을 찾아내는 것이고, 다른 한편으로는 텍스트를 넘어 텍스트가 가리키는 세계, 텍스트가 담고 있는 '것 chose'이라 할 수 있는 세계를 만들어내는 작품의 힘을 찾아내어 독자 '나름대로' 재구성하는 것이다. 이 점에서 해석학은 구조주의를 수용함으로써 상징을 탈신화화하고, 텍스트가 보여주는 존재 이해를 받아들임으로써 구조주의를 넘어선다. 이처럼 해석학을 "어떤 해석, 다시 말해서 단일한 텍스트나 하나의 텍스트로 여겨질 수 있는 일군의 기호들에 대한 해석을 지배하는 규칙들에 대한 이론"으로 정의한다면, 그의 해석학은 언어학·정신분석·신학·사회학·정치학 등 다양한 해석 방식(해석학)과의 만남(갈등)을 통해 말의 뜻이 속한 여러 가지 층위를 골고루 더듬어 삶의 뜻과 연결시키는 종합적 해석학, 또는 해석의 일반 규칙을 지향한다고 말할 수 있다. 말의 뜻을 푸는 방식은 다양하지만 말뜻을 통해 삶의 뜻으로 나아가는 것이 리쾨르 해석학의 특징이다.

　리쾨르의 철학이 문학과 만나는 지점은 말과 삶의 관계에 대한 관심이다. 리쾨르는 기호와 상징, 은유와 이야기를 논하면서, 말의 뜻과 삶의 뜻을 잇고자 하며, 『시간과 이야기』에서 시간이라는 전통적인 철학적 주제를 자신의 상징해석학의 틀 안에서 풀어보려고 한다. 리쾨르의 이야기론은 시간론과 뗄 수 없는 관계에 놓여 있다. 리쾨르는 역사 이야기와 허구 이야기를 가르는 이분법을 넘어서서 수많은 이야기 장르 사이에는 '기능적' 통일성이 있다고 보고, 다음과 같은 가설을 제시한다. "인간 경험에 공통된 특성——그것은 모든 형태의 이야기하는 행위에 의해 드러나고, 결합되고 명료해진다——은 그 '시간적 특성'이다. 이야기하는 모든 것은 시간 속에서 일어나며, 시간이 걸리고, 시간적으로 전개된다. 그리고 시간 속에서 전개되는 모든 것은 이야기될 수 있다. 어쩌면 모든 시간적 과정은 그것은 어떤 식으로든 이야기될 수 있다는 한에서만 시간적인 것으로 인식될 수 있을 것이다." 시간 경험은 세계 경험이며, 이야기는 세계 경험을 이야기하는 것이다. 그런 의미에서 시간관은 또한 세계관이라 말할 수 있다. 리쾨르의 관점은 사변적 차원에서는 풀 수 없는 시간의 아포리아들을 이야기라는 상징적 차원에서 어느 정도 해결할 수 있다는 것이다. 다시 말해서 이야기는 보이지 않는 시간에 형태를 부여함으로써 시간을 드러나게 하는 밑그림이 된다는 것이다. 리쾨르는 바로 이러한 시간성과 서술성의 상호 관계를 바탕으로 시간에 관한 논의를 시작하여, 경험이 갖는 시간적 성격을 역사와 허구에 공통된 지시 대상으로 다룸으로써 역사 이야기와 허구 이야기, 그리고 시간을 문제로 설정한다. 『시간과 이야기』에서 논의되는 이야기와 시간의 관계는 그렇게 맺어진다.

　나 나름대로 이해한 리쾨르가 오히려 리쾨르에 대한 오해를 불러일으키는 것은 아닌가 하는 우려에도 불구하고, 독자의 이해를 돕기 위해서라는 명목으로 『시간과 이야기』의 독서를 위한 바탕을 그려보았다. 그리고 이 『시간과 이야기』 2권을 이해하는 데는 당연히 1권에서부터 이어지는 여정 속에서 파악하는 것이 필요하기에, 『시간과 이야기』 1, 2권의 요점을, 별도로 옮긴이 해제를 마련하여 정리하였다. 『시간과 이야기』의 전체적인 이해는 독자들과 함께 마지막 3권까지 여행한 후로 미루어둔다.

사실 '허구 이야기에서의 형상화'라는 부제가 말해주듯이, 『시간과 이야기』 2권은 나머지 두 권에 비해 가장 '문학적'이다. 1장에서 3장까지는 허구 이야기의 서술성에 관한 이론들을 조명한다. 특히 그레마스나 주네트 등, 한국의 독자들에게 비교적 널리 알려진 서술 이론가들을 다룬 부분에서는 기존의 번역서들을 바탕으로 가장 널리 쓰이는 용어를 선택했지만, 때로는 '시간 순서 비틀기 ana-chronie' 등 나름대로 번역한 용어들도 있다. 이 분야의 전공자들과 의견을 나누어야 할 부분이 아닌가 생각한다. 그리고 4장에서는 버지니아 울프, 토마스 만, 프루스트의 작품을 분석하고 있는데, 이 2권의 마지막 장은 리쾨르의 예리한 심미안과 깊은 통찰력을 보여주는 백미라 할수 있을 것이다. 세 작가의 원작을 대조해가면서 그 작품들이 리쾨르의 문맥에서 갖는 뜻을 제대로 살리기 위해 상당한 노력을 기울였다. 부족한 부분들은 조광희 선생님께서 메우어주셨는데 이 자리를 빌려 고마움과 존경의 마음을 전한다.

4장에서 프루스트에 대한 분석과 결론을 제외하고는 이경래 선생과 공동으로 작업함으로써 가능한 한 오역을 줄이기 위해 세심한 노력을 기울였으나, 미처 거르지 못한 부분이 있다면 전적으로 나의 몫임을 밝혀둔다.

마지막으로 이 책의 출간을 맡아주신 문학과지성사 편집부 여러분들에게도 다시 한 번 감사의 뜻을 전한다.

2000년 11월
김한식

차례

책머리에 • 5
옮긴이의 말 • 6

제3부 허구 이야기에서의 시간의 형상화

제1장 줄거리의 변모
  1. 비극의 뮈토스를 넘어서 • 25
  2. 영속성: 패러다임들의 질서? • 37
  3. 쇠퇴: 이야기하는 기술의 종말? • 48

제2장 서술성의 기호학적 제약
  1. 프로프의 민담 형태론 • 76
  2. 이야기의 논리를 위하여 • 88
  3. 그레마스의 서술기호학 • 98

제3장 시간과의 유희

　　　1. 동사의 시제와 언술 행위 • 129

　　　2. 이야기하는 시간과 이야기되는 시간 • 158

　　　3. 「이야기의 담론」에 나타난 언술 행위-언술-대상 • 167

　　　4. 시점과 서술적 목소리 • 182

제4장 시간의 허구적 경험

　　　1. 죽음의 시간과 불멸의 시간 사이에서: 『댈러웨이 부인』• 210

　　　2. 『마의 산』• 234

　　　3. 『잃어버린 시간을 찾아서』: 가로질러 간 시간 • 271

　　결론 • 317

　　옮긴이 해제 • 330

시간과 이야기 2

일러두기

1 이 책은 폴 리쾨르의 『시간과 이야기 *Temps et Récit*』(Seuil, 1984)
   제2권을 완역한 것이다. 본문의 원주는 아라비아 숫자로, 옮긴
   이 주는 〔……: 옮긴이〕로 본문 내에 표기한다.

2 본문에 나오는 그리스, 라틴어, 영어, 독일어 등의 번역은 혼동
   의 우려가 있으므로 프랑스어 발음대로 표기하지 않고 관례를
   따라 원래의 표기를 사용한다.

3 본문에서 이탤릭체로 강조된 부분은 고딕체로,《 》로 강조된 부
   분과 강조하는 말은 ' '로, 인용문은 " "로 표기함을 원칙으로
   한다.

제3부

허구 이야기에서의 시간의 형상화

이 3부에서는 미메시스 II[1]라는 이름으로 설정된 서술 모델을, 역사 이야기와 구별하기 위해 허구 이야기라는 용어로 지칭하는 새로운 서술 영역 분야에서 검증한다. 문학 장르 이론에서 민담, 서사시, 비극과 희극, 소설이라는 항목으로 분류되는 것은 모두 이 허구 이야기라는 방대한 전체의 일부이다. 이 열거된 목록은 텍스트의 유형을 지칭할 뿐이며, 우리는 그 시간 구조만을 고려할 것이다. 이 목록은 고정되지 않고 열려 있을 뿐 아니라, 우리는 그 명칭조차도 잠정적인 이러한 문학 장르 분류에 얽매이지 않을 것이다. 우리 특유의 논지가 문학 장르의 분류나 역사에 관련된 문제들에 대한 입장 표명을 면제해준다는 점에서 더욱 그렇다.[2] 우리는 상황이 허락하는 한 가장 일

---

1) 『시간과 이야기 Temps et Récit』, 1권 3장, 특히 pp. 87~101 참조.

2) 츠베탕 토도로프 T. Todorov는 문학과 담론과 장르라는 세 가지 개념을 서로 상관적으로 규정한다(「문학의 개념 La notion de littérature」, 『담론의 장르들 Les Genres du discours』, Paris: Ed. du Seuil, 1978, pp. 13~26 참조). 개별 작품들은 어떻게 범주화하더라도 이를 벗어난다고 반박할 것인가? 그래도 역시 "위반이란 그것대로 존재하기 위해서는 바로 위반될 법칙을 필요로 하는 법"이다(「장르의 기원 L'origine des genres」, 같은 책, p. 45). 이러한 법칙은 그에 앞선 담론의 속성들에 대한 약호화, 즉 "어떤 문학 장르를 만들기 위하여 몇몇 언술 행위들이 겪게 되는 변형들" (같은 책, p. 54)의 제도화로 구성된다. 그처럼 문학 장르와 일반 담론간의 관련성과 문학의 자율성은 동시에 보존된다. 토도로프는 『환상 문학 입문 Introduction à la littérature fantastique』(Paris: Ed. du Seuil, 1970)에서 문학 장르의 개념에 대한 일차적인 분석들을 제안하고 있다.

반적으로 통용되는 목록들을 인정하는 대신에, 전체적으로 이야기에 속하는 그 목록들의 특징을 허구 이야기라는 용어를 빌려 설명할 것이다. 많은 사람들이 허구를 서술적 형상화의 동의어로 간주한 것과 달리, 1권에서[3] 채택한 용어 체계를 그대로 따라 보다 좁은 의미를 부여할 것이다. 우리가 이미 주장한 대로 형상화하는 행위는 칸트적인 의미로 생산적 상상 작용이라는 점에서, 서술적 형상화와 허구를 동일시하는 것이 부당한 것만은 아니다. 하지만 이 글에서는 역사 이야기처럼 실제로 일어난 이야기를 구성하는 것이 목적이 아닌 문학 창조 작업에 한정하여 허구라는 용어를 사용할 것이다. 만일 형상화와 허구를 동의어로 간주한다면 진실의 문제와 관련하여 역사와 허구라는 두 가지 서술 방식이 보이는 상이한 관계를 설명하는 데 사용할 수 있는 용어가 없기 때문이다. 역사 이야기와 허구 이야기의 공통점은 미메시스 II라는 이름으로 설정된 형상화 작업에 속한다는 것이다. 반면에 두 서술 방식의 차이는 서술 구조 자체에 부여된 구조화 행위가 아니라 세번째 재현적 관계(미메시스 III)를 규정하는 진리 주장과 관련된 것이다.

앞으로 우리는 행동과 이야기 사이의 두번째 재현적 관계(미메시스 II)를 자세히 이야기할 것이다. 그를 통해 역사와 허구 이야기라는 두 영역에 있어서의 서술적 형상화의 운명과 관련하여 우리가 잘 알지 못했던 공통점과 차이점이 분명하게 규명될 수 있을 것이다.

이 3부의 네 개 장은 하나의 과정에 속하는 여러 단계들을 구성하고 있다. 그것은 아리스토텔레스적인 전통에서 물려받은 줄거리 구성의 개념을 확대하고 심화시키며 다듬고 밖으로 열어줌으로써, 아우구스티누스의 전통에서 물려받은 시간성의 개념을 다양화시키는

---

3) p. 101 참조.

것이다. 그렇다고 해서 서술적 형상화의 개념에 의해 정해진 틀을 벗어나는 것은 아니며, 따라서 미메시스 II의 한계를 이탈하는 것은 아니다.

1) 줄거리 구성의 개념을 확대하는 것은 제일 먼저 아리스토텔레스의 뮈토스가 그 본 모습을 잃지 않고 변모해나가는 능력을 증명하는 것이다. 이와 같이 줄거리 구성이 가진 변화 능력에 의해 이야기를 이해하는 능력, 즉 서술적 이해력intelligence narrative의 폭이 측정되어야 한다. 여기에는 몇 가지 문제가 함축되어 있다. a) 예를 들어 현대 소설과 같은 새로운 서술 장르는 그리스인들이 줄거리 구성과 동의어로 생각했던 비극의 뮈토스와 계열 관계를, 즉 우리가 서술적 형상화의 특징으로 내세웠던 불협화음을 내는 화음이라는 형식적 원칙 아래 설정할 수 있는 그러한 계열 관계를 유지하는가? b) 뮈토스의 변화를 겪은 줄거리 구성은 결국 서양 문화권에서 서술 기능의 전통 양식을 보존하는 패러다임 속에 들 수 있는 그러한 안정성을 제공하는가? c) 이러한 전통 양식에 비하여 가장 일탈이 심한 변형들은 어떠한 결정적 계기로 서술 전통의 분열뿐만 아니라 서술 기능 자체의 소멸에 대한 가설을 강요하는가?

이러한 첫번째 탐구에서는 아직까지 시간의 문제는 혁신·안정성·쇠퇴라는 개념들을 매개로 부수적으로 관여할 뿐이다. 우리는 이 개념들을 통해 서술 기능의 정체성을 특징짓고자 노력할 것이며, 하지만 본질론에 빠지지는 않을 것이다.

2) 줄거리 구성의 개념을 심화하는 것은 서양 문화 속에 전수된 이야기들을 즐겨 읽음으로써 형성된 서술적 이해력과 오늘날 서술학[4]

---

4) 엄밀하게 말해서 역사 이야기와 허구 이야기의 구분과는 관계없이 서술 구조에 관한 학문을 서술학이라고 불러야 할 것이다. 그렇지만 이 서술학이라는 용어가 현

이 구사하는 합리성, 특히 구조적 접근을 특징으로 하는 서술기호학을 대치시키는 것이다. 우리가 중재하게 될, 서술적 이해력과 기호학적 합리성 사이의 우선권 다툼은 2부에서 현대 역사 기술의 인식론이 야기한 논쟁과 아주 유사하다. 사실상 몇몇 역사 이론가들이 소박한 이야기 기술을 법칙론적 설명으로 대치할 수 있다고 주장한 것이나, 서술기호학이 이야기의 심층 구조를 식별해내려고 한 것, 또한 그에 비추어 줄거리 구성의 법칙들은 단지 표층 구조만을 구성한다는 설명은 바로 합리성이라는 동일한 층위에 귀속될 수 있는 것이다. 문제는 역사에 관한 논쟁에서와 동일한 대답, 즉 더 많이 설명하는 것은 더 잘 이해하는 것이라는 대답을 지금의 이 논쟁의 답으로 제시할 수 있는가 하는 점이다.

이번에도 역시 시간의 문제가 개입되는데, 이번에는 앞의 경우보다는 논의의 중심에 가까이 접근한다. 다시 말해서 서술기호학이 이야기의 심층 구조에 비시간적achronique 법칙을 부여하는 데 성공했다면, 그 기호학이 수행한 전략적 층위의 변화에도 불구하고 서술적 시간성, 즉 우리가 1부에서 아우구스티누스의 시간 분석과 아리스토텔레스의 뮈토스 분석을 다시 교차시킴으로써 불협화음을 내는 화음으로 특징지었던 그 시간성의 가장 근본적인 특징들의 정당성을 여전히 인정할 수 있는가 하는 물음이 제기되는 것이다. 서술학에 있어서 이러한 통시태diachronie의 운명은 이 두번째 탐구 영역의 문제들에 내포된 어려움을 보여주는 것이다.

3) 줄거리 구성 개념과 그와 밀접한 관계가 있는 서술적 시간의 개념을 다듬는다는 것은 허구 이야기 고유의 것처럼 보이는 서술적 형상

재 사용되고 있는 용법을 보면, 역사 기술 분야에까지 손을 대는 연구가 없는 것은 아니지만, 주로 허구 이야기에 집중된다. 나는 여기서 역할들에 대한 바로 이러한 사실상의 역할 분담에 따라 서술학과 역사 기술을 비교 연구하는 것이다.

화의 방법을 재차 면밀히 연구하는 일이다. 어째서 허구 이야기에 이러한 특권을 부여하는가 하는 이유는 나중에 아우구스티누스의 현상학보다 더 광범한 시간 의식의 현상학을 기초로 해서 역사의 시간과 허구의 시간을 대비시킬 때 비로소 밝혀질 것이다.

체험된 사실, 역사적 시간 그리고 허구적 시간이라는 삼자간의 논쟁을 본격적으로 다루기 이전에는, 이야기된 사건들에 대한 언술 énoncé과 구분되는 특수한 표지들을 담론 그 자체 속에서 제시하는 서술적 언술 행위 énonciation가 지니는 주목할 만한 특성에 의존할 것이다. 그 결과 시간 또한 이야기하는 행위의 시간과 이야기된 사건들의 시간으로 양분된다. 이 두 시간 양태의 차이는 지금까지처럼 비시간적인 논리와 시간적 전개 사이에서 무엇을 선택하느냐의 문제가 아니다(앞선 논의에서는 줄곧 이러한 양자택일의 갈림길에 빠져버릴 위험이 있었다). 기실 두 시간 양태의 이러한 불일치는 그 자체 속에 아우구스티누스적인 시간의 이완이라는 본래의 차원, 말하자면 반성적인 차원을 꿰뚫어볼 수 있게 해주는 여러 양상——시계로 측정되지 않는 양상——을 보여준다. 그리고 그 양상은 허구 이야기 속에서 특별히 언술 행위와 언술의 이중화를 통해 강조된다.

4) 줄거리 구성 개념과 그에 적합한 시간 개념을 밖으로 연다는 것은 결국 언어를 매체로 한 작품이건 조형 작품이건, 서술적 작품이건 서정적 작품이건, 작품의 세계라 불릴 수 있는 하나의 세계를 작품의 바깥으로 투사시키는 초월의 움직임을 따라가는 것이다. 서사시·드라마·소설은 세계를 살아가는 방식들을 허구의 양식에 투사하고, 또 그 방식들은 텍스트의 세계와 독자의 세계가 대면하는 공간을 제공하는 독서를 통하여 재차 경험되기를 기다리고 있다. 엄밀하게 말해서 미메시스 Ⅲ에 속하는 재형상화의 문제들은 이러한 만남 속에서 그리고 그것을 통해서만 시작된다. 그 때문에 텍스트 세계의 개념은

물론 미메시스 II에서 미메시스 III으로 넘어가게 해주는 것이지만, 여전히 서술적 형상화의 문제에 속하는 것처럼 보인다.

이러한 텍스트 세계라는 개념에는 시간과 허구의 새로운 관계가 대응한다. 우리가 보기에 그것은 가장 중요한 것이다. 우리는 여기서 텍스트 세계의 이른바 시간적인 양상들과 텍스트에 의해 텍스트 그 자체 밖으로 투사된 세계를 살아가는 방식들을 설명하기 위해, 분명히 역설적인 표현임에도 불구하고, 시간의 허구적 경험 expérience fictive du temps이라는 말을 과감히 사용하려 한다.[5] 허구적 경험이라는 이러한 개념의 위상은 매우 불안정한 것이 사실이다. 왜냐하면 한편으로 세계를 살아가는 시간적 방식들이란 사실상 텍스트 내부에서 그리고 텍스트에 의해서만 존재한다는 점에서 상상 세계를 벗어나지 못하며, 다른 한편으로 그것들은 바로 독자의 세계와의 대면을 가능하게 하는 일종의 내재성 속에서의 초월성 transcendance dans l'im-manence을 구성하기 때문이다.[6]

---

5) 우리는 여기에 세 개의 문학 텍스트, 버지니아 울프Virginia Woolf의 『댈러웨이 부인 *Mrs. Dalloway*』, 토마스 만Thomas Mann의 『마의 산 *Der Zauberberg*』, 마르셀 프루스트Marcel Proust의 『잃어버린 시간을 찾아서 *A la recherche du temps perdu*』에 대한 연구를 다루기로 했다(이 책의 4장을 볼 것).

6) 문학적 경험에서 독서의 역할에 대한 나의 해석은 마리오 발데스Mario Valdés가 『동굴 속의 그림자. 스페인어 텍스트에 기초한 문학 비평의 현상학적 접근 *Shadows in the Cave. A Phenomenological Approach to Literary Criticism Based on Hispanic Texts*』(Toronto: University of Toronto Press, 1982)에서 다음과 같이 해석한 것과 유사하다. "이론상 구조는 완전히 기능에 종속된다. 그리고 [……] 기능에 대한 논의는 궁극적으로 우리로 하여금 시공을 초월하여 독자들의 상호 주관적인 참여 속에서 표현과 경험을 다시 통합하는 방향으로 유도할 것이다"(p. 15). 나의 해석은 또한 자크 가렐리Jacques Garelli의 『은닉과 분산. 시적 독서 영역에 관한 시론 *Le Recel et la Dispersion. Essai sur le champ de lecture poétique*』(Paris: Gallimard, 1978)의 핵심적인 논지와 맥을 같이하고 있다.

제1장
줄거리의 변모

인식론의 영역에서 서술적 이해comprehension narrative가 갖는 우선권이 증명되고 유지될 수 있으려면——다음 장에서 우리는 서술학의 합리주의적 야심에 맞서 이 서술적 이해를 옹호할 것이다——우선 서술적 이해에 대해 근원적이라 할 수 있을 정도의 폭을 부여해야만 한다. 그런데 그 작업은 용이하지 않다. 줄거리에 대한 아리스토텔레스의 이론은 비극과 희극과 서사시만이 철학자의 연구 대상이 될 만한 것으로 인정되었던 '장르'의 시대에 구상되었다. 이후 비극·희극·서사시 장르의 내부에서 새로운 유형들이 생겨났고, 그리하여 고대인들의 문학적 실천에 적합했던 줄거리 이론이 『돈 키호테』나 『햄릿』과 같은 새로운 작품에도 여전히 적용될 수 있는가 의구심을 갖게 된다. 더욱이 새로운 장르들 중에서도 특히 소설의 출현으로 문학은 거대한 실험장이 되었으며, 결국 기존의 관례들은 어느 정도 시차를 두고 모두 사라지게 되었다. 그리하여 이제는 줄거리라는 것이 '줄거리 위주의 소설'과 마찬가지로 한정된 범주가 되어버린 것이 아닌지, 혹은 시대에 뒤떨어진 범주가 된 것이 아닌지 의문을 품게 된 것이다. 더욱이 이러한 변화는 옛 장르들 안에 새로운 유형들이 생겨나고 수많은 문학 형식들 속에 새로운 장르들이 생겨나는 데 그치는 것이 아니다. 문학의 모험은 문학으로 하여금 장르들의 한계 자체를 희미하게 하며 줄거리 개념의 근원인 질서라는 원칙 자체를 부인하도록 하는 것처럼 보인다. 오늘날에는 이러저러한 개별 작품과 기존의 모든 패러다임들 사이의 관계 그 자체가 문제시되고 있는 것이다.[7] 모든 구성 양식들 중에서 다른 것과 구별되는 재현적 구성이라는 가장 기본적인 구별의 윤곽 자체가 사라지면서, 줄거리는 문학적 지평으로부터 사라지고 있는 것일까?

그러므로 줄거리가 아리스토텔레스의 『시학』에서 적용된 원래의 범위를 넘어서 어느 정도 변모할 수 있는가를 검증하고, 그 개념이 어느 한계에 이르러 판별 가치를 잃게 되는가를 확인하는 작업이 시급하다.

줄거리 개념이 유효하게 적용되는 한계점에 대한 이런 연구는 본 저서의 1부에서 미메시스 II로 제시되었던 분석에서 지침을 찾을 수 있다.[8] 그 분석은 줄거리 개념의 일반화 규칙들을 포함하는데, 이제 그 규칙들을 분명하게 언급할 필요가 있다.[9]

---

7) 여기서 패러다임이라는 용어는 독서 능력을 가진 독자의 서술적 이해력에 속하는 개념이다. 그것은 구성 규칙과 거의 같은 말이다. 나는 세 가지 층위를 포괄하는 넓은 뜻으로 바로 그 용어를 선택했다. 즉 가장 형식적인 구성 원칙들의 층위와 장르 구성 원칙들의 층위(비극 장르, 희극 장르 등등), 그리고 끝으로 보다 특수화된 유형들의 층위(그리스 비극, 켈트족의 서사시 등등)가 그것이다. 그와 대립되는 것은 혁신과 규범 일탈의 능력에 따라 검토된 개별 작품이다. 이런 의미로 선택하게 된 패러다임이라는 용어는 서술적 이해력의 모습을 띤 기호학적 합리성에 속하는 쌍, 즉 계열적인 것과 통합적인 것의 쌍과 혼동되어서는 안 된다.

8) 『시간과 이야기』 1권 pp. 101~09.

9) 고대와 중세를 거쳐 현대에 이르기까지의 서술적 전통에 대한 검토 작업에 이어 줄거리(플롯)의 범주를 포함하는 서술적 범주들에 관해 연구한 『이야기의 본성 The Nature of Narrative』(Oxford Unversity Press, 1966)의 저자인 로버트 숄즈 Robert Scholes와 로버트 켈로그 Robert Kellogg에게 고마움의 뜻을 표해야 할 것이다.

1. 비극의 뮈토스를 넘어서

우선 가장 형식적인 측면에서 말하자면, 줄거리 구성은 다양한 사건들로부터 하나의 통일되고 완전한 스토리를 끌어내는, 말하자면 다양성을 하나의 통일되고 완전한 스토리로 변형시키는 통합적 역동성으로 규정되어왔다. 이러한 형식적인 규정에 의하면 상황·목적·수단·상호 작용, 그리고 원하거나 원치 않던 결과들에 있어서 이질적인 것을 종합하는 시간적 총체가 식별되기만 한다면, 줄거리 구성으로 받아들여질 수 있다. 그렇게 해서 폴 베인Paul Veyne 같은 역사가는 줄거리 개념을 확장하여 사회적 변화를 일으키는 추상적인 요인들, 즉 사건 중심이 아닌 역사, 나아가 계열로 구성되는 역사를 통해 부각되는 사회 변화 요인들 같은 추상적인 요인들을 통합하는 기능을 줄거리 개념에 부여하였다. 문학 역시 동일한 규모의 확장된 줄거리 개념을 제시할 수 있다. 앞서 언급한 유형·장르·형식이라는 패러다임의 단계에서 그 여지가 마련된다. 줄거리의 변모는 곧 여러 장르와 유형 그리고 새로운 개별 작품들에 대해 각기 새로운 시간적 형상화configuration temporelle의 형식 원칙을 부여하는 것이라는 가설을 세울 수 있다.

줄거리 구성 개념의 적합성이 가장 문제시되는 것은 현대 소설의 영역이다. 사실상 현대 소설이 처음 출현할 때부터 무엇보다도 다양한 형태의 장르일 것이라는 것을 예견할 수 있었다. 급속도로 새롭게 변하는 사회적 요구에 부응하도록 운명지어진 현대 소설은[10] 일찌감

---

10) 영국 소설의 경우는 특히 주목할 만하다. 이언 와트Ian Watt, 『소설의 부상(浮上). 디포, 리처드슨, 필딩 연구 *The Rise of the Novel. Studies in Defoe, Richardson and Fielding*』, London: Chatto and Windus, 1957; University of California Press, 1957, 1959 참조. 저자는 소설과 새로운 독자층이 부상하는 상관 관계와 개인의 경험을

치 비평과 검열의 감시를 벗어났다. 바로 이 현대 소설이 적어도 3세기 동안 구성과 시간 표현 영역에 있어서 경이로운 실험장이 되었다.[11]

줄거리에 대해 이중으로 잘못된 관념이 있었는데, 소설은 그 장애물을 처음에는 교묘히 피해가다가 그 다음에는 노골적으로 회피했다. 첫번째 오류는 줄거리 관념을 이미 형성된 두 가지 장르, 즉 서사시와 드라마로부터 그대로 옮겨온 것이다. 두번째는 주로 프랑스에서의 고전 예술이 아리스토텔레스의 『시학』에 제시된 법칙들을 독단적으로 이해하고 원래의 의미를 훼손시킨 상태에서 위의 두 장르에 강요한 것이다. 이를 알기 위해서는 『시학』의 7장에 제시된 시간 일치의 법칙을 얼마나 강제적이고 한정적으로 해석했는지, 그리고 호머의 『오디세이』처럼 현재의 상황을 설명하기 위해 사건의 한가운데에서 in medias res 시작한 연후에 과거로 되돌아가야 한다는 의무 조항을 얼마나 중요시했는지를 상기하는 것으로 충분하다. 또한 그렇게 해서 시간의 흐름에 따라 등장인물들을 계속해서 출생에서 죽음에까지 이끌어가고 시간의 모든 공백을 서술을 통하여 채우지 않을 수 없는 것으로 추정되는 역사 이야기와 문학 이야기를 명백히 구별하려고 했다.

까다로운 교수법을 통해 굳어진 이러한 법칙들의 지배를 받는 줄거리는 결국 쉽게 눈에 띄는 형태, 즉 그 자체로 완결되어 있고 절정의 양쪽이 대칭을 이루어 배열되어 있으며 반전과 결말 사이에서 쉽게 확인할 수 있는 인과 관계에 근거한 형태, 간단히 말해서 형상화 작업에 의해 에피소드들이 분명하게 묶여 있는 형태로 생각될 수밖

표현하려는 새로운 욕구의 탄생을 기술한다. 우리는 서술 작품의 의미 과정에서 독서가 차지하는 위치를 평가하게 될 4부에서 이 문제들을 다시 거론할 것이다.

11) 멘딜로 A. A. Mendilow, 『시간과 소설 *Time and the Novel*』, London, New York: Peter Nevill, 1952; 2ᵉ éd., New York: Humanities Press, 1972.

에 없었다.

줄거리에 대한 이런 편협한 생각은 당연히 줄거리 구성의 형식 원칙에 대한 몰이해라는 중대한 결과를 초래한다. 아리스토텔레스가 사건·성격·사상에 비하여 줄거리를 포괄적인 개념으로 간주하여 인물보다 우위에 놓았다면, 현대 소설에서 성격의 개념은 줄거리 개념의 한계를 벗어나 오히려 동등한 위치를 차지하게 되었으며, 더 나아가 능가하는 것으로 생각되기에 이른다.

이러한 변화는 장르의 역사에서 그 원인을 찾을 수 있다. 소설 장르는 성격, 즉 등장인물의 영역에서 다음 세 가지 괄목할 만한 확장을 이루었다.

우선 피카레스크 소설의 쾌거를 이용해서 소설의 행동이 전개되는 사회적 영역이 엄청나게 확대된다. 그와 함께 전설적이거나 유명한 인물들의 위업 혹은 비행(非行)이 아니라 평범한 남녀의 모험들이 이야기의 필수 소재가 된다.

18세기 영국 소설은 그렇게 일반 대중이 문학 속에 대거 등장한 것을 잘 보여준다. 아울러 스토리 역시 유난히 더욱 세분화된 사회 조직 내에서 돌발하는 상호 작용들을 통하여, 또한 사랑이라는 중심 주제가 돈, 명예, 사회적·도덕적 규범들과 무한히 뒤얽힘으로써, 요컨대 한없이 펼쳐지는 실천적 행동praxis을 통하여 삽화적 측면에서 벗어나는 것처럼 보인다(헤겔의 『정신 현상학 La Phénoménologie de l'Esprit』에서 『라모의 조카 Le Neveu de Rameau』에 관한 글을 참조할 것).

줄거리를 희생시켜 등장인물의 역할을 확대시킨 것처럼 보이는 두 번째 사례는 교양소설[12]로서, 그것은 실러Schiller와 괴테Goethe와 더

---

12) 로빈슨 크루소는 비록 돈 키호테나 파우스트, 돈 후안과 같은 근대 서구인의 신화적인 주인공들에 필적하지는 못하지만 완성되지 않은 교양소설의 주인공으로 간주될 수 있다. 현실 생활에서 유례없이 고독한 운명에 처해서 단지 이득만을 따지고 실리라는 잣대만으로 성장한 그는 지적 탐구의 주인공이 되는데, 이러한 탐구

불어 정점에 이르렀다가 1930년대까지 이어진다. 거기서는 모든 것이 중심 인물의 자아 완성을 중심으로 해서 진행된다고 말할 수 있다. 이야기의 골격을 이루는 것은 무엇보다도 주인공의 성숙 과정이다. 그리고 나면 주인공이 겪는 의혹과 혼동, 자신의 자리를 찾아 삶의 얼개를 짜맞추면서 겪는 어려움 등에 따라 그 유형이 변화한다. 그러나 이와 같이 이야기가 전개되는 동안 이야기된 스토리는 사회적으로 그리고 심리적으로 복잡하게 얽힌 상태들을 전체적으로 엮어내야 한다. 이러한 새로운 확장은 직접적으로 우리가 앞에서 말한 첫 번째 확장에서 비롯된 것이다. 사실 이것은 19세기 소설의 황금기에, 발자크에서 톨스토이에 이르기까지, 아주 오래된 서술 원리에서 표현 가능성을 이끌어내는 소설 기법에서도 이미 나타난 것이다. 여기서 오래된 원리란 더 많이 이야기함으로써 인물의 성격을 심화시키며, 또 인물의 성격이 복잡하기 때문에 에피소드들이 더 복잡하게 얽혀야 한다는 요구가 생겨나는 것을 말한다. 이런 의미에서 보면, 인물과 줄거리는 서로를 결정짓는 조건이 된다.[13]

를 통해 그의 항구적인 고독은 겉으로는 시련 극복의 은밀한 네메시스 némésis[네메시스는 분배자를 뜻하는 그리스의 여신으로서 절도와 복수를 관장하고 인간에게 행·불행을 분배한다: 옮긴이]로 작용한다. 그는 인간의 보편적인 상황으로 간주되는 고독을 그처럼 패러다임의 수준으로 끌어올린다. 등장인물이 줄거리로부터 해방되는 것이 아니라 반대로 그 줄거리를 만들어낸다고 말할 수 있다. 우리가 방금 주인공의 지적 탐구라고 명명한 소설의 주제는 과거의 전통적인 줄거리들보다는 더 미묘한 질서 원칙을 다시 도입한다. 이 점에서 디포의 걸작을 단순한 여행담이나 모험담과 구별짓고, 소설의 새로운 공간 속에 그 작품을 위치시킬 수 있게 하는 것은 '파블 fable' 이 그 '주제 thème' ── 노드롭 프라이 Northrop Frye가 아리스토텔레스의 뮈토스를 '파블과 주제' [파블은 이야기의 내용적 측면을, 주제는 형식적이며 구성적 측면을 가리킨다: 옮긴이]로 옮기고 있다는 점을 감안하자면 ── 에 의해 암묵적으로 지배되는 어떤 형상화가 출현했기 때문이라고 할 수 있다.

13) 인물과 줄거리라는 두 개의 나선이 이처럼 동시에 전개되는 것이 전적으로 새로운 기법은 아니다. 프랭크 커모드 Frank Kermode는 『비밀의 탄생: 이야기의 해석에 관하여 *The Genesis of Secrecy: On the Interpretation of Narrative*』(Cambridge,

이러한 복잡성이 새로운 양태로 등장한 것은 특히 20세기에 버지니아 울프가 탁월하게 보여준 의식의 흐름의 소설에서부터이다. 우리는 나중에 울프의 주요 작품을 시간의 지각perception이라는 관점에서 다루게 될 것이다.[14] 지금으로서는 완성되지 않은 인격, 의식과 잠재 의식과 무의식이 이루는 다층성(多層性), 우글거리는 감춰진 욕망들, 사건의 단초를 이루지만 덧없이 사라지는 정서의 형성 등이 우리의 관심을 끈다. 여기서 줄거리 개념은 결정적으로 무시되는 것처럼 보인다. 의식의 심연을 탐구함으로써 언어가 모여 형태를 갖출 능력을 갖지 못한다는 것이 드러나는 것처럼 보일 때에도, 줄거리라는 말을 여전히 사용할 수 있는 것일까? 하지만 줄거리를 희생시키면서 계속해서 등장인물을 발전시킨다고 하더라도 그 어느 것도 형상화의 형식 원칙, 그러니까 줄거리 구성의 개념을 벗어나지는 못한다. 심지어 어떤 경우에도 뮈토스를 '행동의 모방'으로 규정하는 아리스토텔레스의 정의에서 벗어날 수 없다고 감히 말하고 싶다. 줄거리의 영역과 더불어 행동의 영역 역시 확대되기 때문이다. 우리는 행동을 상황의 가시적 변화나 운명의 급변을 유발하는 중심 인물들의 행동, 즉 인간들의 외부적 운명이라고 지칭할 수 있는 것들 이상의 의미로 이해해야 한다. 넓은 의미에서 어떤 등장인물의 정신적 변화, 성장과 교육, 혹은 도덕적이며 정서적 삶의 복잡한 양태를 조금씩 체험해가는 것도 행동이다. 그리고 더욱더 미세한 의미에서, 경우에 따라서는 가장

Mass.: Harvard University Press, 1979)에서 여러 복음서에 나타난 유다의 풍부한 성격을 통하여, 그리고 상관적으로, 풍부하게 이야기된 세부적인 사건들을 통하여 그것을 증명해 보이고 있다. 그에 앞서 아우어바흐Auerbach는 『미메시스 *Mimèsis*』에서 성서의 인물들, 즉 아브라함이나 사도 베드로가 호메로스의 인물들과 어떤 점에서 차이가 있는지를 이미 지적한 바 있다. 다시 말해 후자의 인물들이 깊이가 없이 평범하게 묘사된다면, 전자의 인물들은 배경이 풍부하며, 따라서 서술적 전개의 가능성이 있다는 것이다.

14) 우리가 상세히 설명하게 될 『잃어버린 시간을 찾아서』는 교양소설이면서도 의식의 흐름의 소설로 간주될 수 있다. pp. 273~318 참조.

덜 계획적이고 가장 덜 의식적인 수준에서 내적 성찰을 통해 도달할 수 있는 감각과 감정들의 시간적 흐름에 영향을 미치는 순전히 내적인 변화들도 결국 행동의 영역에 속하는 것이다.

그와 같이 행동의 모방이라는 개념은 좁은 의미에서의 '행동소설 roman d'action'의 범위를 넘어 확대될 수 있으며, 사건과 인물(또는 성격)과 사상이라는 편협하게 한정된 범주들에 비해서 줄거리가 갖는 포괄적 역량을 감안하여 '성격소설 roman de caractère'과 '사상 소설 roman de pensée'을 포함할 수 있게 된다. '행동의 모방' 개념에 의해 한정될 수 있는 영역은, '고유의 즐거움'을 생산할 수 있는 특이한 총체성을 낳는 서술 전략들에 의해, 그리고 독자의 쪽에서 보면 추리와 기대, 감정적 반응의 작용에 의해, 대상을 '되찾게 하는' 이야기의 능력이 미치는 범위까지 확대된다. 이런 의미에서 구성의 형식 원칙이, 개인적이건 집단적이건 우리와 유사한 존재들, 혹은 19세기 소설에서와 같이 고유의 이름을 지닌 존재들이나 카프카에서처럼 단순히 머리글자(K…)로 지칭되는 존재들, 뿐만 아니라 베케트에서처럼 극단적인 경우에 이름을 붙일 수 없는 존재들에 영향을 미칠 수 있는 변화들을 한데 모으는 데 주도적인 역할을 한다고 말할 수 있을 정도로, 현대 소설은 우리에게 모방된(또는 재현된) 행동의 개념을 확대하라는 교훈을 준다.

이와 같이 우리는 소설 장르의 역사에 비추어 서술적 이해력의 관계항을 줄거리라고 부를 수 있다. 그러나 줄거리의 패배라고 생각되었던 것의 정체가 무엇인가를 이해하기 위해서는 이렇게 소설 장르의 확장과 관련된 역사적 고찰에 머물러서는 안 된다. 줄거리 개념이 이야기의 단순한 맥락, 사건들의 뼈대나 요약이라는 개념으로 줄어든 데는 숨겨진 다른 이유가 하나 있다. 사건들의 뼈대로 축소되어버린 줄거리가 외부적인 제약으로, 뿐만 아니라 인위적이며 그리고 결국에는 자의적인 제약으로 보일 수 있었다는 것은 소설이 출현하여

19세기의 황금 시대가 끝날 때까지 구성의 기술보다 더 절박한 다른 문제가 무대의 전면을 차지했기 때문이다. 그것은 바로 진실임직함 vraisemblance의 문제이다. 이 문제가 구성의 기술이라는 문제를 그렇게 쉽게 대체할 수 있었던 것은 진실임직함이 '관례들'에 대한 투쟁, 무엇보다도 먼저 고대, 엘리자베스 시대, 혹은 (프랑스적 의미에서) 고전주의 시대의 관례들의 형식에 따른 서사시와 비극과 희극을 기준으로 줄거리를 이해했던 것에 대한 투쟁의 기치 아래 획득되었기 때문이다. 관례들에 대한 투쟁과 진실임직함을 위한 투쟁은 동일한 투쟁이었던 것이다. 다시 말하면 서술적 구성의 문제들을 은폐하는 데 가장 크게 기여했던 것은 바로 현실에 충실하고 예술과 인생을 동등하게 간주한다는 의미에서 진실인 것처럼 보이려는 노력이었던 것이다.

이 문제들은 여전히 유효하다. 자리를 옮겼을 뿐이다. 일상 생활의 진실을 표현하려는 의도는 초기의 영국 소설에서 사용된 다양한 기법들을 보아도 쉽게 알 수 있다. 즉, 디포는 『로빈슨 크루소』에서 당시에 일상의 자기 반성에 대한 칼뱅파의 계율에 따라 성장한 사람들이 작성한 수많은 일기·회고록·자서전을 모방하여 의사(擬似)-자서전을 이용한다. 그 후 리처드슨은 『파멜라』와 『클라리사』에서 사적인 경험——가령 낭만적 사랑과 결혼 제도 사이의 갈등——을 보다 충실하게 그릴 수 있다는 생각으로 서신 교환[15]이라는 인위적인 수법을

---

15) 『파멜라 Pamela』에서 『클라리사 Clarissa』로 가면서 서한체의 기법도 세련되는 모습을 볼 수 있다. 『클라리사』는 첫 소설 『파멜라』에서처럼 여주인공과 그녀의 아버지 사이의 단순한 서신 교환 대신에, 여주인공과 절친한 여자 친구 사이, 그리고 남자 주인공과 그의 친구 사이의 두 가지 서신 교환을 동시에 엮고 있다. 두 서신 왕래가 나란히 전개됨으로 인해 시점이 증가하고 따라서 서간 문학 장르의 단점들이 완화된다. 여성의 시점과 남성의 시점, 신중함과 수다스러움, 완만한 사건 전개와 갑작스럽게 전개되는 격렬한 에피소드들을 번갈아 등장시키는 서한체의 이처럼 미묘한 결합 관계를 우리는 줄거리라고 지칭해도 무방하다. 자신의 예술을 완벽히 다루고 또 자각하고 있는 리처드슨은, 자신의 작품 속에는 주제와 무

사용한다. 물론 선별력이 부족하고, 의미 없는 말들이 난무하며, 이야기가 진척되지 않는 답보 상태가 이어지고 또 같은 것이 반복되는 등의 명백한 단점들이 있지만, 리처드슨의 눈에는 장점이 훨씬 많았던 것이다. 그는 여주인공으로 하여금 즉석에서 편지를 쓰게 함으로써 글쓰기와 감정이 극도로 근접해 있다는 인상을 줄 수 있었다. 뿐만 아니라 현재 시제를 통해 느낀 감정과 그것이 느껴졌던 상황을 거의 동시에 옮겨 적으면서 직접성의 인상을 전달할 수 있었다. 동시에 기억만을 따라야 하는 의사 자서전이 해결하지 못하던 난관들이 해소되었다. 결국 서신 교환이라는 기법은 자신의 내적 감정을 글로 표현하기로 결정한 사람들이 공통적으로 갖는, 감추고 싶은 마음과 토로하고 싶은 마음의 미묘한 혼합을 통해 독자로 하여금 주인공의 심리적 상황을 공유할 수 있게 해주는 것이었다. 그에 대응하여 독자의 입장에서는 열쇠 구멍을 통해 바라보는 경솔한 시선과 처벌받지 않는 혼자만의 독서가 역시 미묘하게 혼합된다.

디포나 리처드슨 같은 소설가들이 진실임직함을 추구하는 대가로 받아들여야 하는 관례들의 인위성에 대해 생각하지 않았던 것은 바로 로크 Locke에서 레이드 Reid에 이르기까지 경험주의 언어 철학자들의 확신을 공유하고 있었기 때문이다. 즉, 순전히 장식적인 것으로 간주되는 온갖 비유적 요소를 제거하고 로크가 말하는 "사물에 대한 지식을 전달하는(to convey the knowledge of things)" 언어의 일차적인 사명으로 되돌아올 수 있다는 확신 때문이었다. 본래의 용도로 돌아온 언어는 이렇게 저절로 사물에 연결되는 대상 지시 기능을 갖는다는 믿음은 개념적 사유를 개별적인 것을 체험하면서 추측할 수 있는 기원으로 돌아가게 하려는 의지와 마찬가지로 중요하다. 실제로 이러한 의지는 그 같은 믿음 없이는 곤란하다. 언어가 그렇게 추

___
관하고 그 주제에 기여하지 않는 일탈이란 존재하지 않는다고 자부할 수 있었는데, 바로 그것이 줄거리를 '형식적으로' 규정하는 것이다.

정된 말 그대로의 의미와 결부된 순수한 대상 지시성으로 환원될 수 없다면 어떻게 개별적인 것의 경험을 언어를 통해 전달할 수 있는가?

이와 같은 경험으로의 복귀, 단순하고 직접적인 언어로의 복귀는 문학에 있어서는 새로운 장르의 탄생을 가져온다. 그것은 문학 작품과 그것이 모방하는 현실 사이를 가능한 한 가장 정확하게 대응시킬 목적을 갖는 장르로 정의된다.[16] 이러한 기도는 미메시스를 아리스토 텔레스의 『시학』과는 무관한 의미에서 모방−복사로 축소한다는 뜻을 담고 있다. 그렇게 되면 의사 자서전이나 서한체 형식의 사용이 아무런 문제가 되지 않는 것이 놀라운 일이 아니다. 주인공이 사후(事後)에 이야기를 하건 즉석에서 심정을 털어놓건, 기억이 사실을 왜곡한다고는 생각하지 않았던 것이다. 사실 로크와 흄에게서 기억은 인과율과 개인적인 정체성의 기반이다. 따라서 일상 생활의 구조를 가장 밀접하게 접근해서 표현한다는 것이 가능하며, 따라서 아무런 문제가 되지 않는 작업으로 간주되었던 것이다.

그런데 그렇게 설정된 지극히 관례적인 소설 담론의 성격에 관해 고찰함으로써 바로 일상 생활에 밀접하게 접근한다는 환상이 갖는

---

16) 영국 소설이 'novel'로 명명되었던 것은 우연이 아니다. 멘딜로와 와트는 디포와 리처드슨과 필딩의 충격적인 주장들을 인용하는데, 그것들은 엄밀한 의미에서의 새로운 문학 장르를 창조한다는 그들의 확신을 증명하고 있다. 중세에는 처음부터 존재했던 것을 나타내던 'original'이란 말이 파생된 것이 아니라 독자적이며 직접적인 것, 요컨대 "인물이나 스타일이 새롭거나 신선한"(이언 와트) 것을 의미하기 시작한다.

스토리는 새롭고, 작중인물들은 특수한 상황에 처한 특수한 존재여야 할 것이다. 앞서 언급한 대로, 아리스토텔레스가 우리보다 우월하지도 열등하지도 않으며 우리와 닮았다고 말한 하층 계급 인물들이 등장하게 된 것을 이러한 직접적인 언어에의 믿음에 결부시키는 것은 무리가 아니다. 또한 신화나 역사, 혹은 이전의 문학의 보고(寶庫)로부터 얻은 전통적인 줄거리들을 포기하는 것과 전설적인 과거가 없는 인물들이나 앞선 전통이 없는 이야기들을 창조하는 것을 경험에 충실하려는 의지의 당연한 귀결로서 간주해야만 한다.

형식적 조건들에 관한 성찰이 이루어지고, 또 그로 인해 소설이 근본
적으로 허구적이라는 것을 인식하게 되었다는 것은 상당한 역설이다.
서간 문학에서 경험을 순간적 · 무의식적으로 그리고 솔직하게 옮겨
적는 것, 그리고 의사 자서전에서 절대적으로 확실하다고 가정된 기
억을 통해 지난 과거의 일을 정리하는 것은 모두가 관례적인 것이다.
사실 서간 문학 장르는 생생한 말, 극적 행동과 연결된 연극의 재현
능력이 설득력을 잃지 않고 글쓰기를 통해 옮겨질 수 있다는 것을 전
제한다. 장식과 수사(修辭)가 없는 언어의 직접적인 대상 지시적 가
치에 대한 믿음——로크가 표현한 바 있는——에는 살아 있는 목소리
의 부재를 보충하는 활자화된 것의 권위에 대한 믿음이 덧붙여진
다.[17] 처음에는 진실임직하려는 의도가 곧 삶의 현실을 '재현'하여
줄거리에 대한 편협하고 인위적인 관념을 없애려는 의도로 혼동되었
으며, 그 다음에는 사실에 충실한 재현의 형식적인 조건에 관한 성찰
을 통해 구성의 문제가 전면에 부상하게 되었을 것이다. 달리 말하자
면 아마도 진실임직함이라는 이름으로 관례를 추방함으로써 그 대가
로 구성에 있어서 더욱 기교를 부리는 작업, 그러니까 점점 더 복잡
하며, 그리고 이 점에서 현실과 삶으로부터 점점 더 동떨어진 줄거리
들을 창조해야 한다는 것을 알게 된 것이다.[18] 하지만 소설 장르의 역

---

17) 내면 세계와 활자화된 것 사이의 직접적인 교류와 거기서 비롯되는 주인공과 독
   자 사이의 놀라운 동일시의 환상에 관해서는 이언 와트의 『소설의 부상(浮上)』
   (앞의 책, pp. 196~97)을 참조할 것.

18) 영국 소설사에서 필딩의 『톰 존스 Tom Jones』는 예외적인 위치를 차지한다. 오랫
   동안 이 작품보다 리처드슨의 『파멜라』와 『클라리사』가 선호되었던 이유는, 그 작
   품들이 제한된 의미에서의 줄거리를 무시한 채 인물의 성격을 보다 치밀하게 묘
   사했기 때문이다. 현대 비평은 이야기하는 시간과 이야기된 시간 사이의 유희의
   관점에서 서술 구조를 매우 치밀하게 처리했다는 이유에서 『톰 존스』에 어느 정
   도의 우위를 회복시켜준다. 그 작품에서는 중심 줄거리는 상대적으로 단순하지만
   비교적 독립적이고 크기가 다른 일련의 서술 단위로 더욱 세분화되어 있으며, 그
   단위들은 다양한 길이의 간격으로 분리되고 그 간격들에는 매우 변화무쌍한

사 속에서 우리가 어떤 이유를 추정해내든 그와 관계없이, 일상 현실에 충실하기 위하여 서술 기법이 더욱 정교해지면서 바로 그 때문에 아리스토텔레스가 줄거리 내에서 사건들의 배열에 의한 행동의 모방이라고 넓은 의미로 지칭했던 바로 그것에 대해 관심을 가지게 되었다는 역설은 그대로 남는다. 삶을 글로 쓰기 위하여, 즉 글쓰기를 통하여 삶을 설득력 있게 모방하기 위해서는 수많은 관례와 기교가 필요하지 않은가?

그렇다. 오랫동안 리얼리즘 소설이 의도한 소설의 재현적 야심에 비례하여 관례들의 영향력이 증가했을 것이라는 사실은 대단한 역설이다(우리는 후에 형상화와 재형상화의 관계를 고찰하면서 이러한 역설의 전체적인 전개 과정을 살펴보게 될 것이다). 이 점에서, 앞서 개략적으로 정의된 세 단계들, 즉 행동소설·성격소설·사상소설은 어떤 이중적인 역사를 따라간다. 즉, 형상화의 형식 원칙에 의하여 새로운 영역을 정복해나가는 역사이지만, 또한 그 시도가 점점 더 관례적인 성격을 지녔음을 발견하는 역사이기도 한 것이다. 이러한 또 다른 역사, 처음의 것과 대위법을 이루는 이 역사는 바로 헨리 제임스Henry James의 유명한 책 제목에 따라 소설을 허구의 기술art de la fiction로서 인식하는 역사이다.

첫번째 단계로, 형식에 대한 배려는 그것을 낳은 사실주의적인 동기에 종속되어 있으며, 심지어는 재현적 목적하에 은폐되기도 한다.

기간들을 이야기하는 에피소드들이 담겨 있다. 전체적으로 8권 20장을 이루는 6개 소그룹과 3개 그룹으로 구성되어 있다. 이러한 구성은 다양한 방법들과 끊임없는 변화들, 놀랄 만한 대위법들을 필요로 하는 것으로, 많은 문제를 제기한다. 소설과 서술 전통의 옛 형식들 사이의 연속성에 대해 호메로스 계통의 서사시를 경멸하는 디포와 리처드슨에 비해 필딩이 더 민감했고, 또 그가 소설을 '산문체 희극 서사시'와 동일시한 것은 우연이 아니다. 이언 와트는 '산문체 희극 서사시'라는 표현을 인용하면서, 소설을 현실에 대한 근대적이며 범속한 개념에 의해 영향을 받은 서사시 정신의 발현이라고 말한 헤겔의 『미학 Esthétique』과 비교한다(『소설의 부상』, 앞의 책, p. 239).

진실임직함은 여전히 진실이라는 나라의 속주(屬州)이자 진실을 닮은 모습이며 외양인 것이다. 서사시에 등장하는 전설들의 불가사의와 고전극의 숭고함과는 대조적으로 친숙하고 평범하고 일상적인 것을 보다 정확하게 기술하는 것이 가장 진실임직한 것이다. 바로 소설 구성의 기교를 현실에 점점 가까이 접근시키기 위한 이러한 절망적인 노력이 줄거리의 운명을 결정한다. 하지만 현실은 그로 인해 늘어나는 구성의 형식적인 요구들과 비례해서 점점 멀어진다. 마치 점점 더 복잡해지는 관례들만이 자연스럽고 진실한 것 같다. 그리고 이 관례들이 점점 더 복잡해지면서 예술이 필적하려고 하는 현실, '되찾게 하려는' 현실 자체를 다가갈 수 없는 지평으로 멀어지게 하는 것 같다. 그리하여 진실임직한 것에 호소한다고 해도 진실임직함이 단순히 진실과 닮았을 뿐 진실의 외양이라는 사실을 오랫동안 숨길 수는 없었다. 그것은 물론 미묘한 차이이지만, 그 간격이 엄청나게 벌어질 수밖에 없었던 것이다. 허구를 만들어내기 위한 형식적 조건들에 대한 고찰은 처음에는 사실주의적인 동기 뒤에 모습을 숨겼지만, 사실상 소설이 허구의 기술로서 더 잘 알려짐에 따라 그 고찰은 사실주의적인 동기와 공공연한 경쟁에 들어간다. 결국 19세기 소설의 황금 시대는 갈수록 더 강력하게 주장되는 현실에의 충실이라는 목표와 구성의 기교에 대한 갈수록 더 예민해진 의식 사이의 불안정한 균형으로 특징지어질 수 있다.

이러한 균형은 언젠가 깨어질 수밖에 없는 것이었다. 사실상 진실임직한 것이 진실의 외양일 뿐이라면, 과연 이러한 외양의 체제 아래서 허구란 인위적인 것을 현실과 삶에 대한 진실한 증언으로 간주하게 하는 속임수가 아니라면 무엇이란 말인가? 그래서 허구의 기술은 환상을 만들어내는 기술로 밝혀진다. 그때부터 인위적 수단에 대한 의식은 사실주의적인 동기 부여를 안으로부터 침식해 들어가고, 오히려 맞서 파괴시키게 된다.

오늘날 혹자는 19세기의 전통적인 소설과 달리 줄거리도 작중인물도 또한 인지할 수 있는 시간 구조도 없는 소설만이 단편적이고 일관성 없는 경험에 진정으로 충실하다고 말한다. 그러나 단편적이고 일관성 없는 허구를 위한 이러한 변론 또한 과거 자연주의 문학을 위한 변론만큼이나 정당성이 없다. 단지 진실임직함에 대한 논의가 자리를 바꾸었을 뿐이다. 이전에는 사회가 복잡해졌기 때문에 고전적 패러다임을 포기해야 했다면, 오늘날에는 현실에 통일성이 없다고 여겨지기 때문에 모든 패러다임을 포기해야 하는 것이다. 그렇게 되면 문학은 현실의 혼란을 허구의 혼란을 통해 되풀이함으로써 미메시스를 그 가장 취약한 기능, 즉 현실을 복제하면서 그에 응수하는 기능으로 귀결시키게 된다. 이때 다행히도 허구는 인위적 수단들을 늘이면서 항복 조약에 날인한다는 역설은 그대로 남는다.

여기에서 우리는 최초의 역설이 반전된 것이 아닌가 생각해볼 수 있다. 처음에는 재현적 목적이 관례를 만들어냈다. 마지막에 가서는 환상을 의식하게 된 것이 바로 관례를 뒤집고 모든 패러다임에서 벗어나려는 노력의 원인이 되었다. 줄거리의 변모가 어느 선에서 그치고 고갈될 것인지의 문제는 이러한 역설의 반전에서 비롯된다.

2. 영속성
—— 패러다임들의 질서?

지금까지의 논의는 줄거리에 의한 형상화의 형식 원칙이 어떻게 아리스토텔레스의 『시학』에 나타난 원래의 예증을 넘어 확장될 수 있는지를 다루었다. 그리고 문학사, 특히 소설사의 도움으로 그것을 증명했다. 그렇다면 문학사가 비평을 대신할 수 있다는 말인가? 비평이란 문학사와 동일할 수도 그것을 무시할 수도 없다는 것이 우리의 생각이다. 비평은 문학사를 버릴 수 없다. 우리가 이어받은 연속적인 문화들 속에 등장하는 작품들과의 친숙성에서 바로 서술적 이해력이 커가기 때문이다. 서술학이 이러한 이해력을 흉내내며 초시간적 이론을 내세우게 되는 것은 이후의 일이다. 이런 의미에서 서술적 이해력은 그 고유한 역사를 보유하며 통합하고 재정리한다고 말할 수 있다. 그렇지만 비평이 개별 작품들의 출현을 전적으로 우발적인 것으로 기록하는 데 만족할 수는 없다. 비평의 본래 기능은 일련의 사건들을 의미심장한 유산으로 만드는 발전 양식이나 유동적인 질서를 분간하는 일이기 때문이다. 분명 서술 기능이 이미 그 고유한 이해력을 지니는 것이라면, 우리는 그러한 비평 작업을, 기호학적 합리성이 그 규칙들을 고쳐 시작하기 전에, 시도해볼 만하다. 1부에서 본 연구의 계획을 밝히면서 이러한 합리성 이전의 이해력, 그리고 칸트에 따르면 범주적 오성의 규칙이 비롯되는 도식성의 이해력을 비교할 것을 제안한 바 있다. 그러나 칸트가 말하는 도식성은 초시간적이 아니다. 그것은 특수한 역사를 지니는 어떤 실천의 침전 작용에서 비롯된다. 이 침전 작용이 바로 우리가 전통성이라고 불렀던 유일한 역사적 양식을 도식성에 부여하는 것이다.

전통성이란 비평으로 하여금 서술 기능에 속하는 개별 '장르' '유형' '작품' 들의 있는 그대로의 역사가 갖는 우연성, 그리고 역사를 완전히 벗어나는 서술적 가능성들의 논리 중간에 위치하게끔 하는, 다른 어떤 것으로도 환원할 수 없는 현상이다. 이러한 전통의 자동-구조화를 통해 얻어지는 질서는 역사적이지도 비역사적이지도 않다. 단순히 부가적이라기보다는 누적적인 방식으로 역사를 관통한다는 의미에서 초역사적이다. 그 질서 안에 패러다임의 갑작스런 변화나 단절이 있다 하더라도, 그러한 단절이 그저 잊혀져버리는 것은 아니다. 그렇다고 우리로 하여금 그 이전의 것을 잊게 함으로써 그로부터 단절시키는 것도 아니다. 즉 그러한 단절들 역시 전통의 현상과 그 누적적 양식에 속하는 것이다.[19] 만일 전통의 현상이 이러한 질서의 힘을 포함하지 않는다면 우리가 다음 절에서 고찰하게 될 일탈의 현상에 대한 평가도 불가능할 것이며, 창조적 역동성의 고갈로 인한 서술 기술의 소멸이라는 문제 역시 제기될 수 없을 것이다. 일탈과 소멸이라는 이 두 현상은 결국 우리가 지금 제기하는 문제의 이면일 뿐이다. 그것은 기호학적 합리성의 문제가 아니라 서술적 이해력을 도식화하는 차원에서 패러다임들의 질서에 관한 문제인 것이다.

바로 이러한 고찰은 우리로 하여금 노드롭 프라이의 『비평의 해부』에 관심을 갖도록 한다.[20] 첫번째 시론에 나오는 양태mode 이론과 세번째 시론에 등장하는 원형archétype 이론은 분명 체계적이다. 여기서 적용되는 체계적 분류는 서술기호학의 특징인 합리성과는 그 정도가 다르다. 그것은 전통성에 따른 서술적 이해력의 도식성에 속하며, 부단히 형성되고 있는 그러한 도식화로부터 하나의 유형론을 추출하려고 하는 것이다. 그러므로 일관성이나 연역적인 효력을 기대할 수는 없으며, 서구의 문화적 유산 속에 포함된 가능한 한 가장 많은 작품들을 열린 귀납 과정을 통하여 설명할 수 있을 뿐이다. 나는 다른 논문에서 『비평의 해부』를 자세히 분석하여 재구성하면서,[21]

---

19) 이 점에 있어서 쿤Kuhn이 말한 패러다임의 변화 개념도, 푸코Foucault가 말하는 에피스테메épistémè의 단절 개념도, 근본적으로 가다머Gadamer가 말하는 전통의 분석과 상치되지 않는다. 만일 에피스테메의 단절이 전통성의 양식 자체, 즉 전통성을 자동적으로 구조화했던 그 유일한 방식을 특징짓지 않는다면, 그 단절은 무의미해질 것이다. 4부에서 다루게 될 가다머의 영향사 Wirkungsgeschichte라는 강력한 표현대로, 우리는 바로 단절의 양태에 따라 여전히 역사의 효력에 순응하는 것이다.

20) 노드롭 프라이, 『비평의 해부. 네 개의 시론 *The Anatomy of Criticism, Four Essays*』, Princeton University Press, 1957: 불역, Guy Durand, *L'Anatomie de la Critique*, Paris: Gallimrd, 1977.

21) 「비평의 해부 혹은 패러다임의 질서 Anatomy of Critism or the Order of Paradigms」, 『중심과 미로 노드롭 프라이 기념 문집 *Center and Labyrinth. Essays in Honour of Northrop Frye*』, Toronto, Buffalo, London: University of Toronto

노드롭 프라이가 제안한 서술적 형상화들의 체계가 서술기호학의 비역사적인 합리성이 아니라 서술적 이해력의 초역사적인 도식성의 영역에 해당된다는 주장을 펼친 바 있다. 지금 우리의 논증에 적합한 몇 가지 부분들을 그 논문에서 발췌해본다.

우선 우리가 서술적 도식성이라고 지칭하는 것에 가장 정확하게 대응하는 양태 이론을 살펴보자. 그중에서도 주제적 양태와 구별하기 위해 그 의도는 배제한 채 파블fable에 내재하는 구조적 관계에만 관련된다는 의미에서 허구적 양태라고 부르는 것에 주목하자.[22] 허구적 양태는 주인공의 행동 능력이 아리스토텔레스의 『시학』에 표현된 것처럼 우리보다 위대한지 열등한지, 혹은 동등한지에 따라 결정된다.

프라이는 선행하는 두 가지 측면, 즉 비극과 희극이라는 서로 대응하는 두 양태(이것은 사실은 양태라기보다는 양태의 부류다)에 주인공의 행동 능력이라는 이 기준을 적용한다. 비극적 양태에서 주인공은 사회와 유리되어 있으며, 관객의 입장에서는 연민과 공포로 '정화된' 감정에서 볼 수 있는 것 같은 미학적 거리가 그에 대응한다. 희극적 양태에서는 주인공이 자기가 속한 사회에 다시 편입된다. 프라이는 이와 같은 행동 능력의 단계라는 기준을 비극과 희극 두 측면에 적용하여, 각 측면에 다섯 항목으로 분류되는 다섯 가지의 양태를 구별한다. 첫번째 양태인 신화에서는 그 주인공이 본질적으로 우리보다 우월하다. 그러므로 대체로 신들의 이야기다. 비극으로는 죽어가는 신들을 찬양하는 디오니소스형의 신화들이 있고, 희극으로는 신성한

Press, 1983, pp. 1~13.
22) 허구적 fictionnel 양태와 주제적 thématique 양태의 상관 관계는 아리스토텔레스의 『시학』에 나타난 뮈토스와 디아노이아 dianoia〔아리스토텔레스의 『시학』에서 비극을 구성하는 여섯 부분 가운데 하나로 사상 pensée이라고 번역한다: 옮긴이〕의 관계에서 확인되는데, 그 관계는 롱기누스 Longin의 숭고론에 의해 완성된다. '파블과 주제'는 전체적으로 볼 때 스토리, 즉 '스토리의 핵심'을 가리키는 디아노이아를 구성한다.

주인공이 신들의 사회에 초대되는 아폴로형 신화들을 생각할 수 있다. 두번째 항목인 경이로운 이야기(로맨스romance)의 경우 주인공은 본질적으로 우월한 것이 아니라 다른 사람들, 그리고 주위 환경에 비해 우월하다. 콩트와 전설이 이 범주에 해당된다. 비극으로는 영웅의 죽음이나 성자의 순교 등과 같은 애가조의 경이로운 이야기가 있는데, 청중은 그 경이로움에 적합한 연민과 공포라는 특별한 자질을 느끼게 된다. 희극으로는 목가극이나 서부극 같은 목가풍의 경이로운 이야기를 꼽을 수 있다. 세번째 양태인 숭고한 재현에서 주인공은 서사시와 비극에서처럼 다른 사람들보다 우월하지만 자기가 속한 환경보다 우월하지는 않다. 비극으로는 주인공의 몰락을 기리는 시가 있으며, 그에 답하는 카타르시스는 비극의 과오hamartia로부터 연민과 공포라는 특수한 느낌을 얻게 된다. 희극으로는 아리스토파네스의 고대 희극이 있는데, 독자는 그러한 우스꽝스러움에 대해 처벌의 쓴 웃음과 동정이 섞인 감정을 갖게 된다. 네번째로 저급한 재현의 양태에서는 주인공은 환경에 대해서도 타인에 대해서도 우월하지 않고 동등하다. 비극으로는 『파우스트』와 『햄릿』처럼, 위선자에서 자기 자신의 강박관념에 사로잡힌 '철학자'에 이르기까지, 안팎으로 고립된 비장한 주인공을 만나게 된다. 희극으로는 우연한 만남과 또 숨겨진 정체가 드러나는 것을 근간으로 하는 연애 이야기나 메난드로스의 새로운 희극, 그리고 사기꾼의 사회적 상승을 이야기하는 피카레스크 소설이나 가정 희극이 있다. 앞서 설명한 사실주의적 허구도 바로 여기에 위치시킬 수 있다. 다섯번째 양태는 아이러니에 해당되는데, 이 경우 주인공은 그 힘과 지성이 우리보다 열등하며, 따라서 우리는 그를 위에서 내려다본다. 실제 모습보다 열등하게 보이려고 가장하고 가능한 한 말을 하지 않음으로써 많은 것을 의미하려고 노력하는 주인공 역시 동일한 양태에 속한다. 비극으로는 기질상 정열이 결여된 채 다양한 방식으로 인생의 변천에 대응하는 자들, 즉 비극적

고립을 그 자체로 연구하는 데 적합한 일군의 전형들이 존재한다. 구원자pharmakos 또는 속죄양으로부터 피할 수 없는 죄를 선고받은 주인공(창세기의 아담, 카프카의『소송 Procès』에 나오는 K씨)을 거쳐, 무고한 희생자(복음서의 예수, 그리고 그 가까이, 불가피함의 아이러니와 엉뚱함의 아이러니 사이에 자리한 프로메테우스)에 이르기까지, 그 범위는 방대하다. 희극으로는 추방당한 구원자(샤일록 Shylock, 타르튀프 Tartuffe), 연기가 아니라면 집단 폭행이 될 수 있을 벌주기 희극, 그리고 비극적 아이러니를 흉내내는 패러디들이 모두 여기에 속한다(탐정소설이나 공상과학소설이 이로부터 다양한 소재를 빌려온다).

이러한 분류 다음에 프라이는 두 가지 주장을 덧붙여, 분류가 갖는 표면상의 경직성을 수정한다. 첫번째 주장은, 서양에서 허구는 그 중심축을 끊임없이 위에서 아래로, 다시 말해 신성한 주인공에서 비극적인 아이러니의 패러디를 포함하여 아이러니 양식의 희극과 비극의 주인공으로 옮기고 있다는 것이다. 이러한 하강의 법칙은 그 대응항을 고려하면 반드시 쇠퇴기의 법칙은 아니다. 우선 첫번째 양태의 신성함이나 두번째 양태의 경이로움이 쇠퇴함에 따라 재현적 경향이 증대되었는데, 처음에는 고상한 재현, 다음에는 저속한 재현의 경향으로 옮겨가며 아울러 그럴듯함과 진실임직함의 가치들이 커지게 된다(pp. 69~70). 여기서 우리는 관례와 진실임직함의 관계에 대한 앞서의 분석에서 나타난 중요한 특징을 다시 확인하게 된다. 그리고 또 주인공의 능력이 줄어듦으로써 아이러니의 가치가 드러나고 한껏 그 위력을 발휘하게 된다. 어떤 점에서 보면 아이러니는 넓은 의미에서의 뮈토스가 존재하는 순간부터 잠재적으로 존재하는 것이다. 사실 뮈토스는 언제나 '아이러니 방식으로 현실에서 뒤로 물러나는 것'을 함축한다. 이것은 신화라는 용어가 갖는 표면적인 모호성을 설명해준다. 신성한 신화라는 의미에서, 신화는 모든 면에서 우리보다 우월한 주인공의 영역을 지칭하며, 아리스토텔레스적 의미에서 뮈토스라는 용어는 허구의 모든 영역을 포함하는 것이다. 이 두 의미는 아이러니에 의해 연결된다. 그렇게 해서 뮈토스에 내재하는 아이러니는 허구적 양태들 전체에 관련된 것처럼 보인다. 아이러니는 모든 뮈토스에 암묵적으로 존재하지만, 신성한 신화의 쇠퇴와 더불어 비로소 "뚜렷이 구별되는 양태"가 된 것이다. 바로 이러한 대가를 치르고서야 아이러니는 앞서 언급한 하강의 법칙에 따라 "최종적인 양태"를 구성한다. 보다시피 이 첫번째 주장은 분류학으로 향하는 길을 열어주고 있다.

두번째 주장에 의하면, 아이러니는 어떤 식으로든 신화로 되돌아간다(pp. 59~60, 66~67). 노드롭 프라이는 구원자나 불가피함 혹은 엉뚱함의 아이러니를 통하여 아이러니 희극의 하위 단계에서, 자신이 "아이러니 양태의 신화"라고 부르는 형태로 되돌아가는 표지를 발견하고자 한다.

두번째 주장에 나타난 분류학의 순환성과 마찬가지로 첫번째 주장에 제시된 아이러니로의 하향은, 노드롭 프라이에 의하면, 유럽과 서양의 전통성의 양식을 규정한다. 이러한 독서의 규칙들은, 만일 양태의 이론이 『비평의 해부』의 나머지 세 개의 중요한 시론들이 다루는 상징의 이론에서 그 해석의 열쇠를 찾지 못한다면, 사실상 전적으로 자의적인 것으로 보일 것이다.

문학적 상징은 무엇보다도 '가설적 언어 구조'다. 달리 말해서 하나의 가정이지 단언은 아니다. 문학적 상징의 구조 속에서는 '내부' 지향이 외부 지향보다 우세하다. 후자는 외향적이고 사실주의적인 성향을 갖는 기호들의 지향이다.[23]

그렇게 이해된 상징은 허구적 양태들의 하향적이면서도 순환적인

---

23) 이 점에서 사실주의 소설은 상징과 기호를 혼동한 것으로 비난받을 수 있다. 어쨌든 처음에 소설적 환상이 생겨난 것은 자율적 언어 구조를 구성하려는 시도와 현실적인 삶을 재현하려는 시도라는 원칙적으로 이질적인 두 가지 시도가 융합된 데서 비롯된다.

사슬을 설명하기 위한 해석의 열쇠를 제공한다. 적합한 문학적 문맥 속에서 본래의 자리를 찾은 상징이 밟아가는 일련의 '단계'는 뤼바크 사제가 탁월하게 재구성한, 중세의 성서 주해가 갖는 네 가지 의미에 비견할 수 있다.[24]

자구적 littéral이라 명명된 상징의 첫 단계는 성서해석학의 첫째 의미와 일치하는데, 시적 구조가 갖는 가설적 성격을 진지하게 고려함으로써 정확하게 정의할 수 있다. 한 편의 시를 글자 그대로 이해한다는 것은 그것이 구성하는 전체를 주어진 대로 이해하는 것이다. 명백한 역설에도 불구하고 그것은 시를 시로서 읽는 것이다. 그 점에서 사실주의 소설은 이러한 상징의 자구적 단계의 기준을 가장 잘 충족시킨다.

형식적 formel이라 불리는 두번째 단계는 성서해석학에서의 우의(寓意)적 의미와 일치한다. 이 단계에서 시는 자연을 모방함으로써 어떤 구조를 갖게 된다. 그렇다고 해서 가설적 성격을 잃는 것은 결코 아니다. 상징은 자연으로부터 심상 imagerie을 끌어내 문학과 자연이 우회적이고 간접적인 관계를 맺게 한다. 그에 힘입어 문학은 즐거움을 주면서 교훈을 줄 수 있게 된다.[25]

세번째 단계는 원형으로서의 상징의 단계이다. 이때 원형 비평이 명시적으로 드러내는 '융 학설'을 서둘러 비난할 필요는 없다. 원형이라는 용어는 무엇보다도 시적 기법의 의사 소통 능력에서 기인하는 동일한 언어 형태(다른 사람들은 이를 상호 텍스트성이라는 용어로

---

24) 앙리 드 뤼바크 Henri de Lubac, 『중세의 주해. 성서의 네 가지 의미 Exégèse médiévale. Les Quatre Sens de l'Ecriture』, Paris: Aubier, 5 vol., 1959~1962.

25) 형상화와 재형상화를 추상화된 개념으로만 구분하려는 나의 시도는 노드롭 프라이가 구상하는 상징의 제 단계들과 유사한 생각에 기초를 두고 있다. 사실 여러 점에서 재형상화는 미메시스 I의 층위에서 미리 이해된 행동의 세계가 지니는 특징들을 서술적 형상화(미메시스 II)를 통하여, 달리 말해서 프라이의 '허구적' 양태와 '주제적' 양태들을 통하여 미메시스 III의 층위에서 다시 찾는 작업이다.

지칭했다)의 반복을 강조하는데, 바로 이 반복이야말로 우리의 문학 경험을 단일화하고 통합하는 데 기여하는 것이다.[26] 이러한 의미에서 나는 이 원형 개념을 전통의 침전 작용에서 생겨난 도식성이라고 부른 것과 동의어로 간주한다. 게다가 원형은 두번째 단계를 특징짓는 자연의 모방을 불변의 관례적 질서에 통합한다. 자연의 모방은 낮과 밤, 사계(四季), 삶과 죽음 등과 같은 그 고유한 반복적 형태들을 보여주는 것이다. 자연의 질서가 상징의 가설적 개념을 바탕으로 설정된 이미지의 모방적 개념에 따라 구축되어 있다면, 상응하는 단어들의 질서가 자연의 질서를 모방한다고 보는 것은 전적으로 정당한 시도이다.[27]

상징의 마지막 단계는 단자monade로서의 상징이다. 이 단계는 고대 성서 주해의 비의적anagogique 의미에 해당한다. 프라이는 단자를 하나의 중심에 입각하여 전체로 고려될 수 있는 상상적 경험의 역량으로 이해한다. 그의 시도는 분명 원형적 질서 전체는 "말의 질서의 중심 center of the order of words"(p. 118; 불역, p. 146)에 연결된다는 주장에 집착한다. 우리의 문학적 경험은 말의 질서의 중심을 향한다. 하지만 그것을 합리적으로 재구성하는 방식으로 통제하려는 의지로 보는 것은 원형 비평, 나아가 비의적 비평의 중요성을 전적으로

---

26) "시는 다른 시로부터 만들어지며, 소설은 다른 소설로부터 만들어진다. 문학 그 자체는 스스로를 형상화한다 Poetry can only be made out of other poems, novels out of other novels. Literature shapes itself……"(p. 97; 불역, p. 100).

27) 이 점에서 원형 비평은 근본적으로 자연의 '4원소'(물·공기·흙·불) ─ 프라이는 이 4원소의 변형을 언어 환경에서 추적한다 ─ 에 따라 규제되는 '질료적' 상상 이론에서 바슐라르가 행한 비평과 다른 것이 아니다. 마찬가지로 언제나 말이나 글로 옮겨진 제의rituel를 동반하는 성스러운 상징들을 하늘·물·생명 등의 우주적 차원에 따라 정리하는 미르시아 엘리아데Mircea Eliade의 방식과도 흡사하다. 프라이의 경우에도 시는 그 원형적 단계에서 제의에 표현된 순환 과정으로서의 자연을 모방한다(p. 178). 그러나 자연으로부터 "총체적인 인간의 형상"을 추출하려는 이러한 시도에서 생각나는 것은 바로 문명이다.

잘못 이해하는 것이다. 이 마지막 두 단계에 속하는 도식들은 반대로, 그 순환적 구성에도 불구하고, 통제할 수 없는 질서를 보여주는 것이다. 사실 우리가 어떤 심상의 감추어진 질서——예컨대 사계의 질서——를 분간하려 할 때, 그러한 심상은 묵시록적 심상, 즉 삼위일체 유일신의 통일성, 인류의 통일성, 그리고 어린양의 상징에 나타난 동물계, 생명수의 상징에 나타난 식물계와 천국의 상징에 나타난 광물계의 통일성 등 수많은 형태의 통일성 속에서의 융합에 초점이 맞춰진 묵시록적 심상에 지배되고 있다. 또한 이 상징 체계에는 사탄, 폭군, 유령, 열매를 맺지 못하는 무화과 나무, '혼돈'을 상징하는 '태초의 바다' 등의 형상에 나타난 악마적 이면이 있다. 결국 이러한 극단적인 구조는 무한한 희망의 대상, 동시에 그 반대로 무한한 증오의 대상을 형상화하는 욕망의 힘에 의해 통합된다. 원형적이며 비의적 관점에서 볼 때 모든 문학적 심상은 이러한 묵시록적 완성의 심상에 비하면 불완전하며, 또한 동시에 그러한 완성의 심상을 탐색하고 있다.[28] 묵시록의 상징은 계절의 순환을 문학적으로 모방한 작품들을 한데 모아준다. 자연의 질서와의 관계가 단절된 이 단계에서는 이제 자연의 질서는 모방될 수 있을 따름으로, 이미지들의 거대한 보고가 되는 것이다. 이렇게 해서 문학의 성격은 풍자적으로 재현되는 아이러니의 양태에서와 마찬가지로 경이로움의 양태, 고상한 모방 그리고 저속한 모방의 양태에서도 총체적으로 지적 탐구로서 규정될 수 있다.[29] 그리고 우리의 모든 문학적 경험은 바로 지적 탐구의 이름으로 이러한 "언어 표현의 총체적인 질서"와 관련을 맺는 것이다.[30]

---

28) 사계의 신화를 묵시록의 주된 상징에 연결하면(사실 묵시록의 상징은 사계의 신화에 밀접하게 연결된다), 결국 자연 그대로의 특성 모두를 잃게 된다. 상징의 원형적 단계에서까지는 자연이 인간을 포함하고 있지만, 그 비의적 단계에서는 무한한 욕망의 대상이란 이름으로 인간이 자연을 포함하는 것이다.

29) 봄 · 여름 · 가을 · 겨울의 신화들에 서술적 양태들을 대응시키는 프라이의 시도에 대해서는 앞서 인용한 시론에서 다루고 있다.

프라이에게 있어 비의적인 것을 향한 가설의 진행은 체계로서의 문학의 근사치를 구하려는, 그러나 결코 실현될 수 없는 시도를 나타낸다. 바로 이 목표 télos가 상상적인 것을 형상화함으로써 역으로 원형적 질서를 그럴듯하게 만들고, 마침내는 가설적인 것을 체계적으로 조직화하는 것이다. 그것은 어떤 의미에서 블레이크 Blake의 꿈이었으며, 더욱이 "세상의 모든 것은 한 권의 책에 이르기 위해 존재한다"고 표명한 말라르메 Mallarmé의 꿈이었다.[31)]

서양 문학의 전통을 요약 설명하는 가장 강력한 시도들 가운데 하나를 검토한 이후, 이제 철학자의 임무는 그 시도의 실현을 논의하는 것이 아니라, 그것을 수긍할 수 있는 것으로 간주하면서 문학사에서부터 비평이나 비평의 해부로 나아가는 이행을 가능케 하는 조건들에 대해 고찰하는 것이다.

줄거리 구성과 시간에 관한 우리의 연구와 관련해서 다음 세 가지 점을 지적할 수 있다.

우선 '질서'의 연구가 가능한 것은, 문화가 생산해내는 작품들이 서술적 양태들의 경우에 바로 줄거리 구성의 층위에서 작용하는 친족적 유사성에 따라 서로 닮아가기 때문이다. 다음으로 작품을 생산

---

30) "단테나 셰익스피어의 예술이 『폭풍우 *La Tempête*』에서처럼 그 절정에 도달했을 때, 우리는 모든 경험의 소재와 동기를 거의 발견한 듯한 인상, 즉 언어 질서의 깊숙하고 고요한 중심부까지 들어갔다는 인상을 갖는다"(p. 117; 불역, p. 146).

31) 노드롭 프라이가 "총체적 언어의 개념이란 언어의 질서와 같은 것이 존재한다는 가정이다"(p. 126; 불역, p. 156)라고 기술할 때, 이 표현에서 신학적 울림을 찾는다는 것은 심각한 오류가 될 수 있다. 프라이에게서 종교는 존재하는 것에, 문학은 존재할 수 있는 것에 매달리기 때문에 그 양자는 서로 뒤섞일 수 없는 것이다. 문화와 그 문화를 표현하는 문학은 그 자율성을 바로 상상적 양태에서 찾는다. 가능한 것과 실제적인 것 사이의 이러한 긴장으로 말미암아 프라이는 허구라는 개념에 넓은 의미와 포괄적 능력을 부여하지 못하게 된다. 반면에 프랭크 커모드는 우리가 곧 다루게 될 작품에서 그러한 능력을 부여하고 있는데, 거기서 묵시록은 프라이가 세번째 시론의 원형 비평에서 부여한 것과 견줄 만한 위치를 차지한다.

하는 상상력에 이러한 질서가 주어져 그 도식성을 구성할 수 있다. 마지막으로 상상적인 것의 질서로서의 이러한 질서는 다른 것으로 환원할 수 없는 시간적 차원, 즉 전통성의 차원을 포함한다.

이 세 논점에서 우리는 줄거리가 합리성이라는 이차적인 단계에서의 서술 행위의 재구성에 명실상부하게 선행하는 진정한 서술적 이해력의 상관항임을 알 수 있다.

3. 쇠퇴
—— 이야기하는 기술의 종말?

지금까지 우리는 서술적 이해력을 지배하는 도식성은 동일한 양식을 보존하는 역사 속에서 전개된다는 생각을 끝까지 밀고 나가보았다. 이제 그와는 반대되는 생각, 즉 이러한 도식성은 일탈을 허용하며 그 동일성을 인식할 수 없을 정도로 양식이 변화했다는 생각을 살펴볼 필요가 있다. 그렇다면 이야기의 전통성 양식에 그 소멸의 가능성을 포함시켜야만 하는가?

전통성이라는 관념, 다시 말해서 '전통 만들기'의 인식론적인 양태에는 동일성과 차이가 서로 분리될 수 없이 복잡하게 뒤섞여 있다. 양식의 동일성은 비시간적인 논리 구조의 동일성이 아니며, 누적되고 침전된 역사 속에서 형성되는 서술적 이해력의 도식성의 특징인 것이다. 그러므로 초역사적인 것이지 비시간적인 것은 아니다. 그렇기 때문에 전통이 이처럼 스스로를 형상화함으로써 침전시킨 패러다임들은 양식의 동일성의 소멸을 예고할 정도로 위협적인 여러 변이들을 발생시켰고 또 계속해서 발생시킨다는 생각이 가능해진다.

이 문제와 관련하여 서술 작품을 종결짓는 기술을 둘러싼 문제들은 뛰어난 시금석이 된다. 서구 전통에서 구성의 패러다임은 동시에 종말의 패러다임이기도 하기 때문에, 패러다임의 종말이 있다면 그것은 작품을 종결짓는 것이 어려워졌기 때문으로 생각할 수 있다. '장르'(비극·소설 등)와 '유형'(엘리자베스 시대의 비극, 19세기의 소설 등)들에 끊임없이 적용되어왔다는 사실을 넘어, 아리스토텔레스의 뮈토스 개념에서 보존되어야 할 유일한 형식적 특징은 바로 통일성과 완결성의 기준이라는 점에서, 그 구성과 종말이라는 문제를 연관짓는 것은 정당하다고 할 수 있다. 알다시피 뮈토스란 통일되고 완결된 행동의 모방이다. 그런데 행동은 시작과 중간과 끝이 있을 때, 다시 말해서 시작은 중간을 끌어들이고, 중간——극적 반전과 식별——은 끝에 이르며, 끝은 중간을 결론지을 때, 그것은 통일되고 완결된다. 그렇게 해서 형상화가 삽화들보다, 화음이 불협화음보다 우세하다. 따라서 완결성이라는 기준을 포기하는 것, 그러니까 작품을 종결짓지 않으려는 고의적인 의도를 줄거리 구성이라는 전통의 종말을 알리는 징후로 간주하는 것은 당연한 일이다.

우선 문제의 본질을 잘 이해해서 두 가지를 혼동하지 않는 것이 중요하다. 첫번째 문제는 미메시스 II(형상화)의 영역에 속하며, 두번째는 미메시스 III(재형상화)의 영역에 속한다. 이 점에서 우리는 작품은 그 형상화의 견지에서 볼 때는 닫힌 공간일 수 있으나, 독자의 세계로 침투해 들어갈 수 있다는 점에서는 열린 공간일 수 있다고 말할 수 있다. 독서는 정확히 말해서 첫번째 관점에 따른 닫힘의 효과와 두번째 관점에서의 열림의 효과를 이어주는 행위인 것이다(우리는 뒤의 4부에서 이에 관해 다루게 될 것이다). 모든 작품은 언제나 읽는 이에게 무엇인가를 행한다는 점에서 전에 없었던 무엇인가를 세계에 추가한다. 그러나 행위로서의 작품에 부여할 수 있는 순수 잉여 효과, 롤랑 바르트가 『이야기의 구조 분석 입문 *Introduction à l'analyse structurale du récit*』에서 말한 대로 일상의 반복을 중단시키는 작품의 능력이 종결의 필요성과 상치되지는 않는다. 어쩌면 "결정적인 crucial"[32] 종결

이야말로 두 가지 효과를 가장 잘 병합할는지도 모른다. 오히려 짜임 새 있게 종결된 허구가 우리의 세계에, 다시 말해서 우리가 세계를 상징적으로 파악하는 데 심연을 파놓는다고 말하는 것은 역설이 아 니다.

프랭크 커모드의 위대한 작품 『종말의 의미 The Sense of an Ending』 를 다루기에 앞서, 시학에서 종결의 기준에 대한 연구가 직면하는, 어쩌면 극복하기 힘든 난관들에 대해 몇 마디 언급하는 것도 유익할 것이다.

힐리스 밀러 같은 사람들은 시학에서의 종결의 기준이라는 문제가 사실상 해결할 수 없는 것이라고 생각한다.[33] 바바라 헤어슈타인 스

---

32) 존 쿠시치 John Kucich, 「디킨스식 종말에서의 행동: 『황폐한 집』과 『위대한 유 산』 Action in the Dickens Ending: *Bleak House* and *Great Expectations*」, 『이야기의 종말 *Narrative Endings*』, numéro spécial de *XIXth Century Fiction*, University of California Press, 1978, p. 88. 조르주 바타유 Georges Bataille가 '소모 dépense'라고 특징짓는 종류의 활동이 일어나는 종결부를 저자는 '결정적'이라고 부른다. 저자 는 그외에 케네스 버크 Kenneth Burke의 작품, 특히 『동기의 문법 *A Grammar of Motives*』(New York: Braziller, 1955: Berkeley: University of California Press, 1969) 과 『상징적 행동으로서의 언어. 삶에 관한 시론, 문학과 방법 *Language as Symbolic Action. Essays on life, Literature and Method*』(Berkeley: University of California Press, 1966)에 대해 자신이 빚지고 있음을 밝힌다. 우리는 다음과 같은 쿠시치의 마지막 지적을 염두에 둘 것이다. "모든 결정적인 종지부에서 그러한 틈 새가 나타나도록 하는 수단은 종결이다"(앞의 논문, p. 109).

33) 힐리스 밀러 J. Hillis Miller는 『이야기의 종말』의 「이야기에서의 종말의 문제 The Problematic of Ending in Narrative」에서 "어떠한 이야기도 그 시작이나 종결을 보 여줄 수 없다"(p. 4)고 주장한다. 그리고 또한 "종결의 아포리아는 주어진 이야기 가 완결된 것인지를 말하는 것조차도 불가능하다는 사실로부터 발생한다"(p. 5) 고 주장한다. 밀러가 아리스토텔레스의 『시학』에 나오는 발단 désis와 결말 lusis 사이의 관계를 참조하여 극적 매듭의 아포리아를 훌륭하게 전개한 것은 사실이 다. 그런데 사건의 줄거리를 복잡하게 꾸미고 결말을 짓는 작업이 아리스토텔레 스가 줄거리를 규범적으로 다룬 부분에서 명확하게 제시하고 있는 시작과 결말의 기준으로부터 벗어난다는 점에서, 발단과 결말을 다룬 부분이 『시학』 전체에서 차지하는 자리에 대해서는 논의의 여지가 많다. 이야기되는 사건들은 끝이 있을

미스 같은 사람들은 서정시라는 인접 영역에서의 종결의 문제에 대해 제시된 해결책 속에서 근거를 모색해왔다.[34] 서정시 영역이, 특히 격언이나 금언, 경구로 마무리될 때, 종결 규칙을 확인하고 기술하기가 용이한 것은 사실이다. 르네상스의 소네트부터 낭만주의 시를 거쳐 오늘날의 시각적인 시와 자유시에 이르기까지 서정시의 변모를 통해 이 규칙들의 운명을 정확하게 추적할 수 있다. 결국 서정시가 종결의 문제에 가져온 기술적인 해결책들은 시를 통해 창조되는 독자의 기대, 즉 종결됨으로써 "완성, 안정, 통합의 느낌"(같은 책, p. VIII)을 받게 된다는 기대에 연결된다. 끝맺음이 이러한 효과를 얻기 위해서는 형상화의 경험이 역동적이고 연속적일 뿐 아니라, 앞으로 돌아가 다시 정리하는 것이 가능해서, 끝을 맺는 그 자체가 곧 잘 만들어진 형태를 최종적으로 인정하는 것이 되어야 한다.

시적 종결과 잘 만들어진 형태의 법칙 사이의 이러한 상관 관계가 많은 것을 보여주는 것은 사실이지만, 다음과 같은 점에서 그 한계를 갖는다. 우선 형상화는 언어로 이루어지는 것이지만, 완성의 느낌은 다른 방법들에 의해 얻을 수 있다는 점이다. 그 결과 완성에는 많은 변이체들이 허용되며, 따라서 뜻밖의 형태를 통합하지 않으면 안 된

수 없으며, 사실상 실생활에 있어서 그러하다. 반면 뮈토스로서의 이야기는 끝날 수 있다. 결말 후에 일어나는 것은 시의 형상화와는 관계없는 것이다. 바로 그 때문에 적합한 종결, 그리고 우리가 나중에 보게 될, 반(反)종결의 문제가 존재한다.

34) 헤어슈타인 Barbara Herrstein Smith의 『시적 종결, 시가 마무리되는 방법에 관한 연구 *Poetic Closure, A Study of How Poems End*』(The University of Chicago Press, 1968)가 갖는 장점 중의 하나는 탁월한 분석 모델을 이야기 이론에 제공하는 데 그치지 않고 '서정시의 종결'에 한정된 자신의 고찰을 일반적인 '시적 종결'로 넓히기 위해 여러 가지 자세한 제안을 하고 있다는 것이다. 그러한 전환은 쉽게 정당화될 수 있는데, 그것은 두 가지 모두가 일상 언어와의 타협을 중단하는 작품들이기 때문이다. 또한 둘 모두 추론 · 선언 · 한탄 등의 일상적인 '언술 행위'를 모방한다는 특수한 의미에서의 모방적 작품들에 관한 것이다. 그런데 문학적 이야기는 행동뿐만 아니라 일상생활과의 타협에서 빚어진 평범한 이야기도 모방한다.

다. 그런데 어떤 경우에 예기치 않은 결말이 정당화될 수 있는지를 말하기란 상당히 어렵다. 아무리 기대에 어긋나는 결말이라 할지라도, 작품의 구조 자체가 독자에게 여분의 기대를 남겨두도록 되어 있는 것이라면, 작품의 구조에 적합한 것일 수 있다. 또한 어떤 경우에 작품을 마무리하는 '빈약한' 결말 때문이 아니라 작품의 구조 그 자체 때문에 독자의 실망이 불가피해지는지를 말하기도 어려운 일이다.

서정시의 모델을 서술적 측면에 옮겨놓으면, 이야기를 끝맺는 방식과 그 이야기의 통합 정도(이것은 행동의 양상이 어느 정도 삽화적인가에 따라, 그리고 인물들의 통일성과 논증의 구조, 우리가 나중에 허구의 수사학을 구성하는 설득의 전략이라고 부르는 것에 따라 결정된다)의 관계에 대한 세밀한 연구가 가능할 것이다. 또한 서정시의 종결의 점진적인 변화를 서술적 종결의 변화를 통해 비교 검토해볼 수 있다. 모험소설에서부터 잘 짜여진 소설, 그리고 철저히 파편화된 소설에 이르기까지, 어떤 의미에서 구조 원칙은, 물론 아주 미묘한 양태로, 삽화적인 것으로 되돌아가는 완전한 순환 과정을 거친다. 따라서 이러한 구조상의 변화가 요구하는 해결 방법들을 확인하고 분류하기란 상당히 어려운 일이다. 그러한 작업을 어렵게 만드는 요인 중 하나는 모방된 행동의 결말과 허구 그 자체의 결말이 항상 혼동될 수 있다는 점이다. 사실주의 소설의 전통에서 보자면 작품의 결말은 재현된 행동의 결말과 혼동되는 경향이 있다. 그래서 작품의 결말은 곧 스토리의 골격을 형성하는 상호 작용 체계의 활동이 멎는 것이 되었다. 19세기에 대부분의 소설가들이 추구했던 것은 바로 이런 종류의 결말인 것이다. 그렇게 되면 결말의 성공 여부는 구성의 문제와 그 해결 방법을 대조함으로써 상대적으로 쉽게 알 수 있다. 그러나 문학적 기교가 앞서 언급했던 자기 반성적 성격에 의해 그 허구성을 회복하게 되면 상황은 달라진다. 작품의 결말이 곧 허구적 작업 자체의 종결이

되는 것이다. 이러한 관점의 전도는 현대 문학의 특징을 이룬다. 이야기의 결말이 잘되었는지의 기준을 적용하는 것은, 특히 그 결말이 작품 전체에 담긴 미해결의 어조에 부합되어야 하는 경우, 훨씬 더 까다롭다. 결국 작품의 역동성에 의해 만들어진 기대감을 충족시키는 것은 이번에도, 서로 상반되는 것은 아니라 해도, 다양한 형태를 취한다. 예기치 않은 결론은 오랜 관례에 따라 형성된 우리의 기대를 어긋나게 할 수 있지만, 보다 심층적인 질서의 원칙을 드러낼 수 있다. 결말이 언제나 기대에 부응하는 것이라면, 하지만 언제나 그 기대를 충족시키는 것은 아니다. 결말 이후에도 기대가 남아 있을 수 있는 것이다. 결론을 내리지 않는 결말은 작가가 해결할 수 없다고 판단하는 문제를 의도적으로 제기하는 작품에 적합하다. 하지만 그 역시 고의적이며 계획된 결말로서, 작품 전체의 주제가 지니는 종결의 불가능성을 반성적으로 강조하는 것이다. 결론의 부재는 어떻게 보면 제기된 문제가 해결되지 않음을 나타낸다.[35] 그러나 나는 헤어슈타인의 다음과 같은 주장에 동의한다. 즉, 반종결[36]은 하나의 경계

---

35) 이 점에 있어서 헤어슈타인은 "자기 종결의 기준 self-closural reference"(『시적 종결』, p. 172)을 말하고 있는데, 작품은 결론을 내리거나 내리지 않는 방법을 통하여 작품으로서 그것 자체에 관계하기 때문이다.

36) 헤어슈타인은 '반종결 anti-closure'과 '종결 불능 beyond closure'을 구별한다. 반종결은 언어의 반성적 표현 능력을 주제가 미완성인 작품에 적용하고, 또 훨씬 더 미묘한 종결 형태를 사용한다는 점에서 여전히 결론을 내리려는 욕구와 관계가 있다. '반종결,' 그리고 언어를 '사보타주 sabotage' 하는 반종결의 기법에 대해, "반역자―언어―를 추방시킬 수 없다면, 무장 해제시켜 투옥시킬 수 있다"(p. 254)라고 말할 수 있다. 이에 반해 '종결 불능'에 대해서는 "반역자―언어―는 무릎을 꿇게 하여 무장 해제시킬 뿐 아니라 참수형에 처해야만 한다"(p. 266)라고 말해야 한다. 저자로 하여금 이 단계를 뛰어넘지 못하게 하는 것은 '발화 utterance'의 모방으로서의 시적 언어가 문학 언어와 비문학 언어 사이의 긴장에서 벗어날 수 없다는 확신이다. 이를테면 우연한 일이 갑작스레 일어나는 고의적인 사건으로 대체될 때, 혹은 구체적인 시 속에 더 이상 읽어리는 없고 볼거리만 존재할 때, 비평가는 "이 점에서 언어의 짐을 모두 내려놓아야 한다"(p. 267)

를 형성하는데, 그 경계를 넘어서면 문제의 작품을 예술 영역에서 제외시키든가, 아니면 언어의 비문학적인 용법들을 모방한다는 시의 근본적인 전제 조건을 포기해야 하는 선택의 기로에 놓이게 된다(그중에서 이야기의 일반적 용법은 삶에서 일어나는 우발적인 사건들을 체계적으로 배치하는 것이다). 나는 첫번째를 선택해야 한다고 생각한다. 모든 의혹을 접어두고, 훌륭한 언어 체제에 대해 믿음을 가져야만 하는 것이다. 그것은 그 자체로 정당화되는 하나의 내기인 것이다.

프랭크 커모드는 유명한 저서 『종말의 의미』[37]에서 바로 이러한 선택의 문제, 말 그대로 신뢰의 문제를 중점적으로 다룬다. 의도적으로 추구한 것은 아니지만, 그는 노드롭 프라이가 담론 세계의 완결성에 대한 욕망을 비의적 비평 차원에서 묵시록적 주제와 결부시키면서 남겨두었던 그 자리에서 문제를 다시 시작한다. 문학 비평으로는 결론 짓기가 매우 어려운 종결의 기술에 대한 논쟁을 묵시록적 주제가 겪었던 변모로부터 재개하려고 노력한 것이다. 그러나 그 틀은 프라이의 상징과 원형 이론과는 매우 상이한 허구 이론이다.

문학 작품에 합당한 결말을 부여하려는 우리의 욕구를 규제하는 것은 바로 독자 특유의 기대들이라는 사실을 인정하면서, 커모드는 서구 전통에서 그러한 기대들을 구조화하는 데 가장 큰 기여를 한 묵시록의 신화로 향한다. 이는 허구라는 용어에 문학적 허구의 영역을 넘어서는 폭넓은 범위를 부여할 수 있다는 가능성을 시인하는 것이

라는 위협적인 메시지에 접하게 된다. 그러나 예술은 놀라운 언어 체제와의 관계를 끊을 수 없다. 따라서 "시는 수많은 방법으로 끝을 맺지만, 생각하건대 시는 아직 끝나지 않았다"(p. 271)는 헤어슈타인의 마지막 말은, 침식 작용에 대한 패러다임들의 저항에 관하여 프랭크 커모드의 작품에서 읽게 될 "그렇지만…… 아직 yet…… however"을 예고하는 것이다.

37) 프랭크 커모드, 『종말의 의미, 허구 이론 연구 The Sense of an Ending, Studies in the Theory of Fiction』, London, Oxford, New York: Oxford University Press, 1966.

다. 다시 말해 그것은 유대 기독교의 종말론에서 보자면 신학적이며, 신성 로마 제국이 몰락하기까지 강력한 독일 제국의 이데올로기에서 보자면 정치 · 역사적이며, 모델 이론이라는 점에서는 인식론적이며, 줄거리 이론에서 보자면 문학적인 것이 될 수 있다. 언뜻 보기에는 이러한 일련의 접근은 상식에 어긋난 것처럼 보인다. 아리스토텔레스의 『시학』이 언어를 매체로 하는 작품의 모델만을 제안한 데 반해 묵시록은 무엇보다도 세계의 모델이 아닌가? 그렇지만 한 가지 측면에서 다른 측면으로의 이행, 특히 우주적 명제에서 시적 명제로의 이행은 서구 기독교의 공인된 성경에서 성서를 끝맺는 글을 통해 세계의 종말 사상이 우리에게 전해진다는 사실에서 부분적으로 정당화된다. 그와 같이 성서의 묵시록은 세계의 종말과 동시에 성서의 결말을 의미할 수 있었다. 세계와 책의 어울림은 훨씬 더 멀리 전개된다. 책의 시작은 창세에 관한 것이며 그 결말은 종말을 주제로 한다. 이 점에서 성서란 세계 역사의 웅대한 줄거리이며, 각각의 문학적 줄거리는 묵시록을 창세기에 잇는 거대한 줄거리의 일종의 축소판이다. 그처럼 종말론의 신화와 아리스토텔레스의 뮈토스는, 시작과 종말을 연결하고 불협화음에 대한 화음의 승리를 상상의 산물에 제안하는 방법을 통해 서로 다시 만난다. 실제로 묵시록의 측면에서 볼 때 말세 Derniers Temps의 고통을 아리스토텔레스의 극적 반전 péripétéia에 접근시키는 것이 무리는 아니다.

　바로 이러한 불협화음과 화음의 접점에서 종말론 신화의 변형은 시적 종결의 문제를 밝혀줄 수 있다. 실제 사건들이 묵시록의 종말을 부인해오는 중에서도, 오래전부터 묵시록이 여전히 살아남을 수 있었던 그 놀라운 힘에 주목하자. 묵시록은 끊임없이 약화되지만 결코 그 권위를 잃지 않은 예언 모델, 그러니까 끊임없이 연기되는 종말의 모델을 제공한다. 뿐만 아니라 세계의 종말에 관한 예언의 약화는 묵시록적 모델의 엄밀한 의미에서의 질적인 변화를 초래하게 되었다.

임박한 종말은 이제 내재하는 종말이 된 것이다. 그때부터 묵시록은 그 비유적 표현 수단들의 핵심을 말세——공포·퇴폐·혁신의 시기——로 이동시킴으로써 위기의 신화가 된다.

문학적 구성에 영향을 미치는 위기에서도 이러한 묵시록적 패러다임의 근본적 변형 같은 것을 찾을 수 있다. 문학에서의 위기는 화음의 패러다임의 약화와 작품의 종결이라는 두 가지 측면에서 이루어진다.

프랭크 커모드는 엘리자베스 시대의 비극에서 무한히 확장된 극적 반전이 되어버린 위기가 임박한 종말을 대체하기 시작하는 징조를 발견한다. 커모드가 보기에 엘리자베스 시대의 비극은 아리스토텔레스의 『시학』보다는 기독교의 묵시록에 연결된다. 셰익스피어의 비극은, 물론 그가 "신뢰할 수 있는 가장 위대한 창조자"(p. 82)로 간주될 수 있다는 점은 변함이 없지만, 묵시록적인 임박한 종말이 내재성으로 전환되는 순간을 보여주고 있다. "비극은 묵시록의 죽음과 최후의 심판, 천국과 지옥의 상징들을 떠맡지만, 세계는 지쳐버린 생존자들의 손으로 넘어간다"(p. 82). 앞에 오는 공포에 비추어보면 최후에 이루어지는 질서 회복은 허약해 보인다. 그보다는 오히려 위기의 시간이 준-영원성의 특성[38]——묵시록에서는 오직 세계의 종말만이 이러한 특성을 갖는다——을 띠게 되며, 진정한 극적 시간이 되는 것이다. 그처럼 『리어 왕 King Lear』의 형벌은 끝없이 지연되는 종말을 향해 나아간다. 최악을 넘어서면 더 나쁜 일이 기다리고 있다. 따라서 종말은 위기를 두려워하는 공포의 이미지에 불과하다. 이렇게 해서 『리어

---

38) 아에붐 Aevum 즉 영속성, 끝없음에 대한 프랭크 커모드의 명쾌한 지적들을 참조할 것. 그는 비극의 시간에서, 시간과 영원 사이에 존재하며 중세 신학이 천사들에게 부여했던 "제3의 시간의 질서"(『종말의 의미』, p. 70 이하)를 분간해낸다. 나는 4부에서 이러한 시간적 자질들을 단선적인 단순한 계기에 비해 서술적 시간의 해방을 가리키는, 그것의 또 다른 특징들에 결부시킬 것이다.

왕』은 영원한 불행을 그리는 비극이 된다.『맥베스』에서 극적 반전은
'예언극'의 예언적 애매성에 대한 패러디 같은 것이다. 이 작품에서
도 역시 애매함은 시간을 파괴한다. 우리 모두가 기억하는 유명한 시
구에서, 주인공은 "같은 시간의 접점에서 모두 함께 만나기"[39]로 결
정하게 된다. 그것은 '위기극'이 다시 한 번 영속성의 표지들을 가진
위기의 시간을 낳기 때문이다. 설사 이러한 영원성 —— "끔찍한 일을
저지르는 것과 첫 몸짓 사이에서" ——이 영원한 현재를 흉내내고 침해
하는 것에 지나지 않는다 하더라도 마찬가지이다. 또한『햄릿
Hamlet』이 어떤 점에서 "또 다른 지연된 위기극"으로 간주될 수 있는
지를 상기할 필요는 없을 것이다.

묵시록에서 엘리자베스 시대의 비극으로의 이러한 전이는,[40] 위기
가 종말을 대체하며 끝없는 과도기가 되어버린 현대 문학과 문화의
부분적 상황을 말해준다. 종결의 불가능성은 패러다임 자체의 약화
를 말해주는 징후이다. 패러다임들의 쇠퇴 곧 허구의 종말과, 시의
종결 불가능성 곧 종말의 허구의 붕괴라는 두 주제의 결합은 바로 현
대 소설에서 가장 잘 드러난다.[41]

---

39) 프랭크 커모드가『맥베스 Macbeth』에 나타난 시간의 이러한 끔찍한 파열을 아우
구스티누스의 이완 distentio에 비교한 것은 아주 적절하다. 그것은 마치『고백록
Confessions』의 저자 자신이 항상 지연되는 회심의 시련에서 몸소 체험한 것과 같
다. "얼마 후인가? 얼마 후인가? 내일, 언제나 내일"(Quamdiu, Quamdiu, "cras et
cras," VIII, 12, 28). 그러나『맥베스』에서 이렇게 지연된 결정의 준-영원성은 예수
가 감람산에서 오로지 자신의 카이로스 kairos —— "중대한 시기"(p. 46) —— 를 기
다리며 보여준 인내와는 정반대이다. 단선적인 시간 chronos과 끝없는 시간 kairos
사이의 이러한 대립은 4부의 주제를 이루게 될 것이다.
40) 이 점에 관한 저자의 주장은 명확하게 나타난다(pp. 25, 27, 28, 30, 38, 42, 49, 55,
61, 그리고 특히 pp. 82, 89).
41) 커모드의 네번째 연구인「현대의 묵시록 The Modern Apocalypse」을 읽어보자. 우
리 시대가 스스로를 특별하다고 내세우는 주장과, 영원한 위기에 빠졌다는 확신
이 기술되고 논의될 것이다. 그리고 이른바 "새로운 것의 전통"(해럴드 로젠버그
Harold Rosenberg)에 의해 구성되는 역설이 논의될 것이다. 나는 특히 현대 소설

현재의 상황에 대한 이러한 설명——이것은 익히 알려진 것이다
——보다 더 중요한 것은 묵시록의 운명에 비추어 커모드가 그러한 현
재의 상황에 대해 어떤 판단을 내리는가이다. 종말의 허구가 계속 약
화되어왔다고들 말하지만, 결코 그 가치를 상실하지는 않았다. 문학
적 패러다임 역시 같은 운명인가? 문학적 패러다임에서도 위기는 우
리에게 재앙과 쇄신을 의미하는가? 이에 관해서는 나는 커모드의 깊
은 확신에 전적으로 동의한다.

　위기란 어떤 형태의 종말도 존재하지 않는 것이 아니라,[42] 임박한
종말이 내재적 종말로 전환되는 것이다. 커모드에 따르면 종말을 약
화시키는 전략과 극적 반전의 전략을 아무리 확대시키더라도 종결의
문제가 의미를 완전히 상실할 수는 없다. 그렇다면 종말이 더 이상
끝이 아닐 때 내재적 종말이란 무엇인가라는 질문이 가능하다.

　그 물음은 분석 전체를 곤경에 몰아넣는다. 독자의 기대를 무시한
채 작품의 형식만을 고려한다면, 우리는 이 곤경을 극복할 수 없을 것
이다. 독자의 기대는 바로 화음의 패러다임의 근원이기 때문에 그 피
난처가 되는 것이다. 마지막 단계에서 넘어설 수 없는 것처럼 보이는
것, 그것은 결국 어떤 식으로든 화음이 우세한 독자의 기대인 것이
다. 이러한 독자의 기대에는 질서에 대한 기대가 완전히 어긋난다면
극적 반전 자체가 무의미해진다는 것이 내포되어 있다. 작품이 독자
의 관심을 놓치지 않으려면, 그 줄거리의 해체는 바로 독자로 하여금

―――――――――

에 관해서 다음의 사실을 주목한다. 소설에서 종말의 패러다임의 문제는 시작의
패러다임과는 역전된 관계에서 제기된다는 점이다. 시작 부분에서 사실주의적 재
현의 안정성은 소설 구성의 불안정성을 은폐했던 것이다. 소설 진행의 반대편 끝
에 이르러, 현실은 무정형이라는 확신으로 드러난 불안정성은 잘 조직된 구성이
라는 개념 자체에 반하는 결과를 가져온다. 글쓰기는 자체의 고유한 문제이자 불
가능한 일이 된다.
42) "위기란 아무리 그 개념이 평이할지라도 세계의 의미를 이해하려는 우리의 노력
에서 핵심 요소일 수밖에 없다"(p. 94).

작품에 참여하여 줄거리를 스스로 만들어가게 하는 표지로 이해되어야만 한다. 어떤 것을 찾지 못해서 실망을 한다는 것은 이전에 그것을 기대했음을 의미한다. 그리고 그러한 어긋난 기대감은 오직 작가가 해체하려고 했던 작품을 독자가 이어받아 창조하는 경우에만 충족될 수 있다. 기대의 어긋남은 끝이 아니다. 기대가 어긋났다고 해서 독자의 구성 작업이 불가능해져서는 안 된다. 왜냐하면 기대와 실망 그리고 재구성 작업의 유희는, 작가가 독자와 맺는 암묵적인 계약 혹은 명시된 계약에 그 성공의 조건이 포함되는 경우에만 실현될 수 있기 때문이다. 가령 내가 작품을 해체하면 당신은 그 작품을 최선을 다해 재구성한다와 같은 것이다. 그러나 계약 그 자체가 하나의 속임수가 되지 않으려면, 작가는 모든 구성의 관례를 폐지하는 게 아니라 오히려 그보다 더 복잡하고 미세하며 은밀하고 교묘한 새로운 관례들, 요컨대 아이러니·패러디·조롱을 사용하여 여전히 그 전통에서 파생된 관례를 도입해야만 한다. 그렇게 함으로써 패러다임에 의거한 기대에 가장 대담한 타격이 가해진다 하더라도 '규제된 변형'의 유희에서 벗어나지 않게 된다. 그리고 그 유희 덕분에 혁신은 결코 중단됨이 없이 침전 작용에 응수했던 것이다. 어떤 식으로든 패러다임에 의거한 기대를 벗어나는 절대적인 도약이란 불가능하다.

이러한 불가능성은 특히 시간을 다룰 때 주목할 만하다. 연대기적 시간을 거부하는 것과 형상화를 대신할 수 있는 모든 원칙을 거부하는 것은 별개의 문제이다. 이야기가 어떠한 형상화 작업도 없이 이루어질 수 있다는 것은 불가능하다. 소설의 시간은 현실의 시간과 관계를 끊을 수 있다. 그것은 허구 속으로 들어가는 법칙이기도 하다. 소설의 시간이 시간 구성의 새로운 규범에 의해 현실의 시간을 형상화하면, 독자는 허구의 시간에 관한 새로운 기대에 힘입어 그 새로운 규범을 여전히 시간적인 것으로 인지한다(우리는 이에 관해 4장에서 탐구하게 될 것이다). '관례적인' 소설의 패러다임을 통해 익숙해진 시간의 양상들을 깨뜨리거나 분해하거나 전도시키거나 충돌하거나 반복했다고 해서 허구의 시간과의 관계를 끝낸 것으로 생각하는 것, 그것은 오직 연대기적 시간만을 상상할 수 있는 유일한 시간으로 간주하는 것이다. 그것은 허구가 그 고유의 시간 척도들을 창조하려는 능력을 의심하는 것이며, 이 능력을 통해 시간과 관련하여 직선적인 연속성에 결부되는 기대들보다 한없이 더 미묘한 기대를 독자에게서 발견할 수 있다는 점을 의심하는 것이다.[43]

따라서 커모드가 첫번째 논문의 결론에서 끌어내고 다섯번째 논문에서 확인한 결론, 다시 말해서 묵시록이 낳은 기대에 견줄 만큼 중요한 기대들은 그 생명력을 유지한다는 것, 하지만 그럼에도 불구하고 그것들은 변하며, 그리고 변하면서도 새로운 적합성을 다시 발견한다는 것을 받아들여야 한다.

이러한 결론은 특히 패러다임의 전통 양식에 대한 나의 논지를 명확히 밝혀준다. 뿐만 아니라 "모더니즘들을 구별하기"(p. 114) 위한 기준을 제공한다. 보다 오래된 모더니즘, 즉 파운드, 예이츠, 루이스, 엘리엇 그리고 또한 조이스(조이스에 관해 탁월하게 설명하고 있는 대목을 참조할 것, pp. 113~14)의 모더니즘에서는 과거가 조롱이나 비난의 대상이 될 때조차도 질서의 원천으로 남아 있다. 커모드가 이단적이라고 부르는 보다 새로운 모더니즘에 이르면 그 질서는 부정되어야만 할 것이다. 이 점에서 베케트는 "이단으로 향하는 전환기"(p. 115)를 나타낸다. 그는 "나락으로 떨어지는 고통을 겪고 과거 · 현재 · 미래 사이의 모든 관계를 변화시키는 화육incarnation을 체험하나, 구제되기를 원치 않는 세상의 타락한 신학자"(p. 115)이다. 이런

---

43) 이것은 프랭크 커모드가 로브그리예와 미로의 글쓰기를 다룬 부분을 암시하려는 것이다(pp. 19~24). 커모드는 로브그리예가 주장한 독특한 생각을 검토하면서 『구토 La Nausée』와 『이방인 L'Étranger』에 나타난 사르트르와 카뮈의 서술 기법이 담당한 중개 역할을 강조했는데, 그것은 적절한 것이다.

의미에서 그는 기독교의 패러다임과 아이러니와 풍자의 관계를 유지한다. 그리고 아이러니에 의해 역전된 바로 이러한 질서야말로 이해 가능성을 보존하는 것이다. "그런데 그 이해 가능성을 보존하는 것이 무엇이건 그것은 분리를 예고한다"(p. 116). "분리는 이전의 어떤 상태에 의거하지 않고서는 의미를 상실한다. 절대적으로 새로운 것은 새로움이라는 명목으로도 이해할 수 없는 것일 뿐이다"(같은 책). "새로움이란 그 자체로 새롭지 않은 것, 즉 과거의 존재를 포함한다"(p. 117). 이 점에서 "새로움은 과거 전체에 관계된 현상이며, 어떠한 것도 홀로 새로울 수는 없는 것이다"(p. 120). 곰브리치 E. H. Gombrich는 그 점을 누구보다도 적절하게 표현했다. "순진한 눈은 아무것도 보지 못한다"(앞의 책, p. 102).

위에 인용된 주장들은 내가 신뢰의 문제라고 불렀던 것 —나중에 보게 되겠지만 이보다 더 적절한 표현을 찾을 수 없을 것이다— 의 경계로 우리를 안내한다. 다시 말해서 질서의 패러다임이 아무리 정교하고 교묘하고 미로처럼 난해할지라도, 왜 그로부터 벗어날 수 없으며 또한 벗어나서는 안 되는가?

이에 대한 커모드의 대답은 쉽지 않았다. 그것은 묵시록에서의 문학적 허구와 종교적 신화의 관계에 대한 자신의 생각이, 독자 쪽에서의 종결의 기대를 지배하는 패러다임이 살아남을 것이라는 스스로의 신뢰의 기반을 무너뜨릴 위험이 있었기 때문이다. 사실상 그에 의하면 임박한 종말에서 내재적 종말로의 이행은, 예기된 종말의 현실에 대한 순진한 믿음과는 대치되는 "지식인들의 회의주의"의 소산이다. 그렇기 때문에 내재적 종말의 위상은 불트만 R. Bultmann이나 폴 틸리히 Paul Tillich가 말하는 파기된 신화라는 의미에서 탈신화화된 신화의 위상이다. 종말론적 신화의 운명을 문학에 차용하게 되면, 문학적 허구를 포함하여 모든 허구는 곧 파기된 신화의 기능을 떠맡게 된다. 우리가 노드롭 프라이에게서 이미 보았듯이 문학화된 신화는 분명 그 우주적인 목표를 간직한다. 그러나 그것을 지탱하는 믿음은 "지식인들의 회의주의"에 의해 약화된다. 여기서 프라이와 커모드는 뚜렷한 차이를 보인다. 담론의 세계 전체가 "언어 질서의 깊숙하고 고요한 중심"을 향한다는 것을 프라이가 알아낸 바로 그 자리에서 커모드는 허구를 다소간 속임수로 만드는 니체식의 죽음에 대한 위안의 욕구가 있는 것이 아닌지 의혹의 눈길을 던진다.[44] 신학적·정치적·문학적이라는 다양한 형태를 띤 종말의 허구들이 위안의 양태로 죽음을 다루어야 한다는 점은 책 전체를 관류하는 끈질긴 주제다.『종말의 의미』를 매력적인 것으로 만드는 그 애매하고 충격적인 인상──나는 섬뜩한 것 l'Unheimlichkeit이라고 말하겠다──은 바로 거기서 기인한다.[45]

이렇게 해서 진실성과 위안이 갈라선다. 그 결과 커모드의 저서는, 허구가 위안을 준다는 점에서 거짓말을 하고 속임수를 쓰는 것이라는 물리칠 수 없는 의혹과,[46] 우리가 어떻게 할 수 없는 욕구, 즉 혼돈

---

44) "위안이 되는 플롯the consoling plot"(p. 31)이라는 표현은 일종의 중복법과 같다. 이와 관련해서는, 특히『최상의 허구에 대한 기록 Notes toward a Supreme Fiction』의 마지막 절에서, 니체의 영향만큼이나 시인 스티븐스Wallace Stevens의 영향이 중요하다.

45) 종말이라는 용어가 문맥에 따라 여러 의미로 쓰이는 것은 그 때문이다. 종말은 동시에『요한 묵시록』에 나타난 세상의 종말,『요한 묵시록』이라는 책으로서의 성서의 종말, 세기말의 신화에 따른 위기의 끝없는 종말, 이단에 의한 패러다임들의 전통의 종말, 미완성 작품이라는 시의 종결 불가능성, 끝으로 욕망의 종말에 의한 죽음이다.『종말의 의미』라는 제목에서 부정관사의 아이러니는 이러한 다원적 의미를 통해 설명될 수 있다. 끝이 와도 결코 끝나지 않는 것이다. 시인 스티븐스의 말과 같이 "상상력은 항상 어떤 시기의 끝에 있는 법이다"(p. 31).

46) 허구와 파기된 신화의 관계에 대한 또 다른 탐구가 가능할 것이다. 그것은 과거의 서구 문화에서 권위를 지녔던 이야기들에 대하여 문학적 허구가 수행한 보완 기능과 결부된다. 그렇게 되면 또 다른 부류의 의혹이 생길 수 있다. 즉 허구가 기원을 설명하는 이야기들의 권위를 빼앗았으며, 이러한 권위의 침해가 대신 박해 molestation──사이드Edward W. Said의 표현을 빌리자면──라는 결과를 초래한다는 의혹이다. 그 경우 박해란, 독자에게 영향을 미칠 수 있을 뿐만 아니라 그 영

에 질서, 무의미에 의미, 불협화음에 화음의 각인을 찍으려는 욕구에 응답한다는 점에서 허구가 독단적인 것은 아니라는 그 또한 물리칠 수 없는 확신 사이에서 끊임없이 동요한다.[47]

이러한 동요는 어째서 커모드가 화음의 허구에 대한 "지식인의 회의주의"의 극단적인 결과일 뿐인 이단의 가설에 그저 "그렇지만……"이라고 대답했는지를 설명해준다. 즉, 와일드O. Wilde를 인용하여 "허위의 쇠퇴the decay of lying"를 언급한 뒤, 커모드는 이렇게 말한다. "그렇지만 그 문제에 대한 이러한 진술이 과장되었다는 점은 명백하다. 어쨌든 패러다임은 사실상 살아남는다. 만일 스티븐스의 표현처럼 "무대가 마련되었던" 시절이 있었다면, 그 무대가 아직은 최종적으로 그리고 완전히 치워지지 않았으리라는 점을 인정해야만 한다. 패러다임들이 닳아 없어지는 것과 마찬가지로 살아남는

향력에 복종시킬 수 있는 저자auctor의 자격으로 행사하는 권위의 허망함과 부당성을 작가가 의식할 때 그 자신에게 가해지는 마음의 상처를 의미한다(『시작들: 의도와 방법 Beginnings: Intention and Method』, Baltimore, London: The Johns Hopkins University Press, 1975, pp. 83~84와 기타 여러 곳). 권위-박해라는 연관된 개념을 상세히 분석하려면 다음을 참조할 것.「서술적 허구에서 박해와 권위 Molestation and Authority in Narrative Fiction」,『이야기의 양상 Aspects of Narrative』, 힐리스 밀러, éd., New York: Columbia University Press, 1971, pp. 47~68.

47) 헤어슈타인에게서 보았듯이, 화음을 향한 욕망이 게슈탈트 지각심리학에서 이론적 뒷받침을 발견한다는 것이 밝혀질지라도, 이 점에서 그 욕망을 단순히 생물학적이나 심리학적으로 정당화시키려는 작업은 실패했다는 것을 강조해야만 할 것이다. 커모드가 똑딱거리는 시계 소리에서 출발하여 이를 다음과 같이 암시한 것도 마찬가지다. "우리는 시계가 무슨 말을 하는가를 묻고 그것이 '똑-딱tic-tac'이라고 말한다고 인정한다. 이러한 허구를 통해 우리는 그것을 의인화하며, 그것으로 하여금 우리의 언어를 사용하게 한다. 〔……〕 '똑'은 어떤 보잘것없는 탄생이며, '딱'은 일종의 빈약한 묵시록적 종말이다. 그리고 '똑딱'은 어쨌든 미약하나마 하나의 줄거리인 것이다." 생물학적 지각 리듬은 우리로 하여금 여지없이 언어를 참조하게 한다. 즉 시계로 하여금 말하게 한 이상, 줄거리와 허구라는 보조 장치가 슬그머니 끼여든다. 그리고 "소설가의 시간"(p. 46)은 이러한 보조 장치와 더불어 탄생한다.

것 또한 우리의 관심사다"[48](p. 43).

커모드가 이러한 곤경에 처하게 된 것은, 우리가 시도하는 것처럼 미메시스 II로 형상화 문제를, 미메시스 III으로 재형상화의 문제를 분리시킴으로써 '허구와 현실'의 관계라는 문제를 얼마간 유보하지 않고, 경솔하게 문제를 제기하고 또 너무 일찍 해결했기 때문이 아닐까? (논문 한 편이 전부 이 문제를 다루고 있다.) 결국 묵시록의 신화가 종말론적 관점에서 구원의 역사로 보일 수 있는 종교적 의미 작용에 대해 언급하지 않고서 오로지 문학적 위상만을 인정한 프라이가 더 신중했던 것 같다. 우선은 종말론 신화를 "평온한 중심"으로 규정하면서 커모드보다 더 독단적으로 보이지만, 결국에는 문학과 종교를 서로 섞이지 않게 함으로써 커모드보다 더 신중하다. 우리가 이미 언급한 바와 같이 문학과 종교의 비의적 결합은 바로 상징들의 가설적인 질서를 바탕으로 구축되기 때문이다. 커모드에게서 허구의 문학이 파기된 신화에 부단히 전염된다는 것은 장점이자 동시에 약점이 된다. 즉 허구 세계에 풍성함을 부여한다는 점에서 장점이며, 허구와 파기된 신화를 접근시킴으로써 품게 되는 "지식인의 회의주의"와 패러다임들에 대한 신뢰가 충돌한다는 데서 약점이다. 나는 커모드가 너무 성급하게 그 문제를 해결했다고 생각한다. 그렇게 해서 『비극의 탄생 L'Origine de la tragédie』에서 니체가 격찬한 것, 즉 감히 무(無)를 관조했다는 이유로 생명을 잃지 않으려면 혼돈의 디오니소스적 마력을 아폴로적 베일로 가려야 한다는 필연, 오직 그것만이 삶에 의미를 부여하는 관점으로 남은 것이다. 우리는 인간의 능동적 행동과 수동적 행동으로 이루어진 현실과 허구 사이에는 삶의 거짓으로

---

48) "And yet, it'il clear, this is an exaggerated statement of the case. The paradigms do survive, somehow. If there was a time when, in Steven's words, "the scene was set," it must be allowed that it has not yet been finally and totally struck. The survival of the paradigms is as much our business as their erosion."

축소된 위안과는 다른 가능한 관계들이 더 있다는 것이 정당하다고 생각한다. 왜곡과 마찬가지로 변모도, 묵시(默示)와 마찬가지로 변형도 역시 보존되어야 할 권리가 있다.

그러므로 우리가 문학적 허구라는 용어에 한정하여 묵시록적 신화를 이야기한다면, 이야기를 형상화하려는 욕구에 대해 무정형에 대한 공포와는 다른 근원들을 찾아야만 한다. 나로서는 화음의 탐구가 담론과 의사 소통의 무시할 수 없는 전제 조건이 된다고 본다.[49] 에릭

---

49) 유리 로트만 Iouri Lotman, 『예술 텍스트의 구조 *Struktura khudožestvenogo teksta*』, Moscou, 1970; 불역, *La Structure du texte artistique*, préface d'Henri Meschonnic, Paris: Gallimard, 1973. 로트만은 일관성을 갖는 형태들의 영속성이라는 문제에 말 그대로 구조적인 해결 방안을 제시한다. 그와 함께 일련의 동심원들을 그려보자. 그것은 줄거리라는 뜻의 '주제 sujet'라는 마지막 원을 향해 점차적으로 줄어드는 원들이며, 이번에는 사건 개념이 그 중심이 된다. 우리는 "특수한 방식으로 배열된 기호들을 사용하는 의사 소통 체계"(p. 35)라는 언어의 가장 일반적인 정의에서 출발한다. 그리하여 우리는 특수한 규칙들을 통해 어떤 유일한 기호로 변형되는 기호들의 시퀀스로 이해되는 텍스트 개념을 얻는다. 그 다음에 우리는 '이차적인 형상 체계'로서의 예술 개념, 그리고 자연 언어의 체계를 기반으로 세워진 이러한 이차적인 체계들 중의 하나로서 언어 예술이나 문학 예술이라는 개념으로 넘어간다. 이렇게 연속적인 정의들을 따라가면서, 우리는 범위 한정, 그러니까 텍스트 개념에 내재하는 포함과 비(非)포함 원칙의 특수성이 단계적으로 규정되는 것을 보게 된다. 텍스트는 경계를 통해 표시됨으로써 통합적 기호 단위로 변형된다. 종결의 개념은 멀리 있지 않다. 그것은 회화·연극(무대 전면의 등불, 막)·건축·조각에 공통적인 틀 cadre이라는 개념에 의해 도입된다. 어떤 의미에서 줄거리의 시작과 결말은 텍스트 개념에 따라 틀 개념을 특정화할 따름이다. 왜냐하면 틀, 즉 다시 말해서 "예술 텍스트와 그렇지 않은 텍스트를 분리하는 경계"(p. 299)가 전무하다면 줄거리도 존재하지 않기 때문이다. 시간보다는 공간적인 관점에서 고찰해볼 때, 그 틀은 예술 작품으로 하여금 "무한한 대상—작품과 관련하여 외부 세계—을 그 유한성 속에서 재생산함으로써, 어떤 식으로 경계가 확정된 공간"(p. 309)으로 만든다 (우리는 4장에서 텍스트의 세계라는 개념에 접근할 때, 무한한 세계의 유한한 모델이라는 이 개념을 염두에 둘 것이다). 그리하여 사건 개념은 이러한 일련의 동심원들의 중심을 나타낸다(p. 324 이하). 사건을 명확한 개념으로 삼고, 그 결과로서 가능한 모든 시간적 틀 가운데 '주제'(줄거리)의 특수성을 규정하는 과감한 결정은 상당히 예상을 벗어나는 것이며 또한 문학 이론에서 유례가 없는 것이다. 우선 로트만은 줄거리도 사건도 없는 텍스트가 어떤 것

베이유 Eric Weil는 『철학의 논리 *Logique de la philosophie*』에서 담론은 일관성이 있지 않으면 폭력이라고 말했다. 일반 화용론에서 말하는 것도 마찬가지이다. 이해 가능성은 계속해서 스스로를 앞서가고 스스로를 정당화하는 것이다.

그런데 일관성 있는 담론을 거부하는 것은 언제나 가능하다. 그 또한 베이유의 저서에서 읽은 바 있다. 이러한 거부가 이야기의 영역에 적용되면 모든 서술적 패러다임의 소멸 곧 이야기의 종말을 의미한다.

발터 벤야민이 유명한 시론 『화자 *Der Erzähler*』[50]에서 두려움에 사로잡혀 언급했던 것이 바로 이 가능성이다. 인간들은 이제 더 이상 공유할 경험이 없다라고 벤야민이 말한 것처럼, 그렇기 때문에 우리는 어쩌면 이야기하는 것이 더 이상 설 땅을 잃어버린 시대의 끝에 와 있을지 모른다. 그는 광고 정보의 홍수 속에서 이야기의 영원한 퇴조의 징조를 보았던 것이다.

사실상, 우리는 어쩌면 이야기하는 기술의 종말이라는 죽음의 목

일까 상상한다. 그것은 아마 순전히 분류 체계이거나 단순한 목록(가령 지도와 같은 장소들의 목록)일 것이다. 유식한 말을 쓰자면, 그것은 (부유 대 빈곤, 고귀함 대 천함 등의 이분법으로 확연하게 배열되는) 의미론적 영역의 고정 체계일 수 있다. 그러면 사건은 언제 일어나는가? "텍스트에서 사건은 등장인물이 의미론적 영역의 경계를 넘어 이동하는 것이다"(p. 326). 그러므로 누군가 그 내부의 금지 사항을 위반하고 장벽을 넘어설 수 있기 위해서는 세계의 고정된 이미지가 필요하다. 즉 사건은 이러한 위반이요 통과다. 이런 의미에서 "주제가 있는 텍스트는 주제가 없는 텍스트의 부정으로서, 그것을 토대로 하여 구성된다"(p. 332). 그것은 바로 아리스토텔레스의 극적 반전과 커모드의 불협화음에 대한 놀라운 해석이 아닌가? 그리고 한정된 의미론적 영역도 경계의 통과도 있을 수 없는 문화를 생각해낼 수 있는가?

50) 발터 벤야민 Walter Benjamin, 『화자, 니콜라이 레스코프의 작품에 대한 고찰 *Der Erzähler, Betrachtungen zum Werk Nikolaj Lesskows*』(1936), *Illuminationen*, Frankfurt am Main: Ed. Suhrkamp, 1969, pp. 409~36; 불역, 모리스 드 강디약 Maurice de Gandillac, 「화자 Le Narrateur」, 『시와 혁명 *Poésie et Révolution*』, Paris: Denoël, 1971, pp. 139~69.

격자들——그리고 그 죽음을 만들어내는 사람들——일지 모른다. 모든 형태의 이야기 기법은 이야기하는 기술에서 생겨난다. 아마도 서술 행위로서의 소설 역시 소멸하고 있는 중인지도 모른다. 적어도 오늘날 서구 문화권에서 그 정체성을 확인할 수 있는 역사적 양식을 제공했던 누적된 경험에 죽음이 엄습했음은 결코 부인할 수 없다. 앞서 논의되었던 패러다임들은 전통의 침전물일 뿐이다. 그러므로 줄거리의 변모는 어디선가 한계에 부딪힐 것이며, 그 한계를 넘어서면 스토리를 하나의 통일되고 완결된 이야기로 만드는 시간적 형상화의 형식 원칙을 인지할 수 없으리라는 것도 충분히 가능하다. 그렇지만…… 그렇지만. 어쩌면 그 모든 것에도 불구하고, 오늘날 독자의 기대를 여전히 구조화하는 화음의 요청을 신뢰하고, 아직은 이름붙일 수 없는 새로운 서술 형태들, 즉 서술 기능은 변모할 수 있지만 사라질 수는 없다는 증거가 될 그런 형태들이 이미 탄생하는 중이라고 믿어야만 할 것 같다.[51] 왜냐하면 우리는 이야기하는 것이 무엇을 뜻하는지를 더 이상 알 수 없는 문화가 어떤 것인지를 도저히 상상할 수 없기 때문이다.

---

51) 헤어슈타인과 커모드는 여기서 다시 만난다. 전자는 "시가 수많은 방법으로 끝을 맺지만, 생각하건대 시는 아직 끝나지 않았다"(앞의 책, p. 271)고 적고 있으며, 후자는 "어쨌든 패러다임들은 살아남는다. 〔……〕 패러다임들이 닳아 없어지는 것과 마찬가지로 살아남는 것 또한 우리의 관심사다"(앞의 책, p. 43)라고 말한다.

제2장

서술성의 기호학적 제약

　우리는 이 책의 서문에서 줄거리 구성 개념의 심화라는 이름으로, 역사적으로 끊임없이 줄거리 구성의 양상들과 친숙함으로써 생겨난 서술적 이해력과 서술기호학이 주장하는 합리성을 대치시킨 바 있다. 심화란 심층 구조의 연구를 말하는 것으로, 구체적인 서술적 형상화는 그 구조들이 이야기의 표층에 표면화된 것이라고 할 수 있다.

　이처럼 서술적 이해력과 합리성을 대치시키게 된 이유는 쉽게 짐작할 수 있다. 우리는 앞장의 분석에서 서술 기능의 전통 양식이 지니는 역설들을 확인한 바 있다. 그 패러다임들이 영속성을 갖는다고 주장할 수 있다 하더라도, 그러한 영속성이 본질에 부여된 초시간성과 견줄 수 있는 것은 아니다. 그것은 형식·장르·유형 들의 역사에 묻혀 있는 영속성인 것이다. 이야기하는 기술이 경우에 따라서는 소멸할 수도 있다는 마지막 언급은 이러한 서술 기능의 영속성에 ── 물론 문화인류학에 의해 확인된 수천의 민족 문화 속에 이런 영속성이 존재하는 것이 사실이다 ── 드리워진 불안정의 그림자를 보여준다.

　영속적인 것의 이러한 불안정성에 직면하여 기호학적 연구의 동기를 부여하는 것은 무엇보다도 역사를 벗어난 유희 규칙에 의거해서 서술 기능의 영속성을 확립하려는 야심이다. 기호학자가 볼 때 종전의 연구는 개전의 여지가 없는 역사주의로 얼룩져 있는 것처럼 보이게 마련이다. 만일 서술 기능이 그 전통 양식을 통해 영속성을 주장할 수 있다면, 그러한 영속성은 비시간적인 제약에 근거해야 한다. 요컨대 구조를 위해 역사를 떠나야 하는 것이다.

어떤 방법으로? 역사 기술의 인식론에서 이야기의 생산에 적용된 이해력에 논리적 유형의 합리성을 겹쳐놓으려고 시도했던 것에 비견할 만한 방법론적 혁신을 통해 가능하다. 이 방법론적 혁신은 여기서 세 가지 주요한 특징을 지닐 수 있다.

우선 공리적으로 구성된 모델들을 토대로 연역적 절차에 가능한 한 가까이 접근하는 것이 필요하다. 이러한 선택은 우리가 열거할 수 없을 정도로 다양한 서술적 표현들(구술·기술·도표·몸짓)과 서술 부류들(신화·민담·우화·소설·서사시·비극·드라마·영화·만화 영화, 그리고 역사·회화·대화까지)을 접하고 있다는 사실을 통해 정당화된다. 그러한 상황에서는 어떠한 귀납적 접근 방법도 실행할 수 없다. 오직 연역적인 방법, 즉 다시 말하면 가설적 설명 모델을 구성하는 일만이 남게 되며, 그로부터 몇몇 기본적인 하위 부류들이 파생될 수 있을 것이다.[1]

언어학은 언어 행위를 대상으로 하는 분야 중 이러한 합리성의 이상이 가장 잘 충족될 수 있는 분야이다. 서술기호학의 두번째 특징은 따라서 언어학의 영역에서 모델을 구성한다는 것이다. 따라서 그러한 폭넓은 구성은 서로 다른 시도들을 포함할 수 있게 해주며, 그중 가장 근본적인 시도는 하위 층위의 언어 구조에서 출발하여 문장보다 긴 단위들의 구조적 가치를 이끌어내는 데 주력한다. 이때 언어학이 제안하는 것은 이렇게 요약될 수 있다. 즉, 어떤 주어진 언어 행위

---

1) 롤랑 바르트Roland Barthes, 「이야기의 구조 분석 입문 Introduction à l'analyse structurale des récits」, *Communications* 8, 1966: 『이야기의 시학 *Poétique du récit*』 에 재수록됨(Paris: Ed. du Seuil, 1977). 우리가 여기서 인용한 것은 바로 이 쇠유 판이다.

에서 메시지의 코드code를 끌어내거나, 소쉬르식으로 말하자면 랑그를 파롤에서 분리시키는 것이 언제나 가능하다. 체계적인 것은 바로 코드, 랑그다. 랑그가 체계적이라고 말하는 것은 랑그의 공시성, 즉 동시적 양상이 통시성, 즉 연속적이고 역사적인 양상에서 분리될 수 있다는 점을 인정하는 것이기도 하다. 체계의 조직은, 우리가 그것을 수가 한정된 변별적 기본 단위, 즉 체계의 기호들로 환원할 수 있고, 또 모든 내적 관계를 만들어내는 총체적인 결합 규칙이 설정될 수 있다면, 역시 제어 가능하다. 이러한 조건 아래서 구조란 유한한 단위들간의 내적 관계들로 이루어진 폐쇄된 총체로 정의될 수 있다. 관계들의 내재성, 다시 말해서 언어 외적인 현실에 대한 체계의 무관심은 구조의 특징을 이루는 폐쇄 규칙의 중요한 필연적 결과이다.

알다시피 이러한 구조 원칙들이 가장 성공리에 적용되었던 분야는 우선 음운론이며 그 다음에는 어휘의미론 그리고 통사론의 규칙들이다. 이야기의 구조 분석은 이러한 모델을 언어학자에게 있어서 최종 단위가 되는 문장보다 상위 차원의 언어적 단위로 확대하거나 전환하려는 시도들 가운데 하나로 간주될 수 있다. 문장의 층위를 넘어서면 엄밀한 의미에서의 담론, 즉 고유의 구성 규칙들을 제시하는 일련의 문장들을 만나게 된다(담론의 이러한 조직적 양상에 대한 연구는 한동안 전통수사학이 떠맡은 임무 중의 하나였다). 그리고 방금 언급한 바와 같이 이야기는 담론, 즉 일정한 질서에 따르는 문장들의 연속체 중에서 가장 광범위한 부류 중의 하나이다.

이제 언어학의 구조 원칙들의 확장은 막연한 유추에서 엄격한 상동 관계로 확대됨으로써 다양한 종류의 파생 관계를 의미할 수 있다. 롤랑 바르트는 「이야기의 구조 분석 입문」을 발표하던 무렵에 이러한 파생 관계의 가능성을 강력하게 옹호한다. "어떤 사실을 진술하는 문장이 어떤 점으로는 짧은 이야기의 시작인 것과 마찬가지로, 이야기는 하나의 거대한 문장이다"(p. 12). 바르트는 자신의 생각을 끝까지 밀고 가면서 이렇게 선언한다. "우리가 여기서 암시하는 상동 관계는 단순히 새로운 것을 발견하는 데 도움이 되는 가치만을 지니는 것이 아니라 언어와 문학의 동일성을 함축한다"(같은 책).

세번째 일반적 특징은 이야기와 관련하여 아주 큰 결과를 초래하는 것으로, 언어 체계의 구조적 속성들 중에서 가장 중요한 것은 바로 그 유기적 특징이라는 점이다. 그것은 전체가 부분보다 더 중요함을 의미하며, 그로 말미암아 층위들의 단계가 생겨난다는 것이다. 이 점과 관련해서는 미국 구조주의에서 순전히 분포론적 모델을 주장한 학자들보다는 프랑스 구조주의자들이 언어 체계의 이러한 통합 능력에 더 큰 중요성을 부여했다는 사실을 주목해야만 한다. "우리가 제안하는 층위들의 수가 어떠하건, 그것들에 어떠한 정의를 내리건간에, 이야기가 계층화된 구성 체계라는 점은 의심할 수 없다."[2]

이 세번째 특징은 단연 가장 중요하다. 그것은 우리가 서술적 이해력의 측면에서 형상화 작업으로서 기술했던 것에 아주 정확하게 대응한다. 기호학은 바로 이러한 특성을 논리적 모델의 계층적이며 통

2) 롤랑 바르트, 「의미의 층위 Les niveaux de sens」, 『이야기의 시학』, p. 14. 언어와 문학 사이에 추정되는 상동 관계에 관해서, 토도로프 Todorov는 발레리 Valéry의 문장을 인용한다. "문학은 언어가 갖는 몇몇 속성들을 확장하고 적용한 것과 같으며, 그것과는 다른 것일 수 없다"(「언어와 문학 Langage et Littérature」, 『산문의 시학』, Paris: Ed. du Seuil, 1971, p. 32). 이 점에서 문체의 기법들(특히 수사학의 문체)과 이야기의 구성 기법들, 의미와 해석 개념들의 주된 역할은 그 모두가 문학적 이야기에서 언어학적 범주의 표현들을 구성한다(같은 책, pp. 32~41). 그 상동 관계는 행동 주체-주어와 행동-술어, 그리고 균형이나 불균형 상태를 기술하기 위하여 고유명사 · 동사 · 형용사의 문법 범주들을 이야기에 적용하려고 할 때 분명히 드러난다. 따라서 이야기의 문법은 가능한 것이다. 그러나 문법 범주들이 어떻게 이야기 속에서 드러나는가를 안다면 그 범주들을 더 잘 이해할 수 있다는 사실을 잊어서는 안 될 것이다. 토도로프, 「이야기의 문법 La grammaire du récit」, 『산문의 시학』, pp. 118~28을 참조할 것. 나는 랑그의 문법과 비교해서 이야기의 문법은 절(또는 문장)에서 상위의 통사적 단위(또는 시퀀스)로 이행할 때 그 독창성을 드러낸다는 점을 강조할 것이다(같은 책, p. 126). 바로 이러한 차원에서 이야기 문법은 줄거리 구성 작업과 대등한 관계에 놓여야 할 것이다.

합적인 수단을 가지고 재구성하려고 노력할 것이다. 우리가 토도로프처럼 스토리histoire 층위(행동의 논리 층위와 인물들의 통사론 층위라는 두 개의 통합 층위를 포함한다)와 담화discours 층위(이야기의 시제·시상·법을 포함한다)를 구별하든지,[3] 아니면 롤랑 바르트처럼 기능fonction, 다시 말해서 프로프Propp와 브르몽Bremond[4]이 공식화해서 말한 의미로 분할된 행동의 층위, 그 다음 (그레마스의 경우처럼) 행동action과 행위소actant의 층위, 끝으로 다시 토도로프처럼 서술 행위narration의 층위(이야기가 그 증여자와 수신자간의 교환의 목적이 된다)를 구별하든지, 어느 경우에든 결국 확실하다고 간주될 수 있는 것은 바로 이야기가 분절과 통합 또는 형식과 의미라는 두 가지 근본적인 과정 사이에서 랑그와 동일한 결합 관계를 보여준다는 점이다.[5]

구조를 위해 역사를 버리는 이러한 방법론적 혁신을 토대로 하여 우리가 앞으로 탐구하게 될 것은 주로 이러한 분절과 통합의 경합이다. 본 연구는 따라서 형식과 의미의 관계가 서술 전통에 의거하는 어떠한 기준으로부터도 단절되어 있는 합리성의 차원에서, 줄거리 구성의 분절적이면서도 통합적인 성격을 재구성하는 데 있어서 기호학이 이룩한 성과를 길잡이로 삼을 것이다. 서술 기능의 전통 양식을 '비시간적' 제약으로 대체하는 작업은 이러한 재구성의 시금석이 될 것이다. 서술기호학은 롤랑 바르트의 표현대로 이야기를 탈시간화déchronologiser하고 재논리화relogifier했기에 앞서 언급한 세 가지 주요한 특징들을 더 잘 충족시킬 수 있을 것이다. 그것은 이야기의 모

---

3) 「문학적 이야기의 범주들 Les catégories du récit littéraire」, 『산문의 시학』, pp. 131~57. 이러한 구별은 다음 장에서 언급하는 편이 더 적절해 보인다.

4) 아래 p. 63 이하 참조.

5) 롤랑 바르트는 여기서 분할을 통해 단위들을 생산하는 형식과 이 단위들을 상위 단계의 단위들 속에서 통합하는 의미를 구별한 벤베니스트와 다시 만난다.

든 통합적 양상, 곧 시간적 양상을 그에 대응하는 계열적 양상, 곧 비시간적 양상에 종속시킴으로써 이루어질 것이다.[6)]

이처럼 언어학이 서술기호학으로 확장되면서 시작된 논의의 쟁점을 이해하기 위해서는, 서술기호학이 전략적으로 계획을 변경시킴으로써 이루어진 혁신이 어떤 효과를 갖는지를 가늠해야 한다. 구조 분석이 음운론이나 어휘의미론에서 신화·민담·영웅담과 같은 이야기들로 옮겨갈 때, 우리는 그 안에 함축된 연구 대상 자체의 변화를 강조하지 않을 수 없다. 음소에서 기호소나 어휘소에 이르는 문장 하위의 단위들에 구조 분석을 적용할 때는, 이미 상징화 작업의 그물 속에 들어간 대상들은 다루지 않는다. 그러므로 구조 분석은 연구 대상이 이미 명확한 문화적 대상인 다른 어떤 실천적 방법과는 경쟁하지 않는다.[7)] 반면에 허구 이야기는 기호학이 등장하기 이전에 이미 이야

---

6) 이러한 요청은 클로드 레비 스트로스의 『신화학 대계(神話學大系) Mythologiques』에서 남김없이 충족된다. 『구조인류학 Anthropologie structurale』의 독자들은 '신화의 구조'에 관한 시론과 거기서 제안된 오이디푸스 신화의 구조 분석을 잊지 않고 있다(「신화의 구조 연구 The Structural Study of Myth」, 『미국 민속지(誌) Journal of American Folklore』, vol. LXVIII, n° 270, X~XII, pp. 418~44: 평론집 『신화심포지엄 Myth. A symposium』(Bloomington, 1958, pp. 50~66)에 재수록됨: 불역 증보판, 「신화의 구조 La structure des mythes」, 『구조인류학』, Paris: Plon, 1958, pp. 227~55: 또한 레비 스트로스의 『아스디왈의 무훈시 La Geste d'Asdiwal』[Paris: EPHE, pp. 2~43]를 참조할 것). 주지하는 바와 같이 레비 스트로스는 신화를 그 일화(逸話)로서 전개하지 않고 결합 법칙을 내세운다. 이는 시간적 차원에 위치한 문장들을 연결시키는 것이 아니라 저자가 관계들의 집합체라고 지칭하는 것들을 서로 연결시키는 것이다. 가령 혈육 관계의 과소 평가와 과대 평가의 대립이라든가, 대지로부터의 해방과 토양(토착지)에의 의존 관계의 대립과 같은 것이다. 신화의 구조 법칙은 이러한 대립 관계들에 주어지는 해결 방안의 논리적 모체가 될 것이다. 우리는 여기서 잠시라도 신화학의 영역에 손댈 생각은 추호도 없으며, 신화에 대한 서사시의 친자 관계나 상관 관계를 고려하지 않은 채 허구 이야기를 서사시에서 시작하도록 한다. 우리는 4부에서——특히 책력에 관한 설명에 즈음하여——역사적 시간과 신화적 시간 사이의 관계에 대한 문제에 접근할 때에도 동일한 유보 조건을 지킬 것이다.
7) 이러한 중요한 견해는 모니크 슈나이더 Monique Schneider(「민담의 시간 Le temps

기로서 어떤 실천과 이해의 대상이 되어왔다. 이 점에서 역사의 상황도 동일하다. 즉, 역사에서도 과학적인 야심과 성격을 지닌 연구가 있기 전에 전설과 연대기가 있었던 것이다. 따라서 서술적 이해력에 대해 기호학적 합리성이 가질 수 있는 의미 작용과, 우리가 2부에서 본 바 있는 역사 기술의 법칙론적 모델에 정해진 조건을 비교할 필요가 있다. 사실상 서술학에 있어서 논의의 쟁점은 줄거리의 이해 능력과 줄거리의 시간과 관계해서 논리화와 탈시간화의 과정에 부여해야 하는 자율성의 정도와 관련되어 있다.

논리화와 관계해서 우리가 알아야 할 것은, 역사 기술에서 제안되었던 것과 유사한 해결책이 서술학에도 적용될 수 있는가 하는 점이다. 기억하건대 우리의 주장은 법칙론적 설명이 서술적 이해를 대체할 수는 없으며, 다만 더 많이 설명하는 것이 더 잘 이해하는 것이라는 일반 원리에 의거하여 보완될 수 있을 뿐이라는 점이었다. 그리고 법칙론적 설명이 서술적 이해력을 대체할 수 없는 것은, 이미 언급한 바와 같이, 전자는 바로 서술적 이해력으로부터 역사의 본질적인 역사성을 보존하는 특성들을 빌려오기 때문이다. 기호학이 존재할 수 있다는 것은 의심의 여지가 없다. 그러나 서술적이라는 수식어를 기호학에 붙일 수 있는 것은 기호학이 서술적이라는 수식어를 바로 이야기의 전제 조건이 되는 이해력——우리는 앞장에서 이해력의 규모를 보여주었다——에서 빌려오기 때문이 아닌가?

논리화의 이면에 불과한 탈시간화에 관해 말하자면,[8] 그것은 시간

---

du conte」, 『서술성 *La Narrativité*』, Paris: Ed. du C. N. R. S, 1979, pp. 85~87)에게서 빌려온 것인데, 민담이 그에 앞선 종교적 입문 의식에 삽입됨으로써 얻게 된 '경이로운' 성격이 완전히 이해하기 쉬운 대상으로 변모해가는 점을 강조하며, "민담으로 하여금 논리적 제약에 저항할 수 있게 하는 능력들을 일깨우고자"(같은 책) 한다. 여기서 내가 관심을 갖는 것은 민담의 '경이로운' 성격과 결부된 능력이 아니라, 선행하는 문화적 창조로서 민담이 이미 보유하고 있는 이해 능력이다.

8) 롤랑 바르트는 「이야기의 구조 분석 입문」을 썼던 시기에, "현재의 분석이 지향하

과 허구의 관계를 근본적으로 새롭게 재조명한다. 이제는 앞장에서처럼 서술 기능의 역사성(우리가 전통 양식이라 지칭했던 것)만이 문제가 아니라, 서술성의 심층 구조들의 공시적, 아니 비시간적 차원과의 관련 속에서 스토리 자체의 통시적 성격도 문제가 된다. 이런 관점에서 서술적 시간에 관한 용어의 변화는 어떤 뜻을 담고 있다. 즉 공시태와 통시태라는 용어의 사용은[9] 아우구스티누스와 아리스토텔레스가 다같이 불협화음을 내는 화음으로 규정한 시간의 특성에 아주 잘 들어맞는 서술적 이해력이 이미 새로운 합리성의 지배에 놓이게 되었음을 말해준다. 논리화가 제기하는 문제는 탈시간화에 대해서도 마찬가지이다. 이야기의 통시태는 과연 기호학이 내세운 심층 구조 문법만으로 재해석될 수 있는가? 이야기의 통시태는 이 책의 1부에 기술된 이야기의 시간 구조와 우리가 역사 기술의 측면에서 설명과 이해간에 설정하려고 했던 것과 동일한 관계, 즉 겉으로는 자율적이지만 속으로는 종속적인 관계를 유지하는 것이 아닐까?

는 것은…… 이야기의 내용을 '탈시간화' 하고 '재논리화' 하는 것이며, 말라르메가 프랑스어에 관하여 '논리의 근원적인 엄청난 위력' 이라고 불렀던 것에 맡기는 것이다"(p. 27)라고 말했다. 그는 시간에 관해서 다음과 같이 덧붙였다. "연대기적 환상을 구조적으로 기술해야 한다. 서술적 논리가 서술적 시간을 설명해줄 것이다"(같은 책).「이야기의 구조 분석 입문」을 쓴 바르트에게 있어서는, 바로 분석적 합리성이 서술적 이해력을 대체한다는 점에서 서술적 시간은 '연대기적 환상' 으로 귀착된다. 실제로 이러한 주장에 대한 논의는 우리로 하여금 미메시스 II의 틀을 벗어나게 한다. "시간은 사실 엄밀한 의미로 담론에 속하지 않고 지시 대상에 속한다. 이야기와 랑그는 단지 기호학적 시간만을 인정한다. 프로프의 설명이 보여주듯이 '진정한' 시간이란 대상 지시적 환상. 즉 '사실주의적' 환상이며, 구조적 설명은 바로 이런 명목으로 그것을 다루어야만 한다"(같은 책, p. 27). 우리는 이른바 대상 지시적 환상이라는 것을 4부에서 논의할 것이다. 그리고 본 장에서 언급하게 될 모든 것은 바르트 자신이 기호학적 시간이라고 부른 것에 관한 것이다.
9) 르 고프 Le Goff가 언급한 바와 같이 역사가는 공시태와 통시태라는 용어를 사용하는 데 주저한다는 점을 기억하고 있을 것이다. 1권, p. 304 참조.

1. 프로프의 민담 형태론[10]

서술 구조의 논리화와 탈시간화에 관한 논의를 프로프의 『민담의

10) V. J. Propp, *Morfologija skazki*, coll. "Voprosy poetiki," n˚ 12, Gosudarstvennyi institut istorii iskusstva, Leningrad, 1928; 영역, *Morphology of the Folktale* (초판), Indiana University Research Center in Anthropology, Folklore, and Linguistics, Publ. 10, Bloomington, 1958; Louis A. Wagner의 서언이 붙어 개정된 재판; Alan Dundes의 서문 추가, Austin-London, University of Texas Press, 1968. 불역본 (Paris: Ed. du Seuil, 1965, 1970)은 러시아어로 된 두번째 개정 증보판(Leningrad: Nauka, 1969)을 옮기고, 뒤에 1928년 프로프가 쓴 논문 「민담의 변형 이론 Les transformations des contes merveilleux」을 번역해서 붙였다. 이 논문은 츠베탕 토도로프가 정리한 러시아 형식주의자들의 작품집, 『문학의 이론. 러시아 형식주의자의 텍스트들 *Théorie de la littérature. Textes des formalistes russes*』(Paris: Ed. du Seuil, 1966)에도 수록되어 있다. 여기서 우리가 논의 과정의 출발점으로 삼고 있는 프로프의 작품은 사실 러시아 형식주의(1915~1930)라는 이름으로 알려진 문학 연구 흐름의 한 정점을 이루는 것이다. 토도로프는 「형식주의의 방법론적 유산 L'héritage méthodologique du formalisme」(『산문의 시학』, pp. 9~29)에서 러시아 형식주의자들 덕택으로 얻은 방법론상의 중요한 지식들을 요약하며, 그것들을 60년대의 언어학의 지식들과 비교한다. 우리는 문학성, 내재적 체계, 조직의 층위, 변별적 특징(또는 기호), 모티프와 기능, 유형학적 분류 등의 개념들을 염두에 둘 것이다. 그리고 특히 변형의 개념에 대해서는 나중에 다시 검토할 것이다.

[이하 각주 부분은 1984년에 간행된 초판본에는 없으나 1991년 'points' 판에 추가된 것이다: 옮긴이] 레비 스트로스는 「구조와 형태, 블라디미르 프로프의 저서에 관한 고찰 La structure et la forme, réflexion sur l'ouvrage de Vladimir Propp」(*Cahiers de l'Institut de science économique appliqué*, série M, n˚ 7, 1960, pp. 1~36. 또한 *International Journal of Slavic Poetics and Linguistics*, vol. 3, La Haye, 1960, pp. 122~49에 '러시아 민담의 형태론적 분석'이라는 제목으로 재수록)에서 프로프의 형식주의적 접근 방법과 자신의 구조주의적 접근 방법을 분명하게 구분하고 있다. 레비 스트로스에 의하면 "형태는 그와 무관한 내용에 의해 정의된다. 그러나 구조는 내용을 갖지 않는다. 즉 구조는 논리적 조직 속에서 현실의 속성으로 파악된 내용 그 자체다." 레비 스트로스는 이러한 주된 구분을 러시아 민담의 단일한 형태가 갖는 추상적 성격에서 확인하고 있는데, 배반 기능과 그에 따른 20여 개의 하위 구분에서 보았듯이 러시아 민담은 다양한 내용들을 기능의 부류와 하위 부류라는 명목으로 복원시키게끔 되어 있다. 내용은 분명 복원되지만 전적

형태론*Morphologie du conte*』에 대한 비판적 연구로 시작하게 된 데는 두 가지 이유가 있다. 우선은 러시아 형식주의의 거장인 프로프가 시도한 논리화 작업이 형태론, 즉 "민담을 구성하는 부분들과 그 부분들 상호간의 관계 그리고 부분과 전체의 관계에 따라 민담을 기술"(p. 28)하는 데 기초하기 때문이다. 그런데 프로프의 형태론은 분명 린네의 분류학적 구조 개념을 원용하지만,[11] 동시에 조심스럽게 괴테의 유기적 구조 개념을 원용하고 있다.[12] 따라서 이렇게 유기적 관점이 분류학적 관점에 맞서서 버티고 있다는 것은 형태론 안에서 이미 형식주의로 환원할 수 없는 형상화 원칙에 유리한 증언이 나온 것이 아닌지 생각할 수 있다. 또 다른 이유는 프로프가 제안한 민담 구조의 단조로운 선조적 개념으로 인해, 서술 구조를 철저하게 탈시간화하려는 그의 시도는 목표를 달성하지 못한다는 점이다. 따라서 민담의 시간적 차원을 없앨 수 없게끔 한 바로 그 이유가 유기적 관점이 분류학적 관점에 흡수되지 못하게 하고, 그래서 형태론으로 하여금 논리화하려는 보다 더 철저한 요구를 충족시키지 못하게 한 이유와 합치되지 않는가를 생각해볼 수 있다.

프로프의 형태론은 본질적으로 등장인물에 대한 기능의 우위를 특

으로 형태론적 기준에 따라 형태와는 무관하다. 레비 스트로스가 주장하듯이 "형식주의는 그 대상을 소멸시킨다." 반면에 『아스디왈의 무훈시』에서는 이른바 내용 그 자체가 논리적으로 재구성된다. 그러나 그 대가는 엄청나다. 시간적인 연속이 비시간적인 심층 구조 안에 흡수되어버린 것이다. 기능의 이전은 이제 그 치환 양태들(세로 항 또는 분할된 세로 항에 따른) 가운데 하나에 불과하다. 연대기적 시간을 배제하는 것은 이렇게 해서 단순한 형태론적 분석에서 구조 분석으로 이행하는 중요한 징후가 된다.

11) 린네 Linné의 분류를 민담에 적용하려는 프로프의 야심은 분명히 드러난다(p. 21). 린네와 프로프의 목적은 사실상 동일하다. 즉 가상의 미로 속에 감춰진 놀라운 통일성을 발견하는 것이다(서문). 방법 또한 동일하다. 즉, 역사적 접근을 구조적 접근에(p. 125), '모티프,' 즉 주제의 내용을 형식적 특징에(p. 13) 종속시키는 것이다.

12) 프로프는 이 책에서 다섯 번도 넘게 괴테의 구절을 인용한다.

징으로 한다. 프로프에 의하면 기능이란 분할된 행동, 더 정확히 말해서 추상화된 행동을 의미하며, 최초의 일곱 기능은 격리·금지·위반·의문·정보·속임수·공모이다. 이 기능들은 모든 민담에서 수없이 많은 구체적인 형태 아래 동일하게 나타나며, 어떤 인물이 이러한 행동을 실현하는가에 관계없이 정의될 수 있다.

『민담의 형태론』 서두에 언급된 네 개의 기본 명제들 가운데 첫째 명제는 형태론에서 기능이 점하는 우위를 매우 정확하게 정의하고 있다. "민담의 항구적인 사건은 인물의 기능이며, 그 인물이 어떤 사람인지, 기능이 어떤 방법으로 수행되는지는 중요하지 않다. 이렇게 정의되는 기능이 민담을 구성하는 부분이다"(p. 81). 그런데 이러한 규정에 뒤이어 나오는 설명에는 내가 앞서 예고했던 유기적 관점과 분류학적 관점 사이의 대립이 나타나는 것을 볼 수 있다. "우리가 말하는 기능이란 줄거리가 전개될 때 그 의미 작용의 관점에서 규정된 인물의 행동을 의미한다"(p. 31). 목적론적 단위로서의 줄거리에 대해 언급함으로써, 민담 내부에서 기능들의 관계에 대한 전적으로 부가적 개념을 미리 수정하고 있는 것이다.

하지만 이어지는 명제들은 결국 조금씩 이 부가적 개념을 확인하고 있다. 우선 "민담이 포함하고 있는 기능들의 수는 한정되어 있다"(p. 31)는 둘째 명제가 그렇다. 우리는 여기에서 모든 형식주의자들에게 공통된 가정에 도달한다. 즉 외적인 형태는 무수히 많지만, 기본적인 구성 요소는 그 수가 한정되어 있다는 것이다. 후에 보게 되겠지만 그 수가 매우 제한되어 있는 인물들(프로프는 그것을 일곱 개로 축소한다)의 문제는 접어두더라도, 프로프는 기능들에 이러한 한정된 열거 원칙을 적용한다. 기능을 규정할 때 그 숫자를 몇십 개로, 정확하게 31개로 축소하려면 고도의 추상 작용이 필요하다.[13] 여기서

---

13) 이 숫자는 전적으로 음운 체계에서의 음소들의 수와 비교될 수 있다.

우리가 던진 최초의 질문이 새로운 형태로 다시 제기된다. 그러한 계열을 마무리하는 원칙은 무엇인가? 그것은 방금 줄거리라 부른 것과 관계가 있는가, 아니면 계열적 성격을 지닌 어떤 새로운 통합 요인과 관계가 있는 것인가?

세번째 명제는 뒤의 해석에 손을 들어준다. "기능들의 연속은 항상 동일하다"(p. 32). 연속의 동일성이 민담의 동일성을 만든다. 사실 이 명제는 프로프의 모델에서 연대기적 시간이 갖는 확고한 위치를 나타내는 것인데, 바로 이러한 모델의 양상이 프로프를 뒤이은 학자들 사이에 논란을 불러일으키게 된다. 프로프의 입장에 보다 충실한 이들은 모델 속에 시간적 요인을 그대로 유지하겠지만, 오히려 레비 스트로스를 전범으로 삼는 이들은 시간적 요인을 가능한 한 시간성이 결여된 기저(基底) 결합 관계로 환원하려 할 것이다. 그러나 이미 언급한 바와 같이 만일 셋째 명제에 근거하여 프로프의 모델이 이야기의 탈시간화와 재논리화 과정의 중간에 머문다면, 그 모델의 층위 자체에 보존된 시간성은 엄밀히 말해서 규칙적인 연속이라는 의미에서 연대기적 시간으로 남는다는 점을 곧바로 강조하지 않으면 안 된다. 프로프는 자신이 언급한 기능들이 어떠한 시간 속에서 이어지는지를 결코 생각하지 않는다. 그가 관심을 갖는 것은 오로지 기능의 연속에 자의적 요소가 없다는 사실이다. 그리하여 연속의 원리는 단번에 질서의 원리로 간주된다. 동일한 연속은 민담 그 자체의 동일성을 확립하기에 충분하다.

네번째 명제는, 러시아 민담에는 모두 동일한 기능들이 열거되기 때문에 결국 모든 러시아 민담은 단 하나의 동일한 이야기를 구성한다는 단언으로 세번째 명제를 보충한다. "민담에서 발견된 기능들은 단 하나의 이야기에 따라 배열된다"(p. 32). 그렇기 때문에 "모든 민담은 그 구조에 있어서 동일한 유형에 속한다"(p. 33). 이 점에서 프로프가 분석 자료로 삼고 있는 러시아 민담들은 모두 단 하나뿐인 민담의 변이체에 불과하며, 이 유일한 민담은 본질적으로 민담 장르에 속하는 기능들의 연속에 의해 만들어진 단일한 실체인 것이다. 31개 기능들의 계열은 민담의 원형으로 불릴 만하며, 이미 알려진 모든 민담은 그 변이체다. 이 마지막 명제는 프로프의 후계자들에게 구조와 형식을 대립시키는 구실을 제공할 것이다. 형식이란 모든 변이체들의 저변에 깔려 있는 유일한 민담의 형식이다. 그리고 구조란 줄거리들과는 더욱 무관한, 러시아 민담의 특수한 문화적 형상화에 비길 수 있는 결합 체계가 된다.[14]

프로프의 네 가지 명제는 모두 괴테로부터 물려받은 유기적 사고가 린네에게서 받아들인 분류학적 담론 속에 끈질기게 남아 있음을 나름대로 보여준다. 기능이라는 개념의 규정과 줄거리 전개 사이의 순환 관계이건(첫번째 명제), 기능들의 열거를 마무리하는 원칙이건(두번째 명제), 또는 기능들의 연쇄를 지배하는 필연적인 방식이건(세번째 명제), 끝으로 31개 기능들의 단일한 연쇄가 귀착되는 특이하면서도 전형적인 원형의 위상이건(네번째 명제), 언제나 동일한 물음이 되풀이된다.

네 가지 명제를 진술한 후 프로프는 상세한 예증을 제시한다. 그런데 그 예증은 기능들의 질서에 대한 목적론적인 개념과 기능들의 연쇄에 대한 기계론적인 개념 사이에 잠재하는 이러한 충돌을 명백히 보여준다.

우선 "최초 상황 도입부"(p. 36)가 "중요한 형태론적 요소를 표현

---

14) 이처럼 연구 범위를 한정한 것을 보면, 러시아 민담 영역을 벗어난 확대 적용에 대해서도 프로프가 극도의 조심성을 보이고 있음을 알 수 있다. 러시아 민담이라는 영역 내부에서도 창작의 자유는 단선적인 계열 속에서 기능들의 연속이 갖는 제약으로 인해 엄격하게 조절된다. 이야기하는 사람은 다만 기능들을 생략하고, 기능에 의해 정해진 행동의 유형 내에서 어떤 것을 선택하며, 인물들에게 이러저러한 속성을 부여하고, 끝으로 언어의 보고 속에서 자신의 표현 수단을 선택하는 자유만을 가질 뿐이다.

함에도 불구하고"(p. 36) 한 가지 기능으로 간주되지 않는다는 것은
놀라운 일이다. 이때 프로프가 말하는 중요한 요소는 어떤 것인가?
정확히 말하면 이야기를 개시하는 요소이다. 그런데 아리스토텔레스
가 '시작'이라고 부른 것에 해당하는 이러한 개시는 하나의 전체로
간주되는 줄거리에 대해 오로지 목적론적으로만 규정된다. 그리하여
프로프는 선조적인 엄격한 분할 원칙에 따르는 기능들을 열거할 때
그것을 포함시키지 않는다.

그 다음에 앞에서 열거한 최초의 일곱 가지 기능은 각기 "민담의
예비 부분"(p. 42)이라는 어떤 하위 범주를 구성하는 것으로 확인됨
과 아울러 규정된다는 점을 볼 수 있다. 하나로 간주된 이 기능들은
악행, 혹은 그와 짝을 이루는 결핍을 끌어들인다. 그런데 이 악행이
라는 새로운 기능은 하찮은 것이 아니다. "민담에 움직임을 부여하
기"(p. 42) 때문이다. 이 기능은 아리스토텔레스가 줄거리의 발단
noeud(désis)이라 명명한 것——발단은 결말 dénouement(lusis)을 불
러온다——과 정확하게 일치한다. 이와 관련하여 "악행이 저질러지면
서 줄거리가 복잡하게 얽히게 되면, 최초의 일곱 가지 기능은 민담의
예비 부분으로 간주될 수 있다"(p. 42). 그렇게 해서 악행(또는 결핍)
은 하나의 전체로 간주되는 줄거리의 주축을 구성한다. 악행의 종류
가 많다는 데서(프로프는 19개를 들고 있다!) 그 고도의 추상 작용은
악행의 기능이 다른 기능들보다 더 넓게 확장되기 때문이 아니라 그
기능이 바로 줄거리의 전환점에서 핵심적인 위치를 차지하기 때문이
라는 것을 알아야 한다. 이 점에서 프로프가 악행과 결핍을 지칭하기
위하여 총칭적인 용어를 제안하지 않는 점은 주목할 만하다. 악행과
결핍의 공통점은 어떤 추구 quête의 원인이 된다는 점이다. 추구와 관
련하여 악행과 결핍은 동일한 기능을 갖는다. 즉 "처음에 결핍은 외
적 요인에 의해 유발되며, 그 다음에 그것은 내부에서 인식된다. 이
결핍은 일련의 숫자들에서 특정의 가치를 나타내는 0이라는 숫자에

비유할 수 있다"(p. 46). (우리는 여기서 유명한 「마르셀 모스의 작품 입문 Introduction à l'œuvre de Marcel Mauss」에서 레비 스트로스가 언급한 비어 있는 상자를 생각하지 않을 수 없다). 사실 나름대로 악행(또는 결핍)은 바로 추구의 시작이요 시초(p. 45)인 것이다. 추구는 엄밀하게 말하자면 특별히 어떠한 기능도 아니지만, 우리가 앞에서 말한 '움직임'이란 것을 민담에 제공한다. 추구라는 개념은 이제부터 우리의 논의에서 떠나지 않을 것이다. 프로프는 종전에 악행에 부여했던 능력, 즉 행동을 복잡하게 엮는 능력을 VIII-XI(주인공의 등장에서 출발까지)의 하위 범주로 확대하기까지 한다. "이 요소들은 줄거리의 발단을 나타내며, 그 이후에 행동이 전개된다"(p. 51)라고 그는 적고 있다. 이러한 지적은 기능들의 연쇄에서 발단과 추구의 관련성을 충분히 입증한다. 다음의 범주(XI-XIV), 즉 주인공의 시련에서 마법의 물건을 입수하기까지는 주인공이 받은 피해를 보상하는 수단을 취득하는 과정을 극적으로 이야기한다. 그 첫번째 기능(XI)은 예비적 가치를 지니며 마지막 기능(XIV)은 완성의 의미를 지닌다. 그리고 59쪽의 도표에서 알 수 있듯이(이 도표는 그레마스의 첫 모델에서 시도된 결합 관계들을 미리 예고한다), 수많은 결합은 서로 대응하도록 만들어져 있다.

이어지는 기능들——여행에서 가해자에 대한 승리까지(XV-XVIII)——은 원상 회복(XIX)으로 이끈다는 점에서 역시 하나의 하위 범주를 형성한다. 프로프는 이 마지막 기능에 대해서 다음과 같이 언급한다. 그 기능은 "줄거리가 꾸며지는 순간의 악행(또는 결핍)과 짝을 이룬다. 바로 여기에서 민담은 그 정점에 놓이게 된다"(p. 66). 그러므로 주인공의 귀환(XX) 역시 문자로 표기되는 것이 아니라, ↑표가 가리키는 출발에 대응하는 역화살표(↓)로 표시된다. 기능들간의 분할과 단순한 연속의 원칙에 대한 목적론적 통일성의 원칙의 우세를 이보다 더 잘 돋보이게 할 수는 없다. 따라서 그 다음의 기능들(XX-

XXVI)은 가짜 주인공의 개입과 어려운 임무를 감내하는 주인공의 순종으로 나타나는 새로운 위험, 새로운 투쟁, 그리고 새로운 도움에 의해 결말을 계속 지연시킬 따름이다. 이러한 형상들은 악행과 발단, 결말을 반복한다. 주인공의 인지(XXVII)에서 가짜 주인공의 징벌(XXX), 결혼(XXXI)에 이르기까지의 마지막 기능들을 보면, 그것들은 하나의 전체로 간주되는 줄거리에 대하여 그리고 줄거리의 발단과 관련하여 결론의 역할을 하는 최종적인 범주를 형성한다. "민담은 거기서 끝난다"(p. 79). 그러나 어떤 필연성이 그러한 결론을 강요하는가? 프로프가 여기에서 계열의 연쇄를 특징짓기 위해 "논리적이고 미학적인 필연성"(p. 79)을 언급하는 것은 이상하다. 31개 기능들의 단선적 계열에 의해 구성되는 '도식'이 개별적으로 살펴본 민담들에 대하여 "계측 단위"(p. 84) 역할을 하는 것이다.[15] 그렇지만 그러한 기능들의 계열에 계측 단위가 되는 것은 무엇인가?

그에 대한 답변의 일부는 행동의 통합 과정에서 인물들이 담당하는 역할에 있다. 프로프는 민담의 인물들을 7개의 부류, 즉 가해자·수여자(또는 공급자)·보조자·수배자(手配者)·위임자·주인공·가짜 주인공으로 구별한다. 우리는 프로프가 기능들의 연쇄만으로 민담을 규정하기 위해 기능에서 인물을 분리하는 것부터 시작했음을 기억한다. 그렇지만 어떠한 기능도 인물에 귀속되지 않고서는 정의될 수 없다. 그 이유는 기능을 규정하는 명사(금지·악행 등)들은 모두 행위 동사에 연결되며, 그러한 행위 동사는 항상 행동 주체를 요

---

15) 그러한 도식이 개별적인 민담들에 대해 계측 단위로서의 구실을 하는 것은 아마도 민담이, 현대 소설이 제기하고 있는 것과 비교할 수 있는 규범 일탈의 문제를 결코 제기하지 않기 때문일 것이다. 전통성에 관한 앞장의 용어를 사용하자면, 민간 설화에서 패러다임과 개별 작품은 서로 겹치는 경향이 있다. 아마 바로 이렇게 서로 겹치다 보니 민담은 서술적 제약에 관한 매우 풍부한 연구의 장을 제공한다. 그것은 '규제된 변형'의 문제가 몇몇 기능의 생략으로 귀착되거나, 어떤 기능을 규정하는 장르 고유의 특징들을 한정하는 것으로 귀착되기 때문이다.

구하기 때문이다.[16] 뿐만 아니라 이야기가 전개되면서 인물이 기능과 관계를 맺는 방식은 기능들을 구별할 때의 분할과는 반대 방향으로 진행한다. 인물은 각기 자신의 **행동** 영역을 구성하는 집합에 결부되는데, 이러한 행동 영역 개념은 기능의 분배에 있어서 새로운 통합 원칙을 끌어들인다. "수많은 기능들은 논리적으로 몇몇 영역에 따라 모이게 된다. 이 영역들은 기능을 수행하는 인물들에 대응한다. 이것이 행동 영역이다"(p. 96). "기능의 배분이라는 문제는 인물들 사이의 행동 영역의 배분 문제의 층위에서 해결될 수 있다"(p. 97). 즉, 세 가지 가능성이 있다. 때로는 행동 영역이 정확히 인물에 대응한다(위임자가 주인공을 보낸다). 때로는 한 인물이 여러 행동 영역을 차지한다(가해자에게는 세 영역, 수여자는 둘, 보조자는 다섯, 수배자는 여섯, 주인공은 넷, 가짜 주인공은 세 영역). 때로는 단 하나의 행동 영역을 여러 인물들이 나눌 수 있다(즉, 추구를 위한 출발에는 주인공과 가짜 주인공이 있다).

이처럼 추구를 매개하는 것은 바로 인물이다. 줄거리가 복잡하게 짜여질 때 주인공이 가해자의 행동으로 피해를 입는다든지, 악행을 원상 회복시키거나 결핍 상태를 메우든지, 공급자가 주인공에게 실책을 보상하는 방법을 제공하든지, 이 모든 경우에 있어서 행동이 꾸며지고 추구가 전개될 수 있게 하는 기능들의 범주에 통일성을 부여하는 것은 바로 인물인 것이다. 이 점에서 우리는 모든 줄거리 구성은 어떤 성격을 갖는 작중인물의 전개와 스토리의 전개 사이의 상호

---

16) 실제로 프로프는 적어도 한 인물이 등장하는 서술적 명제를 각각의 기능에 대한 정의의 첫머리에 위치시킨다. 앞으로 보게 되겠지만 이러한 지적은 클로드 브르몽 Claude Bremond으로 하여금 '역할 rôle'을 행위소와 행동의 연접(連接)으로 정의하도록 할 것이다. 그러나 이미 프로프는 『민담의 형태론』 서두에서 이렇게 기술해야만 했다. "기능이란 줄거리가 전개될 때 그 의미 작용의 관점에서 규정된 인물의 행동을 말한다"(p. 31).

발생적 관계에서 비롯되는 것이 아닌지 생각해볼 수 있다.[17] 그러므로 프로프가 기능과 인물 외에 또 다른 결합 요소들을 거론한다고 해서 놀랄 필요는 없다. 즉, 동기 부여, 인물들이 속성이나 부수적인 특징을 갖고 등장하는 형태 같은 것이다. "다섯 가지 범주의 요소들은 민담의 구조를 결정할 뿐만 아니라 민담을 총체적으로 규정한다"(p. 117). 그런데 아리스토텔레스가 뮈토스를 정의한 이래, 우리가 이질적인 것의 종합이라고 불렀던 것──그 점에 대해 역사 기술은 보다 더 복합적인 사례를 우리에게 제공한 바 있다──을 통해 그만큼 다양한 요소들을 결합하는 것은 바로 줄거리 구성의 기능이 아닌가?

"총체로서의 민담"(p. 112 이하)에 적용된 프로프의 마지막 고찰은, 그의 저서를 통해 줄곧 느낄 수 있는 것이지만, 괴테와 린네를 방패 삼아 설정했던 두 가지 질서 개념이 서로 경합하며 작용한다는 것을 확인하고 있다. 민담은 하나의 계열(프로프는 여전히 도식이라고 말한다)임과 동시에 하나의 시퀀스다. 계열이란 "민담이 어떤 이야기에서는 그 기능들 가운데 몇몇이 나타나지 않고 또 다른 이야기에서는 몇몇 기능들이 반복되는 그런 다양한 형태로 제시된 기능들의 규칙적인 연속에 따라 구성된 이야기임"(p. 98)을 말한다. 시퀀스에 대해서는 이렇게 언급한다. "악행(A)이나 결핍(a)에서 출발하여 중간 기능들을 거쳐 결혼(W), 혹은 결말로 사용되는 다른 기능들에 이르는 전개는 모두 형태론적 관점에서 민담이라고 부를 수 있다. 우리는 이러한 전개를 시퀀스라고 부른다. 새로운 악행이나 침해, 새로운 결핍은 각각 새로운 시퀀스를 만들어낸다. 민담은 여러 개의 시퀀스를 포함

---

17) 『비밀의 탄생, 이야기 해석에 관하여 *The Genesis of Secrecy, On the Interpretation of Narrative*』(pp. 75~99)에서 프랭크 커모드의 논증을 참조할 것. 여러 복음서를 읽어가면서 우리는 그리스도 수난의 연속적인 이야기에서 베드로라는 인물과 유다라는 인물과 관계되는 시퀀스들이 확장됨에 따라 그 인물들이 분명히 드러나는 것을 볼 수 있다.

할 수 있으며, 한 텍스트를 분석할 때는 우선 그 텍스트가 몇 개의 시퀀스로 구성되어 있는지를 규명해야만 한다"(pp. 112~13).[18] 내 생각으로는 새로운 결합 관계[19]를 초래하는 시퀀스라는 계산 단위 — xod — 는 기능의 분할에서 비롯된 결과가 아니라 그 분할에 앞서는 것이다. 즉 그 단위는 기능들이 연쇄적으로 배분될 때 목적론적 지침을 구성하여, 예비 단계, 줄거리의 발단, 지연, 결말과 같은 하위 범주를 규제한다. 계열의 불연속적인 단편들은 이 유일한 추진력에 결부됨으로써 비극의 뮈토스에서 반전, 사건의 급변, 식별의 역할을 담당한다. 요컨대 그것들은 줄거리의 '중간'을 구성한다. 그렇게 해서 서술적 시간은 더 이상 서로 무관한 단편들의 단순한 연속이 아니라 발단과 결말 사이에 펼쳐진 지속 시간이 된다.

나는 이 비판적 검토에서 프로프의 원형-민담이 우리가 처음부터 줄거리라고 부르는 것과 일치한다고 결론을 내리지는 않겠다. 프로프가 재구성한 원형-민담은 민담이 아니다. 그 상태로는 어느 누구도 다른 누구에게 이야기할 수 없기 때문이다. 그것은 분석적 합리성의 산물이다. 즉 기능들을 분할하고 분류학적으로 정의하며 유일한 연쇄축에 따라 배열하는 것은 본래의 문화적 대상을 과학적 대상으로 변형시키는 작업이다. 일상 언어에서 빌려온 명칭들을 모두 없애고 민담의 기능들을 수학적으로 다시 쓰는 작업을 통해 31개의 병치 기호들의 단순한 연속만이 가능하게 될 때, 과학적 대상으로의 변형이

---

18) 시퀀스라는 프랑스어는 xod라는 러시아어를 적절하게 번역한 것인가? 영어 번역자는 이렇게 적고 있다. "우리는 이러한 유형의 전개를 움직임 move(xod)이라고 부르고 있다. 각각의 새로운 악행이나 결핍은 새로운 움직임을 창조한다 등"(영역, p. 92). 영어 번역자가 '시퀀스'라고 부르는 용어는, 프랑스어 번역자가 '질서 ordre' — 기능들의 일률적인 연속(불역, p. 31; 영역, p. 21)이라는 의미로 이해하자 — 라고 부르는 것을 가리킨다.

19) 그 장은 이어서 민담이 첨가 · 중단 · 병행 · 교차 등으로 시퀀스(움직임)들을 서로 연결하는 다양한 방식들을 다루고 있다(pp. 122~27).

뚜렷이 드러난다. 이러한 연속은 이제 더 이상 원형-민담도 아니다. 더 이상 민담이 아니기 때문이다. 그것은 계열이며, 다시 말해서 시퀀스(또는 이행)의 선조적 궤적이다.

결론적으로 본래의 문화적 대상을 분할하는 데서 출발하여 이러한 계열을 생산하는 합리성은 민담의 생산과 수용에 고유한 서술적 이해력을 대신할 수 없다. 왜냐하면 합리성은 스스로의 성립 기반으로 이러한 이해력을 끊임없이 이용하기 때문이다. 기능을 어떤 식으로 분할하고 또 계열화한다 해도 그러한 작업은 역동적 단위로서의 줄거리와 구조화 작업으로서의 줄거리 구성에 입각하지 않고서는 불가능하다. 괴테식으로 질서의 유기적이며 목적론적인 개념이 린네식으로 연쇄적인 기능들의 분류학적이며 기계론적인 개념에 대해 저항한다는 것은 나에게는 줄거리를 이처럼 간접적으로 지시하는 징후처럼 보인다. 따라서 서술학적 합리성의 기초가 되는 인식론적 단절에도 불구하고 이 합리성과 서술적 이해력 사이의 간접적인 관련성을 찾아낼 수 있다. 그것은 우리가 본 연구의 2부에서 역사 기술의 합리성과 서술적 이해력 사이에서 밝혔던 관련성에 비교될 수 있다.[20]

---

20) 우리의 비판적 분석은 『민담의 형태론』이 '민담' 장르의 역사에 기여한 바는 전적으로 배제했다. 우리는 앞서 이 점에 관해 소쉬르의 언어학과 같은 입장을 보이는 프로프가 어째서 조심스럽게 역사를 설명 description에 종속시키는지를 언급한 바 있다. 프로프는 마지막 결론을 내릴 때도 이러한 최초의 유보 조건을 그대로 간직한다. 기껏해야 종교와 민담의 연관성을 시사할 뿐이다. "문화는 소멸한다. 종교도 소멸한다. 그리고 그 내용은 민담으로 변형된다"(p. 131). 따라서 민담의 가장 큰 특징인 추구는 다른 세계로의 영혼의 여행에서 생겨날 수 있다. 민담이 이제는 소멸 중인 형태임을 감안한다면, 이러한 지적이 터무니없지는 않을 것이다. "오늘날에는 새로운 형태들이 더 이상 존재하지 않는다"(p. 142). 그렇다면 구조 분석에 유리한 시기는 창조적 과정이 고갈되는 시기가 아닌가?

2. 이야기의 논리를 위하여

우선 행동보다는 인물에서 출발함으로써, 그리고 이 인물들이 모든 이야기 속에서 맡을 수 있는 역할을 적절하게 공리화함으로써, 이야기의 논리화와 탈시간화의 길에 들어서게 된다. 이제 가능한 주요 서술적 역할들, 다시 말해서 어느 이야기에서나 인물들이 맡을 수 있는 지위들의 목록을 체계적으로 작성함으로써 이야기의 논리를 찾을 수 있을 것이다. 그것이 바로『이야기의 논리』[21]에서 클로드 브르몽이 시도했던 것이다. 우리의 관심사는 프로프와는 반대되는 선택을 근거로 세워진 이야기의 논리에서 줄거리와 그 시간성에 부여된 위상일 것이다.

사실 브르몽이 제안한 모델의 논리적 야심은 바로 프로프의『민담의 형태론』에 대한 비판적 성찰에서 생겨난 것이다. 근본적으로 브르몽은 프로프의 모델에 나타난 '기능'의 연쇄 방식에 이의를 제기한다. 브르몽의 평가로는 그러한 연쇄는 교체와 선택의 여지가 없어서 경직되고 기계적이며 강제적으로 이루어진다는 것이다(pp. 18~19). 프로프의 도식이 러시아 민담에만 적용되는 것은 바로 이 제약 때문이다. 정확히 말해서 러시아 민담은 31개의 동일한 기능들의 시퀀스인 것이다. 따라서 프로프의 모델은 러시아 민담을 '이야기하는 행위' 영역의 한 유형이 되게 한 문화적 선택들을 승인하는 데에 그친다. 모델의 형식적 목적을 되찾기 위해서는 러시아 민담의 일의적 시퀀스로 인해 닫혀진 선택의 가능성을 다시 열어주고, 그 모델이 그리는 단선적인 과정 대신 가능한 여러 여정을 표시한 지도를 만들어야 한다.

---

21) 클로드 브르몽, 「서술적 메시지 Le message narratif」, *Communications* 4, 1964 ;『이야기의 논리 Logique du récit』(Paris: Ed. du Seuil, 1973, pp. 11~47, 131~34)에 재수록됨.

그러나 닫혀진 선택의 문을 어떻게 다시 열 것인가? 브르몽에 의하면 그것은 결말에서 발단으로 거슬러 올라가는 목적론적 필연성을 재검토함으로써 가능하다고 말한다. 이야기에서 악행을 저지르게 한 것은 바로 악인을 징벌할 수 있기 위해서다. 어떻게 보면 시간적 목적성이라는 법칙에 따라 뒤로 거슬러 올라가야 하는 필연성은 그 반대로 앞으로 나아가는 발걸음이 만나는 선택의 가능성들을 차단한다. 이를테면 투쟁은 승리가 아니면 패배로 향한다. 목적론적인 모델, 그것은 오로지 승리하는 투쟁만을 인정한다(pp. 31~32). "승리가 투쟁을 함축하는 것은 논리적 요청이다. 투쟁이 승리를 함축하는 것은 문화적 틀이다"(p. 25).

만일 프로프의 계열에서처럼 어떤 줄거리-유형에 얽매이고 싶지 않다면, 브르몽이 '기본 시퀀스'라고 부르는 것을 기초 단위로 채택해야만 한다. 그것은 프로프의 계열보다는 짧지만, 기능보다는 길다. 사실상 무엇이건 이야기할 수 있으려면 어떤 행동이든 세 단계——가능성을 여는 상황, 가능성의 현실화, 행동의 결말——를 거쳐야만 하며, 또한 그것으로 충분하다. 이 세 계기(契機)는 두 가지 선택의 가능성을 열어주는데, 다음 도식은 이를 요약하고 있다(p. 131).

$$
\text{가능성} \left\{ \begin{array}{l} \text{행동으로 이행} \left\{ \begin{array}{l} \text{완성} \\ \\ \text{미완성} \end{array} \right. \\ \\ \text{행동으로 이행되지 않음} \end{array} \right.
$$

이러한 이분법적인 선택 계열은 뒤로 거슬러 올라가야 하는 필연성과 앞으로 나아가는 우연성이라는 이중성을 충족시킨다.

일단 기본 시퀀스를 서술 단위로 채택하면, 이제 그 기본 시퀀스에서 복합 시퀀스로의 이행이 문제가 된다. 이제 더 이상 논리적 필연성의 문제가 아니며, "러시아 민담에 소재를 제공하는 경직된 통합체에 최대한의 유동성과 가변성을 회복시켜야 하는"(p. 30)[22] 의무가 부과되는 것이다.

또한 역할 개념을 방법론적으로 정리하고, 프로프에서 볼 수 있던 줄거리-유형에 한정된 계열적 도식을 대체할 수 있는 가능한 역할들의 목록을 광범하게 작성하지 않으면 안 된다. 이러한 재정리 작업은 프로프의 분석에서 중심축을 이루는 기능이라는 개념 자체에 대한 반성에서 나온 것이다. 우리는 기능이 행동하는 인물들을 고려하지 않고, 따라서 정해진 능동적 행위자나 수동적 행위자를 제외한 채 정의되어야 한다는 프로프의 첫째 기본 명제를 기억하고 있다. 그런데 행동은 그것을 행하거나 그 영향을 받는 사람과 불가분의 관계에 있다고 브르몽은 말한다. 그는 두 가지 추론을 제기한다. 즉, 수동적 행위자나 능동적 행위자가 관계된 기능은 어떤 관심이나 주도권을 표현하며, 뿐만 아니라 만일 시퀀스가 동일한 한 인물의 이야기에 관련된다면 몇 개의 기능이 연결된다. 그러므로 역할이라는 독자적인 용어를 통해 명칭-주어를 과정-술어에 접합시켜야만 한다. 따라서 역할을, "현재 실행되고 있거나 완성된, 술어-잠재적 과정이 주어-사람에 귀속되는 것"(p. 134)으로 규정할 수 있을 것이다. 주지하다시피 기본 시퀀스는 술어-과정을 매개로 역할에 통합된다. 그렇게 해서 프로프의 모델은 수정된다. 이제 우리는 '행동의 시퀀스'라는 개념 대신에 "역할의 배열"(p. 133)이라는 개념을 사용할 수 있다.

바로 여기에서 이른바 이야기의 논리가 시작된다. 그것은 "주요한

---

22) 그처럼 연쇄는, 혹은 단순히 '끝과 끝을 이어 맞추기'(악의·악행 등)에 의해, 혹은 '끼워넣기'(추구 속에 시련을 끼워넣는 것처럼)에 의해, 혹은 독립적인 계열들 사이의 평행 관계에 의해 이루어진다. 이러한 복합 시퀀스들의 기저를 이루는 통사적 관계로 말하자면, 단순한 계기, 인과 관계, 영향 관계, 목적과 수단의 관계 등 매우 다양하다.

서술적 역할들의 체계적 목록"(p. 134)을 말한다. 이 목록은 이중의 의미에서 체계적이다. 우선 연속적인 특정화(또는 한정)를 통해 점점 더 복합적인 역할들을 만들어내며, 그 언어적 표현은 갈수록 더 유기적으로 구성된 담론을 요구한다. 또한 그러한 목록은 상관 관계를 통해, 대부분 이분법적인 분류에 기반하여, 보충 역할군을 만들어낸다.

그 첫번째 이분법은 두 가지 유형의 역할을 대립시킨다. 즉, 행동을 변경하거나 보존하는 과정에 의해 영향을 받는 수동적 행위자, 그리고 그와 관련하여 이 과정들을 주도하는 능동적 행위자이다.[23] 여기에서 브르몽이 가장 단순한 것으로 간주되는 수동적 행위자의 역할부터 언급하기 시작한 것은 주목할 만한 점이다. "이야기 속에서 이야기된 사건들의 흐름에 의해 어떤 방식으로든 영향을 받는 것으로 제시되는 사람이라면, 누구나 수동적 행위자의 역할을 하는 것으로 규정한다"(p. 139). 이 수동적 행위자의 역할은 가장 단순할 뿐만 아니라 그 수가 가장 많은 것이기도 하다. 주어는 능동적 행위자의 주도와는 달리 변경될 수 있기 때문이다(pp. 174~75).[24]

또 다른 이분법은 수동적 행위자가 영향을 받는 방식에 따라 두 가지 유형의 수동적 행위자 역할을 구분하는 것이다. 한편으로는 수동적 행위자가 자신의 처지에 대해 갖는 주관적 의식에 작용하는 영향이 있다. 일련의 은폐 · 반박 · 확인을 불러일으키는 정보들이 있는가 하면, 시간이라는 변수가 첨가되어 희망이나 두려움을 갖게 하는 만족이나 불만족과 같은 감정 상태들이 있다. 다른 한편으로는 수동적 행위자에게 객관적으로 작용하는 행동이 있다. 때로는 그의 조건을 변화시키고(개선 / 악화), 때로는 동일한 상태로 유지한다(보호 / 사취

---

23) 능동적 행위자 - 수동적 행위자의 상관 관계에 관해서는 『이야기의 논리』, p. 145 참조.

24) 역할이 주어-명칭과 동사 - 술어를 연결한다는 점에서 이 첫번째 이분법이 분석적으로 역할 개념 속에 포함되는 것처럼 보인다는 점을 지금부터 주목하자. 그 후의 규정들에 관해서는 그렇지 않을 것이다.

〔詐取〕). 능동적 행위자들의 목록은 어느 정도 수동적 행위자들의 목록과 겹친다. 변경시키는 자 혹은 보존하는 자, 개선시키는 자 혹은 악화시키는 자, 보호하는 자 혹은 사취하는 자다. 그러나 능동적 행위자 가운데 일련의 특정 유형은 수동적 행위자 쪽에서의 영향 개념과 연결된다. 이 집단에 대한 연구는 확실히 『이야기의 논리』가 기여한 가장 주목할 만한 것 중의 하나이다(pp. 242~81). 어떤 영향이 수동적 행위자에 작용하게 되면, 그것은 수동적 행위자 안의 잠재적인 능동적 행위자에게 반응을 불러일으키게 된다. 예를 들어 권유와 만류는 영향을 미치는 자가 그것을 받는 자에게 어떤 감정 상태를 부추기거나 억압하는 것뿐 아니라, 어떤 임무를 완수하고 또 어떤 임무를 극복해야 하는지에 대한 정보를 주는 것이다. 이 정보가 때로는 정확한 것이지만 때로는 그렇지 않을 수 있다는 말을 덧붙이자. 그렇게 해서 함정 주변을 맴도는 중요한 역할, 즉 영향을 미치는 자를 상대방을 유혹하거나 기만하고, 사실을 은폐하고, 잘못된 거짓 충고를 하는 자로 만드는 역할에까지 이르게 된다.

이 두번째 분류는 여러 각도에서 역할 개념을 풍부하게 만든다. 우선 개선이나 개악, 보호나 사취의 개념을 통해 역할 개념은 가치 부여 valorisations의 영역 속에 삽입된다. 그렇게 해서 능동적 행위자와 수동적 행위자는 인격체의 신분으로 격상된다. 게다가 어떤 정보를 참작하고 그 정보에 영향을 받을 수 있는 주관성은 새로운 영역, 즉 영향의 영역에 이르게 된다. 끝으로 주도할 능력을 지닌 능동적 행위자의 역할은 본래의 의미에서 행동이라는 새로운 영역에 속한다.

이러한 목록의 끝에는 그 장점과 단점을 언급하고 있다. 우선 수동적 행위자 쪽에서 볼 때 장점을 가진 수혜자의 역할과 단점을 가진 피해자의 역할, 그리고 능동적 행위자 쪽에서 볼 때 보상과 처벌이라는 대가를 지불하는 사람의 역할들이라는 새로운 역할들이 나타난다. 그렇게 되면 이 역할들이 실행되면서 새로운 영역이 생겨난다.

그것은 가치 부여·영향·행동의 영역에 추가되는 보상(報償)의 영역이다.

지금까지 우리는 주요한 서술적 역할들을 규정하는 목록을 개략적으로 살펴보았다(p. 134). 이것은 역할들을 모두 명명하여 분류한 것이라고 할 수 있다. 그 점에서 브르몽의 시도는 약속을 충분히 지킨 셈이다. 왜냐하면 노드롭 프라이에게서처럼 줄거리의 일람표가 아니라, 잠재적 이야기의 잠재적 인물들이 차지하는 가능한 지위들의 일람표이기 때문이다. 그리고 바로 그 점에서 브르몽의 목록은 논리를 구성하는 것이다.

『이야기의 논리』를 이렇게 간략히 검토한 후 제기되는 문제는 과연 이야기의 논리가 기능의 형태론보다 이야기 개념을 잘 형식화할 수 있느냐 하는 것이다. 물론 서술적 이해력보다 상위의 합리성의 층위에서, 그리고 어느 정도 암묵적으로 줄거리 개념으로부터 앞서 언급한 논리가 갖는 서술적 성격을 보장하는 특징들을 차용하지 않으면서 말이다.

프로프의 이야기 형태론과 비교하여, 역할의 논리는 확실히 보다 높은 단계의 추상적 형식에 도달한다. 프로프가 러시아의 민담이라는 하나의 줄거리-유형을 도식화하는 데 그친 반면에, 브르몽은 역할의 목록이 역사 기술을 포함하여 모든 종류의 서술적 메시지에 적용될 수 있다고 자신한다(「서문」, p. 7). 그의 연구 분야는 다름아닌 서술적 가능성의 영역인 것이다. 게다가 서술적 역할의 일람표는, 이야기의 모든 인물들이 차지할 수 있는 주요 지위들의 계열적 목록을 작성하는 것이라는 점에서, 곧바로 이야기의 보다 완전한 탈시간화를 이룬다. 브르몽의 모델은 보다 진전된 공리화, 보다 완전한 탈시간화라는 이 두 가지 명목을 내세울 수 있다.

반면에 브르몽의 역할 목록에는 통합적 고찰이 완전히 결여되어 있으며, 그로 인해 역할이 그 본래의 서술적 성격을 상실하지 않는지 생각해볼 수 있다. 사실 역할 개념도 역할의 목록 개념도 그 자체로는 서술적 성격을 갖는다고 말할 수 없다. 오직 이야기 안에서 그 역할들이 위치하는 상황——이것은 이야기 안에서 결코 명백하게 주어지지 않는다——을 참조해야만 서술적 성격을 말할 수 있는 것이다. 이처럼 역할이 줄거리 안에 자리를 잡지 않음으로써, 역할의 논리는 여전히 서술적 논리에 선행하는 행동 의미론의 영역에 속하게 된다.

앞에서 제시한 설명의 순서에 따라 논의를 분명하게 하자. 우리는 가능성에서 현실화 그리고 성공에 이르는 단계, 즉 모든 행동이 거칠 수 있는 세 단계를 만나는 "기본 시퀀스" 개념이 역할 개념에 선행한다는 것을 기억하고 있다. 이 시퀀스는 교체와 선택의 가능성을 열어놓음으로써 프로프 모델에는 상당히 결여되어 있는 서술성의 조건을 구성한다는 점에 나는 전적으로 동의한다. 하지만 서술성의 조건이 서술적 구성 요소와 동등한 가치를 지니는 것은 아니다. 그것은 오직 연속적인 교체의 갈래 중에서 선택한 모든 것들로 형성된 경로가 줄거리에 의해 그려지는 경우에만 가능하다. 브르몽이 이렇게 말한 것은 당연하다. "기본 시퀀스가 떠맡은 과정은 형태가 없는 것이 아니다. 거기에는 이미 그 고유한 구조, 즉 벡터의 구조가 존재한다"(p. 33). 그러나 화자가 '벡터성 vectorialité'을 붙잡아 그것을 "이야기의 소재로 만들려고"(같은 책) 할 때, 화자에게 부여된 이러한 벡터성은 결국 행동의 논리적 조건을 이야기의 실제 논리로 전환하는 줄거리에서 빌려온 것이 아닌가? 기본 시퀀스를 구성하는 일련의 선택 가능성들은 이야기의 전개를 통해 행동의 논리에 투사되지 않는가?

물론 브르몽은 기본 시퀀스 개념을 복합 계열의 개념으로 보충한다. 그러나 이 복합 계열들은 어떤 조건에서 이야기를 만드는가? 마치 끼워넣기식의 연쇄에서처럼 어떤 시퀀스의 특수성을 다른 시퀀스를 통해서 규정하는 것은, 이야기를 만드는 것이 아니다. 그것은 행동 분석 이론[25]에서와 마찬가지로 행동 논리의 일람표를 만드는 것이다. 이야기를 만들기 위해서는, 다시 말해서 상황과 인물들을 처음부터 끝까지 구체적으로 전개하기 위해서는, 브르몽이 단순한 문화적 원형(p. 35)으로 간주하는 것——줄거리가 바로 그것이다——의 매개가 필요하다. 줄거리를 만드는 것, 그것은 계기(繼起)의 측면에서뿐 아니라 아울러 형상화의 측면에서도 '적합한 형식'을 끌어내는 것이다.[26] 내 생각으로는, 이야기는 서술적 가능성의 논리가 갖는 제약을 보충하는 제약을 행동에 끌어들인다. 혹은 그것을 달리 표현하자면 서술적 가능성의 논리는 아직 행동의 논리에 불과하다는 것이다. 그것이 이야기의 논리가 되려면 문화적으로 인정된 형상화, 즉 전통에서 물려받은 줄거리 유형들 속에서 활성화된 이야기의 도식성 쪽으로 방향을 바꾸어야만 한다. 이러한 도식성에 의해서만 행동은 이야기할 수 있는 것이 된다. 실천적 가능성의 논리를 서술적 개연성의 논리로 바꾸는 것이 바로 줄거리의 기능이다.

순전히 서술적인 측면에서 기본 시퀀스와 복합 계열이 갖는 위상에 관한 이런 의혹은, 브르몽이 토도로프의 '서술적 명제 proposition narrative'[27] 개념과 연결시킨 서술적 역할 개념에 관해서도 마찬가지

25) 단토 A. Danto, 『행동의 분석 철학 *Analytical Philosophy of Action*』, Cambridge University Press, 1973. 골드만 A. I. Goldman, 『인간의 행동론 *A Theory of Human Action*』, Englewood Cliffs, N. J.,: Prentice-Hall, 1970.

26) 브르몽은 이 '적합한 형식'의 개념을 프로프의 시퀀스 유형에 적용한다(p. 38).

27) (츠베탕 토도로프, 「이야기의 문법」, 『산문의 시학』, Paris: Ed. du Seuil, 1971, pp. 118~28 참조). 서술적 명제는 하나의 고유명사(내적 속성이 없는 문법주어)와 두 가지 유형의 술어——하나는 균형이나 불균형 상태를 기술하며(형용사), 또 다른 하나는 한 상태에서 다른 상태로의 이행을 기술한다(동사)——사이의 연접에서 생겨난다. 이야기의 형식 단위는 그렇게 품사들(명사·형용사·동사)과 대응한다. 명제의 범위를 넘어 시퀀스에 해당하는 통사 단위들은 "담론에 관한 언어학 이론이 존재하지 않음"(p. 125)을 입증하는 것이 사실이다. 그것은 완결된 최소 줄거리가, 어떤 균형에 대한 언술, 그리고 변화를 가져오는 행동에 대한 언술, 끝으로 경우에 따라서는 새로운 균형에 대한 언술로 구성됨으로써, 서술적 변형 규칙에 적용된 특수 문법의 영역에 속한다는 점을 인정하는 것이다(「서술적 변형

로 적용된다. 여기에서 단토가 서술적 문장에 대해 말했던 것을 상기할 필요가 있다. 서술적 언술이 존재하기 위해서는 두 개의 사건이 언급되어야 하는데, 그 중 하나가 대상이며, 다른 하나는 처음 것을 고려하며 기술해야 한다. 따라서 어떤 역할이 서술적이 되는 것은 오직 줄거리 안에서뿐이다. 행동과 행동 주체의 관계는 행동 의미론의 문제이며, 오직 행동 의미론이 이야기의 이론을 분명하게 조건짓는 한에서만 이야기 이론과 관련된다.

주요 역할의 체계적 목록은, 저자 자신도 인정하고 있듯이 목록으로 작성된 역할들이 "단순히 이야기에서뿐만 아니라 이야기에 의해 그리고 이야기를 위해 나타날 수 있는 것들"이라는 점에서, 서술성 이론과 관련이 있다. "이야기에 의해서란, 서술 행위의 순간에 하나의 역할이 갑자기 나타나거나 억제되는 것은 항상 그 역할에 대해 말하거나 침묵하기를 선택하는 화자의 재량에 달려 있다는 의미에서이다. 이야기를 위해서란, 역할들은 프로프의 의도처럼 줄거리가 전개될 때 그것들이 갖는 의미 작용의 관점에서 규정된다는 의미에서이다"(p. 134). 이 인용문보다 더 적절하게 역할과 줄거리의 순환 관계를 단언할 수는 없을 것이다. 그러나 불행하게도 주요 역할의 체계적 목록은 더 이상 이러한 순환 관계를 고려하지 않는다. 물론 그것을 대신하지도 못한다.[28] 결국 "줄거리 안에서의 역할들의 종합"(p. 322)이 없으며, 브르몽은 다만 그 빈자리를 지적할 뿐이다. 그런데 이러한 종합은 이제 역할들의 어휘와 통사론, 그러니까 문법의 의미로 이해되는 이야기 논리의 영역에 속하지 않는다. 줄거리에서의 역할의 종합은 역할들의 결합 끝에 얻어지는 것이 아니다. 줄거리는 하나의

이론 Les transformations narratives」, 같은 책, pp. 225~40 참조).

28) "우리의 분석은 줄거리를 그 구성 요소, 즉 역할로 분해해왔기 때문에, 줄거리 속에서 그것을 종합하게 되는 보충적이며 반대의 과정을 시험해야 할 문제가 남는다"(p. 136).

움직임이다. 역할은 행동 중에서 차지하게 되는 지위이며 위치인 것이다. 어떤 지위를 차지할지, 즉 역할을 다 안다 해도, 아직 어떠한 줄거리를 아는 것은 아니다. 역할들의 목록이 아무리 세분되어 있다 하더라도 스토리를 만들지는 못한다. 연대순과 형상화, 뮈토스와 디아노이아(사상)를 조화시켜야만 하는 것이다. 이러한 조화는 루이스 밍크 L. Mink가 지적했듯이 "전체적으로 고려하는 것"에 속하는 판단 행위이다. 달리 표현하자면 줄거리는 이야기하는 행위의 실천 praxis에 속하며, 따라서 랑그의 문법이 아니라 파롤의 화용론에 속하는 것이다. 브르몽이 이러한 화용론을 상정한다고 말할 수는 있지만, 그것은 역할의 문법이라는 틀 속에서 이루어질 수는 없다.[29]

이렇게 역할과 줄거리의 관계가 사라지면서 그 결과로 "역할의 전개에 내재하는 개념적 필연성"(p. 133)은 정말로 서술적인 논리보다는 더더욱 행동의 논리와 행동 의미론의 영역에 속하게 된다. 우리는 그 점을 확인할 수 있었다. 즉 일상 언어에서 빌려온 행동 의미론의 보호하에서, 특성 규정과 상관 관계의 결합 작용——이것은 역할들을 가치 부여의 영역에서 영향의 영역 그리고 주도권, 끝으로 보상(報償)의 영역으로 연이어 옮겨가게 한다——을 통해 역할들의 일람표가 차츰 풍요로워진 것이다.[30] 그러나 역할과 줄거리의 관계가 소원해진

---

29) "역할에 대하여 그만큼 만족스럽고, 아니 어쩌면 더 나은 또 다른 체계를 상상할 수 있는가?"라는 물음에 저자는 이렇게 답한다. "우리가 이용하는 역할들의 논리는 도처에서 그리고 언제나, 줄거리 속에서 사건들이 일관성 있게 조직되는 유일한 원칙으로서 인정된다는 것을 입증해야만 한다"(p. 327). 체계의 기반이 되는 인간 능력의 형이상학에 대해 언급하면서 다음과 같이 덧붙인다. "이야기된 경험에 형태를 부여하는 조건으로서의 범주들을 우리에게 요구하는 것은 바로 서술활동 그 자체다"(p. 327).

30) 브르몽은 또 다른 표현을 선호한다. "우리의 작업에서 인간 능력의 형이상학에 의지하는 것은 역할의 세계를 조직하기 위하여 꼭 필요하다"(p. 314). 실제로 가능성, 행동으로 이행, 완성이라는 기본 시퀀스의 구성을 주도한 것은 이미 그 형이상학이었던 것이다. 바로 그것이 우리가 모든 변화의 수동적 행위자나 능동적 행위

다고 해도 완전히 소멸하는 데까지 이르지는 않는다. 역할들이 등장하는 영역들이 이어지는 것에 맞추어 역할 체계의 질서에 은밀하게 방향을 부여하는 것은 바로 역할들 자체가 줄거리 구성에 적합하기 때문이 아닌가? 행동 의미론을 매개로 하여 서술적 역할들을 정의할 수 있는 술어들을 동원하는 것은——그 술어들은 인간 행동의 구조를 서술적 영역에 등장시킬 수 있는 능력을 갖기 때문이다——바로 모든 줄거리 구성에서 작용하는 서술적 실천이 아닌가?

이러한 가정이 옳다 하더라도, 서술적 역할들의 어휘는 줄거리 구성에 선행하지도 상위의 체계를 구성하지도 않는다. 줄거리는 체계의 결합상의 속성들에서 얻어지는 것이 아니라, 행동 이론과 이야기 이론을 구별하는 선별 원칙인 것이다.

3. 그레마스의 서술기호학

『의미에 관하여』[31]와 『모파상』[32]에 제시된 그레마스의 서술기호학

자가 될 수 있다고 가르친다. 그렇기 때문에 가치 부여 · 영향 · 주도권 · 보상의 개념들을 지배하는 것이 여전히 그 형이상학이라는 사실은 놀라운 일이 아니다. 게다가 그것은 앞에서 간단하게 언급한 통사론적 관계들, 즉 연속적인 전개들 사이의 단순한 배열 관계, 인과 관계, 수단과 목적의 관계, 함축 관계(점진적 악화는 보호의 가능성을, 단점은 징벌의 가능성을 함축한다)들을 장차 구성하는 데 지배적인 역할을 한다. 브르몽은 더욱이 "이야기에 나타난 역할의 논리적 조직에 대한 직관적 느낌을 전달하기"(p. 309) 위하여 자연 언어를 사용할 권리를 주장한다.

31) 그레마스 A. J. Greimas, 『의미에 관하여 Du Sens』, Paris: Ed. du Seuil, 1970. 이 저서의 이론적 핵심은 프랑수아 라스티에 François Rastier와 공동으로 작성한 「기호학적 제약의 유희 Les jeux des contraintes sémiotiques」(처음에는 영어로 Yale French Studies(1968, n° 41)에 「기호학적 제약의 상호 작용 The Interaction of Semiotic Constraints」이라는 제목으로 발표되었다)와 L'Homme (1969, IX, 3)에 「서술 문법의 원론 Eléments d'une grammaire narrative」이라는 제목으로 발표된 두 편의 연구 논문으로 구성되어 있다. 이 두 논문은 『의미에 관하여』에 재수록되어 있

은, 그가 이론적 모델 구성을 처음 시도했던 『구조 의미론』[33]에 이미 예고되어 있었다. 즉, 엄밀하게 비시간적 모델을 구성하려는 야심과, 적합한 변형 규칙들을 도입함으로써 우리가 이야기하거나 받아들이는 대로의 이야기에서 다른 어떤 것으로 환원될 수 없는 통시적 양상을 끌어내리려는 야심이 작용하고 있었던 것이다. 이러한 야심으로 인해 그레마스는 프로프와 달리 기능들, 다시 말해서 우리가 이미 보았던 시퀀스의 질서에 따르는 공리화된 행동의 단편에서 출발하지 않고, 역할이 구현된 구체적인 인물과 구별하기 위하여 행위소라고 불리는 행위 주체로부터 출발한다는 전략적으로 중요한 결정을 내리게 된다. 그러한 선택에는 두 가지 이점이 있다. 프로프에서 이미 보았듯이, 행위소의 목록은 기능의 목록보다 더 간단하다(우리는 러시아 민담을 7명의 인물로 구성된 이야기로 규정한 사실을 기억한다). 뿐만 아니라 행위소들의 상호 작용은 통합적 syntagmatique이기보다는 계열적 paradigmatique인 표상에 적합하다.

이러한 행위소 모델이 서술기호학의 이후의 정리 작업을 통해 얼마나 강화되고 또한 다듬어지는지는 후에 다시 이야기할 것이다. 어쨌든 행위소 모델은 그 최초 단계에서부터 비시간적 모델이 서술적 시간을 다룰 때 제기되는 중요한 난점들을 드러내고 있다.

행위소 모델의 첫째 야심은 인간 행동의 몇 가지 보편적 성격들을 근거로 하여, (하지만 전적으로 우연적인 것처럼 보이는) 행위소의 역할 목록을 만드는 것이다. 우리가 표층에서 인간 행동의 결합 가능성

다(pp. 135~86).

32) 『모파상: 텍스트 기호학, 적용 Maupassant: la sémiotique du texte, exercices pratiques』, Paris: Ed. du Seuil, 1976. 그외에 쿠르테스J. Courtés와의 공저, 『기호학, 언어 이론의 해설 사전 Sémiotique, Dictionnaire raisonné de la théorie du langage』, Paris: Hachette, 1979 참조. 본 연구는 그레마스의 『의미에 관하여 2 Du Sens II』(Paris: Ed. du Seuil, 1983)가 출판되었을 때 이미 완성되었다.

33) 그레마스, 『구조 의미론 Sémantique structurale』, Paris: Larousse, 1966.

을 빠짐없이 설명하는 것이 불가능하다면, 담론 그 자체 속에서 심층의 구성 원칙을 발견해야 한다. 여기서 그레마스는 프랑스 언어학자 뤼시앵 테니에르Lucien Tesnière의 제안을 따른다. 테니에르에 의하면 가장 단순한 것이라 하더라도 모든 문장은 이미 과정 · 행위자 · 상황을 포함하는 작은 드라마다. 이 세 가지 통사론적 구성 요소들은 동사와 명사(과정에 참가하는 사람들) 그리고 부사의 부류들을 낳는다. 이 기본 구조는 문장을 "말하는 인간homo loquens이 자기 자신에게 벌이는 공연"으로 만든다. 테니에르 모델의 이점은 다양하다. 우선 그것은 랑그의 구조에 뿌리를 박고 있다. 다음으로 통사론적 구성 요소들간의 역할 분포가 항구적이라는 데서 대단한 안정성을 갖는다. 끝으로 체계적 연구에 적합하도록 제한적이고 폐쇄적인 성격을 띠고 있다. 따라서 앞에서 언급한 랑그와 문학 사이의 상동성 원리에 의해 기본 언술의 통사론에서 담론의 통사론으로 확대 적용하는 것은 시도해볼 만한 작업이다.

행위소 모델이 언술의 통사론에서 담론의 통사론으로 확대 적용되려면, 앞에서 말한 분석자들이 경험적으로 주어진 다양한 자료(프로프의 러시아 민담, 에티엔 수리오Etienne Souriau의 '20만 종류의 극적 상황들')에서 추출해낸 역할 목록을 필요로 한다는 점에서, 그것은 아직 구조주의의 체계적 요구를 충분히 충족시키지 못하는 모델임이 드러난다. 행위소 모델은 통사론에 의해 규제되는 연역적 접근과 이전의 역할 목록에서 비롯된 귀납적 접근의 상호 조정에서 얻어진 것이다. 그렇게 해서 행위소 모델은 체계적 구성과 실천적 영역에 속하는 '수정 사항'들이 뒤섞인 혼합성을 띠게 된다.

이러한 상호 조정은 세 쌍의 행위소 범주(각각의 쌍은 이원적 대립을 이루고 있다)에 근거한 6개의 역할로 구성된 모델을 통해 균형을 얻는다. 첫째 범주는 주체와 대상을 대립시킨다. 그 통사론적 토대는 A가 B를 원한다라는 형식이다. 또한 이 첫째 범주는 앞에서 말한 역할 목록에 기대고 있다. 사실상 타동적이거나 목적론적인 관계는 바로 욕망의 영역에서 작용하는 것이다(프로프의 경우 주인공은 수배자를 찾아 떠난다). 둘째 범주는 의사 소통 관계를 기초로 한다. 즉 발신자가 수신자에 대립된다. 여기서도 역시 토대는 통사론적이다. 다시 말해서 모든 메시지는 발신자와 수신자를 연결한다는 것이다. 우리는 또한 프로프의 위임자(왕이 주인공에게 어떤 임무를 맡기다 등), 그리고 주인공의 역할 안에 합쳐진 위임자를 다시 만난다. 셋째 축은 화용론적이다. 그것은 협조자와 반대자를 대립시킨다. 이 축은 욕망의 관계이든 의사 소통 관계이든, 양쪽 모두 도움이나 방해를 받을 수 있는 관계로 구성된다. 비록 몇몇 부사들(기꺼이, 그럼에도 불구하고), 상황분사들, 또는 언어에 따라서는 동사의 시상(時相)들이 통사론적 토대의 역할을 할 수 있지만, 이 셋째 축에서는 통사론적 토대가 앞의 두 축에 비해 불분명하다는 점을 그레마스는 인정한다. 민담에서 이러한 협조자／반대자 쌍은 호의적인 힘과 악의적인 힘으로 재현된다. 간단히 정리하면, 그레마스의 행위소 모델은 욕망, 의사 소통, 행동이라는 세 가지 관계를 결합시키고 있으며, 그 각각은 이원적 대립 위에 세워진다.

그레마스의 모델은 무척 어려운 작업을 통해 정립되었지만, 그 진가는 단순함과 능숙함에서 발휘된다. 더욱이 프로프의 모델과는 달리, 그레마스의 모델은 이질적인 만큼 다양한 소우주micro-univers에 적용될 수 있는 능력으로 인해 두각을 나타낸다. 그렇지만 그레마스의 관심은 주제에 따라 적용하는 것이 아니라, 적용된 항목들 사이의 관계의 체계에 있다.

행위소 모델의 운명은 인물에서 행동으로, 혹은 좀더 기술적인 용어로 표현하자면 행위소에서 기능으로 이행하면서 결정된다. 우리는 프로프가 31개의 연속적 기능들의 목록을 제시하고, 그 목록에서 출발하여 인물과 그 행동 영역을 규정했다는 것을 기억하고 있다. 행위소 모델에서 그레마스가 시도하는 작업의 근거는 바로 욕망, 의사 소통, 행동이라는 세 가지 관계의 변형 규칙들이다. 그레마스는 이를 '환원'과 '구조화' 작업으로 특징짓는다. 그는 어떤 의소 범주 catégorie sémique에서 비롯되는가에 상관 없이 모든 변형을 연접 conjonction과 이접 disjonction 유형으로 규정할 것을 제안한다. 이것은 두번째 모델인 『의미에 관하여』의 모델의 전신이다. 연구 대상으로 삼은 자료에서 이야기는 통합적 측면에서 볼 때 어떤 계약의 성립으로 시작된 후에 계약의 파기에서 원상 회복 때까지 전개되는 진행 과정으로 나타난다. 이 점에서, 계약을 명령 / 수락의 연접으로, 계약의 파기를 금지 / 위반의 이접으로, 그리고 계약 회복을 새로운 연접 (자격을 부여하는 시련에서 협조자를 받아들이기, 주된 시련에서 결핍을 해소하기, 영광을 얻는 시련에서 식별하기)으로 간주할 때, 통합 관계로부터 계열 관계로의 환원이 가능해진다. 이러한 일반 도식에는 욕망, 의사 소통, 행동이라는 세 가지 기본적인 관계에 따라서 수많은 연접과 이접이 도입되어야 할 것이다. 하지만 결국에는 결핍과 결핍의 해소 사이에는 "연접시켜야 할 동일성과 이접시켜야 할 대립들" (p. 195)만이 존재한다. 이렇게 해서 모든 전략은 통시태를 피해가려는 광범위한 시도가 된다.

하지만 순전히 행위소에 의거한 모델에서 이러한 전략은 목적을 이루지 못한다. 그 전략은 오히려 시련의 개념[34]을 부각시킨다는 점에서 이야기에서 시간 전개가 담당하는 확고한 역할을 강조하는 데 기여한다. 이 시련이라는 개념은 통시적인 면에서 추구로 특징지어지는 이야기의 위기를 구성한다. 사실 시련은 그 시련에 직면한다는 사실과 그것을 이겨낸다는 사실을 연관시킨다. 그런데 투쟁을 통해 시련의 직면에서 극복으로 이행한다는 것은 매우 불확실하다. 따라

---

34) "따라서 시련은 통시태로 정의된 이야기를 설명하는 확고한 핵심 요소로 간주될 수 있을 것이다"(p. 205).

서 연속적 관계가 필연적인 함축 관계로 환원되지는 않는다.[35] 추구를 시작하게 하는 명령 / 수락의 쌍, 그리고 하나의 단위로 고려된 추구 역시 마찬가지다.

추구의 불확실성은 계약, 위반 그리고 회복이라는 개념들이 야기하는 가치론적인 성격에서 비롯된다. 수락의 부정으로서의 위반은 논리적 이접으로서도 가치론적인 부정이다. 그레마스는 이러한 단절을 통해 "개인의 자유를 표명한다"(p. 210)[36]라는 긍정적인 특징을 발견한다. 그렇게 되면 추구로서의 이야기가 수행하는 매개 역할이 단순히 논리적일 수는 없을 것이다. 항목들의 변형, 그 관계들의 변형은 글자 그대로 역사적인 것이다. 따라서 시련 · 추구 · 투쟁[37]은 논리적 변형을 상징적으로 표명하는 역할로 환원될 수는 없다. 오히려 이 논리적 변형이란 무엇보다도 시간화 작업을 관념적으로 투사하는 것이다. 달리 말해서 그레마스 자신이 암시하고 있는 것처럼 위협받는 기존 질서를 회복하려고 하든지, 구원의 약속이 될 수 있는 새로운 질서를 투사하려고 하든지, 이야기가 수행하는 매개는 무엇보다도 실천적인 것이다. 이야기된 스토리가 현존하는 질서를 설명하든지, 혹은 또 다른 질서를 투사하든지, 스토리로서의 그것은, 서술 구조를 순전히 논리적으로 다시 정리하는 데 있어서의 일정한 한계를 제시

---

35) 그레마스의 이러한 고찰은 프로프가 연쇄 관계 전체를 고착화된 시퀀스로 취급한 것과 대립된다. 반면에 시련은 자유가 어느 정도 드러나는 부분이다. 그러나 원래부터 통시적 차원이 없는 계열적 모델의 구성에 대해서도 같은 반론을 제기할 수 있지 않는가? 더욱이 그 점을 그레마스는 기꺼이 인정한다. "만일 기본 의소 범주로 변형되지 않는 기능의 쌍——시련에의 직면 대 시련의 극복——의 형태로 통시적 잔재가 남아 있지 않다면, 이야기 전체는 이러한 단순 구조로 환원될 것이다"(p. 205).

36) 그는 같은 의미에서 이렇게 말한다. "이야기에 의해 설정되는 양자택일은 개인의 자유(다시 말해 계약의 부재)와 승인된 사회 계약 사이의 선택이다"(p. 210).

37) "따라서 비시간적 구조로 분석할 수 없는 유일한 기능 쌍인 투쟁이야말로 [······] 변형 그 자체를 설명해줄 것이다"(p. 211).

한다. 서술적 이해력과 줄거리의 이해력이 통사론적 논리를 근거로 하는 이야기의 재구성보다 앞서는 것은 바로 이런 의미에서이다.

　여기에서 서술적 시간에 관한 우리의 연구는 많은 것을 얻을 수 있다. 통시적 요소를 분석에서 제외된, 분석 후에 남는 찌꺼기로 취급하지 않는 이상, 통시태라는 이러한 명칭하에——우리는 통시태가 공시태와 비시간성에 대해 종속 관계에 있음을 지적한 바 있다——어떤 시간의 성질이 숨겨져 있는지를 생각해볼 수 있다. 내가 보기에는 추구를 구성하는 움직임, 즉 계약에서 투쟁으로, 상실에서 질서의 회복으로 이르는 움직임은 단순히 연속적인 시간, 즉 연대기적 시간——앞서 언급했듯이 이러한 시간을 탈시간화하고 논리화하는 것은 시도해볼 만한 작업이다——만을 함축하는 것은 아니다. 질적으로 비시간적인 자질을 지닌 모델 안에서 통시적 요소의 저항은 보다 더 근본적인 저항, 즉 단순한 연대기적 시간에 대한 서술적 시간성의 저항[38]을 드

---

38) 이 명제는 토도로프가 사용한 서술적 변형이라는 개념에서 어느 정도 뒷받침된다 (「서술적 변형」, 『산문의 시학』). 그 이점은 레비 스트로스와 그레마스의 계열적 관점과 프로프의 통합적 관점을 결합한다는 것이다. 특히 서술적 변형은 행동 술어들(하다)을, 그 양상(해야 한다, 할 수 있다)에서 태도(하기를 좋아한다)에 이르기까지, 겹쳐놓는다. 더욱이 행동 술어를 시퀀스로 전이시킴으로써 차이와 유사성의 종합으로서의 이야기를 가능하게 한다. 요컨대 "서술적 변형은 동일시될 수 없는 두 가지 사실을 연결한다"(같은 책, p. 239). 나는 이러한 종합이 이미 서술적 이해의 측면에서 이질적인 것의 종합으로 작용하고 이해되던 것과 다르지 않다고 생각한다. 나는 변형을 연속에 대립시키는 토도로프와 다시 한 번 견해를 같이한다(「이야기의 두 가지 원칙 Les deux principes du récit」, 『담론의 장르 Les Genres du discours』). 물론 변형 개념은, 서술적 이해력에 종속하는 것으로 간주되는 우리의 형상화 개념과는 달리, 서술학의 합리성에 귀속되어야 하는 것처럼 보인다. 논리적으로 정리하는 경우에만 엄밀하게 변형이라는 말을 사용할 수 있는 것이다. 그렇지만 이야기는 이접과 연접을 좌우하는 부정 négation과는 다른 변형들, 예컨대 무지에서 식별로의 이행, 이미 일어난 사건들에 대한 재해석, 이데올로기적인 요청에의 복종(같은 책, p. 67 이하)과 같은 변형을 낳는다는 점에서, 모든 서술적 구성——우리 문화로부터 물려받은 줄거리 유형에 익숙해진 덕택으로 우리는 그러한 구성 능력을 가진다——에 상응하는 논리를 제시하기는 어려워 보인다.

러내는 표지처럼 보인다. 연대기적 시간을 표층 효과로 환원할 수 있는 것은 이른바 표층이 이미 그 고유의 변증법——이야기의 시퀀스와 관련된 차원과 형상화 차원의 대립, 이야기를 연속적인 총체이거나 총체적인 연속으로 만드는 대립——을 상실했기 때문이다. 훨씬 더 근본적으로 볼 때 이러한 변증법의 기저에 깔려 있는 계약과 투쟁의 괴리 같은 것은 플로티노스에 뒤이어 아우구스티누스가 정신의 이완으로 특징지었던 시간의 성격을 보여준다. 이젠 시간이 아니라 시간화라고 해야 할 것이다. 실상 시간의 이완은 지연·우회·중단 그리고 추구를 더디게 만드는 온갖 전략을 통해 나타나는 시간적 진행 과정인 것이다. 나아가서 시간의 이완은 선택·기로·우연적인 결합을 통해, 그리고 끝으로 성공과 실패라는 표현으로 예견할 수 없는 추구의 특성을 통해 드러난다. 그런데 시련이 곧 과정의 발단——이것 없이는 아무것도 일어날 수 없다——이듯이, 추구는 결핍과 결핍의 해소를 분리하고 결합한다는 점에서 이야기의 원동력인 셈이다.

그리하여 행위소의 통사론은 아리스토텔레스의 『시학』의 줄거리에 연결되며, 그리고 이 줄거리를 통해 아우구스티누스의 『고백록』의 시간에 연결된다.

『의미에 관하여』와 『모파상』의 서술기호학은 엄밀하게 말해서 새로운 모델을 구성한다기보다는 우리가 지금까지 논의한 행위소 모델을 좀더 강화하고 다듬은 것이다. 강화한다는 것은 그레마스가 서술성의 제약, 즉 기호학 체계의 가장 기본적인 기능 작용에 결부된 제약들을 그 최종 근원으로 귀결시키려고 한다는 의미에서 그렇다. 그렇게 되면 서술성은 우연성을 벗어난 활동으로서 입지를 얻게 될 것이다. 다듬는다는 것은 그렇게 기본적인 요소로 환원시키는 움직임이 복합적인 것으로 전개시키는 움직임에 의해 보완된다는 의미에서 그렇다. 결국 서술성의 과정을 되밟아 올라가면서 그레마스가 시도하는 것은, 담론 층위보다 더 근본적인 기호학적 층위로 거슬러 올라가, 발현되기 전에 이미 자리잡고 구성되어 있는 서술성을 발견하는 것이다. 반대로 그레마스의 서술 문법이 앞으로 나아가면서 시도하려 하는 것은 가능한 한 단순하고 처음에는 어떠한 연대기적 시간성도 포함하지 않는 논리적 모델에서 출발하여 단계적으로 서술성의 조건들을 구성하는 것이다.

구전과 기록에 의해 실제로 생산된 이야기들의 구조에 이르기 위해서는, 그레마스가 자신의 최초의 모델을 다듬기 위해 연속적으로 추가한 사항들이 서술성 특유의 능력을 갖는 것이 최초의 모델에서 비롯된 것인지, 아니면 모델 바깥에 있는 전제에서 비롯되는지를 알아야 한다. 그레마스의 생각은 연속적으로 추가되었다고 해도 최초의 모델과 최종의 모체 사이에는 처음부터 끝까지 동등한 가치가 유지될 수 있다는 것이다. 우리는 바로 이러한 입장을 이론적·실제적으로 검증해야 한다.

그러므로 "기호학적 제약들의 유희"에 따른 순서, 즉 처음에는 기호학적 대상에 대한 이해 가능성의 조건들을 규정하는 **심층 구조**, 다음에는 그에 대하여 표층적이라 불리는 중간 구조, 즉 서술화에 의해 실제 유기적인 구성이 이루어지는 구조, 끝으로 이러저러한 언어와 표현 소재에 따라 개별적인 양상을 보이는 발현 구조를 따라가보자.

첫째 단계, 즉 '심층 구조'의 단계는 '구성 모델model constitutionnel'[39]의 단계다. 여기서 그레마스가 해결하려고 했던 문제는, 언어적이거나 나아가서 비언어적인 실체(또는 매체)에 적용되지 않고서도 한눈에 복합적인 성격을 보여주는 모델을 얻는 것이다. 그 모델이 서술화될 수 있으려면 사실상 유기적으로 구성되어 있어야 한다. 그레마스의 기발함은 이미 유기적으로 구성되어 있는 이러한 성격을 가능한 한 단순한 논리 구조, 즉 "의미 작용의 기본 구조"(같은 책)

---

39) 「기호학적 제약들의 유희」, 『의미에 관하여』, p. 136.

속에서 추구했다는 점이다. 이 구조는 의미 — 어떠한 의미인지에 관계없이 — 를 파악하는 조건에 속한다. 어떤 것 — 그것이 무엇이든 지 — 이 의미를 갖는다는 것은 우리가 그 의미에 대한 직관을 가질 수 있기 때문이 아니라, 다음과 같은 방식으로 완전히 기본적인 관계 체계를 전개시킬 수 있기 때문이다. 이를테면 흰색이 의미를 갖는 것은 우리가 세 가지 관계, 즉 모순 관계(흰색 대 비[非]흰색), 반대 관계(흰색 대 검정), 그리고 전제 관계(비흰색 대 검정)를 서로 연결할 수 있기 때문이다. 이리하여 우리는 익히 알려진 기호 사각형을 얻게 된다. 이 기호 사각형의 논리적 힘은 이후 구성 모델을 더 다듬는 데 주도적인 역할을 하는 것으로 여겨진다.[40]

이 구성 모델은 잠재적으로라도 어떻게 서술화될 것인가? 그것은 분류 모델을 역동적으로 표상함으로써, 즉 기호 사각형을 구성하는 아직 방향이 주어지지 않은 관계들의 체계를 역동적으로 표상함으로써, 요컨대 관계를 조작으로 취급함으로써 이루어진다. 그렇게 해서 행위소 모델을 통해 이미 연접과 이접이라는 주된 형식으로 도입된 중요한 변형 개념을 다시 만나게 된다. 우리가 언급한 모순·반대· 전제의 세 가지 관계는 조작이라는 용어로 다시 정리되면서 변형으로 나타난다(그 변형을 통해 어떤 내용은 부정되고 또 어떤 내용은 긍정된다). 서술성의 일차적인 조건은 방향성을 갖는 조작에 의해 분류 모델에 움직임을 부여하는 것에 다름아니다. 서술성에 대한 이러한 첫번째 언급은 달성해야 할 목적, 발현 층위에서 서술 진행 과정이 갖는 불안정한 성격을 보여준다는 목적이 이미 분석에 힘을 미치

---

40) 기호 사각형 carré sémiotique의 논리 구조에 대한 문제는 「그레마스의 서술 문법」 이라는 나의 논문에서 각주 4와 11을 통해 자세히 논의한 바 있다("La grammaire narrative de Greimas," *Documents de recherches sémio-linguistiques de l'Institut de la langue française*, Ecole des hautes études en sciences sociales, Paris: C. N. R. S, n° 15, 1980).

고 있음을 입증한다. 바로 그 때문에 구조를 움직이게 하는 것이 그토록 중요해진 것이다. 그렇지만 여기서 우리는 전통적인 이야기들을 오래 접함으로써 얻은 능력에 힘입어 분류를 조작이라는 용어로 다시 정리한 것에 지나지 않는 것을 미리 앞당겨 서술화라고 부르는 것은 아닌지, 그래서 안정된 관계에서 불안정한 조작으로 나아갈 수밖에 없는 것은 아닌지 생각해볼 수 있다.

둘째 단계──아직은 '구상적 figuratif' 구조가 아닌 표층 구조의 단계──는 구성 모델을 행위 영역에 적용함으로써 얻어진다. 구상적 층위에서라면 임무를 수행하고 시련을 겪으며 목적을 달성하는 실제적인 행위자를 고려해야만 할 것이다. 그러나 우리가 지금 다루는 표층 구조의 층위에서는 일반적 행위의 문법에 한정된다. 바로 행위의 문법이 이 두번째 구성 단계를 끌어들이는 것이다. 그 토대를 이루는 언술은 누군가 무엇을 한다라는 유형의 단순 서술적 언술이다. 그것을 언술-프로그램으로 변형시키기 위해서 그 효력을 강화시키는 다양한 양상들──하기를 원하다, (어떤 것을) 원하다, (어떤 가치)이기를 원하다, 알기를 원하다, 할 수 있기를 원하다──이 덧붙여진다.[41]

다음으로 두 프로그램, 즉 주체와 반주체 사이의 논쟁적 관계를 도입함으로써 서술적인 차원에 이를 수 있다. 구성 모델에서 나온 변형 규칙을 통합체적으로 연속된 서술적 언술에 적용하기만 하면 이접에 의해 대결을 얻을 수 있으며, 다음에 양태화를 통해 지배-욕구 vouloir-dominer와 지배를 얻을 수 있고, 끝으로 연접에 의해 가치-대상을 지배 주체에 귀속시킬 수 있다. '대결·지배·귀속'이라는 형식

---

41) 이 단계에서 서술문과 행위문은 구별되지 않는다. 『역사의 분석철학 *Analytical Philosophy of History*』에서 단토가 제안한 서술문의 차별적 기준──두 행동(A와 B)보다 시간적으로 뒤에 위치한 관찰자의 시점에서, 나중에 일어나는 행동(B)에 따라서 앞선 행동(A)을 기술하는 것──은 여전히 적용할 수 없다. 그 때문에 아직은 언술-프로그램이라고 할 수 있을 뿐이다.

을 갖는 통합체적 연속—더욱이 여기에는 '하다'의 모든 양태들, 즉 하기를 원하다, 할 줄 안다, 할 수 있다가 적용될 수 있다—을 수 행performance이라고 부르게 된다. 그레마스는 통일된 통합체적 연 속으로서의 수행을 언급하면서 이렇게 말한다. "그것은 서술적 통 사론의 특징을 가장 잘 보여주는 단위일 것이다"(『의미에 관하여』, p. 173). 심층 문법과 표층 문법의 등가 원리가 적용되는 것은 바로 수행이 이렇게 복합적으로 구성되기 때문이다. 심층 문법과 표층 문 법의 등가 관계는 대결·지배·귀속 사이의 내포 관계에 기초하는 것이다.[42]

서술 모델의 구성은 교환 구조에서 차용한 전이transfert의 범주를 논쟁적 범주에 덧붙임으로써 완성된다. 교환이라는 용어로 다시 정 리된 가치-대상의 귀속(수행을 구성하는 세 가지 서술적 언술 중 마지 막)이란 어떤 주체가 잃은 것을 다른 주체가 획득한다는 것을 의미한 다. 귀속은 그처럼 두 가지 조작으로 분해될 수 있는데 이접과 동등 한 박탈, 그리고 연접과 동등한 본래 의미에서의 귀속이 그것이다. 그 전체가 함께 두 가지 전이를 나타내는 언술로 표현되는 전이를 이 룬다.

이렇게 해서 수행의 연속suite performancielle이라는 개념에 이르게 된다. 바로 여기에서 이야기의 형식적 골격이 나타나는 것이다.

이렇게 다시 정리하는 것은 이전의 모든 조작을 '장소'—전이가 시작되고 끝나는 장소—의 변화로 표상할 수 있다는 이점을 갖는 다. 즉, 전이를 나타내는 언술의 위상 통사론을 충족시킬 수 있다는 것이다. 그리하여 기호 사각형의 네 개의 정점은 전이가 이루어지는 최초의 장소와 최종적 장소가 된다. 이제 위상 분석이 행위faire와 행

---

42) 귀속이라고 명명된 수행의 최종 언술은 "표층에서 보자면 심층 문법의 논리적 단 언과 동등한 것이다"(『의미에 관하여』, p. 175) 앞서 인용한 논문에서 나는 이러 한 등가 관계의 논리적 적합성을 논의하고 있다(「그레마스의 서술 문법」, p. 391).

위-욕구 vouloir faire라는 두 가지 면에서 전개되면서, 기호 사각형의 위상 통사론이 갖는 풍부함이 상세히 드러난다.

만일 행위를 통해 획득되고 전이된 가치-대상들만을 우선 고려한다면, 위상 통사론은 기호 사각형에서 모순, 반대 그리고 전제 관계의 선을 따라서 배열된 일련의 조작을 가치의 순환적인 전달로 제시할 수 있을 것이다. 이러한 전위의 위상 통사론이 "가치의 창조적 과정으로서"(p. 178) 서술 행위의 진정한 동인이라고 서슴없이 말할 수 있다.

이제 조작뿐 아니라 조작자[43] ─ 다시 말해서 교환을 나타내는 도식에서 전이의 발신자와 수신자 ─를 고려하면, 위상 통사론은 행위의 역량, 그러니까 앞서 보았던 가치의 전이를 조작하는 역량에 작용하는 변형들을 규제한다. 다시 말하면 잠재적 행위 능력을 갖는 주체를 창조함으로써 통사적 조작자들의 체제 자체를 규제하는 것이다.

따라서 위상 통사론의 이러한 이중화는 하다와 원하다(할 수 있다, 할 줄 안다)의 이중화, 즉 서술적 언술을 기술 언술 énoncés descriptifs과 양태 언술 énoncés modaux로 이중화하는 것, 그러니까 또한 두 가지 연속적 수행의 이중화에 해당한다. 획득이란 그처럼 대상-가치나 양태 가치(할 수 있다, 할 줄 안다, 하기를 원하다를 획득하는 것)에 작용하는 전이인 것이다.

수행의 둘째 계열은 통사적 전개 과정을 시작한다는 점에서 가장 중요하다. 이번에는 가치 대상의 전이가 논리적으로 연결될 수 있기 위해서, 조작자들은 할 수 있고, 할 줄 알고, 하기를 원하는 것으로 설정되어야만 한다. 그러므로 만일 최초의 행위소가 어디서 비롯되었는지를 묻는다면, 욕망의 주체를 ─ '원하다'의 양태를 그에게 귀

---

43) "그것은 조작자의 통사론이 조작의 통사론과는 별도로 구성되어야 하기 때문이다. 즉 메타기호학의 층위는 가치 전이를 정당화하기 위해 마련되어야만 한다"(『의미에 관하여』, p. 178).

속시킴으로써——설정하는 계약을 내세워야 한다. '박식한' 또는 '유력한' 주체의 '원하다'가 제시되는 특정의 서술 단위는 이야기의 첫 번째 수행을 구성하는 것이다.

"완성된 이야기"(p. 180)는 객관적인 가치 전이의 계열을 '박식'하거나 '유력한' 주체를 세우는 전이의 계열과 결합시킨다.

위상에 대한 그레마스의 관심은 그처럼 통합체의 중심에서 가능한 한 멀리 계열체를 확장시키기 위한 가장 극단적인 시도를 나타낸다. 바로 이 부분에서 그레마스는 언어학을 언어의 대수학으로 만들려는 오랜 꿈을 곧 실현할 수 있으리라 생각한다.[44]

결국, 내재적 차원에서 표층적 차원으로 나아가는 그 고유한 전개 과정의 끝에서 기호학은 이야기 자체를 전개 과정으로 나타나게끔 한다. 그러나 기호학은 이러한 전개 과정을 심층 문법의 차원에서 의미 작용의 기본 구조가 함축하고 있는 조작들과 엄밀한 상동성을 이루고 있다고 간주한다. 그것은 "서술화된 의미 작용의 언어적 발현"(『의미에 관하여』, p. 183)인 것이다.

사실 서술성의 기호학적 층위들의 전개 과정은 종결된 것이 아니라 중단된 것이다. 여기서 셋째 층위, 즉 표층 문법에서 형식적으로 규정된 지위들이 구상적으로 표현되는 발현의 층위에 대해서는 어떠한 언급도 없었다는 사실을 주목할 수 있다. 구상적 층위는 지금까지 기호학적 분석에서 소홀히 다루어져온 것이 사실이다. 그 이유는 (가치 · 주제 · 행위소의) 구상화가 자율적인 형상화 활동의 산물로서 간

---

44) 프레데릭 네프 Frédéric Nef(Frédéric Nef et al., 『의미 작용의 기본 구조 Structures élémentaires de la signification』, Bruxelles: Ed. Complexe, 1976)에 의해 정리된 한 대담에서 그레마스는 이렇게 주장한다. "만일 지금 우리가, 각각의 서술 프로그램이 가치의 획득과 상실, 주체의 강화와 약화로 이루어진 과정처럼 나타나는 통합체적 관점에서 서술 행위를 고려한다면, 통합축에서 앞으로 나아가는 각각의 진행 단계는 계열축에서의 위상의 이동에 대응하며, 그리고 그 이동에 '의해 규정된다'는 점을 알게 된다"(p. 25).

주되지 않았기 때문인 것 같다. 마치 기저 구조를 알려주는 것이 아니라면 그 어떤 것도 관심이 없다는 듯이, 이 층위를 발현 층위라고 부르는 것은 바로 그 때문이다. 이 점에서, 모델은 형상화되지 않은 구상적 표현들을 제공하는 것이다. 줄거리 구성의 역동성은 논리·의미론적 조작으로, 그리고 서술적 언술을 프로그램, 수행, 수행의 연속의 통합체로 만드는 작업으로 옮겨진다. 그러므로 줄거리라는 용어가 서술기호학의 이론 어휘에 등장하지 않는 것은 우연이 아니다. 서술기호학에서는 줄거리라는 용어가 사용될 수 없는 것이다. 줄거리는 서술적 이해력의 영역에 속하고, 기호학적 합리성은 바로 그러한 서술적 이해력과 동등한 것 또는 적어도 그렇게 보이는 것을 제공하려고 하기 때문이다. 따라서 구상적 층위에서 "기호학적 제약의 유희"가 처하게 될 위치에 대해 언급하는 것은 서술기호학이 구상성에 대해 특별한 관심을 키워간 후에 가능할 것이다.

이제 그레마스의 기호학 모델에 관해 몇 가지 비판적 성찰을 제안하기에 앞서, 그레마스와 그 학파의 저작을 끌어가는 강한 탐구 정신을 강조하고 싶다. 우리는 이미 기호학적 모델이 최초의 행위소 모델을 어떻게 강화하고 다듬는지를 지적한 바 있다. 결국 우리가 지금까지 살펴본 『의미에 관하여』는 계속해서 진행 중인 연구의 한 단면으로 간주해야 할 것이다.

이미 『모파상』에서 여러 측면의 보완점이 제시된다. 그 가운데 몇 가지는 중요한 부분의 수정을 예고하고 있다. 그 중 세 가지를 지적하겠다.

우선 심층 구조 면에서 그레마스는 기호 사각형에 적용된 변형 조작에 시상(時相) 구조를 추가함으로써 그 비시간적 성격을 수정하기 시작한다. 이를테면 어떤 상태를 시간화함으로써 발생하는, 그리고 모든 연속적 과정의 특징을 이루는 **지속성** durativité, 그리고 그 과정들의 범위를 한 점에 국한시켜 한정하는 두 가지 양상, 즉 기동성

inchoativité 과 종국성 terminativité(모파상의 단편 『두 친구 Deux Amis』
에 등장하는 '죽어가는' 과 '태어나는' 이라는 용어들이 그러한 것이다.
또한 우리는 지속성에 반복성 itérativité을 결합시킬 수 있다), 끝으로
'꽤 가까운' '너무' '멀리' 와 같은 표현들 속에 나타나는 것처럼 어
떤 지속적 의소 sème와 한 점에 국한된 의소 사이에 설정되는 긴장
관계 ── 긴장성 intensivité ── 가 그것이다.

  심층 구조, 또 행위와 동일한 외연을 갖는 담론 구조에 비해서 이
러한 시상 구조들의 위상은 규정하기가 어렵다. 한편으로 시상 구조
는 논리 조작에 대응한다. 즉 지속성 / 점괄성(點括性)의 대립은 영속
성 / 우발성의 대립에 의해 규제된다. 마찬가지로 이전 / 동안 / 이후라
는 시간적 위상은 선행성 / 동시성 / 후행성이라는 논리 관계가 "시간
화된 위상"으로 간주된다(p. 71). 또한 영속성 / 우발성의 관계는 연속
대 비연속의 쌍을 "시간에 맞춘" 것일 뿐이다. 단지 그러한 표현들을
통해 시간과의 관계는 계속해서 뒤로 물러날 따름이다. 다른 한편으
로, 통합체적 연쇄나 담론 전개 과정 이전에 시상에 대한 고려를 도
입할 수 있는지는 의문이다. 모파상 단편의 시퀀스에 대한 상세한 분
석에서, 그 시퀀스들이 담론 속에 적용될 때 시상적 특성이 도입되는
것은 그 때문이다. 만일 시간의 선조성에 따른 담론의 통합 구조를
요구하는 과정이 전개되지 않는다면, 사실상 논리 관계가 어떻게 시
간화되는지를 거의 알 수가 없다. 따라서 모델에 시상 구조를 도입하
는 것은 쉽게 이루어지지 않는다.

  두번째로 중요한 추가 사항 ── 논리 · 의미론적 층위에서 발생하는
굴절과 마찬가지로 담론에 적용하면서 생기는 굴절에 추가되는 사항
── 은 그 모델의 계열적 토대를 약화시키지 않으면서도 더 많은 활력
을 부여하는 데 기여한다. 그것은 기호 사각형의 정점에 위치할 내용
들이 지니는 극히 가치 체계화된 성격과 관련이 있다. 이렇게 해서
『두 친구』는 삶과 죽음이 그 대각선상의 모순항들, 즉 비-삶, 비-죽음

과 대립의 축을 구성하는, 지배적인 동위소isotopie에 따라 전개된다. 그것은 행위소가 아니라——만일 행위소라면 행위의 범주를 가지고 이야기해야만 할 것이다——, 모든 이야기의 기반이 될 수 있는 유쾌함euphorie과 불쾌함dysphorie이 내포된 의미인 것이다. 앞으로 기호학적 조작은 대부분 인물뿐 아니라 태양·하늘·물·발레리앵 언덕과 같이 인물이 아닌 실체들을 그러한 위치에 배정하게 될 것이다. 이 모든 것은 심층적 가치 체계를 이루는 가치들이 문화적인 틀이나 이데올로기적인 틀보다 더 많은 것을 구현한다는 사실을 지적하고 있다. 삶과 죽음 그 각각의 가치들은 모두가 받아들인다. 그러나 어떤 문화나 학파, 이야기꾼 고유의 특성이란, 하늘을 비-삶 쪽에 그리고 물을 비-죽음 쪽에 설정하는 모파상의 콩트에서처럼, 이러한 핵심적인 가치들을 일정한 형상 속에 적용하는 것이다. 이와 같이 유쾌·불쾌한 가치들을 가능한 한 가장 심층적인 층위에 설정하는 것은 이야기가 전개될 때 그 안정성을 보장한다는 이점이 있을 뿐만 아니라, 논리 체계에 가치 체계를 첨가함으로써 기본 모델의 서술화를 유리하게 한다는 이점도 있다. 연극에서 우선적으로 다루어지는 변화란 행을 불행으로 그리고 불행을 행으로 역전시키는 것임을 아리스토텔레스에게서 배우지 않았던가? 그러나 이러한 가치론적 규정들이 일반 도식에서 차지하는 위치를 설정하는 것은 여전히 그리 용이한 일이 아니다. 우선 이러한 내포적 의미가 영향을 미치는 주제적 역할, 다시 말해 서술적 과정을 전개하는 담론 주체를 참조하지 않기란 여전히 어렵다. 다음으로 가치들의 대립 관계 속에는 논쟁적인 성격이 이미 함축되어 있다. 그럼에도 불구하고 이러한 대립들은 역할, 그리고 논쟁적인 관계에 있는 주체들에 선행하는 것으로 간주된다.

기본 모델에 세번째로 추가되는 것은 기본 모델을 담론에 적용하는 것과 구별하기가 더욱 어렵다. 그럼에도 불구하고 행동과 행위소에 대해 논리적으로 선행하며 명백하게 계열적인 성격을 띠고 있다

는 것 때문에 심층 구조에 가장 가까운 자리를 보장받게 된다. 그것
은 발신자에 관계되는 것으로서, 행위소와 주제적 역할은 발신자 자
신과 발신자를 이야기 속에서 대변하는 것들의 다양한 위계적 층위
에 따라서 발신자의 대리인·화신·구상화된 형태가 된다. 그렇게
해서 『두 친구』에서 삶과 죽음 그리고 그 모순항들이 발신자가 되며,
파리와 프러시아 등도 마찬가지이다. 발신자의 개념에는 메시지 개
념, 그러니까 발송 개념, 즉 움직임과 역동성을 부여하는 개념이 결
부된다. 그레마스는 발신자 개념을 처음으로 도입하면서 바로 이 기
능, 즉 "가치 체계로서 주어진 가치론을 조작적 통합화로 변형시키
는"(p. 62) 기능을 강조한다. 사실 이야기 기호학은 행위소 분배를 발
신자 개념에 일치시킬 수 있게 되면서부터 그 개념을 도입한다. 그러
나 이론상 중요한 것은 그러한 행위소 분배가 이야기 전체에 걸쳐 있
다는 점이다. 바로 그 때문에 그레마스는 "발신자의 최초 행위소의
위상"[45](p. 63)에 대해서 이야기할 수 있는 것이다. 이렇게 기호 사각
형 안에 논리항, 가치론적 술어, 발신자가 중첩된 후에 구상적 행위
자가 도입되는 것이다.

　『모파상』이 행위 문법, 그러니까 순전히 담론적 차원에서 보완한
점들은 훨씬 더 주목할 만하다. 관찰과 정보, 설득과 해석, 기만과 환
상, 거짓과 비밀, 그 어떤 것에 관해서든 근대적인 이야기에서는 인식
적인 측면에서 전개되는 과정이 고려되어야 한다. 그레마스는 일련의
대담한 방법론적 결정들을 통해서 이러한 요청에 부응한다(이 요청은
아리스토텔레스에서 '식별'의 극적 기능과, 또한 인류학에서의 사기꾼
이나 위선자에 관한 유명한 분석에 그 기원을 둔다). 우선 그는 행위를

----

45) 발신자-수신자의 쌍은 프로프에서 위임의 쌍이나 그레마스의 최초의 행위소 모
　　델에서 발단이 되는 계약, 즉 주인공이 그에 의해 행위 능력을 부여받는 계약의
　　쌍을 연장한 것이다. 하지만 발신자-수신자의 쌍은 이제 보다 철저하게 형식화
　　된 위치에 놓여 있다. 사실 개인적 발신자도 있고, 사회적 발신자, 심지어 우주적
　　발신자도 있다.

실천 행위faire pragmatique와 인식 행위faire cognitif로 명백하게 나누는데, 후자는 행위 능력을 가진 주체를 육체를 가진 주체와 구분되는 정신적인 주체로 설정한다. 그리고 인식 행위를 발신자가 수신자에게 하는 설득 행위faire persuatif, 그에 상응하여 수신자 편에서 이루어지는 해석 행위faire interprétatif로 양분한다. 행위라는 표현으로 인식 차원을 다루는 데 따른 기본적인 이점은 인식 활동을 엄밀한 의미에서의 행동과 동일한 변형 규칙에 따르게 할 수 있다는 것이다(아리스토텔레스는 이미 자신의 뮈토스 속에 디아노이아의 범주에 속하는 인물의 '사상'을 포함시켰다). 그리하여 '~인 것 같다paraître'에서 '~이다être'로의 추론——이것이 바로 해석이다——은 다른 것과 마찬가지로 서술 전개 과정에 포함될 수 있는 행위 형태가 된다. 마찬가지로 논쟁적인 관계는 두 가지의 실천 행위를 대립시킬 수도 있으며, 또한 예를 들어 토론에서 나타나는 두 가지 설득 행위, 죄를 비난하거나 부인할 때 나타나는 두 가지 해석 행위들을 대조할 수도 있다. 이제부터 논쟁적 관계라는 말을 사용할 때, 행위에 관한 이처럼 풍부한 색채를 항상 염두에 두어야만 한다.[46]

그렇지만 지금까지 비교적 동질적이었던 행위 이론에 틈새가 생긴 것은 무시할 수 없는 일이다. 설득과 해석을 설명하려면 사실상 '~이다'와 '~인 것 같다'의 범주를 이용해야만 한다(이것은 기호학에서는 새로운 것이지만 철학에서는 매우 오래된 범주이다). 설득한다는 것은 '~인 것 같은 것'을 실재 '~이다'라고 믿게 하는 것이다. 그리고 해석한다는 것은 '~인 것 같다'에서 '~이다'로 추론한다는 것이다. 그레마스는 특히 이러한 표현들에 "기호학적 존재 의미"(p. 107)가

---

46) 자크 에스캉드Jacques Escande, 『설득 행위와 마주한 수용자. 해석 이론의 기여 (복음서 분석을 바탕으로)Le Récepteur face à l'Acte persuasif. Contribution à la théorie de l'interprétation (à partir de l'analyse de textes évangéliques)』(그레마스가 지도한 일반 의미론 전공의 3기 박사학위 논문, EHESS, 1979)를 참조할 것.

그대로 남아 있다고 역설한다. 그는 어떤 면에서 다른 면으로의 이행, 즉 확실성·확신·의심·가정으로 명명되는 가치들을 만들어내는 이행을──신용과 관계된 가치들에 대한 확실한 범주화가 아직 없음을 시인하면서──신용 관계라 칭한다(p. 108). 그렇게 해서 서술적 변형, 예를 들면 어떤 주체가 스스로를 위장함으로써 다른 주체가 '~인 것 같지 않음'을 '~가 아님'으로 해석하도록 겨냥하는 서술적 변형에서 논리적 성격을 유지하려고 하는 것이다. 여기서 처음 주체는 '~이다'와 '~같지 않다'를 결합시키는 비밀의 범주에 놓인다. 이야기의 인식적 차원에 위치한 이러한 시련은 새로운 기호 사각형, 즉 '~이다' 대(對) '~인 것 같다'의 대립 관계에 준해 구성되어, '~가 아니다' '~같지 않다'라는 각기 모순되는 두 관계에 의해 완성되는 진리 진술 사각형 carré de la véridiction의 도입을 통해서 그 서술적 특성과 논리적 특징을 동시에 간직한다. 진실은 '~이다'와 '~인 것 같다'의 연접을, 허위는 '~같지 않다'와 '~가 아니다'의 연접을, 거짓은 '~인 것 같다'와 '~가 아니다'의 연접을, 비밀은 '~이다'와 '~같지 않다'의 연접을 가리킨다. 기만은 거짓을 진실로 변형시키는(~로 여기게끔 하는), 즉 다시 말해서 ~인 것 같지만 실재 ~가 아닌 것을 ~인 것 같고 실재 ~인 것처럼 제시하고 인정하게끔 하는 설득 행위이다. 착각은 거짓과 쌍을 이루는 해석 행위로서, 기만적인 발신자와 계약하는 것처럼 그 거짓을 받아들이는 것이다. 행위소 역할로서의 기만자(자신을 다른 사람으로 여기게끔 만드는 사람)는 이렇게 진리 진술의 면에서 명확하게 규정될 수 있다.

　인식 행위의 도입, 인식 행위와 해석 행위의 구분, 진리 진술 구조의 설정은『모파상』이 행위의 범주화에 추가한 가장 주목할 만한 것이다. 특히 그에 접목되는 행위 능력의 양태화(그 가운데에서도『두 친구』에 나타난 가장 중요한 양태화인 거부, 즉 할 수 없기를 원하기 vouloir ne pas pouvoir를 포함하여)를 고려할 수 있다. 이렇게 해서 모파상의 『두 친구』에서 착각에 따른 헛된 추구가 은밀한 승리로 변형되는, 아주 중요한 극적 상황을 보여줄 수 있게 된다.[47]

지금까지 우리는 『모파상』이 기호학적 모델을 다듬는 데 있어 가장 중요하게 기여한 바를 살펴보았다. 더욱이 모델이 확장되어도 파열되지는 않는다는 것을 지적해야 한다(아마도 파열의 위험이 가장 높은 것은 진리 진술의 문제일 것이다). 이렇게 모델을 새로 다듬는다 하더라도 10년 전 『의미에 관하여』에서 제시된 모델이 크게 바뀌지는 않는다는 점에서, 심층 구조와 표층 구조 그리고 구상 구조라는 세 가지 층위에서 기호학의 기본 모델에 대해 우리가 제기할 수 있는 비판역시 별다른 문제를 일으키지 않는다.

서술 문법 모델이 제기하는 근본적인 문제는 다음 두 가지이다. 즉, 이른바 표층 문법이 심층 문법보다 서술적 잠재력을 더 많이 지니고 있지는 않은지, 그리고 기호학적 전개 과정을 통해 모델이 점차적으로 다듬어지는 것은 우리가 이야기를 따라갈 수 있는 능력을 가지고 있고, 또 후천적으로 서술적 전통과 친숙해지는 데서 나오는 것이 아닌지를 알아보아야 한다.

이에 대한 답변은 애초에 심층 문법을 내재적 차원으로 그리고 표층 문법을 발현적 차원으로 지칭할 때부터 이미 정해져 있다.

---

47) 『모파상』은 행위에 관한 보다 정교한 또 다른 구분들을 암시한다. 『모파상』의 끝 부분에 있는 색인에서 '행위' 항목을 보면, 민담보다 훨씬 더 섬세한 텍스트를 통해 더욱 이론적으로 세분화해야 한다는 생각을 짐작할 수 있을 것이다. ~를 행하다와 ~이다의 구분이 더 이상 행위의 내부에 포함되지 않는다는 점에서, 서술성의 범위 안에서 그러한 구분을 유지하기가 가장 어려운 것처럼 보인다. 그러나 문제가 되는 ~이다는 상태, 즉 지속적인 경향이라는 개념을 통하여 행위에 결부된다. 예를 들어 유쾌한 상태에 놓여 있음을 표시하는 기쁨이나, 혹은 체포된 후에 모든 행위 능력을 상실한 '두 친구'가 하기를 원하지 않을 수 있는 힘 pouvoir de ne pas vouloir faire, 즉 거부를 행사하고, 그리하여 소설의 결말에서 그들이 굴복하지 않고 죽을 수 있는 능력을 통해 표현되는 자유로운 존재로 창조될 때의 자유가 그것이다.

118

하지만 이러한 물음은 우리가 본 장의 서두부터 관심을 가졌던 문제, 즉 서술학의 합리성과 줄거리를 실제로 구성하면서 다듬어진 서술적 이해력의 관계라는 문제를 또다시, 하지만 이번에는 훨씬 더 정교한 모델의 뒷받침을 받아 제기하는 것이다. 그러므로 우리의 논의는 그 어느 때보다도 더 치밀해질 것이다.

이후의 추론을 통해 검증되겠지만 내가 제일 처음 품은 의혹은, 기호 사각형을 구성하는 첫 단계에서부터 이미 그레마스의 분석은 그 마지막 단계, 즉 가치의 창조 과정으로서의 서술 행위의 단계를 예상함으로써 그러한 목적에 끌려간 것이 아닌가 하는 점이다(『의미에 관하여』, p. 178). 이 마지막 단계는, 기호학적 합리성 쪽에서, 우리의 서술 문화 안에서 줄거리라고 이해되는 바로 그것에 상당하는 것일 것이다.

물론 내가 이러한 의혹을 갖는 것은 서술기호학의 신뢰성 자체를 문제삼는 것이 아님을 말해두자. 그보다는 앞에서 역사에서의 법칙론적 모델을 논의하면서 서술적 능력에 대해 역사 기술의 합리성이 갖는 자율성에 대해 문제를 제기했던 것과 마찬가지로, 기호학적 방식이 갖는다고 추정되는 자율성에 문제를 제기하는 것이다. 우선 심층 문법 차원에서 논의를 시작할 것이다.

구성 모델의 논리적 일관성에 관해서는 여기에서 다루지 않겠다. 우리의 논의는 두 가지에 국한된다. 첫째, 구성 모델이 기호학적 전개 과정을 통해 유효성을 유지하기 위해 충족시켜야 하는 조건들이다. 의미 작용의 기본 구조라는 측면에서 구성된 것으로서는, 구성 모델은 물론 강력한 모델이다. 그러나 주어진 영역에서 제대로 기능하기 위해서는 몇 가지 조건은 완화되어야만 한다(이것은 주어진 어떤 영역에서 선험적으로 구성된 모델을 해석할 때 흔히 있는 일이다). 우리는 그 중의 한 예를 역사 기술 분야에서 경험한 바 있다. 즉, 법칙론적 모델은 그 조건이 완화되지 않은 상태로는 역사가라는 직업 자체에 함축된 실제적인 방법론으로 사용될 수 없음을 보았다. 그레마스의 최초의 분류 모델의 논리적 의미 작용은 그 모델이 완화되지 않고 강력한 모델로 있어야만 유지될 수 있다. 그런데 최초의 분류 모델의 효력은, 완성되지는 않았다 하더라도 최소한 "제한된 목록의 의소 범주"(p. 161)를 가능케 할 수 있을 의소 분석의 층위에서만 온전히 발휘될 수 있다. 이러한 조건하에서는 반대 관계는 강한 반대, 예를 들어 흰색 대 검정이라는 이원적 의소 범주처럼 같은 범주에 속하는 의소들 사이의 이원 대립을 구성한다. 모순 역시 강한 모순이다. 이를테면 흰색 대 비-흰색, 검정 대 비-검정이 그것이다. S2가 비-S1을 전제하는 전제 관계보다는, 우리가 방금 언급한 엄밀한 의미에서의 모순과 반대라는 두 가지 관계가 선행한다. 그런데 모순 · 반대 · 전제라는 세 가지 요구 조건이 서술성의 영역에서 엄격하게 충족될 수 있는지는 회의적이다. 만일 그 요구들이 충족된다면, 이후의 모든 조작들은 그레마스가 주장하는 대로 "예측할 수 있고 계산될 수 있어야"(p. 166) 할 것이다. 하지만 그렇게 되면 아무 일도 일어나지 않을 것이다. 사건이 일어나지 않을 것이며, 뜻밖의 일은 없을 것이다. 이야기할 것이 하나도 없는 것이다. 따라서 우리는 표층 문법이 준-모순, 준-반대, 준-전제 관계들을 주로 다루게 되리라고 추정할 수 있다.

심층 문법 차원에서 다루어야 할 또 다른 문제는, 분류 모델의 방향이 주어지지 않은 관계로부터 모델에 통사론적 해석을 부여하는 방향이 주어진 조작으로 이행함으로써 보장되는 분류소 taxinomie의 서술화에 관한 것이다.

사실 정태적 관계 개념에서 동태적 조작 개념으로의 이행한다는 것은, 적어도 변형은 시간을 요한다는 의미에서, 분류 모델에 확실히 연대기적 시간성을 부여하는 어떤 추가 사항이 실제로 덧붙여진다는 사실을 내포한다. 이러한 추가 사항은 「서술 문법의 구성 요소 Eléments d'une grammaire narrative」에서는 "주체에 의한 의미 생산" 개념으로 표시된다(『의미에 관하여』, p. 164). 그러므로 관계 개념에서 조작 개념으로의 이행은 단순히 바꾸어 표현하는 것 이상으로, 다시 말하면 계열적 요소에 덧붙여 동등한 자격으로 통합적 요소가 도입되는 것이다. 이때 형태론에서 통사론으로 이행하면서 등가(等價)는 상호 관계라는 의미를 잃게 된다. 방향 설정은 변형에 해당하며, 그렇다면 안정된 관계와 그 변형이 어떤 점에서 동등한가를 설명할 수 없기 때문이다. 따라서 우리는 모델 구성이 그 모델의 부동항 위에 나타나게끔 방향 설정된 변형 개념에 유도된 것이 아닌지 생각해볼 수 있다.

이러한 질문은 모든 층위에서 제기될 수 있다. 즉 한 조작의 궁극성은 그 다음에 오는 조작에, 결국에는 완성된 서술성 개념에 있는 것처럼 보인다. 이것은 심층 문법에서 표층 문법으로의 이행을 통해서도 관찰되는 것이다.

최초의 모델이 다듬어지는 것은 행위를 특징짓는 규정들이 많이 도입된 결과이다. 그런데 이 새로운 규정들은 모두 분류 모델에서 직접 파생된 것이 아니고, 행동 의미론의 영역에 속하는 것이다.[48] 행위 그 자체에 내재한 앎을 통해 우리는 행위란 S는 P이다 형식의 술어적 언술 énoncés prédicatifs과 X는 Y와 Z 사이에 있다 형식의 관계적 언술 énoncés relationnels과는 구조가 본질적으로 다른 언술 대상임을 알고 있다. 행동을 기술하는 언술의 그러한 구조는 분석철학에서 정밀한 연구의 대상이 되어왔는데, 나는 『행동 의미론 La Sémantique de l'action』에서 그 점을 설명한 바 있다.[49] 그 언술들의 주목할 만한 특

---

48) 우리가 인간 행동과 유사한 표층의 범주(이 범주는 목적·모티프·선택의 존재로 특징지어지는)를 구상적 층위의 인간적 범주들, 요컨대 미메시스 I이라는 제목 아래 이 책의 1부에 기술된 실천적 범주들과 혼동한다고 반박할 수 있을 것이다. 그러나 나로서는 준-인물, 준-줄거리 그리고 준-사건의 범주를 매개로 하지는 않더라도, 과연 인간 행동에 의거하지 않고 행위를 규정할 수 있을지는 의심스럽다 (『시간과 이야기』 1권, p. 247 이하).

징은 "소크라테스는……말한다"에서 "브루투스는 3월 15일에 로마의 원로원에서…… 단검으로 시저를 죽였다"에 이르는 열린 구조를 포함한다는 점이다. 사실 서술적 언술에 관한 이론은 바로 이러한 행동 의미론을 전제하고 있다. 여기서 하다faire는 (영어의 to do처럼) 모든 행위 동사로 대체될 수 있다. 행동 의미론이 특히 기여한 바는, 양태화를 통하여 행위에 관한 언술에서 행위 능력에 관한 언술로 이행할 때 가장 뚜렷하게 나타난다. 무엇을 하기를 바란다는 것이 그 행위가 일어날 수도 있게 한다는 것을 어디에서 알 수 있는가? 기호 사각형을 보더라도 그것을 짐작할 수 없다. 뿐만 아니라 하기를 원하다, 이기를 원하다, 가지기를 원하다, 알기를 원하다, 원할 수 있다의 유형론은 탁월하다. 그러나 언어학적 관점에서 볼 때 그것은 분석철학이 내포논리학logique intensionnelle이라는 이름으로 가장 정교하게 구성한, 전적으로 특수한 문법 영역에 속한다. 그리고 "~하는 것을 원하다"로 양태화하는 언술과 행위를 기술하는 언술의 관계를 논리적인 형태로 설정하기 위해 고유의 문법이 필요하다면, 바로 행동 의미론에 내포된 현상학이 다음과 같은 그레마스의 주장 —— "하기를 원한다를 그 기능으로 하는 양태화 언술은 주체를 행위의 잠재성으로 설정하는 반면에, 할 줄 안다와 할 수 있다의 양태로 특징지어지는 다른 두 가지 양태화 언술은 일어날 수도 있는 행위를 두 가지의 상이한 방식, 다시 말해서 마치 지식에서 생겨나거나 아니면 오로지 능력에만 기반을 둔 행위인 것처럼 규정한다"(p. 175) —— 에 의미를 부여할 것이다. 그러므로 이렇게 행동 의미론에 내포된 현상학은 우리가 양태화 언술을, 행위를 기술하는 언술 형태로 존재하면서 동시에 대상으로서 양태화 언술을 구성하는 프로그램의 '실현 욕망'으로 해석할 수 있을 때 명백하게 드러난다 (p. 169).

---

49) 특히 앤서니 케니Anthony Kenny의 연구 논문집, 『행동, 감정 그리고 의지 *Action, Emotion and Will*』(London: Routledge and Kegan Paul, 1963)를 참조했다.

그 결과 기호학적인 차원과 실천적인 차원의 관계는 서로 우위를 갖는 관계라는 사실이 나타난다. 기호 사각형은 상호 규정되는 항들의 조직망과 모순, 반대 그리고 전제라는 관계의 체계를 보여준다. 행동 의미론은 행위의 주요한 의미 작용들과 행동을 전거로 삼는 언술들의 특수한 구조를 보여준다. 이 점에서 표층 문법은 혼합된 문법, 즉 실천-기호학의 문법이다.[50] 이러한 혼합 문법에서, 행동 의미론에 의해 전개되는 구조와 기호 사각형이 내포하는 조작이 등가 관계를 맺고 있다고 말하기는 어려워 보인다.

우리의 반론은, 프로그램들 사이에, 그리고 대립되는 주체들 사이에 논쟁 관계를 도입하지 않는다면 단순한 서술적 언술은 표층 문법 내에서 추상화에 머문다는 사실을 관찰함으로써 한 걸음 더 나아가게 될 것이다. 우리는 이미 앞에서 분리된 하나의 행동 문장에는 특별히 서술적인 것이 전혀 존재하지 않는다고 지적한 바 있다. 사슬처럼 이어진 언술들만이 서술적 통합체를 구성하며, 역으로 사슬을 이루는 행동 문장들을 서술적이라고 부를 수 있게 한다. 그 점에서 논쟁 관계는 표층 문법에서 서술성에 이르기 위한 진정한 첫째 문턱을 구성하며, 수행 개념이 둘째 문턱을, 그리고 수행의 통합체적 연속 개념과 그 개념이 조작하는 가치의 전이가 셋째 문턱을 이루는 것이다.

논리적인 관계들의 논쟁적 표상이라는 첫째 문턱을 시작으로, 차례로 살펴보자.

우선 이 논쟁적 표상은 그와 더불어 새로운 특징들을 불러온다는 것에 주목하자. 즉 모순이나 반대 유형의 논리적인 의미 작용을 갖기 이전에 자율적인 실천적 의미 작용을 갖는 특징이 생겨나는 것이다. 대결과 투쟁은 타인에 대한 행동의 방향을 나타내는 형태들인데, 막

---

50) 이 점에서 클로드 브르몽의 『이야기의 논리』를 검토하면서 설명한 상황과 다르지 않다. 브르몽의 경우 역시 이야기의 논리는 현상학과 (브르몽이 형이상학이라고 불렀던) 행동 의미론에 기반을 두고 있었다.

스 베버의 사회학과 같은 포괄적 사회학의 영역에 속한다. 베버의 사회학에서 투쟁Kampf은, 사실상 그의 주저 『경제와 사회』[51]를 이루는 기본 범주들이 점차적으로 구성되는 제한된 단계에서 나타난다. 투쟁이라는 범주가 도입됨으로써, 서술 문법의 혼합적—반은 논리적이고 반은 실천적인—성격이 강조된다.

그 밖에 논리적인 면에서 대치와 모순의 등가 관계는 반박의 여지가 많다는 점을 지적하자. 내가 보기에 대치의 개념은 칸트가 제일 먼저 『철학에 부정적 위대함의 개념을 도입하기 위한 시론』[52]에서 모순으로 환원될 수 없는 성질을 보여주었던 그러한 유형의 부정성을 이용한 듯하다. 어떤 주체가 반(反)주체와 대립하는 것은 두 가지 모순적인 행위의 대립이 아니다. 오히려 반대 관계에 더 가깝지 않은가 생각해볼 수 있다.[53]

---

51) Max Weber, 『경제와 사회 Wirtschaft und Gesellschaft』, 5e éd. révisée, Studienausgabe, Tübingen: J. C. B. Mohr(Paul Siebeck), 1972, 제1부 1장 § 8, 「투쟁의 이해 Begriff des Kampfs」(p. 20). 이전의 범주들은 사회적 행동, 사회적 관계, 행동의 방향(관습·풍습), 합법적인 질서(관례·법률), 합법성의 기반(전통, 신앙, 법적 유효성의 인증)의 범주들이다.

52) 임마누엘 칸트Emmanuel Kant, 『철학에 부정적 위대함의 개념을 도입하기 위한 시론 Essai pour introduire en philosophie le concept de grandeur négative』, Roger Kempf의 번역·서문·주, Paris: Vrin, 1949, chap. II, 「보편적 대립 L'opposition universelle」.

53) 「그레마스와의 대담 L'entretien avec Greimas」(프레데릭 네프, 『의미 작용의 기본 구조』, p. 25)에서, 저자는 서술 행위의 논쟁 구조가 분류 모델 본래의 계열적 분절을 서술 행위의 통합적 전개에까지 확대할 수 있게 하는 것이라는 점을 강조한다. 반주체를 주체에, 반프로그램을 프로그램에 대립시킴으로써, 그리고 각각의 행위소를 행위소, 부정행위소négactant, 상호행위소entactant, 부정상호행위소 négentactant로 분할하여 행위소 사각형 자체를 확장시킴으로써, 논쟁 구조는 계열적 질서가 모든 통합적 질서 속에 확고하게 침투하도록 한다. "그렇기 때문에 텍스트가 조금이라도 복잡하면 그 분석은, 서술성의 통합적 전개와 아울러 그 계열적 분절을 그렇게 드러냄으로써 행위소의 상황들을 확장하도록 요구한다는 사실은 결코 놀랄 만한 일이 아니다"(같은 책, p. 24). 그러나 또한 그 반대의 경우도 말할 수 있다. 가령 주체간의 갈등에 속하는 어떤 것이 일어나기 때문에 그것

논쟁 범주에 전이 범주를 추가하는 것도 비슷한 문제를 제기한다. 이 단계에서도 은연중에 현상학의 힘을 빌리고 있음이 명백하게 드러난다. 이를테면 전이라는 것이 어떤 사람에게서 빼앗은 것을 다른 사람에게 주는 것이라면, 이접과 연접에서보다 빼앗는 행위와 주는 행위에서 더 많이 존재한다. 어떤 주체가 당하는 가치-대상의 박탈은 수동적 행위자로서의 그에게 영향을 미치는 변화다. 따라서 모델 구성의 마지막 단계에서 추가되는 것은 박탈과 수여 같은 개념이 의미를 갖게 되는 수동pâtir/능동agir의 현상학이다. 이 마지막 단계의 위상 언어 전체는 논리적인 연접/이접,[54] 그리고 실천뿐 아니라 감정의 영역에서 일어나는 변화가 뒤섞인 것이다. 기호 사각형의 논리 조작 과정을 중첩시키는 전이의 위상 통사론이 "서술 행위를 가치의 창조 과정으로서 조직하는 것"(p. 178)이 사실이라면, 이러한 결론이 의외는 아니다. 그런데 이러한 중첩을 통해 어떻게 해서 분류적 틀 속에서 "예측할 수 있고 계산할 수 있는"(p. 166) 것이었던 통사 조작으로부터 "가치의 창조 과정"으로 넘어갈 수 있는가? 어디선가 논리성이 이야기 고유의 창조성에 부적당한 것임에 틀림없다. 이러한 괴리는 상관 관계와 전제 관계가 강력한 논리 모델을 벗어나기 때문에 전이의 층위에서 생겨나는데, 그렇게 해서 박탈과 수여의 비대칭성과 수여 고유의 새로움을 드러낸다. 할 수 있음, 할 줄 앎, 하고 싶음, 다

을 기호 사각형에 투사할 수 있는 것이기 때문이다. 또한 그러한 투사는 사각형 그 자체가 "논리 조작들이 행해지는 장소"(같은 책, p. 26)로 다루어졌기 때문에, 요컨대 그전에 서술화되었기 때문에 가능한 것이다. '사각형화carréification' 모델의 점차적인 발전은 처음에는 계열적인 것이 통합적인 것의 중심에서 앞으로 나온 돌출한 것으로, 다음에는 완성된 이야기의 계열적이며 통합적인 이중 구조를 통해 은밀하게 종극 목적을 지향하는 새로운 통합적 차원들(추구·투쟁 등)을 추가하는 것으로 나타날 수 있다.

54) 위상 통사론의 논리적인 일관성, 그리고 기호 사각형의 극점들간의 전개 과정을 완결하는 전제 관계에 부여된 역할에 관해서는 「그레마스의 서술 문법」, pp. 22~24에 나타난 나의 논의를 참조할 것.

시 말하면 행위의 잠재성이 주체에게 주어질 때, 수여에 결부되는 혁신적 성격은 훨씬 더 분명히 드러난다.

프로프가 분석한 러시아 민담처럼 가치의 순환이 결국 원상태 회복에 이르는 특별한 경우에는 모든 관계가 보완적으로 균형을 이루고 있는 최초의 도식과 새로운 가치들이 생산되는 최종의 도식 사이에 존재하는 이러한 괴리가 은폐된다. 공주는 반역자에 의해 유괴당하고, 그 반역자는 공주를 다른 곳에 옮겨 숨긴다. 주인공이 공주를 찾아내어, 공주는 부모에게 돌아온다! 『구조 의미론』에서 그레마스 자신도 이야기의 가장 일반적인 기능이란 위협받는 가치 질서를 회복시키는 것이라고 인정한 바 있다. 그런데 우리가 물려받은 문화에 의해 생산된 줄거리의 도식성의 힘으로 우리는 이러한 가치 회복이 단지 이야기 범주, 그리고 대개 민담 범주의 특성이라는 점을 잘 알고 있다. 줄거리가 '위기'와 '결말'을 연결하는 방식은 얼마나 다양한가! 그리고 주인공(혹은 반(反)주인공)이 줄거리의 흐름에 따라 변하는 방식도 얼마나 다양한가! 모든 이야기가 논쟁 관계와 가치 전이라는 두 가지 프로그램을 포함하는 이러한 위상학적 모체에 투사될 수 있다는 것이 과연 확실한가? 줄거리의 변모에 관한 우리의 앞선 연구는 그 점에 관해 의구심을 갖게 한다.

결론적으로 그레마스의 모델은 이중의 제약에 따르고 있는 것처럼 보인다. 즉 한편으로는 논리적 제약이며, 다른 한편으로는 실천적-감정적 제약이다. 새로운 단계마다 도입한 서술성의 구성 요소들을 기호 사각형에 포함시키는 작업을 밀고 나간다 하더라도, 이와 병행하여 이야기와 줄거리에 대해 갖고 있는 우리의 이해력에서 비롯된 순전히 통합적인 질서를 적절히 덧붙이지 않는다면 (그렇지 않으면 분류 모델은 무기력하고 실효성을 갖지 못할 것이다), 그레마스의 모델은 논리적 제약을 충족시키지는 못한다.[55]

우리가 그레마스 모델이 갖는 이러한 혼합적 성격을 문제삼는 것이 그것을 반박하려는 것은 결코 아니다. 반대로 본 연구의 2부에서 역사의 법칙론적 모델을 다루며 그렇게 했듯이, 그 모델이 지니는 이해 가능성의 조건들을 명백히 밝히려는 것이다.

---

55) 앞서 인용한 '대담'에 이은 그레마스의 말은 이를 거의 인정한 것이나 다름없다. "그렇지만 거기서는 이접과 연접을 사용하여 상태를 나타내는 언술을 다루는, 그리고 이야기에서 일련의 서술적 상태의 정태적 표상만을 제시하는 통사론만 문제될 따름이다. 분류 사각형이 단지 논리 조작이 행해지는 장소로 간주되어야 하는 것과 똑같이, 상태를 나타내는 일련의 언술은 행위를 나타내는 언술과 거기에 포함된 변형 주체에 의해 조직되고 조작된다"(『의미 작용의 기본 구조』, p. 26).

제3장

시간과의 유희

　이어지는 연구는 줄거리 구성 개념과 그와 연관된 서술적 시간 개념을 다듬는 것으로, 그러한 작업은 이 3부의 서문에서 미리 언급한 대로 역사 이야기보다는 허구 이야기가 누리는 특권일 것이다. 허구 이야기에서는 역사 이야기 특유의 몇 가지 제약——이에 관해서는 4부에서 자세히 다룰 것이다——이 사라지기 때문이다. 이러한 허구 이야기의 특권은 언술 행위와 언술로 이분될 수 있다는 이야기의 중요한 특성에서 비롯된다. 언술 행위와 언술의 구분을 도입하기 위해서는, 줄거리 구성을 이끄는 형상화 행위가 전체를 고려하는 판단 행위임을 상기하는 것으로 충분하다. 보다 정확히 말해서 형상화 행위는 반성적인 판단에 속한 행위인 것이다.[1] 그렇게 해서 우리는 이야기하는 것은 이미 이야기된 사건들에 "관해 반성하는 것"이라고 말하

---

1) 우리는 이미 중세인들도 판단의 반성적 특성 réflexivité을 전적으로 인정하는 것을 볼 수 있다. 하지만 칸트는 결정을 내리는 판단과 반성적 판단을 구별하였는데, 그 것은 상당히 유용한 구별이다. 결정을 내리는 판단에서는 모든 것이 그 판단이 만들어내는 객관성에 집중된다. 반성적 판단은 세상에서 일어난 사건들의 인과 관계의 사슬에 따라 미적이며 유기적인 형식이 만들어지게 하는 활동에 관해 반성한다. 이러한 의미에서 서술 형식들은 반성적 판단, 즉 미적이며 유기적인 실체들이 형성되도록 하는 목적론적 성질의 활동을 대상으로 삼을 수 있는, 판단의 세번째 부류를 구성한다.

게 된다. 서술적으로 "전체를 고려한다는 것"은 만들어진 이야기에서 거리를 둘 수 있는 능력, 또한 그렇게 해서 그 자체를 넘어설 수 있는 능력을 내포한다.

스스로를 넘어서는 이러한 목적론적 판단 능력은 오늘날 순전히 언어학적인 전문 용어, 즉 언술 행위와 언술이라는 용어로써 표현된다. 서술 시학poétique narrative은 귄터 뮐러Günther Müller, 제라르 주네트Gérard Genette, 그리고 그레마스 학파의 기호학자들의 영향을 받아 이 용어를 받아들이게 된다. 이와 같이 서술적 언술에 대한 관심이 언술 행위로 옮겨가면서 서술적 시간 본래의 허구적인 자질이 뚜렷하게 부각된다. 서술적 시간의 허구적 자질은 형상화 행위 자체가 갖고 있는 반성적 특성에서 비롯된, 다양한 시간 층위 사이의 유희에 의해 드러난다고 말할 수 있다. 우리는 여기에서 언술과 이야기된 내용들 사이에서 이미 시작된 시간과의 유희, 하지만 언술 행위와 언술의 이중화에 의해 가능하게 된 유희에 관한 여러 가지 입장을 고찰할 것이다.

1. 동사의 시제와 언술 행위

머리말을 대신해서, 동사의 시제 체계가 언술 행위에 어떤 가능성을 제공하는지 살펴보려고 한다. 연구 대상으로 선택한 세 명의 저자들의 시제 이론 탐구는, 그들의 이론이 언술 행위자와의 관계나 대화 상황으로부터 분리된 언술의 구조보다는 오히려 담론의 언술 행위 기능에 명백히 결부된다는 점에서, 언술 행위와 언술의 이중화에서 비롯된 시간과의 유희를 다루는 우리의 연구 첫머리에 오는 것이 적절한 것 같다. 더욱이 그들이 자연 언어에 나타난 동사 시제의 구성이라는 문제에 대해 제시한 해결책은 허구 속에서의 시간, 그러니까 미메시스 II 차원에서의 시간의 위상과 직접적으로 관련된 역설을 잘 보여준다.

한편으로 이러한 연구의 가장 중요한 기여는 사실상 언어마다 다양한 시제 체계가 시간의 현상학적 경험, 그리고 현재·과거·미래의 직관적인 구별에서 파생되는 것이 아님을 보여준다는 데 있다. 동사의 시제 체계가 갖는 이러한 독자성은 두 가지 층위에서 서술 구성의 독자성에 기여한다. 즉 엄밀한 의미에서의 계열체적 층위(이를테면 주어진 어떤 언어에서의 동사 시제표의 층위라고 할 수 있다)에서 볼때, 시제 체계는 구별·관계·결합을 나타내는 목록을 제공함으로써살아 있는 체험에 대해 허구가 자율성을 가질 수 있게 해준다. 그렇게 보면 언어는 시제 체계를 통하여 모든 행위 동사들을 이야기의 연쇄에 따라서 시간적으로 변조하는 방법을 충분히 마련해놓고 있는셈이다. 또한 통합체적이라고 할 수 있는 층위에서 볼 때는, 동사의시제는 거대한 문법 패러다임 내에서 차이의 유희를 통해, 또한 이야기의 연쇄 위에 시제의 연속적 배열을 통해 서술화에 기여한다. 프랑스어 문법에서 한 가지 체계 안에 반과거와 단순과거가 같이 들어 있다는 것은 이미 하나의 풍부한 표현 수단인 셈이다. 게다가 반과거와단순과거가 연이어 사용되면서 독창적인 의미 효과가 생겨난다는 것은 훨씬 더 놀라운 표현 수단이다. 다시 말해서 동사 시제의 통합 체를 만들어내는 것은 그 계열체를 구성하는 것만큼이나 중요하다. 그러나 계열체·통합체 모두 동사 시제가 일상 경험에 관한 기본 의미론에서 시간이라고 부르는 것에 대해 자율적인 관계임을 드러낸다.

다른 한편으로, 동사의 시제 체계가 시간의 현상학적 경험에 대한대상 지시로부터 어느 만큼 자유로울 수 있는가 하는 문제는 논의의여지가 있다. 우리가 곧 다루게 될 세 가지 입장이 이 점에 관해 확실한 입장을 취하지 못한다는 것은 상당히 시사적이다. 왜냐하면 그것은 현상학적 경험의 시간을 전형상화(미메시스 I)의 측면에서 받아들이건 재형상화(미메시스 III)의 측면에서 이해하건, 결국 허구의 시간과 현상학적 경험의 시간의 관계가 단순하지 않음을 —— 우리도 이것을 인정한다 —— 보여주기 때문이다. 동사의 시제 체계를 시간의 살아 있는 경험에서 분리할 필요성과 완전히 분리할 수 없다는 불가능성은 서술적 형상화, 즉 일상 경험에 대해 자율적이면서도 이야기의 상류와 하류를 매개하는 형상화의 위상을 탁월하게 예시하는 것처럼 보인다.

우리가 에밀 벤베니스트가 도입한 이야기 histoire와 담론 discours의 구별[2]에서 시작해서, 동사 시제의 문제에 대해 캐테 함부르거[3]와 하랄트 바인리히[4]가 제시한 이론으로 이어가는 것은 다음 두 가지 이유에서다.

한 가지 이유는, 그렇게 함으로써 우리는 순전히 계열체적인 관점에서 주도된 연구에서 시작하여, 텍스트라는 큰 단위 내에서 동사 시제의 연속적 배분에 관한 연구를 통해, 그 정태적 구성에 관한 연구를 보충하는 견해로 이어지는 발전 과정을 따라갈 수 있기 때문이다. 다른 이유는, 그렇게 한 가지 견해에서 다른 견해로 넘어가면서 동사의 시제가 시간의 살아 있는 경험으로부터 점진적으로 분리되는 과

---

2) 에밀 벤베니스트 Émile Benveniste, 「프랑스어 동사에서 시제의 관계들 Les relations du temps dans le verbe français」, 『일반 언어학의 제문제 Problèmes de linguistique générale』, Paris: Gallimard, 1966, pp. 237~50.

3) 캐터 함부르거 Käte Hamburger, 『문학의 논리 Die Logik der Dichtung』, 2ᵉ éd., Stuttgart: Ernst Klett Verlag, 1957; 영역, 『문학의 논리 The Logic of literature』, Ann Arbor: Indiana University Press, 1973.

4) 하랄트 바인리히 Harald Weinrich, 『시제, 해설된 세계와 이야기된 세계 Tempus, Besprochene und erzählte Welt』, Stuttgart: W. Kohlhammer Verlag, 1964; 불역, 『시제 Le Temps』, Paris: Éd. du Seuil, 1973. 여기서 인용된 것은 불어 번역본이다. 사실 불역본은 번역자의 독창적인 작품으로, 장(章)별 구성과 분석이 종종 독일어 원본과 다르다.

정을 관찰할 수 있으며, 또한 그러한 시도를 끝까지 밀고 갈 수 없게 하는 어려움이 무엇인지 가늠해볼 수 있기 때문이다. 사실 바로 이 점에 있어서 전형상화 또는 재형상화된 시간 경험에 대하여 서술적 형상화가 어느 정도 자율적인가에 관한 우리 연구에 이 세 가지 이론이 기여한 바를 살펴보려고 한다.

우선 벤베니스트가 도입한 '이야기'와 '담론'의 구별이 갖는 의미를 간략하게 환기하고자 한다. 이야기 속에는 화자가 연루되어 있지 않다. "여기서는 아무도 말하지 않는다. 사건들은 저절로 이야기되는 것처럼 보인다"(p. 241). 그 반면에 담론은 "화자와 청자를 전제로 하며, 화자가 어느 정도 다른 사람에게 영향을 미치려는 의도를 가지고 있음을 전제하는 모든 언술 행위"(p. 242)를 지칭한다. 이러한 두 가지 양태의 언술 행위는 각기 나름의 시제 체계를 가져서, 각기 포함되고 배제되는 시제들이 있다. 즉, 이야기는 세 가지 시제, 즉 아오리스트 aoriste(또는 한정 단순과거), 반과거, 대과거(거기에 예견시칭(豫見時稱)을 추가할 수 있다. 가령 그는 떠날 예정이었거나 떠나려고 했다)를 포함한다. 이야기는 특히 현재 시제와 다가올 현재인 미래 시제, 그리고 과거에서의 현재인 완료 시제 parfait를 배제한다. 그와는 반대로 담론은 아오리스트라는 한 가지 시제를 배제하며, 세 가지 기본 시제들, 즉 현재·미래·완료를 포함한다. 현재는 발화된 사실과 담론 실현 행위 instance de discours의 동시성을 표시하기 때문에 담론의 기본 시제다. 따라서 담론 실현 행위의 자기 지시적 성격과 밀접한 관계가 있다. 언술 행위의 두 측면이 또한 두번째 계열의 기준, 즉 인칭의 범주에 의해 구별되는 것은 그 때문이다. 이야기에서 현재 시제를 배제한다는 것은 곧 나je―너tu라는 인칭 관계를 배제하는 것이다. 아오리스트는 화자의 인칭과는 무관한, 사건의 시제이다.

이러한 동사의 시제 체계와 체험된 시간은 어떤 관계가 있는가?

한편으로는 프랑스어 동사의 인칭과 관련된 시제들이 서로 구별되는 두 가지 체계로 배분되는 것은 시간 개념과 그 세 범주, 즉 현재·과거·미래와 무관한 것으로 간주되어야 한다. 시제의 두 체계가 갖는 이중성 자체가 그것을 증명한다. 시간 개념도, 현재·과거·미래라는 시간 범주들도, "동사의 체계 내부에 주어진 어떤 형태의 위치, 심지어 그 가능성에 관해서도 결정을 내릴 수 있는 기준"(p. 237)을 제공하지 않는다. 이러한 주장은 미메시스 II의 층위에서 상징 체계가 행하는 작업, 즉 미메시스 I의 경험적이고 실천적인 층위로부터의 분리 작업과 전적으로 동일한 것이다.

하지만 다른 한편으로는 두 체계의 언술 행위를 구별하는 것이 시간과 전적으로 무관하지는 않다. 이때 주로 문제가 되는 것은 이야기의 체계이다. 벤베니스트의 글을 읽으며 독자들은 아마도 그가 이야기를 담론과 대립시키면서 계속해서 "역사 이야기" 혹은 "역사적 언술 행위"로 부른다는 것을 알아차리지 못했을 것이다. 그런데 역사적 언술 행위는 "지나간 사건들의 이야기를 특징짓는다"(p. 239). 이러한 정의에서 '이야기'와 '사건'이라는 말만큼이나 '지나간'이라는 말이 중요하다. 왜냐하면 그것은 "이야기 속에 화자가 전혀 개입하지 않고 시간의 어떤 순간에 일어난 일들"(같은 책)을 지칭하기 때문이다. 벤베니스트에게 있어서 시제 체계가 과거·현재·미래의 직관적인 구별에서 분리된다는 말과 지금의 이 정의가 모순되지 않는 것은, 시간에 대한 시제의 대상 지시는 역사가의 경우처럼 실제 과거에서 이루어질 수도 있고, 소설가의 경우처럼 허구적인 과거에서 일어날 수 있기 때문이다(벤베니스트는 그 한 예를 발자크 작품의 한 대목에서 들고 있다). 그렇지만 담론에 비하여 이야기가 화자의 개입 없이 저절로 이야기되는 사건들의 연속으로 특징지어지는 것은, 벤베니스트가 말하고 있듯이 실제적이거나 허구적인 과거라는 관념에는 담론에서와는 달리 화자 자신의 언술 행위에 자기 지시성이 연루되지 않는다는 특성 때문이다. 여기서 약간 모호한 것은 허구적 과거와 실제 과

거의 관계다. 허구적 과거는 실제 과거, 그러니까 기억과 역사를 전
제하고 있는가, 아니면 역사적 시간 표현의 구조 자체가 과거로서의
성격을 규정짓게 하는가? 하지만 그렇다면 우리는 어떻게 해서 허구
적 과거가 준-과거로 이해되는지를 알 수 없다.[5]

　담론 실현 행위의 현재의 경우, 그것이 체험된 시간과 무관하다고
말하기는 어렵다. 더욱이 완료 시제는 과거에서의 현재이며, 미래는
다가올 현재이다. 현재의 문법적 기준, 즉 담론 실현 행위의 자기 지
시성과, 이러한 자기 지시성의 의미 작용, 즉 이야기된 사건과 담론
실현행위의 동시성은 별개의 문제다. 살아 있는 경험에 대한 문법적
범주의 모방 관계는 담론 실현 행위의 문법적 현재와 경험적 현재 사
이에 동시에 존재하는 이러한 이접 · 연접 관계 속에 모두 포함되어
있다.[6]

　벤베니스트의 후계자들이 그러했듯이, 담론과 이야기의 대립보다
는 이야기 내에서의 담론의 역할에 더 관심을 갖는다면, 동사의 시제
와 체험된 시간 사이의 이러한 모방 관계는 담론에 국한될 수만은 없
다. 현실적으로건 상상적으로건, 화자가 이야기 속에 조금도 개입하
지 않고서 과거의 사실이 제시될 수 있는가? 결코 누가 어떤 식으로

---

5) 이 점에서 벤베니스트의 망설임은 매우 시사적이다. 그는 "이 사실들이 이미 일어
났던 것으로 기록될 수 있기 위해서는 과거에 속해야만 한다"(p. 239)라고 되풀이
한 후 다음과 같이 덧붙인다. "그것들은 역사적 시간 표현으로 기록되고 진술된 이
상 과거로 규정된다고 말하는 편이 어쩌면 더 좋을지도 모른다"(같은 책). 화자가
이야기 속에 개입하지 않는다는 기준은, 과거의 효과를 만들어내는 것이 이야기의
시간인가, 아니면 허구 이야기의 준-과거 quasi-passé는 역사가 말하는 의미에서
의 실제 과거와 어떤 관련성이 있는가 하는 문제의 해결을 유보할 수 있게 해준다.
6) 사실 벤베니스트는 동사 시제와 체험된 시간의 이접을 다소 신중하게 제시하고 있
다. 즉 "시간이라는 개념만으로는 동사 체계 내부에 주어진 어떤 형태의 위치, 심
지어 가능성도 결정할 기준을 찾을 수 없다"(p. 237). 이 논문의 상당 부분이 다루
고 있는 복합 형태들에 대한 분석은 완료형과 미완료형의 개념이나, 진술한 사실
에 대한 다른 사실의 선행성과 관계된 유사한 문제들을 제기한다. 남은 문제는 시
간과 관련된 문법적 관계 형태를 완전히 떼어낼 수 있는가 하는 것이다.

든 말하지 않고서 사건이 스토리의 지평에 그냥 나타날 수 있는가? 역사 이야기에서 화자의 부재는 이 화자가 이야기에 존재하지 않게 보이려는 전략에서 비롯된 것이 아닌가? 이러한 구별은——이에 대해서는 후에 다시 거론할 것이다——그 자체가 동사의 시제와 체험된 시간의 관계에 대해 우리가 제기한 문제에 관계되는 것이다. 바로 이 야기 내에서 언술 행위(벤베니스트가 말하는 담론)와 언술(벤베니스트가 말하는 이야기)을 구별해야 한다면, 두 가지 문제가 제기된다. 한 편으로는 언술 행위의 시간과 언술의 시간의 관계, 다른 한편으로는 그 두 가지 시간과 삶이나 행동의 시간과의 관계이다.[7]

이러한 논쟁에 대해 우리의 입장을 밝히기 이전에 우선 함부르거의 이론에 따라 허구의 기본 시제(단순과거 prétérit)가 현실에 근거한 단언의 시제, 즉 일상 대화의 시제와 어떻게 단절되는가를 살펴보고, 다음에 바인리히의 논의에 따라 자연 언어에서 동사의 시제는 과거 · 현재 · 미래라는 체험된 시간 범주와 어떻게 분리되는지를 살펴

---

7) 이 점에서 벤베니스트는 『글쓰기의 영도 Le Degré zéro de l'écriture』에서의 롤랑 바르트와 많은 유사점을 보인다. 바르트에 있어서 단순과거의 사용은 행동의 과거를 드러내기 보다는 오히려 이야기의 문학성을 내포한다(제라르 주네트, 『이야기의 새로운 담론 Nouveau Discours du récit』, Paris: Éd. du Seuil, 1983, p. 53 참조).

  『시제와 동사 Temps et Verbe』(Paris: Champion, 1929, 1965)에 나타난 귀스타브 기욤 Gustave Guillaume 언어학이 이야기 이론에 미치는 결과를 밝히는 것은 중요한 연구 대상이 될 수 있다. 그는 모든 시제 구성의 배후에 깔려 있는 사유 활동을 구별함으로써 그 길을 열어준다. 그렇게 해서 동사의 법 mode에 있어서 부정법과 분사의 시제, 접속법, 직설법으로의 이행을 구별한다. 직설법 시제의 면에서 볼 때 두 종류의 현재——두 개의 '시간 유형 chronotype' (p. 52)——, 즉 실제적이며 몰락하는 현재와 잠재적이며 우발적인 현재의 구별은 이러한 시간 생성 chronogenèse의 핵심에 있다. 앙드레 자콥 André Jacob은, 인간적 시간의 구성과 말하는 주체의 구성이 다시 서로 교차하며 일반인류학으로 나아가는 언어 조작 개념을 통해서 내가 암시한 연구 방향으로 나아간다(『시간과 언어. 발화 주체의 구조에 관한 시론 Temps et Langage. Essai sur les structures du sujet parlant』, Paris: Armand Colin, 1967).

보자.

함부르거 덕분에 우리는 동사 시제의 문법적 형식, 특히 과거 시제와 그것이 허구 체제 안에서 갖는 시간적 의미 작용을 명확하게 구별하게 되었다. 함부르거는 담론의 기능 작용에 있어서 문학적 허구[8]가 끌어들이는 단절에 누구보다 세심한 주의를 기울인 사람이다. 현실에 근거한 단언 Aussage과 허구 이야기 사이에는 넘을 수 없는 장벽이 있는 것이다. 하지만 이러한 단절에서 바로 시간에 관계된 또 다른 논리가 생겨난다. 그로 인한 결과를 살펴보기 전에, 두 가지 논리의 차이가 어디에서 비롯되는지를 파악할 필요가 있다. 전적으로 그 차이는 허구에서는 단언적 담론의 실제적인 '원점(原點)-나 je'가 허구적 인물의 원점-나로 대체되기 때문에 생기는 것이다. 허구에서 가장 중요한 것은 작중인물을, 즉 사고하고 느끼고 행동하는 인물, 서술된 이야기가 담고 있는 사고·감정·행동의 허구적 '원점-나'를 창조하는 것이다. 허구적 일인칭 Fiktive Ichpersonen은 허구 논리의 주축이다. 그것은 허구란 행동하는 인물들의 미메시스라는 아리스토텔레스의 주장이기도 하다. 이렇게 해서 내적인 과정, 다시 말해 심리적이

---

8) 캐테 함부르거는 문예 Dichtung(나는 영역본에 따라 문학으로 번역했다)라는 일반적인 용어로 서사시·극·서정시라는 세 가지 주요 장르를 지칭한다. 서사시는 서술 영역 전체를 포함하며, 극은 관객 앞에서 대화하는 인물에 의해 연극으로 꾸며지는 행동의 영역을, 그리고 서정시는 작가가 느낀 감정과 사상들의 시적 표현을 포함한다. 따라서 플라톤 이래로 여전히 모방적이라고 불리는 서사시 장르, 그리고 극 장르만이 허구의 영역에 속한다. 이처럼 넓은 뜻으로 사용된 서사시라는 용어는 이 두 장르의 비교 가치를 둘러싸고 괴테와 실러 사이에 벌어진 논쟁에서 그 용법에 대한 문제를 불러일으킨다(「서술 문학과 극문학에 관하여 Ueber epische und dramatische Dichtung」, 1797, 괴테, 『전집 Sämtliche Werke』, Stuttgart, Berlin: Jubiläums-Ausgabe, 1902~1907, vol. 36, pp. 149~52). 그 비교에서 서사시의 '완전한 과거vollkommen vergangen'는 극의 '완전한 현재vollkommen gegenwärtig'와 대립된다는 점을 유의해야만 한다. 이 논의에서 소설은 서사시의 근대적 변종으로 다루어질 뿐이다. 이것은 서사시·극·서정시라는 함부르거의 용어 체계를 설명해준다.

거나 정신적인 과정을 지칭하는 동사들의 사용이 바로 허구의 기준이 된다. 함부르거는 이렇게 말한다. "서사시적 허구는 삼인칭의 원점-나 Ich-Originität(또는 주관성)가 삼인칭으로 진술 dargestellt될 수 있는 유일한 인식형이상학(認識形而上學)적인 장소이다"(p. 73).[9]

허구적 주체의 내적 과정을 지칭하는 동사들이 담론 속에 등장하면서 허구 체제 안에서 동사의 시제 체계가 흐트러진다. 언어의 '단언 체계' 속에서 단순과거는 시간 체계의 출발점을 결정하는 실제 주체가 체험한 실제의 과거를 지칭한다('원점 origine'은 언제나 기하학자들이 말하는 좌표계의 원점이라는 의미로 사용된다). 과거는 원점-현실적 나 Reale Ich-Origin에 대해서만 존재하는 것이다. 나는 이러한 원점-나의 현실적 공간에 참여한다. 그런데 허구 체제에서는 서사시의 단순과거는 과거를 지칭한다는 그 문법적 기능을 상실한다. 엄밀하게 말해서 이야기된 행동은 일어나지 않는다. 이런 의미에서 우리는 허구적인 시간성은 존재하지 않는다고 말할 수 있다(p. 78 이하). 그것을 실러식의 '현재화 Vergegenwärtigung'라고 말할 수도 없다. 그 역시 단언하는 실제 주체와의 관계를 나타내는 것이며, 인물의 원점-나가 갖는 순전히 허구적인 성격을 무효화할 수 있기 때문이다. 오히려 이야기된 행동과 동시적이라는 의미에서의 현재, 그러나 단언의 실제 현재와는 무관한 현재에 관계되는 문제일 것이다.

만일 정신 작용을 지칭하는 동사들의 도입이 단언의 실제 주체를 특징짓는 원점-나를 허구적 인물에 부여되는 원점-나로 대체하는 표지가 된다면, 서사시의 단순과거가 '과거'라는 의미를 상실하는 것은

---

9) "현실적인 원점-나의 부재와 허구적 이야기 행위의 기능적 성격은 똑같은 하나의 현상이다"(앞의 책, p. 113). 함부르거에 있어서 인격화된 허구적 화자가 도입되는 것은 이야기하다 raconter와 단언하다 asserter 사이의 단절을 약화시키게 될 것이다. 그러므로 "허구 영역은 화자의 영역이 아니라 서술 기능의 산물이다"라고 주장해야 한다"(같은 책, p. 185). 작가와 그의 허구적 인물들 사이에 또 다른 원점-나 Ich-Origo를 위해 마련된 자리는 없다.

그 징후가 된다. 다른 징후들, 예를 들어 현실에 대한 단언에서는 받아들일 수 없는, 시간 부사와 동사 시제의 어울리지 않는 결합 같은 것이 뒤따른다. 이를테면 "내일은 성탄절이었다Morgen war weihnachten" 또는 "그래 물론 그는 오늘 밤 그녀의 파티에 가고 있었다And, of course, he was coming to her party tonight"라는 문장을 허구적인 글에서는 볼 수 있다. 미래를 표시하는 부사를 반과거 시제에 첨가하는 것은 그 반과거가 본래의 문법적 기능을 상실했음을 증명한다.

서사시적 허구는 바로 현실에 대한 단언과의 대립으로 정의되며, 허구적 인물의 등장은 그것이 이야기임을 알리는 중요한 지표로 간주될 수 있다는 것, 이 모든 것이 허구를 표시하는 확실한 방식이라는 데는 이론의 여지가 없다. 하지만 과거라는 의미가 없어진다는 것이 허구에서의 동사의 시제 체제를 특징짓는 데 충분한가 하는 문제에는 논의의 여지가 있다. 과거의 의미가 소멸되었는데 왜 문법적 형식은 보존되는가? 그렇게 문법적 형식이 유지되는 긍정적인 이유——문법적 형식이 실제 시간에서 의미를 잃는 이유만큼이나 확실한 이유——를 찾아야 하는 것이 아닌가? 문제의 열쇠는 실제 작가와 허구적인 화자의 구별에서 찾아야 할 것 같다.[10] 허구 속에는 두 가지 담론, 즉 화자의 담론과 인물의 담론이 있다. 함부르거는 실제의 단언 체계에 연결되는 모든 가교를 끊어버리기 위하여 오직 주관성의 한 가지 중심만을, 즉 삼인칭 이야기에 사용된 허구적 삼인칭만을 인정한 것이다.[11]

---

10) 어째서 화자를 단순한 중성적 기능das Erzählen으로 환원할 수만은 없는 담론의 허구적 주체로 간주해야 하는지를 여기서 설명할 수는 없다. 그 문제는 후에 시점 point de vue과 목소리voix 개념을 논의하면서 다시 다룰 것이다.

11) 함부르거가 다룬 또 다른 문제, 즉 자유 간접 화법에서 동사 시제의 문제도 마찬가지로 보충 설명을 요한다. 작중인물이 일인칭 현재 시제로 자신을 표현하는 인용적 독백과는 달리, 자유 간접 화법에서는 한 작중인물의 말은 삼인칭 과거 시제로 이야기된다(그리하여 『맬러웨이 부인』에는 이렇게 씌어 있다. "그녀가 그를 떠

화자는 이야기의 인물과 마찬가지로 허구적인 구성으로 간주될 수 있으므로, 이제 인물과 화자 사이의 변증법을 파악해야 한다.[12]

문법이 동사의 시제에서 빌려온 것으로 여겨지는 범주들(과거 · 현재 · 미래)로부터, 그리고 체험된 시간에 대한 성찰로부터 동사 시제의 구성을 분리하려는 바인리히의 시도는 또 다른 관점에서 출발한다.

동사의 시제가 체험된 시간 범주로부터 최초로 분리되는 것은 체험한 것을 처음 언어로 표현하면서이다 (이런 의미에서 이야기하다와 단언하다의 대립은 동사 시제의 보다 포괄적인 문법 안에서는 사라진다).

이러한 단호한 주장은 어떤 동사 시제가 다른 모든 언어 체계에서도 발견된다는 편견에서 벗어나게 해준다. 또한 주어진 한 언어를 특징짓는 시제 목록에 포함된 시제들에 모두 똑같은 주의를 기울이게끔 한다. 이러한 연구의 틀은, 문장보다는 텍스트 차원이 가장 적절한 것으로 간주된다는 점에서, 동사 시제의 구성과 허구에서의 시간 의미 사이의 관계에 관한 우리의 고찰에 특히 유리하다. 바인리히는 이렇게 문장이 누리던 배타적인 특권을 거부함으로써 '텍스트 언어학'[13]

난 이래 셉티머스 그만이 홀로 있었다"). 함부르거는, 이러한 말이 인물의 허구적 현재——초시간적인 현재——에 속하기 때문에, 문법적 과거는 과거라는 의미를 조금도 갖지 않는다는 자신의 주장을 이 인용문에서 확인하고 있다. 만일 과거를 단지 기억이나 역사적 관계에 관한 '실제' 과거로만 이해해야 한다면, 함부르거의 생각은 옳을 수도 있다. 자유 간접 화법이 인물의 담론을, 인칭대명사와 동사 시제를 요구하는 화자의 담론으로 옮겨놓은 것으로 간주된다면 그것은 보다 더 완전하게 설명될 수 있다. 그때 화자는 허구 속에서의 담론 주체로 간주되어야만 한다. 이 문제도 역시 삼인칭에서와 마찬가지로 일인칭 허구에서의 화자와 인물의 변증법을 토대로 해서 나중에 다시 언급할 것이다.

12) 나의 논거는 시점과 목소리라는 개념들을 도입할 때에야 완성될 것이다. 서사시의 단순과거는 그때 서술적 목소리의 허구적 과거로 해석될 수 있을 것이다.

13) 바인리히가 말하는 텍스트란 "의사 전달이 명백히 단절되는 두 지점 사이에 있는 언어 기호들의 의미있는 연쇄"(p. 13)를 뜻한다. 이때 단절점은 말을 통한 의사 전달에서 일시적으로 말을 멈춘다거나 글을 통한 의사 전달에서 책표지의 앞뒷

에 구조적 관점을 적용하려고 한다. 그렇게 해서 어떤 시제가 그 언어의 시제 목록 내에서 차지하는 위상적 가치와 텍스트 전체를 통해 등장하는 분포에 똑같은 정당성을 인정하기 위한 여지를 마련한다. 이처럼 계열체적 관점에서 통합체적 관점으로 이동함으로써 허구의 시간에 대한 연구는, 그 역시 문장이 아닌 텍스트를 측정 단위로 채택한다는 점에서, 가장 많은 성과를 얻게 된다.

일정한 언어 체계에서 동사 시제의 분절 원칙이 체험된 시간의 체험을 토대로 하지 않는다면, 다른 곳에서 그 원칙을 찾아야 한다. 에밀 벤베니스트와는 달리 바인리히는 시제의 분류 및 배분 원칙을 의사 전달 이론에서 빌려온다. 그러한 선택은, 시제 연구가 속해 있는 통사론이 화자가 청자나 독자로 하여금 언어 메시지를 어떤 방식으로 수용하고 해독하기 위해 보낸 신호들의 조직망으로 성립된다는 사실을 내포한다. 그렇게 해서 바인리히는 의사 전달을 구성하는 몇 가지 축에 따라 일차적으로 가능한 의사 전달 대상들을 분류하게 된다. "세계의 도식적 구분을 반영하는 것은 바로 통사적 범주 고유의 역할이다"(p. 27). 여기에서 의미론 이전에, 이른바 어휘 이전에, 통사론이 부여하는 세계에 대한 대상 지시가 분명하게 도입하는 모방적 자질에 대해서는 별도의 논의가 필요하다.

바인리히는 연구 대상이 된 자연 언어의 시제를 의사 전달의 세 가지 축에 따라 분류한다.

1) 우선 '발화 상황 Sprechsituation'에 따라 이야기하기 erzählen와 해설하기 besprechen[14]라는 첫번째 구별이 만들어진다. 이것은 단연

면, 또는 마지막으로 "고의적으로 도입된 구두법, 그리고 거의 메타 언어적 의미에서 의사 전달에서의 명백한 단절을 마련해주는 그러한 구두법"(같은 책)과 같은 것들이다. 그 점에서 본다면 이야기 특유의 시작과 종결의 양상들은 "고의적으로 도입된 구두법"의 본보기다.

14) 'Besprechung'을 해설 commentaire로 옮긴 『시제 *Tempus*』의 불어 번역자를 따르기로 한 데는 어려움이 있었다. 이 용어는 이러한 의사 전달 양상을 특징짓는 '긴

우리에게 가장 중요한 것이다. 독일어 원본에 '해설된 세계와 이야기된 세계 Besprochene und erzählte Welt' 라는 부제로 표시된 것이 바로 이 발화 상황이다. 이것은 두 가지 상이한 발화 태도를 가리키는 것으로, 해설은 긴장이나 참여로, 이야기는 이완이나 초연함으로 특징지어진다.

연극의 대화, 정치외교 각서, 사설(社說), 유언, 학술 보고서, 법률 조약, 그리고 제의(祭儀)적이고 성문화된 수행 발화적 performatif 형식의 담론들은 해설된 세계를 대변한다. 이 부류는 대화자들이 연루되고 참여한다는 점에서 긴장된 태도에 속한다. 대화자들에게는 단언된 내용이 중요하다. "해설은 곧 행동의 한 단편이다"(p. 33). 이런 의미에서 비서술적인 말들만이 위험하다. 그건 바로 대화자들이 관계된 일이기 때문이다.

이야기된 세계를 대변하는 것은 설화 · 전설 · 중편소설 · 장편소설 · 역사 이야기 등이다.[15] 이 경우는 대화자들이 연루되어 있지 않다. 이야기되는 것은 그들의 일이 아니며, 따라서 대화자들은 무대에 등장하지 않는다.[16] 아리스토텔레스의 『시학』에 나오는, 연민이나 공포를 불러일으키는 사건들마저도 그것이 초연한 태도로 받아들여지는 이상 이야기된 세계의 영역에 속한다고 말할 수 있을 것이다.

장된 태도'를 설명하지 못한다. 프랑스 청자의 입장에서는 이야기보다는 해설을 수용할 때 더욱더 초연한 태도를 보인다. 이 점에서 토론 débat으로 번역하는 것이 나아 보일 수 있으나, 불필요한 논쟁적인 어감을 자아낸다. 하지만 상대방이 없어도 무엇인가에 대해서 토론할 수 있는 법이다.

15) 또 다른 목록도 있다. 이를테면 해설(토론) 쪽에는 "시, 연극, 대화 일반, 일기, 문학 평론, 과학적 기술(記述)"(p. 39), 이야기 쪽에는 "중편소설, 장편소설 그리고 (대화체로 된 부분을 제외한) 온갖 종류의 이야기들"(같은 책)이 있다. 중요한 것은 이러한 이분법이 '장르'에 따른 담론의 분류와 공통점이 없다는 점이다.

16) "긴장이라는 관념은 [······] 서스펜스와 같은 개념을 통해, 정보미학 esthétique informationnelle의 영향으로 아주 최근에야 비로소 시학에 침투했다"(p. 35)고 저자는 지적한다. 이 점에 관하여 그는 츠베탕 토도로프의 『산문의 시학』을 참조하고 있다.

동사의 시제는 두 가지 태도 중 어느 한쪽에 해당되도록 두 부류로 나뉘며, 그에 따라 의사 전달 상황은 긴장 혹은 이완으로 향하게 된다. "해설 혹은 이야기를 나타내는 시간형태소morphèmes temporels 들이 "끈질지게" 나타남으로써 화자가 청자에게 영향을 미치게 된다. 또한 화자가 자기 텍스트에 대해 청자가 가져주기를 원하는 수용 태도를 만들어낼 수 있게 해준다"(p. 30). 긴장이나 이완의 정도에 따른 의사 전달 상황의 유형이 원칙적으로 공통적인 경험에 이를 수 있다면, 언어학적 측면에서는 시제라는 통사적 신호들의 분포에 의해서 표시된다. 두 가지 발화 상황에는 뚜렷이 구별되는 두 부류의 시제가 대응하는 것이다. 다시 말해서 프랑스어에서 해설된 세계에는 현재 · 복합과거 · 미래가, 이야기된 세계에는 단순과거, 반과거, 대과거 그리고 조건법이 대응한다(해설된 세계와 이야기된 세계의 기본적인 구별을 보다 정교하게 다듬는 두 가지 기준에 따라 이 부류들이 차례로 어떻게 구분되는지를 곧 보게 될 것이다). 그처럼 발화 태도와 시제 부류 사이에는 상호 의존 관계가 존재한다. 한편으로, 화자는 "상대방으로 하여금 긴장된 의사 전달 태도를 느끼게 하기 위해"(p. 32) 해설의 시제를 사용한다는 점에서, 이러한 태도야말로 시제를 두 부류로 나누는 직접적인 동기가 된다. 하지만 그 대신에 화자의 신호를 이것은 해설이고 이것은 이야기라고 청자에게 전달하는 것은 바로 동사의 시제다. 바로 이 점에서 시제는 일차적으로 가능한 의사 전달 대상들을 분류하며, 세계를 일차적으로 해설된 세계와 이야기된 세계의 도식으로 나누게 된다. 그리고 이러한 분류는 수많은 텍스트 표본들에 대한 체계적인 계산에 근거하고 있기 때문에 그 고유의 기준이 있다. 그렇게 해서 어떤 유형의 텍스트에는 어떤 그룹의 시제가 우세하며, 다른 유형의 텍스트에 다른 그룹의 시제가 우세하다고 가늠할 수 있다.

이 일차적 시제 분류는 에밀 벤베니스트의 담론과 이야기의 구별을 떠올리게 한다. 차이점은 바인리히의 경우는 언술 행위에 대한 언술 행위자의 관계가 아니라 대화 관계에 근거한 분류이며, 또한 그러한 관계를 통해 메시지 수용을 유도하여 가능한 의사 전달 대상을 일차적으로 분류한다는 것이다. 따라서 대화자들에게 공통적인 세계역시 순전히 통사적인 구별과 연관된다. 바인리히의 경우와 마찬가지로 이야기된 세계와 해설된 세계가 문제되는 것은 바로 그 때문이다. 바인리히의 구별은 벤베니스트에게서처럼 동사 시제의 분류를체험된 시간의 범주로부터 해방시킨다는 이점을 지닌다. 시간 Zeit에대한 이러한 "중립성"(p. 44)은 이야기된 세계의 시제를 정의하는 데가장 중요한 것이다. 문법적으로 과거와 반과거(잠시 후에 강조하기 mise en relief의 축에 따라 이 두 시제를 비교할 것이다)라고 불리는 것들이 이야기의 시제가 되는 것은, 실제적이든 허구적이든, 이야기가근본적으로 과거의 사건을 표현하기 때문이 아니라, 대화자를 이완된 태도 쪽으로 이끌기 때문이다. 요점은 이야기된 세계가 화자와 청자를 직접적으로 둘러싸고 있는, 그래서 그들의 직접적인 관심사가되는 주위 환경과 무관하다는 것이다. 이 점에서 옛날이야기가 대표적인 전형이 된다. "다른 무엇보다 그것은 우리를 일상적인 삶에서떼어내어 거기서 멀어지게 한다"(p. 46). "il était une fois…" "once upon a time" "vor Zeiten" "Erase que se era"(글자 그대로 해석하자면 '그렇고 그랬을 때')(p. 47)라는 표현들은 이야기의 시작을 알리는 기능을 갖는다. 달리 말해서 과거 시제가 표현하는 것은 과거 그 자체가아니라 이완의 태도인 것이다.

매우 중요한 이 첫번째 분류——대화자가 관심을 기울이는 정도에따른 분류——는 우선 서술성의 개념에 예기치 않은 결과를 가져온다. 즉 서사시 · 소설 · 역사가 이야기된 세계 쪽에, 반면에 대화체 연극이 해설된 세계 쪽에 속하게 되면서 형상화 행위가 사실상 둘로 나뉘게 되는 것이다. 우리는 여기서 예기치 않게 아리스토텔레스의 디에제시스 diegèsis와 드라마 drama의 구별로 돌아온 셈이다. 물론 아리스토텔레스는 이야기된 행동에 대한 시인의 관계가 직접적이냐 간접적이냐를 기준으로 삼았다. 이를테면 호머는 비록 서술 장르에서 허용되는 만큼 스스로를 감추고 있지만 그 자신이 사건들을 말하고 있는 반면에, 소포클레스는 작중인물들로 하여금 행동을 만들어내게끔 한다. 하지만 드라마에서 줄거리 개념을 빌려온다는 점에서 그러한 구별로 인해 야기되는 역설은 마찬가지이다. 바인리히 역시 드라마를 이야기된 세계에서 배제하는 것이다. 그러나 이러한 난점 때문에 논의를 오래 지체하지는 않을 것이다. 우리가 서술적 형상화라는 이름으로 설정한 담론 세계는 언술의 구성에 관련된 것으로, 언술 행위에 영향을 미치는 차이는 손대지 않기 때문이다. 더욱이 긴장과 이완의 구별은 처음에 나타난 것만큼 명확하지는 않다. 바인리히 자신은 "흥미진진한 spannend" 소설들의 경우를 언급하며 이렇게 지적한다. "화자가 이야기에 긴장을 부여하는 것은 균형을 맞추기 위해서다"(p. 35). 화자는 적절한 기법을 사용하여 "애초의 이완된 태도를 부분적으로 상쇄한다. 〔……〕 그는 마치 해설하는 것처럼 이야기한다"(같은 책). 하지만 이러한 "마치 ~처럼 comme si"이 작가의 정신에서 가장 근본적인 현상, 즉 관심의 영역을 벗어나 뒤로 물러선다는 현상을 없애버리는 것은 아니다. 오히려 더 복잡하게 만들어, 가려서 숨겨버린다. 사실 두 부류의 시제가 뒤섞이지 않는다는 사실은 이완된 태도가 그 태도를 보상하는 긴장된 태도의 저변에서 집요하게 지속되고 있다는 증거가 된다. 하지만 소설처럼 흥미진진한 이야기 같은 데서는 숨기기와 뒤로 물러나기라는 두 태도가 너무나 유기적으로 결합되어 있기 때문에 이완과 긴장을 분리하기보다는 오히려 겹쳐놓아야 한다. 뒤로 물러나면서 참여함으로써 생겨나는 혼합된 장르에 자리를 마련해주어야 하는 것이다.

이러한 고찰을 통해 우리는 바인리히와는 다른 이분법에서 출발하여, 담론과 이야기를 분리하기보다는 이야기 내부에 담론이 포함되는 관계에 더 많은 관심을 보였던 벤베니스트의 후계자들의 입장을 만나게 된다. 언술과 언술 행위를 계층화하여 구분하는 것은 그렇게 제기된 문제를 해결하는 한 가지 방법이 될 것이다. 뒤로 물러나는 것에서 참여에 이르기까지 발화 태도의 영역은 모두 언술 행위의 영역에 속하게 될 것이다.

2) 두번째로 작용하는 통사적인 축은 발화 관점 perspective de locution이다. 발화 관점의 축은 발화 태도의 축과 마찬가지로 의사 전달 과정에 관련된다. 이번에는 행위의 시간과 텍스트의 시간 사이의 예상·일치·회상이 문제된다. 행위의 시간과 텍스트의 시간의 차이는 말이 이어지는 선조성, 그러니까 텍스트의 전개 그 자체에서 비롯된다. 한편으로 모든 언어 기호는 말이 이어질 때 앞과 뒤가 있는 법이다. 그 결과 미리 얻어진 정보와 예상되는 정보는 각 기호를 텍스트의 시간 Textzeit 속에 규정하는 데 기여하게 된다. 다른 한편으로 화자가 텍스트의 시간과 관련하여 일정한 방향을 설정하는 것은 그 자체의 시간 Aktzeit을 갖는 행위이다. 바로 이러한 행위의 시간이 텍스트의 시간과 일치할 수도 있고, 늦어지거나 앞서갈 수도 있는 것이다.

언어에는 행위의 시간과 텍스트의 시간이 일치하는지 다른지를 알려주는 자체의 신호가 있다. 해설의 시제들 가운데 복합과거는 회상을, 미래는 예상을 표시한다. 현재 시제에는 그런 표시가 없다. 이야기의 시제 중에는 대과거와 전과거가 회고를, 조건법은 예상을, 단순과거와 반과거는 이야기된 세계의 0도 degré zéro를 표시한다. 화자가 직접 사건에 개입하든지(일인칭), 아니면 증인에 불과하든지(삼인칭 소설), 어느 경우에든 화자는 사건과 이어져 있는 것이다. 이야기에서 조건법의 기능은 해설에서는 미래 시제의 기능과 동일하며, 둘 모두 예상되는 정보를 알린다. 그 때문에 다가올 미래라는 시간 개념은 제외된다. "'예상된 정보'란 단지 정보가 실현되는 순간에 비해 너무 일찍 주어졌다는 것을 의미한다"(p. 74). 회상 시제 역시 과거라는 개념을 따르지 않는다. 해설에서 특히 회상적 정보의 현재가 우리의 관심을 끈다. 그 경우 회상을 나타내는 시제들은 과거를 우리의 영향권 안으로 끌어들이며, 반면 이야기는 과거를 거기서 벗어나게끔 한다. 과거를 논하는 것은 그것을 현재 속에 연장하는 것이다. 이 점에 있어서 역사과학의 경우는 주목할 만하다. 사실상 역사가는 이야기하는 동시에 해설한다. 어떤 것을 설명하면 곧 해설하는 것이다. 그 때문에 역사적 재현의 시제는 혼합적이다. "역사에서 재현의 기본 구조는 이야기를 해설 속에 끼워넣는 것이다"(p. 79). 역사의 기법이란 이처럼 시제를 번갈아 사용할 수 있는 솜씨를 터득하는 데에 있다. 사법 소송에서, 그리고 화자가 해설 형식으로 자신의 이야기 속에 개입하는 경우에서도 이처럼 해설의 틀 속에 이야기가 끼워지는 것을 볼수 있다. 시간 표현과 관련하여 동사 시제에 결부되는 통사론적 표시 기능의 이러한 이탈은 프랑스어의 반과거와 단순과거의 경우에 가장 뚜렷하게 나타난다. 이 시제들은 시간상 멀리 떨어져 있음을 나타내는 것이 아니라 행위의 시간과 텍스트의 시간 사이에 존재하는 간격의 0도를 표시한다. "단순과거(그룹 Ⅱ)는 이야기임을 말해준다. 그 기능은 과거를 표시하는 것이 아니다"(p. 100). 사실 과거와 이야기는 서로 겹치지 않는다. 한편으로 과거는 이야기하는 것과는 다른 방식으로, 예컨대 해설함으로써 중화시킬 수 있다. 그렇게 되면 이야기의 언어를 통해 그 과거에서 해방되거나 넘어서는aufheben 대신에 그것을 현재 속에 잡아두게 된다. 다른 한편으로 과거의 것이 아닌 다른 것을 이야기할 수 있다. "허구 이야기가 전개되는 공간은 과거가 아니다"(p. 101). 이야기를 과거에 두기 위해서는 이야기된 세계의 시제에 문헌의 제시나 고증과 같은, 진실을 허구와 구별짓는 다른 표지들을 추가해야만 한다. 시제는 이러한 과정의 열쇠가 되지 못한다.[17]

3) 강조하기는 동사 시제 분석의 세번째 축을 구성한다. 이 역시 시간의 속성과는 무관한 의사 전달의 축이다. 강조하기란 어떤 것을 배경으로 밀어내면서 다른 어떤 윤곽을 전경(前景)에 투사하는 것을 말한다. 바인리히는 이러한 분석을 통해 행동의 시상aspect이나 법mode이라는 문법적 범주로부터 벗어나고자 한다. 그가 보기에 그러한 문법적 범주들은 지나치게 문장의 우위에 얽매여 있으며 또 대상 지시적 시간에 의존하기 때문이다(상태 état, 사행 procès, 사건 événement 어느 말을 쓰든지 마찬가지이다). 이번에도 통사론의 기능은 역시 독자의 주의와 기대를 끌어가는 것이다. 프랑스어의 이야기 영역에서 강조하기의 특권을 누리는 시제, 즉 단순과거가 바로 그 기능을 담당하며, 반면에 반과거는 민담과 전설의 시작과 끝에서 흔히 볼 수 있는 것처럼 이야기된 내용이 은연중에 배경으로 옮겨감을 알린다. 하지만 넓게 보자면 『방법서설 Le Discours de la méthode』과 같은 텍스트의 서술 부분에서도 마찬가지 현상을 볼 수 있다. 데카르트는 "자신의 생각을 멈출 때 반과거를, 조직적으로 전개할 때 단순과거를"(p. 222) 사용한다. 그래도 바인리히의 생각은 단호하다. "강조하기는 이야기된 세계에서 반과거와 단순과거를 대립시키는 유일한 기능이다"(p. 117).

느리거나 빠른 템포라는 개념은 시간 그 자체의 특성을 지칭한다고 반박하는 것이 가능할까? 그렇지 않다. 빠르다는 인상은 유명한 문장 "왔노라, 보았노라, 이겼노라 Veni, vidi, vici"에서나, 볼테르의 『소설집 Contes et Romans』에 나타난 힘찬 문체에서 보듯이, 전경(前

---

17) "시와 진실의 경계를 이야기된 세계와 해설된 세계의 경계와 혼동해서는 안 된다. 해설된 세계는 자체의 진실을 갖고 있으며(그와 반대되는 것은 오류와 거짓이다), 이야기된 세계 역시 자체의 진실을 갖고 있다(그 반대는 허구다). 마찬가지로 두 세계 모두 시를 갖는다. 전자에 있어서 그것은 서정시와 드라마이며, 후자에 있어서는 서사시이다"(p. 104). 아리스토텔레스의 『시학』에서와 마찬가지로 드라마와 서사시는 다시 한 번 갈라진다.

景)의 가치들이 집중된 것으로 설명할 수 있다. 반대로 사실주의 소설의 묘사에서 볼 수 있듯이 반과거를 많이 사용함으로써 두드러지게 나타나는 느림은, 화자가 자신이 이야기하는 사건들의 사회학적 배경에서 일부러 지체하는 것으로 설명할 수 있다.[18]

이제 우리는 바인리히에게 있어서 동사 시제의 통사적 분절을 지배하는 전체적인 구조가 무엇인지를 알 수 있다. 분석의 길잡이가 되는 세 가지 관여성은 대등하게 연계된 것이 아니라 서로 종속되어 있으며, 점점 촘촘한 그물을 형성한다. 먼저 이야기와 해설이라는 두 가지 시제 부류로 크게 나누어지며, 그리고 각 그룹 내에서 세 가지 관점——회상 · 영도 · 예상——으로 구분되며, 그 다음에 각 관점 내에서 전경과 배경의 이분법이 나타난다. 그런데 통사론적 분절이 어휘소lexèmes에 대하여 가능한 의사 전달 대상들의 일차적인 분류를 행하는 것이 사실이라면—— "세계에 대한 이 도식적 구분을 반영하는 것이 바로 통사적 범주들의 고유 역할이다"(p. 27)——, 의사 전달 대상을 분류한다는 관점에서 통사론과 의미론 사이에는 도식적 구분이 얼마나 정교한가 하는 차이가 있을 뿐이다.[19]

---

18) 나는 이 기회에 브로델의 장기 지속 개념을 바인리히의 배경이라는 개념과 비교하기를 권한다. 시간성을 세 가지 측면으로 나누는 것은 그 전체가 강조하기 작업인 것이다.

19) 나는 여기서 대명사 · 부사 등과 같이 시간적 가치를 갖는 다른 통사적 표지들에 의해 보조적으로 유도되는 것에 대해서는 언급하지 않겠다. 바인리히에 따르면 분포의 규칙성이 특정한 결합의 형태로 나타나는지를 밝히는 것은 결국 일반적인 결합 관계에 귀착하게 된다. 삼인칭과 단순과거의 관련성은 벤베니스트의 유명한 논문이 발표된 이래 잘 알려져 있다. 해설의 시제와 '어제hier' '지금en ce moment' '내일demain' 등과 같은 몇몇 시간 부사들의 관련성, 그리고 이야기의 시제와 '전날la veille' '그때à ce moment-là' '다음날le lendemain' 등과 같은 시간 부사들과의 관련성 역시 주목할 만하다. 나는 강조하기의 시제와 수많은 부사의 관련성은 훨씬 더 주목할 만하다고 생각한다. 그 풍부함은 특히 인상적이다. 바인리히는 『보바리 부인 Madame Bovary』의 한 개의 장에서만 40개 이상을(p. 268), 그리고 말로의 『왕도 La Voie royale』의 한 개 장에서도 거의 그만큼의 부사

하지만 바인리히의 연구는 동사 시제를 계열체적으로 점점 더 정교하게 분류하는 것으로 끝나지는 않는다. 해설이건 이야기건 텍스트를 따라 분포된 동일한 시제들에 대한 이러한 분류에는 그것을 보완하는 것이 반드시 필요하게 된다. 이 점에서 시제의 전이transitions temporelles, 즉 "텍스트의 선조적 전개 과정에서 한 기호에서 다른 기호로 이행하는 현상"(p. 199)을 다루는 분석은 근본적으로 통사론이 제공하는 가능성과 개별적인 서술 형상화의 언술 행위를 매개하게 된다. 하나의 텍스트가 "연대기적 시간성의 계기에 따라 화자로부터 청자에게 전달되는, 선조적 연쇄로 조직된 기호들"(p. 198)로 이루어져 있다는 것을 상기한다면, 어떤 자연 언어에서 시제의 계열체적 분류에 대한 이러한 통합체적 보완이 빠져서는 안 된다.

이러한 시제의 전이는 동일한 부류 내에서 일어나는가, 아니면 한 부류에서 다른 부류로 옮겨가는가에 따라, 동질적일 수도 있고 이질적일 수도 있다. 밝혀진 바로는 전자의 수가 압도적으로 많다. 기실 이러한 전이는 텍스트의 일관성, 그 텍스트성textualité을 보장한다. 하지만 후자의 경우는 텍스트의 풍부한 정보를 보장한다. 직접 화법(대화)에 의한 이야기의 중단, 예를 들어 자유 간접 화법(나중에 서술적 목소리의 항목에서 이를 살펴볼 것이다)과 같이 매우 다양하고 세련

들을 열거하고 있다. 단 두 가지 시제에 대해 얼마나 많은 부사들이 관련되는가! 거기에 서술의 템포를 표시하는 부사들을 추가해야 한다. '이따금 quelquefois' '가끔 parfois' '때때로 de temps à autre' '항상 toujours' 등은 특별히 반과거와 결합되며, '마침내 enfin' '별안간 tout à coup' '갑자기 soudain' '느닷없이 brusquement' 등은 단순과거와 결합된다. 또한 '언제?'라는 질문이나 "시간과 관련된 유사한 질문"(p. 270)에 답하는 것이 모두 첨가된다. 이를테면 '가끔 parfois' '자주 souvent' '마침내 enfin' '그 후에 puis' '그때 alors' '항상 toujours' '또다시 de nouveau' '이미 déjà' '지금 maintenant' '이번에 cette fois' '한 번 더 une fois de plus' '조금씩 peu à peu' '별안간 tout à coup' '차례로 l'un après l'autre' '끊임없이 sans cesse' 등이다. 이처럼 풍부한 예를 통해 우리는 이야기된 세계의 도식화에 있어서 부사와 부사구들이 그것과 결합되는 시제보다는 훨씬 더 정교한 조직을 구성하고 있음을 알 수 있다.

된 형식들로 구성된 간접 화법의 사용이 그러하다. 예전에 시제의 일치라고 불렀던 것 속에 감춰진 또 다른 시제 전이 역시 텍스트의 독서를 끌어가는 신호가 된다.[20]

많은 내용을 담고 있는 바인리히의 저서에 관해 제기될 수 있는 문제들 가운데 한 가지만을 거론하겠다. 즉, 동사 시제의 통사론을 빌려 허구 체제에서의 시간을 탐구하는 것이 적합한가 하는 문제이다.

벤베니스트의 논의가 끝난 자리에서 우리의 논의를 시작해보자. 우리가 도달하게 되었던 두 가지 주장을 바인리히의 저서를 통해 분명하게 밝힐 수 있게 될 것이다. 우리가 주장한 한 가지는 자연 언어에서 시제 체계의 자율성은 미메시스 II의 차원에서 허구에 의해 설정된 단절과 완전한 조화를 이루는 것으로 보인다는 것이며, 다른 하나는 시제 체계의 이러한 자율성은, 그 체계가 허구의 상류와 하류에서 체험된 시간과 관계를 유지하고 있는 허구의 시간을 유기적으로 구성한다는 점에서, 체험된 시간과 관련하여 완전한 독자성을 갖는 데까지 이르지는 못한다는 것이었다. 바인리히의 분석은 이러한 주장과 상반되는가?

첫번째 주장에는 별 무리가 없다. 바인리히가 선택한 분류는 특히 줄거리 창조가 동사 시제의 통사론에 따라 어떻게 유기적으로 구성되는지를 보여주기에 적절하다.

우선 문장이 아닌 텍스트를 작업 영역으로 선택함으로써 바인리히

---

20) 시제의 전이 역시 일면 시제와 부사의 결합 관계를 통해 강화된다. 계열체적 양상에 대해 타당한 것은 통합체적 양상에 대해서는 더욱 그러하다. 앞서 언급된 부사들은 시제의 전이를 따라가고 보강하고 명확하게 규정하는 것으로 설명하는 편이 더 낫다. 그리하여 부사들 '지금 or' '옛날에 une fois' '어느날 아침에 un matin' '어느 날 저녁에 un soir'는 배경(반과거)에서 전경(단순과거)으로의 이질적인 전이를 강조하는 반면에, 서술적 계기를 나타내는 부사로서의 '그래서 et puis et alors'는 이야기된 세계 안에서의 동질적인 전이에 더 적합하다. 이러한 서술적 전이의 통사론이 서술적 형상화의 언술 행위에 어떠한 잠재적 가능성을 제공하는지는 나중에 설명할 것이다.

는 이야기의 시학이 적용되는 단위와 동일한 규모의 단위를 토대로 연구한다. 그 다음에 바인리히의 텍스트 언어학은 동사의 시제 목록을 점점 더 세밀하게 구분하고 그 목록을 동사의 인칭은 물론 부사와 부사구처럼 시간을 나타내는 많은 기호의 목록과 결합시킴으로써, 구성 기법이 보유한 폭넓은 차이 영역을 보여준다. 이 점에서 강조하기라는 마지막 구분은 줄거리 구성과 가장 유사하다. 강조의 개념은 이야기된 스토리에서 사건을 일으키는 것이 무엇인지를 쉽게 식별하도록 한다. 괴테가 전경을 지칭한 단어, 즉 아리스토텔레스의 극적 반전에 상응하는 "전대미문의 사건"이라는 단어를 바인리히는 열심히 인용하고 있지 않는가?[21] 좀더 분명하게 말하자면 시제와 부사의 통사론을 통해 이야기의 템포를 나타내는 부호들——방금 우리는 그것이 얼마나 풍부한가를 살펴보았다——은 단지 줄거리의 진행에 기여할 때에만 두드러지게 나타난다. 왜냐하면 서술적 구성에서의 용법을 벗어나서 템포의 변화를 규정한다는 것은 거의 불가능하기 때문이다. 끝으로, 시제 전이들의 목록을 계열체에 따른 시제 분류표에 추가함으로써, 텍스트 언어학은 서술적 구성이 그 의미 효과를 내기 위해 동사 시제들 중 어떤 의미있는 시퀀스를 사용할 수 있는지를 보여준다. 이러한 통합체적 보완은 텍스트 언어학과 서술시학을 연결하는 가장 적합한 전환점을 이룬다. 한 시제에서 다른 시제로의 전이는 최초 상황에서 최종 상황으로의 변형을 유도하는 역할을 하는데, 바로 그렇게 해서 줄거리가 성립하기 때문이다. 이질적인 전이들이 텍스트의 풍부한 정보를 보장하는 반면, 동질적인 전이들은 그 일관성을 보장한다는 생각은 줄거리 구성의 이론 속에 직접적으로 반영

---

21) 이 점에 관해서 또한 바인리히가 시작, 종결, 위장된 결말(예컨대 모파상은, 이른바 단절을 나타내는 반과거라고 부르는 것을 통해 이러한 결말을 아주 섬세하게 드러내고 있다)이라는 개념들에 언급하고 있는 부분에 주의할 것이다. 그 경우 이야기의 강조는 서술 구조와 구별되지 않는다.

되어 있다. 줄거리 역시 동질적인 특징과 이질적인 특징, 안정과 진전, 반복과 차이를 나타낸다. 그런 의미에서 통사론이 화자에게 온갖 계열체와 전이를 제공한다면, 그러한 잠재적 가능성이 현실화되는 것은 바로 구성 작업을 통해서라고 말할 수 있다.

이것이 바로 동사 시제 이론과 서술 구성 이론의 심층적인 유사성이다.

하지만 바인리히가 모든 점에서 동사의 시제를 시간과 분리하려고 시도한 데 대해서는 우리의 입장은 다르다. 물론 시제 체계가 서술적 형상화 활동에 적용된 시간을 구조화할 수 있게 해주는 언어적 장치로 간주될 수 있다는 점에서는 『시제』에 제시된 분석의 타당성을 인정할 수 있다. 그러나 그와 동시에 동사 시제가 시간과 전혀 관련이 없다는 그의 주장에 대해서는 이의를 제기할 수 있다. 이미 언급했듯이, 허구는 끊임없이 텍스트 상류의 경험과 하류의 경험을 이어준다. 시간에 대하여, 그리고 그 통상적인 명칭들에 대하여 동사의 시제 체계가 아무리 자율적이라 하더라도, 시제가 모든 점에서 시간 경험과 단절되지는 않는다는 것이 나의 생각이다. 시제 체계는 시간 경험에서 나오며, 시간 경험으로 돌아간다. 그리고 시제 체계가 이렇게 어디서 나와 어디로 가는지를 나타내는 기호들은 계열적 또는 선조적인 배분에서도 사라지지 않는다.

먼저 수많은 현대 언어에서 시간과 시제를 동일한 언어로 지칭한다는 사실이나, 혹은 그 두 영역을 서로 다른 명칭으로 지칭할 경우 발화자가 쉽게 알 수 있는 의미론적 유연(類緣)관계를 유지하고 있는 데는(영어에서 시제 tense와 시간 time의 경우가 그러하며, 독일어의 시간 Zeit와 시제 Tempus에 나타난 게르만어과 라틴어 어원의 통상적인 교착에서 이 유연 관계를 쉽사리 찾아볼 수 있다.) 연유가 있을 것이다.

다음으로 바인리히 또한 동사 시제의 유형학에서 재현적 특성을 보존했다. 통사론적 구별에 부여된 신호와 유도 기능이 "세계에 대한

일차적인 도식적 구분"(p. 27)에 이르게 되기 때문이다. 바인리히는
발화 상황에 따른 시제의 구분이라는 이름으로 이야기된 세계와 해설
된 세계를 다룬다. 물론 이때 '세계'라는 용어는 곧바로 존재론적인
의미를 내포하지 않으며, 가능한 의사 전달 대상들의 총합을 가리키
고 있음을──그렇지 않다면 시제와 시간의 구별 자체도 없어질 수
있을 것이다──잘 알고 있다. 하지만 그럼에도 불구하고 이야기된
세계와 해설된 세계는 여전히 어떤 세계로 남아 있으며, 실천적 세계
와의 관계는 미메시스 II의 법칙에 따라 유예되었을 따름이다.

이러한 난관은 시제 분류를 주도하는 의사 전달의 세 축에서 각기
다시 나타난다. 바인리히의 주장은 민담과 전설, 장편소설, 중편소설
에서 단순과거는 단순히 이야기의 시작을 알린다는 것이다. 그는 지
나간 시간을 뜻하는 표현과 단절되는 예를 유토피아 이야기, 공상과
학소설, 미래소설에서 사용되는 단순과거에서 확인한다. 하지만 이
야기의 시작을 알리는 신호가 과거 그 자체의 표현과 무관하다고 결
론지을 수 있는가? 실제로 바인리히는 다른 의사 전달 상황에서는 그
러한 동사 시제들이 과거를 표현한다는 점을 결코 부인하지 않는다.
그렇다면 그 두 가지 언어적 사실은 서로 전혀 관련이 없는 것인가?
일시적인 단절에도 불구하고, 마치 ~처럼이 갖는 연관성 같은 것을
분간할 수는 없는가? 허구의 시작을 알리는 신호는 과거를 중화시키
고 유예시킴으로써 과거를 우회적으로 가리키는 것은 아닌가? 후설
은 이러한 중화에 의한 연관성에 대해 자세히 언급하고 있다.[22] 그의
뒤를 이어 오이겐 핑크는 형상Bild을 대상의 단순한 현재화를 중화시
키는 것으로 정의한다.[23] 기억이 갖는 '사실주의적' 목표를 중화시킴

22) 후설 E. Husserl, 『현상학의 이념 Idées directrices pour une phénoménologie』, trad.
Paul Ricoeur, Paris: Gallimard, 1952, p. 109.
23) 핑크 Eugen Fink, 『현상학에 관하여 De la Phénoménologie』, trad. Didier Franck,
Paris: Éd. de Minuit, 1974, pp. 15~93.

으로써, 실제로 존재하지 않는 모든 것은 유추를 통해 준(準)과거가 된다. 모든 이야기는——미래의 이야기까지도——실재하지 않는 어떤 것이 마치 일어났던 것처럼 이야기한다. 이야기와 기억 사이에 중화를 통한 은유적 관계가 존재하지 않는다면, 이야기 시제가 기억의 시제이기도 하다는 것을 어떻게 설명해야 하는가?

이야기된 세계와 해설된 세계를 구별하기 위해 바인리히가 제시한 이완이라는 기준을 나는 과거의 현재화의 중화라는 용어로 일반화하여 다시 해석한다. 이야기의 동사 시제가 나타내는 이완의 태도는 독자가 자신의 실제 환경에 참여하는 행위를 유예시키는 데 그치지 않는다는 것이 내 생각이다. 그 태도는 이미 있었던 것으로서의 과거의 존재에 대한 믿음을 보다 근본적으로 유예시킴으로써, 위에서 말한 민담의 시작을 알리는 형식적인 규정이 그렇게 부추기듯이, 그 믿음을 허구의 차원으로 전환시킨다. 체험된 시간과의 간접적인 관계는 그처럼 중화를 통하여 유지되는 것이다.[24]

허구로 들어감으로써 생긴 단절에도 불구하고 동사 시제가 시간적 지향성을 보존하고 있다는 사실은 이야기와 해설의 분류를 완성시키는 다른 두 축에서도 관찰된다. 우리는 바인리히가 회상·예상·영도라는 세 가지 관점을 도입하기 위해 행위의 시간과 텍스트의 시간을 구별하지 않을 수 없었다는 것을 알 수 있다. 여기서 다시 시간이라는 용어가 등장하는 것은 결코 우연이 아니다. 바인리히는 말로 하건 글로 쓰건 텍스트의 전개는 "분명 시간 속에서의 전개"(p. 67)라고 말한다. 다시 말해 이러한 제약은 고리처럼 이어진 말의 선조성에서 비롯되는 것이다. 그 결과 회상과 예상은 시간적 선조성이라는 동일한 조건에 묶이게 된다. 우리는 이 두 용어를 이야기되거나 예상된 정보라는 말로 대신할 수 있다. 결국 우리는 회상과 예상을 정의하면

---

24) 이 문제에 대한 보다 완전한 대답은 나중에 서술적 목소리의 개념을 통해 제시될 것이다.

서 미래와 과거라는 개념을 제거할 수 없는 것이다. 회상과 예상은 살아 있는 현재의 과거 지향 rétention과 미래 지향 protention이라는 가장 원초적인 구조를 나타낸다. 시간의 구조를 이처럼 우회적으로 참조하지 않고서는 예상이나 회상이 무엇을 의미하는지 이해할 수 없다.

의사 전달의 세번째 축, 즉 강조하기의 축에 관해서도 유사한 지적을 할 수 있을 것이다. 허구 차원에서 반과거와 과거의 구별이 시간의 통상적인 명칭에 대해 빚진 것이 전혀 없음이 사실이라고 할 수 있지만, 그러한 구별의 일차적 의미는 시간 자체 속에서 영속적인 양상과 우발적인 양상을 분간하는 능력과 관계가 있는 것으로 보인다.[25] 그런데 시간의 이러한 성격 규정이 강조하기의 시제에 전혀 개입되지 않는다는 것은 어려운 일 같다. 그렇지 않다면 어떻게 바인리히가 "이야기의 전경에서 일어나는 모든 것은 움직이고 변한다"(p. 176)라고 말할 수 있겠는가? 허구의 시간은 체험된 시간, 즉 기억과 행동의 시간과 결코 완전히 단절되지 않는다.[26]

나로서는 이야기의 시간과 실제로 체험한 과거의 시간이 서로 연관되고 단절되는 이중의 관계는 미메시스 I과 미메시스 II의 관계를 보여주는 본보기가 되는 것 같다. 과거 시제는 먼저 과거를 이야기하며, 그 다음에 은유적 치환──이러한 치환은 넘어선 것을 그 안에 간직한다──을 통해 그 자체로서의 과거와, 직접적인 관계는 아니라

---

25) 이것은 (기억하건대) 그레마스의 기호학에서 논리 의미론적 차원과 엄밀한 의미에서의 담론적 차원의 중간에 위치하고 있는, 변형의 시상성(時相性)이라고 지칭되는 것과 비교할 수 있다. 언어 체계에서는 이러한 시상성을 나타내기 위해, 지속(과 반복)을 나타내는 표현과 사건 중심의 표현들이 사용된다. 뿐만 아니라 시상성은 행동의 개시와 종료를 나타내는 특징을 통해 영속성에서 우발성으로의 전이를 표시한다.

26) 우리가 위에서 그 풍부함과 다양함을 보았던 부사와 부사구와 같은 다른 통사적 기호들은 여기서 동사 시제의 표현 능력을 보강한다.

하더라도, 적어도 우회적인 관계를 갖는 허구 세계로 들어감을 알린다.

동사 시제와 시간을 잇는 가교를 모두 차단하지 않는 추가적인, 하지만 내게는 결정적인 것으로 보이는 이유 가운데 하나는, 내가 텍스트의 하류라고 부른 것과 허구의 관계, 즉 미메시스 Ⅲ의 단계를 규정하는 관계와 관련이 있다. 허구는 실천적 세계를 토대로 하여 이루어진 후, 그 세계의 흔적을 간직하기만 하는 것은 아니다. 허구는 스스로 "지어낸," 다시 말해서 발견함과 동시에 창조한 경험의 특징을 향해 다시 시선을 돌리게 한다.[27] 이 점에서 동사의 시제는 체험된 시간——텍스트 언어학에서 이 체험된 시간은 곧 잃어버린 시간이다——의 명칭들과 관계를 끊지만, 곧 엄청나게 다양해진 문법적 표현 수단들을 가지고 그 시간을 재발견하는 것이다.

문학이 그 밑그림을 던져주는 시간 경험에 대한 이러한 전망적 관계가 바로 바인리히의 위대한 이론적 선구자들이 어째서 집요하게 동사의 시제를 시간에 연관시키려 했던가를 설명해준다. 괴테와 실러가 주고받은 서한에서 움직임이 거의 없는 행동을 내려다보는 전지전능한 화자의 자유를 언급할 때, 또한 슐레겔August Wilhelm Schlegel이 "화자 특유의 사려 깊은 평온함"을 찬양할 때, 그들은 미적 경험에서 바로 시간 그 자체의 새로운 특성이 떠오르기를 기다리는 것이다. 특히 토마스 만은 『마의 산』을 시간소설 Zeitroman이라고 부르면서, "그 대상 자체가 순수 형태의 시간"(p. 55)[28]이라는 것을 믿어 의심치 않는다. "평평한" 지대의 시간과 저 위쪽에서 만년설에 몸바친 사람들의 느슨하고 태평스러운 시간(p. 56) 사이의 질적 차이는 분명 이야기된 세계가 갖는 어떤 의미 효과이다. 이러한 차이는

---

27) 이어지는 내용은 내가 『살아 있는 은유 *La Métaphore vive*』(7장과 8장)에서 은유적 담론을 현실의 '재묘사'로 해석한 것과 밀접한 조화를 이루고 있다.

28) 나중에 나는 위험 부담을 안고서 이 시간소설이 계속 허구로 머물면서도 그 자체 너머로 투사하는 시간 경험의 관점에서 『마의 산』을 해석하는 데 전념할 것이다.

그처럼 그 소설의 다른 부분과 마찬가지로 허구적이다. 하지만 실제로 그것은 마치 ~처럼의 양태에 따라 얻어지는 새로운 시간 의식이다. 동사의 시제는 이러한 의미 생산에 기여하고 있는 것이다.

이 문제는, 다음 장에서 주로 다루게 될 것이므로, 일단 여기서 마무리하겠다. 기실 이 연구는 이야기의 허구적 인물이 경험하는 것과 같은 시간의 허구적 경험이라는 새로운 개념을 끌어들인다. 허구적 경험은 여기서 살펴본 것과는 또 다른 문학 작품의 차원, 다시 말해 어떤 세계를 투사하는 문학 작품의 능력에 속한다. 작중인물들은 바로 이 투사된 세계에서 살아가며, 그 안에서 자신들만큼이나 허구적이지만 그래도 역시 어떤 세계를 지평으로 갖는 시간을 경험한다. 바인리히 자신도 이야기된 세계와 해설된 세계라는 말을 사용함으로써 작품 세계라는 개념을 넌지시 알아차리게 하고 있지 않는가? 그는 또한 통사론이 가능한 의사 전달 대상들의 세계를 일차적으로 구분한다고 간주함으로써, 그러한 성찰을 보다 더 분명하게 정당화하고 있지 않는가? 이 가능한 대상들이란, 장차 우리의 실제적인 조건과 그 시간성을 해독하는 방향으로 우리를 인도할 수 있는 허구 작품이 아니라면 무엇이겠는가?

지금으로서는 단지 질문에 불과한 이 제안들은 어쨌든, 허구가 그 발원지며 귀착점인 현실 세계와의 닻줄을 끊을 수 없는 것과 마찬가지로, 동사 시제의 연구가 시간 경험과 그 통상적인 명칭들과의 관계를 끊을 수 없는 이유들을 암시하고 있다.

2. 이야기하는 시간과 이야기되는 시간

귄터 뮐러가 제일 먼저 제시하고 제라르 주네트가 다시 적용한, 이야기하는 시간과 이야기되는 시간의 구분은 또 다른 문제점을 제기한다. 즉, 앞서처럼 언술 행위 내에서 동사 시제의 분류를 통해 드러나는 내적 차별화 원칙을 찾는 것이 아니라, 허구 작품 안에서의 시간을 새롭게 해석하는 열쇠를 언술 행위와 언술 사이에서 찾아야 하는 것이다.

여기서 중요한 것은 뮐러가 앞서 논의된 세 명의 저자들과는 달리 담론 내부에 포함되어 있지 않은 구별을 도입한다는 점이다. 즉, 바인리히가 말한 이야기된 세계에 대한 대상 지시와 분리될 수 없는 삶의 시간으로 향하는 구별인 것이다. 주네트의 구조서술학에서는 이러한 특징이 인정되지 않으며, 우리가 제3부의 마지막 장에서 개략적으로 설명하듯이, 텍스트 세계의 해석학에 속하는 성찰을 통해서만 삶의 시간으로 연결될 수 있다. 주네트에 따르면 언술 행위의 시간과 언술의 시간의 구별은 텍스트 내부에서, 어떠한 종류의 재현 관계도 끌어들이지 않은 채 이루어진다.

나는 여기서, 이 두 서술적 시간들을 구분하는 데 있어서는 주네트가 뮐러보다 더 엄격했으며, 뮐러의 경우 일관성은 덜 하지만 나중에 우리가 활용해야 할 접근 방법을 마련하고 있음을 지적하려고 한다. 우리에게 필요한 것은 언술 행위-언술-텍스트 세계라는 세 층위로 된 도식으로서, 그 각각에는 이야기하는 시간Erzählzeit과 이야기되는 시간erzählte Zeit, 그리고 이 두 시간들간의 연접/이접에 의해 투사된 시간의 허구적 경험이 대응한다. 뮐러와 주네트 모두 이러한 기대에 완전하게 부응하지는 못한다. 뮐러는 두번째 층위를 세번째 층위와 충분히 구별하지 못하고 있으며, 주네트는 두번째 층위를 위하여 세번째 층위를 배제하고 있다.

우리는 뮐러와 주네트의 분석을 비판적으로 검토함으로써 이 세 층위를 다시 정리할 것이다. 그 과정에서, 때로는 상반되는 이유로, 두 분석의 도움을 빌릴 것이다.

밀러가 이야기하는 시간과 이야기되는 시간의 구별을 도입하게 된 철학적 배경은 프랑스 구조주의의 배경과는 사뭇 다르다. 식물 및 동물의 형태학에 관한 괴테의 성찰에서 직접적으로 영감을 얻은 "형태론적 시학poétique morphologique"[29]이 그 배경을 이루는 것이다.[30]

"형태론적 시학"의 저변에 언제나 자리잡고 있는, 삶에 대한 예술의 대상 지시는 이러한 배경에서만 이해될 수 있다.[31] 그 결과 밀러가 도입한 구별은 이야기와 삶이 완전히 대립한다는 입장과 이야기 안에서 내적으로 구별된다는 입장 사이에서 오갈 수밖에 없다. 사실 예술의 정의는 두 가지 해석을 가능하게 한다. 즉 "이야기한다는 것은 청자의 감각으로 지각할 수 없는 사건을 현재화하는 것이다"(「서술 기법에서의 시간의 의의Die Bedeutung der Zeit in der Erzählkunst」, p. 247). 그런데 "이야기한다"는 사실과 "이야기된" 내용은 바로 현재화 행위를 통해 서로 구별된다. 그것은 현상학적인 구별로서, 그에 따르면 이야기하는 모든 행위는 그 자체로는 이야기가 아닌 무엇인가를 이야기하기erzählen von이다. 이야기하는 시간과 이야기되는 시간이라는 두 가지 시간을 구별할 수 있는 가능성은 바로 이 기본적인 구별에서 파생한다. 현재화의 상관항은 무엇인가? 이야기되는 시간은

---

29) 『형태론적 시학 Morphologische Poetik』은 1964~1968년에 쓰여진 시론들을 묶은 것이다(Tübingen, 1968).

30) 앞서 말했듯이 프로프 역시 괴테에게서 영감을 얻었다는 것은 주목할 만하다.

31) 괴테 스스로가 예술과 자연의 이 애매한 관계의 기원에 있다. 한편으로 그는 "예술은 또 다른 자연이다"라고 말하고 있지만, 또한 "예술은 〔……〕 독자적인 세계 영역이다"(앞의 책, p. 289에서 인용)라고 말한다. 이 두번째 생각은 괴테에게 이야기에 대한 형식적 연구의 길을 열어주는데, 『일리아드 Iliade』의 유명한 '도식'은 그러한 연구의 성과다. 밀러는 그 도식을 자기 연구의 모델인 것처럼 참조하고 있다(「이야기하는 시간, 이야기되는 시간」, 앞의 책, pp. 270, 280, 409 참조. 또한 「시학에 대한 괴테 형태론의 의의Goethes Morphologie in ihrer Bedeutung für die Dichtungskunde」, 앞의 책, p. 287 이하 참조).

무엇에 대응하는가? 우리는 두 가지로 대답할 수 있다. 한편으로 이야기되는 것은 이야기가 아니며, 그 자체가 이야기 속에서 실제로 제시되는 것이 아니라 단순히 "재현되고 복원될" 따름이다. 다른 한편으로 이야기되는 것은 근본적으로 "삶의 시간성"이다. 그런데 "삶〔그 자체〕는 이야기되지 않고, 체험된다"(p. 254). 다음과 같은 주장은 이 두 가지 해석을 다 받아들인다. "이야기하는 모든 행위는 이야기가 아니라 삶의 과정인 무엇인가를 〔에 대하여〕 이야기하는 것이다"(p. 261).『일리아드』이래로 모든 이야기는 흐름Fliessen 자체를 이야기한다. 다시 말해 "삶이 시간성으로 풍부하면 할수록 서사시는 더욱 순수하다"(p. 250).

이야기되는 시간의 위상과 관계하여 이처럼 겉으로 드러나는 애매성에 대해서는 잠시 논의를 유보하고, 이야기하는 시간과 이야기되는 시간으로 이중화되는 양상——그것은 형태론적 시학에 속한다——의 위상에 관심을 돌려보자.

모든 것은 이야기하는 행위가, 토마스 만의 표현에 따르면, 남겨두는 행위, 즉 선택하는 동시에 배제하는 행위라는 지적에서 출발한다.[32] 그렇게 해서 이야기하는 시간과 이야기되는 시간의 거리를 만들어내는 압축Raffung 양태들을 이론적으로 검토할 수 있을 것이다. 보다 정확히 말하면 두 시간의 비교는 그것을 측정할 수 있을 때 진정한 문학 과학의 대상이 된다. 그렇게 해서 이야기하는 시간과 이야기되는 시간의 계량적 비교라는 생각이 가능해진다. 그것은 필딩의『톰 존스』에 나타난 서술 기법에 관한 성찰에서 비롯된 것으로 보인다.

---

32) '남겨두기 Aussparung'라는 표현은 채택되고 선택되고 선정된 것은 물론 생략된 것——나중에 보겠지만 그것은 삶 그 자체다——도 강조한다. 프랑스어 'épargne'는 간혹 이 두 가지 뜻을 갖는다. 즉 남겨두는 것은 마음대로 처분할 수 있는 것이며, 또한 폭격을 면한 마을에 대해 말하듯이 손을 대지 않는 것이기도 하다. 남겨둔다는 것은 정확히 말해서, 후에 사용하기 위해 따로 떼어놓는 것과 보호하기 위해 별도로 남겨두는 것을 구별한다.

기실 교양소설의 창시자인 필딩은 이야기하는 시간의 문제를 구체적이고 기술적으로 제기한 사람이다. 그는 열여덟 권 분량의 작품에서 각 권마다 다르게, 때론 지체하고 때론 서두르면서, 어떤 것은 무시하고 또 어떤 것은 강조하면서, 다양한 길이——몇 년에서 몇 시간까지——의 시간 단위를 다루었는데, 그것은 시간과의 유희를 의식한 대가다운 면이다. 남겨두기의 문제를 제기한 것은 물론 토마스 만이지만, 의식적으로 시간 압축을 변조한, 즉 이야기되는 시간을 이야기하는 시간 속에 고르지 않게 배분한 필딩은 그 선구자인 것이다.

하지만 측정한다는 것은 무엇을 측정한다는 말인가? 그리고 모든 것은 여기서 측정할 수 있는가?

우리가 이야기하는 시간이라는 이름으로 측정하는 것은 시계바늘이 움직인 거리와 경과된 시간 사이에 전제되는 등가 관계에 근거하여, 간행된 작품의 장 수와 줄 수에 상당하는 연대기적 시간인 것이 관례이다. 결코 작품을 창작하는 데 얼마가 걸렸느냐 하는 문제는 아니다. 그렇다면 공간적인 몇 장, 몇 줄은 어떤 시간에 상응하는가? 그것은 실제 책을 읽는 데 걸리는 가변적인 시간과 구별하기 힘든, 관례적인 독서에 소요된 시간에 상응한다. 책을 읽는 데 걸리는 시간은 이야기하는 데 소요되는 시간에 대한 하나의 해석이며, 이는 어느 오케스트라 지휘자가 한 악보를 연주하는 데 걸리는 이론적인 시간에 대한 해석과 비교될 수 있다.[33] 이러한 관례를 받아들인다면, 이야기하는 행위는 시계로 측정되는 "일정한 물리적 시간"을 요구한다고 말할 수 있다. 결국 비교의 대상은 바로 시간의 '길이'이며, 이야기되는 시간을 몇 년, 몇 일, 몇 시간으로 측정할 수 있는 것처럼 이야

---

33) 귄터 뮐러는 이야기되지도 읽혀지지도 않은 시간, 말하자면 실제로 드러나는 않지만 장수로 측정되는 이야기 자체의 시간을 독서의 살아 움직이는 시간——독자는 각기 자기 고유의 독서 템포를 그 시간에 부여한다——과 구별하면서 거북해한다(p. 275).

기하는 시간의 측면에서도 측정이 가능하게 된다.

그렇다면 이러한 "시간적 압축compression temporelle"을 통해 모든 것을 측정할 수 있는가? 만일 시간의 비교가 두 개의 연대기적 시간을 비교 측정하는 것에 그친다면, 연구 결과는 기대에 어긋날 것이다. 그렇지만 시간의 비교가 연대기적인 두 시간의 비교로 축소된다 할지라도, 그러한 비교를 통해 놀랄 만한 사실을 확인하게 된다. 사실 그것은 너무 자주 간과되었던 것으로, 주제 연구에 너무 주의를 기울이다 보니 이러한 미묘한 이중의 연대기적 시간 전략은 소홀히 다루어졌던 것이다. 시간의 압축이 언제나 이야기된 시간을 생략——어느 만큼 생략하느냐는 매번 다르다——하는 것은 아니다. 또한 쓸데없는 시간을 건너뛰거나, 표현의 스타카토를 통해 이야기의 진행을 빠르게 하고(Veni, vidi, vici), 반복이나 지속을 나타내는 특징(매일, 끊임없이, 몇 주 동안, 가을에 등)을 본보기가 되는 단 하나의 사건에 압축시킬 수도 있다. 이렇게 해서 템포와 리듬은 한 작품 전체에서 이야기하는 시간과 이야기되는 시간의 상대적 길이의 다양성을 풍요롭게 만든다. 이 모든 것이 이야기의 형상Gestalt을 그리는 데 기여하는 것이다. 설사 측정 가능한 시간들의 관계가 여전히 그 토대를 이룬다고 하더라도, 이 형상이라는 개념은 선조성, 전후 관계, 연대기적 시간성에서 조금씩 벗어나는 구조적 양상에 관한 연구 영역으로 길을 열어준다.

이 점에서 밀러의 『이야기하는 시간과 이야기되는 시간』이라는 시론에서 제시된 세 가지 예——괴테의 『빌헬름 마이스터의 수업 시대』, 버지니아 울프의 『댈러웨이 부인』과 골즈워디Galsworthy의 『포사이트 가의 전설』——의 분석은 여전히 전범이 될 만하다.

밀러의 분석은 방법론상 가장 선조적인 서술 양상에 기댈 수밖에 없지만, 결코 그 안에 갇혀 있지는 않다. 최초의 서술 도식은 전후 관계의 연속 도식이며, 따라서 이야기 기법은 연속성을 복원시키는 데 있다(연대순의 재현, p. 270).[34] 그래서 이러한 선조적 특성을 파열시키는 부호들은 그만큼 더 가치가 있다. 특히 묘사 형식의 장면들이 이어지면서 늘어지는 서술, 반대로 강세temps fort에서 강세로 빠르게 이어지는 서술 등이 서술의 템포에 영향을 미친다. 역사학자 브로델이 말했듯이, 시간은 길거나 짧은 것뿐 아니라 빠르거나 느린 것이다. '장면'과 '장면 전환' 또는 '중간 삽화'의 구별 역시 엄밀하게 양적인 것이 아니다. 느림이나 빠름, 간결함이나 장황함의 효과들은 양적인 것과 질적인 것의 경계선에 위치하는 것이다. "전대미문의 사건"이 뼈대를 형성하는 이야기와는 반대로, 길게 이야기되면서 짧은 장면 전환이나 여러 사건을 단 한 번 이야기하는 요약résumé itératif으로 분리되는 장면 —— 뮐러는 이것을 "기념비적 장면 scènes monumentales"이라 부른다——이 서술 과정을 지탱할 수 있다. 이렇게 해서 계량화할 수 없는 구조적 관계들이 두 지속 시간들의 합주(合奏)를 복잡하게 만든다. 장면, 중간 삽화, 특이한 사건, 장면 전환의 배열은 끊임없이 그 양과 규모가 달라진다. 또한 그러한 특징들에 예상 · 회상 · 끼워넣기도 덧붙일 수 있는데, 그것들은 장기간에 걸친

---

34) 따라서『수업 시대』의 연구는 "화자가 자신의 이야기를 서술하는 데 필요한 물리적 시간의 크기"(p. 270)로 간주되는 p. 650과 이야기된 사건들이 지속되는 8년을 비교하는 것으로 시작한다. 하지만 작품의 템포는 끊임없이 변화하는 상대적 길이에서 생겨난다. 나는 여기서『댈러웨이 부인』의 연구에 대해서는 언급하지 않겠다. 왜냐하면 이 책의 마지막 장에서 그에 대한 하나의 해석을 제시할 것이기 때문이다. 나의 해석은 회상하는 시간의 심층으로 하여금 이야기되는 시간의 표층을 드러내게 하는, 말하자면 내적인 여담 digressions과 끼워넣기 enchâssements에 대한 뮐러의 치밀한 분석을 고려하고 있다. '세대소설 roman de générations'의 전형적인 예인『포사이트 가의 전설 Forsyte Saga』에 대한 연구 역시 치밀한 계량적 분석으로 시작된다. 40년이라는 광범위한 기간을 1100쪽에 걸쳐 다루고 있는 이 소설에서 뮐러는 몇 일에서 몇 달, 또는 2년에 이르기까지 다양한 5개의 삽화를 분리시킨다. 그는 괴테가 제안한『일리아드』의 유명한 도식을 다시 적용하면서 요일에 대한 지시와 정확한 날짜를 가지고 제2권의 시간적 도식을 재구성하고 있다.

회상을 짧은 서술 시퀀스 속에 포함시키고 연대기적 시간성을 완전히 파괴하면서 심층을 투시하는 효과를 만들어낼 수 있게 한다. 버지니아 울프의 작품에서처럼 과거의 회상에 추억의 시간, 몽상의 시간, 진술된 대화의 시간이 덧붙여지면, 시간 길이의 엄밀한 비교에서 한층 더 벗어나게 된다. 양적인 계측에는 질적인 긴장이 덧붙여지는 것이다.[35]

그렇다면 무엇이 우리를 경과된 시간을 측정하는 것에서 보다 질적인 축약 현상에 대한 평가로 옮겨가도록 하는가? 그것을 이끄는 것은 바로 서술 행위의 시간이 이야기되는 시간을 통해 삶의 시간과 맺는 관계이다. 여기서 괴테의 성찰이 다시 힘을 얻게 된다. 다시 말해 삶은 그 자체로서는 하나의 전체를 이루지 않는다. 자연은 살아 있는 것들을 만들어낼 수 있지만 그것은 우리의 삶과 무관하다. 반면에 예술이 만들어내는 것은 모두 죽어 있지만, 그것들은 의미를 갖는다. 그렇다. 우리의 사유 지평은 이야기를 통해 이야기되는 시간을 무관심에서 벗어나게 하는 것이다. 남겨두기와 압축을 통해 화자는 의미와는 무관한 것을 의미 영역 안으로 들어오게 한다. 이야기는 무의미한 것을 '표현'하려고 할 때도, 그것을 명확한 의미 해석 Sinndeutung 영역과 관련짓는다.[36]

---

35) 우리는 위르그 예나치 Jürg Jenatsch에서의 「이야기의 시간 구조」(앞의 책, pp. 388~418)와 「포르나투스-폴크스부흐의 시간 구조」(앞의 책, pp. 570~89)를 다룬 연구에서 이처럼 이야기에 형태를 부여하는 수많은 절차에 관한 매우 전문적이며 상세한 분석을 볼 수 있다.

36) 이처럼 이야기되는 시간을 통하여 삶의 시간을 겨냥하는 것이 결국 앞서 언급한 연구 논문들이 추구하는 목적이다. 이를테면 『수업 시대』에서 두 가지 시간 체제의 관계에 대해서는 그것이 이야기 고유의 주제 ─ 인간의 변모와 그가 변해가는 과정 ─ 에 "합치한다"고 말할 수 있다(p. 271). 바로 그 점에서 문학 작품의 형상이 담고 있는 의미 Gestaltsinn는 자의적인 것이 아니며, 그러한 교양 과정 (Bildung)을 살아 있는 형태를 만들어내는 생물학적 과정과 유사한 것으로 만든다. '세대소설'의 경우도 마찬가지다. 생명력의 증대가 살아 있는 존재의 변모를

그러므로 우리가 이러한 삶에 대한 지시성을 배제한다면, 이야기하는 시간과 이야기되는 시간의 긴장이 살아 있는 유기체에서 이루어지는 형성 Bildung-변형 Umbildung 활동과 흡사하면서도 동시에 예술 덕분에 무의미한 삶이 의미있는 작품으로 격상된다는 데서 유기체의 활동과는 구별되는 형태론의 영역에 속한다는 것을 이해할 수 없을 것이다. 유기적 자연과 문학 작품의 비교가 시적 형태론의 한 구성 요소가 되는 것은 바로 이런 의미에서이다.

이야기 자체 내에서 이야기하는 시간과 이야기되는 시간의 관계를 주네트의 용어를 빌려 "시간과의 유희"로 부를 수 있다면, 이 유희가 목적으로 하는 것은 바로 이야기가 지향하는 시간적 체험이다. 시적 형태론의 임무는 삶과 관련이 있는 시간적 자질과 계량적 시간 관계의 조화를 드러나게 하는 것이다. 반대로 이러한 시간적 자질은, 로렌스 스턴, 조셉 콘래드, 토마스 만, 마르셀 프루스트의 작품에서처럼, 시간이라는 주제에 대한 성찰을 덧붙이지 않더라도 이야기를 끌어오고 끼워넣는 유희만으로도 밝혀진다. 근본적인 시간은 주제화되지 않더라도 이야기 안에 연루되게 마련이기 때문이다. 그럼에도 불구하고 이야기의 두 시간 사이의 관계와 긴장 그리고 거기서 비롯된 "형식 법칙"에 의해 "공동으로 결정되는" 것은 바로 삶의 시간이다.[37] 이 점에서 시인들——게다가 시 작품들——의 수만큼이나 많은

규제하고 있는 레싱 Lessing과 괴테의 '교양소설'과 달리, 골즈워디의 '세대소설'은 늙음, 어둠으로의 필연적인 회귀, 그리고 개인의 운명을 넘어 시간이 파괴자이면서도 구원자로 나타나는 새로운 삶의 진보를 보여주는 것과 연관되어 있다. 이미 언급한 세 가지 예에서, "이야기되는 시간에 형태를 부여하는 것은 서술 작품의 형상을 통해 뚜렷이 드러나는 현실 영역과 관계가 있는 것이다"(p. 286). 이야기하는 데 소요되는 시간과 이야기되는 시간 사이의 긴장 관계는 그처럼 이야기를 넘어서 이야기가 아닌 삶을 가리킨다. 이야기되는 시간 그 자체는 이야기되기 이전의 배경, 다시 말해서 무의미한, 아니 오히려 의미 작용과는 무관한 '자연'에 비해서 압축으로 규정된다.

37) 뮐러는 같은 논문집에 수록된 또 다른 시론에서 '시간 체험 Zeiterlebnis과 시간 구

시간적 '체험'이 존재한다고 말하고 싶어질 것이다. 그것은 가능한
일이다. 그렇기 때문에 '체험'은 시간 구조를 통해서 우회적으로, 말
하자면 시간 구조가 부합하고 일치하는 바로 그것으로서, 지향될 수
있을 뿐이다. 분명한 것은 불연속적인 구조가 위험과 모험의 시간에
적합하다면, 보다 연속적인 선조적 구조는 성장과 변신의 주제가 지
배하는 교양소설에 적합하며, 그에 반해 급변과 예상과 회상으로 인
해 중단되고 파괴되는 연대기적 시간성, 요컨대 의도적인 다차원적
형상화는 위에서 내려다볼 수 있는 능력과 내적 일관성이 결여된 시
간관에 더 적합하다는 것이다. 서술 기법 영역에서 이루어진 현대의
실험은 시간 경험 자체에 영향을 미치는 파열 현상에 따라 규정된다.
사실상 이러한 실험에서 유희는 그 자체가 목적이 될 수 있다.[38] 하지

조 Zeitgerüst'(p. 299 이하)라는 한 쌍의 용어를 도입한다. 시간 구조란 이야기하
는 데 소요되는 시간과 이야기되는 시간의 유희 그 자체를 말하며, 시간 체험이란
후설의 용어에서 의미와 무관한 삶의 배경을 말한다. 이러한 시간의 의미는 결코
직관에 의해 부여될 수 없다. 시간 구조의 분석을 통해서 간접적으로 지향되고 해
석될 따름이다. 유희만이 아니라 목적에도 관심을 갖는 저자들에게서 빌려온 새
로운 실례들도 그 점을 보여준다. 그 가운데 하나인 안드레아스 그리피우스
Andréas Gryphius에게 시간은 단지 지리멸렬한 순간들의 연쇄이며 영원성에 기
댐으로써만 무에서 벗어나는 것이다. 실러와 괴테 같은 사람들에게 영원성이란
바로 세계의 시간의 흐름 그 자체다. 호프만슈탈 Hofmannsthal 같은 이에게 시간
은 낯섦 자체, 모든 것을 삼켜버리는 무한성이다. 토마스 만 같은 이에게 그것은
무엇보다도 신성한 것이다. 이 각각의 예를 통해 우리는 시간적 '체험'의 "시적 차
원"(p. 303)에 이른다.

38) 또 다른 시론 「이야기의 시간 구조에 관하여 Über die Zeitgerüst des Erzählens」(pp.
388~418)에서는 다음과 같이 말하고 있다. "조셉 콘래드, 조이스, 버지니아 울프,
프루스트, 울프, 포크너 이래로 시간의 변전(變轉)을 다루는 것은 서사시적 재현
의 중심 문제, 서술적 실험 분야가 되었는데, 거기서 우선적으로 문제되는 것은
시간에 관한 사색이 아니라 '이야기의 기법'에 관한 것이다"(p. 392). 이러한 진
술이 내포하는 것은 시간적 '체험'이 더 이상 쟁점이 될 수 없다는 것이 아니라,
그 유희가 쟁점보다 우위에 있다는 것이다. 주네트는 이처럼 역전된 상황에서 보
다 급진적인 결과를 이끌어낼 것이다. 뮐러에게는 쟁점을 유희로 환원하는 경향
은 없어 보인다. 즉 이야기하는 기법에 초점을 맞추는 것은 화자가 시간에 관해

만 시간 체험과 시간 구조의 양극성은 지워질 수 없는 것처럼 보인다.

어느 경우에든 "의미를 지닌 구성"(p. 308)의 지평에는 언제나 실질적인 시간적 창조, "시적 시간"(p. 311)이 있다. 시간을 구조화하는 목적은 바로 시간을 창조하는 것이며, 그것은 이야기하는 시간과 이야기되는 시간 사이에 놓여 있는 것이다.

3. 「이야기의 담론」[39]에 나타난 언술 행위–언술–대상

결국 밀러의 『시적 형태론』이 우리에게 남긴 것은 이야기하는 행위의 시간, 이야기되는 시간, 삶의 시간이라는 세 가지 시간이다. 첫번째 이야기하는 시간은 연대기적 시간으로, 글을 쓰는 시간이라기보다는 책을 읽는 시간을 말한다. 이야기하는 시간은 그에 대한 공간적인 대응, 즉 장 수와 줄 수를 세어 측정할 수 있을 뿐이다. 그에 반해 이야기되는 시간은 해, 달, 날 수로 계산되며 경우에 따라서는 작품 자체 속에 날짜로 표시된다. 이야기되는 시간은 '남겨둔' 시간——이는 이야기가 아니라 삶이다——의 '압축'에서 비롯된다. 주네트 역시 세 가지 시간을 제안하지만, 밀러와 일치하지는 않는다. 주네트가 제시하는 세 가지 시간은 그 모든 범주를 텍스트 자체 내에 포함된 특징에서 끌어내려는 구조서술학의 노력의 결과로서, 삶의 시간은 해당되지 않는다.

주네트의 세 층위는 중간에 위치하는 서술적 언술의 층위에서부터

사색함으로써 시적 시간을 지향할 필요가 없기 때문이다. 즉 화자는 이야기된 시간을 형상화함으로써 그렇게 하는 것이다.

39) 주네트, 「이야기의 경계 Frontières du Récit」, 『문채 2 *Figures II*』, Paris: Éd. du Seuil, 1969, pp. 49~69; 「이야기의 담론」, 『문채 3 *Figures III*』, Paris: Éd. du Seuil, 1972, pp. 65~273; 『이야기의 새로운 담론』.

결정된다. 언술은 원래 의미의 이야기를 말하며, 실제적 혹은 상상적인 사건들의 관계로 이루어진다. 이 이야기는 문자 문화에서는 서술 텍스트와 동일하다. 그 다음 서술적 언술은 이중의 관계를 갖는다. 한편으로 이야기의 대상, 즉 허구적이건 실제적이건 이야기된 사건과 관련되는데, 일반적으로 "이야기된" 스토리라고 부르는 것이 바로 그 것이다. 비슷한 의미로 스토리가 전개되는 세계를 디에제스의 세계라고 부를 수 있다.[40] 다른 한편으로는 서술하는 행위 그 자체, 즉 서술적 '언술 행위'와 관련을 맺는다(율리시스가 자기 모험을 이야기한다는 것은 구혼자들을 학살하는 것과 마찬가지로 하나의 행동이다). 이야

---

40) '디에제스 diégèse'라는 용어는 에티엔 수리오에게서 빌려온 것으로서, 수리오는 1948년에 영화의 기의 signifié의 장소를 기표 signifiant의 장소로서의 스크린의 세계에 대립시키기 위해 그 용어를 사용할 것을 제안한 바 있다. 주네트는 『이야기의 새로운 담론』(1983)에서 형용사 'diégètique'가 플라톤의 '디에제시스'와 관계없이 명사 'diégèse'에서 만들어진 것임을 밝히고 있다. "diégèsis는 diégèse와 아무런 관계도 없다"(p. 13). 물론 주네트는 「이야기의 경계」에서 플라톤의 유명한 텍스트를 참조했다. 하지만 그때의 의도는 이전의 논의들을 비판하기 위해서였다. 즉, 행동의 재현을 통해 창조된 현실이라는 환상과 동일시되는, 아리스토텔레스의 미메시스 문제를 제거하는 것이 필요했던 것이다. "문학적 재현, 고대인들의 미메시스 [……] 그것은 이야기이며, 단지 이야기일 뿐이다." 그렇다면 "미메시스는 디에제시스다"(「이야기의 경계」, p. 55). 이 문제는 「이야기의 담론」(pp. 184~86)에서 보다 간략하게 다시 거론된다. "언어는 모방하지 않고 의미한다"(p. 185). 이와 관련해서 애매함이 없도록 분명히 하려면 플라톤이 『국가론 République』(392c 이하)에서 디에제시스와 미메시스를 결코 대립시키지 않았음을 상기할 필요가 있을 것이다. 디에제시스는 유일한 총칭적 용어로 제시된다. 시인이 사건이나 담화를 자기 자신의 목소리로 진술할 때 '단순' 디에제시스로, 그리고 타인의 목소리를 가능한 한 흉내내면서 — 이는 다른 사람을 모방하는 것과 동등하다 — "마치 다른 사람인 것처럼" 말할 때 "모방에 의한 dia mimèseôs" 디에제시스로 세분되었을 뿐이다. 하지만 아리스토텔레스에게서는 이 용어들의 관계가 역전된다. 그에게는 행동의 미메시스 mimèsis praxeôs가 총칭적인 용어이며 디에제시스는 그에 종속된 '양태'가 된다. 따라서 문제의 용어들이 서로 다른 두 가지 용법으로 쓰이고 있다는 점을 감안하여, 이 두 용어 체계가 서로 겹치지 않도록 경계해야 한다(『시간과 이야기』 1권, p. 59와 p. 62, 각주 2)를 참조할 것).

기란 어떤 스토리를 이야기하는 것이다. 그렇지 않으면 담론이 아닐 것이다. "서술체로서 이야기는 이야기되는 스토리와의 관계로, 담론으로서의 이야기는 이야기하는 서술 행위와의 관계로 존재한다"(「이야기의 담론」, 『문채 3』, p. 74).[41]

그렇다면 주네트의 범주는 벤베니스트와 밀러의 범주(여기서는 관계없는 바인리히는 차치하고)와 어떤 관계인가? '이야기의 담론'이라는 제목 자체가 암시하듯이, 주네트는 벤베니스트의 담론과 이야기의 구분을 일단 받아들인다. 하지만 곧 그 구분을 명백하게 거부한다. 모든 이야기 속에는 담론이 존재하게 마련이다. 이른바 서정적인 노래, 고백 또는 자서전과 마찬가지로 이야기 역시 말하는 사람이 있

---

41) 실제로 서술 이론은 이분법과 삼분법 사이에서 계속 망설여왔다. 러시아 형식주의자들은 'sjužet'와 'fabula,' 즉 주제 sujet와 파블 fable을 구별한다. 슈클로프스키 Chklovski의 경우, 파블은 주제를 만드는데 사용되는 재료를 가리킨다. 예를 들어 『예프게니 오네긴 *Eugène Onéguine*』의 주제는 파블을 만드는 것, 곧 구성이다 (『문학의 이론, 러시아 형식주의자들의 텍스트 *Théorie de la littérature, textes des formalistes russes*』, pp. 54~55 참조). 토마체프스키 Tomachevski는 파블의 전개는 "어떤 상황에서 다른 상황으로의 이행"(같은 책, p. 273)으로 규정된다고 밝힌다. 주제란 독자가 구성 방식의 결과로서 지각하는 것이다(p. 208). 비슷한 각도에서 토도로프는 담론 discours과 스토리 histoire를 구별한다(「문학 이야기의 범주들」, 1966). 브르몽은 서술하는 이야기와 서술되는 이야기라고 말한다(『이야기의 논리 *Logique du récit*』, p. 321, n. 1). 반면에 체자레 세그레 Cesare Segre (『구조와 시간 *Le Structure e il Tempo*』, Turin: G. Einaudi, 1974)는 담론(기표), 줄거리(문학적 구성의 질서에 따른 기의), 파빌라 fabula(사건들의 논리적이고 시간적인 질서에 따른 기의)라는 삼분법을 제안한다. 그때 구별의 기준은 불가역적인 연속적 질서로 느껴지는 시간이다. 즉 담론의 시간은 독서의 시간을, 줄거리의 시간은 문학적 구성의 시간을, 파빌라의 시간은 이야기된 사건의 시간이다. 이것을 정리해보면, 주제-파블(슈클로프스키, 토마체프스키), 담론-스토리(토도로프), 이야기-스토리(주네트)의 쌍은 대체로 서로 겹친다. 프랑스 형식주의자들은 다만 러시아 형식주의자들의 구분을 소쉬르적인 용어로 다시 해석했을 뿐이다. 그렇다면 삼분법의 재등장(세그레, 그리고 주네트도 포함된다)을 스토아 학파의 삼분법, 즉 의미하는 것, 의미되는 것, 일어나는 것의 삼분법으로의 복귀를 나타내는 것이라고 말해야 할 것인가?

기 때문이다. 화자가 텍스트에 모습을 나타내지 않는다 해도 그 역시 언술 행위적 사실이다.[42] 이 점에서 언술 행위는 이야기와 대립되는 보다 한정된 의미의 담론보다는 오히려 넓은 의미에서의 담론 실현 행위——벤베니스트는 다른 글에서 이것을 언어의 잠재적 체계와 대립되는 의미로 사용한다——에서 파생한다. 하지만 벤베니스트의 담론과 이야기 구별을 통해 주네트가 후에 넓은 의미의 이야기 안에서의 담론과 이야기의 구별에 관심을 갖게 되었음은 인정할 수 있다. 그러므로 언술 행위와 언술을 포괄하는 주네트의 이분법은, 물론 벤베니스트가 담론과 이야기를 보다 배타적으로 분리시키는 것은 사실이지만, 벤베니스트의 이분법의 후계자라고 말할 수 있다.[43]

밀러와 주네트의 관계는 보다 복잡하다. 밀러와 마찬가지로 주네트 역시 이야기하는 시간과 이야기되는 시간을 구별하지만, 그것을 완전히 새롭게 수정한다. 그러한 수정은 시간적 특징이 할당되는 층위들의 위상 차이에서 비롯된다. 주네트의 용어 체계에서 디에제스의 세계와 언술 행위는 조금도 텍스트 외적인 것을 가리키지 않는다. 언술과 이야기된 내용의 관계는 소쉬르 언어학에서 기표와 기의의

---

42) 「이야기의 경계」에서 주네트는 이렇게 말한다. "본 연구의 목적 가운데 하나는, 서술 문학(특히 소설 문학)이 그 추상적인 언술 léxis 내부에서 이야기가 요구하는 것과 담론이 필요로 하는 것이 유지하는 미묘한 관계들을 체계화하려는 방법을 분류하고 그 목록을 만드는 것이라고 할 수 있다"(p. 67). 이 점에 관하여 『이야기의 새로운 담론』은 애매하지 않고 아주 명료하다. 화자가 없는 이야기란 한마디로 불가능할 것이다. 그것은 언술 행위, 그러니까 의사 전달 행위가 존재하지 않는 언술일 것이며(p. 68), '이야기의 담론'이라는 제목도 거기서 비롯된다.

43) 이 복잡한 관계를 정리하려는 다양한 시도에 관해서는 다음 연구들을 참조할 것. Seymour Chatman, 『스토리와 담론: 허구에서의 서술 구조 Story and Discourse : Narrative Structure in Fiction』, Ithaca : Cornell University Press, 1978 ; Gerald Prince, 『서술학: 이야기의 형식과 기능 Narratology: The Form and Function of Narrative』, La Haye : Mouton, 1982 ; Shlomith Rimmon-Kenan, 『서술적 허구: 현대 시학 Narrative Fiction: Contemporary Poetics』, London, New York : Methuen, 1983.

관계와 비교할 수 있다. 따라서 밀러가 삶이라 부른 것은 논의에서 제외되어 있다. 사실상 언술 행위는 담론의 자기 지시성에서 발생하며, 이야기하는 누군가를 상정한다. 하지만 서술학은 텍스트 내에 새겨진 서술 행위의 표지만을 간직하려고 한다.

주네트는 이처럼 분석 층위들을 재구성함으로써 시간적 특징들을 완전히 재분배한다. 우선 시간적 체험이 논의에서 제외되며, 언술 행위, 언술 그리고 스토리(또는 디에제스의 세계) 사이의 텍스트 내적인 관계만이 남는다. 그가 모델로 삼은 텍스트 『잃어버린 시간을 찾아서』의 분석은 바로 그러한 텍스트 내적 관계를 다루고 있다.

그 이유에 대해서는 나중에 밝히겠지만, 분석의 무게중심은 이야기의 시간과 디에제스의 시간의 관계에 실려 있으며 언술 행위의 시간은 상대적으로 작은 비중을 차지한다. 그렇다면 언술 행위의 시간과도 다르고 디에제스의 시간과도 다른 이야기의 시간은 무엇인가? 주네트는 밀러처럼 그것을 독서의 시간, 즉 텍스트 공간을 주파하고 가로지르는 데 걸리는 시간과 동등하거나 그 시간과 대체할 수 있는 것으로 여긴다. "다른 모든 텍스트와 마찬가지로 서술 텍스트는 그것을 읽는 독서 행위에서 환유적으로 빌려온 시간성을 갖는다"(p. 78). 그러므로 "이야기하는 시간, 즉 진짜같이 보이며 우리가 반은 유보하고 반은 동의하면서 의사(擬似)시간으로 다루게 될 이 가짜 시간이 거의 허구라는 것을 받아들이고 수용"(p. 78)[44]해야 한다.

---

44) 우리는 이 점에 관해서 다음과 같이 생각해볼 수 있다. 즉 이야기의 시간을 그처럼 독서의 시간에서 빌려온다면 이 독서의 시간은 당연히 언술 행위의 차원에 속하는 것은 아닌지, 그리고 환유에 의해 이루어지는 전환은 당연히 언술 행위의 차원에 속하는 것을 언술의 차원에 투사함으로써 그 연관성을 은폐하는 것은 아닌지 생각해볼 수 있다. 게다가 나는 그것을 의사 시간 pseudo-temps이 아니라 바로 허구적 시간이라고 부를 것이다. 서술적 이해력이라는 면에서 볼 때 이야기의 시간은 허구의 시간적 형상화와 그렇게 밀접하게 연결된 것이다. 서술학의 인식론

여기서 순서 ordre, 지속 durée, 빈도 fréquence라는 세 가지 기본적인 규정 ──이 규정에 따라 이야기의 의사 시간과 스토리의 시간의 관계에 대한 연구가 이루어진다──에 대한 분석을 다시 상세하게 되풀이하지는 않겠다. 이 세 영역에서 명확히 드러나는 것은 디에제스에서의 사건들의 시간적 특징과 그에 대응하는 이야기의 특징 사이의 불협 화음이다.

순서와 연관된 불협 화음은 시간 순서 비틀기라는 일반적인 명칭으로 포괄할 수 있다.[45] 이와 관련해서 『일리아드』이래 서사시적 이야기는 사건의 한가운데에서 시작한 후 설명을 위해 과거로 되돌아가는 방식을 널리 사용하고 있다. 프루스트의 경우 그러한 수법은 현재가 된 미래를 과거에 품었던 생각과 대립시키는 데 사용된다. 어떻게 보자면 프루스트에게 이야기하는 기술이란 예변법(미리 이야기하는 것)과 후변법(과거로 되돌아가서 이야기하는 것)의 유희이며, 또한 예변법을 후변법 속에 끼워넣는 기술이다. 시간과의 이러한 첫번째 유희는 매우 세분화된 유형론을 낳는데, 그에 관해서는 여기서 다 다룰 수 없다. 그리고 이 시간 순서를 비트는 변주의 "궁극적인 목적"에 관해서는 앞으로의 논의를 위해 보류해두겠다. 앞선 사건에 비추어 어떤 사건에 대한 이야기를 끝마치거나, 이전의 공백을 나중에 메운다거나, 유사한 사건들을 거듭 환기함으로써 무의식적인 추억을 되살아나게 한다거나, 또는 일련의 재해석을 통해 이전의 해석을 수정

적 차원의 특징은 합리적인 설명을 시도하는 것인데, 그러한 작업의 정당성과 파생적 성격에 대해서는 누차 강조한 바 있다. 그런데 서술적 이해력 대신에 합리적 설명을 시도함으로써 허구적인 것은 의사(擬似)적인 것으로 전환된다고 말할 수 있다. 『이야기의 새로운 담론』은 이를 다음과 같이 명확하게 설명하고 있다. "독자에게 있어서 (글로 씌어진) 이야기의 시간은, 경험적으로 독서를 통해서만 지속 시간으로 (다시) 환원될 수 있는 텍스트 공간으로 이루어진다는 점에서 어떤 의사 시간이다"(p. 16).

45) 시간 순서 비틀기(예변법 prolepse와 후변법 analepse 그리고 그 조합들)에 대한 연구는 하랄트 바인리히의 '관점'(예상·회상·영도)의 연구와 상당히 근접해 있다.

하거나, 프루스트의 후변법은 그 어느 것이든 대가 없는 유희가 아니다. 그것은 작품 전체의 의미 작용에 따라 조직된 것이다.[46) 이렇게 의미있는 것과 무의미한 것을 대립시킴으로써 시간 순서 비틀기의 문학적 기법을 넘어서는 서술적 시간에 대한 전망이 열리게 된다.[47)

전체적으로 회상적인 이야기 내에서 후변법을 사용하지 않고 예변법을 사용하는 것은 서술적 이해력으로 가능해진 전반적인 의미 작용과의 관계를 더 잘 예증하는 것처럼 보인다. 어떤 예변법들은 하나의 행동의 진행 방향을 그 논리적 결말로 이끌어가서 화자의 현재에까지 이르게 하기도 하고, 또 현재의 기억에 관한 실효성을 증언함으로써 과거 이야기의 진실성을 입증하는 데 사용되기도 한다(오늘도 여전히 그녀의 모습이 다시 떠오른다). 시간과의 이러한 유희를 설명하기 위해서 주네트는 아우어바흐가 말한 "무의식적으로 추억하는 의식 conscience réminiscente"의 "상징적인 보편 시간성 omnitem-poralité"[48)의 개념을 빌려온다. 하지만 결국 분석을 위해 선택된 이 이론적 틀은 타당치 않은 것으로 드러난다. 왜냐하면 주네트가 말하듯이 그것은 "이야기된 사건과, 때늦은(최종의) 동시에 '보편 시간적

---

46) 주네트는 「이야기의 담론」에서 마르셀 프루스트가 자기 삶에서 중요한 에피소드들을 일반적으로 '반복'하고 있음을 환기하면서 다음과 같이 탁월한 설명을 하고 있다. 즉 에피소드들은 "그때까지 무의미하게 흩어져 있다가, 갑자기 다시 모여서 모두가 서로 관계를 맺음으로써 의미심장한 것들이 된다. 〔……〕 우연성·우발성·자의성이 갑자기 사라지고, 어떤 구조의 그물과 의미의 응집력을 통해 삶의 이야기가 돌연 '나타난다'"(p. 97).

47) 독자는 주네트의 이러한 설명을, 앞서 뮐러가 사용한 의미 내용 Sinngehalt이라는 개념, 그리고 괴테가 말한 의미있는 것과 무의미한 것(또는 무관한 것)의 대립과 비교하지 않을 수 없을 것이다. 나는 이 대립이 소쉬르가 말한 기표와 기의의 대립과는 완전히 다르다고 생각한다.

48) 아우어바흐, 『미메시스: 서구문학에서의 현실의 재현 Mimèsis: Dargestellte Wirklichkeit in der abendländischen Literatur』, Berne, éd. Francke, 1946; 불역, Mimèsis: représentation de la réalité dans la littérature occidentale, Paris: Gallimard, 1968, p. 539(제라르 주네트, 「이야기의 담론」, p. 108에 인용됨

인' 서술 실현 행위의 거의 기적적인 융합을 보여주는 완벽한 예"(p. 108)[49]이기 때문이다.

주네트는 『잃어버린 시간을 찾아서』에 나타난 시간 순서 비틀기를 전체적으로 검토하면서 이렇게 말한다. "『잃어버린 시간을 찾아서』에서 '시간 순서를 비트는' 이야기의 중요성은 프루스트의 이야기가 회상에 의한 통합의 성격을 갖는 것과 분명 밀접한 관계가 있다. 그 성격은 화자의 정신 속에서 매순간 전적으로 현전하며, 화자는 그 통합적 의미 작용을 어떤 황홀경 속에서 인식하게 된 날 이후로 한결같이 그 모든 실마리를 동시에 쥐고서, 모든 장소와 시간을 동시에 지각한다. 그 사이에서 화자는 서로 '포개어지는 téléscopique' 수많은 관계를 항상 설정할 수 있는 능력을 갖는다"(p. 115). 그렇다면 서술학에서 이야기의 의사시간으로 간주되는 것은 바로 처음에는 허구 속에서 유기적으로 구성되다가 나중에는 경험하고 잃어버린 시간을 다시 기술하기 위한 패러다임이 될 수 있는 시간 관념을 위한 전반적인 시간 전략들이 아닐까?

지속의 비틀림에 관한 연구에서도 같은 생각을 해볼 수 있다. 지속이 독서의 시간을 뜻한다면 이야기의 지속 시간을 측정하는 것이 불가능하다는 것을 다시 거론할 필요는 없다(pp. 122~23). 주네트가 말한 대로 이야기와 스토리의 속도를 비교할 수 있을 뿐이라는 사실을 인정하자. 속도는 항상 시간 측정과 공간 측정의 관계로써 규정되기 때문이다. 이야기된 사건과 비교하여 이야기의 속도가 빠르거나 느리다고 규정하기 위해서는, 귄터 밀러처럼 장 수와 줄 수로 측정되는 텍스트의 지속 시간을 시계의 시간으로 측정되는 스토리의 지속 시

---

49) 저자는 쉽사리 다음과 같이 시인한다. "현재의 이러한 예상은 서술 실현 행위 자체에 직접 영향을 미친다는 점에서, 그 예상은 서술적 시간성에 속하는 사실뿐만 아니라 목소리에 속하는 사실도 구성한다. 이런 이유로 해서 우리는 나중에 다시 그것을 거론할 것이다"(p. 108).

간과 비교하지 않을 수 없다. 밀러의 경우와 마찬가지로 주네트에게서 지속 비틀기anisochronie라 불리는 변주는 이야기의 유기적 구성과 그 (명백하게 드러나거나 추론을 통해 알 수 있는) 내적인 연대기적 시간성에 영향을 미친다. 그때 휴지pause라는 극단적인 감속과 생략 ellipse이라는 극단적인 가속 사이에서 속도의 비틀림을 분류하고, '장면'이나 '묘사'라는 전통적인 개념을 휴지에, 그리고 '요약'을 생략에 접근시킬 수 있다.[50] 그리하여 텍스트의 길이와 이야기된 사건들의 지속 시간의 규모를 비교하는, 매우 정교한 유형론을 개략적으로 그려볼 수 있다. 하지만 내가 보기에 중요한 것은 서술학이 이렇게 이야기의 가속과 감속의 전략을 거머쥐는 것은 결국 이해력——우리는 줄거리 구성 방식과 친숙해진 덕택으로 그리고 그러한 방식의 기능 덕분에 이해력을 획득한다——을 키우는 데 도움이 된다는 것이다. 그래서 주네트는 프루스트의 작품에서 엄청난 규모의 이야기(주인공이 어떤 광경에 깊이 젖어드는 데 소요되는 시간과 텍스트의 길이가 서로 일치하게끔 느리게 진행되는 이야기)는 주인공의 경험에서 "잠시 멈추어 명상에 잠기는 것"(p. 135)과 밀접한 관련이 있다고 말한다.[51] 마찬가지로, 요약적 이야기의 부재, 묘사적 휴지의 부재, 이야기가 서술적 의미에서의 장면을 이루는 경향, 대략 600쪽 정도를 차지하면서 새로운 이야기의 시작을 알리는 성격을 지닌 다섯 개의 거대한 장면——오후 모임, 저녁 식사, 저녁 모임——, 그 장면들을 전형적인 장면으로 변형시키는 반복 기법, 『잃어버린 시간을 찾아서』의 이 모든 구조적 특징들, 즉 전통적인 서술적 움직임을 완전히 깨뜨리고 (p. 144) 서술학적 지식을 정교하게 구사함으로써 식별하고 분석하

---

50) 밀러의 '압축 Raffung' 개념은 이렇게 해서 가속의 개념과 동등한 가치를 갖는다.
51) "일반적으로 잠시 멈추어 명상에 잠기는 이러한 장면은, 이를 상세히 이야기하는 텍스트의 (심지어 매우 느린) 독서 시간을 초과할 위험은 없는 지속 시간을 갖는다"(pp. 135~36).

며 분류할 수 있는 특징들의 의미 작용은, 이야기가 허구의 차원에서 설정하는 일종의 움직이지 않는 시간성에서 생겨나는 것이다.

하지만 『잃어버린 시간을 찾아서』의 서술적 시간성에 "완전히 새로운 박자──말 그대로 전대미문의 리듬"(p. 144)──를 부여하게 되는 변모는, 일회적 singulatif 이야기와 대립되는 이야기의 반복적 itératif 성격임이 분명하다. 서술학은 이를 시간의 세번째 범주, 즉 빈도(단 1회 또는 n회 일어나는 어떤 사건을 1회 또는 n회 이야기하는 것)라는 범주에 위치시키고 있다.[52] 프루스트에게 나타나는 "반복에의 도취"(p. 153)를 어떻게 해석할 것인가? 주네트는 프루스트의 작품에서 순간들이 한데 모여 뒤섞이는 경향이 강한 것은 "'비의지적인 기억'의 경험의 조건"(p. 154)[53]임을 인정한다. 그런데 그의 서술학적 분석에서 이 경험은 전혀 다루어지지 않는다. 그 이유는 무엇일까?

화자-주인공의 기억 행위가 그렇게 쉽사리 한 "요인, 말하자면 이야기가 디에제스의 시간성으로부터 벗어나는 수단"(p. 179)으로 귀착되는 것은, 시간에 관한 연구가 인위적으로 디에제스와 언술된 이야기의 관계에 국한되어, 언술과 언술 행위의 관계에서 나타나는 시간적 양상을 다루지 않았기 때문이다. 주네트는 그 문제를 뒤에 목소리라는 문법적 범주로 연결시킨다.[54]

---

52) 그레마스는 『모파상』에서 반복적 서술과 일회적 서술의 구분과 유사한 범주들을 도입하고, 이를 설명하기 위해 시상 aspect이라는 문법적 범주를 선택한다. 또한 반복적 서술과 일회적 서술이 번갈아 이어지는 것은 바인리히의 강조하기의 범주와 비교할 수 있다.

53) 제라르 주네트는 『갇힌 여인 La Prisonnière』에서 다음과 같은 멋진 대목을 인용한다. "이와 흡사한 다른 모든 아침나절과 마찬가지로, 이 이상적인 아침나절은 나의 정신을 영속적인 현실로 가득 채워 주었으며, 나에게 어떤 희열을 전해주고 있었다"(p. 154).

54) 더욱이 "서술적 시간성의 문제들이 그처럼 진퇴양난에 빠지게 된 것을 유감스럽게 생각한다"(p. 180, n. 1)고 말한 것은 주네트가 처음이다. 하지만 "다른 어떤 분류도 서술 실현 행위의 중요성과 특수성을 과소 평가하는 결과를 가져올 것이다"

이렇게 서술 행위의 시간이 제때 나오지 않고 뒤늦게 나오면서 불리한 점이 생긴다. 즉, 프루스트 작품의 국면이 전환되는 고비에서, 평범한 연대기적 시간성과 일회적 서술을 위주로 한 스토리가 시간 순서 비틀기와 반복적 서술 위주의 이야기를 다시 지배하게 되는 반전의 의미를 이해할 수 없게 된다. 그것은 뒤를 이어 나타나는 지속 시간의 비틀림을 "점점 더 커져가는 초조와 불안 속에서 마지막 장면들을 가득 채우고 〔……〕 동시에 드디어 그에게 존재를 부여하고 그의 말을 정당화할 〔……〕 결말로 건너뛰기를 갈망하는"(p. 180) 화자의 몫으로 돌리지 않는다면 그 의미를 이해할 수 없는 것이다. 따라서 "또 다른 시간성, 더 이상 이야기의 시간성이 아니며 궁극적으로는 그 시간성을 지배하는 시간성, 곧 서술 행위 자체의 시간성"(p. 180)[55]을 이야기의 시간에 통합해야만 하는 것이다.

그러면 언술 행위와 언술의 관계는 어떻게 되는가? 그 관계는 시간적 특성이 전혀 없는가? 여기서 근본적인 개념 ——여전히 텍스트 내적인 개념이다——은 문법학자들에게서 빌려온 '목소리'로서,[56] 그것은 이야기 내에 서술 행위가 포함되어 있음을, 즉 현실적이거나 잠재적인 화자와 수신자라는 두 주역을 갖는 서술 실현 행위(벤베니스트

(같은 책)라고 말할 수 있는 근거가 있을까?

55) 그러나 서술 행위의 시간성이 이야기의 시간성을 지배한다면, 언술 행위와 거기에 적합한 시간을 다루고 그렇게 해서 시간성의 분석을 진퇴양난의 상태에서 벗어나게 한 다음에야 프루스트의 작품에 나타난 '시간과의 유희' ——나중에 설명하겠지만 주네트는 결정적인 중요성을 갖는 대목(pp. 178~81)에서 그에 관해 이야기하고 있다——에 대해 말할 수 있다.

56) 예를 들어 방드리에스 E. Vendryès는 '목소리 voix'를 "동사의 행동이 주어와의 관계에서 나타내는 상(相)"으로 정의한다(주네트, p. 76에서 재인용). 『이야기의 새로운 담론』에는 언술 행위의 시간, 그리고 목소리와 언술 행위의 관계에 대한 새로운 내용이 전혀 없다. 반면에 목소리 문제(누가 말하는가?)와 시점 문제(누가 보는가?)——초점화 focalisation라는 용어로 이 문제를 다시 정리한다(지각의 초점은 어디에 있는가?)(pp. 43~52)——의 구별에 관한 설명은 아주 많다. 그 점에 관해서는 나중에 다시 거론할 것이다.

가 말하는 담론 실현 행위의 의미에서)가 포함되어 있음을 드러낸다. 화자라는 관계 층위에서 시간의 문제가 제기되는 것은 텍스트 내에서 목소리를 통해 재현되는 서술 실현 행위가 시간적 특성을 보여주기 때문이다.

「이야기의 담론」에서 언술 행위의 시간이 그처럼 뒤늦게 그리고 간략하게 다루어진 데는 적게는 언술 행위, 언술, 스토리의 관계를 질서정연하게 정리하는 데 따르는 어려움에 기인한다.[57] 하지만 보다 큰 이유는 『잃어버린 시간을 찾아서』에서 실제 작가와 허구적 화자──주인공과 동일하다──의 관계에서 비롯되는 어려움 때문이다. 『잃어버린 시간을 찾아서』의 서술 행위 시간은 화자-주인공의 역할과 마찬가지로 허구성을 가지는 것이다. 그런데 주인공-화자 '나'의 허구성을 인정하게 되면 목소리 분석이 따르게 된다. 서술 행위가 그 속에 지속 시간을 나타내는 표지를 전혀 가지고 있지 않다 하더라도, 서술행위와 이야기된 사건 사이의 거리의 편차는 "이야기의 의미 작용"(p. 228)에 있어서 중요한 역할을 한다. 특히 앞서 언급했듯이 이야기의 시간 체제에 영향을 미치는 변화는 이러한 편차를 통해 어느

---

57) 앞서 말했듯이, 『잃어버린 시간을 찾아서』에서 이야기의 시간 분석은 이야기와 디에제스의 관계, 즉 순서와 지속과 빈도라는 항목으로 첫 세 장(pp. 77~182)에서 다루고 있는 관계에 주로 비중을 두고 있다. 반면에 서술 행위의 시간은 목소리를 다룬 대목에서 뒤늦게 몇 쪽에 걸쳐 언급하고 있을 뿐이다(pp. 228~38). 이러한 불균형은 동사 문법에서 빌려온 시제-법-태라는 삼분법을 언술 행위-언술-대상의 삼분법에 적용함으로써 생긴 것이라고 부분적으로 설명할 수 있다. 이야기의 담론에서 장(章)별 배치를 결정하는 것은 결국 이 세 부류들이다. "첫 세 장(순서·지속·빈도)은 시제를 다루며, 4장은 법을, 5장과 마지막 장은 태를 다룬다"(p. 76, n. 4). 그렇게 해서 두 도식 사이에는 일종의 경합 관계, 즉 "시제와 법은 모두 다 스토리와 이야기 사이의 관계의 층위에서 작용하는 반면에, 태는 서술 행위와 이야기 그리고 서술 행위와 스토리의 관계를 동시에 가리키게 하는"(p. 76) 관계가 있음을 볼 수 있다. 이러한 경합 관계로 인해 이야기의 시간과 스토리의 시간의 관계는 강조되는 반면에, 언술 행위의 시간은 마지막 장에서 태라는 명목 아래 부차적으로 다루어진다.

정도 정당화된다. 주네트의 말대로 그러한 변화는 "마치 스토리의 시간이 결말——결말은 그 기점(起點)이기도 하다——에 접근하면서 점점 더 팽창하고 하나가 되듯이"(p. 236), 서술 담론의 조직 자체가 점차적으로 축소되는 것을 느끼게 한다. 그런데 주인공의 스토리의 시간이 그 본래의 기점, 즉 화자의 현재에 접근하지만 만날 수는 없다는 이러한 특징은 이야기의 의미 작용의 일부를 이룬다. 다시 말해서 주인공이 글쓴이가 될 때, 이야기는 끝난다. 적어도 중단된다.[58]

이렇게 서술적 목소리 개념을 사용하면서 서술학은 주관성이 개입할 여지를 허용하게 된다. 하지만 이 주관성은 실제 작가의 주관성이 아니다. 『잃어버린 시간을 찾아서』를 위장된 자서전으로 읽어서는 안 되는 이유는, 화자-주인공이 말하는 '나' 자체가 허구적이기 때문이다. 하지만 이와 같이 서술적 목소리라는 개념을 사용한다 하더라도 텍스트 세계와 같은 개념——이 개념의 정당성에 대해서는 다음 장에서 설명할 것이다——이 없기 때문에 심리적이고 형이상학적 차원에서의 화자-주인공의 허구적 시간 경험을 제대로 평가할 수가 없는 것이다.

그런데 경험을 펼쳐가고 이야기하는 '나'와 마찬가지로 허구적인 이러한 경험, 하지만 작품이 투사하는 세계와의 관계로 말미암아 '경험'이라고 이름붙일 수 있는 이러한 경험이 없다면 『잃어버린 시간을 찾아서』의 쟁점이 되는 잃어버린 시간과 되찾은 시간이라는 개념에 의미를 부여하기는 어렵다.[59]

---

58) "주인공이 자기 삶의 진실과 의미를 발견하는 지점, 그러니까 이러한 '소명(召命)에 관한 이야기'——이는 프루스트의 이야기가 내건 목적임을 상기하자——가 완료되는 지점에서 이야기는 그냥 중단된다. [……] 그러므로 주인공이 화자와 합류하기 이전에 이야기는 중단될 수밖에 없다. 그 둘이 다같이 끝이라는 말을 쓰는 것은 생각할 수 없다"(p. 237).

59) 『잃어버린 시간을 찾아서』에 나타난 시간의 형이상학적 경험에 대해서는 주네트가 이 소설의 주인공 '나'에 대해 말한 것, 즉 주인공 '나'는 전적으로 프루스트

'시간과의 유희'(pp. 178~81)라는 제목이 붙은 부분은(서술 행위의 시간에 대한 연구가 뒤로 미루어진 것을 고려한다면 이 부분은 너무 일찍 나온다),「이야기의 담론」의 핵심이라고까지는 할 수 없다 해도, 적어도 그 입장을 대변하는 것이다. 그런데 이 부분을 반복해서 읽으면서 왠지 불편함을 느끼게 된다. 그것은 허구적 경험이라는 개념을 이처럼 암묵적으로 거부하고 있기 때문이다. 화자-주인공의 허구적 시간 경험은 이야기의 내적 의미 작용에 결부되지 못하고, 작품 외적인 정당화, 다시 말해 자기의 서술 기법——끼워넣기, 비틀림, 그리고 무엇보다도 여러 사건을 단 한 번 이야기하는 압축——에 대한 작가 프루스트의 정당화로 연결된다. 주네트는 그것을 프루스트가 모든 작가들의 전통으로 공유하고 있는 "사실주의적 동기 부여"와 동일시한다. 그리고 그 "모순"과 "자기 만족"(p. 181)만을 강조한다. 모순이라 함은 현실을 그 순간에 체험한 그대로 이야기하려는 생각과 그것을 나중에 다시 기억나는 대로 이야기하려는 생각 사이의 모순을 말한다. 즉, 이야기의 시간 순서 비틀기를 통해 서로 얽혀 나타나는 것들을 때로는 삶 자체에, 때로는 기억에 귀속시킴으로써 그 모순은 생겨난다. 그것은 무엇보다도 "시간을 초월한 것"과 "순수한 상태의 시간"을 동시에 추구함으로써 생기는 모순이다. 하지만 이 모순은 주인공-화자의 허구적 경험의 핵심이 아닌가? 자기 만족이라는 것은 "위대한 예술가들이 언제나 그렇게 하듯이 과거를 돌이켜 합리화하는 작업, 그것도 자기들의 천품 génie에 비례하여, 즉 그들이 실천하는 것이 스스로의 이론을 포함한 모든 이론에 얼마나 앞서 있는가에 비례하여 이루어지는 합리화 작업"(p. 181)으로 간주된다. 하지만 미학

도 다른 사람도 아니라고 말한 것을 받아들일 수 있을 것이다. 허구적 양태로 표현된 경험이 전제하는 것은 '자기 회복'이나 '자기 현전'이 아니라, 서술학에서 주인공-화자와 작품의 서명자의 구별이 그렇듯이, 실제 경험과 허구적 경험이 "모양은 같지만 뜻은 다르다는 사실 semi-homonymie"이다(p. 257).

이론에 비해 앞서 있는 것이 서술적 실천만은 아니다. 이러한 실천에 의미를 부여하는 허구적 경험 또한 언제나 자기에게 맞는 이론을 찾아다니지만, 그 이론들은, 화자가 이야기 속에 지나치게 많이 삽입한 해설이 증명하듯이, 언제나 부적절하다. 『잃어버린 시간을 찾아서』의 시간 경험이 "존재론적 신비"의 "모순된 목표"로 귀결되는 것은 결국 이야기 내에 작동하는 문학성 poièsis과는 무관한 이론적 시선에 의한 것이다.

이렇게 무의식적인 추억과 서술 기법의 관계를 역전시키고, 제시된 인과 관계를 단순한 미학적 매개로 간주하며, 요컨대 문체로 환원하는 것은 바로 서술학의 기능일 것이다. 그렇게 해서 서술학의 입장에서는 잃어버리고 되찾은 시간의 소설이 "지배되고, 사로잡히고, 마술에 걸리고, 슬며시 와해되고, 비밀리에 파괴되는, 또는 나아가서 변질된 시간의 소설"(p. 182)이 되는 것이다.

하지만 궁극적으로 그러한 역전을 다시 역전시켜야 하지 않는가? 그래서 시간을 변질된 것으로 나타나게 하는 서술 기법에 대한 형식적 연구를 잃어버리고 되찾은 시간 경험에 대한 보다 더 예리한 이해력을 회복하기 위한 긴 에움길로 간주해야 하지 않는가? 바로 그 경험이 『잃어버린 시간을 찾아서』의 서술 기법에 그 의미와 목표를 부여하는 것이다. 그렇지 않다면, 『잃어버린 시간을 찾아서』라는 소설 전체가 "시간과 함께 벌이는 섬뜩한 유희"라고(p. 182) —소설의 화자가 자기의 몽상이 그런 유희라고 말하는 것처럼— 말할 수 있겠는가? 걸린 목적 enjeu이 없는 유희가 과연 "섬뜩한," 다시 말해 무시무시한 유희가 될 수 있을까?

주네트가 제시한 『잃어버린 시간을 찾아서』에 대한 해석을 다루고 난 후 우리에게는 다음과 같은 문제가 남는다. 즉 작품의 의미를 보존하려면, 텍스트로 하여금 그 자체를 넘어, 아마 꾸며진 것이겠지만 그럼에도 불구하고 시간과의 단순한 유희로 환원될 수 없는 어떤 경험을 향하게끔 하는 목표에 서술 기법을 종속시켜야 하지 않는가 하는 것이다. 이 문제를 제기한다는 것은 귄터 뮐러가 괴테를 염두에 두고 시간 체험이라 불렀던 차원, 서술학이 준엄하게 공표한 방법론에 의해 논의의 대상에서 제외된 차원에 정당한 권리를 인정해야 하지 않는가 생각해보는 것이다. 그렇게 되면 가장 큰 난관은 시간 체험을 단지 서술 기법으로 환원하지 않으면서도 그 허구성을 보존하는 것이다. 다음 장에서 『잃어버린 시간을 찾아서』에 대한 우리의 연구는 바로 이러한 난점을 다루게 될 것이다.

4. 시점과 서술적 목소리

앞서 시점과 서술적 목소리라는 개념을 언급하긴 했지만 그것들이 이야기의 주된 구조와 맺는 관계를 분명하게 설명하지는 않았기 때문에, 시간과의 유희에 대한 우리의 연구는 이제 그 개념들을 고려한 마지막 보충 설명을 필요로 한다.[60] 허구 이야기에 의한 시간의 형상화를 다루는 우리의 분석의 중심이 되는 허구적 경험이라는 개념은 시점과 목소리 개념(우리는 잠정적으로 이 두 범주를 동일한 것으로 간주한다)과 불가분의 관계를 맺고 있다. 시점이란 곧 작중인물이 속한 경험 영역에 관한 시점이며, 서술적 목소리는 독자에게 말을 건네면서 (바인리히의 용어를 다시 사용하자면) 이야기된 세계를 제시하는 목소리이기 때문이다.

시점과 서술적 목소리 개념을 어떻게 서술 구성 문제에 통합할 것

---

60) 앞서 우리는 주네트가 이 개념들을 어떠한 문법적 관점에서 「이야기의 담론」에 도입하는지를 살펴보았다. 그가 『이야기의 새로운 담론』에서 보충한 내용들은 나중에 설명할 것이다.

인가?[61] 무엇보다도 그 개념들을 화자와 작중인물의 범주에 연결시키는 것이 필요하다. 이야기된 세계는 작중인물의 세계이며, 또한 화자에 의해 이야기되기 때문이다. 그런데 이야기가 행동을 재현하기 위해서는 행동하는 존재를 재현해야만 한다는 점에서, 작중인물 개념은 서술 이론에 확실하게 뿌리를 내리고 있다. 행동의 의미론이 행동주체라는 개념에 부여하는 넓은 의미에서, 행동하는 존재란 생각하고 느끼는 존재이다. 뿐만 아니라 자기의 생각과 느낌 그리고 행동을 표현할 능력이 있는 존재다. 그렇게 해서 행동의 미메시스 개념을 인물 쪽으로, 그리고 인물의 미메시스 개념을 인물의 담론 쪽으로 이동시키는 것이 가능해진다.[62] 하지만 그것이 끝이 아니다. 작중인물이 자기 경험을 이야기하는 담론을 디에제스에 통합하면, 이제 우리는 이 3장의 토대를 이루는 언술 행위-언술의 쌍을 인물을 상정하는 다른 어휘로 표현할 수 있다. 즉 언술 행위가 화자의 담론이라면, 언술은 인물의 담론인 것이다. 이제 어떤 특별한 서술 방식에 의해서 이야기가 작중인물의 담론을 이야기하는 화자의 담론이 되는지를 검토해야 할 것이다. 시점과 서술적 목소리 개념은 바로 그러한 방식에 포함된다.

우선 행동의 미메시스에서 인물의 미메시스로의 이동을 가늠하는 것이 중요하다. 인물의 미메시스는 바로 시점과 서술적 목소리로 이끄는 개념 고리의 첫출발인 것이다.

---

61) 웨인 부드W. Booth가 『허구의 수사학 The Rhétoric of Fiction』에서 제시한 내포된 작가auteur impliqué 개념을 여기서 상세하게 논의하지 않는 것은, 목소리와 시점이 작품의 (내적) 구성에 기여하는 것과 (외적) 의사 전달 과정에서 담당하는 역할을 구별하기 때문이다. 부드가 내포된 작가에 대한 분석을 허구의 시학이 아닌 수사학의 주도 아래 다루었던 것은 나름대로 일리가 있다. 화자의 담론과 관련된 우리의 분석이 허구의 수사학을 거치지 않는다면 미완에 그칠 것은 자명한 일이다. 우리는 4부에서 이를 독서 이론에 통합할 것이다.

62) 아리스토텔레스의 『시학』에 나타난 줄거리-작중인물-사상의 삼자 관계에 대해서는 『시간과 이야기』 1권, pp. 62~65를 참조할 것.

아리스토텔레스가 인물, 그리고 인물의 생각에 각별한 위치를 부여한 것은 (비록 미메시스 이론에서 언제나 뮈토스의 포괄적 범주에 종속되기는 하지만) 드라마의 형식을 고려해서이다. 사실 작중인물은 미메시스의 '무엇'에 속하고, 드라마와 디에제스의 구별은 단지 '어떻게'의 영역, 즉 시인이 인물들을 제시하는 방법에 속하기 때문에, 인물의 범주는 드라마에서와 마찬가지로 디에제스에서도 동일한 권리를 갖는다. 하지만 우리는 아리스토텔레스와 반대로 드라마와 대립되는 디에제스를 통해 곧바로 인물의 생각과 느낌, 말의 문제로 들어간다. 사실상 모든 재현적 예술 가운데 소설만큼 생각과 느낌과 말을 재현하는 데 진전을 보인 것은 없었다. 소설의 구성 방식이 지닌 엄청난 다양성과 무한한 유연성이야말로 소설을 인간의 심리 현상을 연구하는 데 가장 좋은 도구가 되게 했다. 캐테 함부르거가 현실을 대상으로 사실을 단언하는 실제 주체와 구별되는 허구적 의식 주체의 창조를 허구와 단언을 가르는 기준으로 삼을 수 있었던 것도 그 덕분이다.[63] 행동하고 생각하고 느끼고 말하는 주체의 내면을 기술하는 능력은 주체 자신의 고백과 반성에서 생길 것이라는 편견과는 반대로, 허구적 타인의 생각과 느낌과 말을 이야기하는 삼인칭 소설이 오히려 정신의 내면을 검토하는 데 가장 큰 진전을 보였다는 의견을 제시한 것이다.[64]

뒤를 이어 도리트 콘은 『투명한 정신 *La transparence intérieure*』[65]에

---

63) 앞서 우리는 함부르거가 동사 시제 이론에 어떻게 기여했는지를 검토했다. 함부르거에 따르면 서사시의(즉 디에제스의) 단순과거가 실제 시간을 의미하는 능력을 상실한 것은, 이 단순과거가 정신적인 상태를 나타내는 동사, 즉 그 자체가 허구적인 원점-주체 Ich-Origo의 행동을 가리키는 동사에 결부되기 때문이다.

64) 함부르거는 이렇게 말한다. "서술 문학을 현재의 모습으로 만든 것은 바로 서사시의 인칭 epische Personen이다"(p. 58). 그리고 또 "서사시적 허구는 3인칭의 원점-나(또는 주관성)가 3인칭으로 제시될 수 있는 유일한 인식형이상학적 장소다"(p. 73).

65) 도리트 콘 Dorrit Cohn, 『투명한 정신 *Transparent Minds*』, Princeton, NJ: Princeton

184

서 함부르거에 경의를 표하면서 '소설에서 정신적 삶의 재현 양태' ──이것은 책의 부제이기도 하다── 에 대한 탁월한 연구를 삼인칭 서술 행위에 대한 연구로 시작한다. 정신적 또는 내면적인 삶의 일차적 재현(저자는 이를 "의식의 재현 mimesis of consciousness"이라 한다, p. 8)은 발화자와는 다른 사람의 정신을 재현하는 것 mimesis of other minds이다. "일인칭 텍스트," 즉 고백이나 자서전[66]을 가장한 허구 작품에서의 의식에 대한 연구는 부차적인 위치로 밀려나, 3인칭 서술의 연구와 동일한 원칙에 따른다. 일인칭 텍스트 가운데는 그 일인칭이 삼인칭 이야기의 그 il(또는 그녀 elle)와 마찬가지로 허구적인 텍스트가 많이 있다는 점을 감안할 때, 이는 주목할 만한 전략이다.[67] 카프카와 프루스트가 실험한 바 있듯이, 이 허구적 일인칭은 역시 허구적인 삼인칭으로 바꾸어도 별다른 문제가 없을 정도로 허구적이다.

허구적 주체의 말과 생각을 삼인칭과 일인칭으로 표현하는 방법을 분석함으로써 이러한 "내면의 투명성"을 표현하기 위해 허구가 사용

University Press, 1978; 불역, Paris: Édition du Seuil, 1979.

66) 1인칭 허구 이야기에서는 화자와 주인공이 동일하며, 단지 자서전에서만 작가와 화자와 주인공이 동일하다. 필립 르쥔 Philippe Lejeune의 『자서전의 규약 Le Pacte autobiographique』(Paris: Éd. du Seuil, 1975)을 참조할 것. 여기서 자서전의 문제는 다루지 않을 것이다. 물론 역사와 허구가 공동으로 시간을 재형상화한다는 관점에서 자서전에 대해 말할 수는 있다. 그것이 『시간과 이야기』의 전략이 자서전에 부여할 수 있는 최상의 자리다.

67) 우리가 4장에서 연구하게 될 텍스트 가운데 두 작품──『댈러웨이 부인』과 『마의 산』──은 삼인칭 허구 이야기들이며, 세번째 작품──『잃어버린 시간을 찾아서』──는 그 안에 '스완의 사랑 Un amour de Swann'이라는 3인칭 이야기가 들어 있는 일인칭 허구 이야기다. '나 je'와 '그 il'가 똑같이 허구의 성격을 갖는 것은 삽입되는 이야기를 전체 이야기 안에 통합시키는 강력한 요인이 된다. 『장 상퇴유 Jean Santeuil』는 '나'와 '그'의 치환에 대한 완벽한 증거라 할 수 있다. 이러한 인칭대명사의 교환의 문제는 일인칭과 삼인칭 중 어느 한 기법을 선택한다는 것이 서술적 효과나 근거가 없음을 뜻하는 것은 아니다. 어느 한쪽의 서술 전략이 지니는 장단점을 종합적으로 검토하는 것은 우리의 논의에서 벗어난다.

하는 서술 기법을 평가하는 시금석을 얻을 수 있다. 그것은 도리트 콘이 밟은 길로서, 삼인칭 이야기와 일인칭 이야기의 상관 관계와 이 분야에서 현대 소설이 보여준 놀랄 만한 창의적 유연성을 동시에 존중한다는 이점을 갖는다.

　허구 이야기를 크게 일인칭과 삼인칭 이야기로 분류할 때 그 경계 양쪽에 공통적으로 나타나는 주된 방식은 느낌과 생각을, 화자가 그것을 타인에게 부여했든 자기 자신에게 부여했든, 직접 서술하는 것이다. 자기 이야기self-narration란 기억에 의한 것이기에(이것은 분명 가공의 기억이다) 일인칭 이야기에 사용되는 것이 당연하게 여겨지지만──사실은 옳지 못한 생각이다── '심리 이야기psycho-narration' 나 다른 사람의 심리 현상에 적용되는 서술 행위는 그와 다르다. 그 경우는 우리가 후에 시점과 목소리를 다루면서 다시 거론하게 될 유명한 전지적 화자의 문제로 바로 연결되는 특권을 누린다. 장 푸이옹의 견해대로 우리는 결국 상상력을 통해 다른 사람의 심리 현상을 이해하는 것임을 감안한다면,[68] 이러한 특권이 문제될 것은 없다. 우리가 일상 생활에서 다른 사람이 표현하는 것을 보고 그 생각을 헤아리는 것과 달리 소설가는 인물들의 생각을, 자기가 직접 만들어낸 것이기에, 그대로 읽을 수 있으며, 또한 그 생각들에 적합한 표현을 찾아내는 것이 바로 소설가의 역량이기에, 물론 아무 힘이 들지 않는다고는 말할 수 없겠지만, 별다른 거리낌 없이 그렇게 한다. 바로 이러한 직접적인 교섭에서 삼인칭 소설이 갖는 마력[69]이 생겨나는 것이다.

　생각과 느낌을 직접 서술하는 것말고도 소설의 허구는 다른 두 가지 기법을 구사한다. 그 첫번째는 인용된 독백으로, 허구적 인물인

---

68) 푸이옹Jean Pouillon, 『시간과 소설 Temps et Roman』, Paris: Gallimard, 1946. "모든 이해는 상상력이다"(p. 45).

69) 알터 Robert Alter, 『부분적인 마술: 자의식 장르로서의 소설 Partial Magic: The Novel as a Self-Conscious Genre』, Berkeley: University of California Press, 1975.

다른 사람의 내적 독백을 인용하거나, 자기 인용 독백[70]에서처럼 작중인물이 독백을 하면서 자기 자신을 인용하게 한다. 앞서와 마찬가지로 정신의 투명성을 전제하는 이러한 방식의 파격이나 관례, 또는 그 비현실성을 규명하는 것이 우리의 목적은 아니다. 일상 생활에서처럼 말에서 생각으로 거슬러 올라갈 필요 없이 화자는 직접 생각을 이해하고, 인용된 말을 그에 맞추기 때문이다. 이 방법을 사용하면 생각을 직접 읽어냄으로써 생겨나는 '마력'에는 실생활에서 고독한 주체가 의사 전달을 목적으로 하는 말을 사용해야 한다는 큰 난관이 뒤따른다. 사실상 자기 자신에게 말한다는 것은 무엇인가? 독백을 위하여 말의 대화적 차원을 이처럼 다른 길로 벗어나게 하는 것은 기술적인 동시에 이론적인 수많은 문제를 제기하는데, 그것은 내 소관이 아니라 문학 영역에서 주관성의 운명에 관한 연구에 속한다. 반면 후에 시점과 목소리에 대한 성찰을 배경으로 화자의 담론과 인물의 인용된 담론 사이의 관계를 다시 검토해야 할 것이다.

세번째 기법은 플로베르와 제인 오스틴이 처음 사용한 그 유명한 자유 간접 화법 —— 독일 문체론의 'erlebte Rede' —— 이다. 자유 간접 화법은 독백을 인용하는 것이 아니라 독백을 이야기하는 것이다. 즉, 이제는 인용된 독백이 아니라 서술된 독백 narrated monologue이 논의의 대상이 될 것이다. 말의 내용은 인물의 것이지만, 화자에 의해 삼인칭 과거 시제로 "이야기되는" 것이다. 자유 간접 화법에서는 앞의 인용된 독백이나 자기 인용 독백이 안고 있는 큰 난관들이 해결된다기보다는 은폐된다. 적절한 인칭과 시제를 복원시켜 서술된 독백을

---

70) 인용문을 둘러싼 괄호는 일반적으로 표지 구실을 한다. 하지만 현대 소설에서는 표지가 전혀 없을 수도 있다. 어쨌든 인용된 독백quoted monologue이나 자기 인용 독백self-quoted monologue은 시제(보통 현재 시제)와 인칭(1인칭)을 지키며, 작중인물의 말에 의해 이야기가 중단되는 것이다. 조이스의 후계자들에게서 볼 수 있는 것처럼 이 두 표지들이 고의적으로 회피될 때 텍스트의 해독이 어려워진다.

인용된 독백으로 옮겨놓기만 하면 바로 그 난관들이 다시 드러나기 때문이다. 조이스의 독자들은 익히 알고 있겠지만, 화자의 담론과 인물의 담론을 분리하는 경계선이 전혀 없는 텍스트에는 또 다른 난관들이 가득 차 있다. 하지만 심리 이야기와 서술된 독백의 이 놀라운 결합으로 말미암아 조이스에게서 타인의 말과 생각은 서술 조직에 가장 완벽하게 통합된다. 화자의 담론이 인물에게 자기의 목소리를 빌려주면서 그것을 떠맡고, 화자는 그대로 인물의 어조를 따르는 것이다. 이렇게 해서 널리 알려진 자유 간접 화법의 '기적'은 투명한 정신의 '마법'을 성취한다.

허구에서 생각 · 느낌 · 말을 재현하는 기법에 대한 이러한 고찰은 어떤 방법으로 시점과 목소리 개념을 불러들이는가?[71] 그 중간 고리

---

71) 장 푸이용의 『시간과 소설』(앞의 책)은 동반적 시점 vision avec, 뒤로부터의 시점 vision par-derrière 그리고 밖으로부터의 시점 vision du dehors을 구별함으로써 서술 상황의 유형론을 미리 예상하고 있다. 하지만 보다 최근의 분석들과 달리 푸이옹은 서술적 허구와 "실제적인 심리 이해"(p. 69)의 상이성이 아니라 심층적인 유사성에 토대를 두고 있다. 하지만 어느 경우에나 이해는 상상력의 산물이다. 따라서 심리학에서 소설로, 그리고 소설에서 심리학으로 오가는 것이 중요하다(p. 71). 그럼에도 불구하고 "소설 작가는 자신이 인물을 이해하는 것과 동일하게 독자로 하여금 인물을 이해하게 한다"(p. 69)는 점에서, 자기 이해에 어느 정도의 특권이 주어진다. 그가 제시한 범주화를 통해 이러한 특권을 알 수 있다. 이해가 언제나 밖에서 안을 파악하는 것이기에 '밖으로부터의' 시점은 밖에서 안을 추론함과 아울러 또 안의 관여성을 인정하지 않으려는 행동주의 심리학이 안고 있는 것과 동일한 결점을 갖게 된다. '동반적' 시점과 '뒤로부터의' 시점은 이해에 있어서 상상력의 두 가지 기능에 상응한다. 전자의 시점은 인물과 '함께' 동일한 본능적 자의식을 공유한다(p. 80). 후자의 시점은 밖으로부터의 시점에서와는 달리 반성적 사고가 본능적 의식을 객관화하는 방식으로 "빠져나온다"(p. 85). 그래서 푸이옹의 경우, 소설 기법에서 직접 끌어낸 화자의 시점과 인물의 시점의 구별은 사르트르가 말한 본능적 의식과 반성적 의식의 구별과 밀접한 관계가 있다. 나는 푸이옹이 가장 크게 기여한 부분은 『시간과 소설』의 제2부 「시간의 표현」이라고 생각한다. 푸이옹은 거기서 지속의 소설 romans de la durée과 운명의 소설 romans de la destinée을 구별하고 있는데, 그것은 이 책에서 우리가 시간의 허구적 경험이라 부르는 영역에 바로 결부된다(아래 4장).

는, 우리가 그 자체를 상세히 밝히지는 않고 자연스럽게 사용한 두 가지 중요한 이분법을 설명할 수 있을 유형론을 모색함으로써 형성된다. 그 첫번째 이분법은 두 종류의 허구를 제시한다. 하나는 인물의 삶을 마치 제삼자의 삶처럼(도리트 콘의 "다른 사람의 정신을 재현하는 것") 이야기하는 허구인데, 이는 삼인칭 이야기를 말한다. 다른 하나는 인물에게 화자의 문법적 인칭을 부과하는 허구, 이른바 일인칭 이야기다. 하지만 이 이분법은 화자의 담론이 인물의 담론에 비해 우세한가의 여부에 따라 또 다른 이분법에 의해 갈라진다. 이 새로운 이분법은, 이야기하는 담론과 이야기되는 담론의 구별이 인칭과 동사 시제 사이의 문법적 차이에 의해 유지된다는 점에서, 삼인칭 이야기에서 더 쉽게 확인할 수 있다. 일인칭 허구에서는 화자와 인물의 차이가 인칭대명사의 구별에 의해 표시되지 않기 때문에 보다 더 은폐될 수밖에 없다. 그 경우 문법적인 나 je로 동일하게 주어진 화자와 인물은 다른 표지에 의해 구별될 수밖에 없다. 인물의 담론에 비해 화자의 담론이 우세한 정도가 다양하게 변할 수 있는 것처럼, 두 담론 사이의 거리도 변할 수 있다. 바로 이러한 이중적인 변화 체계가, 가능한 모든 서술 상황들을 포괄하고자 하는 유형론을 구성하려는 시도를 낳게 되었다.

그 중 가장 야심적인 시도 중의 하나로 프란츠 슈탄젤의 '전형적 서술 상황' 이론을 꼽을 수 있다.[72] 슈탄젤은 시점과 목소리의 범주를 직접 이용하지는 않았고, 소설적 허구의 보편적 특징으로 보이는 것, 즉 생각과 느낌과 말을 전달한다(매개한다)는 특징에 따라 서술

---

72) 슈탄젤 Frank K. Stanzel, 『소설에서의 전형적 서술 상황 Die typischen Erzählsituationen im Roman』, 1955. 슈탄젤의 이론은 후에 『서술 이론 Theorie des Erzählens』 (Göttingen: Van den Hoeck & Ruprecht, 1979)에서는 분류에 덜 치중하면서 보다 역동적으로 다시 정리된다. 이 문제를 처음으로 다룬 논문은 캐테 프리데만 Käte Friedemann의 『서술 문학에서 화자의 역할 Die Rolle des Erzählers in der Epik』 (Leipzig, 1910)이다.

상황 Erzählsituationen의 유형을 구분하려 했다.[73] 우선 높은 데서 자기 관점을 강요할 수 있는 특권을 부여받은 화자가 매개-전달을 할 수 있다(작가 중심 서술 상황[74]), 혹은 생각하고 느끼고 지각하는 한 인물, 화자처럼 말하지 않고 작중인물의 하나로 말하는 인물, 즉 (헨리 제임스에게서 빌려온 용어를 그대로 사용하면) 반사자 réflecteur에 의해 매개가 이루어지기도 하는데, 독자는 바로 그 반사자의 시선을 통해 다른 인물들을 보게 된다(인물 중심 서술 상황). 혹은 화자가 일인칭으로 말하는 인물과 일체가 되어 다른 인물들과 동일한 세계에서 사는 경우도 있다(일인칭 서술 상황 Ich-Erzählsituationen).

슈탄젤의 유형론은 탁월한 설명 능력을 가졌음에도 불구하고 실제에 있어서 다른 많은 유형론들과 마찬가지로 두 가지 결함을 안고 있다. 즉 지나치게 추상적이어서 변별력이 떨어진다는 것과, 또한 모든 서술 상황을 다루기에는 유기적 구성이 너무 미흡하다는 것이다. 슈탄젤은 이러한 결함을 시정하기 위해 두번째 저서에서 세 가지 상황 유형을 세 개의 이질적인 축의 양극에 위치하는 한 쌍의 대립항의 유표항(有標項)으로 간주한다. 그리하여 작가 중심 서술 상황은 화자가 작중인물에 대하여 외적인 시점, 곧 폭넓은 시점을 갖는가, 아니면 내적인 시점, 곧 한정된 시점을 갖는가에 따라 '관점 perspective'의 축에서 표시되는 극점이 된다. 관점 개념이 분류 체계에서 결정적인 위치를 차지하게 된 것이다. 또한 인물 중심 서술 상황은 작중인물이 화자의 이름으로 소설의 시점을 정하는가의 여부에 따라 '법 mode'

---

73) 매개성 Mittelbarkeit이라는 용어는 이중의 의미를 갖는다. 즉 문학은 작중인물을 제시하는 데 매개물 medium을 제공하면서 허구의 내용을 독자에게 전달한다.

74) 여기서 작가는 항상 화자의 의미로 사용된다. 즉 작품 구성에 책임을 지는 내적인 발화자를 말한다. 독어의 '작가 중심 auktorial / 인물 중심 personal'을 불어로 'auctorial / figural'로 옮긴다. 'auctorial'보다 더 좋은 용어는 루아 파스칼 Roy Pascal과 『투명한 정신』의 번역자 알랭 보니 Alain Bony가 사용한 '화자 중심 narratorial'일 것이다(주네트, 『이야기의 새로운 담론』, p. 81).

의 축에서 표시되는 극점이다(이 경우 화자는 대립의 무표항이 된다).
마지막으로 일인칭 서술 상황은 화자가 다른 인물과 동일한 존재 영
역에 속하는가의 여부에 따라, '인칭 personne'의 축에서 표시된다.
이렇게 해서 인칭대명사의 용법이라는 단순히 문법적인 기준에만 전
적으로 의존하는 위험에서 벗어나게 된다.

모든 서술 상황을 포괄하기에 미흡하다는 두번째 결함에 대해서
슈탄젤은 세 축의 극점을 이루는 세 가지 상황 유형 사이에 수많은
중간 상황을 삽입하여 원형의 유형도에 그려넣으면서 무마하려고 한
다. 그리하여 극점의 어느 한쪽에서 멀어지는가 혹은 접근하는가에
따라 다양한 서술 상황들을 설명할 수 있으며, 따라서 관점과 목소리
의 문제에 보다 세심한 주의를 기울이게 된다. 즉 서술 상황에서 화
자-작가의 관점이 사라지려면 화자의 빈자리를 반사자라는 인물이
차지하는 인물 중심 서술 상황으로 접근해야 한다. 또한 이러한 원운
동을 계속하면 인물 중심 서술 상황에서 멀어져서 일인칭 서술 상황
에 접근하게 된다. 자유 간접 화법에서는 자기 목소리를 강력히 내세
우면서도 여전히 화자의 목소리로 이야기하는 인물이 다른 인물과
같이 존재하기도 한다. 그 경우는 바로 작중인물이 '나'라고 말하며,
화자는 그 목소리를 빌려올 뿐이다.

하지만 자신의 유형론에 역동적인 힘을 실어주려는 노력에도 불구
하고, 슈탄젤은 앞서 언급한 두 가지 비난에 대해 완전히 만족스러운
답을 주지는 못한다. 추상화라는 결함에 완전하게 대응할 수 있으려
면, 논리적 일관성을 보여주면서 그러한 모델에 따라 텍스트를 기술
하는 메타 언어들을 분석의 출발점으로 삼을 것이 아니라, 우리의 문
학적 역량, 다시 말해 줄거리를 이해하고 요약하는 능력, 그리고 비
슷한 줄거리들을 분류할 수 있는 독자의 능력을 보여주는 이론들을
찾아야 할 것이다.[75] 그리하여 이야기된 스토리의 요소들을 단계적으
로 구성함으로써 하나의 줄거리를 만들어내는 독자의 경험을 가까이

서 따라가는 방식을 택한다면, 분류 체계에서의 위치로 규정되는 범주가 아니라 다른 수많은 특성들로부터 추출되고 문학 작품 구성에서의 역할을 통해 규정되는 변별적 특성으로서의 시점과 목소리의 개념에 접근할 수 있을 것이다.[76]

슈탄젤은 유기적 구성이 미흡하다는 비난에 대해서도 마찬가지로 만족스러운 답을 주지 못한다. 세 가지 전형적인 서술 상황이라는 도식을 완강하게 고수하면서 중간 단계에 속하는 형태들을 늘렸기 때문이다. 이러한 체계, 다시 말하면 이와 같이 세 가지 전형적인 서술 상황이, 화자가 실제 작가의 권위를 갖느냐 혹은 반사자의 통찰력을 갖느냐, 아니면 놀랄 만한 기억력을 지닌 주체의 반성적 능력을 보여주느냐에 따라 화자의 담론의 변이체에 지나지 않는 체계에서는 삼인칭 인물을 삼인칭으로 제시하는 서술적 허구의 주된 기능이 갖는 특성이 제대로 평가되지 못하는 것 같다. 그런데 독자가 그것이 바로 시점이고 목소리라고 확인할 수 있는 것은 바로 적절한 서술 기법이 화자와 인물의 양극 관계를 다루는 것인 것 같다.

서술 상황의 유형 체계에 대한 이 두 가지의 비판적 지적은 우리가 앞으로 시점과 목소리 개념을, 한편으로는 분류 체계에 너무 신경을 쓰지 않으면서 허구 이야기의 구성 특유의 자율적 특성으로서 다루며, 다른 한편으로는 허구적 인물의 담론을 이야기하는 화자의 담론을 생산한다는 허구 이야기의 주된 속성과 직접 연관지으며 접근할

---

75) 컬러 Jonathan Culler, 「서술 단위를 규정하기 Defining Narrative Units」, 『문학에서의 문체와 구조. 새로운 문체론 Style and Structure in Literature. Essays in the New Stylistics』, Roger Fowler, éd., Ithaca : Cornell University Press, 1975, pp. 123~42.

76) 세이무어 채트만 Seymour Chatman은 「이야기 전달 구조 The Structure of Narrative Transmission」(『문학에서의 문체와 구조』, pp. 213~57)에서, 오스틴 Austin과 설 Searle이 담론 행위에 나타난 발화 내적(發話內的) illocutionnaire 힘의 유형 목록을 분류한 것처럼, 개별적인 '담론 특성'의 목록을 토대로 이야기를 읽는 독자의 능력을 설명하려고 시도한다. 바로 그것이 체계적인 동시에 역동적이라 할 분류 체계를 탐구하는 데 설득력 있는 대안이 될 수 있다.

것임을 시사한다.⁷⁷⁾

시점이란 삼인칭이나 일인칭 이야기에서 작중인물을 향한 화자의

77) 루도미르 돌레젤Ludomír Doležel은 특히 유형론이 갖는 체계성과 보다 세분화된
'서술 양태'를 만들어내는 능력을 결합하려는 시도를 보여주었다. 그는 「화자의
유형학: 허구에서의 시점 The Typology of the Narrator: Point of View in Fiction」
(『로만 야콥슨을 기리며 To Honor R. Jakobson』, La Haye: Mouton, 1967, t. I, pp.
541~52)에서 그 원칙을 설명한 바 있다. (세 가지 전형적인 서술 상황이 배열되
어 있는 것에 그치는) 슈탄젤의 유형론과는 달리, 돌레젤의 유형론은 가장 일반적
인 이분법, 즉 발화자의 존재 여부에 따라 텍스트를 구분하는 이분법에서 출발하
는 일련의 이분법에 근거하고 있다. 발화자가 있는 텍스트는 몇몇 '표시'(인칭 대
명사의 사용, 적절한 동사 시제와 지시소 déctiques, 대화 관계, 주관적인 내포 의
미, 개인적 문체)를 통해 구별된다. 발화자가 없는 텍스트는 이런 다양한 '표시'
가 없다. 이른바 '객관적' 서술이 이 범주에 속하는 것이다. 발화자가 있는 텍스
트는 방금 언급한 표시들이 발화자를 화자로 규정짓는가 또는 인물로 규정짓는가
(narrator's speech vs characters' speech)에 따라 구별된다. 그리고 화자의 능동성
(또는 수동성)이라는 영역의 구별이 뒤따른다. 끝으로 모든 이분법에는 삼인칭
서술과 일인칭 서술의 이분법이 스며 있다. 돌레젤의 유형론은 『체코 문학에 나타
난 서술 양태 Narrative Modes in Czech Literature』(Toronto: University of Toronto
Press, 1973)에서 그 이론적 진전을 보인다. 즉, 이전의 유형론에 화자의 담론이나
인물의 담론에 할당될 수 있는 서술 양태들의 구조 분석이 덧붙여진 것이다. 그는
서술 양태들을 가능한 한 인간과 관련된 용어('전지전능한' 화자 등)와는 무관하
게 텍스트적 기준에 따라 구별한다. 그리하여 화자는 사건의 '재현,' 텍스트 구조
의 '제어' '해석' 그리고 '행동'의 기능을 행사하며, 그에 반비례하여 동일한 기
능을 행사하는 인물과 상관 관계를 맺는다. 이러한 특성을 삼인칭 소설과 일인칭
소설로 대별하는 구분과 결합함으로써, 그리고 기능적 모델을 언어적 모델로 보완
함으로써, 화자의 담론과 인물의 담론이라는 최초의 이분법을 연장하는 새로운
이분법 모델을 얻게 된다. 현대 체코 문학(특히 쿤데라 Kundera)에서 서술 산문에
대한 상세한 연구를 통해 이를 작품에 나타난 다양한 문체에 적용함으로써 그 모
델은 역동성을 발휘할 수 있게 된다. 시점의 개념이 이러한 연속적인 이분법의 결
과로 나타나는 도식과 동일시되는 것이다. 러시아와 프라하 학파의 구조주의를 계
승한 이런 분석에 대해서는, 이 책의 2장에서 연구한 구조 분석에 대해 말했던 것
처럼, 그것이 일차적인 서술적 이해력의 심층 논리를 명백히 밝혀주는 이차적인
합리성에서 나온다고 말할 수 있을 것이다. 그런데 합리성이 서술적 이해력과 이
를 표현하는 독자의 후천적인 능력에 의존하고 있다는 사실은, 허구에 의해 모방
되는 행동에 기초한 프로프식의 유형론에서보다는 화자의 유형학에서 보다 더 분

시선과 인물들 상호간의 시선의 방향을 가리킨다고 말할 수 있을 것이다. 다양한 시점을 선택할 수 있는 가능성——이것은 시점 개념에 내재하는 속성이다——덕분에, 예술가에게는 같은 작품 내에서도 시점에 변화를 주거나 그 수를 늘리고, 또 시점의 조합을 작품의 형상화에 통합하는 기회가 주어진다. 예술가는 그것을 체계적으로 이용한다. 그리하여 시점은 작품의 구성과 관계하며, 보리스 우스펜스키에게서 "구성시학 poétique de la composition"[78]의 대상이 된다.

우스펜스키가 제시하는 유형학은 시점이 제공하는 구성 수단들만을 대상으로 삼는다. 그 때문에 시점 개념의 연구가 서술적 형상화의 연구에 통합되는 것이 가능해진다. 로트만도 강조하고 있듯이[79] 예술 작

명하게 나타나는 것 같다. 이는 화자와 인물의 역할이 어쩔 수 없이 인류학적인 특성을 지니기 때문이다. 즉 화자는 이야기하는 어떤 사람 quelqu'un이며, 인물은 행동하고 생각하고 느끼고 말하는 어떤 사람이다.

78) 우스펜스키 Boris Uspensky, 『구성시학, 예술 텍스트의 구조와 구성 형식의 유형론 A Poetics of Composition, The Structure of the Artistic Text and Typology of a Compositional Form』, Berkeley, Los Angeles, London: University of California Press, 1973. 저자(불어 철자로는 Ouspenski이다)는 자신의 시도를 "문학에서 시점에 속하는 구성적 선택들의 유형학"(p. 5)으로 규정한다. 그것은 완벽하고 닫힌 체계를 주장하지 않는다는 점에서 하나의 유형론일 뿐 분류학은 아니다. 시점은 어떤 예술 작품의 구조를 유기적으로 구성하는 데 이르는 여러 방법들 가운데 하나에 불과하다. 이 개념은 현실의 일부를 재현하는 것과 관련된——그 방식은 모두 다르다——모든 예술들(영화·연극·회화 등), 즉 내용-형식이라는 이원적인 면을 보이는 모든 예술 형태에 공통된 것이다. 우스펜스키의 예술 작품 개념은 앞서 언급한 로트만의 것과 흡사하다. 로트만과 마찬가지로 우스펜스키도 "의미론적으로 조직된 기호들의 시퀀스"(p. 4)를 텍스트라고 부른다. 두 사람 모두 『도스토예프스키의 시학 La Poétique de Dostoïevski』이라는 미하일 바흐친 Mikhaïl Bakhtine의 선구적인 작품을 전거로 삼고 있는데, 그 작품에 대해서는 나중에 다시 논의할 것이다.

79) 유리 로트만(『예술 텍스트의 구조 La Structure du texte artistique』, pp. 102~16)은 여러 층으로 이루어진 예술 텍스트의 특성을 강조한다. 이 층상(層狀) 구조로 말미암아 현실의 모델을 제시하는 예술 작품의 활동은 유희 jeu에 접근하는데, 이 놀이 역시 적어도 일상적인 실천과 놀이의 관례라는 두 가지 면에서 동시에 작용하는 행동과 관련되어 있다. 그처럼 예술 작품은 규칙적인 과정과 우연적인 과정을

194

품은 여러 층위에서 읽혀질 수 있고 또 읽혀져야 한다는 점에서, 시점은 유형학의 대상으로 적합하다. 바로 그것이 예술 작품의 본질적인 다의성(多義性)이다. 그런데 그러한 각각의 층위는 또한 시점이 표현될 수 있는 장소, 시점들간의 구성이 이루어질 수 있는 공간을 형성한다.

이데올로기란 작품의 개념적인 세계관을 전체적 또는 부분적으로 규제하는 체계라는 점에서, 시점 개념은 우선 이데올로기적 차원, 즉 가치 평가의 차원에서 구체화된다. 이때의 이데올로기는 작가의 것일 수도 있으며 작중인물의 것일 수도 있다. 우리가 "작가 중심 시점"이라고 부르는 것은 실제 작가의 세계관이 아니라, 개별 작품의 이야기 구성을 주도하는 세계관을 말한다. 이 층위에서는 시점과 목소리가 동의어가 된다. 즉 작품은 작가의 목소리와는 다른 목소리들을 듣게 할 수 있으며, 다양하게 이루어지는 시점의 변화를 나타낸다. 이러한 변화는 (예컨대 민담에서 일정한 부가형용사의 용법에 관한 연구 같은) 형식적 연구를 통해 접근할 수 있다.

삼인칭 또는 일인칭 허구에서 화자의 담론authorial speech이 우위에 있는가 아니면 작중인물의 담론figural speech이 우위에 있는가를 나타내는 표시들에 대한 연구는 바로 어법(語法) phraséologique 차원, 즉 담론의 특징이라는 차원에 속한다. 시점의 변화가 (러시아 소설에서 매우 특징적으로 드러나는 다양한 인물 호칭이 보여주듯이) 구조화의 벡터가 된다는 점에서, 이 연구는 구성시학의 영역에 속한다. 바로 이 차원에서 작가의 담론과 인물의 담론의 상관 관계에서 생겨나는 모든 복잡한 구성이 드러나는 것이다(여기서 우리는 인물의 담론을 인용하는 다양한 방식에 관한 앞의 지적, 그리고 우리가 도리트 콘에게

결합시킴으로써 "더 풍성한," 혹은 "더 빈약한" (둘 다 사실이다.) 삶의 영상을 보여준다(같은 책, p. 110). 영어의 게임 game과 놀이 play를 구별하지 않는 이러한 "유희 효과"(p. 113)에 관해서는 4부에서 다시 거론할 것이다.

서 빌려온 분류와 유사한 분류를 만난다[80]).

다른 무엇보다도 우리의 관심을 끄는 것은 시점 표현의 공간적 차원과 시간적 차원이다. 그 가운데에서도 공간적인 관점은 시점에 관한 모든 다른 표현들에 대한 은유의 역할을 한다. 영화에서와 마찬가지로 이야기가 전개되기 위해서는 지각에 의거한 시점들(위치, 카메라의 앵글, 피사체의 심도)이 결합되어야만 한다. 인물들 사이의 시간적 위치, 그리고 인물과 화자 사이의 시간적 위치 역시 마찬가지다. 이번에도 역시 다양한 시간적 관점들을 구성하는 데 따른 복잡성의 정도가 중요하다. 화자는 우선 서술 행위의 현재를 인물의 현재와 일치시키고, 그럼으로써 한계를 인정하고 다 알지 못한다는 것을 받아들이면서 인물을 그대로 따라가기도 한다. 때로는 그 반대로 앞이나 뒤로 움직이면서, 시점의 현재를 회상된 과거의 예견이나 예견된 미래의 지나간 추억 등으로 간주할 수 있다.[81]

동사의 시제와 시상aspects은 우리의 논의와는 다른 별개의 층위이다. 순전히 문법적인 표현 수단일 뿐, 우리가 여기서 다루고 있는 엄밀한 의미에서의 시간적 의미 작용이 아니기 때문이다. 바인리히의 경우와 마찬가지로 구성시학에서 중요한 것은 텍스트를 따라가며 이루어지는 조절 양태이다. 우스펜스키는 특히 현재 시제와 과거 시제

---

80) 동사 시제와의 유희라는 관점에서 가장 주목할 만하며 "erlebte Rede"(프랑스 작가들의 자유 간접 화법)라는 명칭으로 알려진 서술 기법은 인물의 담론이 화자의 담론을 잠식한 결과이다. 이때 인물의 담론은 문법적 인칭과 동사 시제를 화자의 담론에 겹쳐놓는다. 우스펜스키는 화자가 인물의 담론을 기록하는가, 편집하는가, 혹은 고쳐 쓰는가에 따라 다르게 부여되는 역할의 다양성에서 비롯되는 모든 뉘앙스를 지적한다.

81) 『잃어버린 시간을 찾아서』의 지속 비틀기anisochronie에 대한 주네트의 연구와 일인칭 이야기를 지배하는 두 개의 대립된 모델에 대한 도리트 콘의 분석을 빌리면, 화자와 주인공의 거리가 극대화되어 회고적이고 불협화음을 내는 프루스트의 이야기와 화자가 자신의 주인공과 같은 시기에 위치하여 동시적이며 화음을 내는 헨리 제임스의 이야기를 비교할 수 있다.

가 번갈아 나타나는 현상에 관심을 기울인다. 즉, 이야기가 중단되었음을 표시하고 또 화자가 자기의 현재를 중단된 이야기의 현재와 만나게 하는 장면에 사용되는 현재 시제와, 마치 양자(量子)quanta가 충돌하며 퍼져나가는 것처럼 이야기의 불규칙적인 비약을 표현하는 과거 시제가 번갈아 나타나는 것이다.[82]

우스펜스키는 앞서 살펴본 차원들과 분리하여 심리적 차원을 다룬다. 그가 말하는 심리적 차원은 객관적 시점과 주관적 시점의 대립에 의해 결정된다. 즉, 묘사된 상황을 어느 누구의 눈에도 당연하게 받아들여진다고 추정되는 사실인 것처럼 다루는가, 아니면 어느 특정 개인이 느끼는 인상인 것처럼 다루는가에 따라 구분되는 것이다. 반드시 발화자의 시간적·공간적 위치가 결정되지 않더라도 외적인 시점(관찰자에 의해 보여지는 행동)과 내적인 시점(묘사된 인물 안에서의 시점)을 대립시킬 수 있는 것은 바로 이 차원에서다. 우리가 그냥 전지적 관찰자라고 부르는 것은, 물리적이거나 심리적인 현상을 해석의 주관성에 의거하지 않고 관찰하듯이 이야기하는 경우이다("그는 생각했다, 그는 느꼈다" 등). 따라서 약간의 형식적 표지들("언뜻 보아" "명백히" "~같았다" "마치 ~처럼")만 있으면 된다. "낯선 étranger" 시점을 나타내는 이러한 표지들은 일반적으로 행동 장면과 동시적인 관계에 위치한 화자와 결합한다. 따라서 내적이라는 단어가 갖는 두 가지 의미를 구별해야 한다. 첫번째 의미는 의식 현상—삼인칭 인물의 것일 수도 있다—을 특징짓는다. 여기서 문제되는 것은 두번째 의미로서, 묘사된 시점과 관련한 화자(또는 발언권을 갖는 인물)의 위치를 특징짓는다. 화자는 이른바 내적인 과정, 즉 정신적인 과정을 통해 외부에 위치할 수도 있고 내부에 위치할 수도 있는 것이다.

---

82) 게다가 러시아어는 어떤 행동이나 상황의 반복성과 지속성을 나타내기 위한 시상을 문법적으로 표현하는 수단을 제공한다.

결국, 물론 용어들이 일대일로 대응하지는 않는다 해도, 이전의 구분들과의 상관 관계가 설정된다. 즉 시간적 차원에서의 회고적 시점과 심리적 차원에서의 객관적 시점 사이, 그리고 공시적 시점과 주관적 시점 사이에 관계가 설정되는 것이다. 하지만 중요한 것은 이러한 차원들을 혼동하지 않는 것이다. 왜냐하면 한 작품 구성의 주도적 스타일은, 꼭 그런 것은 아니지만, 바로 이 시점들의 상호 연결의 결과로 생겨나기 때문이다. 이미 알려진 유형론들(일인칭이나 삼인칭 이야기, 슈탄젤식의 서술 상황 등)은 암묵적으로 이러저러한 차원에 우선권을 부여하면서 실제로 이 주도적 스타일의 특성을 규정하는 것이다.

우리는 여기서 분석 정신과 종합 정신이 이루는 균형에 감탄할 수밖에 없다. 하지만 다른 무엇보다도 시점 개념을 구성시학에 통합함으로써 이를 서술적 형상화의 영향권 안에 기술적으로 위치시키고 있다는 점에 찬사를 보낼 수 있다. 이런 의미에서 시점 개념은 언술 행위와 언술의 관계에 초점을 맞춘 연구의 정점을 나타낸다.

구성의 문제에서 시점이 그렇게 특별한 위치를 차지한다면, 서술적 목소리의 경우는 어떠한가?[83] 시점 개념은, 실제 작가가 텍스트 내에 허구적으로 투사된 존재로서의 화자라는 그 난공불락의 범주와 분리될 수 없는 한, 서술적 목소리라는 문학적 범주를 배제할 수 없다. 그런데 시점의 경우는 의인화 은유를 동원하지 않아도 정의할 수 있다. 근원점, 지향, 시점의 주체를 드러내고 특성을 포착하는 앵글 등으로 정의될 수 있는 것이다.[84] 하지만 서술적 목소리의 발화자인

---

83) 로섬 기용 Françoise van Rossum-Guyon의 논문, 「시점 혹은 서술 관점 Point de vue ou perspective narrative」(『시학 Poétique』 4, 1970, pp. 476~97)은 시점 문제에 관한 1970년까지의 연구 성과를 탁월하게 조명하고 있다.

84) 『이야기의 새로운 담론』에서 주네트는 시점 대신에 초점화 focalisation라는 용어를 사용할 것을 제안한다(pp. 43~52). 그리고 화자라는 범주가 불가피하게 요구하는 의인화는 목소리 개념으로 옮겨진다(pp. 52~55).

198

화자는 담론의 허구적 생산자라는 점에서 의인화 은유로부터 그렇게 까지 자유롭지는 못하다.[85]

시점 개념이 서술적 목소리 개념을 배제하는 것이 불가능하다는 사실은 다성적 목소리 polyphonie de voix를 토대로 구성된 소설 범주에서 명백하게 입증된다. 다성적 목소리란 서로 다른 목소리들이 각기 다른 목소리와의 관계 속에서 주어지는 것을 말한다. 탁월한 비평가인 미하일 바흐친은 이것을 "다성적 소설 roman polyphonique"[86]이라 불렀고, 도스토예프스키를 그 창시자로 간주했다. 우리는 이 다성적 소설이 가져온 혁신이 얼마나 중요한 것인지를 제대로 이해해야 한다. 즉, 다성적 소설은 이야기에서의 형상화에 관한 우리 연구의 정점이면서 동시에 층위에 의한 구성의 한계, 그것을 넘어서면 줄거리 개념이라는 우리의 출발점이 본모습을 잃게 되는 그러한 한계인 것이다. 그렇게 해서 연구의 마지막 단계에서 우리는 구조 분석의 영역에서 완전히 벗어나게 될 것이다.

85) 독일이나 영어권의 여러 비평가에게서 "auktorial"(슈탄젤)이나 "authorial"(도리트 콘)이라는 형용사가 나타나는 것은 이 때문이다. 앞서 우리가 작가 중심 auctorial(또는 화자 중심 narratorial)으로 번역한 이 형용사는 저자 auteur와 권위 autorité라는 또 다른 종류의 관계를 설정한다는 이점을 갖는다. 형용사 "authoritative"가 두 의미망을 연결한다. 이와 같은 저자와 권위의 관계에 대해서는 에드워드 사이드 Edward W. Said, 『시작: 의도와 방법 Beginnings: Intentions and Method』(앞의 책, pp. 16, 23, 83~84)을 참조할 것. 이 주제는 앞에서 언급한 (p. 45, n. 3) "박해 molestation"의 주제와 연관된다.

86) 바흐친, 『도스토예프스키의 시학』, Paris: Ed. du Seuil, 1970. 러시아어 초판은 1929년 레닌그라드에서 'Problemy tvortchestva Dostoievskogo'라는 제목으로 출판되었다. 두번째 증보판은 모스크바에서 1963년에 'Problemy poetiki Dostoievskogo'라는 제목으로 출판되었으며, 3판은 1972년에, 4판은 1979년에 간행되었다. 줄리아 크리스테바 Julia Kristeva의 머리말과 함께 이자벨 콜리체프 Isabelle Kolitcheff가 번역한 프랑스어판은 제2판에 근거한 것이다. 츠베탕 토도로프, 『미하일 바흐친. 대화적 원리 Mikhaïl Bakhtine. Le principe dialogique』(부록 『바흐친 서클의 글들 Ecrits du Cercle de Bakhtine』, Paris: Éd. du Seuil, 1981)를 참조할 것.

바흐친은 톨스토이를 포함한 유럽 소설의 독백적(혹은 단성적 homophonique) 원리와 결별하는 소설 구조를 다성적 소설로 지칭한다. 앞서 우리가 시점을 구성 원리로 다루며 언급했듯이, 목소리들이 아무리 복잡 미묘하게 조화를 이루고 있다 하더라도 독백적 소설에서는 목소리 피라미드의 정점에 언제나 고독한 목소리, 화자-작가의 목소리가 있다. 또한 온갖 종류의 독백, 심지어 소설을 연극의 지위로 격상시킬 수 있는 대화로 가득할 수 있지만, 결국 정돈된 전체로서의 소설은 화자의 거창한 독백을 이룰 수 있는 것이다. 사실 처음에는, 그러니까 웨인 부드가 말하는 허구의 수사학이 후에 입증하듯이 화자는 한 가지 목소리만을 낸다고 생각한다면, 이 말을 부정하는 것이 쉽지 않아 보인다. 따라서 작중인물 개념과 화자, 그리고 화자의 목소리의 개념 자체에 일대 혁신이 있어야 비로소 다성적 소설의 기묘한 독창성이 만들어질 것이다. 즉, 다성적 소설에서는 인물들간의 대화적 관계가 화자와 인물의 관계까지를 포함할 정도로 진전된다. 그렇게 해서 유일무이한 화자의 의식은 사라지고, 그 대신에 자기 인물과 대화를 나누며 그 자신이 공통분모로 약분될 수 없는 다양한 의식 중심이 되는 화자가 등장하는 것이다. 화자의 목소리가 이렇게 대화적이 되는 것, 이것이 바로 독백적 소설과 대화적 소설을 구별하는 기준이다. 말하자면 화자의 담론과 인물의 담론 사이의 관계가 완전히 허물어진 셈이다.

여기서 우리는 제일 먼저 말, 생각, 자의식의 대화적 구조의 원리 ─ 이것은 소설 작품의 구조 원리로 격상되었다 ─ 를 음미하게 된다.[87] 그리고 나면 허구 이야기를 구성하는 원리의 피라미드에서 정점을 장식하는 것처럼 보이는 대화적 원리가 동시에 건축의 토대, 다

---

87) 모든 담론 행위에서 언어의 "초언어학적 translinguistique" 일반 원리로서의 대화를 다루고 있는 대목 또한 다성적 소설의 개별 형식에 대한 검토와 마찬가지로 주목할 필요가 있다(앞의 책, pp. 238~64).

시 말해 허구 이야기로 하여금 행동의 미메시스가 될 수 있게 하는 "이질적인 것의 종합" 형태로 확대된 줄거리 구성이 조직하는 역할을 무너뜨리고 있지 않은지를 생각하게 된다. 행동의 미메시스에서 인물의 미메시스로, 이어서 인물의 생각과 느낌과 말의 미메시스로 점차 옮겨가면서, 그리고 인물의 담론과 마찬가지로 화자의 담론 면에서도 독백에서 대화로 옮겨가는 마지막 문턱을 넘으면서, 우리가 은연중에 줄거리 구성을 대화라는 근본적으로 다른 구조화 원리로 대체하는 것은 아닌가?

『도스토예프스키의 시학』은 이런 의미의 성찰로 가득하다. 공존과 상호 작용의 원리를 위해 줄거리가 뒤로 물러난다는 사실은 공간이 시간을 밀어내려고 하는 극dramatique 형식의 출현을 보여준다.[88] 이때 모든 목소리를 동시에 들리게 하는 대위법contrepoint이라는 또 다른 이미지가 필요해진다. 그것은 대화적 구성의 개념과 비견되는 다성이라는 개념이 이미 암시하는 것이었다. 이렇게 해서 목소리들의 공존이 우리의 분석의 출발점이었던 행동의 시간적 형상화를 대신하는 것처럼 보인다. 더욱이 대화와 더불어 미완성과 불완전이라는 요인이 개입할 때, 작중인물들과 그들의 세계관, 뿐만 아니라 구성 그 자체가 영향을 받게 된다. 미완성은 아니라 해도 미결로 남을 수밖에 없는 것이다. 그렇다면 독백소설만이 아직도 줄거리 구성에 기초한 구성 원리를 따르고 있다고 결론을 내려야 하는가?

나로서는 그러한 결론이 옳다고는 생각하지 않는다. "도스토예프스키의 작품에 나타난 구성과 양식의 특성"(pp. 145~237)을 다루고

---

88) 같은 책, p. 23. 바흐친은 이야기가 진행되는 중에 급작스럽게 일어나는 변화를 강조하면서 이렇게 말한다. "행동의 '파국적인' 신속함, 사건들의 '소용돌이,' 그 결과의 역동성 〔……〕 은 시간에 대한 승리를 (더욱이 그 어디에서도 그렇지 않듯이) 나타내는 것이 아니다. 그와는 반대로 빠른 속도는 시간 안에서 시간을 지배하는 유일한 수단이다"(p. 62).

있는 장에서 바흐친은 모험소설, 고백, 성자전 그리고 특히 소크라테스식 대화와 메니페식 풍자를 결합한 진지한 희극 형식에서 물려받은 구성 형식들이 지속적으로 다시 나타나는 현상을 통해, 그 자체로서는 줄거리 유형은 아니지만 줄거리의 모체가 되는 어떤 양식의 표현 수단을 찾아낸다. '카니발적'이라고 불리는 이 양식은 다양한 모습으로 구현되지만 완벽하게 식별 가능하다.[89] '카니발적' 양식은 형태가 없다고는 말할 수 없는, 무한한 유연성을 지닌 구성 원리인 것이다.

이렇게 다성적 소설과 카니발적 양식을 연결시킴으로써 끌어낼 수 있는 결론은 다성적 소설이 행동의 미메시스의 팽창력을 분명 그 파열점까지 확장시킨다는 것이다. 극단적인 경우에 순전히 다양한 목소리만을 내는 소설—버지니아 울프의 『파도 *Vagues*』—은 이제 더 이상 소설이 아니라 일종의 독서용 오라토리오가 될 것이다. 다성적 소설이 이 문턱을 넘지 않는 것은, 카니발적 양식으로 이어져온 오랜 전통에서 물려받은 구성 원리 덕분일 것이다. 요컨대 다성적 소설은 오히려 줄거리 구성의 원리를 독백의 원리로부터 분리하여, 허구 이야기가 하나의 새로운 양식으로 변형되는 지점까지 줄거리 구성 원리를 확장하도록 이끈다. 하지만 무슨 근거로 허구 이야기가 의식과 그 의식 세계의 전부라고 말할 수 있는가? 서술 행위가 "시간의 이야기 fable du temps," 아니면 적어도 "시간에 관한 이야기 fable sur le temps"로 인정될 수 있는 곳에서 허구 이야기의 특권은 시작되고 또 정지된다.

---

89) 미하일 바흐친은 카니발적 문학(소크라테스식 대화, 메니페식 풍자)에서 14가지 변별적 특성을 찾아낸다(pp. 155~65). 그에 관해 서슴없이 "모든 요소들의 연쇄 상황을 필연적으로 결정짓는 내적 논리"(p. 98)라고 말한다. 게다가 한 인물의 깊은 내면에 숨겨진 담론을 다른 인물의 외면에 드러난 담론과 연관시켜주는 은밀한 관계는 강력한 구성 요소가 된다.

목소리 개념이 우리에게 특히 소중한 이유는 그것이 중요한 시간적 의미를 내포하고 있기 때문이다. 담론의 생산자로서의 화자는 기실 서술적 언술 행위를 구성하는 담론 실현 행위와 마찬가지로 허구적인 현재——서술 행위의 현재——를 결정한다. 캐테 함부르거처럼 한 종류의 시간, 즉 '현실'에 근거를 두고 단언하는 '현실' 주체들의 '현실적' 시간만을 인정한다면, 이 서술 행위의 현재를 시간을 초월한intemporel 것으로 간주할 수 있다. 하지만 작중인물들이 생각과 느낌과 말의 허구적 주체임을 받아들인 이상, 허구적 현재의 개념을 배제할 이유는 없다. 작중인물들은 허구를 따라 그들의 시간축을 이동시키면서, 과거와 현재와 미래만이 아니라 준-현재를 포함하는 그들 고유의 시간을 허구 속에서 펼쳐지는 것이다. 우리가 담론의 허구적 생산자, 즉 화자에게 부여하는 것은 바로 그러한 허구적 현재다.

허구적 현재라는 범주는 두 가지 이유에서 필요불가결하다. 우선 허구 이야기의 동사 시제 연구, 특히 자유 간접 화법에 사용되는 서술된 독백의 연구를 통해 우리는 여러 번에 걸쳐 화자의 시제와 인물의 시제가 서로 간섭하며 벌이는 유희의 핵심을 다룬 바 있다. 언술 행위와 언술의 이중화가 언술 행위자(화자, 허구적 저자)의 담론과 인물의 담론의 이중화로 이어진다는 점에서, 여기서 또 다른 시간과의 유희가 앞서 분석한 유희에 추가되는 것이다.

뿐만 아니라 서술 행위의 현재를 서술적 목소리에 귀속시킴으로써 지금까지 보류해두었던 문제, 다시 말해 서술 행위의 기본 시제로서 단순과거의 위상에 관한 문제를 해결할 수 있게 된다. 서술 행위의 단순과거는 체험된 시간, 그러니까 '실제의' 역사적 과거를 회상하거나 재구성하는 '현실적' 주체의 '현실적' 과거를 지시하지 않는다는 캐테 함부르거와 하랄트 바인리히의 주장에 동의한다 하더라도, 단순과거는 과거라는 의미 작용을 완전히 상실하면서 그 문법적 형태만을 유지한다(함부르거), 혹은 단순과거는 이야기의 시작을 알리는 표지에 불과하다(바인리히)라고 말하는 것은 궁극적으로는 불충분해 보인다. 만일 단순과거가 시간적 의미 작용을 완전히 상실했다면 어째서 그 문법적 형태를 간직하겠는가? 그리고 왜 이야기의 시작을 알리는 특별한 표지가 될 수 있는가? 그에 대해서는 한 가지 답을 제시할 수 있다. 즉 독자는 서술 행위의 현재를 이야기된 스토리보다 뒤에 오는 것으로 이해하기 때문에, 그러니까 이야기된 스토리가 서술적 목소리의 과거이기 때문에, 단순과거는 그 문법적 형태와 특권을 유지한다고 말할 수 있지 않을까? 어떠한 스토리도 그 스토리를 이야기하는 목소리의 입장에서는 지나간 과거가 아닌가? 예전의 소설가들이 구사했던 기교, 즉 상자나 다락방에서 주인공의 일기를 우연히 찾아내거나, 혹은 어떤 여행자로부터 들어 알게 된 이야기처럼 하는 기법은 바로 거기서 비롯된다. 이러한 기교가 겨냥하는 것은, 기억에 있어서 과거의 의미, 혹은 역사 기술에서의 과거의 의미를 흉내내기 위해서이다. 설사 소설가가 이러한 기교를 벗어던진다 해도 서술적 목소리의 과거, 즉 기억의 과거도 역사 기술의 과거도 아닌, 서술적 목소리가 이야기된 스토리에 비해 시간적으로 뒤에 온다는 관계에서 비롯되는 과거는 여전히 남는다.[90]

한마디로 시점과 목소리라는 두 개념은 서로 구별되지 않을 정도로 매우 밀접하게 연관되어 있다. 로트만, 바흐친, 우스펜스키의 분석에서도 한 개념에서 갑자기 다른 개념으로 넘어가는 경우를 간혹

90) '사건 후 서술 narration ultérieure' 개념에 대해서는, 제라르 주네트, 『문채 3』, 앞의 책, p. 74와 p. 231을 참조할 것. 『이야기의 새로운 담론』은 다음과 같이 분명히 밝히고 있다. 즉 이야기되는 행동이 나중에 어떻게 전개되리라고 미리 알려주는 화자는, "그런 방법으로 그리고 가능한 한 명확하게 자신의 서술 행위가 이야기된 스토리보다, 아니면 적어도 그가 그처럼 미리 알려주는 스토리 지점보다 뒤에 일어나는 것으로 제시한다"(p. 54). 허구 이야기에서 서술적 목소리가 이처럼 시간적으로 뒤에 위치한다는 사실이 역사의 허구화 fictionalisation와 균형을 이루는 허구의 역사화 historisation에 과연 어떤 식으로 유리하게 작용하는지는 이 책의 4부 마지막 장에서 보게 될 것이다.

볼 수 있다. 오히려 단 하나의 기능을 상이한 두 가지 질문의 관점에서 살펴본다고 해야 할 것이다. 시점은 이야기됨으로써 드러나는 것을 어디에서 지각하는가? 즉 어디에서 말하는가? 라는 질문에 답한다. 목소리는, 누가 여기서 말하는가? 라는 질문에 대답한다. 아리스토텔레스의 렉시스lexis(표현법 · 낭독법) 분석에 따르면 이야기에서 작중인물의 눈을 통해 보여주기는 곧 "눈앞에 보여주기," 다시 말해 이해를 준-직관으로 연장하는 것이다. 그런 이야기, 모든 것이 다 서술되는 이야기에서 시각의 은유에 속지 않으려면 시각(시점)을 이해의 구체화, 곧 역설적으로 청각(목소리)의 부속 기관으로 간주해야 한다.[91]

그렇다면 시점과 목소리 사이에는 단 하나의 차이점만이 남는다. 시점이 여전히 이야기를 구성하는 문제에 속하며(우스펜스키에 대한 논의에서 보았듯이), 따라서 여전히 서술적 형상화의 연구 영역에 머물러 있다면, 반면에 목소리는 그것이 독자에게 건네진다는 점에서 이미 의사 전달 문제에 속한다. 독서가 텍스트 세계와 독자 세계의 만남을 가리킨다는 점에서 목소리는 이처럼 형상화와 재형상화 사이의 전환점에 위치하는 것이다. 이 두 가지 기능은 호환성을 갖는다. 어떠한 시점이건 그것은 독자의 시선을 작가나 인물과 같은 방향으로 돌리게 하기 위해 독자에게 보낸 초대장이며, 반면 서술적 목소리는 독자에게 텍스트 세계를 제시하는 무언의 말이다. 그것은 회심의 순간에 아우구스티누스에게 건네졌던 목소리처럼 이렇게 말한다. "Tolle! Lege!" 들고 읽어라![92]

---

91) 나는 4부 마지막 장에서 이러한 준-직관quasi-intuition이 역사의 허구화에서 담당하는 역할에 대해 다시 검토할 것이다.

92) 텍스트의 서술적 목소리에 대한 응답으로서의 독서에 관해서는, 마리오 발데스, 『동굴의 그림자 Shadows in the Cave』, p. 23을 참조할 것. 허구적 목소리가 신뢰할 만한가에 따라 텍스트는 신뢰를 받을 수 있다(p. 25). 이 문제는 특히 패러디의 경우에 아주 중요하다. 『돈 키호테』를 특징짓는 패러디는 결국 믿을 수 있는 기호들

에 의해 확인될 수 있어야 한다. 서술적 목소리가 말을 건네는 이러한 텍스트의 "말 건네기 adresse"는 텍스트의 지향성을 이룬다(pp. 26~32). 이 점에 관해서는 마리오 발데스의 돈 키호테의 해석을 참조할 것(같은 책, pp. 141~62).

제4장

시간의 허구적 경험

우리는 앞장에서 이야기 내에서 언술 행위와 언술을 구별하였고, 그러한 구별은 시간과의 유희에 관한 우리의 연구에 적합한 틀을 제공해주었다. 시간과의 유희는 언술 행위와 언술의 구별과 병행해서 나타나는 두 겹의 시간, 즉 이야기하는 데 소요되는 시간과 이야기되는 사건들의 시간의 이중화로 인해 가능해지는 것이다. 그런데 반성적 성격을 갖는 이러한 시간 구조의 분석을 통해, 우리는 시간과의 유희에서 가장 중요한 쟁점이라 할 수 있는 시간 경험을 유기적으로 구성하는 것을 바로 그 시간과의 유희의 궁극적인 목적으로 부여하게 되었다. 그리하여 우리의 연구는 서술적 형상화 문제를 이야기에 의한 시간의 재형상화 문제에 접근시키는 연구를 향해 열리게 된다. 하지만 지금으로서는 서술적 형상화에서 이야기에 의한 시간의 재형상화 문제로 들어서는 문턱을 넘지는 않을 것이다. 지금 우리의 논의에서 문제되는 시간 경험은 상상적 세계를 지평으로 하는 허구적인 경험이며, 그러한 상상의 세계는 여전히 텍스트 세계이기 때문이다. 서술적 형상화의 문제가 이야기에 의한 시간의 재형상화 문제로 옮겨가기 위해서는 텍스트 세계가 독자의 삶의 세계와 마주해야 한다.

이러한 원칙상의 제한에도 불구하고, 텍스트 세계라는 개념은 우리로 하여금 문학 작품을 '밖'으로 열지(이 책의 서두에 사용된 표현을 다시 사용하면[1]) 않을 수 없게 한다. 이때 밖이란 문학 작품이 자기 앞에 투사하는 것이며, 비판적 독서를 통해 자기 것으로 만들도록 독자에게 주어지는 것이다. 이러한 열림의 개념은 형상화의 형식 원리에 결부된 닫힘의 개념과 모순되지 않는다. 점점 멀어져가는 풍경의 전망을 뚜렷한 윤곽으로 드러내는 '창문'과 같이, 하나의 작품은 그 구조로 말하자면 그 자체로 닫혀 있으면서도 또한 어떤 세계를 향해 열려 있을 수 있는 것이다.[2] 이러한 열림은 텍스트가 살 만한 어떤 세계를 내-보인다pro-pose는 데에 있다. 이 점에서, 수많은 현대 작품들이 그리고 있는 것과 같은 견디기 힘든 세계는 결국 살 만한 세계라는 문제 의식의 테두리 안에서만 성립된다. 우리가 여기서 시간의 허구적 경험이라고 부르는 것은 다만 텍스트가 내보이는, 세계-내-존재의 잠재적 경험이 갖는 시간적 양상을 말할 따름이다. 허구 작품은 바로 이런 방식으로 자기 자신의 울타리에서 벗어나 ~에 결부되고, ~을 향하며, 요컨대 ~에 관해 말한다. 독자가 텍스트를 받아들이면 이러한 허구적 경험과 독자의 살아 있는 경험이 서로 만나게 되는 것이며, 그 이전까지 작품 세계는 텍스트에 내재하는 초월성이라고 부를 수 있는 것을 구성한다.[3]

---

1) 앞의 p. 23를 참조할 것.
2) 오이겐 핑크, 『현상학에 대하여』. 그와 유사한 의미로, 로트만은 모든 예술 작품이 가지고 있는 "틀"은 곧 구성 방식, 즉 예술 작품을 "무한한 세계의 유한한 모델"로 만드는 방식이라고 본다(『예술 텍스트의 구조』, 앞의 책, p. 309).
3) 내재적 초월성이라는 이 개념은 마리오 발데스가 총체성으로서의 텍스트에 적용한 지향성이라는 개념을 전적으로 포괄하고 있다. 텍스트의 지향성은 바로 독서 행위를 통해서 실현된다(앞의 책, pp. 45~76). 이러한 분석은 텍스트를 제시하는 것으로서의 서술적 목소리의 분석에 견줄 만하다. 서술적 목소리는 텍스트의 지향성의 벡터이며, 그 지향성은 말을 건네는 서술적 목소리와 그에 응답하는 독서 사이에서 전개되는 상호 주관적인 관계 속에서만 실현된다. 이에 대한 체계적 분석은 4부에서 이어질 것이다.

따라서 언뜻 보기에는 역설적인 표현이지만, 허구적 경험이라는 것은 바로 일상적인 행동 경험과 만날 수 있도록 작품이 밖으로 투사하는 것을 가리킨다. 즉 그것은 확실히 하나의 경험이지만 허구적인 경험이다. 오직 작품이 그것을 투사하는 것이다.

이러한 주장을 입증하기 위해 우리는 버지니아 울프의 『댈러웨이 부인』, 토마스 만의 『마의 산』 그리고 마르셀 프루스트의 『잃어버린 시간을 찾아서』라는 세 편의 작품을 선택했다. 선택의 이유는 무엇인가?

우선 이 세 작품들은 멘딜로가 제안한 "시간의 이야기tales of time"와 "시간에 관한 이야기tales about time"의 구별을 잘 보여준다.[4] 토마스 만은 『마의 산』의 「저자의 말」에서 이렇게 말한다. "시간의 이야기를 하는 것이 지나친 욕심이라면, 시간에 관한 이야기를 하기를 기대하는 것은 그다지 터무니없는 것은 아니다. [……] (우리는) 이 작품에서 그러한 성질을 지닌 어떤 것을 구상하고 있다는 사실을 기꺼이 인정한다." 우리가 연구하려고 하는 작품들에서는 시간 경험 자체가 구조적 변형의 목적이라는 점에서, 그것들은 시간에 관한 이야기인 것이다.

게다가 이 작품들은 각기 나름대로 서술 구성뿐 아니라 이야기에 등장하는 인물들의 살아 있는 경험에 영향을 미치는 불협화음을 내는 화음의 새로운 양태들을 탐구하고 있다. 『시간과 이야기』 1권의 미메시스 I 항목에서 설명한 바와 같은, 감정적이며 실천적인 일상 경험의 시간적 양상들을 훨씬 넘어서는 불협화음을 내는 화음의 다양한 형상들을 지칭하기 위해, 우리는 상상의 변주 variation imaginative라는 용어를 사용할 것이다. 오로지 허구만이 바로 이 시간 경험의 다양한 양태들을 탐구할 수 있으며, 일상의 시간성을 재형

---

4) 멘딜로, 『시간과 소설 Time and the Novel』, p. 16.

상화할 목적으로 책을 읽을 때 우리에게 주어지는 것도 바로 그러한 양태들이다.[5]

　끝으로 이 세 작품들은 공통적으로, 불협화음을 내는 화음이라는 근본적인 경험의 극한에서 시간과 영원의 관계——이미 아우구스티누스에게서 이 관계는 아주 다양한 양상을 보여주었다——를 탐구하고 있다. 이번에도 문학은 상상적 변주를 통해 접근한다. 우리가 살펴볼 세 작품들은 이렇게 해서 각기 시간의 단선적인 양상에서 벗어나며, 대신 시간 경험의 심층을 이루는 계층적인 층위들을 탐구할 수 있다. 묵상, 시간 속의 또는 시간 밖의 영원성, 그리고 덧붙이자면 영원성이 죽음과 맺고 있는 비밀스런 관계를 매번 다른 형상으로 보여줌으로써 허구 이야기는, 그 긴장의 정도는 다르지만, 시간성을 찾아내는 것이다.

　이제 이 세 편의 시간에 관한 이야기들을 통해 그것을 알아보자.

1. 죽음의 시간과 불멸의 시간 사이에서
——『댈러웨이 부인』[6]

　해석에 들어가기 전에, 같은 작품에 대한 비판적 독서의 두 층위 사이의 차이점을 다시 한 번 강조할 필요가 있다. 첫번째 층위에서는 작품의 형상화에 관심이 모아지며, 두번째 층위에서는 이러한 형상

---

5) "상상의 변주"라는 표현은, 그 변주가 시간의 아포리아에 가져다준 온갖 종류의 해결책들을 역사적 시간의 구성에 의해 제시된 해결책에 대립시킬 수 있을 때에만 그 온전한 의미를 갖게 될 것이다(4부 3장 1절).

6) Virginia Woolf, *Mrs Dalloway*, London: The Hogarth Press, 1925. 포켓판(New York, London: Harcourt Brace Jovanovitch, 1925)에서 인용한 부분은 〔 〕속에, 불어 번역본(Virginia Woolf, 『소설 작품 *L'Œuvre romanesque*』, Paris: Stock, 1973, t. I, pp. 166~321)에서 인용한 부분은 괄호로 표시한다.

화가 그 바깥으로 투사하는 시간 경험과 세계관으로 관심이 향한다. 『댈러웨이 부인』의 경우 첫번째 유형의 독서는, 물론 나름대로 풍요롭지만, 한마디로 말해서 중요한 한 부분이 잘려나간 것이라고 말할 수 있을 것이다. 우리는 조금 후에 『댈러웨이 부인』의 이야기가 어떤 방식으로 미묘하게 형상화되어 있는가를 볼텐데, 그러한 형상화는 화자——이때 화자는 저자가 아니라 작품으로 하여금 독자에게 이야기하고 말을 건네게 하는 서술적 목소리를 말한다——가 독자와 공유할 한아름의 시간 경험들을 제공하기 위해서이다. 비록 '의식의 흐름' 소설 부류에 포함되는 데는 문제가 있으나 매우 특이한 『댈러웨이 부인』의 이러한 서술적 형상화는 분명 등장인물들의 시간 경험, 그리고 서술적 목소리가 독자에게 전달하려고 하는 경험의 밑받침이 된다.

『댈러웨이 부인』의 허구적 화자는 스토리의 사건들을 모두 1923년 6월, 그러니까 1차 세계 대전이 끝나고 몇 년이 지난 후, 어느 눈부신 하루의 아침과 저녁 사이에 위치시킨다. 서술 기법이 치밀한 것만큼 이야기의 줄거리는 단순하다. 클라리사 댈러웨이 Clarissa Dalloway는 런던의 상류 사회 출신으로서 쉰 살 가량의 부인이다. 그녀는 바로 그날 저녁에 파티를 주최하기로 되어 있는데, 그 파티를 둘러싼 사건들이 이야기의 절정과 결말을 이루게 된다. 줄거리 구성은 타원형을 이루어, 그 타원의 또 다른 초점은 셉티머스 Septimus Warren Smith라는 젊은이에게 맞춰져 있다. 그는 1차 세계 대전의 참전 용사로서, 클라리사의 저녁 파티가 열리기 몇 시간 전에 광기에 싸여 자살을 한다. 클라리사를 둘러싼 사교계의 일원인 저명한 의사 브래드쇼 Bradshaw 박사가 셉티머스의 자살 소식을 전하면서 줄거리의 급변이 이루어진다. 스토리는 클라리사가 자신의 저녁 파티를 위해 꽃을 사러 갈 채비를 하는 아침나절에서 시작하여 저녁 파티 중 위기에 싸이게 되는 순간에 끝이 난다. 30년 전에 클라리사는 어린 시절의 친구인 피터 Peter Walsh와 결혼할 뻔한 적이 있었다. 이후 피터는 인도에 가서 별볼일 없는 직업을 전전하며 어울리지 않는 연애 행각에 빠져 삶이 망가져버렸고, 클라리사는 그가 머지않아 돌아올 것을 기다리고 있다. 클라리사는 피터의 사랑을 거절하고 리처드와 결혼을 했는데, 그는 뛰어난 정치인은 아니지만 국회 상임위원회에서 중요한 인물이다. 그외, 런던 사교계에 자주 드나드는 다른 인물들이 클라리사의 어린 시절 친구들 주변을 맴돌고 있다. 그런데 여기서 중요한 것은 셉티머스는 이러한 모임의 일원이 아니라는 것, 그리고 셉티머스와 클라리사라는 두 인물의 운명의 유사성은 저녁 파티가 절정에 이르렀을 때 셉티머스의 자살 소식이 전해지는, 줄거리를 매듭짓게 해주는 사건의 급전보다 더 깊은 심층에서, 이제부터 우리가 다루게 될 서술 기법에 의해 드러난다는 것이다.

『댈러웨이 부인』의 서술 기법은 매우 치밀하다. 가장 쉽게 파악할 수 있는 첫번째 기법은 사소한 사건들을 따라 하루가 흘러가게 하는 것이다. 물론 셉티머스의 자살은 제외하고, 때로는 미미한 이 사건들은 댈러웨이 부인이 주최하는 저녁 파티라는 그 예견된 결말을 향해 이야기를 이끌어간다. 사람들의 왕래, 부수적인 사건들, 또는 만남들에 대한 설명이 장황하게 이어질 것이다. 이를테면 아침나절 꽃을 사러 가는 길에 영국 황태자나 왕족의 다른 인물이 차를 타고 지나간다. 비행기 한 대가 대문자로 쓰인 선전용 현수막을 펼치고, 군중들은 그것을 한자씩 읽어간다. 클라리사는 자신의 정장(正裝)을 손질하러 집에 되돌아온다. 클라리사가 바느질을 하고 있는데 피터가 갑자기 인도에서 돌아와 그녀를 놀라게 한다. 오래된 과거를 떠올리면서 클라리사는 그와 입맞춤을 한다. 피터는 눈물에 젖어 떠나간다. 클라리사가 아침에 지난 바로 그 길을 걷던 중 피터는 셉티머스와 레지아 Rezia 부부와 마주친다. 셉티머스의 아내가 된 레지아는 밀라노 출신의 평범한 모자 디자이너로, 남편을 정신과 의사인 홈스 Holmes 박사에게 데려간다. 리처드는 아내를 위해 진주 목걸이를 살까 망설이다가 장미꽃을 고르는데, 수줍음이 많아서 이 장미꽃이 의미하는 사랑의 메시지를 입 밖으로 내지는 못한다(장미꽃은 이 이야기에 자주 등장한다. 약효로 병세가 진정된 셉티머스의 방에 있는 타피스리에 잠시 놓여 있기도 한다!). 댈러웨이 부부의 딸 엘리자베스Elizabeth는 독실하며 못생긴 가정교사인 킬먼Kilman 양과 함께 장을 보러 나가는데, 초콜릿 케이크를 먹다 말고 킬먼 양을 두고 혼자 가버린다. 브래드쇼가 부인을 두고 혼자 시골의 정신 요양소로 치료받으러 가라고 종용하자 셉티머스는 창문으로 몸을 던진다. 피터는 클라리사가 주최하는 저녁 파티에 가기로 결심한다. 그리고 댈러웨이 부인의 저녁 파티에서 중요한 장면, 즉 브래드쇼가 셉티머스의 자살을 알리는 장면이 나온다. 댈러웨이 부인이 알지도 못하는 이 젊은이의 자살 소식은 그녀에게 영향을 미쳐서 저녁 파티가 끝날 무렵——그것은 또한 그날 하루의 죽음이기도 하다——댈러웨이 부인은 평소와 다른 태도를 보이게 된다. 미미한 사건들 혹은 중요한 사건들에 대한 이 이야기들이 하나씩 끝날 때마다 런던의 빅벤, 그리고 다른 종들이 힘차게 울려퍼진다. 나중에 언급하겠지만 이렇게 시간을 환기시키는 가장 중요한 의미는 이야기의 형상화의 층위에서 찾을 수 있는 것이 아니다. 그것은 화자가 독자로 하여금 이야기된 시간 속에서 갈피를 잡도록 도와주는 데 그치지 않는다. 빅벤의 종소리가 갖는 진정한 역할은 다양한 등장인물들의 살아 있는 시간 경험에 있는 것이다. 그 종소리들은 시간의 허구적 경험에 속하며, 작품의 형상화는 그 경험을 향해 열려 있다.

이처럼 점진적으로 사건을 축적해가는 첫번째 기법에 덧붙여, 두번째 기법——이것이 『댈러웨이 부인』의 서술 기법 가운데 가장 잘 알려진 기법이다——은, 아무리 사소하다 할지라도 시간 속에서 일어나는 모든 것에 의해 앞으로 나아감과 동시에, 과거 속으로 이리저리 여행을 떠남으로써 뒤로 물러나기도 하는 것이다. 말하자면 이야기가 지연되는 것이다. 짧게 이어지는 행동들 사이에 긴 시퀀스로 삽입된 과거로의 여행은 생각 속에서 이런저런 사건들을 구성한다. 댈러웨이 부부의 모임에서 그렇게 인용된 생각들——그는 생각했다, 그녀는 생각했다he thought, thought she——은 모두 부어톤Bourton에서의 어린 시절, 특히 클라리사와 피터의 사랑이 결실을 맺지 못하고 그녀가 결혼을 거절한 일을 둘러싼 사건들로 돌아간다. 셉티머스와 레지아의 경우에도 유사하게 과거에 빠져드는데, 그것은 곧 참담한 결혼생활, 그리고 극도의 불행으로 치달았던 일련의 사건들을 절망적으로 되씹는 것이다. 이러한 무언의 생각——혹은 같은 뜻이 되겠지만, 내적 담화——으로 이루어진 긴 시퀀스들이 모두 과거의 회상으로 이야기된 시간을 지연시킴으로써, 역설적으로, 그 시간을 앞으로 나아가게 하는 것만은 아니다. 그 시퀀스들은 생각 속의 사건이 일어나는 순간을 안에서 깊이 파들어가며, 이야기된 시간의 순간들을 내부로부터 확대한다. 그래서 이야기의 전체 시간이 상대적으로 짧은데도 불구하고 무한한 시간이 풍부하게 함축되어 있는 것처럼 보인다.[7] 빅벤의 종소리에 의해 한숨을 돌리듯 지나가는 이 하루를 따라, 갑작스레 떠오르는 추억이나 예측들——이를 통해 각각의 등장인물은 다른 인물들이 자기 자신의 외모·생각·비밀에 대해 추측한 것을 알아맞추려고 애쓴다——은 이야기된 시간의 확장에 특유한 이완을 가져오는 폭넓은 고리들을 만들어낸다.[8] 소설 기법은 그처럼 행동의 세계

---

7) 제임스 하프리James Hafley는 『유리 지붕 The Glass Roof』(p. 73)에서 『댈러웨이 부인』과 조이스의 『율리시스』를 비교하면서 이렇게 말한다. "(버지니아 울프는) 단 하루a single day와 같은 것이 없음을 보여주기 위해서 [……] 단 하루를 단위로 사용했다"(장 기게Jean Guiguet, 『버지니아 울프와 그의 작품: 예술과 현실의 탐구 Virginia Woolf et Son Œuvre: l'art et la quête du réel』, Paris: Didier, "영국 연구 Etudes anglaises 13," 1962; 영역본, 『버지니아 울프와 그의 작품들 Virginia Woolf and Her Works』, London: the Hogarth Press, 1965, p. 389에서 재인용).

와 내적 성찰의 세계를 함께 꾸미고, 일상성의 의미와 내재성의 의미를 뒤섞는 데에 있다.

이야기된 시간의 탐구를 통해 이야기에 등장하는 인물들의 경험적 시간을 탐구하는 것보다는 인물의 성격 묘사에 더 관심을 갖는 문학 비평의 입장에서 보자면, 이처럼 과거를 굽어보고 또한 어떤 인물에 비추어 다른 인물을 끊임없이 가늠하는 것은, 바깥에서 기술된 행동과 비교해서, 그 현재 상태를 통해 인물의 성격을 심층에서 재구성하는 데 기여한다고 확실하게 말할 수 있다. 이야기된 현재는 회상된 과거와 복잡하게 얽힘으로써 이야기에 시간적인 두께를 주고, 이는 인물들에게 심리적인 두께를 부여한다. 그렇다고 그들에게 불변의 정체성을 부여하는 것은 결코 아니다. 그만큼 인물들이 서로를 통해 드러나는 모습과 스스로 생각하는 모습은 화음을 이루지 못한다. 결국 독자는 인물의 정체성을 확인하는 놀이판에서 떨어져나온 조각들만을 손에 든 채 버려진 것이다. 작중인물도 독자도 그 해결책을 찾

---

8) 이러한 서술 기법을 버지니아 울프는 『일기』에서 "터널 파기"라고 불렀고, 그러한 기법을 찾아내 구사한 것에 대해 대단한 자부심을 드러냈다. "내가 터널을 파는 과정이라고 부른 것, 즉 필요에 따라 과거를 여러 차례 나누어 이야기하는 기법을 더 들어가며 발견하는 데 일 년이 걸렸다"(『작가 일기 A Writer's Diary』, London: The Hogarth Press, 1959, p. 60. 장 기게, 앞의 책, p. 229에서 재인용). 『댈러웨이 부인』의 초고를 아직까지 『시간들 The Hours』로 부르던 시기에, 그녀는 『일기』에 이렇게 적고 있다. "나는 『시간들』과 내가 발견한 것에 관해서 많은 이야기를 하게 될 것이다. 즉 내가 나의 성격 이면에 있는 아름다운 동굴들을 어떻게 찾아내었는지를 말이다. 나는 그것이 내가 원하는 것, 즉 인간성·해학·깊이를 틀림없이 제공하리라 생각한다. 내 생각은 그 동굴들이 서로 연결될 것이고 그래서 모든 동굴들이 각기 지금 이 순간 환하게 드러난다는 것이다"(『작가 일기』, p. 60: 장 기게, 앞의 책, pp. 233~34에서 재인용). 행동과 추억이 번갈아 나타나는 것은 그처럼 표면적인 것과 심층적인 것이 번갈아 나타나는 것이다. 셉티머스와 클라리사라는 두 인물의 운명은 화자가 들렸던 지하 "동굴들"과 인접해 있기 때문에 본질적으로 서로 연결되어 있다. 그 운명들은 표면적으로는 두 개의 하위 줄거리에 속하는 브래드쇼 의사라는 인물을 통해 관계를 맺고 있다. 즉 브래드쇼 의사가 전해준 셉티머스의 자살 소식은 그렇게 표면적으로 줄거리의 통일성을 떠맡는다.

을 수 없다. 인물의 정체성을 확인하려는 이러한 시도는 허구적 화자가 작중인물로 하여금 끝없이 그들 자신을 찾아가도록 만들면서 권유하고 있는 것에 부합한다.[9]

지금까지 말한 기법보다는 찾아내기 어렵지만, 『댈러웨이 부인』에는 우리가 주의를 기울일 만한 서술 기법이 있다. 『댈러웨이 부인』의 화자는 모든 작중인물의 생각을 내면으로부터 알 수 있는 지나칠 정도의 특권을 가지는데, 바로 이 화자는 인물들이 똑같은 장소(런던 거리들, 공원)에서 서로 만나게 하거나, 똑같은 소리를 듣게 하거나, 똑같은 사건(영국 황태자의 차가 지나가는 것, 비행기가 날아가는 것 등)을 목격하게 함으로써 한 의식의 흐름에서 다른 흐름으로 이행하게 할 수 있다. 바로 그런 방식으로, 댈러웨이 모임의 이야기와 아무런 관계가 없는 셉티머스의 이야기가 처음으로 동일한 서술 영역에 편입되는 것이다. 클라리사와 마찬가지로 셉티머스도 왕실의 에피소드가 만들어낸 소문을 듣게 된다(주요 등장인물들의 시간관과 관련하여 이 에피소드가 차지하는 중요성에 대해서는 나중에 살펴볼 것이다).

9) 장 알렉산더 Jean Alexander는 『버지니아 울프의 소설에서의 형식의 모험 The Venture of Form in the Novels of Virginia Woolf』(Port Washington, N. Y., London: Kennikat Press, 1974, chap. Ⅲ, 「'댈러웨이 부인' 과 '등대로' Mrs. Dalloway and To the Lighthouse」, pp. 85~104)에서 주로 인물들의 성격 탐구에 몰두한다. 이 비평가는 『댈러웨이 부인』을 울프의 소설 중 유일하게 "한 인물의 성격으로부터 발전"(p. 85)한 것으로 본다. 그처럼 클라리사라는 인물을 다른 인물과 분리하여 구별함으로써, 그는 이 인물에게 있어서 사교계와의 타협——클라리사에 사교계는 결코 무너지지 않고 그 영광을 잃지 않는다——이나 화려함에 섞인 겉치레를 잘 보여줄 수 있었다. 그렇게 해서 클라리사는 "계급의 상징"이 되는데, 피터 월쉬는 그러한 상징이 나무처럼 견고하지만 동시에 속이 비어 있음을 충분히 알고 있었다. 하지만 셉티머스 위렌 스미스와의 눈에 띄지 않는 관계는, 클라리사의 삶을 통해 해소된 것으로 여겨지는 위험들, 즉 인간 관계들의 영향으로 인한 인격의 파괴 가능성을 적나라하게 드러냄으로써 그러한 관점을 변화시킨다. 이러한 심리적 접근은 소설에서 탐구되는 온갖 두려움이나 공포의 감정들과 관련성이 있는 분석을 낳게 한다. 이 점에서 사르트르의 『구토 Nausée』와 비교한 것은 아주 당연해 보인다(p. 97).

또한 화자는 바로 이와 같은 기법을 구사함으로써 실패한 옛사랑에 대한 피터의 회상으로부터 레지아-셉티머스 부부가 그들의 결합이 낳은 참담한 결과를 되씹으며 서로 주고받는 불길한 생각들로 건너 뛰게 된다. 같은 공원의 벤치에서 서로 얼굴을 마주보고 있게 하는 장소의 일치는 곧 동일한 한 순간의 일치이며, 화자는 거기에다 늘어난 기억의 시간을 덧붙인다.[10] 어느 의식의 흐름에서 다른 흐름으로

---

10) 다이셰스David Daiches(『소설과 현대 세계 *The Novel and the Modern World*』, University of Chicago Press, 1939, éd. rev. 1960, chap. X: "Virginia Woolf")는 버지니아 울프의 소설 기법 가운데 이 방식을 가장 앞서 나아간 것으로 간주한다. 그것은 행동의 양태와 내적 성찰의 양태를 함께 엮을 수 있게 한다. 이러한 결합은 "예민한 몽상의 몽롱한 분위기"(p. 189)를 유발하며, 독자는 이러한 분위기를 공유하게 된다. 버지니아 울프는 그처럼 자신의 작품 전체를 특징짓는 이 "분위기"에 대한 생각을 「현대 소설론 On Modern Fiction」(『일반 독자 *The Common Reader*』, 1923)이라는 에세이를 통해 피력한 바 있다. "인생은 빛나는 후광이며, 의식의 시작에서 끝까지 우리를 둘러싸고 있는 반투명의 덮개다"(D. Daiches, 앞의 책, p. 192 재인용). 다이셰스가 제시하는 간단한 도식은 미묘하지만 분석하기 어렵지는 않은 이 기법을 잘 설명해준다. 즉 우리가 시간 속에서 움직이지 않고 있으면서 다양하지만 공간 속에서 동시에 일어나는 사건들을 한눈에 다 보든가, 아니면 공간 속에서, 혹은 차라리 고정된 '장소'로 설정된 어떤 인물 속에서 움직이지 않고 있으면서 그 인물의 의식의 시간을 따라 내려가거나 거슬러 올라가는 것이다. 서술 기법은 그처럼 동일한 시점(時點)에서 흩어져 있는 인물들과 동일한 인물의 내부에서 흩어져 있는 기억들을 번갈아 나타나게 하는 데 있다(다이셰스가 제시한 도식을 참조할 것. 앞의 책, pp. 204~05). 이 점에서 버지니아 울프는 이렇게 번갈아 나오는 흐름을 유도하는 표지들을 여기저기에 명확하게 배치하는 데 있어서 조이스보다 더 신경을 쓰고 있는 것처럼 보인다. 외출과 귀가를 둘러싸고 훨씬 더 복잡하게 얽혀 있는 사건들을 역시 단 하루 동안에 일어나게 하는 『율리시스』와의 비교에 대해서는, 두 작가의 기법의 차이를 그들의 의도의 차이에 결부시키는 다이셰스의 견해를 참조하기 바란다(앞의 책, pp. 190, 193, 198, 199). "조이스의 목적은 모든 인간의 태도로부터 현실을 분리시키는 것이었다. 그것은 허구로부터 규범적인 요소를 완전히 제거하려는 시도, 관찰자가 지향하는 모든 가치와 무관하며, 심지어 (마치 그것이 가능한 것처럼) 창조자가 지향하는 모든 가치와도 무관한 독자적인 세계를 창조하려는 시도다. 하지만 버지니아 울프는 가치들을 제거하기보다는 오히려 상세히 논하고 있다. 규범을 파괴하는 것에 대해 그녀가 보이는 반응은 불가지론이 아니라 궤변적인 것이다"(앞의 책, p.

건너가는 데서 생겨나는 단절의 효과를 보상하는 공명의 효과로 인해 이 방식은 신빙성을 갖게 된다. 가령 피터의 옛사랑은 이미 끝나버려 결코 되돌아갈 수 없으며, 마찬가지로 레지아-셉티머스 부부의 결혼 생활도 끝나버려 미래의 가능성이란 없다. 마찬가지 방식으로 시들어버린 사랑을 노래하는 늙은 불구자의 후렴을 거쳐 피터에서 레지아로 되돌아온다. 장소의 연속성과 동시에 내적 담화들간의 울림을 통해서, 인물들 사이에 하나의 다리가 놓여지는 것이며, 또 다른 경우를 보면, 킬먼 양을 남겨두고 자유롭게 배회하다 돌아온 어린 엘리자베스의 사고의 흐름과 한편 정신과 의사들의 지시에 따라 침대에 꼼짝없이 누워 있는 셉티머스의 의식의 흐름을 갈라놓는 심연을 이야기에서 뛰어넘을 수 있게 하는 것은 바로 유월 하늘에 떠 있는 멋진 구름에 대한 묘사이다. 같은 장소에 멈추어 있거나 같은 시간에 머물러 있음으로써 서로 무관한 두 시간성을 잇는 구름다리가 만들어지는 것이다.

시간의 형상화를 특징짓는 이러한 기법들은 화자와 독자 사이에 어떤 시간 경험을, 아니 일체의 시간 경험들을 공유할 수 있도록 해준다. 곧 독서를 통해 시간 자체를 재형상화할 수 있게 해주는 것이다. 이제 우리는, 『댈러웨이 부인』을 따라 시간에 관한 이야기를 심도 있게 파악하면서, 바로 이것을 보여주어야 한다.

소설 속에서 연대기적 시간은 시간을 알리는 빅벤과 다른 종들 그리고 벽시계들의 소리로 아주 분명하게 나타난다. 하지만 중요한 것은 누구나 동시에 듣고 알 수 있는 이러한 시간이 아니라 여러 인물

<hr>

199). 다이셰스는 『버지니아 울프』(New Directions, Norfolk, Conn, 1942, London: Nicholson et Watson, 1945, pp. 61~78; 증보판, 1963, pp. 187~217)에서 『댈러웨이 부인』에 대한 자신의 해석을 다시 검토하고 발전시키게 된다. 우리가 여기서 인용하는 것은 바로 이 증보판이다. 장 기게는 앞서 인용한 저서에서, 1953년에야 출판된 버지니아 울프의 『일기』에 주로 근거하여 조이스의 『율리시스』와 『댈러웨이 부인』의 상관성에 관한 문제를 다시 다루고 있다(pp. 241~45).

들이 그 시간의 표지와 맺고 있는 관계다. 인물이나 상황에 따라 다양하게 나타나는 바로 이 관계의 변주들이야말로 허구적 시간 경험을 이루며, 이야기는 매우 세심한 주의를 기울여 그 경험을 구성하며 독자를 설득한다.

빅벤의 종소리는, 웨스트민스터의 최고급 상점가를 걸어가던 클라리사가, 아직은 피터가 돌아와 있다는 사실을 모른 상태에서, 그와의 이루지 못한 낭만적인 사랑을 자신의 생각 속에서 뒤적거릴 때 처음으로 울리게 된다. 중요한 것은 이 순간에 빅벤의 종소리가 그녀에게 무엇을 의미하는가 하는 점이다. "아! 종소리가 들리기 시작한다. 처음에는 미리 알리는 음악 소리가 울리고 그리고 나선 돌이킬 수 없는 시간을 알린다. 납으로 된 시계추 소리의 여운이 대기 속에 녹아내린다"[p. 6](p. 176). 이야기 도중에 세 번에 걸쳐 반복되는 이 문장은 그것만으로도 시계의 시간은 모든 이들에게 동일하다는 것을 말해줄 것이다. 시간은, 돌이킬 수 없는 것인가? 하지만 이 유월의 아침에, 돌이킬 수 없는 시간은 사람을 짓누르지 않고 오히려 새로운 시절의 신선함과 화려한 저녁 파티의 기다림 속에서 삶의 환희를 다시금 일깨운다. 하지만 어두운 그림자가 스쳐간다. 만일 피터가 되돌아온다면 부드럽게 빈정거리며 여전히 그녀를 "완벽한 안주인!"이라고 부르지 않을 것인가. 기억을 통해 뒤로 당겨지고 기다림으로 빨려들어가는 내적 시간은 이처럼 진행된다. 정신의 이완 distentio animi인 것이다. "그녀는 언제나, 단 하루일지라도, 산다는 것이 아주, 아주 위험하게 생각되었다"[p. 11](p. 179). 클라리사는 특이한 인물이다. 그녀는 사교계의 허영심으로 다져진 편견의 상징이며, 자기의 변덕스런 기질을 엿보고 있는 다른 사람들에게 어떤 모습으로 비추어지고 그들이 자기를 어떻게 해석할까 매우 신경을 쓴다. 하지만 무엇보다도 불안정하고 이중적인 성격에도 불구하고 용감하게 삶에 몰두하는 인물이다. 셰익스피어의 『심벨린 *Cymbeline*』은 그녀를 위해 노래하며, 이 노래는 이야기 도중에 다시 한 번 더 등장할 것이다.

　　더 이상 두려워 말라, 태양의 열기를
　　또한 광포한 겨울의 분노도[11]

　하지만 빅벤의 종소리가 미치는 다른 영향들을 언급하기에 앞서, 인물들이 직면하게 되는 공적인 시간은 이러한 시계의 시간일 뿐만 아니라 그 시간과 암암리에 연계된 모든 것이기도 하다는 점을 주목할 필요가 있다. 이야기 내에서 기념비적인 역사 histoire monumentale ──니체식으로 말하자면──를 상기시키는 모든 것, 그리고 우선 대영 제국의 수도(소설 속에서 모든 사건과 그 내적인 반향들이 일어나는 '실제' 장소)를 장식하는 멋진 대리석은 그러한 시간에 부합된다. 이 기념비적인 역사는 이어서 '기념비적 시간 temps monumental'이라고 부를 수 있는 것을 만들어내는데, 우리가 익히 들어온 연대기적인 시간이란 그 청각적 표현일 따름이다. 이러한 기념비적 시간에는 권위와 권력을 나타내는 형상들이 속하게 되며, 그 형상들은 클라리사와 셉티머스가 각자 체험하는 살아 있는 시간, 즉 셉티머스를 가혹하게 자살로 몰고 가며, 클라리사로 하여금 당당하게 맞서게 할 이러한 시간의 주변부를 이룬다.[12] 하지만 권위의 전형적인 형상은 혐오스러운

────────────────

11) "Fear no more the heat o' the sun, Nor the furious winter's rages"[p. 13](p. 180).
　　클라리사는 어느 서점의 진열창 앞에 멈춰 서서 이 후렴을 읽게 된다. 이 후렴은 서술 기법을 통해 클라리사의 운명과 셉티머스──앞으로 보게 되겠지만 그는 셰익스피어에 흠뻑 빠져 있다──의 운명을 잇는 다리들 가운데 하나가 된다.

12) 잠시 보이는 영국 황태자의 차는 권위를 은밀하게 나타내는 형상이 아닌가(그리고 만일 그것이 여왕이라면, 그녀는 "국가의 항구적인 상징"이 아닌가)? "시간의 잔재를 걸러내는"(p. 23) 그들의 역할은 골동품상의 진열대를 떠올리게까지 한다. 나아가서 비행기와 거기에 달려 있는 위압적인 대문자의 광고문도 여전히 권위를 은밀하게 나타내는 형상들이다. 끝없이 이어지는 '저녁 파티'의 귀족과 귀부인들, 그리고 국가의 충실한 공복(公僕)인 성실한 리처드 댈러웨이까지도 권위의 형

의사들이다. 그들은 자살할 생각에 빠져있는 불운한 셉티머스를 괴롭히며, 결국에는 그를 죽음으로 몰고 간다. 작위를 수여받고 한층 주가가 올라간 의학의 최고 권위자로서의 윌리엄 브래드쇼 경에게 있어서, 사실상 광기란 "절도〔균형〕 감각의 상실"〔p. 146〕(p. 247)이 아니라면 무엇이겠는가? "절도, 신성한 절도, 윌리엄 경이 추종했던 여신"〔p. 150〕(p. 249). 바로 이러한 절도와 균형 감각이야말로 직업과 사교 생활에 관련된 그의 삶 전체를 기념비적 시간 속에 나타나게 한다. 화자는 공적인 시간과 화음을 잘 이루는 이러한 권위의 형상들에 킬먼 양으로 형상화되는 종교를 거리낌없이 덧붙인다. 그녀는 못생기고 증오에 찬 독실한 가정 교사로서 엘리자베스를 그녀의 어머니에게서 빼앗지만, 엘리자베스는 자기만의 시간을 다시 찾기 위해 약속과 협박을 하며 그녀를 벗어난다. "하지만 절도에게는 덜 상냥하고 더 무서운 자매가 있다…… 그것은 아집 Intolérance〔회심 Conversion〕이라는 것이다"〔p. 151〕(p. 249).

시계의 시간, 기념비적인 역사의 시간, 권위의 형상들의 시간, 이들은 동일한 시간인 것이다! 단순한 연대기적 시간보다는 복잡한 바로 이 기념비적인 시간에 이끌려, 시간을 알리는——차라리 친다고 말하자——소리를 이야기가 시작할 때부터 끝날 때까지 들어야 하는 것이다.

빅벤 소리는 클라리사가 자신의 딸을 피터에게 소개한 직후에 두 번째로 울리게 된다.[13] "빅벤 시계가 삼십분을 알리는 소리가 이상한 힘을 갖고 그들 사이에 울려퍼졌다. 마치 원기 왕성하고 무관심하며

_____

상에 속한다.

13) "내 딸 엘리자베스에요"라고 클라리사는 말했을 때, 거기에 사용된 소유형용사는 온갖 함축된 의미들을 지니고 있다. 그런데 그 의미들에 대한 응답은, 댈러웨이 부인의 저녁 파티가 막을 내릴 무렵, 엘리자베스가 그녀의 아버지와 재회하면서 마지막으로 등장할 때에야 비로소 얻게 될 것이다. "그리고 단번에 그는 그녀가 자신의 딸 엘리자베스라는 사실을 알아차렸다"〔p. 295〕(p. 320).

분별없는 젊은 청년이 아령을 앞뒤로 흔들어 움직이는 것 같았다"〔p. 71〕(p. 209). 그것은 처음처럼 가혹한 것을 환기시키는 것이 아니라 엉뚱한 것이 ── "그들 사이에" ── 끼여드는 것이다. 화자는 "납으로 된 시계추 소리의 여운이 대기 속에 녹아내렸다"는 말을 되풀이한다. 도대체 누구를 위해 삼십분은 울렸는가? 댈러웨이 부인은 "저녁 파티를 잊지 마세요"라고 떠나는 피터에게 소리친다. 그리고 피터는 빅벤 소리의 리듬에 맞춰 그 말을 흥얼거리며 떠나간다. 이제 겨우 11시 30분인가?라고 그는 생각한다. 여기에 클라리사처럼 친근하게 마음을 끄는 마가렛 성당의 종소리들이 어우러진다. 그 종소리들은 유쾌하단 말인가? 차츰 약해지는 종소리가 클라리사의 고질병을 상기시키고, 마지막으로 크게 울리는 종소리가 그녀의 상상 속의 죽음을 알리는 조종처럼 들리기 전까지만 해도 그렇다. 의식의 시간과 연대기적인 시간 사이의 미묘한 변주를 따라가기 위해 허구는 얼마나 많은 표현 수단들을 동원하는가!

빅벤이 세번째로 울린다〔p. 142〕(p. 244). 화자는 홈스 박사 ──그가 공적인 시간과 맺고 있는 은밀한 관계에 대해서는 이미 언급한 바있다──에게 속마음을 털어놓으러 가는 레지아와 셉티머스를 위해, 그리고 동시에 자신의 초록색 드레스를 침대 위에 펼쳐놓는 클라리사를 위해 정오를 알리게 한다. 그들 각자에게, 또 아무에게도, "납으로 된 시계추 소리의 여운이 대기 속에 녹아내렸다"(같은 페이지). 아직도 시간이 누구에게나 똑같다고 말할 수 있을까? 밖에서 보면 그렇지만, 안에서 보면 그렇지 않다. 오로지, 엄밀하게 말해서, 허구만이 세계관과 그에 상충되는 시간관 사이의 결별──공적인 시간이 그 둘을 갈라놓는다──을 탐구하고 언어로 표현할 수 있다.

시간이 또 울린다. 한시 반이다. 이번에는 부유한 상업 지역의 시계에서 울리는 소리다. 눈물에 젖은 레지아에게 이 시계들은 "순종을 권유하고 권위를 옹호하며 비길 데 없는 절도의 이점을 한 목소리로 찬양했다"〔pp. 154~55〕(p. 251).

빅벤은 바로 리처드와 클라리사를 위해 세시를 알리고 있다. 클라리사와의 기적 같은 결혼에 대한 감사의 마음으로 가득 차 있는 리처드에게, "처음에는 미리 알리는 빅벤의 음악 소리가 울리기 시작했고, 그리고 나선 돌이킬 수 없는 시간을 알렸다"〔p. 177〕(p. 262). 이 메시지는 애매하다. 그것은 행복의 표지인가? 아니면 헛되이 잃어버린 시간의 표지인가? 거실 한가운데에서 초대장 때문에 걱정에 잠겨 있는 클라리사에게, "종소리는 우울한 물결을 이루며 방으로 밀려들어왔다"〔p. 178〕(p. 263). 하지만 여기에 그녀 앞에서 꽃다발을 내미는 리처드가 있다. 장미꽃——여전히 장미꽃이다. "그것이 바로 행복이야, 바로 그거야 라고 그는 생각했다"〔p. 180〕(p. 264).

빅벤이 그 다음 삼십분을 알리는 것은 엄숙함과 기적, 클라리사가 방안 깊숙이 몸을 숨기며 창문을 통해 저 멀리 맞은편에서 어렴풋이 목격한 노부인의 기적에 쉼표를 찍기 위함이다. 마치 커다랗게 울려 퍼지는 종소리들이 클라리사를 고요한 곳으로, 피터가 예전에 추구했던 사랑에 대한 헛된 후회도, 킬먼 양이 공언한 위압적인 종교도 침투할 수 없는 고요한 곳으로 다시 잠기게 하듯이. 하지만 빅벤이 울리고 2분이 지나 또 다른 종소리가 울려퍼진다. 하찮은 것들을 전해주는 경쾌한 종소리들은 법Loi을 선포하는 빅벤 소리의 위엄에 찬 여운과 뒤섞인다.

시계가 여섯 번 울리는 것은 셉티머스의 자살이라는 극히 사적인 행위를 공적인 시간에 새겨넣기 위해서다. "시계가 울리고 있었다. 한 번, 두 번, 세 번…… 이 모든 쿵쿵거리는 소리, 속삭임 소리와 비교하면 이 시계 소리는 정말로 존재 이유가 느껴졌다. 셉티머스 그이 같았다. 그녀〔레지아〕는 잠이 들었다. 종소리는 계속 울렸다. 네 번, 다섯 번, 여섯 번"〔p. 227〕(p. 287). 처음 세 번은 소란스런 속삭임 속에서 구체적이고 견고한 어떤 것이 울리는 것 같고, 나머지 세 번은 전쟁터의 사자(死者)들을 위해 게양된 깃발이 펄럭이는 것 같다.

이야기가 시작할 때부터 쏘아진 욕망과 기다림이라는 화살이 앞으로 끌어당기고(그날 저녁 댈러웨이 부인이 개최하는 파티!), 가혹하게 저물어가는 하루를 역설적으로 마감하는 추억 속으로 끊임없이 물러남으로써 뒤로 당겨지는 하루 나절이 지나간다.

클라리사가 셉티머스의 자살 소식을 듣고 모순되는 생각—이에 대해서는 나중에 언급할 것이다—에 잠겨 있을 때, 화자는 빅벤으로 하여금 마지막으로 시간을 알리게 한다. 그리고 똑같은 문장이 되풀이된다. "납으로 된 시계추 소리의 여운이 대기 속에 녹아내렸다." 모든 사람들에게, 온갖 다양한 성격의 사람들에게, 소리는 똑같은 것이다. 하지만 울리는 시간은 가혹한 시간이 지나가면서 만들어내는 소리만은 아니다……

따라서 우리가 주목해야 할 부분은, 시계의 시간과 내적인 시간의 단순 대립이 아니라, 여러 인물들의 구체적인 시간 경험과 기념비적 시간이 맺고 있는 다양한 관계들이다. 이러한 관계를 주제로 하는 변주들은 이제 말한 추상적 대립 너머로 허구를 이끌어가며, 그리고 독자의 입장에서 보자면 허구는, 사변(思辨)만으로는 매개할 수 없는 여러 시간관을 구성하는 무한히 다양한 방법들을 그 변주를 통해 탐지하는 강력한 도구가 된다.

여기서 이 변주들은 온갖 종류의 '해결책'을 만들어내는데, 그 양극단은 브래드쇼 의사로 요약되는 권위의 형상들의 기념비적 시간과 셉티머스로 형상화되는 '역사에 대한 공포terreur de l'histoire'—엘리아데Mircea Eliade식으로 말하자면—가 내밀한 조화를 이룸으로써 형상화된다고 말할 수 있다. 가장 중요한 클라리사의 시간 경험에서부터 보다 미미한 피터의 시간 경험에 이르기까지 나머지 다른 시간 경험들은, 화자가 시간 경험을 탐구하는 데 자신의 지표로 삼고 있는 '최초의' 경험, 즉 셉티머스를 영웅이자 희생자로 만드는 기념비적 시간과 내적인 시간 사이의 숙명적인 불협화음에 대한 경험과 얼마만큼 가까운가에 따라 그 양 극단과 관련하여 배열된다. 따라서 바로 이 근본적인 불협화음이라는 극점에서 출발해야만 한다.

셉티머스의 '체험'에서 가장 먼저 확인할 수 있는 것은, 런던 도처에 있는 기념비적인 역사 그리고 의학의 힘으로 요약되는 권위의 여러 형상들이 시계의 시간으로 하여금 시간을 근본적인 위협으로 변형시키는 일련의 능력을 갖도록 하지 않는다면, 빅벤이 '치는' 시간과 그를 죽음으로 몰고 가는 역사의 처참함 사이에는 어떠한 틈새도 벌어지지 않으리라는 사실이다. 셉티머스 역시 황태자의 차가 지나가는 것을 보았고, 군중들이 경의를 표하는 웅성거리는 소리를 들었으며, 마찬가지로 그에게 눈물만을 자아내게 하는 선전용 비행기가 지나가는 것을 보았다. 장소가 아름다운 만큼 모든 것은 처참하게 나타난다. 처참함! 공포! 그에게 있어서 이 두 단어는, 마치 자기 자신과 타인이 반목하듯이 — "이 영원한 고독"[p. 37](p. 192) — 그리고 자기 자신과 인생이 반목하듯이, 서로 반목하는 두 가지 시간관을 요약한다. 극단적인 경우에 말로 표현할 수 없는 이러한 경험들이 내적인 언어로 표현될 수 있는 것은, 아이스킬로스, 단테, 셰익스피어의 독서, 즉 모든 것이 무의미하다는 메시지만을 그에게 전달했던 독서를 통해, 그 경험들이 언어와의 은밀한 합의를 찾아냈기 때문이다. 적어도 이러한 책들은, 마치 기념비적 시간과 의학이 갖는 억압적이고 권위주의적인 힘에 맞서 항의라도 하듯이 그의 편에 서 있다. 이 책들은 바로 그의 편에 서 있기 때문에 그와 타인들 그리고 인생 사이에 어떤 보조 칸막이를 만든다. 『댈러웨이 부인』의 한 대목은 모든 것을 말해준다. 밀라노 출신의 평범한 여성 모자 디자이너인 레지아가 남편을 따라 런던에 가서 정신나간 듯이 "……할 시간이 됐어요"라고 말할 때, "'시간'이라는 말은 그 깍지를 쪼개고 풍성한 알맹이를 그에게 쏟아부었다. 그리고 그의 입술에서는 자기도 모르게 껍질처럼, 대팻밥처럼, 견고한 불멸의 말들이 흘러나와 시간에 부치는 불후의 송가 속에 둥지를 틀었다"[p. 105](p. 226). 시간은 만들어낸다기보다는 차라리 파괴한다는 그 신화적 위대함과 불길한 명성을 되찾았다. 시간에 대한 공포는 사자들 가운데 에반스Evans라는 전우의 유령을 불러온다. 에반스라는 유령이 1차 세계 대전이라는 기념비적인 역사의 밑바닥에서부터 대영 제국의 도시 한가운데로 솟아오르는 것이다. 신경을 건드리는 화자의 유머가 발휘된다. "'내가 시간을 말해줄게 I will tell you the time.[14]' 매우 느리게, 졸린 듯이 회색 정장을 한 사자에게 신비로운 미소를 지으며 셉티머스가 말했다. 그가 미소를 띠며 앉아 있었을 때 15분 전을 알리는 종이 울렸다. 11시 45분이었다." "그래 저것이 젊다는 거지! 피터는 그들을 지나쳐가며 생각했다"[p. 106](p. 226).

시간 경험의 두 극단은 셉티머스의 자살 장면에서 마주친다. 브래드쇼 의사—윌리엄 경!—는 환자의 건강을 위해 레지아와 셉티머스가 헤어져야 한다고 결정했다. 즉 "홈스와 브래드쇼는 끝까지 그를 쫓아다니고 있었다"[p. 223](p. 285). 설상가상으로 '인간의 본성'이야말로 그에게 사형 선고라는 유죄 평결을 내린 것이다. 셉티머스가 불태워버리라고 했으나 레지아가 간직하려고 하는 원고들 가운데는 "시간에 부치는 송가"[p. 224](p. 285)도 들어 있다. 그때부터 그의 시간은, 의학 지식을 갖고 있는 사람들의 시간이나, 그들의 절도 감각,

---

14) 버지니아 울프는 『좋으실 대로As You like It』에서 셰익스피어가 사용한 말의 유회를 생각지 않을 수 없었다. "(로잘린드) 지금 몇 신가요?—(올란도) 차라리 몇 일이냐고 물어보시죠. 숲속에는 시계가 없으니까요.—(로잘린드) 그렇다면 숲속에는 진정한 연인은 없는가 보죠. 있다면 매순간 내쉬는 한숨과 매시간 내뱉는 신음 소리가 시간의 느린 걸음을 시계처럼 맞추어낼 게 아니에요—(올란도) 시간의 빠른 걸음이라면 안 되나요? 그렇게 말하는 것이 알맞지 않을까요?—(로잘린드) 결코 아니에요. 시간의 걸음걸이는 사람마다 달라요. 시간이 누구와 천천히 걷고, 누구와 빨리 걷고, 누구와 빠르게 달리고, 누구와 가만히 서 있는가를 얘기해 드릴게요"(3막 2장 301행 이하).

그들의 평결이나, 고통을 안겨주는 그들의 권력과는 더 이상 박자를 맞출 수가 없다. 셉티머스는 그래서 창밖으로 몸을 던지는 것이다.

셉티머스의 죽음은 역사에 대한 공포를 표현할 뿐만 아니라, 나아가서 화자는 시간을 영원성의 부정(否定)으로 전환시키는 또 다른 의미를 그의 죽음에 담았던 것이 아닌가 하는 문제가 제기된다. 셉티머스의 광기는, 우주적 통일성에 대한 영감을 가로막는 것을 시간 속에서 포착하고, 그처럼 구원을 뜻하는 것에 이르는 길을 죽음 속에서 포착한다는 계시를 담고 있다. 그렇지만 화자는 이러한 계시를 자기 이야기의 '메시지'로 삼으려 하지는 않았다. 화자는 계시와 광기를 연결하면서, 독자로 하여금 셉티머스의 죽음이 갖는 의미 자체에 의혹을 품도록 한다.[15] 게다가, 곧이어 언급하겠지만, 화자는 바로 클라

---

15) 존 그레이엄John Graham, 「버지니아 울프의 소설에서의 시간Time in the Novels of Virginia Woolf」, *University of Toronto Quarterly*, vol. XVIII, 1949, pp. 186~201 ; 『버지니아 울프의 비평가들 *Critics on Virginia Woolf*』, Jacqueline E. M. Latham, éd. par Corall Gables, Florida University of Miami Press, 1970, pp. 28~35에 재수록. 그레이엄은 셉티머스의 자살에 관한 이러한 해석을 극단적으로 밀고 나간다. 클라리사에게 "시간을 정복하는 힘"(p. 32)을 부여한 것은 바로 셉티머스의 "완벽한 영감"(p. 32)이다. 나중에 언급하겠지만 셉티머스의 죽음에 관한 클라리사의 성찰은 그가 옳았음을 드러낸다. 셉티머스가 죽음을 통해서만 전달할 수 있었던 자신의 영감의 의미를 그녀는 직관적으로 이해했다고 그레이엄은 말한다. 그렇기 때문에 클라리사에게는 '파티'로 되돌아간다는 것이 "시간의 변모"(p. 33)를 상징하게 될 것이다. 나로서는 셉티머스의 죽음에 대한 이러한 해석을 끝까지 따라가기가 망설여진다. "셉티머스와 같은 인물을 깊이 이해하기 위해서는 죽든가 미치든가, 아니면 시간과 무관하게 존재하기 위해 어떻게든 해서 자신의 인간성을 상실해야만 한다"(p. 31). 게다가 이 비평가는 다음과 같이 탁월하게 지적하고 있다. "그의 영감이 가져다주는 진정한 공포는 그 영감이 그를 시간-세계의 피조물인 것처럼 파괴한다는 것이다"(p. 30). 그래서 시간은 이제 더 이상 치명적인 것이 아니며, 죽음을 가져오는 것은 바로 영원성이다. 하지만 이러한 '완벽한 영감'——영적인 인식gnose——을 편집증적인 모든 특성을 갖는 광기와 어떻게 구별할 것인가? 셉티머스가 얻는 계시에 대한 그레이엄의 해석은, 내가 잠시 뒤에 제시하게 될 『댈러웨이 부인』에 대한 해석과 『마의 산』에 대한 해석——여기서는 영원성의 주제와 영원성이 시간과 맺는 관계가 전면에 나타난다——사이에 다리를 놓

리사에게 그의 죽음이 갖는 이 속죄의 의미를 정당화하는——그러나 어느 정도까지만——임무를 맡기고 있다. 따라서 셉티머스와 클라리사의 시간 경험은 나란히 놓임으로써 의미를 갖는다는 사실을 결코 잊어서는 안 된다.[16] 따로 떼어놓고 보자면, 셉티머스의 세계관은 기념비적 시간을 못 견뎌하는 한 영혼의 고뇌를 나타낸다. 뿐만 아니라 죽음이 영원성과 맺을 수 있는 관계는 (내가 앞에서 성아우구스티누스의 『고백록』을 읽으면서 제시했던 시간과 영원성의 관계에 대한 해석에 따르면[17]) 이러한 고뇌를 더 강렬하게 만든다. 따라서 기념비적인 세계의 시간과 인간의 숙명적 시간 사이에 깊게 파인 바로 이 극복할 수 없는 균열과 관련해서, 나머지 다른 인물들의 시간 경험 그리고 그들이 균열의 양 가장자리의 관계를 조정하는 방식은 배열되고 정돈되는 것이다. 화자가 이야기하고 있는 다른 상상적 변주들에 관해서도 할말은 많으나 여기서는 피터 월쉬와 클라리사에 국한시키고자 한다.

피터는 영원히 잃어버린 옛사랑——"그것은 끝났어!"——과 폐허가 되어버린 현재의 삶으로 말미암아 "절망적이야"[p. 88](p. 217)라고 중얼거린다. 그는 다시 일어서기 위해 없어서는 안 될 클라리사의 신뢰를 얻지는 못하지만, 자신이 살아남도록 도와줄 수 있는 활달함은 지니고 있다. "끔찍하군, 그는 소리쳤다. 끔찍해, 끔찍해! 여전히 태양은 빛나고, 여전히 사람들은 서로를 위로하며 살아가지. 삶은 하루

는 계기를 마련한다고 덧붙여 말하고 싶다.

16) 버지니아 울프는 자신의 『일기』에서 광기와 정상을 칼로 자르듯이 구별하는 것은 경계해야 한다고 적고 있다. "나는 여기서 광기와 자살에 대한 연구의 윤곽을 그리고 있다. 정상인이 보는 세계와 비정상인이 보는 세계는 나란히 놓여 있거나 대충 그렇다"(『작가 일기』, p. 52). 광인의 영감이 그 '비정상성'으로 인해 자격을 상실하는 것은 아니다. 결국 중요한 것은 그것이 클라리사의 마음속에 일으키는 반향이다.

17) 『시간과 이야기』 1권, pp. 41~53.

하루를 이어가는 재주가 있지. 여전하군…… 여전해…… 피터는 웃음을 터뜨렸다"[pp. 97~98](p. 222). 왜냐하면 나이가 들어도 정열이 식지 않는다면, "경험에 최상의 맛을 더하는 능력, 경험을 통해 자신을 이해하고 그 경험을 천천히 밝은 쪽으로 뒤집는 능력을——마침내!——얻었기"[p. 119](p. 223) 때문이다.

클라리사가 소설의 주인공이라는 것은 분명하다. 이야기된 시간의 범위를 한정하는 것은 다름아닌 그녀의 행위와 내적 담화들의 이야기이다. 하지만 그 이상으로 셉티머스와 피터 그리고 권위의 형상들의 시간 경험과 박자를 맞추는 그녀의 시간 경험이야말로, 『댈러웨이 부인』을 특징짓는 서술 기법이 만들어내는 시간과의 유희의 목적이 되는 것이다.

그녀의 사교계 생활, 권위의 형상들과의 잦은 교제로 말미암아 그녀의 일부는 기념비적 시간 쪽에 놓여 있다. 이날 밤에도 그녀는 마치 버킹검 궁전에서 손님들을 접견하는 여왕처럼 야회장 단상의 제일 높은 곳에 버티고 서 있지 않겠는가? 다른 사람들 눈에는 그녀의 곧고 뻣뻣한 자세가 권위의 형상이 아니겠는가? 피터가 보는 그녀는 대영 제국의 한 단면이 아닌가? "완벽한 안주인"[18]이라고 부르는 피

---

18) 무디 A. D. Moody(「희극으로서의 『댈러웨이 부인』 Mrs. Dalloway as a Comedy」, 『버지니아 울프의 비평가들』, pp. 48~50)는 작품이 런던의 상류 사회를 소재로 삼고 있다는 이유로, 댈러웨이 부인을 '영국의 지배 계급'이 영위하는 피상적인 삶의 생생한 이미지로 간주한다. 그녀가 자신이 속한 상류 사회에서 떨어져나올 수 없으면서도 그 사회에 대한 비판을 동시에 구현하고 있는 것은 사실이다. 화자의 잔인한 아이러니로 유지되는 '희극성'이, 수상의 참석을 그리고 있는 저녁 파티의 마지막 장면에서까지 압도적인 것도 그 때문이라는 것이다. 내가 보기에 이러한 해석은, 클라리사에게는 셉티머스의 죽음이 시간을 변모시키는 힘으로 보였다는 조금 전의 해석과 마찬가지로, 그러나 반대 방향으로, 단순화시킨다는 약점을 안고 있는 것으로 보인다. 『댈러웨이 부인』에서 시간에 관한 이야기는 희극과 그노시스의 중간에 놓여 있다. 장 기에가 정확히 지적하고 있듯이(앞의 책, p. 235), "작가가 원하는 사회 비평은 소설의 심리적-형이상학적 주제에 접목된다." 장 기에는 여기서 버지니아 울프가 자신의 『일기』에서 기록하고 있는 부분

터의 부드러우면서도 잔인한 말은 그녀의 존재 전체를 완벽하게 규정하고 있지 않은가? 하지만 화자는 그녀가 결코 본 적도 없고 이름조차 모르는 셉티머스와 그녀 사이의 심층적인 유사성이 갖는 의미를 독자에게 전달하려 한다. 똑같은 혐오감이 그녀를 떠나지 않는다. 하지만 셉티머스와는 달리 그녀는 삶에 대한 흔들리지 않는 사랑에 이끌려 그에 맞설 것이다. 공포심도 마찬가지다. 브루톤Bruton 부인 ──그녀는 점심 식사에 남편만 초대하고 그녀를 빼놓았다!──의 얼굴에 나타난 사그라든 삶을 떠올리는 것만으로도 "그녀가 두려워하고 있던 것이 시간 그 자체이었음"[p. 44](p. 195)을 상기시키는 데는 충분하다. 그녀가 숙명적인 시간과 죽음에 맞선 결단의 시간──『존재와 시간 Sein und Zeit』에서 중요한 위치를 차지하는 이러한 실존적 범주를 과감히 그녀에게 적용한다면──사이에서 무너지기 쉬운 균형을 유지할 수 있는 것은, 삶과 덧없는 아름다움과 명멸하는 불빛에 대한 그녀의 사랑, "떨어지는 물방울"[p. 54](p. 201)에 대한 그녀의 정열 덕분이다. 추억으로 다시 뛰어들어, "그 순간의 깊숙한 곳에"(같은 페이지) 빠져드는 그녀의 놀라운 능력은 거기서 나오는 것이다.

화자의 입장에서 보자면, 클라리사가 이 낯모르는 젊은이의 자살 소식을 받아들이는 방식은 시간 경험에 관한 상상적 변주들의 두 극단을 잇는 능선 위에 그녀를 위치시킬 수 있는 기회가 된다. 셉티머스가 클라리사의 '분신'이라는 사실은 오래 전부터 예견되었다.[19] 어

을 암시한다. "나는 삶과 죽음, 정상과 비정상을 표현하려 한다. 나는 사회 체계를 비판하고, 그 체계가 가장 강력하게 작용하고 있는 바를 보여주려 한다"(『작가 일기』, p. 57; p. 228 재인용). 러브Jean O. Love의 『의식의 세계, 버지니아 울프의 소설에 나타난 신화시학적 사고 Worlds in Consciousness, Mythopoetic Thought in the Novels of Virginia Woolf』(Berkeley: University of California Press, 1970)는 사회적 비판에 대한 심리학적 연구의 이러한 우위성을 탁월하게 밝히고 있다.

19) 이 표현은 『댈러웨이 부인』의 미국판 「서문」에서 버지니아 울프 자신이 사용한

떻게 보면 그는 그녀 대신에 죽는다. 반면에 그녀는 계속 살아감으로써 그의 죽음의 대가를 치른다.[20] 저녁 파티가 흥겹게 무르익는 중에 던져진 자살 소식은 우선, 클라리사로 하여금 그냥 스쳐가면서도 무언가 은밀히 통하고 있다는 이러한 생각을 자아내게 한다. "아! 클라리사는 생각했다. 내 파티 한 중간에, 죽음이라니"[p. 279](p. 312). 그러나 그녀의 마음 깊숙한 곳에서는 넘어설 수 없는 확신, 이 젊은 이는 목숨을 잃으면서 죽음의 가장 고귀한 의미를 구했다는 그러한 확신이 솟아났다. "죽음은 하나의 도전이다. 죽음은 결합하여 하나가 되려는 노력이다. 사람들은 중심이, 신비하게도, 그들을 피해간다고 느낀다. 가까이 있는 것은 멀어지고, 황홀함은 사라지고, 혼자만이 있는 것이다. 하지만 죽음에는 포용하는 힘이 있다"[p. 281](p. 313). 여기서 화자는 단 하나의 서술적 목소리로 자신과 셉티머스와 클라리사의 목소리를 묶는다. 클라리사의 목소리를 통해 반향을 일으키며 다음과 같이 말하는 것은 바로 셉티머스의 목소리다. "삶은 견딜 수 없어. 이 사람들, 이들이 삶을 견딜 수 없게 만들었어"[p. 281](p. 313). 그녀가 브래드쇼 의사를 "어딘지 모르게 사악하고, 성(性)도 성욕도 없으며, 여자들에게는 극도로 정중했지만 믿기 힘들 정도로 큰 어떤 죄——상대의 영혼을 강요하는, 맞아 그거야——를 저지를 수 있는 사람"(같은 페이지)으로 보는 것은 셉티머스의 눈을 통해서다. 하

것이다. 셉티머스는 "그녀의 분신이 될 것이다." 갬블Isabel Gamble, 「클라리사 댈러웨이의 분신Clarissa Dalloway's double」,『버지니아 울프의 비평가들』, pp. 52~55를 참조할 것. "성실성의 핵심은 어떤 대가를 치르더라도 유지해야 하는 자아 속에 있다"(같은 책, p. 55)는 것을 클라리사가 깨달을 때, 그녀는 셉티머스의 '분신'이 된다.

20) 버지니아 울프가 쓴 「서문」을 보면 애초에는 클라리사가 자살하기로 되어 있었음을 알 수 있다. 작가는 셉티머스라는 인물을 추가하여 그가 자살하도록 함으로써, 화자——독자에게 스토리를 이야기하는 서술적 목소리——로 하여금 댈러웨이 부인의 운명의 선(線)을 셉티머스의 그것과 가장 가까운 쪽으로 긋게 하지만, 그 선을 죽음의 유혹 너머로 연장할 수 있게 했던 것이다.

지만 클라리사의 시간은 셉티머스의 시간이 아니다. 그녀의 저녁 파티는 파탄으로 끝나지 않을 것이다. 화자가 거기에 두번째로 설정한 '기호'는 그녀로 하여금 맞서 싸운다는 긍지 속에서 삶에 대한 사랑과 공포를 결합하도록 도와줄 것이다. 그 기호란 거리 맞은편에서 그녀의 커튼을 열고, 창문에서 물러나, '홀로, 아주 평온하게' 잠자리에 들러가는 노부인의 몸짓이다. 이 평정의 형상은 갑자기『심벨린』의 후렴, 즉 '더 이상 두려워 말라, 태양의 열기를……'를 연상시킨다. 기억하다시피, 바로 이날 아침 일찍, 클라리사는 한 진열창에 멈춰 서서 이 시구가 펼쳐진 셰익스피어의 책을 보았다. 그리고 그녀는 혼자 생각했다. "그녀가 되찾으려 하는 것은 무엇이지? 시골의 하얀 새벽빛의 어떤 추억인가?"[p. 12](p. 180). 그날 늦게 안정을 되찾아 현실의 시간으로 되돌아온 순간에, 셉티머스는 바로 그 시구에서 위로의 말을 찾아내었을 것이다. "더 이상 두려워하지 마라, 마음이 말했다, 더 이상 두려워하지 마라. 그는 두렵지 않았다. 매순간 자연은, 벽을 스쳐가는 저 금빛 얼룩——저기, 저기——처럼, 즐거운 메시지를 보내고 있었다. 그리고는 그의 귀에 셰익스피어의 대사를 속삭이며…… 자신의 의미를 그에게 드러낼 준비가 되어 있다고 말하고 있었다."[p. 212](p. 279). 책 끝 부분에서 클라리사는 그 시구를 다시 읊으면서, 셉티머스가 그랬듯이 이렇게 되풀이한다. "평화와 안도의 마음으로."[21]

책은 이렇게 끝난다. 즉 이해되고 또 어떤 점에서는 서로 나누어 갖는 셉티머스의 죽음은, 삶에 대한 클라리사의 본능적인 사랑에 도전과 결단의 어조를 띠게 한다. "그녀는 되돌아가서 다시 자기 역할을 맡아야만 한다(사람들을 모아야 한다)"[p. 284](p. 315). 허영심인가, 거만함인가? 어쩌면 완벽한 안주인일까? 그럴지도 모른다. 이 지

---

21) 그레이엄,『버지니아 울프의 비평가들』, pp. 32~33.

점에서 화자의 목소리는 피터의 목소리와 섞이게 되는데, 그 목소리는 이야기의 마지막 순간에 독자가 가장 신뢰할 만한 것이 된다. "이 두려움은 뭐지? 이 황홀함은 또 뭘까? 피터는 혼자 생각했다. 나를 야릇한 감동으로 뒤흔드는 이것은 무엇일까? 클라리사로군, 그가 말했다. 그녀가 거기에 있었던 것이다"[p. 296] (p. 321).

목소리는 단지 이렇게 말할 뿐이다. "그녀가 거기에 있었던 것이다" 이러한 현존의 힘은 자살한 셉티머스가 클라리사에게 준 선물이다.[22]

결론적으로 『댈러웨이 부인』에는 단 하나의 어떤 시간 경험이 있다고 말할 수 있는가? 인물들의 운명과 그들의 세계관이 나란히 놓여 있다는 점에서는 그렇지 않다. 하지만 찾아간 '동굴들'이 서로 인접하여 말하자면 그물처럼 이어진 지하 통로를 구성한다는 점에서는 그렇다. 그것이 곧 『댈러웨이 부인』에서의 시간 경험이다. 이러한 시간 경험은 클라리사의 것도, 셉티머스의 것도, 피터의 것도, 그리고 어느 다른 인물의 것도 아니다. 그것은 어느 고독한 경험이 또 다른 고독한 경험 속에 울림(바슐라르는 민코프스키 E. Minkowski에게서 빌려온

---

22) 아마도 이러한 존재의 선물에 속죄의 메시지 차원을 부여해서는 안 될 것이다. 클라리사는 사교계의 부인으로 남을 것이다. 그녀에게 있어서 기념비적 시간은 어떤 위대함—그것과 협상할 용기를 지녀야만—이다. 이 점에서 클라리사는 타협의 형상으로 남는다. 장 기계는 "거기에 그녀가 있었던 것이다"라는 짧은 문장이 "모든 것을 다 포함하고 있으나 정확히 어떠한 것도 진술하지 않는다"(앞의 책, p. 240)고 지적하고 있다. 이처럼 다소 엄격한 판단은 클라리사가 홀로 사회 질서의 권위와 마주칠 때 입증된다. 줄거리뿐만 아니라 소설의 심리적-형이상학적 주제를 지배하는 것은, 셉티머스와 클라리사의 두 운명이 또 다른 심층에서 맺고 있는 유사성, 즉 화자가 '연결하는 동굴들'의 유사성이다. 이러한 주장이 갖고 있는 확실한 어조는 빅벤과 모든 시계들의 소리보다 더 강하게, 그리고 이야기가 시작할 때부터 클라리사의 마음을 사로잡는 공포와 황홀감보다 더 강하게 울린다. 셉티머스가 기념비적 시간을 거부함으로써 댈러웨이 부인이 덧없는 삶과 일시적인 기쁨을 향유하는 쪽으로 다시금 힘을 얻을 수 있었던 것은, 그러한 거부를 통해 그녀는 숙명적인 어떤 시간을 감내하는 길에 들어섰기 때문이다.

울림이라는 표현을 즐겨 사용했다)으로써 독자에게 암시된다. 전체로 볼 때 그물처럼 이어진 이러한 지하 통로야말로 『댈러웨이 부인』에서의 시간 경험인 것이다. 반면에 그 경험은 복잡하고 불안정한 어떤 관계를 통해 기념비적 시간과 대면하는데, 그 시간 자체는 시계의 시간과 권위의 형상이 맺고 있는 공모에 근거하고 있다.[23]

2. 『마의 산』[24]

『마의 산』이 시간에 관한 소설이라는 것은 너무나 명백하기 때문에 굳이 강조할 필요가 없다. 그보다는 오히려 이 소설이 어떤 점에서 시간에 관한 소설인지를 말하는 것이 훨씬 어려운 일이다. 우선 『마

---

23) 이러한 경험이 아무리 수동적이라 할지라도 그것을 소설 밖에서 구성된 철학—베르그송의 철학이라 하더라도—의 예증으로 간주하는 것은 심각한 오류라 할 것이다. 셉티머스와 클라리사가 마주치는 기념비적 시간에는 베르그송의 공간화된 시간 같은 것은 전혀 없다. 말하자면 그 시간은 자기 고유의 권리를 가지고 있으며, 공간과 지속을 혼동함으로써 생기는 것은 전혀 아니다. 이런 이유로 나는 그것을 오히려 니체가 말한 기념비적인 역사와 비교했던 것이다. 화자가 지하 동굴 속을 탐사함으로써 드러나게 되는 내적인 시간으로 말하자면, 그것은 베르그송이 말한 지속의 연속적인 선율보다는 순간의 분출과 더 관련이 있다. 시간이 울리는 소리 자체는 현재의 기분에 따라 매번 달리 규정되는 이러한 순간들 가운데 하나다(장 기게, 앞의 책, pp. 388~92를 참조할 것). 버지니아 울프에서의 시간과 베르그송에서의 시간 사이의 유사점과 차이점이 무엇이든간에, 허구가 논리적 모순성을 지닌다는 이유로 철학적 개념화에서 벗어나는 시간 경험의 양상들을 탐구하는 능력을 허구 그 자체에 인정하지 않는 것은 여기서 중대한 실수를 범하는 것이다. 이 점은 본 연구의 4부에서 가장 중요한 주제가 될 것이다.

24) Thomas Mann, 『마의 산, 소설, 전집 Der Zauberberg, Roman, Ges. Werke』, Bd. III, Oldenburg: Éd. S. Fischer, 1960. 1960년 판 이전의 주석들은 두 권으로 된 1924년 판(Berlin: Éd. S. Fischer)을 참조하고 있다. 불역, La Montagne magique, Paris: Arthème Fayard, 1931, 2 vol. 〔 〕 안의 페이지 표시는 독일어 원본의 문고판 (Fischer Taschenbuch Verlag, 1967)을, 괄호 안의 페이지 표시는 위의 불역본을 참조하고 있다.

의 산』의 전반적 성격을 시간소설로 규정하게끔 하는 가장 뚜렷한 특징들에 국한해서 이 문제를 살펴보자.

먼저 베르크호프Berghof, 즉 다보스Davos 요양소에 머물고 있는 사람들의 존재 방식과 생활 방식이 보이는 주된 특징은 시간의 척도에 대한 감각이 없다는 점이다. 소설의 처음부터 끝까지 이와 같은 연대기적 시간의 소멸은 그러한 시간 밖의hors-temps 삶에 익숙해진 '이 위쪽en haut 사람들'과 달력과 시계의 리듬에 몰두하여 살아가는 '저 아래쪽en bas 사람들' ——평지 사람들—— 의 대비를 통하여 뚜렷하게 드러난다. 공간적인 대립이 시간적인 대립과 겹쳐지며 그것을 강화하는 것이다.

다음으로, 이야기 줄거리는 비교적 단순하여 아래쪽 사람들과 위쪽 사람들 사이의 몇 차례에 걸친 왕래——이것은 장소의 마력을 극적으로 나타내준다——를 중심으로 나뉜다. 한스 카스토르프Hans Castorp가 요양소에 도착하는 것이 바로 이 부류에 속하는 첫번째 사건이다. 30세 가량의 이 젊은 기술자는 전형적인 평야 지대인 함부르크를 떠나, 이미 6개월 전부터 베르크호프에 요양 중인 사촌 요아힘 Joachim을 만나러 간다. 그는 처음엔 이 기이한 곳에서 3주만 머무를 생각이었다. 하지만 요양소의 소장인 음흉하고 익살스러운 의사 베렌스Behrens가 병에 걸렸다고 판정하는 바람에 베르크호프의 환자들 가운데 하나가 되고 만다. 군복무를 위해 떠났다가 나중에 요양소로 돌아와서 죽음을 맞는 요아힘, 시간에 관한 이야기에 섞여 있는 사랑 이야기의 핵심 인물로서 "발푸르기스Walpurgis의 밤"이라는 결정적인 일화 이후에 갑자기 떠났다가 뜻밖에 페페르코른Peeperkorn 씨와 함께 되돌아오는 소샤Chauchat 부인…… 이러한 도착과 출발은 매번 시·공간적으로 닫혀 있는 베르크호프에서 펼쳐지는 모험 안에서 단절·시련·위기의 상황을 구성한다. 한스 카스토르프는 7년 간 그곳에 머물며, 1914년 발발한 전쟁이라는 '청천벽력'에 의해 비로소 마의 산의 마법에서 풀려나게 된다. 하지만 엄청난 역사적 사건이 발발하면서, 그것은 아래쪽 사람들의 시간으로 복귀하는 카스토르프를 결국 전쟁이라는 '죽음의 축제'로 넘겨줄 따름이다. 따라서 이야기된 일화의 측면에서 볼 때, 이야기의 진행은 『마의 산』을 이끌어가는 실마리를 바로 한스 카스토르프와 소멸된 시간의 대립에서 찾게끔 한다.

한편 작품이 구사하고 있는 서술 기법은 이 작품의 특성을 시간소설로 확고하게 규정하게 한다. 가장 눈에 띄는 방식은 서술 행위의 시간과 이야기되는 시간의 관계를 강조하는 것이다.[25]

작품 전체는 7개 장으로 나누어져 7년이라는 연대기적 공간을 다루고 있다. 그러나 각 장마다 이야기되는 시간의 길이와 이야기하는 데 걸린 시간——이것은 페이지 수로 측정된다——의 관계는 비례하지 않는다. 1장에서는 21페이지가 카스토르프의 '도착'에 할애된다. (2장은 숙명적인 여행을 시도하기로 결정을 내리기까지 흘러간 시간에 대한 회상으로, 그 의미에 대해서는 나중에 언급할 것이다.) 3장에서는 75페이지에 걸쳐 첫째 날(또는 도착한 날을 감안하면 둘째 날) 하루 전체를 다루고 있다. 그 다음 4장에서는 125페이지만으로 첫 세 주, 즉 한스 카스토르프가 베르크호프에 머무르려고 했던 바로 그 기간을 다루고 있다. 처음 일곱 달은 5장의 222페이지에 걸쳐 이야기되고, 6장은 333페이지에 걸쳐 1년 9개월을 다루고 있다. 그리고 나머지 4년 반은 7장의 295페이지를 차지한다.[26] 이 수치상의 관계는 보기보다는 훨씬 더 복잡하다. 한편으로 이야기하는 시간은 이야기되는 시간에 비

---

25) 이 관계에 관해서는 헤르만 바이간트 Hermann J. Weigand, 『마의 산 The Magic Mountain』 초판(D. Appleton-Century Co., 1933), 그리고 초판본 그대로 간행된 2 판(Chapel Hill: The University of North Carolina Press, 1964)을 참조할 것.

26) 불역에서의 각각의 숫자는 다음과 같다. 1장은 22페이지, 3장은 82페이지, 4장은 134페이지, 5장은 265페이지, 6장은 265페이지, 7장은 299페이지.

해 계속 짧아지고 있다. 다른 한편으로 이야기의 축약과 결합되어 장들의 길이가 늘어나는 것은 시간 감각의 상실과 싸우는 주인공의 내적 갈등이라는 중대한 경험을 전달하는 데 꼭 필요한 투시 효과를 만들어낸다. 이 투시 효과를 파악하기 위해서는 누적적인 독서를 통하여 각각의 전개 과정을 작품 전체와 관련하여 생각할 수 있어야 한다. 그리고 사실상 작품의 길이가 워낙 길기 때문에 끝까지 읽은 후에 다시 한 번 읽어야 그러한 투시도를 그려내는 것이 가능하다.

이야기의 길이를 살펴보면『마의 산』이 시간소설임을 밝히는 최종적인 추론을 끌어낼 수 있다. 어떤 의미에서 그것은 가장 결정적인 추론이다. 하지만, 그렇다면 도대체 어떤 의미에서『마의 산』이 시간소설이며 또 그것이 어떤 중요성을 갖는지 의문을 제기하는 독자는 당혹스러움을 느끼게 된다. 사실 그에 대한 근거는 저자가 자기 이야기에 직접 개입하여 밝힌 말에 기댈 수밖에 없다(이것은 그 자체로서는 이론의 여지가 없는 특권이며, 과거 소설가들은 흔히 이것을 받아들였다). 저자가 자기 이야기에 직접 개입하여 한 말들을 무시할 수는 없다. 그러한 개입은 글쓰기 작업에서 작품 내의 서술적 목소리를 부각시키고 등장시키는 데 기여하기 때문이다(저자가 텍스트 내에 개입하여 한 말들에서 우리의 추론을 끌어오는 것은 바로 이 한 가지 이유에서이다. 물론 그렇게 뒷받침되어 주어지는 저자에 관한 전기적 · 심리 묘사적 성격의 정보들은 무시할 것이다. 우리가 이야기 안에서 만나게 되는 화자가 바로 저자 자신, 즉 토마스 만이라는 사실을 부정하기 때문이 아니라, 작품 바깥에 존재하며 이제는 생존하지 않는 저자가 오늘날 여전히 자신의 작품 속에서 들리는 서술적 목소리로 바뀌었다는 것만으로 충분하기 때문이다). 여기저기서 독자에게 말을 건네며 주인공에 관해 길게 설명하는 서술적 목소리는 분명 텍스트 글쓰기의 일부를 이룬다. 아울러 엄밀한 의미에서의 이야기와는 구별되며 이야기된 스토리 위에 겹쳐지는 이 목소리에 우리는, 특히 이 이야기를 시간소설로 규정하기 위한 근거로 제시하려 할 때, 귀를 기울여야만 한다. (물론 나중에 유보 조건들을 언급할 것이다.)

서술적 목소리가 처음으로 개입하는 것은 이야기 첫머리에 나오는 「저자의 말」이다. 이 「저자의 말」은 서술적 목소리의 권위를 텍스트 내부에서 강요하기 때문에 엄밀히 말해 서문은 아니다. 이 「저자의 말」은 바로 이야기하는 시간과 이야기되는 시간의 관계라는 문제를 제기한다. 그것은 두 가지 양상을 포함하고 있는데, 여기에서는 시간과의 유희에 관한 연구 이후로 우리에게 익숙해진 논쟁에서 시작하는 두번째 양상부터 살펴볼 것이다.[27] 여기서 문제가 되는 것은 독서에 걸리는 지속 시간이다. "어떤 이야기가 요구하는 공간과 시간 때문에 그 이야기가 흥미롭거나 지루하게 느껴진 적이 있었던가?"[pp. 5~6](p. 8)라는 질문에 대한 대답은 우리를 단번에 연대기적 시간에서 벗어나게 한다. 지루할 수도 있다는 것을 상기시키는 것만으로도 글쓰기의 시간과 이야기에 의해 투사된 경험의 시간이 맺고 있는 유사성이 암묵적으로 드러난다. 7이라는 숫자(7일, 7개월, 7년)마저도 이야기된 시간과 독서의 시간 ── 글쓰기의 시간과 외연이 같다고 간주된다 ── 사이의 이런 관계를 더욱 공고히한다. 화자는 연금술의 상징성이 넘쳐나는 7이라는 숫자를 선택하여 아이러니의 어조를 띠고 이렇게 말한다. 이야기하는 사람과 그 독자가 스토리를 이야기하는 데 보내게 될 시간이 "설마 진짜로 7년이야 걸리겠는가!"(같은 페이지)…… 이처럼 능청을 부리는 답변의 이면에는 이미 주인공의 경험에 있어서 시간의 측정이 적합한지의 문제가 드러나 있다.[28] 하지만 우리의 논의에 보다 중요한 것은, 이러한 암시보다 먼저 등장하는 수

---

27) 앞의 3장 2절을 참조할 것.
28) 화자는 독서의 시간이라는 이 주제를 여러 차례 개입하여 다시 거론할 것이다. 예를 들어 「영원의 수프와 돌연한 광명」[p. 145](I, p. 273)이라는 중요한 일화에서 그처럼 개입하고 있으며, 7장 서두에서는 시간 자체를 이야기할 수 있는지를 보다

수께끼 같은 말들이다. 「저자의 말」은 이야기된 시간에 대해 말하면서, 우리가 읽게 될 스토리는 "가장 멀리 물러난 과거 시제 형태로" [p. 5] (p. 7) 서술되지 않으면 안 된다고 분명히 밝히고 있다. 그런데 마지막 장에서 다시 거론하겠지만, 스토리가 과거 시제로 이야기된다는 것은 이미 그 자체로서 하나의 문제가 된다. 뿐만 아니라 서술된 과거가 "가장 멀리 물러난" 것이어야 한다는 것은 풀기 힘든 특수한 문제를 제기한다. 왜냐하면 거기서 오래됨ancienneté은 그 연대기적 성격을 상실하고 있기 때문이다. "그것〔스토리〕이 오래된 것이라는 성격은 사실상 시간에 기인한 것이 아니다"(같은 페이지)라고 씌어 있다. 그러면 도대체 무엇 때문에 그러한가? 아이러니를 즐겨 사용하는 화자는 여기서 애매한 답변을 제시한다. 즉, 한편으로 날짜를 매길 수 있는, 하지만 우리에게는 이미 지나가버린 오래됨, 즉 1차 세계 대전 이전 세계의 오래됨이 있고, 동시에 연대가 없는 오래됨, 즉 전설의 오래됨이 있다는 것이다.[29] 이러한 첫번째 암시는 이야기된 스토리가 만들어내는 시간 경험의 문제에 영향을 미친다. "우리는 이 불가사의한 요소가 갖는 이중성, 즉 문제적 특성과 특수성을 동시에 암시할 생각이다." 여기서 말하는 이중성은 어떤 것인가? 정확히 말하면, 달력과 시계의 시간을 소설 전체를 통해 측정할 가능성이 점차

명확하게 문제삼고 있다〔p. 365〕(Ⅱ, pp. 270~71). 우리가 시간을 이야기할 수는 없지만 어쨌든 "이야기 속에서 시간을 상기시키려는 것"〔p. 750〕(Ⅱ, p. 272)으로 여겨진다고 화자는 말한다. 그래서 시간소설이라는 표현은 시간 속에서 펼쳐짐과 동시에 이야기되려면 시간이 필요한 소설이라는 의미와, 시간에 관한 소설이라는 이중의 의미를 갖는다. 화자는 「페페르코른 씨」라는 일화들 가운데 하나에서, 그리고 「완전한 무감각」(Ⅱ, p. 386)의 서두에서 이러한 애매함(Ⅱ, p. 327)을 집요하게 다시 거론한다.

29) 이러한 계산된 애매함은 예고의 가치를 지닌다. 즉 『마의 산』은 단지 1914년의 청천벽력과 같은 사건 이전에, 문명화된 유럽의 질병에서 죽음에 이르는 상징적인 이야기만은 아닐 것이다. 그것은 또한 정신적 탐구의 이야기만은 아닐 것이다. 사회학적 상징성과 연금술의 상징성 중에서 하나를 선택해야 하는 것은 아니다.

적으로 소멸되는 시간, 심지어 측정에 대한 관심마저도 소멸되는 시
간과 대치시키는 이중성을 말한다.

언뜻 보기에 이러한 시간의 이중성이 제기하는 문제는 『댈러웨이
부인』에 제기된 문제, 즉 도식적으로 보자면 기념비적 시간 차원으로
까지 확대된, 내적 시간과 연대기적 시간의 갈등 관계에 대한 탐구와
흡사하다. 하지만 실제에 있어서 그 차이는 엄청나다. 『마의 산』에서
는 이 소설이 단지 시간소설인지, 심지어 시간소설에 가까운 것인지
도 의심케 할 정도로 완전히 서로 다른 일군의 시간들이 두 개의 극
점 주위를 맴돌고 있는 것이다. 이제 반대편의 주장을 들어보아야 할
것이다.

우선 '위쪽 사람들'을 '아래쪽 사람들'과 분리시키는 경계선은 동
시에 일상 세계, 즉 삶과 건강과 행동의 세계를 질병과 죽음의 세계
와 갈라놓는다. 사실상 베르크호프에서는 폐결핵 전문의나 돌팔이
정신과 의사 같은 의사들을 포함하여 모든 사람들이 병들어 있다. 한
스 카스토르프는 이미 질병과 죽음이 지배하고 있는 세계 속으로 들
어간 것이다. 그리고 그곳에 들어가는 사람은 누구나 사형수가 된다.
그 세계를 떠난다 할지라도 요아힘처럼 되돌아와서 죽음을 맞이하게
된다. 마의 산의 마법과 마력, 그것은 질병과 죽음의 충동에 의한 마
력인 것이다. 사랑마저도 이러한 마력에 사로잡혀 있다. 베르크호프
에서 관능성과 타락은 나란히 간다. 은밀한 규약이 사랑과 죽음을 맺
는 것이다. 그것은 또한, 어쩌면 다른 무엇보다도, 시간과 공간을 벗
어난 이 장소의 마법일 것이다. 소샤 부인에 대한 한스 카스토르프의
정념을 지배하는 것은 전체적으로 해체와 죽음에 대한 매혹과 뒤섞
인 관능성이다. 그런데 소샤 부인은 카스토르프가 도착할 때 이미 거
기에 있었다. 말하자면 질병의 체제에 속해 있는 것이다. 그녀가 갑
자기 그곳을 떠나고 또 예기치 않게 돌아오는 것(그녀는 열병에 걸린
페페르코른 씨를 데리고 돌아오는데, 그는 베르크호프에서 자살을 한다)

은 아리스토텔레스가 말한 의미에서의 중대한 급변을 이룬다.

따라서 『마의 산』은 시간에 관한 이야기만은 아니다. 차라리 한 소설이 어떻게 시간소설이면서 동시에 치유될 수 없는 병에 관한 소설일 수 있는가 하는 것이 정확한 질문이다. 시간의 해체는 질병의 세계가 갖는 특권으로 해석되어야 하는가, 아니면 이 질병은 시간에 대한 색다른 경험에 일종의 한계 상황을 설정하는가? 첫번째 가설에서 『마의 산』은 질병의 소설이며, 두번째 가설에서는 질병의 소설은 무엇보다도 우선 시간소설이다.

이처럼 질병소설과 시간소설 사이의 선택이라는 첫번째 분명한 양자택일에 추가되어 또 다른 두번째 선택이 있다. 문제가 복잡해지는 것은 소설의 구성에서 시간의 소멸, 그리고 질병의 매혹과 함께 세번째 구성 요소가 나란히 등장하기 때문이다. 그 세번째 주제는 바로 유럽 문화의 운명이라는 것이다. 토마스 만은 유럽 문화의 운명을 주제로 하는 대화와 토론, 논쟁에 중요한 자리를 부여함으로써, 그리고 이탈리아 태생의 학자이자 계몽주의 철학의 달변의 대변인인 세템브리니 Settembrini, 그리고 유대계 예수회 교인으로서 부르주아 이데올로기를 짓궂게 비판하는 나프타 Naphta와 같은 인물들을 창조함으로써 —이들은 작가가 아주 신경을 써서 만들어낸 인물들이다— 『마의 산』을 유럽 문화의 몰락에 대한 거대한 교훈적 우화가 되게 한 것이다. 그렇게 되면 베르크호프의 울타리 안에서 느껴지는 죽음의 매혹은 (라이프니츠식으로 말하자면) 허무주의의 유혹과 부합하게 된다. 문화에 관한 논쟁을 통해 사랑은 초개인적인 규모로 변모되며, 바로 그것이 사랑 자체가 가지고 있는 구원의 능력을 고갈시키는 것이 아닌지 생각하게 된다.

그렇다면 이렇게 질문을 제기할 수 있다. 한 가지 소설이 어떻게 해서 시간의 소설, 질병의 소설 그리고 문화의 소설일 수 있는가? 처음에는 시간과의 관계라는 주제가 우위에 있는 듯하다가, 질병과 관련된 주제 앞에서 그 우위를 양보하는 것처럼 보인다. 시간과의 관계라는 주제는 다시 유럽 문화의 운명이 주된 쟁점이 되면 보조적인 단계로 물러서는 것이 아닌가?

토마스 만은 시간·질병·문화라는 이 세 가지 큰 주제들을 한스 카스토르프라는 중심 인물의 특이한——이 말이 갖는 모든 의미에서——경험 속에 통합함으로써 문제를 해결한 것처럼 보인다. 그렇게 함으로써 괴테가 이미 한 세기 전에 그 유명한 『빌헬름 마이스터의 수업 시대』에서 보여준 교양소설이라는 독일의 위대한 전통을 잇는 작품을 만들었던 것이다. 그렇기 때문에 소설의 주제는, "순박"하지만 "호기심이 많고" "대담한"(이 모두는 서술적 목소리의 표현들이다) 한 젊은이가 얻게 되는 가르침과 교양 그리고 교육이다. 소설이 한스 카스토르프라는 인물에 초점을 맞춘 정신적 수련의 이야기로 읽혀지게 되면, 진짜 문제는 서술 기법이 그때부터 과연 어떤 방법을 사용하여 시간 경험과 불치의 병 그리고 문화의 운명에 관한 격론을 통합하게 되는가 하는 것이다.

앞서 말한 첫번째 선택, 즉 시간의 소설인가 아니면 질병의 소설인가의 선택으로 말하자면, 서술 기법은 시간의 소멸에 맞서고 동시에 타락의 매혹과 맞서는 이중의 대결을 사유 경험——나중에 우리는 그것이 변모하는 양상을 살펴볼 것이다——의 지위로 끌어올리게 된다. 이야기하는 기법을 통해 탈시간화와 타락은 주인공의 사색과 매혹이 서로 공유하는 대상이 되는 것이다. 오로지 허구만이 시간의 소멸과 죽음의 매혹을 결합시켜 이 기이한 시간 경험이 요구하는 조건들을 만들어낼 수 있었다. 그리하여 문화의 운명에 대한 논쟁을 차치하고, 정신적 수련의 이야기는 이미 교양소설이라는 틀 속에서 질병소설과 시간소설을 결합하게 된다.

두번째 선택, 즉 주인공 혹은 반-주인공anti-héros의 운명인가 아니면 유럽 문화의 운명인가의 선택 역시 같은 방식으로 해결된다. 세템브리니와 나프타로 하여금 한스 카스토르프의 '스승'이 되게 함으로써, 토마스 만은 감정 교육의 독특한 스토리에 유럽 문화에 관한 격론을 통합한 것이다. 공산주의적 기독교에 물든 허무주의와 낙천적 휴머니즘을 대변하는 인물들과의 끝없는 토론은 죽음이나 시간과 마찬가지로 매혹과 사색의 대상의 지위로 올라간다.

시간소설을 교양소설의 틀 안에 다시 자리잡게 한다고 할 때, 정말 교양소설이라는 이름을 붙일 수 있는 것은 유럽 문화의 운명을 그 쟁점으로 삼기 때문이 아니라, 개인을 넘어선 이러한 논쟁이 어떻게 보면 한스 카스토르프에 초점을 맞춘 교양소설 속에 축소된 형태——천 페이지를 넘는 소설에 대해 감히 그렇게 말할 수 있다면!——로 나타나기 때문이다. 시간, 죽음 그리고 문화라는 이 세 가지 커다란 주제 사이에 상호 교환이 이루어지는 것이다. 즉 문화의 운명은 사랑과 죽음간의 논쟁의 한 양상이 되며, 그 대신 관능과 타락이 함께하는 사랑에 대한 환멸은 주인공의 정신적 탐구에서 (마치 말로 가르침을 주는 교사와도 같은) '스승'이 된다.

그렇다면 이러한 복합적 구조 속에서 시간소설은 질병소설과 유럽의 몰락에 관한 소설과 동등한 위치에 있으며, 결국 교양소설의 한 양상에 불과하다는 말인가? 나는 『마의 산』에서 시간소설은 결코 지워질 수 없는 특별한 권한을 간직하고 있다고 생각한다. 그 특권은 가장 어려운 문제, 즉 이 소설이 이야기하는 정신적 수련이 진정 어떤 성격의 것인가 하는 문제를 제기할 때 비로소 나타난다. 토마스 만은 시간과 관련된 주인공의 탐구를 질병과 죽음, 그리고 사랑과 삶과 문화에 대한 다른 모든 탐구의 시금석으로 삼고자 한 것이다. 후에 이야기하겠지만, 스토리의 어느 한 시점에서 시간은 속임수를 쓰는 환자에게 주는 눈금 없는 체온계에 비유된다. 시간은 그때 반은 신화적이고 반은 아이러니의 의미에서 '무언(無言)의 뮤즈 soeur muette'〔그리스 신화에서 음악과 예술을 담당하는 아홉 뮤즈 가운데 늘

입술에 손가락을 대고 다니는 무언극 담당의 폴림니아를 가리킴: 옮긴이]의 의미를 띠게 된다. 죽음의 매혹, 타락에 동조하는 사랑, 그리고 중요한 역사적 사건에 대한 근심 곁에 있는 '무언의 뮤즈'인 것이다. 그리고 시간소설은 죽음의 서사시, 문화의 비극 곁에서 말없이 무언극을 보여주는 '무언의 뮤즈'라고 말할 수 있을 것이다.

소설이 펼치는 다양한 영역 속에서 주인공의 수련 과정이 제기하는 문제들은 그 초점이 모두 이처럼 시간 경험에 모아지면서, 단 하나의 질문으로 요약된다. 즉 주인공은 베르크호프에서 그 무엇이라도 배운 것이 있는가? 누군가 말했듯이 그는 천재인가 아니면 반주인공인가? 혹은 그의 수련은 교양소설의 전통과 단절하는 보다 더 미묘한 성질의 것인가?

바로 여기서 화자가 아이러니를 통해 야기하는 의혹이 힘을 얻게 된다. 우리는 보란 듯이 끈질기고 고집스럽게 등장하는 서술적 목소리와 이 서술적 목소리가 끊임없이 개입하는 스토리 사이에 설정되는 거리두기의 관계에 있어서 이 아이러니가 특별한 위치에 있음을 지적한 바 있다. 화자는 스토리를 이야기하면서, 바로 자기가 말하는 그 스토리를 빈정거리며 관찰하는 것이다. 처음에는 이러한 비평적 거리가 화자에 대한 신뢰를 조금씩 약화시키고, 또 주인공이 과연 베르크호프에서 시간, 삶과 죽음, 사랑과 문화에 대하여 무엇이라도 배운 것이 있는가라는 물음에 대해 제시할 수 있는 답변들 모두를 의심스러운 것으로 만드는 것처럼 보인다. 하지만 다시 생각해보면 서술적 목소리와 이야기 사이의 이러한 거리두기 관계는 소설 그 자체가 제기하는 문제에 대한 열쇠가 될 수도 있을 것이다. 주인공이 시간과 논쟁을 벌이면서 맺고 있는 관계는 화자가 스토리를 이야기하면서 맺고 있는 것과 동일한 관계, 즉 아이러니에 의한 거리두기 관계가 아닐까? 병적인 세계에 저버린 패자도 행동을 통해 승리하는 괴테적 승자도 아닌 주인공은 결국 통찰력이나 반성적 능력의 차원에서만 성장해

가는 희생자가 아닐까?

일곱 개의 장으로 이루어진 『마의 산』을 다시 읽어가면서 바로 이러한 독서 가설을 시금석 위에 올려놓아야 할 것이다.[30]

소설은 이렇게 시작된다. "어느 순박한 젊은이가 한여름에, 고향인 함부르크를 떠나 그라우뷘덴주에 있는 다보스 광장Davos-Platz으로

---

30) 이미 1933년에 바이간트는 앞서 인용한 저서에서 주인공의 수련 과정에 대해 긍정적인 평가를 제시했다. 그는 처음으로 『마의 산』의 특징을 '교육소설'로 규정했다. 그러나 이러한 "자기 계발의 소설"(p. 4)이 "어떤 특별한 실제적 목적을 넘어서서 교양을 추구"(같은 페이지)하고 있다는 사실을 발견한다. 그로 인해 총체적인 경험의 점진적인 '통합'이 주로 강조되며, 삶 전반에 대한 긍정적인 태도가 생겨난다. 1부에서 설명되고 있는 중대한 위기 상황들에서도(도피의 유혹, 한스를 베르크호프의 입원자로 만들게 되는 베렌스 의사의 호출, 발푸르기스의 밤), 주인공은 항상 선택하고 '상승'할 수 있는 능력을 지니고 있는 것으로 나타난다. 물론 바이간트는 1부의 끝부분에서 죽음에 대한 연민의 정이 절정을 이루고 있다는 점은 인정한다. 그래서 『마의 산』을 "질병의 서사시"(p. 39)라고 부르고 있는 것이다. 그러나 2부에서는 죽음에 대한 매혹이 삶에 대한 매혹에 종속되어 나타난다고 말할 수 있다(p. 49). 「눈Neige」이라는 일화는 그 점을 보여주는데, "우주적 경험의 양극단을 거머쥘 수 그의 능력의 정점을 나타내는 명철함이 정신적으로 절정에 이르고…… 그 덕분에 그는 클라브디아에 대한 자신의 정열까지도 결국 이처럼 개인적 이해가 얽힌 우정으로 승화시킬 수 있게 하는 능력을 갖게 된다." 헤르만 바이간트는 심령 현상과 관계된 장면에서 주인공의 경험이 신비주의에 근접해 있다고 본다(바이간트는 자기 저서의 마지막 장을 특별히 신비주의에 할애하고 있다). 그러나 바이간트에 의하면, 비의적인 성격을 띤 장면으로 인해 한스 카스토르프로가 자신의 삶의 의지에 대한 통제력을 결코 상실하는 것은 아니다. 뿐만 아니라 미지의 세계와 금단의 열매에 대한 탐색은 "토마스 만에게서의 죄에 대한 본질적 에토스"(p. 154)를 드러내기까지 한다. 바로 그것이 카스토르프의 '러시아적인' 측면, 즉 클라브디아 쪽이다. 카스토르프는 그녀에게서 어느 정도 타락하지 않고서는 호기심도 있을 수 없다는 것을 배운다. 그럼에도 불구하고 바이간트가 주장하듯이 주인공이 이러한 혼란스런 경험들을 통합했는지, 『마의 산』의 양식을 시종일관 지배하는 원리는 종합"(p. 157)인지는 문제로 남는다. 독자는 한스 마이어의 『토마스 만』(Frankfurt: Suhrkamp, 1980)에서 한스 카스토르프가 베르크호프에서 수련하는 과정에 대한 보다 부정적인 평가를 보게 될 것이다. 한스 마이어는 시간소설은 언급하지 않고 "삶과 죽음의 서사시"(p. 114)를 유난히 강조하고 있다. 물론 주인공의 교육 목적은 삶을 이루는 사건으로서의 질병, 죽음, 데카당스와 새로운 관계, 즉 『마의 산』이 나오기 바로 전에 발표된 토마스 만의 『베니스에서의

가고 있었다. 3주 예정으로 누군가를 면회하러 가는 길이었다"〔p. 7〕(p. 9). 3주라는 간단한 언급을 통해 시간소설이 자리를 잡는다.[31]

죽음 *la Mort à Venise*』이라는 작품을 지배하는 죽음에 대한 향수—이는 노발리스 Novalis로부터 물려받은 것이다—와 대조되는 관계를 정립하는 것이다. 토마스 만은 뤼벡 Lübeck 강연에서 스스로 그 점을 확인하고 있다. "내가 계획했던 것은 그로테스크한 이야기이다. 즉 베니스의 이야기의 모티프가 되었던 매혹이 죽음을 통해 희극적인 것으로 변해버리는 그로테스크한 이야기이다. 즉 그것은『베니스에서의 죽음』에 대한 풍자극 같은 것이었다"(p. 116). 한스 마이어에 의하면, 이 교육적인 소설이 택한 아이러니의 어조는 단지 낭만주의의 유산뿐만 아니라 그 다음으로 괴테식의 교양소설과도 대조를 이룬다. 즉『마의 산』은 주인공의 지속적인 발전을 그리는 대신에, 본질적으로 수동적(p. 122)이며 극단에 빠지기 쉽지만, 휴머니즘과 반-휴머니즘 사이에서 분열된 독일처럼, 진보의 이데올로기와 데카당스의 이데올로기의 '중간'에서 항상 등거리를 유지하는 주인공을 그리고 있다는 것이다. 주인공이 터득할 수 있었던 유일한 것은 자기가 감내해야 하는 인상 · 강연 · 대화들을 외면하는 것(p. 127)이다. 그 결과『마의 산』이 보여주는 방대한 사회 묘사—이로 인해『마의 산』은 노발리스는 물론 괴테와도 멀어지게 되지만 발자크와는 그만큼 가까워진다—를 제대로 가늠하고자 한다면, 다른 주요 인물들(세템브리니, 나프타, 소샤 부인 그리고 페페르코른)이 미친 교육적 영향도 마찬가지로 강조되어야 한다. 물론 한스 마이어는 아래쪽 시간과 위쪽 시간의 대립을 무시하지 않는다. 심지어 그러한 대립을 베르그송이 말한 행동의 측면과 꿈의 측면의 대립에 분명히 접근시키고 있다. 그러나 한스 카스토르프는, 모두 사형 선고를 받고 베르크호프에 기생하는 부르주아들 속에서는 배울 것이 전혀 없었기 때문에, 아무것도 배울 수 없었다고 마이어는 주장한다(p. 137). 바로 이 점에서 나의 해석은 헤르만 바이간트의 해석을 따르지 않으면서도 한스 마이어의 해석과는 길을 달리한다. 베르크호프에서 배워야 했던 것은 바로 시간과 시간의 소멸과의 새로운 관계이며, 화자가 자신의 이야기와 맺고 있는 아이러니의 관계가 그 모델이다. 이 점에서 토마스 만의 작품에서 아이러니에서 패러디로 이행하는 현상을 다룬 한스 마이어의 탁월한 연구는 나의 주장에 대한 근거를 제공한다(앞의 책, pp. 171~83).

31) 리하르트 티베르거 Richard Thieberger는『토마스 만에 있어서 시간의 개념, 마의 산에서 요셉까지 *Der Begriff der Zeit bei Thomas Mann, vom Zauberberg zum Joseph*』, Baden-Baden: Verlag für Kunst und Wissenschaft, 1962(「마의 산에서의 시간 양상 Die Zeitaspekte im Zauberberg」, pp. 25~65)에서 대화나 이야기의 등장 인물들에게 부여된 사유(달리 말해서 내적 담론), 혹은 화자의 해설에서 우연히 등장하는 시간에 관한 모든 생각들을 정리하려고 노력했다. 내가 제시하는 가장 전형적인 묘사들은 그에게서 빌려온 것이다.

그뿐이 아니다. 다시 한 번 읽어보면 주인공의 성격을 맨 먼저 '순박한' 젊은이로 규정하는 데서 서술적 목소리를 알아차릴 수 있다. 이 목소리는 화자가 주인공에게 솔직하게 말을 건네는 소설의 마지막 대목에서 이렇게 메아리칠 것이다. "그대의 순박함을 높여주었던 육체와 정신의 모험은, 그대로 하여금 육체로는 그보다 오래 살아남지 못하게 할 것을 정신으로는 극복하도록 해준 것이다"(p. 757)(II, p. 609). 분명한 이 목소리의 아이러니는 "3주 예정으로 누군가를 면회하러 가는 길이었다"는 분명한 사실에 가려 은폐된다. 다시 한 번 읽어보면 이 3주는 베르크호프에서 보낸 7년과 대조를 이룰 것이다. 이렇게 해서 특별한 뜻이 없이 보이는 이 시작 부분은 다음과 같은 물음을 담게 된다. 즉 스스로 시작한 모험으로 인해 자기 계획이 조각나게 될 때, 이 젊은이의 순박함은 어떻게 될까? 우리는 이 요양소에서의 체류 기간이 이야기 전체의 극적 동인이 되리라는 것을 알 수 있다.

길이가 아주 짧은 이 1장에서 화자는 공간과의 관계를 처음으로 사용하는데, 그것은 시간과의 관계를 의미하기 위해서이다. 고향에서 멀어지는 것은 망각으로 작용한다. "시간을 망각의 강 le Léthé이라고 하나, 낯선 곳의 공기 또한 일종의 술과 같아서, 시간만큼은 강하지는 않더라도 그만큼 효력은 더 빠르다"(p. 8)(I, p. 11). 베르크호프에 도착한 한스 카스토르프는 그곳으로 아래쪽의 시간관을 가져온다. 이미 위쪽의 시간에 길들여진 사촌 요아힘과 한스 사이에서 벌어지는 첫번째 논쟁은 존재하고 살아가는 두 가지 방식간의 불협화음을 전면에 드러낸다. 한스와 요아힘은 시간에 대해 같은 언어로 말하는 것이 아니다. 이를테면 요아힘은 이미 시간을 정확히 재는 감각을 상실했다. "석 달은 그들에게 하루와 마찬가지다…… 여기서는 생각하는 방식이 바뀐다"(p. 11)(I, pp. 14~15). 그리하여 독자는 모종의 기대감을 갖게 된다. 즉, 여기서처럼 대화가 시간을 생각하고 체험하는 방식들의 차이를 언어의 층위에서 나타내주는 단순한 절차가 아니라, 주인공의 수련 과정의 주된 매체로 사용될 것이라는 기대이다.[32] 3장에서 이야기되는 둘째 날은 밀려드는 자질구레한 사건들로 이루어진다. 식사는 쉴 사이 없이 이어지는 것처럼 보인다. 그곳에 사는 잡다한 사람들은 짧은 순간에 모습을 드러내며, 그 순간은 꽉찬 듯한 인상을 주는 동시에 특히 산책, 체온 재는 시간, 누워 있는 시간과 정확하게 리듬을 맞추고 있는 것처럼 보인다. 요아힘과의 대화, 그리고 첫 스승 세템브리니와의 대화——화자는 이 인물을 지체없이 등장시킨다——는 이미 그 전날, 즉 카스토르프가 '도착'하는 날에 기미를 보였던 언어적 알력을 가중시킨다. 한스 카스토르프는 요아힘이 시간을 어림잡아 표현하는 것에 놀란다.[33] 세템브리니와 처음 만나서도 그는 자신의 '3주'를 주장한다.[34] 하지만 세템브리니와의 논쟁은 처

---

32) 2장에서는 과거로 빠져들어가게 된다. 사실 19세기와 20세기 초반의 소설에서 매우 관례적인 이러한 회상은 앞서 말한 투시 효과의 구성과 무관하지 않다. 이 장에는 바이간트식으로 말하자면(앞의 책, pp. 25~39) 사실상 원초적 경험 Urerlebnisse이 자리잡고 있다. 그 경험은 측정된 시간에 대한 관심을 한층 더 감소시키는 정신적인 성장을 은밀히 이끌게 될 것이다. 물려받은 세례반(洗禮盤)을 통해 상징화되는 세대간의 연속성의 의미, 할아버지의 유해 앞에서 처음으로 느낀, 성스러우면서도 동시에 외설스런 죽음의 이중적 의미, 실험과 모험에 대한 취향을 통해 형상화되는 자유의 억누를 수 없는 의미, 프리비슬라프 히페에게서 연필——「발푸르기스의 밤」에서도 클라브디아 소샤는 한스가 연필을 되돌려주기를 원할 것이다——을 빌리는 일화를 통해 미묘하게 연상되는 에로틱한 성향 등이 그것이다. 이러한 원초적 경험은 부정적인 시간 경험을 내적인 상승의 경험으로 만들 수 있는 끈질긴 힘을 지닐 뿐만 아니라, '도착' 장면 다음과 첫째 날의 우여곡절이 많은 이야기 전에 그 경험을 환기시킴으로써 시간의 소멸에 대한 중대한 경험을 궤도에 올려놓는다는 기능을 갖고 있다. 정확히 말해서 시간의 척도가 사라질 때, 그것이 상실되었다는 느낌을 제대로 가늠하기 위해서는 시간에 이러한 오래됨·두께·밀도를 부여해야 했던 것이다.

33) "최근에는, 가만있자, 아마 8주쯤 전의 일이던가……——그렇다면 최근이라고 할 수 없잖아 라고 한스 카스토르프는 퉁명스럽게 말을 가로챘다.——뭐라고? 최근이 아니라고? 자네는 어쩌면 그렇게 까다로운가! 나는 그냥 대충 그 숫자를 댄 것인데. 좋아, 그러면 얼마 전에 말이네"[p. 57](I, p. 82).

음부터 요아힘과의 대화와는 다른 양상을 띠게 된다. 언어적 알력이 지체없이 탐구와 추구의 발단이 되는 것이다. 세템브리니가 "호기심도 역시 우리의 특권에 속하지요"(p. 63)(I, p. 90)라고 말하는 것은 당연하다. '명철한 정신'이라는 제목의 절에서는 사색의 징조가 나타나는데, 서술 기법은 이를 이야기로 옮기기 위해 꾸준한 노력을 기울이게 된다. 체온을 재는 장면에서 한스의 확신은 수그러들지만 경계심이 풀린 것은 아니다. 체온은 정해진 시간에 그리고 7(!)분 동안 재는 것이 아닌가?[35] 한스는 임상적 시간 temps clinique이라고 부를 수 있는 그런 시간의 구성 방식에 집착하지만, 바로 그것이 시간을 흐트러뜨리게 된다. 어쨌든 한스는 적어도 '느낌'에 와 닿는 시간과 눈금반을 도는 시계 바늘의 움직임으로 측정되는 시간을 분리시키면서 명철한 정신의 영역에 첫 발을 내딛는다(p. 69)(I, p. 101). 이것은 아마도 그다지 대수롭지 않은 발견일 것이다. 하지만——물론 황망한 상태가 압도적이지만[36]——그러한 발견을 명철한 정신 상태로 연결짓는

---

34) "오 하느님, 3주라고요! 들었습니까, 소위님? 3주 예정으로 여기에 와서 그 3주가 지나면 다시 돌아가신다 이건가요? 좀 염치없는 말이 아닐까요? 이런 말씀을 여쭈어서 대단히 죄송합니다만, 우리들은 여기서 주라는 시간 단위는 모르고 지냅니다. 우리에게는 달이 최소 단위입니다. 우린 어림잡아 계산하죠. 그건 망자들의 특권이지요"(p. 63)(I, p. 90).

35) 요아힘은 아직은 사촌 한스보다 우위에 있기 때문에 그의 당혹감을 자극하는 데 많은 도움을 주게 된다. "그래, 시간이라는 것은 주의깊게 살피면 아주 천천히 흘러가는 거야. 난 하루 네 번 체온을 재는 일이 무척 즐겁다네. 바로 이때에 1분——또는 뭐 7분이라도 좋아——이라는 시간이 실제로 얼마나 되는 시간인지를 확실히 알게 되기 때문이야. 반대로 여기서 일주일이라는 시간은 아무 의미도 없다네. 무서운 일이지"(p. 70)(I, p. 100). 화자의 말은 이렇게 이어진다. "평상시의 그 같으면 이런 철학적인 말을 하는 일이 좀처럼 없었지만, 지금은 그러한 얘기를 하고 싶은 충동을 느꼈다"(p. 71)(I, p. 101).

36) "시간에 관한 생각들이 아직 머릿속에 가득하네. 콤플렉스일 뿐이야"(p. 72)(I, p. 102). "뭐라고, 이제 겨우 하루밖에 안 되었나. 나는 오래 전부터, 아주 오래 전부터 여기에 머무른 듯한 느낌인데 [……] ——또 시간에 대해 왈가왈부하는 것은 그만두지 그래, 요아힘은 말했다. 오늘 아침은 그 때문에 머리가 완전히 뒤죽박죽

것을 잊어서는 안 된다.[37] 이후 카스토르프가 시간이란 진정 무엇인가를 처음으로, 그리고 갑작스럽게 깨닫게 되는 것이 꿈속에서라는 것은 그의 교육에 있어서 중요한 의미를 갖는다. 시간은 어떤 모습으로 나타나는가? 시간은 "무언극의 뮤즈, 한마디로 의사를 속이려는, 눈금이 표시되지 않은 수은주"[p. 98](I, p. 139)[세템브리니의 이야기 중에 등장하는 이야기로, 한 환자가 몸이 다 완쾌되었는데도 요양소를 떠나지 않으려고 눈금이 없는 체온계를 가지고 고열인 것으로 속이려 한다: 옮긴이]인 것이다. 체온계 장면은 이런 식으로 다시 등장하면서 소멸된다. 체온계에 숫자들이 사라진 것이다. 이제 시간을 알려줄 수 없는 시계에서와 마찬가지로, 정상적인 시간은 사라진다. 두 번의 꿈 이야기는 "넘쳐흐르는 기쁨과 희망"[p. 96](I, p. 137)의 색조를 띰으로써 (프루스트식으로 말하자면) 잇따른 "행복의 순간들"에 속한다. 그의 탐색은 이러한 순간들로 점철되어 있다. 그리고 "그대가 지배했던 꿈속에서, 죽음과 육체의 방종으로부터 사랑에 대한 몽상이 솟아오르는 순간을 체험했다"라는 마지막 구절은 독자로 하여금 소설을 다시 읽을 때 이 "행복의 순간들"에 주의를 기울이게끔 할 것이다. 물론 이 꿈은 아직까지 주인공이 '지배했다'고 할 수 있는 그런 꿈은 아니다. 그러나 이 꿈은 적어도, 떠나라고 권유하는 세템브리니의 충고도 뿌리치게끔 만드는 그의 호기심 ——클라브디아 소샤가 내뿜는

이니 말일세. ——그러지, 안심하게. 완전히 다 잊어버렸으니까. 콤플렉스일 뿐이야, 한스 카스토르프가 대답했다. 게다가 지금은 머리가 더 이상 맑지가 않네, 그것은 지나가버린 일이야"[p. 88](I, p. 126). "그렇지만 다른 한편으론 여기서 단 하루가 아니라 아주 오래 전부터 있어온 느낌입니다. 마치 제가 더 나이를 먹고 더 현명해진 듯이 말입니다…… 그래요, 바로 그게 제 느낌입니다. ——더 현명해졌다고요? 세템브리니가 말했다"[p. 91](I, p. 130).

37) "난 오늘 아주 머리가 맑다네. 대체 시간이란 무엇인가? 하고 한스 카스토르프는 물었다"[p. 71](I, p. 101). 주인공이 아우구스티누스 흉내를 내는 것을 따라가보는 것은 흥미롭다. 물론 주인공은 아우구스티누스를 모르고 있는 것으로 여겨지지만 화자는 결코 그렇지 않다!

250

관능적 매력에 사로잡히게 되는 것도 그 때문이다──을 담아내고 있다. "그는 갑자기 아주 고집스럽게 말했다"〔p. 93〕(I, p. 132).

4장은 한스 카스토르프가 베르크호프에서 단순한 방문객으로 보낼 작정이었던 3주 간을 다루고 있는데, 시간 감각 그리고 그에 적합한 언어 감각은 계속해서 점차 쇠퇴하게 된다. 계절의 혼란은 통상적인 시간 좌표를 헝클어뜨리는 데 일조를 하고, 정치-문화에 대한 세템브리니와의 끝없는 논쟁이 시작된다(나프타는 아직 등장하지 않았다). 처음 읽을 때는 이 끝없는 논쟁이 주인공의 시간 경험의 흐름을 놓치게 만들고 『마의 산』이 교양소설로서 시간소설이 될 수 있는 한계에서 벗어나게 하는 것처럼 보인다. 하지만 처음부터 다시 읽어보면 「시간에 대한 여담」〔pp. 108~12〕(I, pp. 154~59)에 부여된 역할은, 유럽 문화의 운명에 관한 커다란 논쟁을 주인공이 쌓아가는 정신적 수련의 이야기 속에 끼워넣고, 그렇게 해서 시간소설과 교양소설 사이의 균형을 확고하게 하는 것임을 알 수 있다. 오로지 화자만이 할 수 있는 이 미묘한 조립에서 이음쇠 구실을 하는 말은[38] 바로 문화적·시간적 현상으로서의 "적응acclimatation"("낯선 곳에서의 적응")〔p. 110〕(I, p. 157)이라는 말이다. 바로 이 말에서 시간에 대한 여담이 시작하고, 이어 화자는 단조로움과 권태에 대한 생각을 되씹는다. 화자는 그러한 느낌들이 시간의 흐름을 더디게 하는 것은 아니라고 말한다: 반대로 "공허함이나 단조로움이 가끔 순간이나 시간을 잡아늘여 지루하게 만들지 모르지만, 아주 긴 시간의 경우에는 오히려 시간의 길이를 줄이고 속도를 빠르게 하여 완전히 무로 돌아가게 하는 것이다"〔p. 110〕(I, p. 157). 이러한 줄임과 늘임의 이중 효과는 시간의 길이라는 관념에서 일의성(一義性)을 완전히 제거하고, "얼마 전부터?"

---

38) 화자는 거침없이 개입하면서 이렇게 말한다. "이러한 여담을 여기에 집어넣은 것은 한스 카스토르프라는 젊은이가 이와 비슷한 생각을 가지고 있었기 때문이다" (I, p. 159).

라는 질문에 이제 "아주 오래 전부터"[p. 112](I, p. 159)라는 대답밖
에 할 수 없게 만든다.

「시간에 대한 여담」은 전체적으로 경고의 어조를 띠고 있다고 할
수 있다. "낯선 곳에 적응하는 것, 때론 고통스럽지만 이러한 순응과
변모는 사실상 독특한 모험이다. 어떻게 보면 사람들은 모험 자체를
위해 그리고 그것이 이루어지는 순간 아무런 미련 없이 그것을 내팽
개치고 다시 옛날의 상태로 되돌아가려는 생각으로 그러한 순응과
변화를 받아들인다"[p. 110](I, p. 157). 일상 생활의 흐름을 멈추고 중
단시키지 않으면, 지나치게 오래 계속되는 단조로움으로 인해 지속
시간에 대한 의식 자체가 상실될 위험이 있다. "의식은 삶의 느낌과
너무도 밀접하게 연결되어 있어서, 한쪽이 약해지면 다른 쪽도 훼손
되고 쇠약해지게 마련이다"[p. 110](I, p. 157). "삶의 느낌"이라는 표
현에 어느 정도 아이러니가 섞여 있지 않은 것은 아니다. 하지만 화
자는 자신의 주인공에게도 비슷한 생각을 부여함으로써 명철한 정신
으로 나아가는 길에 자신이 그에 비해 조금 앞서가고 있을 뿐임을 드
러낸다.[39] 주인공의 호기심은 결코 무뎌지지 않는다. "이번만은 베르
크호프의 마법의 울타리를 벗어나 자유로운 공기를 한껏 들이마시려
는"[p. 124](I, p. 177) 바람이 때로 스치듯 지나가긴 하지만 말이다.

백일몽과 같은 상태에서 프리비슬라프 히페 Pribislav Hippe가 등장

---

39) "한스 카스토르프는 겉으로만 바라본 사물을 보다 가까이에서 관찰하고 젊은이의
감수성으로 새로운 것을 받아들이는 법을 여전히 매번 배워야 했다"[p. 112](I, p.
160). 같은 의미에서 화자는 한스 카스토르프의 적극적인 정신에 대해 말하고 있
다. 티베르거는 이 「여담」을 요아힘이 음악을 옹호하는 부분과 비교한다. 음악이
란 어쨌든 어떤 질서와 정밀하게 분할된 부분들을 지니고 있는 것이다. 세템브리
니는 한술 더 뜬다. "음악은 시간을 일깨우며, 또한 우리를 일깨워 시간이라는 것
을 아주 섬세하게 즐길 수 있게 하지요. [……] 음악이 일깨운다는 말입니다.
[……] 그리고 바로 이 점에서 음악은 도덕적입니다. 일깨운다는 점에서 예술은
도덕적이지요"[p. 121](I, pp. 172~76). 하지만 한스 카스토르프는 이러한 훈계조
의 독설에 방심한 듯한 태도로 맞서고, 그 독설은 스승만의 것에 그치고 만다.

하는 일화도 시간의 소멸에 일조를 한다. 주인공은 반쯤 몽롱한 상태에서 그러한 시간의 소멸을 겪는다. 그는 히페에게 연필을 빌리는데, 꿈에서 깨어난 주인공에게 히페의 눈과 시선은 클라브디아 소샤의 눈과 시선이 된다. 연필을 빌렸다 돌려주는 이 모티프가 갖는 상징성(화자는 이 때문에 나중에 설명하게 될 「발푸르기스의 밤」 일화에 수수께끼 같은 결말을 갖도록 할 것이다) 덕분에,[40] 티베르거Thieberger가 자기 나름대로 '꿈꾸는 듯한 간주곡'이라고 부른 그 일화는 이미 2장의 회상을 통해 그 깊이를 잰 바 있는 퇴적된 시간의 심층, 현재의 순간에 일종의 무한한 지속 시간을 부여하는 심층을 다시 표면 위로 떠오르게 한다(p. 129)(I, p. 183). 영원성을 띤 일련의 꿈들은 나중에 바로 이러한 심층을 토대로 해서 세워질 것이다.

　예정된 3주가 다 지나가기도 전에 한스에게 있어서 "지속 시간에 대한 감각의 재생력"이 약해진다. 그렇지만 쏜살같이 지나가는 나날들은 "끊임없이 되살아나는 기다림으로"(p. 150)(I, p. 213) 계속해서 늘어난다. 클라브디아의 매력과 이제 곧 떠날 것이라는 예상은 여전히 시간에 움직임과 긴장을 부여한다.[41] 하지만 결국 3주라는 기간이 끝나갈 무렵에 한스 카스토르프는 요아힘이 그를 맞이할 때 품었던 바로 그 생각에 사로잡히게 되었다. "여기서 3주란 대수롭지 않거나 아무것도 아니었다. 그들 모두가 첫 날부터 그에게 그렇게 말하지 않았던가? 여기서 가장 짧은 시간 단위는 달이었다."(p. 172)(I, p. 243). 이미 체류 기간을 보다 길게 잡지 않았던 것을 후회하는 것이 아닌가? 그리고 "체온계"(4장의 중요한 부제)(p. 170)(p. 241)의 규칙

---

40) 반복적 모티프 가운데 세례반—— "아버지에게서 아들로 변함없이 이어 전해지는 조상의 유품"(I, p. 231) ——그리고 또한 (발푸르기스의 밤 동안에) 할아버지의 떨리는 머리(I, pp. 178, 203, 319, 499)를 염두에 두자.

41) 화자와 주인공의 두 목소리는 이렇게 서로 합쳐지며 일단락 지어진다. "그래, 시간은 이상한 수수께끼야. 어떻게 그것을 풀 수 있을까?"(p. 150)(I, p. 213). 명철한 정신도 이 질문을 해결하지는 못한다.

에 복종함으로써 그는 다른 환자들처럼 마의 산의 희생물이 된 것이 아닌가?[42]

그럼에도 불구하고 한스 카스토르프는 잘 '적응' 했기 때문에 영원성을 띤 첫 경험을 맞이할 준비가 되어 있다. 4장보다 훨씬 긴 5장은 바로 그러한 경험에서 시작된다. 5장이 시작되자마자 화자는 다시금 상황을 주도하면서 「저자의 말」이 제기한 소설의 길이의 문제로 되돌아간다. "우리가 잘 알다시피, 이 3주는 순식간에 지나가서 묻혀버릴 것이다"[p. 195](I, p. 275)라고 화자는 말한다. 여기서 주장하는 이야기하는 시간과 이야기되는 시간의 기이한 관계는 허구의 주인공이 겪게 되는 기이한 경험을 부각시키는 데 기여한다. 서술 행위의 규칙에 따라 글쓰기와 독서의 시간 경험이 주인공의 모험에 부합되도록 오그라든 것이다. 이제 위쪽의 법칙이 우세하므로 남는 것은 시간의 두께 속으로 들어가는 일뿐이다. 더 이상 아래쪽의 증인은 없다. 느낌의 시간이 시계의 시간을 소거해버린 것이다. 놀랍게도(이 단어는 두 번 나온다) 시간의 신비는 그 때부터 시작된다[p. 195](I, p. 275).

「영원의 수프와 돌연한 광명」[p. 195 이하](I, p. 275 이하)이라는 일화는 예고된 '기적들' 가운데 하나가 아니라 엄밀히 말해서 결정적인 '기적들' 이 부각될 토대──심지어는 그 밑바닥──를 담고 있다. 매일 되풀이되는 나날의 그러한 영원성이란 사실 기이한 영원성이다. 이번에도 서술적 목소리가 등장해 침대에서 보낸 이 비슷하게 되풀이되는 나날들에 관해 이야기한다. "점심 때면 어제도 그랬고 또 내일 그렇듯이 당신에게 수프를 가져온다…… 어느 일정한 현재의 순간에 영원토록 수프를 가져오는 것이다. 하지만 영원성과 관련해서 권태롭다고 말하는 것은 모순이라 할 수 있다. 그래서 특히 우리의 주인

42) 두 주가 지난 다음 위쪽 사람들의 일과는 "그가 보기에 거의 자연스러운 신성 불가침의 성격을 띠기 시작했다. 그래서 여기서 볼 때는 평지의 아래쪽 생활이 오히려 이상하고 거꾸로인 것처럼 느껴졌다"[p. 157](I, p. 222).

공과 함께 있는 동안에는 그러한 모순을 피하려고 한다"[p. 195](I, p. 276). 이 말이 아이러니의 어조를 띠고 있음은 의심의 여지가 없다. 이것은 하지만 대단히 중요한 말이다. 이런 유형의 소설은 특히 한 번 다 읽은 후에 다시 한 번 읽는 것이 필요하다. 독자는 이 화자의 말을 소설을 처음부터 다시 읽으면서 누적되는 시간 속에서 주목해야 한다. 「영원의 수프」의 의미는 영원성에 대한 두 가지 다른 경험, 즉 5장 끝부분의 「발푸르기스의 밤」과 7장에서의 「눈」에 나오는 장면의 경험을 통해 그에 대한 답을 얻을 때까지는, 풀리지 않은 채로 남아 있을 것이다.

이러한 화자의 해설을 받쳐주고 있는 서술적 요소는 한스 카스토르프가 맞이한 새로운 조건이다. 의사 베렌스의 지시에 따라 이전 환자가 죽어나간 침대에 꼼짝없이 누워 있게 된 것이다. 영원성을 띤 이 3주는 10페이지에 걸쳐 빠르게 흘러간다. "시간의 이 움직이지 않는 영원성"[p. 202](I, p. 285)만이 의미가 있을 따름이며, 역시 거듭되는 시간에 대한 지적을 통해 표현된다. 즉 이제 며칠인지는 알 수 없지만, "잘게 쪼개어져 인위적으로 줄어든 이 하루[p. 204](I, p. 288) 중의 몇 시인지는 안다. 세템브리니는 다시금 종교와 사랑을 포함한 온갖 것이 죽음과 어떤 관계에 있는지를 학자이며 정치적인 휴머니스트의 어조로 이야기한다. X선 검사가 한 순간 치명적인 진단 결과를 가져올 수 있으며, 따라서 한스 카스토르프는 살아 있지만 이미 질병과 죽음의 제물인 것이다. 의사 베렌스가 보여주는 X선 필름에서 자기 자신의 해골을 보는 것은 곧 분해된 자기의 육체를 미리 그려보는 것이며 자신의 무덤을 바라보는 것이다. "견자(見者)의 혜안으로 그는 난생 처음 언젠가는 자신이 죽으리라는 것을 깨달았다"[p. 233](I, p. 328).

시간에 대한 정확한 계산——여기서 화자는 다시 아이러니를 사용한다——은 마지막으로 7주, 다시 말해 한스 카스토르프가 베르크호프에서 보내기로 작정한 7주에서 멈춘다. 그 계산은 화자가 한다[pp. 233~34](I, pp. 328~29). 이러한 마지막 날짜 계산(성탄절까지는 아직 6주가, 그리고 그 유명한 「발푸르기스의 밤」까지는 7주가 남아 있다)을 「자유」[p. 233](I, p. 327)라는 제목을 가진 절 속에 위치시킨 것은 다분히 의미심장하다. 한스 카스토르프의 교육은 바로 날짜로 측정되는 시간에 이렇게 마지막으로 갑자기 신경이 쓰이는 것을 이겨내면서 진전하는 것이다. 보다 더 중요한 것은, 우리의 주인공이 시간으로부터 멀어짐에 따라 정신적 스승인 세템브리니로부터 멀어지는 법을 배우게 된다는 점이다.[43] 하지만 그로부터 완전히 자유로워지는 것은 「영원의 수프」의 허무주의에서 벗어난 이후이다. 이 허무주의는 질병 그리고 죽음과 뒤섞인 사랑에 그 병적인 흔적을 끊임없이 남겨놓을 것이다.[44]

이제부터 텅 빈 시간의 은총 덕분에 한스 카스토르프의 교육은 해방의 색채를 띠게 될 것이다[p. 304](I, pp. 427~28). 길이가 상당히 긴 이 5장에서, 7주를 넘어서면 시간은 그 좌표에서 벗어난다. 이 장의 한 절에는 「탐구」[p. 283](I, p. 398 이하)라는 제목이 붙여져 있다. 해부학, 유기적 생명, 물질, 죽음, 유기적 실체와 뒤섞인 관능, 창조

---

43) 이탈리아인 스승이 러시아인들과 시간에 대한 그들의 철저한 무관심을 경멸하면서 시간에 찬사를 보내고 있다는 점은 주목할 만한 사실이다. "그것은 인간이 인류의 발전에 봉사하기 위하여 이용할 수 있도록, 기술자로서 매우 유용하게 이용할 수 있도록, 신들이 인간에게 내린 선물이다"[p. 258](I, p. 353). 바이간트는 여기서 잊지 않고 독일 정신, 이탈리아 정신 그리고 슬라브 정신 사이에서 벌어지는 미묘한 유희를 강조하고 있다. 그 유희는 이러한 시간의 전설이 갖는 다원적 의미 가운데 하나가 된다.

44) 작가는 다시 한 번 독자를 한 손에 휘어잡는다. "누구나 그렇게 하듯이 우리도 여기서 진행되고 있는 이야기 속에서 개인적 생각에 몰두할 수 있는 권리를 요구하면서, 다음과 같이 대담하게 가정해본다. 만일 한스 카스토르프의 순박한 영혼이 삶을 꾸려가는 행위의 의미와 목적에 관해 어떤 만족스러운 대답을 시간의 심층에서 찾았다면, 애초에 자신이 머물기로 했던 기간을 초과하여 현재 우리가 도달한 지점까지 늦추지는 않았을 것이다"[p. 244](I, pp. 343~44).

와 뒤섞인 타락에 관한, 줄거리를 많이 벗어나는 여담은 이 부분을 무겁게 만들고 있다. 비록 자기가 읽은 해부학 책에서 도움을 얻긴 하지만, 그럼에도 불구하고 한스는 완전히 혼자서 생명의 주제를 관능과 죽음과 연관지어 스스로 배워나간다. 그 주제는 X선으로 촬영된 손의 뼈대라는 상징으로 나타난다. 한스 카스토르프는 화자와 마찬가지로 이미 관찰자가 된 것이다. 「탐구」 다음에는 「사자(死者)의 춤 Danse macabre」 [p. 303] (I, p. 426)이라는 절이 이어진다. 성탄절을 축하하는 3일 간의 향연, 거기엔 어떠한 성탄의 빛도 스며들지 않고 다만 고인이 된 "점잖은 기수(騎手)"의 시신에 대한 관조만이 눈에 띈다. 예전에 할아버지의 유해를 흘낏 쳐다보며 느꼈던, 성스러우면서도 외설스러운 죽음이 다시금 강한 인상을 준다. 죽어가는 자들의 머리맡을 배회하고자 하는 한스의 충동이 물론 죽음을 연상시킬 수는 있다. 하지만 그로서는 죽음을 존중하고자 한다면 경의를 표할 수밖에 없다는 점에서, 그의 충동을 자극하는 것은 바로 삶을 존중하려는 노력이다 [pp. 313~14] (I, pp. 440~42). 세템브리니의 멋드러진 표현에 의하면 "인생의 골칫거리 아이"는 "죽음의 자식들" [p. 326] (I, p. 459)만을 돌볼 수 있는 것이다. 한스가 자신을 변화시키는 경험 속에서 위쪽 사람들에 사로잡힌 포로인지 아니면 자유에의 길을 걷고 있는지, 현단계에서 이야기하는 것은 불가능하다.

시간의 소멸로 인해 비어 있는 자리를 죽음의 이미지가 주는 매력이 차지하려고 하는 바로 이런 애매한 상태에서, 며칠 안 있으면 머물기 시작한 지 7개월이 되는 날에, 정확히 말하자면 사순절 전의 화요일 전날, 그러니까 사육제 기간에 겪게 되는 매우 특이한 경험이 주인공을 사로잡게 된다. 화자는 이를 「발푸르기스의 밤」 [p. 340 이하] (I, p. 479 이하)이라는 제목으로 아이러니의 어조로 이야기하고 있다. 그 경험은 한스가 반쯤 취한 상태에서 세템브리니를 '자네'라고 부르면서 시작되는데, 세템브리니는 아니나다를까 거기서 자신의

'제자'가 자유로운 몸이 된 것을 알아차린다("마치 작별 인사처럼 들리는군요……"〔p. 348〕(I, p. 490). 그리고 한스의 경험은 "환자들의 가장 무도회"[45]가 벌어지는 도중에 클라브디아 소샤와 나누는, 정신 착란에 가까운 대화에서 절정을 이룬다. 연필을 빌렸다가 다시 돌려주면서 — 히페의 연필을 기억할 것! — 시작되고 끝나는, "그대 tu"라고 부르면서 멋 부린 말투로 말을 주고받는 이러한 대화에서 몽환에 가까운 영감이 떠오른다. 거기서도 영원성을 띤 의미가 떠다니고 있는데, 그 영원성은 「영원의 수프」와는 매우 다른, 꿈속의 영원성이다. "아시죠, 이렇게 우리 둘이서 앉아 있다니 제게는 꿈만 같군요. 유달리 깊은 꿈 말입니다. 이런 꿈을 꾸려면 아주 깊이 잠들어야 하니까요…… 사실대로 말하자면 이제까지 줄곧 꾸어온 낯익은 꿈, 길고 영원한 꿈이지요. 그래요. 지금처럼 그대 곁에 앉아 있다는 것, 이것이 바로 영원입니다"〔pp. 355~56〕(I, pp. 499~500)(강조된 부분은 원본에서 불어로 씌어져 있다). 꿈속의 영원성, 이것은 클라브디아가 곧 떠날 것이라고 말하는 순간 — 주인공은 그것을 마치 천재지변과도 같은 충격으로 받아들인다 — 흔들리기 시작한다. 하지만 죄악, 위험, 자아 상실을 통한 자유를 권장하는 클라브디아는 한스에게 율리시스를 유혹하는 사이렌의 마녀 — 율리시스는 그 노래에 끌리지 않기 위해 자기 몸을 돛대에 매게 했다 — 가 아니겠는가? 육체·사랑·죽음은 너무나 강하게 이어져 있고, 질병과 관능, 아름다움과 타락 또한 너무 뒤섞여 있기에, 날짜로 계산되는 시간 의식을 상실했다고 해서 그 대가로 살아갈 용기를 얻을 수 있는 것은 아니다.[46] 「영원의 수프」는

---

45) 이 장면은 『잃어버린 시간을 찾아서』에서 게르망트 공작의 서재에서 결정적인 영감을 얻은 후에 벌어지는 해골들의 만찬 장면을 떠올리지 않을 수 없게 한다.

46) "그리고 그녀는 나갔다"는 마지막 문장의 아이러니는, 클라브디아와 한스가 이 사육제의 나머지 밤을 어떻게 보냈는지를 독자가 알 수 없게 만든다는 점이다. 나중에 가엾은 베살 Wehsal에게 털어놓는 고백은 만족스럽지는 않지만 우리의 호기심을 자극할 것이다. 작가는 아이러니를 사용하여 그 부분에서 이렇게 적고 있다.

꿈속의 영원성, 사육제적인 영원성, 즉 「발푸르기스의 밤」으로 이어질 수밖에 없었던 것이다.

『마의 산』 2부의 절반을 넘게 차지하는 6장의 구성은 이야기하는 시간과 이야기된 시간의 차이뿐 아니라 이야기된 시간과 허구에 의해 투사되는 시간 경험간의 차이를 보여주는 좋은 예다.

이야기된 시간의 측면에서 볼 때 서술의 골격을 이루는 것은 위쪽 사람들과 아래쪽 사람들의 교류이다. 그러한 교류는——점점 더 뜸해지고 또 더 극적으로 이루어진다——아래쪽의 정상적인 시간이 베르크호프 공동의 운명인 탈시간화된 지속에 대해 가하는 공격을 형상화한다. 요아힘은 다시금 군인으로서의 사명감을 느끼고 요양소를 빠져나온다. 두번째 스승인 나프타——유대인 출신의 예수회 교인으로서 무정부주의적인 동시에 반동적인 인물이다——는 세템브리니와 한스 카스토르프의 대담을 깨뜨리며 이야기 속에 등장한다. 함부르크에서 온 종조부는 아래쪽 사람들을 대표하여 카스토르프를 마법에서 풀려나게 하려고 해보지만 허사로 끝난다. 요아힘은 베르크호프로 되돌아와서 죽음을 맞이한다.

이 모든 사건들에서 「눈」〔p. 493〕(Ⅱ, p. 170)의 일화가 떠오르는데, 이것은 소설의 마지막 부분에서 회상되고 있는 일련의 꿈같은 순간들과 사랑의 몽상들에 포함될 수 있는 유일한 일화이다. 그 꿈같은 '순간들'은 이야기된 시간과 시간 경험이 함께 절정에 이르는 정점, 불연속적인 정점이다. 이렇게 이야기된 시간과 시간 경험이 이렇게 정점에서 결합되도록 하는 것이 이 일화의 구성 기법이다.

그 정점 이전에는 한스 카스토르프는 시간에 대한 생각을 계속 되

"우리가 독자들 앞에서 침묵을 지키는 〔……〕 이유가 있다"〔p. 451〕(Ⅱ, p. 115). 나중에는 클라브디아는 "우리가 꿈처럼 보낸 밤"〔p. 631〕(Ⅱ, p. 348)에 관해 이야기할 것이다. 페페르코른 씨의 호기심도 그 베일을 벗겨내지는 못할 것이다.

씹는다. 그것은 역시 시간에 대한 화자의 되새김으로 증폭되고, 조금 전에 언급된 이야기의 틀을 깨트릴 정도로까지 늘어난다. 정신적 수련의 이야기가 계속해서 물질적 우연성을 벗어나고 있는 것 같다. 더욱이 화자가 제일 먼저 등장하여 어떤 점에서는 주인공이 자기 생각을 정리하도록 도와준다. 시간 경험은 연대기적 시간에서 벗어나 깊이를 더해가면서 서로 화해할 수 없는 관점들로 분해되었던 것이다. 측정할 수 있는 시간을 상실함으로써 한스 카스토르프는 영혼의 시간과 물리적 변화의 관계와 관련하여 아우구스티누스의 시간 현상학에 관한 우리의 논의에서 다루었던 것과 똑같은 아포리아에 도달한 것이다. "도대체 시간이란 무엇인가? 하나의 수수께끼다! 실체가 없으면서도 전능한 것이다. 현상으로 나타나는 시간의 조건으로, 공간 속에 존재하는 물체와 그 물체의 운동에 뒤섞여 있고 결부되어 있는 어떤 운동이다"[p. 365](II, p. 5). 따라서 측정의 굴레를 벗어났을 때 중요한 것은 엄밀히 말해서 내면의 시간이 아니라, 그 시간을 시간의 우주적 양상과 화해시킬 수 없다는 사실이다. 시간의 우주적 양상은 시간의 흐름에 대한 관심이 완전히 없어진다고 해서 사라지지 않는다. 오히려 점차 두드러지게 나타난다. 한스 카스토르프를 사로잡는 것은 바로 시간의 애매성, 그 영원한 순환성과 변화를 일으키는 능력이다. "얼마든지 물어보라! 시간은 능동적이라서 무엇을 만들어낸다. 무얼 만들어낸단 말인가? 변화이다"(같은 페이지). 시간은, 그 지각 작용들이 하나로 통합되지 않는다는 점에서, 신비로운 것이다(나로서는 바로 이것이 풀 수 없는 수수께끼이다. 한스 카스토르프에게 화자가 자기 생각을 슬며시 귀띔해주는 것처럼 보이는 것을 내가 별 거슬림 없이 받아들이는 것은 바로 그 때문이다).[47] 『마의 산』은 단순히 측정가

---

47) "한스 카스토르프는 이러한 종류의 질문들을 자기 스스로에게 제기하곤 했다……
자기 자신에게 이러한 질문을 제기했다는 것은 자기도 그에 대한 대답을 잘 모르고 있었기 때문이다"[p. 365](II, p. 6).

능한 시간의 소멸을 그리는 허구가 아닌 것이다! 어떤 의미에서는 측정 가능한 시간의 소멸을 통해 바로 불변의 영원성과 변화의 생성 사이의 대조가 마음껏 드러나게 되는 것이다. 이때 변화는 식물의 소생과 사계절의 뚜렷한 변화(한스 카스토르프는 그러한 변화에 대해 새로운 관심을 갖는다)이며, 혹은 보다 은밀한 변화로, 클라브디아의 성적 매력으로 인해, 다음에는 '발푸르기스의 밤'이 절정에 이르렀을 때, 그리고 이제는 그녀가 되돌아오기를 '기다리며' 한스가 내면에서 경험한 —— '영원의 수프'에도 불구하고 —— 변화일 수도 있다. 한스 카스토르프는 이제 해부학이 아니라 천문학에 열정을 갖게 되는데, 그때부터 시간의 단조로운 경험은 우주적 차원을 띠게 된다. 흘러가 버리는 시간은 천체와 별을 관조함으로써 니체적인 영원 회귀의 경험에 가까운 역설적인 불변성을 갖게 되는 것이다. 하지만 어느 누가 '발푸르기스의 밤'에 나타난 꿈속의 영원성과 천체의 불변성을 관조하면서 느낀 영원성 사이에 다리를 놓을 수 있을 것인가?[48]

한스 카스토르프의 수련 과정은 그때부터 감정의 혼란 속에서, 그리고 그러한 혼란을 통해, 생각의 애매함을 발견하는 단계를 거치게 된다.[49] 베르크호프의 거주자들이 비-시간 안에 고여 있을 뿐인 것에 비하면, 이 발견은 상당한 진전이다. 한스 카스토르프는 무한한 공간 속에서 아득한 옛날을 발견했다("이 여섯 달은 아득하나 눈 깜박할 사이에 사라졌다"[p. 367][Ⅱ, p. 8]).

화자는 소설의 이야기된 시간을 구성하는 일련의 사건들을 통해 시간 경험에 나타난 이 심층적인 변화를 그리고 있다. 한편으로 클라

---

48) 티베르거가 여기서 천체의 관찰에 대한 열정을 원시 신화나 고대의 지혜와 연결시키고 있는 『요셉 이야기 Les Histoires de Joseph』를 떠올리는 것은 지극히 당연하다.

49) "솔직히 진실을 토로하자면, 침대 아니 안락의자는 불과 열 달 동안에 평지의 제 분소가 몇십 년 동안 해준 것 이상으로 나를 진보시키고 많은 생각을 불러일으켰습니다. 그 점에 대해서는 아무도 부정할 수 없을 것입니다"[p. 398][Ⅱ, p. 49].

브디아가 돌아오기를 기다리는 것은 그녀의 부재를 감내한다는 또다른 수련의 계기가 된다. 한스 카스토르프는 이제 함께 마의 산을 떠나자는 요아힘의 유혹을 뿌리칠 수 있을 정도로 제법 의연해졌다. 그렇다. 한스는 요아힘을 따라 떠나지 않을 것이며, 평원 지대를 찾아 마의 산을 탈출하지는 않을 것이다("난 이젠 더 이상 나 홀로 저 벌판 길을 다시 찾지는 않을 것이니까"[p. 438](II, p. 99)). 불변의 영원성이 그 부정적인 작업 — 삶에서 배운 것을 잊게 하는 작업 — 을 마무리한 것이다. 이것은 시간소설이며 동시에 교양소설인 『마의 산』에서 핵심적인 극적 반전을 이룬다. 반면에 돌아오지 않는 한스 카스토르프를 데려가기 위해 함부르크에서 온 종조부 티나펠의 '공격과 격퇴'(이 일화의 제목이다)는 영원한 공허가 행하는 파괴적 행동에 대해 취할 수 있는 유일한 반격인 인내를 집요한 고집으로 바뀌게 할 따름이다. 그러면 이제 한스는 의사 베렌스, 그리고 베르크호프를 감싸고 있는 질병과 죽음에 대한 경배를 부추기기만 하는 그의 의학적 이데올로기의 볼모인가? 아니면 영원성과 시간을 영적으로 인식하는 새로운 주인공인가? 화자는 이 두 가지 해석을 모두 조심스레 마련한다. 한스 카스토르프는 분명 삶에서 배운 것을 잊어버렸다. 그 점에서 그의 경험은 확실히 의심스럽다. 대신 평원 지대에서 오는 공격에 대한 그의 저항은 "완전한 자유, 차츰 그의 심장을 뛰지 않게 만들었던 자유를 뜻했다"[p. 463](II, p. 132).[50]

이 자유를, 한스 카스토르프는 스승 세템브리니와 나프타에게 주로 행사한다. 화자는 2부에서 나프타를 아주 시기 적절하게 등장시키는데, 그렇게 함으로써 주인공이 서로 융합할 수 없는 두 교사로부터 똑같은 거리를 유지하며, 그래서 화자가 「저자의 말」이후 보란 듯이

---

50) 한동안 이어지는 그의 스키 모험은 자유의 획득과 무관하지 않다. 그 모험은, 「눈」이라는 결정적인 일화에서 보게 되듯이, 그로 하여금 시간을 능동적으로 사용하도록 돕기도 한다.

차지하고 있는 우월한 위치에 알게 모르게 도달할 수 있는 기회를 갖게 된다. 그런데 세템브리니와 그의 낙천적 휴머니즘이 그러하듯이, 나프타 역시 유혹을 표상하는 인물이다. 나프타의 이야기, 세템브리니가 죽음과 살인에 대한 신비주의로 간주하는 황당무계한 이야기는 유명한 「발푸르기스의 밤」에서 클라브디아가 남겨놓은 메시지의 교훈과 은밀히 연결된다. 즉 나프타는 악을 통한 구원까지는 아니라도 미덕과 건강이 '종교적' 상태가 아님을 주장한다. 니체 혹은 공산주의[51] 색채를 띤 이 기이한 기독교——이에 따르면 "인간이 된다는 것은 병드는 것이다"[p. 490](II, p. 165)——는 한스 카스토르프의 교육을 그린 이 소설에서 악마적 유혹의 역할, '영원의 수프'로 형상화된 부정성(否定性) 속으로 빠뜨리는 역할을 한다. 그러나 평원 지대에서 온 밀사가 그러했듯이, 이 유혹자 역시 주인공의 대담한 실험을 중단시키지 못한다.

이제 우리는 「발푸르기스의 밤」이래 가장 결정적인, 「눈」[p. 493 이하](II, p. 170 이하)이라는 제목의 일화에 이르게 된다. 이것은 나프타의 악마적 음모를 이야기하는 일화(의미심장하고 아이러니컬한 그 일화의 제목은 「정신적 수련」이다) 바로 뒤에 이어오면서 입체감을 얻는다. 게다가 눈 덮인 공간의 환상을 배경으로 삼고 있고, 그 공간은 이상야릇하게 해안의 백사장이라는 공간과 다시 만나게 된다는 점은 중요하다. "그 두 영역에서 풍경은 모두 끝없이 단조로웠다"[p. 497](II, p. 175). 눈으로 뒤덮여 아무것도 보이지 않는 산은 사실 결정적인 장면이 벌어지는 배경이라는 의미 그 이상이다. 그것은 시간 경험 자체의 공간적 등가물인 것이다. "영원한 침묵"[p. 501](II, p. 180)

---

51) 그의 황당무계한 이야기는 간혹 시간을 주제로 삼는다. 나프타는 신의 전유물이며 "누구에게나 적용되는 이 신성한 제도"인 시간의 "범죄적 악용"에 맞서 논쟁을 벌인다[p. 425](II, pp. 82~83). "어느 누구도 먼저 손대서는 안 될"[p. 430](II, p. 89) 공산주의적 시간에 대한 그의 변론도 참조할 것.

은 공간과 시간을 단 하나의 상징성으로 결합한다. 뿐만 아니라 자연, 그리고 자연의 장애물에 맞서 싸우는 인간의 노력은 시간과 영원성 사이의 관계의 폭이 변화되었음을 상징한다. 그것이 바로 이 일화가 담고 있는 정신적인 쟁점이다.[52] 용기가 도전——이처럼 "분별 있는 신중함을 고집스럽게 거부하는 것"[p. 507](Ⅱ, p. 187)——으로 바뀌어서, 피로(그리고 포르투갈산 포도주)에 얼근히 취한 투사(鬪士)가 푸른 초목과 쪽빛 하늘 그리고 새들의 노랫소리와 햇빛이 어우러진 환각에 사로잡히게 될 때, 모든 것이 흔들린다. "지금 눈앞에서 차츰 모습이 바뀌어가고 변해가는 그 풍경도 마찬가지였다"[p. 517](Ⅱ, p. 200). 물론 결코 가본 적은 없으나 "오래 전부터"[같은 페이지](Ⅱ, p. 201) 알고 있는 지중해에 대한 회상 장면에 공포가 전혀 없는 것은 아니다(두 노파가 불이 훨훨 타오르는 쟁반 위의 어린아이를 갈가리 찢고 있다……). 마치 추악함과 아름다움은 서로 어쩔 수 없이 맺어져 있기라도 하듯이! 마치 정신 착란과 죽음이 삶의 일부이기라도 하듯이 ——"그렇지 않다면 삶은 삶이 아닐 것이다"[p. 522](Ⅱ, p. 208)! 하지만 그때부터 한스는 더 이상 스승들에게는 관심이 없다. 그는 안다. 무엇을 아는가? 바로 "죽음이 선(善)과 사랑의 이름으로 인간의 생각을 지배하도록 내버려두어서는 안 된다"[p. 523](Ⅱ, p. 209)(원문에도 강조되어 있음)는 것이다.

질병과 죽음에 대한 경배에 다름아닌, 「발푸르기스의 밤」의 꿈속의 영원성에는 이제 삶의 용기에 대한 보상이자 그 원천인 또 다른 영원성, '오래 전부터 있어온' 영원성이 대응하는 것이다.

요아힘이 베르크호프로 돌아오고, 그의 귀환이 겉으로 보기에는

---

52) "한마디로 말해, 한스 카스토르프는 위에서 용기를 보여주었다. 자연의 힘 앞에서 용감하다는 것이, 그 힘의 존재에 대한 무딘 냉정함이 아니라 의식적으로 자기 자신을 바치는 것이며, 그 힘에 공감함으로써 얻어낸, 죽음의 공포에 대한 승리를 의미한다면 말이다"[p. 502](Ⅱ, p. 181).

예전에 한스가 도착했을 때 그랬던 것처럼 시간의 무중력 상태로 그려지고 있다는 사실은 그리 중요하지 않다. 세템브리니와 나프타는 연금술과 프리-메이슨에 대해 격렬한 논쟁을 벌이며, 그 논쟁을 통해 질병과 죽음의 세계에 대한 새로운 관계가 설정된다. 이는 시간과의 관계가 은밀하게 변할 것이라는 점을 예고한다. 요아힘이 죽음을 맞이하는 일화가 그것을 증명한다. 한스가 죽어가는 사람의 곁을 지키고 망자의 눈을 감겨주는 것은 억지로 하는 것도 매력을 느껴서도 아니다.[53] 흘러간 시간의 길이에 대한 무감각과 계절의 혼동은 시간의 척도에 대한 이런 무관심을 재촉할 수도 있었으나 —— "우리는 시간을 잃었고 시간은 우리를 잃었기 때문이다"(p. 576)(II, p. 278) —— 삶은 질병에 대한 매혹을 서서히 극복해간다.

삶에 대한 이러한 새로운 관심은 7장 전체에 걸쳐 시험대에 놓이게 된다. 클라브디아 소샤가 페페르코른 씨를 데리고 뜻밖에 베르크호프에 되돌아오는 사건은 특히 이를 잘 나타낸다. 한스 카스토르프는 네덜란드 태생의 이 거물이 마치 제왕 같은 태도로 엉뚱하게 화를 내며 술주정을 하는 데 대해 예상된 대로 질투심을 갖기보다는 경외감을 느끼며, 그것은 점차 일종의 쾌활한 상냥함으로 바뀌게 된다. 이 난데없는 인물의 도착으로 말미암아 클라브디아를 단념하지 않을 수 없음에도 불구하고, 많은 것을 얻은 것이다. 우선 '평범한 주인공'의 두 '교사'들은, 잠깐 동안이기는 하지만 화자에 의해 보통 이상의 힘과 영향력을 부여받게 된 이 등장인물에 견주어 평가됨으로써, 주인공에 대한 지배력을 완전히 상실하게 되었다. 무엇보다도 페페르코

---

53) 이 일화의 제목 ——「훌륭한 군인으로서」(p. 525)(II, p. 211) ——이 갖는 아이러니를 주목하자. 요아힘은 군대 보직에서 해임되어 요양소에서 죽음을 맞이한다. 하지만 1차 세계 대전 중에 생긴 모든 묘지들이 그러하리라는 것을 알려주기라도 하듯이 그는 국군 묘지에 묻히게 된다. 그리고 바로 그 1차 세계 대전이 7장 끝에서 청천벽력과도 같이 베르크호프에 밀어닥쳐올 것이다.

른 씨, 클라브디아, 한스 사이의 야릇한 삼각 관계는 한스로 하여금 악의와 체념이 결합된 감정 절제를 요구한다. 두 사람은 친구가 되기로 하지만, 페페르코른 씨의 태도는 그러한 결정을 기이하고 우스꽝스럽게 만든다. 클라브디아와의 대립은 화자의 아이러니가 표면상의 의미를 흐리게 하고 있기 때문에 평가하기가 더욱 어렵다. 천재라는 단어가 표면에 나타난다. "이 천재적인 곳" "천재적인 꿈" "죽음은 천재적인 원칙이다" "천재적인 길" 등 〔p. 630〕(Ⅱ, pp. 347~48, 365~67). 우리의 주인공은 클라브디아가 응수하는 것처럼 머리가 이상해진 철학자가 되었는가? 만일 이 교양소설에서 연금술과 심령술에 사로잡힌 '천재'가 만들어진 것이라면, 이는 주인공을 가르친 스승들에 대한 놀라운 승리라 할 것이다.[54] 하지만 세템브리니가 인류의 진보를 상상하는 그런 방식으로, 우리 주인공에게서 곧바른 성장을 기대하는 것이야말로 진정 터무니없는 가정이 되지 않겠는가! 페페르코른의 자살과 그에 따른 감정의 혼란은, 화자가 갖다붙인 「완전한 무감각」〔p. 661〕(Ⅱ, p. 411 이하)이라는 명칭말고는 다른 명칭을 찾을 수 없는 상태 속에 한스를 몰아넣는다.[55] 완전한 무감각이란 "무시무시하고 알 수 없는 명칭으로서 신비스러운 불안감마저 불러일으켰다…… 그는 두려움을 느끼고 있었다. 그에겐 '이 모든 것'이 무사히 끝날 것 같지는 않았다. 마지막에는 인내심이 강한 자연마저 격분하여 엄청난 파국, 즉 폭풍우를 일으켜 모든 것을 몽땅 휩쓸고, 세상

---

54) 화자가 "약간 애매한"〔p. 633〕(Ⅱ, p. 351) 방식——의사 크로코프스키 Krokowski는 흥분을 불러일으키는 그의 강연에서 사랑에 대해 그런 식으로 말했다——과 연결시키고 있는 러시아식 입맞춤이 나타내는 것은 패배인가, 승리인가 또는 보다 더 정교하게 표현하자면, 경애심과 관능 사이를 오가는 사랑이란 단어의 모호한 의미를 아이러니컬하게 환기시키는 것인가?

55) "그의 눈에 보이는 것은 음울하고 불안스러운 현상뿐이었으며, 자기가 목격했던 것이 무엇인지를 알고 있었다. 그것은 시간 바깥의 삶, 걱정도 희망도 없는 삶, 겉으로는 활동적인 것처럼 보이지만 속으로는 고여 있는 방종한 삶, 즉 죽어 있는 삶이었다"(Ⅱ, p. 390).

을 짓누르는 마법을 풀어 삶의 '침체 상태'를 타개하고, 음울한 시대에 무서운 최후의 심판을 내릴 것만 같았다"[p. 671](II, p. 399). 카드놀이, 혹은 그것을 대신하는 축음기의 음악도 그를 이 상태에서 한 발자국도 벗어나게 하지 못한다. 구노의 아리아나 '금지된 사랑'의 노래에서까지도 그는 바로 죽음이 우뚝 서 있는 것을 본다. 쾌락과 타락은 서로 얽혀 있는 것이 아닌가? 아니면 체념과 자제력 또한 이를 통해 극복했다고 여겨지는 병적인 증상과 같은 색채를 띠고 있는 것인가? 사촌 요아힘이 유령처럼 나타나는 장면에서 절정을 이루는 심령학 강연(그 때문에 의도적으로 「의혹의 극치」[p. 691](II, p. 425 이하)라는 제목이 붙어 있다)은 애매함과 속임수의 막연한 경계에서 벌어지는 시간에 대한 실험을 내용으로 한다. 세템브리니와 나프타의 결투 장면이 보여주는 「불안스런 기이함」[p. 738](II, p. 485)(세템브리니는 허공에 총을 쏘고 나프타는 자기 머리에 한 발을 쏜다)에서 혼란은 절정에 달한다. "참으로 이상한 시간이었다"[p. 743](II, p. 492).

이제 우리 모두가 알고 있는 '청천벽력' 같은 일이 터지고, 쌓여만 가던 무감각과 흥분――앞의 두 절의 제목이다――은 불길하게 뒤섞여 있다가 귀가 먹게 할 정도의 충격으로 폭발한다. 그것은 역사적인 청천벽력으로서 [……], "마의 산(처음으로 이렇게 불린다)을 폭파시키고 잠에서 깨어난 주인공을 문밖으로 거칠게 내동댕이친 청천벽력"[p. 750](II, p. 500)이었다. 화자의 목소리가 그렇게 말한다. 일시에 위쪽 지방과 아래쪽 지방의 거리, 그리고 그 구별마저도 사라진다. 하지만 마법에 걸린 감옥을 밖에서 부순 것은 바로 갑작스럽게 출현한 역사적 시간이다. 그 결과 우리의 모든 의혹은 한스 카스토르프의 수련이 갖는 현실성의 문제로 되돌아온다. 카스토르프가 마법의 울타리를 벗어나지 않은 채 위쪽의 마술에서 풀려날 수 있었는가? 절대적이며 짓누르는 듯한 '영원의 수프'의 경험을 한 번이라도 극복한 적이 있었던가? 상충되는 경험을 통합할 수 있는 자기의 능력을 행동으로 시험할 수 없기에, 주인공은 그 경험들을 서로 겹치게 하는 수밖에 없지 않았을까? 아니면 그 동안 그가 경험했던 상황이야말로 시간의 의미 작용이 다양할 수밖에 없다는 것을 드러내는 데 가장 적합한 것이었다고 말해야 할 것인가? 그리고 엄청난 역사적 사건으로 말미암아 벗어나게 되는 혼란은 시간의 역설 자체를 적나라하게 드러내기 위해 치러야 할 대가였다고 말해야 할 것인가?

에필로그는 독자의 당혹감을 해소시켜주지 않는다. 마지막으로 아이러니를 사용하여 화자는 한스 카스토르프의 실루엣을 대량 살육에 참가한 다른 망령들과 뒤섞는다. "그렇게 해서 그는 혼란 속으로, 빗속으로, 황혼 속으로, 우리의 시야에서 사라져버린다"〔p. 757〕(II, p. 508). 사실상 병사(兵士)로서의 그의 운명은 또 다른 이야기, 즉 세계의 역사에 속한다. 하지만 화자는 이야기된 스토리 ── "그것은 짧지도 길지도 않은 이야기였으며, 연금술 같은 이야기였다"〔p. 757〕(II, p. 509) ── 와 전쟁터에서 결정되는 서구의 역사 사이에는 유사성이 있음을 넌지시 비친다. 그래서 이렇게 묻게 된다. "이러한 죽음의 축제에서도. …… 언젠가는 사랑이 솟아오를 것인가?"(같은 페이지). 이 물음으로 책은 끝을 맺는다. 하지만 중요한 것은 그 질문에 앞서, 이야기된 스토리와 관련하여 보다 분명한 단언이 나온다는 것이다. 그 안에 담긴 의문의 확신에 찬 어조가 바로 마지막 물음에 넌지시 희망의 느낌을 주고 있는 것이다. 화자가 자기 이야기에 내린 판단은 주인공에게 말을 거는 수사학적 형식을 취한다. "그대의 순박함을 높여주었던 육체와 정신의 모험은, 그대로 하여금 육체로는 그보다 오래 살아남지 못하게 할 것을 정신으로는 극복하도록 해준 것이다. 그대가 지배했던 꿈속에서, 죽음과 육체의 방종으로부터 사랑에 대한 몽상이 솟아오르는 순간을 체험했다."〔같은 페이지〕여기서 환기하고 있듯이 주인공은 높여짐으로써 '정신으로는 오래 살아남을' 수 있게 되었지만, '육체로 오래 살아남을' 수 있는 여지는 거의 없어진다.

그에게는 교양소설의 최종적 기준인, 행동을 통한 시험이 없었다. 그것은 아이러니이며, 어쩌면 패러디라고도 말할 수 있다. 하지만 교양소설의 실패는 시간소설의 성공에서 기인하는 그늘인 것이다. 한스 카스토르프의 수련은 전체적으로 볼 때 '사랑의 꿈'이 보여주는 일관성 외에 다른 일관성이 없는 몇몇 순간들을 체험하는 것에 그친다. 그러나 어쨌든 주인공은, 이러한 사랑의 꿈을 떠오르게 했던 몽상을 '지배했던' 것이다. (이 점에서 핵심이 되는 두 개의 단어 '가슴이 두근대는 ahnungsvoll'과 '강렬한 regierungsweise' [56]의 불역은 단 하나의 긍정적인 메시지, 아이러니컬한 화자가 독자를 가장 당혹스런 상태로 몰고 가면서 전달하고 있는 메시지의 무게를 감당하기엔 너무나 빈약하다.) 그렇다면 화자의 아이러니와 독자의 당혹스러움은 자신의 정신적 모험이 갑작스럽게 중단될 때의 주인공의 이미지이자 모델이 아니겠는가?

이제 『마의 산』이 시간의 재형상화에 어떠한 잠재적 가능성을 제공할 수 있는가 하고 묻는다면, 우리는 이 소설에서 시간의 아포리아에 대한 사변적인 해결책이 아니라 어떤 의미로는 그 아포리아를 한 단계 높이기를 기대해야 한다고 확실하게 대답할 수 있을 것이다. 화자는 주인공을 등장시키면서, 측정할 수 있는 시간이 이미 소멸되어버린 극단적인 상황을 자의적으로 설정했다. 이런 시험으로 인해 주인공이 어쩔 수 없이 겪게 되는 수련 과정은 사유 경험이 되는데, 그것은 이러한 시간의 무중력 상태의 조건을 수동적으로 반영하는 데 그치지 않고, 그처럼 적나라하게 드러난 극단적인 상황의 모순을 보여준다. 시간소설·질병소설·문화소설을 결합하는 서술 기법은 이런 탐구에서 필요로 하는 명석함을 극단으로 몰고 가기 위해 작가의 상상력이 만들어낸 용매인 것이다.

---

56) "죽음과 육체의 방종으로부터 가슴이 두근대는 강렬한 사랑의 몽상이 솟아오르는 순간들을 그대는 체험했다 Augenblicke kamen, wo dir aus Tode und Körperunzucht ahnungsvoll und regierungsweise ein Traum von Liebe erwuchs" [p. 994] (p. 757).

논의를 좀 더 밀고 가보자. 아래쪽 사람들의 정상적인 시간과 위쪽 사람들의 시간의 척도에 대한 무관심 사이의 집단적 대립 관계는 한스 카스토르프가 겪는 사유 경험이 그 어느 쪽에도 속해 있지 않다는 것을 나타낼 뿐이다. 따라서 내면의 지속 시간과 시계의 시간이 갖는 불가역적인 외재성이 빚어내는 갈등은, 『댈러웨이 부인』에 대해서도 그렇게 말할 수밖에 없듯이, 궁극적인 목적이 될 수 없다. 아래쪽 사람들과 위쪽 사람들의 관계가 엷어지면서 새로운 탐색 공간이 펼쳐진다. 정확히 말해서 그 속에서 밝혀지는 모순들이란 시간의 내적 경험이 연대기적 시간과의 관계로부터 자유로워질 때, 그 내적 경험을 괴롭히는 모순들이다.

시간과 영원성의 관계에 대한 탐구는 이 점에서 가장 많은 결실을 맺을 수 있다. 그리고 그에 관해 소설이 암시하고 있는 관계들은 아주 다양하다. 1권 중간의 「영원의 수프」, 그리고 1권을 매듭짓는 「발푸르기스의 밤」에서 말하는 "이제까지 줄곧 꾸어온 낯익고, 길고 영원한 꿈, 끝으로 2권에서 「눈」의 일화의 정점을 이루는 황홀한 경험 사이에는 엄청난 차이가 있다. 그것은 바로 영원성의 역설이며, 베르크호프의 색다른 상황은 이 역설을 더욱 색다르게 만든다. 질병과 타락에 대한 매혹은 죽음의 영원성을 드러내며, 시간 속에 새겨진 그 흔적은 동일자의 끝없는 반복이다. 한편 별이 빛나는 하늘을 관조하는 것은 경험에 평화의 은혜를 베풀지만, 영원성 자체가 끝없는 운동이라는 '해로운 무한성'에 의해 훼손된다. 영속성이라고 부르는 것이 더 나을 영원성의 우주적 측면을, 「발푸르기스의 밤」과 「눈」의 일화의 근간을 이루는 두 가지 경험의 몽환적 측면과 화해시키기란 쉽지 않다. 영원성은 죽음에서 삶으로 기울지만, 그렇다고 해서 영원성과 사랑 그리고 삶을 아우구스티누스처럼 하나로 결합하지는 않는다. 그 대신 어쩌면 주인공이 도달한 가장 '높아진' 상태라 할 수 있는 아이러니컬한 무관심은, 죽음의 영원성에 맞서 스토아 학파의 아타락시아에 가까운 불안정한 승리를 거두었음을 나타낸다. 하지만 아이러니컬한 무관심에 대응하는, 넘어설 수 없을 만큼 사로잡힌 상황으로 인해 이 무관심을 행동으로 시험할 수는 없다. 엄청난 역사적 사건이 '청천벽력'과 같이 갑자기 출현함으로써만 마법이 풀어질 수 있는 것이다.

아이러니컬한 무관심 덕분에 화자와 다시 만나게 된 한스 카스토르프는, 어쨌든 이제 다양한 실존적 가능성을 펼쳐나갈 수 있게 되었다. 비록 그 가능성의 종합을 이루지는 못했지만 말이다. 이런 의미에서 불협화음은 결국 화음을 이긴 셈이다. 하지만 불협화음의 의식은 한 단계 '높아'졌다.

3. 『잃어버린 시간을 찾아서』
──가로질러 간 시간

『잃어버린 시간을 찾아서』[57]를 시간에 관한 이야기 fable sur le temps 로 이해하는 것이 과연 정당한가?

이 질문에 대해서는 지금까지 역설적으로 여러 가지 방법으로 반론이 제기되었다. 여기서 『잃어버린 시간을 찾아서』가 저자 마르셀 프루스트의 위장된 자서전인가 아니면 "나"라고 말하는 등장인물의 허구적 자서전인가의 문제를 논하느라 지체할 필요는 없다. 이미 현대 비평이 해결한 문제이기 때문이다. 『잃어버린 시간을 찾아서』의 가장 중요한 쟁점이 바로 시간 경험이라면, 그것은 이 소설이 실제 저자의 경험에서 어떤 것을 빌려오고 있기 때문이 아니라, 자기 탐구를 수행해나가는 주인공-화자를 창조하는 문학적 허구의 위력 덕분이

---

57) Marcel Proust, *A la recherche du temps perdu* (Pierre Clarac, André Ferré 감수), Paris: Gallimard, coll. 'La Pléiade,' 3 vol., 1954.

며, 그 화자의 자기 탐구의 쟁점이 바로 시간인 것이다. 이제 우리는 그것이 어떻게 이루어지는지를 밝혀야 한다. 주인공-화자인 "마르셀"과 소설의 저자인 마르셀 프루스트가 동명 이인인가의 여부에 관계없이, 『잃어버린 시간을 찾아서』의 이야기가 허구의 지위를 얻게 되는 것은, 간혹 프루스트의 삶에서 실제 일어난 일이 소설 속에 옮겨지기도 하고 또 그 상처가 그 속에 담겨 있기 때문이 아니라, 오로지 주인공-화자가, 그 자체로서 완전히 허구적인 지나간 삶의 의미를 그 속에서 되찾으려 하는 어떤 세계를 투사하는 서술적 구성 덕분이다. 따라서 잃어버린 시간과 되찾은 시간은 둘 다 허구적 세계에서 펼쳐지는 허구적 경험의 특성들로 이해되어야 한다.

그러므로 우리의 독서에서 양보할 수 없는 첫번째 가설은, 주인공-화자를 『잃어버린 시간을 찾아서』를 구성하는 시간에 관한 이야기를 지탱하는 허구적 실체로 간주하는 것이다.

『잃어버린 시간을 찾아서』가 시간에 관한 이야기로서 표본적 가치를 갖는다는 데 대해 보다 설득력 있게 반론을 제기하는 방식은, 질 들뢰즈가 『프루스트와 기호들』[58]에서 말한 것처럼 『잃어버린 시간을 찾아서』의 주된 쟁점은 시간이 아니라 진리라고 주장하는 것이다. 이 반론은 "프루스트의 작품은 기억의 진열이 아니라 기호들—사교 생활의 기호, 사랑의 기호, 감성적 기호, 예술의 기호—을 체득 apprentissage하는 것에 그 토대를 두고 있다"(p. 11)는 매우 설득력 있는 추론에 근거를 두고 있다. 그럼에도 불구하고 『잃어버린 시간을 찾아서』의 가장 중요한 쟁점이 "잃어버린 시간을 되찾기라면, 그것은 진리가 시간과 본질적 관계를 맺고 있기 때문이라고 말할 수 있다" (p. 23)는 것이다. 이에 대해 나는 기호 체득과 진리 추구라는 이러한 매개를 인정한다 해도, 『잃어버린 시간을 찾아서』의 특성을 시간에

---

58) 질 들뢰즈 Gilles Deleuze, 『프루스트와 기호들 Proust et les Signes』, Paris: P. U. F, 1964, 6판 1983.

관한 이야기라고 규정짓는 데에 아무런 문제가 되지 않는다고 답하고 싶다. 들뢰즈의 추론은, 단지 『되찾은 시간』을 비의지적인 기억 mémoire involontaire의 경험과 혼동하는 해석, 그리고 이로 말미암아 비의지적인 기억의 단편적이고 우발적인 경험에는 결여되어 있는 풍성함을 『잃어버린 시간을 찾아서』라는 작품에 부여하는 기나긴 각성의 체득을 무시하는 해석들을 무너트릴 뿐이다. 왜냐하면 『잃어버린 시간을 찾아서』가 비의지적 기억의 짧은 길이 아니라 기호의 체득이라는 먼 길을 제시한다 해도, 그 기호의 체득만으로는 소설의 의미가 완전히 드러나지 못하기 때문이다. 예술 작품의 초시간적 extra-temporel인 차원을 발견하는 것은 기호의 체득에 비해 아주 독특한 경험이 된다. 결국 『잃어버린 시간을 찾아서』는, 비의지적인 기억이나 기호의 체득──사실 이것은 실제로 시간이 걸린다──과 동일시되기 때문이 아니라, 이 두 층위의 경험과 화자가 거의 삼천 페이지에 이르는 작품의 끝에서야 뒤늦게 베일을 벗기는 전대미문의 경험 사이의 관계라는 문제를 제기한다는 점에서, 바로 시간에 관한 이야기라 말할 수 있게 된다.

　『잃어버린 시간을 찾아서』의 독특함을 만들어내는 것은, 비의지적인 추억의 돌발적인 출현과 기호의 체득이 결실에 이르지 못하고, 갑작스런 영감illumination──이야기 전체를 사후에 보이지 않는 어떤 소명에 관한 이야기로 변형시키는 영감──에 의해 중단되고 마는 끝없는 방황의 윤곽을 그려낸다는 점이다. 이렇게 해서 지나치게 길게 이야기된 기호 체득이 뒤늦게 이야기되는 갑작스런 영감의 도래 visitation, 결과적으로 앞의 추구를 모두 잃어버린 시간으로 규정하는 영감의 도래와 화해시키는 문제가 대두되면서, 시간은 다시금 『잃어버린 시간을 찾아서』의 가장 중요한 쟁점이 된다.[59]

---

59) 들뢰즈의 저서에서 제시된 기호들의 준-공시적인 도표와 기호들의 이 거대한 계열체에 상응하는 시간적 형상들의 위계 때문에 그 체득의 역사성, 그리고 특히 이

이로부터 독서의 두번째 가설을 얻을 수 있다. 즉, 기호의 체득에 특권을 부여함으로써 최종적인 계시로부터 작품 전체에 대한 해석학적 열쇠의 기능을 박탈하거나, 반대로 그 계시에 특권을 부여함으로써 앞의 수천 페이지의 의의를 말살하고 추구와 발견의 관계라는 문제 자체를 소거시키지 않으려면, 『잃어버린 시간을 찾아서』를 초점이 두 개인 타원형으로 생각해야 한다. 그 첫번째 초점은 탐구이며 두번째 초점은 영감의 도래인 것이다. 시간에 관한 이야기는 『잃어버린 시간을 찾아서』의 두 초점의 관계를 창조하는 이야기인 것이다. 『잃어버린 시간을 찾아서』의 독창성은 문제와 그 해결책을 주인공의 여정이 끝날 때까지 숨기고, 처음부터 다시 한 번 읽어야 작품 전체의 의미를 이해할 수 있게 한다는 데 있다.

『잃어버린 시간을 찾아서』가 시간에 관한 이야기라는 입장을 공략하는 한층 더 강력한 주장은, 안 앙리가 『소설가 프루스트, 이집트의 무덤』[60]에서 지적한 것처럼, 『잃어버린 시간을 찾아서』의 서술적 탁월성 자체를 공격하고, 다른 곳에서 형성된, 따라서 이야기 외적인 철학적 지식이 삽화의 측면에서 소설 형식 안에 투사되어 있다고 보는 것이다. 안 앙리는 재치가 돋보이는 연구에서 "그 각각의 항목에서 삽화를 받쳐주는 이론적 근거" (p. 6)는 독일 낭만주의, 즉 셸링이 『선험적 관념론의 체계』[61]에서 처음으로 제시하여 쇼펜하우어의 『의

전의 체득이 갖는 의미. 무엇보다도 먼저 그 시간적 의의를 사후에 변화시키는 영감의 도래라는 사건 자체를 나타내는 특이한 역사성을 망각해서는 안 된다. 다른 모든 기호에 비해 예술 기호가 갖는 탈중심적 특성이 바로 이러한 특이한 역사성을 만들어낸다.

60) 안 앙리 Anne Henry, 『소설가 프루스트, 이집트의 무덤 Proust romancier, le tombeau égyptien』, Paris: Flammarion, 1983.

61) 안 앙리는 『선험적 관념론의 체계 Le Système de l'idéalisme transcendantal』의 6부에서 두 개의 의미심장한 문단을 발췌하여 제시하고 있다(앞의 책, p. 33, p. 40).

지와 표상으로서의 세계 *Le Monde comme volonté et représentation*』로 이어지는 예술철학, 그리고 마침내 프랑스에서 프루스트의 철학적 스승인 세아이으Séailles, 다를뤼Darlu, 특히 타르드Tarde에 이르러 심리화되는 예술철학에서 찾아야 한다고 주장한다. 그런 관점에 따르면『잃어버린 시간을 찾아서』는 서술의 층위에서 볼 때 그에 선행하는 "이론적이고 문화적인 지주"(p. 19)에 근거를 두고 있는 것이 된다. 그런데 여기서 주목할 만한 점은 서술적 과정을 바깥에서 지배하는 이러한 철학의 쟁점이 시간이 아니라, 셸링이 정체성Identité이라 불렀던 것, 다시 말해서 정신과 물질적 세계의 구별을 제거하며 예술을 통해 그 둘을 화해시키고, 예술 작품 속에 형이상학적 명증성을 새겨둠으로써, 그 명증성에 지속적이고 구체적인 형태를 부여하는 것이라는 생각이다. 그렇게 되면『잃어버린 시간을 찾아서』는 오늘날 모든 사람이 동의하듯이 허구적 자서전에 그치는 것이 아니라 위장된 소설, "천품(天稟)의 소설 roman du Génie"(p. 23 이하)이 되는 것이다. 하지만 그것이 끝은 아니다. 그러한 변증법이 소설이 되기 위해서는 심리적 전환을 겪어야 하며, 그것은 역시 소설의 구성에 앞선 인식론적 초석에 속하기 때문에, 여전히 작품을 주도하는 이론적 지침인 것이다. 안 앙리의 눈에는 셸링의 변증법이 이렇게 심리학으로 전환되는 것은 낭만주의의 유산을 정복하는 것이라기보다는 퇴화시키는 것이다. 셸링에서 쇼펜하우어를 거쳐 타르드로 이행하면서 낭만주의에서 말하는 대로 잃어버린 통일성이 잃어버린 시간이 될 수 있고, 또한 세계와 주체가 동시에 구원받는 이중의 구제가 개인적 과거의 원상 회복으로 변환될 수 있다는 사실이 밝혀진다 하더라도, 간단히 말해서 기억이 전반적으로 천품의 탄생에 특별히 선택된 매개자가 될 수 있다 하더라도, 의식 내부의 전투가 이렇게 심리로 전환되는 것은 독일 낭만주의에서 받아들인 위대한 예술철학이 이어지고 있음과 붕괴되고 있음을 동시에 나타낸다는 것을 인정해야 한다.

결국 시간의 허구적 경험이라는 개념을 보여주기 위해 우리가 프루스트를 원용하는 데 대해 두 가지 이의가 제기된다. 즉 『잃어버린 시간을 찾아서』가 증명하게 될 이론적 핵심은 시간의 문제를, 잃어버리고 되찾은 정체성의 문제라는 보다 고차원적인 문제에 종속시킨다는 것과, 뿐만 아니라 잃어버린 정체성에서 잃어버린 시간에로의 이행은 무너진 신념이라는 상흔을 드러낸다는 것이다. 심리적인 것, 자아, 기억의 지위 향상을 거대 형이상학의 퇴행과 연결하면서, 안 앙리는 『잃어버린 시간을 찾아서』에서 순전히 소설적인 것에 관계되는 모든 것을 폄하하는 방향으로 나아간다. 즉 탐구의 주인공이 사랑에서 환멸을 느끼고 또 다른 사랑으로, 또 하찮은 살롱에서 또 다른 살롱으로 자신의 권태를 질질 끌고 다니며 무위도식하는 부르주아라는 사실은 "의식 내부의 전투의 전환"(p. 46)에 적합한 궁핍함을 그린다는 것이다. "결코 재난에 피해를 입은 적이 없는 평범한 부르주아의 삶은…… 실험적 유형의 이야기에 이상적인 범속함을 제공한다"(p. 56).[62] 『잃어버린 시간을 찾아서』에 대한 안 앙리의 주목할 만한 독서는 바로 서술 장르 자체의 권위를 밑에서 잠식하는 이러한 의혹에서 얻어진 것이다. 『잃어버린 시간을 찾아서』의 주된 쟁점이 잃어버린 통일성에서 잃어버린 시간으로 옮겨가면서 천품의 소설의 권위는 그 빛을 잃는다.

『잃어버린 시간을 찾아서』가 "어떤 예술철학의 체계를 소설로 옮김"으로써 생겨났다는 이러한 주장을 잠정적으로 받아들이자. 내 생각으로는 그렇게 되면 서술적 창조의 문제는 더욱 알 수 없게 되어버리며, 그 해결은 더 난감해진다. 결국 역설적으로 다시금 근원에 의

---

62) "물론 정체성은 예술가의 의식 속에 그 실현 장소를 미리 마련해두고 있지만, 그것은 심리적 주체 ─ 종국에는 소설이 숙명적으로 결정하게 될 특징 ─ 가 아니라 형이상학적 본질이다"(p. 44). 그리고 더 나아가서, "프루스트는 소설 장르가 허용하는 구체적인 것과 체계 사이의 이 중간 지대에 자리잡는 것만을 생각했다"(p. 55).

276

한 설명으로 돌아오게 되는 것이다. 다시 말해서 프루스트의 삶에서 어떤 것을 빌려온다는 순진한 이론과 분명 결별했지만, 결국 보다 세련되게 프루스트의 생각에서 어떤 것을 빌려온다는 이론에 이른 것이다. 소설 『잃어버린 시간을 찾아서』가 태어나기 위해서는, 이야기가 "기원이 다른 사색spéculations allogènes" —— 셸링이나 쇼펜하우어, 그리고 세아이으와 타르드의 사색들—— 을 감당한다는 원칙을 바로 서술적 구성 안에서 찾아야 한다. 문제는 잃어버린 통일성의 철학이 어떻게 잃어버린 시간의 탐구로 퇴화할 수 있었는가 하는 것이 아니라, 작품의 근원적 모태로 간주되는 잃어버린 시간의 탐구가 어떻게 엄격히 서술적인 방법을 통해서 잃어버린 통일성이라는 낭만적 주제를 다시 다루는가 하는 것이다.[63]

그 방법은 무엇인가? 작가가 "기원이 다른 사색"을 서술 작품 속에 다시 통합하기 위한 유일한 방식은 화자-주인공에게 허구적 경험뿐

---

63) 안 앙리도 그 문제를 몰랐던 것은 아니다. "정체성에 대해 프루스트가 제시하는 이 독특한 설명, 무의식적인 기억 réminiscence 안에서의 정체성의 실현이 분명히 밝혀지지 않는 한, 우리는 아직 아무것도 한 것이 없다"(p. 43). 그러나 이에 대해 그녀가 제시한 해답이 천품의 미학이 겪는 심리화 과정에 대한 열쇠를 소설 밖에서, 즉 19세기말의 지적 문화의 급격한 변화에서 찾는 한, 문제는 전혀 해결되지 못한다. 이론적 정초와 서술적 과정 사이의 이러한 관계 역전은 교양소설 Bildungsroman의 전통(토마스 만의 『마의 산』은 우리가 말하려 했던 바로 그 의미에서 교양소설의 전통의 흐름을 바꾸게 했다)에서 『잃어버린 시간을 찾아서』가 어떠한 혁신을 이루었는가를 생각하게끔 한다. 『잃어버린 시간을 찾아서』에서 구원적 사건이 기나긴 기호 체득에 대해 중심 밖에 위치하는 것의 의미는 오히려 프루스트가 자기 작품을 교양소설의 전통에 위치시킴으로써 토마스 만과는 다른 방식으로 그 법칙을 전복시켰다는 것이다. 즉 그는 자기 자신을 탐구하는 주인공의 지속적이고 상승적인 발전이라는 낙관적 시각과 결별한 것이다. 따라서 교양소설의 전통과 비교해볼 때 프루스트의 소설적 창의성은 엄밀히 서술적인 방법을 통해 기호의 체득과 소명의 도래를 묶는 어떤 줄거리를 만들어낸 점에 있다. 안 앙리 자신도 『잃어버린 시간을 찾아서』가 "교양소설"과 유사성을 가짐을 언급한다. 하지만 그녀의 눈에는 프루스트가 이렇게 교양소설을 선택한 것은 잃어버린 정체성의 철학의 전반적인 퇴행 —— 잃어버린 시간의 심리학이 되는 퇴행—— 과 관련되어 있다.

아니라 가장 첨예한 반성적 계기인 "사상"을 부여하는 것이다.[64] 아리스토텔레스의 『시학』이래로 우리는, 사상이 문학적 줄거리 구성의 주요소라는 것을 알고 있지 않은가? 그런데 서술 이론은 여기서 그 무엇과도 바꿀 수 없는 도움, 즉 1인칭 소설에서 여러 개의 서술적 목소리들을 구별하는 방법을 제공한다. 그것이 바로 우리의 세번째 독서 가설이 될 것이다.

『잃어버린 시간을 찾아서』는 주인공의 목소리와 화자의 목소리라는, 적어도 두 개의 목소리를 들려준다.

주인공은 세속적이고, 애정적이고, 감각적이고, 미적인 모험들을 그것이 닥쳐오는 대로 하나씩 이야기한다. 여기서 언술 행위는, 주인공이 과거를 회상할 때조차도 미래를 향해 나아가는 형태를 택하고 있다. 그 결과 결말을 향해 『잃어버린 시간을 찾아서』를 투사하는 "과거 속에서의 미래"라는 형태가 생겨난다. 주인공은 또한 자기의 이전의 삶의 의미가 드러나는 것을 보이지 않는 어떤 소명에 대한 이야기로 받아들인다. 이 점에서 『잃어버린 시간을 찾아서』에서 주인공의 목소리를 화자의 목소리와 구별하는 일은 가장 중요하다. 그것은 주인공의 무의식적 기억 그 자체를 앞으로 나아가는 탐구의 흐름 속에 돌려놓기 위해서뿐만 아니라, 영감의 도래가 갖는 대단원적 성격을 보존하기 위해서도 그렇다.

그러나 화자의 목소리도 들어야 한다. 화자는 주인공을 위에서 내

---

64) 여기서 제기된 문제는 주네트의 구조 분석이 제기했던 문제와 다소 흡사하다. 주네트 역시 예술 작품의 영원성에 대한 주인공의 사색 속에 삽입된 「시문학 Art poétique」에서 작가가 작품 속에 끼어든다는 것을 지적한다. 우리의 대응 방식은 작품 세계라는 개념과 이 세계의 지평 아래 주인공이 겪는 경험이라는 개념을 도입하는 것이었다. 즉, 작품이 상상적 초월성 속에 자기 스스로를 투사하는 힘을 가진다고 보는 것이다. 안 앙리의 설명에 대해서도 같은 방식으로 대응할 수 있다. 즉 작품은 바로 자신의 경험을 사유하는 화자-주인공을 투사한다는 점에서 철학적 사색의 잔해를 자신의 초월적 내재성 속에 받아들일 수 있다는 것이다.

려다보고 있으므로 앞서 나아간다. 작품 속에서 수없이 "나중에 그것을 알겠지만"이라고 말한다. 그러나 무엇보다도 중요한 것은 화자야말로 주인공에 의해 이야기되는 경험에 되찾은 시간과 잃어버린 시간이라는 의미를 두게 한다는 것이다. 화자의 목소리는 너무 낮아서 마지막에 모든 게 드러날 때까지는 주인공의 목소리와 거의 분간되지 않는다(흔히 『잃어버린 시간을 찾아서』의 화자-주인공이라고 말하는 것은 그 때문이다).[65] 그러나 위대한 영감의 도래에 대한 이야기가 시작되고 진행되는 중에는 사정이 전혀 다르다. 화자의 목소리가 주인공의 목소리를 덮어버릴 정도로 우세해지는 것이다. 화자가 작가의 대변인이 될 위험을 무릅쓰고 예술에 대한 장황한 논설이 펼쳐지는 바로 그때야말로 작가와 화자의 동명 이인(同名異人)의 유희는 최고조에 이른다. 그러나 그럴 때도 결국 화자가 작가의 생각들을 재연(再演)하며 독서를 위해 입증하는 것이다. 이때 작가의 생각들이 화자의 사유와 합쳐진다. 이러한 『잃어버린 시간을 찾아서』의 화자의 사유는 주인공의 생생한 체험을 밝혀주면서 따라가고, 그렇게 해서

---

65) 그럼에도 불구하고 우리는 『잃어버린 시간을 찾아서』에 이야기된 경험이 갖는 범례적 성격을 이해하게 하는 경구와 격언에서 쉽게 화자의 목소리를 알아들을 수 있다. 또한 주인공이 사교계에서 발견하는 것을 이야기할 때 지배적으로 드러나는 잠재적 아이러니에서 화자의 목소리가 한층 더 쉽게 분간된다. 노르푸아 Norpois, 브리쇼Brichot, 베르뒤랭 부인 Mme Verdurin, 그리고 점차로 부르주아와 귀족들은 조금만 귀를 기울인다면 감지할 수 있는 비정한 독설의 제물이 되고 만다. 반면에 작품의 결말을 알고 있는 독자는 오로지 두번째 독서를 통해서만 세속적 기호의 해독에서 아이러니에 상당하는 것이 사랑의 기호의 해독에서는 무엇인지를 깨닫게 된다. 그것은 바로 실망의 느낌을 강요하고, 그리하여 분명히 표현하고 있지는 않지만 사랑의 경험 전체에 "잃어버린 시간"이라는 의의를 부여하는, 환멸을 느낀 듯한 어조이다. 이를테면 사랑의 기호를 해독하면서 지배적으로 드러나는 전반적으로 비꼬는 듯한 어조는 바로 서술적 목소리의 어조인 것이다. 감각적 기호를 해독할 때 서술적 목소리는 더 미묘해진다. 하지만 화자의 목소리는 인상들의 한복판에서 마법을 풀고 그 마력을 사라지게 할 정도로 넌지시 질문을 던지고 의미를 묻는다. 그리하여 화자는 끊임없이 주인공으로 하여금 마법에서 깨어난 의식이 되게 한다.

주인공에게 있어서 작가적 소명의 탄생이 갖는 대단원적 성격에 참여한다.

우리의 독서 가설을 검증하기 위해 세 가지 질문을 차례로 제시한다. 첫째, 『잃어버린 시간을 찾아서』의 결론을 알지 못하는 독자에게, 『되찾은 시간』에서 시간을 다시 발견하기의 기호는 어떤 것인가? (『되찾은 시간』은 『스완네 집 쪽으로』와 같은 시기에 씌어졌다) 둘째, 『되찾은 시간』에서 예술에 대한 사색은 정확히 어떠한 서술 수단을 통해 보이지 않는 소명에 대한 이야기와 합쳐지는가? 셋째, 작가적 소명의 발견에서 비롯되는 예술 작품의 구상은 되찾은 시간과 잃어버린 시간 사이에 어떠한 관계를 설정하는가?

처음 두 가지 질문은 차례로 우리를 『잃어버린 시간을 찾아서』의 타원형의 초점에 자리잡게 하며, 세번째 질문은 그 초점들을 나누는 괴리를 뛰어넘게 한다. 여기서 우리가 제시하고자 하는 『잃어버린 시간을 찾아서』의 해석은 바로 이 세번째 질문에 따라 결정된다.

I. 잃어버린 시간

『잃어버린 시간을 찾아서』의 결말이 회고적으로 시작 부분에 대해서 투사하는 해석을 알지 못한 채 『스완네 집 쪽으로』를 읽는 독자는, 의식이 비몽사몽간에 자신이 누구인지, 시간이 언제쯤인지, 어디 있는지를 잃어버리는 상태를 체험하게 되는 콩브레Combray의 침실과, 곤두선 의식 상태에서 결정적인 계시를 받게 되는 게르망트Guermantes 씨 저택의 서재를 도저히 연결할 수가 없다. 하지만 결말을 모르는 이러한 독자라도 도입부의 몇 가지 독특한 특징들을 주목하지 않을 수 없을 것이다. 첫 문장부터 화자의 목소리는, 어디라고 말하지도 않고, 날짜도 언제쯤인지도 알 수 없는 어떤 과거, 발화 행위의 현재와 관련하여 시간적으로 얼마나 떨어져 있는지도 전혀 알 수 없는 과거, 그 자체가 끝없이 증폭되는 과거를 떠올린다(복합과거와 "오래 longtemps"라는 부사의 결합은 수없이 논란의 대상이 되어왔다. "오래 전부터, 나는 일찍 잠자리에 들곤 했다. 때때로……
Longtemps, je me suis couché de bonne heure. Parfois……" I, p. 3). 그렇게 해서 화자의 입장에서 시작 부분은 이전의 과거, 언제까지인지를 경계지을 수 없는 과거로 연결된다(생각할 수 있는 유일한 연대기적 시작은 주인공의 출생인데, 그것은 이러한 목소리의 이중창에서 나타날 수 없다). 이처럼 이야기를 통해 화자의 절대적 현재로부터 두 단계 멀어지게 되는 유년기의 추억은 바로 비몽사몽의 과거 속에 삽입되는 것이다.[66]

그 추억들은 마들렌 과자의 경험이라는 독특한 삽화를 중심으로 연결된다. 이 삽화는 그 자체가 표면과 이면을 가지고 있다. 즉, 표면적으로는 서로 연관성이 없는 추억들이 모여 있는 것에 불과하다. 어느 날 저녁의 입맞춤에 대한 추억만이 떠오르고, 그 추억은 다시 일상적인 의례의 배경 위에 놓인다.[67] 스완 씨가 도착하자 엄마는 입맞춤을 거절한다. 불안 속에서 입맞춤을 기다리며, 여전히 입맞춤을 애원하나, 저녁나절은 지나가버리고 만다. 마침내 입맞춤을 얻게 되지

---

[66] 비몽사몽의 순간들은 이러한 삽입에 첫번째 연결 고리로 사용된다. "나의 기억에 충격이 가해졌다"(I, p. 8). 두번째 연결 고리는 콩브레, 발벡, 파리, 동시에르, 베니스의 침실을 다른 침실과 연상시킴으로써 주어진다(I, p. 9). 화자는 적절한 때에 이 삽입 구조를 잊지 않고 환기한다. "이처럼, 오랫동안, 밤에 잠이 깨어, 콩브레의 추억을 다시 더듬었을 때, 내가 다시 볼 수 있었던 것은 어렴풋한 어둠 한가운데에서 두드러지게 드러나는 눈부신 벽면 같은 것뿐이었다, 등"(I, p. 43). 이러한 유의 "서주 prélude"(야우스 H. R. Jauss가 『마르셀 프루스트의 "잃어버린 시간을 찾아서"에서의 시간과 기억 Zeit une Erinnerung in Marcel Proust "A la recherche du temps perdu"』(Heidelberg: Carl Winter, 1955)에서 그렇게 불렀듯이)가 끝날 때까지 마찬가지일 것이다. 그 안에는 모든 유년기 이야기, 그리고 스완의 사랑 이야기마저도 포함되어 있다.
[67] 이 의례는 당연히 그래야 하듯이 반과거로 진술되고 있다. "침대에서 잠드려는 순간에 엄마가 습관적으로 해주었던 이 소중하고 부서지기 쉬운 입맞춤을 나는 식당방에서 침실에까지 가져가서, 옷을 벗는 내내 간직해야 했다……"(I, p. 23).

만, 기다렸던 행복감은 그 즉시 사라지고 만다.[68] 화자의 목소리는 처음으로 뚜렷해진다. 아버지에 대한 추억을 떠올리면서 화자는 이렇게 말한다. "그로부터 수많은 세월이 흘렀다. 아버지가 들고 올라오는 촛불의 반사광이 비치던 계단의 벽은 오래 전에 이미 없어졌다. [……] 아버지가 엄마에게 '아이와 같이 가구려'라고 말할 수 없게 된 지도 아주 오래되었다. 나에게 그러한 시간들이 다시 태어날 가능성은 결코 없을 것이다"(I, p. 37). 화자는 잃어버린 시간을 사라진 시간의 의미로 이야기한다. 그러나 되찾은 시간도 이야기한다. "그러나 얼마 전부터 다시금 나는, 귀를 기울이면, 아버지 앞에서는 삼킬 수 있었지만 엄마와 홀로 있게 될 때에는 터졌던 울음 소리를 아주 분명히 듣기 시작했다. 사실은 그 울음 소리는 결코 그친 적이 없었다. 낮 동안에는 마을의 소음에 완전히 덮여 멈추었다고 생각했지만 저녁의 침묵 속에서 다시금 울리기 시작하는 수도원의 이 종소리들처럼, 단지 이제 내 주위에서 삶이 이전보다 더 조용해졌기 때문에 다시 들리기 시작한 것이다"(같은 페이지). 『되찾은 시간』 끝부분에 나오는 같은 생각들을 다시 말하지 않더라도, 우리는 화자의 이 낮은 목소리에서 잃어버린 시간과 되찾은 시간의 변증법을 알아차릴 수 있을까?

이어서 이 도입부의 중심축이 되는 마들렌 과자의 경험 삽화가 나오는데, 그것은 단순과거로 이야기되고 있다(I, p. 44). 우리는 의지적인 기억의 취약함을 선언하고 잃어버린 대상을 다시 발견하는 일을 우연에 맡기는 화자의 진술을 통해, 이 삽화의 표면에서 이면으로 옮겨가게 된다. 잃어버린 시간의 복원을 예술 작품의 창조와 명백하게 연결시키는 게르망트 저택 서재에서의 마지막 장면을 모르는 독자, 자기 나름의 기대 속에 싸인 나머지 이 행복한 순간을 회상할 때마다 따라다니는 망설임을 주목하지 못하는 독자라면, 마들렌 과자의 경

---

(68) "나는 행복했어야 했다. 그러나 그렇지 못했다"(I, p. 38).

험을 읽고 엉뚱한 길에서 헤맬 수도 있다. "감미로운 어떤 쾌감이, 그 원인을 알 수 없는 쾌감이 나를 휩싸고 고립시켰다"(I, p. 45). 그리곤 질문을 하게 된다. "이 강렬한 환희는 어디서 온 것인가? 나는 이 환희가 차와 과자의 맛과 연결되어 있으나, 그것을 무한히 넘어서며, 그와 본질이 같을 수는 없다고 느꼈다. 그것은 어디서 왔는가? 무엇을 의미하는가? 어디서 붙잡을 것인가?"(같은 페이지). 그런데 이렇게 제기된 질문은 극히 간략한 대답의 함정을 감추고 있다.[69] 그저 비의지적인 기억인 것이다. "이 미지의 상태"에 의해 제기된 질문이, 옛날에 레오니 숙모가 주었던 조그만 마들렌 과자를 처음 맛보았을 때의 추억이 갑작스럽게 되살아난 것으로 완전히 해결된다면, 『잃어버린 시간을 찾아서』는 시작되자마자 그 목적을 달성한 것이다. 즉 『잃어버린 시간을 찾아서』는 이 마들렌 삽화와 유사한, 기억을 되살리려는 추구에 그칠 것이며, 우리는 그에 관해서 적어도 그것이 어떤 예술적 노력도 필요로 하지 않는다고 말할 수 있다. 그러나 섬세한 청각을 지닌 독자라면 단 하나의 표지만으로도 그렇지 않다는 것을 알아들을 수 있다. 작품 속에 삽입된 그 표지는 바로 "(이 추억이 왜 나를 이처럼 행복하게 했는지를 아직 모르고, 훨씬 뒤에야 그 이유를 발견하게 되겠지만)"(I, p. 47)이라는 괄호 속에 들어 있는 말이다. 화자가 유보시키고 있는 이것은 바로 『되찾은 시간』에서 결말을 알고 다시 책을 읽을 때 그 의미와 효력을 갖게 된다.[70] 그것을 고려하지 않

---

69) 이어지는 질문 속에도 그 함정은 있다. "이 추억, 이 옛 순간이 나의 뚜렷한 의식 표면에까지 도달할 수 있을 것인가? 그와 유사한 순간의 견인력이 아득히 먼 곳에서 찾아와, 내 가장 깊숙한 곳에서 이 옛 순간을 자극하고 감동시키고 뒤흔든다. 알 수 없는 일이다"(I, p. 46).

70) 도취 상태를 되돌리려는 주인공의 노력에 관한 화자의 설명은 바로 『되찾은 시간』 전체를 예고하고 있다. "그리고 지금 다시 나는 그 앞에 놓인 것들을 깨끗이 쓸어버리고, 그 앞에, 아직도 생생한 이 첫 모금의 맛을 다시 가져다 놓아본다. 그러자 내 안에서 무엇인가 전율하며, 아주 깊은 곳에서 닻을 올리듯이 떠오르려고 하는 것을 느낀다. 그것이 무엇인지는 알 수 없으나, 그것은 천천히 올라온다.

는 성급한 해석에 의하면 프루스트의 작품에서 시간의 허구적 경험은 시간과 비의지적인 기억 사이의 방정식으로 이루어질 것이며, 그 방정식은 서로 다르지만 흡사한 두 개의 인상들을 오로지 우연의 은총을 통해 저절로 겹쳐지게 만들 것이다. 하지만 첫번째 독서에서 이미 화자가 유보시키고 있는 바로 그것을, 물론 이 성급한 해석에 강력히 저항하지는 못하지만, 감지할 수 있다.[71]

마들렌 과자의 도취 상태가 마지막의 현시를 미리 암시하는 기호에 지나지 않는다 할지라도, 적어도 그것은 추억의 문을 열어준다는 장점, 그리고 콩브레에 대한 이야기(I, pp. 48~187)를 통해 『되찾은 시간』의 첫 밑그림을 그릴 수 있게 한다는 장점을 지니고 있다. 『되찾은 시간』을 모르고 이 작품을 읽어가는 독자의 눈에는, 콩브레 이야기로 옮겨가는 것은, 인위적이고 수사학적으로 보이지는 않는다 할지라도, 가장 단순한 서술적 관례에 속하는 것처럼 보인다. 두번째 독서에 이르러 내용을 보다 잘 알게 되면, 서재에서의 사색이 마침내 깨닫게 된 소명을 검증하는 시기의 되찾은 시간을 열어주는 것처럼, 마들렌 과자의 도취 상태는 유년기의 되찾은 시간을 열어준다는 것을

나는 그 저항을 느끼고 그 울림 소리는 길고 긴 거리를 가로질러 내 귀에 들려온다"(I, p. 46). 나중에 보겠지만 "가로질러 간 거리"라는 이 표현은 우리의 결론이 될 것이다.

71) 야우스는 마들렌의 경험을, 이야기하는 '나' 와 이야기되는 '나' 가 처음으로 우연히 만나는 것으로 해석한다. 더욱이 언제나 불가사의한 과거 뒤에 오지만 주인공의 앞을 향한 발걸음에 문을 열어줄 수 있는 최초의 지금nunc을 본다. 따라서 이중의 역설이 생겨난다. 이야기의 첫 부분부터, 이야기하는 나는 자기에 앞선 것을 회상하는 나이다. 그러나 그는 거슬러 올라가 이야기함으로써 주인공에게 앞으로 자신의 여행을 시작할 수 있는 가능성을 제공한다. 이리하여 "과거에서의 미래"라는 문제는 소설이 끝날 때까지 유지된다. 미래를 향한 방향 설정과 과거에 대한 향수 섞인 욕망 사이의 관계라는 문제는 조르주 풀레 Georges Poulet의 『인간적 시간에 대한 연구 Etudes sur le temps humain』(Paris: Plon et Éd. du Rocher, 1952~1968, t. I, pp. 400~38; t. IV, pp. 299~335)에서 프루스트에 할애된 부분의 핵심을 차지한다.

알 수 있다. 그리고 시작과 끝의 이러한 균형은 작품 구성을 주도하는 원칙임이 드러난다. 마들렌 이야기가 침실에서의 비몽사몽에서 나오는 것처럼, 콩브레는 한 잔의 차에서 나오고(I, p. 48), 그런 식으로 서재에서의 사색은 나중에 이어지는 시련들을 불러일으킬 것이다. 서술적 구성을 규제하는 이러한 끼워넣기 수법 enchâssement에도 불구하고 의식은 앞으로 나아간다. 첫 몇 페이지의 혼미한 의식("나는 동굴인보다 더 헐벗은 상태에 있었다." I, p. 5)에 깨어 있는 의식 상태가 답하고, 그 동안 서서히 날이 밝아온다(I, p. 187).

「콩브레」 부분에 관한 설명을 끝맺으면서, 무엇이 유년기 추억에서 비의지적인 기억에 대한 사색을 벗어나며, 또 무엇이 기호의 체득이라는 방향으로 해석을 유도하는지를——물론 그렇다고 해서 산만하게 흩어져 있는 이러한 기호 체득이 소명에 대한 이야기에 쉽게 끼여들지는 못한다——말하지 않을 수 없다.

콩브레, 그것은 우선 "마을을 요약하고 있는"(I, p. 48) 그 성당이다. 한편으로 콩브레 성당은 그 영속적인 안정성에 근거하여,[72] 사라져버린 것이 아니라 가로질러 간 어떤 시간 차원을 주위를 둘러싼 모든 것에 부여한다. 다른 한편으로 그 성당은, 창유리와 장식 융단의 인물들을 통해, 그리고 그 묘석들을 통해, 주인공이 만나는 모든 사람들 위에 해독해야 할 일반적인 비유적 성격을 새긴다. 이와 병행하여, 젊은 주인공은 책을 탐독함으로써 그 비유적 이미지를 현실에 접근하는 우선적 통로로 삼고자 한다(I, p. 85).

---

72) "이를테면 4차원의 공간——네번째 차원은 시간의 차원이다——을 차지하고 있는 그 건물의 내부는 수세기에 걸쳐 펼쳐져 있고, 기둥에서 기둥으로, 작은 제단에서 작은 제단으로, 불과 몇 미터의 공간만이 아니라 이 건물이 위풍당당하게 태어난 이후로도 몇 세기를 계속해서 정복하고 뛰어넘는 것처럼 보였다"(I, p. 61). 콩브레 성당을 마지막으로 환기하면서 『되찾은 시간』을 끝맺고 있다는 사실은 우연이 아니다. 야우스의 표현을 빌리자면, 생틸레르Saint-Hilaire의 종은 이제부터 시간의 문양들 가운데 하나, 그 상징적 형상figuratif들 가운데 하나가 된다.

콩브레, 그것은 또한 작가 베르고트 Bergotte(이야기에 나오는 세 명의 예술가들 중에서, 교묘하게 구성된 점층법에 따라, 화가인 엘스티르 Elstir와 음악가 뱅퇴유 Vinteuil에 훨씬 앞서 제일 먼저 소개되는 예술가)와의 만남이다. 이 만남은 주위의 대상들을 독서의 대상으로 변형시키는 데에 기여한다.

그러나 특히 유년기의 시간은, "양쪽"만큼이나 의사 소통이 불가능한, 잡다한 외딴 섬들로 이루어져 있다. 한쪽은 메제글리즈 Méséglise 쪽, 즉 스완과 질베르트 쪽이며, 다른 하나인 게르망트 쪽은 도달할 수 없는 귀족 사회의 어마어마한 이름들이 있는 곳, 특히 도달할 수 없는 사랑의 첫 대상인 게르망트 공작 부인이 있는 곳임이 밝혀진다. 조르주 풀레가 여기서 시간성을 지닌 외딴 섬들의 소통 불가능과 지형·장소·사람들의 소통 불가능을 엄밀하게 대조한 것은 적절하다.[73] 가로질러 간 장소들과 마찬가지로 환기된 순간들도 가늠할 수 없는 거리에 의해 분리되는 것이다.

콩브레, 그것은 또한[74] 행복한 순간들이라기보다는 환멸을 예고하는 어떤 사건들을 일깨우는데, 그 의미 역시 나중의 탐구에서 드러난다. 이처럼 뱅퇴유 양과 여자 친구 사이에 벌어지는 몽주뱅 Montjouvain 장면에서, 그것을 훔쳐보는 자 voyeur로 나타나는 주인공은 고모라 Gomorrhe의 세계에 처음으로 발을 들여놓는다. 뱅퇴유 양이 소파 앞의 조그만 탁자 위에 놓인 자기 아버지의 초상화에 침을 뱉는 장면이 혐오스런 특징들로 제시되고 있다는 사실은, 잃어버린 시간이라는 개념을 나중에 이해하는 데에 상당히 중요하다. 이러한 모독과 잃어버린 시간 사이에는 어떤 은밀한 연관이 있지만, 그 연관은 너무 숨

---

73) 풀레, 『프루스트의 공간 L'Espace proustien』, Paris: Gallimard, 1963, pp. 52~74.
74) 시대적 차이는, "그해……"(I, p. 144), "그해 가을……"(pp. 154~55), "여전히 그때……"(I, p. 155 etc) 등에서 보는 것처럼 전혀 날짜를 추정할 수 없게 되어 있다.

겨져 있어 알아차리기가 힘들다. 독자의 주의는 오히려 훔쳐보는 자의 기호독법, 그리고 욕망의 암시에 대한 그의 해석으로 향하게 된다. 보다 정확히 말해서, 이 대담한 삽화는 들뢰즈가 기호들의 두번째 부류라 부른 것, 즉 사랑의 부류 쪽으로 해독의 기술을 이끌어간다.[75] "게르망트 쪽"의 회상 또한 마찬가지로 기호와 그 해석에 관한 성찰을 필요로 한다. 게르망트 가 사람들은 우선 벽걸이 양탄자의 등장인물들과 스테인드글라스의 얼굴들 위에 적힌 전설적인 이름들이다. 거의 눈에 띄지 않는 새로운 문체를 통해 화자는, 『잃어버린 시간을 찾아서』가 이야기한다고 여겨지는 소명의 조짐을 바로 이름들에 대한 이러한 몽상과 결부시키고 있는 것이다. 그러나 이러한 몽상은 베르고트의 독서와 마찬가지로 말하자면 장애물을 만들어낸다.[76] 마치 몽상을 인위적으로 만들어내는 것이 고유의 천품이 없음을 드러내는 것 같다.

---

75) "사디즘에 대한 나의 관념은, 몇 년 뒤에, 아마도 몽주뱅 근처에서 느꼈던 인상, 그 당시에는 막연하게 남아 있던 인상에서 비롯한 듯싶다. 그러나 이 인상의 추억이, 전혀 다른 이유에서, 나의 인생에서 중요한 역할을 하리라는 것을 나중에 알게 될 것이다"(I, p. 159). "하리라"에 뒤이은 "알게 될 것이다"는 미래를 내다본다는 의미에서 전반적으로 과거를 회상하는 방향을 바로잡는 데에 기여한다. 그 장면은 회상되는 동시에 그 나름의 미래를 향해 투사됨으로써 이처럼 거리를 두고 원래로 되돌아간다. 프루스트의 작품에서 시간성과 욕망의 관계에 관해서는, 플로리발 Ghislaine Florival, 『프루스트 작품에 나타난 욕망 Le Désir chez Proust』, Louvain-Paris: Nauwelaerts, 1971, pp. 107~73을 참조할 것.

76) "그리하여 이와 같은 몽상은, 내가 언젠가는 작가가 되려 했기 때문에, 도대체 무엇을 쓸 것인가를 비로소 알아야 할 때가 되었다는 것을 나에게 말해주고 있었다. 그러나 무한한 철학적 의미를 담을 수 있는 주제를 찾으려 애쓰면서, 무엇을 쓸 것인가를 생각하자마자 나의 정신은 기능을 멈추었고, 내가 아무리 주의력을 기울여도 눈앞에는 빈틈밖에는 보이지 않았으며, 내가 천품이 없거나 혹은 어쩌면 뇌의 장애가 천품이 태어나지 못하도록 방해하는 것이 아닌가 하고 느꼈다"(I, pp. 172~73). 좀더 밑에는, "그래서, 나는 실망한 나머지, 블로흐 Bloch가 내게 베풀었던 격려에도 불구하고 영원히 문학을 단념했다"(I, pp. 173~74). 마찬가지로 I, pp. 178~79를 참조할 것.

산책을 하는 중에 쌓인 인상들은, "그 뒤에 숨겨진 것"(I, p. 179)을 찾으려 노력할 필요가 없는 "풍요의 환상 같은 것"(같은 페이지)을 품게 함으로써 물질적 외재성이 그 인상들을 지배하는 것처럼 보인다는 점에서, 예술가적 소명에 장애가 된다. 마들렌 과자의 삽화와 겹쳐지는 마르탱빌 종탑의 삽화가 갖는 의미는, 넘쳐흐르는 평범한 인상들, 그리고 집요한 몽상과의 대립에서 비롯된다. 추구해야 하고 찾아야 하는, 숨겨진 어떤 것이 담고 있는 약속은 인상이 주는 "독특한 기쁨"(I, p. 180)과 결부된다. 이미 산책이 탐구를 이끌어가는 것이다. "내가, 지평선 너머 종탑을 얼핏 보았을 때 어째서 기쁨을 느꼈는지 그 까닭을 알 수 없었고, 그 까닭을 찾아내지 않으면 안 된다는 의무감이 가슴을 무겁게 짓눌렀다. 될 수만 있다면 저녁 노을에 흔들리는 그 윤곽들을 머릿속에 따로 간직해두고, 지금은 더 이상 그에 관해 생각하고 싶지 않았다"(I, p. 180). 그러나 우선 말을 통해서, 이어서 글쓰기를 통해 의미의 탐구가 이루어진다.[77]

소명에 대한 이야기와 관계된 언급들이 아직은 드물고 전부 부정적이기는 하지만, 그리고 특히 콩브레와 결부되어 기쁨으로 가득한 두 개의 삽화들과 그 이야기 사이에 숨겨진 관계가 모호하긴 하지만, 「콩브레」 부분에서 아직 시작에 불과한 시간 경험을 지배하는 것처럼 보이는 것은, 날짜를 알 수 없는 사건들이 옹기종기 모여 정돈할 수 없다는 특성,[78] "나의 정신적 토양의 심원한 지층"(I, p. 184)에 비견

---

77) "마르탱빌의 종탑 뒤에 숨겨진 것이 바로 기쁨을 느끼게 하는 말의 형태로 나에게 나타났기 때문에, 그것이 무엇인가 아름다운 글과 흡사한 것이라고 생각한 것은 아니지만, 나는 의사에게 연필과 종이를 청해서, 기분을 가라앉히기 위해, 그리고 나 자신의 열광에 복종하기 위해, 마차가 흔들리는 것도 아랑곳하지 않고, 다음과 같은 짧은 글을 적어나갔다. 그 글을 나는 나중에 다시 찾아내었는데, 그것은 거의 수정을 가하지 않아도 괜찮을 정도였다"(I, p. 181).

78) "그러나 또한 바로 그로 말미암아, 그리고 이 두 방향은 오늘날의 나의 어떤 인상에 연결되어 그대로 현존함으로써, 다른 무엇보다도 그러한 인상에 한층 높은 토대와 깊이와 차원을 제공한다"(I, pp. 185~86).

되는 특성이다. 그것은 서로 구별되지 않는 추억들의 덩어리, 오로지 "진정한 균열과 단층"(I, p. 186)을 통해서만 구별되는 어떤 덩어리인 것이다. 간단히 말해 콩브레의 잃어버린 시간, 그것은 외부의 사물들이 적나라하게 침묵 속에서 드러나는 현실의 환상과 "무엇을 창조한다는 신념"(I, p. 184)이 아직 구별되지 않는 잃어버린 낙원이다.

프루스트가 일인칭으로 씌어진 두 이야기 「콩브레」와 「이름Noms」 사이에 삼인칭으로 된 「스완의 사랑」을 끼워넣고자 한 것은 『잃어버린 시간을 찾아서』 전체가 자전적 허구의 특성을 갖는다는 것을 강조하기 위해서일 것이다. 아울러 그와 동시에 유년기 이야기들이 그 고전적인 매력에 힘입어 만들어내는, 직접 이야기되고 있다는 환상이 이처럼 이야기가 다른 인물로 옮겨가면서 사라져버리는 것이다. 게다가 「스완의 사랑」은 환상과 의혹 그리고 환멸에 갉아먹힌 사랑, 기다림의 불안과 질투에 물어뜯긴 상처, 쇠락의 슬픔과 자기 자신의 죽음에 대한 무관심을 숙명적으로 거쳐갈 수밖에 없는 사랑의 지옥도(地獄道)를 만들어낸다. 그런데 이러한 구성은 다른 사랑 이야기들, 특히 알베르틴에 대한 주인공의 사랑 이야기에 모델로 사용될 것이다. 「스완의 사랑」은 바로 이러한 패러다임 역할을 통해서 시간에 대해 무엇인가를 말해주는 것이다.

이야기의 연대를 추정할 수 없다는 사실을 주장하는 것은 별 의미가 없다. 이야기는 몽상들과 느슨한 관계로 이어져 있으며, 그 몽상들 자체는 책의 첫머리에서 잠이 덜 깬 채 이야기하고 있는 화자의 흐릿한 과거 속으로 내던져진다.[79] 「스완의 사랑」은 이러한 방식으로, 주인공이 태어나기 이전의 과거로서 유년기의 흐릿한 추억들 속

---

79) "이처럼 나는 흔히 아침까지 생각을 계속하곤 했다. 콩브레 시절의 일들을 〔……〕, 그리고 추억들을 결합함으로써, 이 조그만 마을을 떠난 지 많은 세월이 지난 뒤에, 내가 태어나기 전에 스완이 겪었었던 사랑에 대해 알게 된 일 등을 말이다……"(I, p. 186).

에 끼워지게 된다. 이러한 인위적 구성은 그 자체로 연대기적 질서를 완전히 파괴하고, 날짜와는 무관한 과거의 다른 시간적 자질들을 이 야기에 부여한다. 보다 중요한 것은 『잃어버린 시간을 찾아서』 전체 를 지배한다고 여겨지는, 소명에 대한 이야기와 스완의 사랑에 대한 이야기의 관계가 확장된다는 것이다. 그 관계는 「콩브레」 부분의 끝 에서 언급되는 "추억들을 연합하는" 층위에서 이루어진다. 뱅퇴유의 소나타 한 악절은, 주인공의 스토리 속으로 계속해서 되돌아옴으로 써―『갇힌 여인 La Prisonnière』에서는 그 소나타 악절과 강력히 상 응하는 뱅퇴유의 7중주에 대한 추억에 의해 그것은 강화된다― 마 들렌(그리고 마르탱빌의 종탑)의 체험과 마지막 장면의 계시를 명확 하게 이어준다.[80] 이야기의 통일성이라는 측면에서 그 악절이 갖는 기능은 오데트 Odette를 향한 스완의 사랑과의 밀접한 관계 때문에 잘 눈에 띄지 않을 수 있다. 스완은 바로 그 악절에 빠짐으로써(I, p. 212) 자신의 추억에 매달리게 된다. 그때부터 그는, 과연 그것이 행복 을 약속할 수 있는가에 대해 의문을 제기할 수 없을 정도로 오데트에 대한 사랑에 푹 빠지게 된다. 모든 상황은 보다 긴박한, 광적인 상태 로까지 치달아가는 의문, 질투가 끝없이 만들어내는 의문에 의해 지 배된다. 사랑의 기호들에 대한 체득은, 베르뒤랭의 살롱에서 사교계 의 기호들에 대한 체득과 뒤섞이게 되고, 그것만이 잃어버린 시간의 탐구와 진리의 탐구를, 그리고 잃어버린 시간 그 자체와 사랑을 파멸

---

80) 『되찾은 시간』의 독자는 다음과 같은 대목에서 이를 직접 들을 수 있다. "스완은 자기 내부에서, 자신이 들었던 구절의 추억에서, 자기가 그것을 찾을 수 있는지 알아보려고 연주하게 했던 몇몇 소나타들에서, 보이지 않는 이 실체들 가운데 하 나가 현전하고 있음을 발견했다. 그는 전에는 그 실체들을 믿지 않았으나, 그를 고통스럽게 했던 정신적 황폐함에 음악이 마치 일종의 선택적 영향력을 미치는 것처럼, 다시금 자신의 삶을 거기에 헌신하고픈 욕망과 힘을 느꼈다"(I, p. 211). 그리고 한층 더 나아가면, "그것은, 그 경쾌한 우아함 속에, 후회에 뒤이어 오는 초연함과 같은, 완성된 어떤 것을 지니고 있었다"(I, p. 218).

시키는 배신을 합치시킬 수 있다. 그 작은 악절 자체가 사랑의 껍질에서 벗어나지 못하고 있기 때문에, 되찾은 어떤 시간에 준해 잃어버린 시간을 해석할 근거는 아무것도 없다. 질투가 불러일으키는 "진리에의 열정"(I, p. 273) 또한, 되찾은 시간의 권위가 갖는 영예로 그것을 장식할 아무런 근거가 없다. 시간은 단지 이미 지나가버렸고 사라져버렸다는 이중의 의미에서 잃어버린 것이다.[81] 엄밀히 말해서, 갈가리 찢긴 어떤 시간의 "단편들, 간격을 없애는 그 단편들을 다시 이어주었던"(I, p. 314) 추억의 드문 순간들에 부여된 무게나, 질투의 시절에 헛되이 추구했고 죽어버린 사랑의 시절에 마침내 깨닫게 된 비밀의 평온함만이 되찾은 시간이라는 관념을 암시할 수 있을 것이다(I, p. 317). 이러한 맥락에서 기호의 체득은 초연함 détachement에 다가감으로써 끝날 것이다.

「고장의 이름」(I, pp. 383~427)이라고 제목이 붙여진 『스완네 집 쪽으로』 3부가 체험의 지속 시간들의 연쇄라는 측면에서 어떤 방식으로 앞부분에 결부되는가는 우리가 주의를 기울일 만하다.[82] 사실상 그 체험의 지속 시간들은 똑같은 "잠 못 이루는 밤들"이며, 그에 대한 회상은 콩브레와 결부된 유년기 이야기들을 끼워넣는 데 쓰이고, 그 이야기들은 꿈꾸는 듯한 추억 속에서 발벡 Balbec 해변가 그랑 호텔 Grand Hôtel의 방들을 콩브레의 방들과 다시금 결부시킨다. 따라서

---

81) 스완이 결국 작가가 되지 못한다는 사실은 이 점에서 중요하다. 그는 베르 메르 Ver Meer에 대한 연구를 글로 쓰지 않게 된다. 뱅퇴유의 소나타 구절과 그것의 관계가 이미 암시하듯이, 그는 예술의 계시를 알지 못하고 죽게 된다. 『되찾은 시간』은 그것을 분명히 말하고 있다(Ⅲ, pp. 877~78).

82) 「스완의 사랑」 이야기를 중심적인 이야기에 묶어두기 위해 3인칭 이야기와 1인칭 이야기 공통의 화자는 "어떤 몽상이 저물어갈 무렵에"(I, p. 378), 이어서 몽상에서 깨어나 그것을 반추하는 장면 속에 마지막으로 오데트(독자는 주인공의 허구적 자서전에서 적어도 첫번째 오데트가 질베르트의 어머니가 될 것이라는 사실을 의심할 수가 없다)가 등장하도록 배려한다. 이처럼 「스완의 사랑」은 「콩브레」의 이야기와 마찬가지로 비몽사몽의 영역에서 끝맺는다.

주인공의 어린 시절에 몽상 속의 발벡이 실제의 발벡에 선행하는 것은 놀라운 일이 아니다. 그 시절에는 이름들이 사물을 앞지르고, 지각하기도 전에 그 실체를 이야기하는 것이다. 그처럼 발벡, 베니스, 플로렌스 같은 이름들은 이미지를 낳고, 그 이미지를 통해 욕망을 낳는다. 이야기의 이 단계에서, 여러 여행들이 단 하나의 이름 아래 모이는 이 "상상적 시간"(I, p. 392)의 독자는 무엇을 할 수 있겠는가? 물론 실제의 샹젤리제 거리와 질베르트와의 유희가 몽상의 나래를 접게 하는 순간부터 독자는 그 상상적 시간을 밀쳐놓을 수밖에 없다. "이 공원에서 나의 몽상과 관계되는 것은 아무것도 없었다"(I, p. 394). 상상 속의 "분신 double"(같은 페이지)과 현실 사이의 이러한 충돌은 잃어버린 시간에 대한 또 다른 비유인가? 아마 그럴지도 모른다. 그 비유와 뒤이어오는 모든 비유들을 이야기의 일반적인 방향과 결합시키기는 어렵다. 샹젤리제에서의 유희 시절에 질베르트의 부모로 등장하는 스완과 오데트, 그리고 특히 오데트——중간에 삽입된 3인칭 이야기의 끝에서 그녀는 "사라졌다"고 생각할 수 있다——에 앞서 등장하는 인물들 사이에는 뚜렷한 동일성을 찾을 수 없기 때문에 그 어려움은 한층 가중된다.[83]

『스완네 집 쪽으로』의 마지막 페이지에서 『잃어버린 시간을 찾아서』의 독서를 중단하려는 독자라면, 잃어버린 시간은 "기억의 화폭들

---

83) 작가는——화자가 아니라 작가이다——젊은 마르셀과 콩브레 언덕의 질베르트를 샹젤리제에서 마주치게 하는 것에 전혀 거북함을 느끼지 않는다(당시 그녀의 외설스런 행동(I, p. 141)은『되찾은 시간』(III, p. 693)에 이르기까지 수수께끼로 남게 될 것이다). 프루스트는 소설적 우연의 일치에도 곤혹스러워하지 않는다. 어쨌든 화자는 그것을 우선 자기 이야기의 반전으로 변형시킴으로써, 이어서 우연적인 만남에 거의 초자연적인 의미를 부여함으로써, 모든 우연적인 사건들을 운명으로 변환시키는 데에 성공한다.『잃어버린 시간을 찾아서』는 이야기에 의해 결실을 맺는 이러한 거짓말 같은 만남들로 가득하다. 마지막 만남, 그리고 가장 의미심장한 만남은, 나중에 보겠지만, 소설의 맨 끝부분에서 질베르트의 딸과 생-루 Saint-Loup의 등장을 통한 "스완 쪽"과 "게르망트 쪽"의 결합이 될 것이다.

을 현실 속에서 찾으려는 모순"으로 요약될 것인데, "거기에는 기억 자체에서 오는 매혹, 감각에 의해 포착되지 않는 매혹이 항상 결핍되어 있을 것이다"(I, p. 427). 결국 『잃어버린 시간을 찾아서』는 이처럼 망각을 낳으면서 커져가는 괴리와 희망 없는 투쟁을 벌이는 데에 국한되는 것처럼 보일 것이다. 현재의 인상과 과거의 인상 사이의 거리가 마술처럼 경이로운 동시성으로 변형되는 콩브레의 순간들마저도, 모든 것을 유린하는 그러한 망각에 의해 휩쓸려가는 것처럼 보일 수 있다. 게다가 이러한 은총의 순간들도 「콩브레」이후에는 결코 더 이상―단 하나의 예외를 제외하고는―문제가 되지 않을 것이다. 오로지 뱅퇴유 소나타의 악절의 감미로움, 이야기 속의 이야기를 통해서만 알 수 있는 그 감미로움만이 또 다른 약속을 담게 된다. 그러나 무엇을 약속한단 말인가? 콩브레의 행복했던 순간들의 수수께끼와 마찬가지로 그 수수께끼를 푸는 것 또한 『되찾은 시간』을 읽게 될 독자의 몫이다.

이러한 방향 전환 후에는, 세계와 사랑 그리고 감각적인 인상의 기호들에 대한 오랜 해독 작업을 통해 느끼는 환멸의 길이 남겨질 뿐이다. 『꽃피는 아가씨들의 그늘에서 A l'ombre des jeunes filles en fleurs』에서부터 『사라진 여인 La Fugitive』에 이르기까지 바로 그 소리가 들려올 것이다.

II. 되찾은 시간

이제 『잃어버린 시간을 찾아서』를 구성하는 거대한 타원의 두번째 초점인 『되찾은 시간』으로 바로 옮겨가자. 터무니없이 넓어진 두 초점 사이의 간격을 뛰어넘는 일은 본 연구의 세번째 단계로 미루어둔다.

화자가 말하는 되찾은 시간이란 무슨 뜻인가? 이 질문에 대답하기 위해 우리는 이 거대한 이야기의 시작과 끝의 대칭성을 이용할 것이다. 마들렌의 경험이 『스완네 집 쪽으로』에서 비몽사몽 상태의 이전과 콩브레의 되찾은 시간의 이후의 경계를 긋는 것과 마찬가지로, 게르망트 저택의 서재 장면은, 화자가 의미심장한 두께를 부여하는 표면과, 『되찾은 시간』의 궁극적 의의가 드러나는 이면의 경계를 긋는다.

화자가 실제 작가의 탄생을 나타내는 사건을 갑작스럽게 이야기하는 것은 아니다. 두 단계의 입문 과정을 거치면서 그 폭발에 대비한 것이다. 첫번째 과정은, 멀리 떨어져 있기는 하지만 가장 많은 지면을 차지하는 것으로서, 적어도 『되찾은 시간』의 미완의 자필 원고가 우리에게 알려주는 바의 상태로는 뒤죽박죽 섞여 있는 모호한 사건들, 그러나 모두 환멸과 초연함이라는 이중의 기호에 의해 표시되는 사건들로 이루어진다. 『되찾은 시간』이 유년기의 콩브레와 가까운 탕송빌에서의 체류 이야기로 시작한다는 사실은 의미심장하며, 그 효과는 추억을 되살리는 것이 아니라 그 욕망을 잠재우는 것이다.[84] 그 당시에 주인공은 이렇게 호기심이 사라지면서 마음의 동요를 느낀다. 그것은 예전에 같은 장소에서 느꼈던 "결코 글을 쓸 수 없을 것"(Ⅲ, p. 691)이라는 감정을 확인해주는 것처럼 보인 것이다. 잃어버린 시간을, 아직 알려지지 않은 방식으로 되찾아야 한다면, 과거를 되살리는 것을 포기해야 한다. 과거를 다시 보고 싶은 이러한 욕망의 죽음은 사랑했던 여인들을 소유하고픈 욕망의 죽음을 동반한다. 주목할 만한 것은 화자가 이러한 "호기심 없는 상태"를 "시간이 가져온 것"으로 여긴다는 점이다. 여기서 의인화된 실체로서의 시간은 결코 잃어버린 시간이나 영원성으로 귀속되지 않을 것이며, 가장 오랜 지혜의 잠언에서처럼, 끝까지 그 파괴적 힘으로 상징화되어 남게 될 것

---

84) "내가 콩브레에 대해 얼마나 무심했던가를 알았을 때"(Ⅲ, p. 691). "그러나 전혀 다른 삶에 의해 내가 다시 가로질러 가곤 했던 장소들과 떨어지게 되면, 그 장소들과 나 사이에는, 미처 알아차리기도 전에 추억이 즉각적으로 감미롭게 한꺼번에 폭발하게 되는 그러한 인접성이 없었다"(Ⅲ, p. 692).

이다. 우리는 끝에 가서 다시 이 문제를 다룰 것이다.

그 후에 이야기되는 모든 사건과 만남들은 몰락과 죽음이라는 동일한 기호 아래 놓여진다. 남편이 된 생-루와의 비참한 관계에 대한 질베르트의 이야기, 인생의 덧없음을 부각시키는 영속적 힘을 보여주는 콩브레 성당의 방문이 그렇다. 그리고 특히 주인공이 요양원에서 보낸 "오랜 세월"에 대한 생경한 묘사는 멀리 떨어져 있고 거리를 두고 있다는 느낌, 시간에 대한 마지막 전망이 필요로 하는 그런 느낌을 사실주의적인 방식으로 그린다.[85] 또한 전쟁 중의 파리에 대한 묘사는 모든 것을 침식시키는 마멸의 인상을 만들어낸다.[86] 파리 살롱들의 천박함은 몰락의 분위기를 띠고(Ⅲ, p. 726), 드레퓌스주의와 반-드레퓌스주의는 망각 속으로 사라지고, 전선에서 돌아온 생-루의 방문은 유령의 방문이다. 독자는 코타르의 죽음, 이어서 베르뒤랭 씨의 죽음을 알게 된다. 전쟁 중의 파리 거리에서의 샤를뤼스와의 뜻하지 않은 만남은 이 불길한 통과 제의에 숙명적인 비열함의 낙인을 찍는다. 쇠락한 그의 육신과 사랑으로부터 기이한 시정(詩情)이 솟아오

---

85) 화자는 공쿠르 형제의 작품을 모방한 그 유명한 대목(Ⅲ, pp. 709~17)을 빌려, 직접 "보고 들음"(Ⅲ, p. 718)으로써 발휘되는 힘에 토대를 둔 회상록 문학을 통렬히 공박하는데, 이는 허구적으로 공쿠르 형제를 상정하여 쓴 대목을 주인공이 읽음으로써 그가 문학에 관해 느끼게 되는 혐오감을 통해, 그리고 자신의 소명을 따르지 못하게끔 문학이 내세우는 장애물들을 통해 그 대목이 삽입된 이야기의 일반적 어조를 강화한다(Ⅲ, pp. 709, 718).

86) 실제로 탐조등의 불빛으로 인해 변형된 파리 하늘과, 바그너적인 발키리 Walkyries[오딘 Odin의 명을 받아 전쟁의 승패를 결정하고, 전사자를 천국 Walhalla로 인도하는 세 여신 중의 하나: 옮긴이]인 양 묘사된 조종사들(Ⅲ, pp. 759, 762)은 전쟁 중의 파리 광경에 일종의 유미주의적 색채를 가미한다. 그것이 인접한 모든 장면들의 분광성을 증대시키는지, 아니면 되찾은 시간과 불가분의 관계에 있는 문학적 치환에 속하는지는 알 수 없다. 어쨌든 천박함은 끊임없이 죽음과 어깨를 나란히한다. "축제는, 독일인들이 여전히 전진한다면, 아마도 우리의 폼페이가 맞게 될 마지막 날들의 조건을 충족시키고 있다. 그리고 그것이 바로 그들을 천박함으로부터 구원하게 될 것이다"(Ⅲ, p. 806).

르며(Ⅲ, p. 766), 화자는 이를 주인공이 아직은 도달할 수 없었던 완전한 초연함에서 비롯된 것으로 여긴다(Ⅲ, p. 774). 쥐피앵의 사창가에서 샤를뤼스 남작이 휴가 중인 군인들에게 자신을 쇠사슬로 때리게 하는 장면에서 전쟁 중의 비열한 사회에 대한 묘사는 극치에 이른다. 이야기 속에서 생-루의 마지막 방문과 잇따른 그의 사망 소식——그것은 알베르틴의 죽음이라는 또 다른 죽음을 연상시킨다[87]—— 그리고 샤를뤼스의 추잡한 행동들, 그리고 그의 체포 이야기가 교차함으로써 이 대목은 음산하게 소용돌이치는 분위기를 갖게 된다. 그러한 분위기는, 숭고한 계시에 뒤이은 대칭적 장면, 즉 영원성을 따르기로 서약한 주인공의 첫번째 시련인 해골들의 만찬 장면에서 다시금, 그러나 전혀 다른 의미 작용으로 강렬하게 부각된다.

그 계시가 어떠한 허무로 둘러싸여 있는가를 강조하기 위해, 화자는 자신의 이야기를 돌연히 중단하는 수법을 도입한다. "내가 은거했던 새 요양원 또한 첫번째 요양원과 마찬가지로 나를 전혀 회복시키지 못했다. 그리고 내가 그곳을 떠나기 전까지 수많은 세월이 흘러갔다"(Ⅲ, p. 874). 마지막으로 주인공은, 파리로 되돌아오는 길에서, 자신의 상태에 대해 가련한 종합 평가를 내린다. "문학의 거짓" "믿었던 이상의 부재" "불가능한 영감" "절대적 무관심"……

무의식적인 추억에 드리워진 어둠에 의한 이러한 첫 단계의 통과제의에 이어, 여러 전조(前兆)를 통해 드러나는, 훨씬 더 짤막한 두번째 단계가 찾아온다.[88] 주인공이 예전에 콩브레에서 그랬던 것처럼,

---

87) "그리고 이어서 그 두 사람의 삶은 각자 평행을 이루는 비밀을 가지게 되었는데, 나는 그것을 의심한 적이 없었다"(Ⅲ, p. 848). 이 두 사람의 죽음을 접근시킴으로써 화자는 죽음에 대한 사색의 기회를 얻게 되는데, 그것은 나중에 되찾은 시간의 전망에 통합될 것이다. "그럼에도 불구하고, 죽음은 어떤 법칙에 따르는 것처럼 보인다"(Ⅲ, p. 850). 보다 정확히 말해서 우발적인 죽음은, 예정된 운명이라고까지 할 수는 없겠지만, 운명과 우연을 나름대로 연결한다(같은 페이지).

88) "그러나 때때로 우리에게 모든 것이 사라진 것처럼 보이는 바로 그 순간 우리를

게르망트 대공(大公)이 베푸는 조찬 초대장에 적힌 게르망트라는 이름에 무심코 끌려 들어가는 순간부터, 이야기의 어조는 사실상 완전히 바뀐다. 이번에는 자동차를 타고 가는 것이 비행처럼 나타난다. "그리고, 여태까지 고통스럽게 땅 위를 굴러왔다가, 갑자기 '이륙하는' 비행사처럼, 나는 추억의 고요한 창공을 향해 서서히 날아 올라가고 있었다"(Ⅲ, p. 858). 뇌졸중의 충격에서 회복 중인 샤를뤼스의 육체에서 드러나는 쇠락과의 만남――"몰락한 늙은 제후에게 셰익스피어의 리어왕과 같은 위엄을 지니도록 강요했던"(Ⅲ, p. 859)――도 상승을 가로막기에는 역부족이다. 오히려 주인공은, 이 허물어진 모습에서, "이미 죽음의 그림자가 드리워진 사람들에게서 특히 눈에 띄는, 말하자면 거의 물리적인 부드러움, 삶의 일상적 생활로부터의 초연함"(Ⅲ, p. 860)을 알아본다. 바로 그때 주인공은 "나에게는 뱅퇴유의 마지막 작품들이 종합하고 있는 것처럼 보였던"(Ⅲ, p. 866) 콩브레의 체험들과 모든 점에서 흡사한 일련의 체험들, 즉 울퉁불퉁한 거리의 포석에 발이 걸린 것, 스푼이 접시에 부딪혀 땡그랑거리는 소리, 풀먹여 뻣뻣한 접힌 냅킨 등을, 행복감을 가져오면서 구원을 담고 있는 "징조"로 받아들인다. 예전에는 화자가 이러한 행복감의 이유를 규명하는 일을 나중으로 미루어야 했던 것과 달리, 이번에는 그 수수께끼를 반드시 풀고자 한다. 화자는 콩브레 시절부터, 그 시간적 거리에도 불구하고 흡사한 두 개의 인상들이 우연히 결합됨으로써 강렬한 환희가 느껴진다는 사실을 알아차리지 못한 것이 아니다. 이번에도 여전히 주인공은 파리의 울퉁불퉁한 포석의 느낌에서 금방 베니스와 생-마르코 세례당의 두 개의 울퉁불퉁한 포석을 알아차리게

구원할 수 있는 징조는 다가온다. 우리는 어디로도 통하지 않는 문들을 모두 두드려보았다. 그러나 우리가 들어갈 수 있고, 백년이 걸려도 찾지 못했을 유일한 문을, 우리도 모르는 사이에 우연히 마주치게 되며, 그리고 그 문은 열린다"(Ⅲ, p. 866).

된다. 그러므로 풀어야 할 수수께끼는 시간적 거리가 "우연히" "마술을 부린 것처럼" 동일한 어떤 순간의 일체성 속에서 사라질 수 있다는 것이 아니다. 오히려 자신이 느낀 환희가 "어떤 확신, 다른 어떤 증거도 없지만, 나로 하여금 죽음에 초연하게 만들기에 충분한 확신과 흡사"(Ⅲ, p. 867)하다는 수수께끼를 풀어야 한다. 다시 말하면, 풀어야 할 것은 우연과 비의지적인 기억에 의해 주어진 행복한 순간들과, "보이지 않는 소명에 대한 이야기" 사이의 관계에 대한 수수께끼인 것이다.

화자는 이처럼, 수천 페이지에 걸친 엄청난 분량의 이야기와 서재의 결정적인 장면 사이에서, '교양소설'의 의미를 기호의 체득에서 영감의 도래로 기울게 하는 서술적 전환점을 만들어낸다. 전체적으로 보자면 그 서술적 전환점을 축으로 한 양면은 『잃어버린 시간을 찾아서』의 두 초점 사이에서 단절과 봉합의 가치를 동시에 갖는다. 단절은 죽음의 기호들을 통해 이루어지는데, 그 기호들은 해독 원칙이 없는 기호의 체득은 실패한다는 사실을 확인한다. 봉합은 숭고한 계시를 미리 알려주는 기호들을 통해 이루어진다.

이제 우리는 되찾은 시간이라는 개념 그 자체에 결부시켜야 할 첫 번째 의미——그러나 결정적인 의미는 아니다——를 결정짓는 영감의 장엄한 도래 장면의 핵심에 이르렀다. 예술에 대한 장대한 논문(또한 자신의 이야기 속에 억지로 삽입된 마르셀 프루스트의 시학)으로 읽혀질 수 있는 부분의 서술적 위상은, 이 중요 장면과 통과 제의적 이행의 가치를 갖는 사건들에 대한 이전의 이야기 사이에서 화자가 엮어가는 섬세한 서술적 관계에 의해 더욱 확고해진다. 이 관계는 동시에 두 가지 측면에서 이루어진다. 우선 일화적 측면에서 화자는, 마지막 징후적 기호들에 대한 이야기를 숭고한 계시의 이야기와 같은 장소, 즉 "주방에 인접한 작은 서재"(Ⅲ, p. 868)에 위치하도록 배려한다. 이어서 주제적 측면에서 화자는 바로 행복한 순간들과 전조(前兆)들에 시간에 대한 사색을 덧붙이는데, 이렇게 해서 그 사색은 예전에 우연이 그에게 베풀었던 것에 대해 숙고하는 화자의 사유 영역에 속하게 된다.[89] 끝으로 보다 심오한 반성적 차원에서 시간에 대한 사색은, 작가적 소명의 토대를 이루는 사건으로서 이야기 속에 뿌리박고 있다. 이처럼 소명에 대한 이야기 속에서 사색에 부여된 기원의 역할은, 그 사색 자체가 불가피하게 서술적 성격을 띨 수밖에 없다는 사실을 확고하게 한다.

그 사색을 통해 밝혀지는 시간이, 잃었다가 되찾는다는 의미에서의 되찾은 시간이 아니라, 시간마저도 유예시키는 영원성, 혹은 화자의 말을 빌리자면 "초시간적 존재 l'être extra-temporel"(Ⅲ, p. 871)라는 점에서, 그 사색은 이야기와는 거리를 두고 있는 것처럼 보인다.[90] 그리고 글을 쓰겠다는 결정, 씌어질 작품이 의도하는 바를 생각으로 그려보려는 결정에 의해 다시 사색을 계속하지 않는 한, 사정은 마찬가지일 것이다. 우리는 초시간적인 것이 단지 되찾은 시간의 첫 관문에 불과하다는 것을 화자의 몇몇 언급을 통해 확실히 알 수 있다. 우선 명상 자체는 덧없이 사라져버린다는 특성을 가지고 있다. 이어서 되찾은 시간을 구성하는 초시간적인 존재에 대한 주인공의 발견을, 사물의 본질이 갖는 "천상의 양식"에 걸쳐놓아야 할 필요성이 있다. 끝으로 현재와 과거 사이를 신비롭게 왕래하면서 그 통일성을 만들어

---

89) 우리는 이야기로 되어 있는 그 사색이 반과거, 즉 바인리히가 말하는 이야기의 강조하기 mise en relief라는 관점에서 볼 때, 우발적 사건의 시제인 단순과거와 대조를 이루는 배경 시제로 진술되고 있다는 사실을 지적할 수 있을 것이다(앞의 책, p. 106 참조). 실제로 시간에 대한 명상은 글을 쓰겠다는 결정을 내리게 되는 배경을 구성한다. 명상을 중단시키려면 일화적 사건성을 띤 새로운 단순과거가 필요하다. "그때, 집사가 와서 첫번째 연주곡은 끝났으며, 이제 내가 서재를 떠나 거실로 들어가도 된다고 말했다. 그 말을 통해 나는 내가 어디 있는지를 다시금 기억했다"(Ⅲ, p. 918).

90) 그리고 나아가서, "시간의 질서에서 벗어난 어떤 순간이, 그것을 느낄 수 있을 만큼, 시간의 질서에서 벗어난 인간을 우리 내부에서 다시 만들어냈다"(Ⅲ, p. 873).

내는 영원성은 초월성이 아니라 내재성을 띠고 있다. 그러므로 초시
간적 존재는 『되찾은 시간』의 전체 의미를 완전히 규명하지 못한다.
확실한 것은, 바로 영원성의 모습 아래 sub specie aeternitatis 비의지적
인 기억은 시간 속에서 그 기적을 만들어내고,[91] 이해력은 이질적인
것의 거리와 유사한 것의 동시성을 같은 시선으로 포착할 수 있다는
사실이다. 또한 바로 초시간적 존재야말로, 우연과 비의지적인 기억
그리고 기호의 체득을 통해 주어진 유사성을 받아들임으로써, 소멸
하게 되어 있는 사물들의 흐름을 그 "시간 밖의"(Ⅲ, p. 871) 본질로
되돌려놓는다. 그럼에도 불구하고, 이 "초시간적 존재"는 "옛날을 되
찾을"(Ⅲ, p. 871) 수 있는 힘을 가지고 있지 않다. 바로 이러한 전환점
에서 시간에 관한 이야기를 구성하는 서술적 과정의 의미가 드러난
다. 되찾은 시간에 나란히 부여된 두 가지 끌어당기는 힘 valence이
결합되도록 해야 할 것이다.[92] 되찾은 시간이라는 말은 때로는 초시
간적인 것을, 때로는 잃어버린 시간을 되찾는 행위를 가리킨다. 오로
지 글을 쓰겠다는 결정만이 되찾은 시간의 의미가 갖는 이원성에 종
지부를 찍을 것이다. 그 결정이 이루어지기 전까지는 이원성은 극복
될 수 없는 것처럼 보인다. 사실, 초시간적인 것은, 실제의 작품 속에
씌어진 모든 것에서 벗어나 있고 고된 글쓰기를 개의치 않는 어떤 명

---

91) 마들렌의 삽화에서 주인공은 자신도 모르는 사이에 초시간적 존재가 되었으며,
그 존재에 관해 이야기하면서 화자는 다음과 같이 부연한다. "오로지 그것만이 옛
날을, 그 앞에서는 아무리 기억하고 이해하려 해도 언제나 실패할 수밖에 없었던
잃어버린 시간을 나에게 되찾게 할 수 있는 힘을 가지고 있었다"(Ⅲ, p. 871).

92) 화자는 다음과 같이 고백함으로써 되찾은 시간의 두 가지 끌어당기는 힘을 매개
하는 그 역할을 예견하고 있다. "그리고 내가 의식적으로 결정을 내리지는 않았지
만, 이미 시도할 준비가 되어 있다고 스스로 느끼는 예술 작품 속에는 큰 어려움
이 있으리라는 것을 얼핏 알아차렸다"(Ⅲ, pp. 870~71). 조르주 풀레가 말한 것처
럼 시간 속의 융합은 또한 공간 속의 융합이라는 사실을 지적해야 한다. "언제나,
이 되살아나는 것들 속에서, 공통된 감각을 중심으로 태어나는 저 먼 곳은, 한순
간, 마치 겨루기라도 하듯, 지금 이곳과 짝을 이루었다"(Ⅲ, pp. 874~75).

상의 순간에, 심미적 창조의 기원에 대한 사색과 결부되어 있다. 초시간적인 것의 질서에서 보자면, 그 기원의 측면을 고려한 예술 작품은 말을 다듬는 장인의 산물이 아니다. 그것은 우리에 앞서 이미 존재한다. 찾아내기만 하면 되는 것이다. 이 단계에서, 창조한다는 것은 번역하는 것이다.

되찾은 시간이라는 용어의 두번째 의미, 즉 되살아난 잃어버린 시간이라는 의미에서의 되찾은 시간은, 사라지기 쉬운 이 명상의 순간을 항구적인 작품 속에 고정시킴으로써 생겨난다. 이제 문제는, 언제나 금방이라도 달아날 것만 같은 다이달로스의 입상(立像)들에 관해 플라톤이 말한 것처럼, 그 명상을 체험된 지속의 시간 속에 새김으로써, 묶어두는 것이다. "그러므로 이제 나는, 사물의 본질에 대한 이러한 명상에 나를 묶어두기로, 그것을 붙들어두기로 결심했다. 그러나 어떻게, 무슨 방법으로?"(Ⅲ, p. 876). 예술적 창조에 대한 사색이 심미적 사색에 이어 펼쳐지는 것은 바로 이 지점이다. "그런데, 나에게는 유일한 것으로 보였던 이 방법이란 바로 예술 작품을 만드는 것이 아니라면 무엇이었겠는가?"(Ⅲ, p. 879). 이 점에서 스완은, 소나타의 악절이 가져다주는 행복을 사랑의 기쁨과 혼동하는 오류를 범한 것이다. 그는 "그것을 예술적 창조에서 찾지 못했다"(Ⅲ, pp. 877~78). 기호의 해독이 사라지기 쉬운 명상을 구원하러 오는 것도 바로 이 지점이지만, 그것이 명상을 대체하는 것은 아니며, 하물며 제압하는 것도 아니다. 오히려 기호의 해독은 스스로의 통제하에 그 명상을 밝혀주게 된다.

글을 쓰겠다는 결정은 이처럼 근원적 전망에서 비롯된 초시간적인 것을, 잃어버린 시간이 되살아나는 시간성으로 옮긴다는 효력을 갖는다. 이러한 의미에서 『잃어버린 시간을 찾아서』는 되찾은 시간이 갖는 한 가지 의미 작용에서 다른 의미 작용으로의 이행을 이야기한다고 단언할 수 있다. 바로 그 점에서 그것은 시간에 대한 이야기인 것이다.

이제 소명의 탄생의 서술적 특성이, 예술의 진리의 계시와 그에 이어진 시련을 통해, 그리고 씌어질 작품에 대한 주인공의 약속을 통해 어떻게 확고해지는지를 말해야 한다. 그 시련은 죽음의 험로를 거쳐 간다. 되찾은 시간의 두 가지 의미 작용, 즉 "나의 죽음에 대한 불안"을 초월하여 "미래의 삶의 부침(浮沈)에 대해 무심하게"(III, p. 871) 만드는 초시간적인 것의 의미 작용, 그리고 작품을 통한 잃어버린 시간의 부활이라는 의미 작용을 구분하는 것은 바로 죽음과의 관계라 해도 과언이 아니다. 이 후자의 운명이 종국에는 글쓰기의 작업에 맡겨진다 해도, 잃어버린 시간에서와 마찬가지로 되찾은 시간에서도 죽음의 위협은 여전히 크다.[93]

게르망트 공작의 만찬에 초대된 손님들이 보여주는 놀라운 광경을 통해 글쓰기로 개종하게 되는 이야기를 따라가게 함으로써 화자가 의미하고자 했던 것은 바로 그것이다. 화자는 초대된 모든 손님들이 "분장한"(III, p. 920) ──사실은 해골── 것처럼 보이는 이 만찬을 노골적으로 "극적 반전"으로 해석하고 있으며, 그에 관해 "그것은 나의 구상에 가장 심각한 반론을 제기하게 될 것"(III, p. 920)이라고 말한다. 그 반론이란, 초시간적인 것과 겨루지는 않지만, 그 시간적 표현인 예술 작품 자체를 위협하는 죽음의 경고가 아니고 무엇이겠는가?

실제로 이 죽음의 무도에 등장하는 인물들은 누구인가? "인형들, 그러나 우리가 알고 있었던 사람과 그 인형들을 일치시키기 위해서

---

93) 그 인상을 옮기게 될 "보편 언어"(III, p. 903) 또한 죽음과 관계가 없는 것은 아니다. 투키디데스의 역사와 마찬가지로, 『잃어버린 시간을 찾아서』의 화자에게 예술 작품은 "더 이상 그 가장 진실된 본질을 지니고 있지 않은 것들을 모든 영혼들에게는 불멸의 전리품"(III, p. 903)이 되게 할 수 있다. 불멸? 이 야심 아래 죽음과의 관계는 숨겨져 있다. "슬픔은 천하고 혐오스런 하인이며, 사람들은 그에 맞서 싸우지만, 점점 더 그에 예속되고 만다. 그것은 지하의 길을 통해 우리를 진리와 죽음으로 데려가는 잔혹하고, 다른 사람으로 대체할 수도 없는 하인인 것이다. 죽음에 앞서 진리를 마주친 자, 그 둘이 서로 그토록 가까울지라도, 진리의 시간이 죽음의 시간보다 먼저 울리는 것을 들은 자는 행복하여라!"(III, p. 910).

는 그 인형들 뒤에 놓인 여러 가지 구도들, 그들에게 입체감을 부여하고 이 늙은 꼭두각시들의 면전에서 임기응변을 발휘하지 않을 수 없게 만드는 구도들을 동시에 읽어야 한다. 왜냐하면 우리는 눈으로만이 아니라 동시에 기억으로 그들을 바라보아야 했기 때문이다. 형체가 없는 세월에 채색된 인형들, 보통은 눈에 보이지 않으나 볼 수 있게 하기 위해서 육체를 찾아다니고, 육체를 마주치는 어느 곳에서든 육체를 낚아채 그 마법의 램프를 보여주는 시간, 그 시간을 겉으로 나타내는 인형들"(Ⅲ, p. 924).[94] 그리고 빈사 상태의 이 모든 사람들이 알려주는 것은 주인공 자신의 죽음이 다가오고 있다는 것이 아니고 무엇이겠는가(Ⅲ, p. 927)? 바로 그것이 위협이다. "초시간적인 실체들을 보다 선명하게 하고, 예술 작품을 통해 이해할 수 있는 것으로 만들고자 시도했던 바로 그 순간에 나는 시간의 이 파괴적 행동을 발견했다"(Ⅲ, p. 930). 파괴적 시간에 관한 오랜 신화는 예술 작품에 의해 되찾은 시간의 전망보다 더 강한가?라는 고백은 주목할 만하다. 되찾은 시간의 두번째 의미 작용을 첫번째 의미 작용과 분리시킨다면 그렇다. 그리고 주인공은 이야기의 끝부분에 이르기까지 바로 이러한 유혹의 제물이 된다. 이때 유혹은, 글쓰기 작업이 잃어버린 시간과 같은 시간에 이루어진다는 점에서, 강력하다. 설상가상으로 죽

---

94) 그 마법의 램프로 인간을 비추는 "겉으로 드러난" 시간의 가시성(可視性)에 관해서는 결론에서 다시 언급할 것이다. 조금 더 뒤로 가면 같은 의미로 다음과 같이 적고 있다. "나에게 그토록 강력한 시간의 감각을 느끼게 했던 것은, 예전의 젊은 이들이 지금 무엇이 되었는가 하는 것만이 아니라 오늘의 그들이 무엇이 될 것인가 하는 것이었다"(Ⅲ, p. 945). 여전히 문제가 되는 것은 "흘러간 시간의 감각"(Ⅲ, p. 957)과, 마치 "시간의 결과(그러나 이번에는 사회 계층이 아니라 개인에 영향을 미치는)"(Ⅲ, p. 964)에 의한 것 같은 존재의 변질이다. 죽음의 무도에서 나타나는 시간의 이러한 형상화는, 『잃어버린 시간을 찾아서』 전체에 걸쳐, 습관·슬픔·질투·망각 그리고 이제 늙음 등 보이지 않는 시간의 수많은 형상들을 구성하는 "상징적 형상들의 회랑"(야우스, 앞의 책, pp. 152~66) 속에 포함되어야 한다. 이 상징성은 "예술가, 시간"에 가시성을 부여한다고 할 수 있다.

음의 무도에 대한 이야기는, 바로 이야기로서, 덧없이 사라지는 사건이라는 특성——그것은 사건이 초시간적인 것 속에서 없어진다는 사실을 발견하는 것과 결부되어 있다——을 어떤 식으로든 강조한다. 그러나 그것이 결정적인 것은 아니다. 초시간적인 것과 되살아난 시간 사이의 관계를 보존할 능력을 지닌 예술가에게, 시간은 자신의 또 다른 신화적 얼굴을 드러낸다. 존재들이 간직하고 있는 내밀한 정체성은, 그 존재들의 붕괴에도 불구하고, "존재의 통일성과 삶의 법칙들을 전적으로 존중하면서도 그 배경을 바꿀 수 있고 동일한 어떤 인물의 연속적인 두 양상을 대담하게 대조시킬 수 있는 시간의 근원적 재생력"(Ⅲ, p. 935)을 보여준다. 나중에 우리가 『잃어버린 시간을 찾아서』의 타원을 이루는 두 초점들 사이의 통일성을 보여주는 핵심 개념이라 할 수 있는 식별 reconnaissance에 대해 말할 때, 존재들을 식별할 수 있게 하는 것은 여전히 "예술가, 시간"(Ⅲ, p. 936)임을 기억해야 할 것이다. "그 예술가는, 게다가, 매우 느리게 작업한다"(Ⅲ, p. 936)라고 화자는 적고 있다.

화자는 앞에서는 전혀 예기할 수 없었던 만남에서, 『되찾은 시간』의 두 가지 형상 사이에 이러한 계약이 맺어질 수 있고 지켜질 수 있다는 하나의 징후를 본다. 즉 질베르트 스완과 로베르 드 생-루의 출현은 두 "쪽 côtés," 즉 그 어머니로 대변되는 스완네 쪽과 아버지로 대변되는 게르망트 쪽 사이의 화해를 상징한다. "나는 그녀가 매우 아름답다고 생각했다. 여전히 희망에 가득 차 웃음짓는, 그리고 내가 잃어버린 바로 그 세월로 이루어진 그녀는 나의 젊음과 흡사했다"(Ⅲ, p. 1032). 화해를 구체화하는 이 출현은, 작품 속에서 여러 번 예고되었거나 예기되었던 것으로서, 창조 행위는 젊음——한나 아렌트라면 "출생 natalité"이라고 말했을 것이다——과의 계약을 맺고 있으며, 젊음은 사랑과는 달리 예술을 죽음보다 더 강한 것으로 만든다는 것을 암시하고자 하는 것이 아닌가?[95]

이 기호는 앞선 기호들처럼 더 이상 미래를 예고하거나 조짐을 알려주지 않는다. 그것은 하나의 '자극제aiguillon'다. "결국 시간에 대한 이러한 관념이 나에게 갖는 마지막 중요성, 그것은 어떤 자극제였다. 내가 살아오면서, 섬광처럼 짧은 순간에, 게르망트 쪽에서, 빌파리지Villeparisis 부인과 자동차 드라이브를 하면서 때때로 내가 느꼈던 것, 그리고 나로 하여금 삶을 살 만한 가치가 있는 것으로 여기게 했던 것을 손에 넣고자 한다면 이제는 무엇을 시작할 시간이라는 것을 그것은 나에게 말하고 있었다. 어둠 속에서 살았던 삶, 그 예전의 진실로 되돌아간 삶, 끊임없이 우리가 왜곡시키는 삶, 한마디로 책 속에서 실현된 삶, 그것이 이제 밝혀질 수 있는 것처럼 보이는 지금, 삶은 얼마나 더 가치 있게 보였던가!"(Ⅲ, p. 1032)

Ⅲ. 되찾은 시간에서 잃어버린 시간으로

『잃어버린 시간을 찾아서』를 시간에 관한 이야기로 간주하는 탐구를 마치기에 앞서, 이야기가 타원의 두 초점, 즉 잃어버린 시간 안에서의 기호의 체득, 그리고 초시간적인 것에 대한 열광 속에서의 예술의 계시 사이에 설정되는 관계의 특성을 규명할 필요가 있다. 바로 그 관계가 『잃어버린 시간을 찾아서』의 시간을 다름아닌 되찾은 시간으로, 보다 정확히 말하면 되찾은-잃어버린 시간으로 특징짓는다. 여기서 "되찾은"이라는 형용사를 이해하기 위해서는 "되찾다"라는 동사를 해석해야 한다. 잃어버린 시간을 되찾는다는 것은 도대체 무엇인가?

이 질문에 답하기 위해서 우리는, 아직 씌어지지 않은 작품(소설에서 말하는 이 작품은 우리가 읽은 『잃어버린 시간을 찾아서』가 아니다)에 대해 사색하는 화자의 생각만을 다시 한 번 살펴보려 한다. 그 결

---

95) "무채색의 만질 수 없는 시간은, 이를테면 내가 그것을 보고 만질 수 있도록, 젊음으로 물질화되었고, 마치 걸작품처럼 그 젊음을 빚어내었다. 반면에, 어쩌랴! 나에게도 또한 시간은 자기 능력을 발휘했을 뿐인 것을"(Ⅲ, p. 1031).

과 시간을 되찾는 행위에 부여해야 할 의미를 가장 잘 보여주는 것은 바로 앞으로 써야 할 작품에서 예상되는 난관들이다.

우리는 이러한 난관들이, 써야 할 작품과 관련하여 화자가 지나간 자신의 삶의 의미를 특징짓고자 하는 진술에 압축되어 있음을 발견한다. "그리하여 오늘날까지 나의 전생애는 어떤 소명이라는 이름으로 요약될 수도 그렇지 않을 수도 있을 것이다"(Ⅲ, p. 899).

여기서 긍정과 부정 사이에서 교묘하게 다듬어진 애매성은 숙고할 만한 가치가 있다. "문학은 나의 삶에서 어떤 역할도 하지 않았다" (같은 페이지)는 점에서 부정이며, 그 삶은 씨앗 상태의 유기체에 자양분을 공급하게 될 거의 식물성이라 할 수 있는 "저장고를 이루고 있었다"는 점에서 긍정이다. "그처럼 나의 삶은 그것이 무르익어 맺을 결실과 관계(강조는 옮긴이)를 맺고 있었다"(같은 페이지).

그렇다면 잃어버린 시간을 되찾는 행위는 어떤 난관들을 극복해야 하는가? 그리고 그 해결책은 왜 이처럼 애매하게 나타나는가?

첫번째 제시되는 가설은 다음과 같다. 『잃어버린 시간을 찾아서』 전체로 볼 때 시간을 되찾는 행위의 근거가 되는 관계는, 뚜렷하게 드러나고 밝혀진 무의식적 추억을 모범적으로 보여주는 사례들을 성찰함으로써 발견되는 관계가 확대 적용된 것이 아닌가? 반대로 그 미세한 경험들은 『잃어버린 시간을 찾아서』 전체에 통일성을 부여하는 관계를 다듬어 만들어내는 축소 모형의 실험실을 구성하는 것은 아닌가?

다음과 같은 진술에서도 위와 유사한 확대 적용을 볼 수 있다. "우리가 현실이라 부르는 것은 우리를 동시에 둘러싸고 있는 이러한 감각과 추억의 관계, 진실에 만족하고자 하면 할수록 그 때문에 더 진실과 멀어져버리는 단순한 영상적 시각에는 존재하지 않는 관계, 작가가 자신의 문장 속에 서로 다른 두 용어를 영원히 묶어두기 위해서 되찾아야만 하는 독특한 관계인 것이다"(Ⅲ, p. 889). 이 대목에서는 모든 말이 중요성을 갖는다. 즉 그것은 행복한 순간들, 그리고 이와 상동 관계에 있는 모든 무의식적 추억의 체험에서 보듯이 "독특한 관계"이며, 그 체험들이 밝혀지게 되면 "되찾아야 할 관계이고, 서로 다른 두 용어가 "어떤 문장 속에서 영원히 묶여지게" 되는 관계다.

이렇게 해서 첫번째 길이 열리고, 그 길은 서로 다른 두 대상의 관계를 설정하는 기능을 갖는 문체적 비유figures de style의 길을 찾도록 이끈다. 그것이 형상화된 것이 은유다. 로저 쉐턱[73]이 말한 대로 『잃어버린 시간을 찾아서』를 해석하는 열쇠들 가운데 하나를 간직하고 있다고 보여지는 진술[97]에서 화자는 바로 그것을 확인해준다. 행복한 순간들을 규명함으로써 드러나는 이 은유적 관계는, 서로 구별되는 두 대상들이, 그 차이에도 불구하고 본질에 이르고 시간의 우연성에서 벗어나게 되는 모든 관계들의 모체가 된다. 『잃어버린 시간을 찾아서』에 길게 나오는 기호의 체득은 이러한 법칙 하에서 징조 기호들, 이미 이중화된 의미를 담고 있어서 지성은 이를 밝히기만 하면 되는 기호의 아주 좋은 예를 만나게 된다. 은유는, 순전히 연속적인 영상적 시각이 감각과 추억을 연관시킬 수가 없기에 실패하는 바로 그곳을 지배한다. 화자는 이러한 은유적 관계를 "예술의 세계에 있어

---

96) 새턱 Roger Shattuck, 『프루스트의 쌍안경: "잃어버린 시간을 찾아서"에 나타난 기억, 시간 그리고 식별에 대한 연구 *Proust's binoculars: a study of memory, time, and recognition in "A la recherche du temps perdu"*』(New York: Random House, 1963). 로저 새턱은 이 유명한 저서에서 연구의 방향을 열어주는데, 그 연구의 장점에 관해서는 나중에 언급할 것이다.

97) 우리가 조금 전에 언급했던 대목에 이어지는 그 대목은 전체를 인용할 필요가 있다. "우리는 묘사된 장소에 나타나는 대상들을 묘사를 통해 끝없이 이어지게 할 수 있다. 그러나 작가가 두 개의 서로 다른 대상을 택하여, 과학의 세계에서 인과율의 독특한 관계와 유사한 그들의 관계를 예술의 세계에서 제시하고, 유려한 문체에서 비롯된 필연적 고리 안에 그들을 가두는 순간에 이르러서야 진실이 열릴 것이다. 삶에서 그렇듯이, 작가는 두 개의 감각에 공통된 자질을 비교함으로써 그 본질을 추출할 것이고, 은유를 통해 그 두 감각을 결합시킴으로써 시간의 우발성에서 벗어나게 할 것이다"(Ⅲ, p. 889).

서는 과학의 세계에서 인과율의 독특한 관계라고 하는 것과 유사한"
(같은 페이지) 것이라고 말함으로써, 이 은유적 관계가 일반적으로
적용될 수 있다는 것을 알게 되었다. 그때부터 감각과 추억들은, 『잃
어버린 시간을 찾아서』 전체로 볼 때 "유려한 문체에서 비롯된 필연
적 고리 안에 갇히게 된다"(같은 페이지)고 말해도 전혀 과장된 것이
아니다. 여기서 문체란 장식적인 어떤 것이 아니라, 하나의 예술 작
품에서 작품의 기원에 대한 질문과 작품이 제시하는 해결책을 결합
함으로써 생겨나는 독특한 실체를 지칭한다. 이러한 첫번째 의미에
서의 되찾은 시간이란, 은유에 의해 영원성을 얻게 된 잃어버린 시간
이다.

　이 첫번째 길이 유일한 길은 아니다. 은유라는 표지 아래 놓여진
문체론적 해결책은 광학적 optique이라 부를 수 있는 보완책을 요청한
다.[98] 화자 자신도, "화가의 색채와 마찬가지로, 작가의 문체는 기법
이 아니라 전망 vision의 문제다"라고 말하면서, 우리에게 이 두번째
길을 따라가도록 한다. 물론 나중에 그 두 길이 서로 교차하는 지점
을 확인하지만 말이다. 전망이란 말은 직접적인 감각을 되살리는 것
과는 전혀 다른 뜻으로 이해해야 한다. 그것은 알다시피 어떤 체득을
요구하는 기호 읽기다. 화자가 되찾은 시간의 경험을 전망이라 부르
는 것은, 이러한 체득이 잃어버린 시간 위에 새겨진 초시간적인 것의
표지인 식별을 통해 완성되기 때문이다.[99] 행복한 순간들은 식별로

---

98) 이어지는 우리의 설명은 앞에서 인용한 쉐턱의 저서에 따른 것이다. 그는 『잃어버
　　린 시간을 찾아서』에 등장하는 광학적 이미지들(마법의 램프, 만화경, 망원경, 확
　　대경 등)의 목록을 제시하고, 더 나아가 쌍안경의 대조에 근거한 프루스트의 굴절
　　광학의 법칙들을 구분하고자 노력한다. 프루스트의 광학은 직접 광학이 아니라
　　이중화된 광학이며, 이로 말미암아 쉐턱은 『잃어버린 시간을 찾아서』 전체를 "시
　　간의 입체 광학"으로 규정한다. 다음 대목은 이 점에서 전범이 되는 대목이다.
　　"이 모든 측면에서, 내가 보냈던 것과 같은 아침나절은 〔……〕 예전에 광학적 시
　　각이라 불렸던 것, 시간에 의해 일그러진 전망 속에 놓인 인물이나 순간에 대한
　　시각이 아니라, 오랜 세월에 대한 광학적 시각과도 같았다"(III, p. 925).

승격된 이러한 입체적 전망을 다시 한 번 축소하여 보여준다. 그러나 "광학적 시각"의 관념은 바로 기호의 체득 전반에 적용된다. 실제로 이러한 체득은 광학적 오류로 가득 차 있으며, 그 오류들은 작품을 다 읽고난 후 돌이켜보면 잘못된 이해의 의미를 갖는다. 이 점에서 광대한 사색에 이어지는 죽음의 무도 같은 것 ── 해골들의 만찬 ── 은 죽음의 징후만이 아니라 식별하지 못함 non-reconnaissance의 징후를 띠게 된다(Ⅲ, pp. 931, 948 등). 주인공은 거기서 질베르트마저 알아보지 못한다. 이 장면은 작품을 돌이켜볼 때 이전의 모든 탐구를 (광학적) 오류의 희극이라는 기호 아래 위치시킴과 동시에 통합적 식별이라는 구상의 궤도 위에 올려놓는다는 점에서 매우 중요하다. 이처럼 식별이라는 용어로 『잃어버린 시간을 찾아서』 전체를 해석하게 되면, 앞서 말한 바처럼 질베르트가 스완네 쪽과 게르망트 쪽이라는 양쪽의 화해를 구현한다는 점에서 주인공과 그녀의 만남을 최종적 식별 장면으로 간주할 수 있다.

우리가 지금까지 따라왔던 두 가지 길은 어딘가에서 서로 만난다. 즉 은유와 식별은, 두 개의 인상의 차이를 없애지 않으면서도 그 인상들을 본질의 차원으로 상승시킨다는 공통점을 갖는다. "실제로, 누군가를 알아본다는 것, 그리고 나아가서 그를 알아보지 못하다가 확인한다는 것, 그것은 모순되는 두 가지를 단 하나의 명칭 아래 생각하는 것이다"(Ⅲ, p. 939). 이 핵심적 대목은 은유와 식별이 동등하다는 사실을 밝히고 있다. 즉 전자는 후자의 논리적 등가물이 되며("모순되는 두 가지를 단 하나의 명칭 아래 생각하는 것") 후자는 전자의 시간적 등가물이 되는 것이다("여기에 있던 것, 우리가 기억하고 있는 존재는 이제 더 이상 없고, 여기 있는 것은 우리가 몰랐던 존재라는 사실을

---

99) 쉐턱은, 작품의 궁극적 순간은 행복한 순간이 아니라 식별이라고 말함으로써 그것을 탁월하게 지적하고 있다(p. 37). "끝부분에서 장엄한 제의적 식별이 있고 나서, 삶의 잠정적 성격은 예술의 곧은 길을 발견함으로써 사라진다"(p. 38).

인정하는 것," 같은 페이지). 이렇게 해서 우리는 은유가 문체의 영역에 속하듯이 식별은 입체적 전망의 영역에 속한다고 말할 수 있다.

그러나 바로 이 지점에서 어려움이 다시 떠오른다. 문체와 전망의 관계는 무엇인가? 이 질문을 통해 우리는 『잃어버린 시간을 찾아서』 전체를 지배하는 문제, 즉 글쓰기와 인상, 다시 말해서 궁극적으로는 문학과 삶의 관계라는 문제에 접근한다.

되찾은 시간의 개념이 갖는 세번째 의미는 이러한 새로운 길에서 발견될 것이다. 이제 우리는 되찾은 시간, 그것은 곧 되찾은 인상이라고 말할 수 있다. 그러나 **되찾은 인상이란 무엇인가?** 우리는 다시 한 번 행복했던 순간들에 대한 해석에서 출발하여, 『잃어버린 시간을 찾아서』 전체를 따라 이어지는 기호의 체득 전반에까지 그것을 확장시켜야 한다. 인상을 되찾기 위해서는 우선 외부 대상에 사로잡힌 즉각적 향유로서의 인상을 잃어버려야 한다. 다시 찾기 위한 이러한 첫 단계는 인상의 전반적 내면화를 보여준다.[100] 두번째 단계는 인상을 법칙, 관념으로 옮기는 것이다.[101] 세번째는 이 정신적 등가물을 예술 작품 속에 새겨넣는 일이다. 네번째 단계가 있을 수도 있는데, 『잃어버린 시간을 찾아서』의 화자는 미래의 독자들에 관해 언급하면서 단 한 번 그것을 암시할 따름이다. "내 책은 콩브레의 안경사가 손님에게 내미는 것과 같은 일종의 돋보기 안경알에 지나지 않기에, 내가

---

100) "모든 인상은 이중적이고, 대상 속에 절반쯤 싸여 있으며, 오로지 우리만이 알 수 있을 또 다른 절반을 통해 우리 자신 속에 연장되어 있으므로, 우리는 앞서의 절반, 다시 말해서 애착을 가져야 할 유일한 것을 서둘러 모른체한다"(III, p. 891).

101) "결국, 다른 경우와 마찬가지로 이 경우에도, 마르탱빌의 종탑의 풍경을 보고 내가 느꼈던 것과 같은 인상들과 관계되건, 또는 울퉁불퉁한 두 개의 포석이나 마들렌의 맛이 불러일으킨 것과 같은 무의식적 추억과 관계되든, 생각하려고 노력함으로써, 다시 말해서 내가 느꼈던 것을 어슴프레한 빛에서 꺼내고, 그것을 정신적 등가물로 전환시키려고 노력함으로써, 그만큼 그 느낌들을 법칙과 관념의 기호로 해석하고자 노력해야 했다"(III, pp. 878~79).

보기에 그들은 내 독자가 아니라, 스스로 그들 자신의 독자일 것이다. 내 책 덕분에 나는 그들에게 그들 스스로의 내면을 읽는 방법을 제공하게 될 것이다."[102]

되찾은 인상의 이러한 연금술은 화자가 작품의 문턱을 넘어가면서 깨닫게 되는 어려움을 탁월하게 보여준다. 어떻게 삶을 문학으로 대체하지 않을 수 있으며, 나아가서 법칙과 관념이라는 명칭 아래, 서술성이 완전히 결여되어 있는 추상적 심리학이나 사회학 속에 인상을 용해시키지 않을 수 있는가? 이러한 위험에 직면한 화자의 대응은 한편으로 인상들——"그 특성은 내가 그것들을 자유로이 선택할 수 없으며, 그 인상들이 그러한 것으로 나에게 주어졌다는 것"(III, p. 879)이라고 화자는 말한다——사이의 불안정한 균형을 조심스럽게 유지하는 것이며, 다른 한편으로 인상을 예술 작품으로 전환시킴으로써 기호들의 해독 방향을 설정하는 것이다. 따라서 문학적 창조는 두 가지 상반되는 방향으로 나아가는 것처럼 보인다.

한편으로 인상은 "모든 화폭의 진실에 대한 〔……〕 통제력"(III, p. 879)을 유지해야 한다.[103] 같은 줄에서 화자는, "미지의 기호들로 씌어진 내면의 어떤 책"으로 삶을 그리기도 한다(같은 페이지). 우리는 그 책을 쓰지 않았다. 그런데 "우리가 쓰지 않은 비유적인 문자로 된 그 책은 우리의 유일한 책이다"(III, p. 880).[104] 더 나아가서, 그것은

---

102) 글쓰기의 연금술에 대한 이 마지막 단계는, 독서 행위를 통한 작품의 완성에 관한 우리의 성찰을 배경으로 한 4부에서 다시 언급할 것이다.

103) "내 발에 걸렸던 마당의 울퉁불퉁한 두 개의 포석을 나는 찾으러 가지 않았다. 그러나 바로 뜻밖의, 어쩔 수 없는 방식으로 마주쳤던 그 느낌은, 그것이 부활시켰던 과거의 진실, 그것이 불러일으킨 이미지들의 진실을 통제하고 있었다. 왜냐하면 우리는 빛을 향해 솟아오르려는 그 노력을 느끼고 있으며, 되찾은 현실의 환희를 느끼기 때문이다"(III, p. 879).

104) 이 말은 흔적 trace의 문제를 잘 보여준다. "이 책은, 다른 무엇보다도 해독하기에 가장 고통스럽지만, 또한 현실이 우리에게 받아쓰게 한 유일한 책, 현실이 우리 안에 그 '인상'을 만들었던 유일한 책이다. 삶을 통해 우리 안에 남겨진 어떤

"우리의 진실된 삶, 우리가 느낀 그대로의 현실, 그러나 우리가 믿는 것과는 너무도 달라서 어떤 우연이 진정한 추억을 가져다줄 때 우리를 행복감으로 가득 채우는 그러한 현실"이다(Ⅲ, p. 881). 그리하여 써야 할 책의 글쓰기는 바로 "내면의 현실에 대한 복종"(Ⅲ, p. 882)을 토대로 삼는다.[105]

다른 한편으로, 삶의 책을 읽는 것은 "그 누구도 우리를 대신할 수는 없고, 더욱이 우리와 함께 작업할 수도 없는 창조 행위"로 이루어진다(Ⅲ, p. 887). 이제 모든 것이 문학 쪽으로 기우는 것처럼 보인다. 잘 알려진 유명한 대목에 따르면, "진정한 삶, 마침내 발견되고 규명된 삶, 그 결과 실제로 체험한 유일한 삶, 그것은 바로 문학이다. 어떤 의미에서 예술가는 물론 모든 사람들은 매순간 이 삶을 살고 있다. 그러나 사람들은 그것을 규명하려고 하지 않기에 그것을 보지 못하는 것이다"(Ⅲ, p. 895). 이러한 주장을 곡해해서는 안 된다. 그것은 결코 말라르메의 책Livre '에 대한' 변론으로 귀결되지 않는다. 이 주장은 작품의 끝에 이르러 삶과 문학, 다시 말해서 그 흔적을 통해 보존된 인상과, 인상의 의미를 말하는 예술 작품의 관계가 완전히 가역적임을 나타내는 방정식을 제시하는 것이다. 그러나 이러한 가역성은 그 어디에서도 주어지지 않는다. 그것은 글쓰기의 노력의 결실일 것이다. 이런 의미에서 『잃어버린 시간을 찾아서』는 『잃어버린 인상을 찾아서』라고 이름붙일 수 있을 것이다. 문학은 되찾은 인상, "되

이념이 문제다. 그 이념의 물질적 형상, 즉 그것이 우리에게 만들어준 인상의 흔적은 여전히 그 필연적 진실을 증언한다"(Ⅲ, p. 880). 흔적의 문제는 4부에서 다시 언급할 것이다.

105) 이 점에서 예술가는 역사가와 마찬가지로 자신을 앞선 어떤 것 '빚진 자' 다. 우리는 4부에서 이에 관해 다시 언급할 것이다. 같은 의미에서, "위대한 작가라면, 이 본질적인 책, 유일하게 진실한 그 책을, 통상적인 의미로, 지어내어서는 안 되며—왜냐하면 그것은 이미 우리 각자 내부에 존재하고 있기 때문이다— 그 것을 번역해야 한다는 것을 깨달았다. 작가의 의무와 과업은 번역가의 그것이다"(Ⅲ, p. 890).

찾은 현실의 환희"(Ⅲ, p. 879)에 다름아닌 것이다.

이렇게 해서 되찾은 시간에 대한 세번째 해석이 주어진다. 그것은 앞선 두 가지 해석에 덧붙여지기보다는 그것들을 감싼다. 우리가 따라온, 서로 화해하는 두 가지 길, 우리가 『잃어버린 시간을 찾아서』의 양 "쪽"이라 부를 수 있는 것──문체의 차원에서 은유의 쪽과 전망의 차원에서 식별의 쪽──은 되찾은 인상 안에서 서로 교차한다.[106] 은유와 식별은 되찾은 인상의 근거가 되는 관계, 삶과 문학의 관계를 분명하게 한다. 그리고 매번 이 관계는 망각과 죽음을 내포한다.

우리는 지금까지 되찾은 시간, 또는 나아가서 잃어버린 시간을 되찾는 작업이 갖는 풍요로운 의미를 보았다. 이 의미는 우리가 지금까지 탐색했던 세 가지 해석을 감싼다. 되찾은 시간, 그것은 말하자면 "유려한 어떤 문체의 필연적 고리 속에" 차이점들을 가두는 "은유"이다. 나아가서 그것은 입체적 전망을 완성하는 식별이다. 끝으로 그것은 삶과 문학을 화해시키는 되찾은 인상이다. 실제로, 삶이 잃어버린 시간의 쪽을, 그리고 문학이 초시간적인 것의 쪽을 나타내는 한, 되찾은 인상이 예술 작품을 통해 되찾은 삶의 인상을 표현하듯이 되찾은 시간은 초시간적인 것을 통해 잃어버린 시간의 복원을 표현한다고 말할 수 있다.

『잃어버린 시간을 찾아서』를 구성하는 타원의 두 초점은 분명 서로 구별된다. 기호 체득의 잃어버린 시간과 초시간적인 것의 명상 사이에는 거리가 존재하는 것이다. 그러나 그것은 가로질러 간 거리다.

---

106) 주인공이 그토록 수없이 산책했고 꿈을 꾸었던 양 "쪽"이 생-루 양에게 이른다는 것을 생각하면서, 화자는 자신의 작품 전체가 인상과 시절 그리고 장소들을 결합하는 모든 "횡단선 transversale"들로 이루어질 것임을 알아차린다(Ⅲ, pp. 1038~39). 그 같은 방향이 많으면 많을수록, 횡단선이 많으면 많을수록, 가로질러 간 거리들도 커진다.

우리는 바로 이 "가로질러 간"이라는 표현으로 결론을 맺을 것이다. 실제로 그것은, 명상을 통해 얼핏 본 초시간적인 것에서 화자가 "합치된 시간temps incorporé"(Ⅲ, p. 1046)이라고 부르는 것으로의 이행을 나타낸다.[107] 초시간적인 것은 통과 지점에 불과하다. 그 덕목은 "불연속적인 시기들이 담긴 폐쇄된 꽃병들"을 지속적인 시간으로 변형시키는 것이다. 따라서 『잃어버린 시간을 찾아서』는 어떠한 외연도 갖지 않은 지속이라는 베르그송의 관점과는 달리, 오히려 시간이 갖는 차원적dimensionnel 특성을 확인한다. 『잃어버린 시간을 찾아서』의 여정은 양쪽을 가르는 거리라는 관념에서 다시 이어주는 거리라는 관념으로 나아간다. 『잃어버린 시간을 찾아서』가 시간에 대해 제시하는 마지막 비유——우리 자신의 밑바닥에서의 지속 시간의 축적이라는 비유——가 바로 그것을 확인해준다. 그리하여 화자-주인공에게는 사람들이 "끝없이 커지고, 때로는 종루보다 더 높아져서, 결국은 걷기도 힘들고 위험하게 만들어버리는, 살아 있는 듯한 장대발

---

107) 『잃어버린 시간을 찾아서』의 처음부터 끝까지 똑같이 반복되는, 콩브레의 생틸레르 성당에 대한 추억이 바로 합치된 시간에 상응하는 형상화이다. "그때, 불현듯 이렇게 생각했다. 내게 작품을 완성할 힘이 남아 있다면, 이 아침, 오늘도 나의 작품에 대한 영감과 동시에 그것을 실현하지 못할 것이라는 의구심을 안겨주었던 아침——예전에 콩브레에서 나에게 영향을 미쳤던 나날들과 마찬가지로——은 분명 무엇보다도, 예전에 내가 콩브레의 성당에서 예감했고 보통은 우리 눈에 보이지 않는 형태, 즉 시간의 형태를 나타낼 것이라고"(Ⅲ, pp. 1044~45). 이 마지막 회고적 계시를 위해 화자는 '불현듯'이라는 부사와 결합된 단순과거를 사용한다. 마지막으로 콩브레 성당은, 이미 『잃어버린 시간을 찾아서』의 서두에서 콩브레를 회상할 때 나타났던 거리를 좁혀 다시금 가깝게 만든다. 『되찾은 시간』은 그러니까 반복이다. "이제 내가 그토록 강력하게 부각시키려고 하는 것이 합치된 시간의 개념, 우리로부터 떨어져 있지 않은 지나간 세월이라면, 그것은 바로 이 순간에도, 게르망트 공작의 저택에서, 스완 씨를 배웅하는 부모님들의 발소리, 마침내 스완 씨가 떠났고 엄마가 올라오리라는 것을 나에게 알려주는 작은 초인종의 튀어오르는 듯한, 영원히 끝나지 않을 것처럼 소란스럽고 신선한 그 금속성의 소리를 여전히 내가 듣고 있으며, 그럼에도 불구하고 과거 속에 그토록 멀리 떨어져 있는 그 소리들을 듣고 있기 때문이다"(Ⅲ, p. 1046).

에 올라타고 있다가, 일순간 거기서 떨어지는"(Ⅲ, p. 1047) 것처럼 보인다. 자신의 현재에 "그토록 긴 시간"을 통합한 화자-주인공으로 말할 것 같으면, 자신은 "그 현기증 나는 꼭대기에 올라타고 있다"(Ⅲ, p. 1047)고 생각한다. 되찾은 시간의 이 마지막 비유는 두 가지를 말해준다. 즉 잃어버린 시간은 되찾은 시간에 담겨 있지만 또한 우리를 담는 것은 결국 시간이라는 것이다. 실제로『잃어버린 시간을 찾아서』는 승리의 외침이 아니라, "피로와 공포의 느낌"(같은 페이지)으로 막을 내린다. 왜냐하면 되찾은 시간, 그것은 또한 되찾은 죽음이기 때문이다. 야우스의 말을 빌리자면,『잃어버린 시간을 찾아서』는 "잠정적인 시간temps intérim," 써야 할 작품의 시간이며 죽음이 파괴할 수 있는 시간만을 만들어냈을 따름이다.

고대 신화에서 말하듯이, 종국에는 시간이 우리를 감싼다는 것을 우리는 서두에서 이미 알고 있었다. 즉『잃어버린 시간을 찾아서』의 이야기의 시작은 기이하게도 어디까지인지 경계를 한정지을 수 없는 이전의 시간을 가리키며, 끝도 마찬가지이다. 즉 이야기는 작가가 자신의 작업을 시작할 때 멈추는 것이다. 이제부터 모든 동사 시제는 미래에서 조건법으로 넘어간다. "내가 써야 했던 것은 다른 어떤 것, 더 길고, 한 사람만을 위한 것이 아닌 어떤 것, 그것을 쓰려면 오랜 세월이 걸리는 것이었다. 낮에는 기껏해야 잠자려고 할 것이다. 일을 한다면 오로지 밤에만 할 것이다. 그러나 수많은 밤들, 아마도 백일, 또는 천일이 걸릴 것이다. 그리고 술탄 셰리아Sheriar보다 더 가혹한 나의 운명의 주인이, 내가 이야기를 중단하게 되는 날 아침에, 사형 선고를 보류하고 다음 저녁에 이야기를 다시 이어가도록 허락할 것인지 아닌지를 모른다는 불안 속에 살아갈 것이다"(Ⅲ, p. 1043).[108]

---

108) "글쓰기의 문제," 그리고 글쓰기의 불가능성에 관해서는, 주네트,「글쓰기의 문제 La question de l'écriture」와 베르사니 Léo Bersani,「자아의 변장과 단편적인 예술 Déguisement du moi et art fragmentaire」,『프루스트 연구 Recherche de

마지막 말이 자아와 모든 사람들을 시간 속에 있는 그들의 자리로 되돌려놓고자 하는 것은 바로 그 때문인가? 분명 "공간 속에서 그들에게 남겨진 매우 협소한 자리에 비해서는 엄청난"(Ⅲ, p. 1048) 자리, 그러나 어쨌든 "시간 속"(Ⅲ, p. 1048)의 자리를.

Proust』, Paris: Éd. du Seuil, 1980, pp. 7~33을 참조할 것.

결론

이제 3부를 마치면서 우리는 2부를 마칠 때와 마찬가지로(I, pp. 397~404; 한국어판, pp. 439~46) 지금까지 논의된 것을 종합하여 검토하려고 한다.

3부에 대한 종합적 검토는 1부에서 세 겹의 미메시스라는 이름으로 설정된 서술 모델과의 관계 속에서 이루어질 것이다. 기실 3부의 연구는 엄밀히 말해서 미메시스 Ⅱ, 즉 아리스토텔레스가 이야기fable의 구성과 동일한 것으로 간주하고 있는 것의 경계를 넘어서지 않는다. 우리는 과연 지금까지 미메시스와 뮈토스 사이의 이러한 중요한 방정식을 성실하게 풀어왔는가?

이 책을 쓰는 동안 뇌리를 떠나지 않았던 몇 가지 의구심을 정리해 보려고 한다.

가장 쉽게 정리할 수 있는 문제는 이야기récit라는 실사(實辭)와 서술적narratif이라는 형용사, 그리고 이야기하다raconter라는 동사의 사용에 관한 것이다. 이에 대한 답은 역시 아리스토텔레스의 『시학』에서 찾을 수 있다. 우리의 생각은 이 용어들이 문법적 차이만 있을 뿐 전적으로 교환 가능하다는 것이다. 하지만 그러한 용법이 때로는 행동의 미메시스 영역 전체에 적용되고, 때로는 극 양태mode dramatique를 배제한 디에제스 양태mode diégétique에만 적용되는 것처럼 보인다는 점에서, 사실 극히 애매하다고 말할 수 있다. 더욱이 우리는 이러한 애매함을 이용하여 극 양태 고유의 범주를 디에제스 양태에 은밀하게 전이하지는 않았는가?

각각의 문맥에 따라 디에제스 양태와 극 양태 사이의 특수한 차이를 존중하면서도, 이야기라는 용어를 총체적 의미로 사용하는 것이 가능하다는 근거는 우리가 행동의 미메시스 개념을 지배적 범주로 선택했다는 사실에서 찾을 수 있을 것이다. 사실상 뮈토스——우리가 말하는 줄거리 구성 개념은 바로 이 뮈토스에서 나온 것이다——는 행동의 미메시스와 동일한 규모를 갖는 범주다. 즉, 우리가 행동의 미메시스라는 개념을 선택한 데서 디에제스 양태와 극적 양태의 구분은 부차적인 차원으로 넘어가는 것이다. 다시 말해서 그 구분은 미메시스가 '무엇'을 재현하는가의 질문이 아니라 '어떻게' 재현하는가의 질문에 답한다. 바로 그러한 이유로 호머의 작품에서와 마찬가지로 소포클레스의 작품에서도 잘 짜여진 줄거리의 예를 빌려오는 것이 가능하다.

하지만 본 연구를 이루고 있는 4개 장의 연결 관계를 검토해보면 동일한 의구심이 다시 떠오른다. 1장과 2장을 소개하면서 미리 예고된 대로 줄거리 개념을 확대하고 심화하면서 우리는 디에제스 양태라는 특수한 의미에 대해 허구 이야기라는 말이 갖는 통칭적 의미가 우선한다는 사실을 확인하고 분명히했으며, 독자들도 이에 동의할 것이다. 하지만 반면 시간과의 유희를 다루면서 우리의 분석이 점차 디에제스 양태에 국한되었음을 비난할 수 있을 것이다. 사실 언술 행위와 언술을 구분하고, 이어서 화자의 담론과 인물의 담론의 변증법을 역설하며, 끝으로 시점과 화자의 목소리에 모든 것을 최종적으로 집약시키는 것은 무엇보다도 디에제스 양태의 특징을 규정하는 것이 아닌가? 이러한 반론을 염두에 두고 우리는 바흐친, 주네트, 로트만, 우스펜스키에게서 배운 대로 시간과의 유희에서 문학 작품의 구성에 기여한 부분만을 신중하게 선택하여 언급했다. 서론에서 약속한 대

318

로 줄거리 개념을 다듬고, 우리의 중심 개념인 행동의 미메시스와 동일한 일반적인 층위에서 일관성 있게 다루었다고 생각했다. 물론 나의 이 답이 보다 설득력을 얻으려면 앙리 구이에Henri Gouhier가 극예술을 다룬 것과 유사한 분석을 통해 제시한 범주들, 특히 시점과 서술적 목소리가 극 영역에서도 유효하다는 것을 보여줄 수 있어야 할 것이다. 그렇게 한다면 우리가 소설에 분석을 집중시킨 것은 단지 사실상의 제약을 보여줄 뿐임을, 아리스토텔레스가 비극의 뮈토스를 위하여 설정했던 제약과는 반대되는 제약을 나타내는 것에 불과함을 보여주는 증거가 될 것이다. 우리의 분석에 그러한 증거가 제시되지 못한 것은 사실이다.

그런데 조금 전 우리는 소설을 언급하였고, 그와 함께 불행하게도 처음의 의구심이 되살아난다. 그 이유는 소설이라는 장르 자체의 본질과 결부되어 있다. 소설은 다른 여러 허구 이야기들 가운데 단지 한 가지 예일 뿐인가? 4장에 제시된 세 가지 시간에 관한 이야기의 선택은 그렇게 상정하는 것처럼 보인다. 그런데 소설이 과연 서술 장르의 동질적인 분류 체계 안에 놓여질 수 있는가 하는 데는 의문이 제기될 만하다. 소설은 장르를 거부하는 장르이며, 그로 말미암아 허구 이야기라는 포괄적인 용어로 디에제스 양태와 극 양태를 정리 통합하는 것을 불가능하게 만드는 장르가 아닌가? 바흐친이『대화적 상상력』에서 서사시와 소설을 다루고 있는 논문은 그러한 추론에 강력한 힘을 실어준다. 바흐친에 따르면, 이미 경쟁력이 고갈된 장르들──서사시는 그 완벽한 예다──을 동일한 전체로 묶을 수는 없기 때문에 소설은 그 어떤 동질적인 분류 체계 속에 위치시킬 수는 없다는 것이다. 소설은 문자와 책이 제도적으로 성립한 이후에 태어난 유일한 장르이며, 계속해서 발전할 뿐만 아니라 끊임없이 그 고유의 정체성을 다시 만들어나가는 유일한 장르인 것이다. 소설 이전에는, 정해진 형태를 가진 장르들이 서로 활력을 불러일으키고 그렇게 해서 어떤 조화로운 전체, 따라서 문학 구성의 일반 원리로 접근할 수 있는 유기적인 문학적 통일성을 형성하는 경향이 있었다. 소설은 다른 장르들을 흔들면서 그 전체적인 일관성을 붕괴시킨다.

바흐친에 의하면 서사시와 소설은 다음의 세 가지 특징 때문에 동일한 범주에 놓일 수 없다. 우선 서사시에서 주인공의 스토리는, 헤겔의 표현을 빌리면, "완전한 과거 passé parfait," 화자(또는 이야기꾼)와 청중의 시간과는 아무런 관련이 없는 과거 속에 놓이게 된다. 다음 특징은 이 절대적 과거가 작품을 낭송하는 시간에 연결되는 것은 오직 아무런 비판이나 전복도 허용하지 않는 존경의 대상인 민족적 전통을 통해서라는 것이다. 끝으로——이것이 가장 중요한 특징이다——전통은 서사시적 세계와 영웅화된 인물들을 현대인의 집단적이고 개인적인 경험 영역과 분리시킨다. 그런데 소설은 바로 이러한 서사시적 거리의 해체에서 태어난 것이다. 그리고 무엇보다도 웃음, 익살, '사육제적'인 것 그리고 보다 일반적으로 말해서 진지한 희극에 나타난 표현들이 내뿜는 힘——라블레의 작품에서 절정에 이르고 바흐친이 그토록 극찬을 아끼지 않았던 힘——덕분에 서사시적 거리 대신 동시대성 contemporanéité이 자리를 잡는 것이다. 여기서 말하는 동시대성이란 동일한 이데올로기와 언어적 세계를 공유하는 데 근거하며, 소설의 시대에 작가와 등장인물 그리고 독자의 관계를 특징짓는다. 간단히 말해서 바로 서사적 거리의 종말과 함께 '저속한' 문학과 여타의 '고상한' 문학이 결정적으로 대립되는 것이다.

서사시와 소설의 이러한 대립은 여러 가지 방법으로 행동의 미메시스를 창조하기 위한 작품 모두를 허구 이야기라는 일반적인 명칭으로 묶고자 하는 분석——우리의 분석도 그렇다——을 무화시키는가? 나는 그렇게 생각하지 않는다. '고상한' 문학과 '저속한' 문학의 대립을 아무리 끝까지 밀고 간다 하더라도, 작가와 독자 사이의 동시대성과 서사시적 거리를 가르는 심연을 아무리 깊이 파들어간다 하더라

320

도, 허구의 일반적 특징들은 소멸되지 않는다. 제임스 레드필드James Redfield가 『일리아드』에 대한 연구에서 보여주었듯이, 고대 서사시 또한 현대 소설과 마찬가지로 당대의 문화가 안고 있는 한계를 비판했던 것이다. 반면 현대 소설이 자기의 시대에 속한다고 하지만 그것은 허구 자체의 거리라는 또 다른 종류의 거리를 통해서 가능할 뿐이다. 바로 그 때문에 당대의 비평가들은, 괴테와 실러의 그 유명한 대화집이나 헤겔의 『정신현상학』과 『미학』에서 볼 수 있듯이, 소설의 특성을 서사적인 것의 한 형태('저속한' 형태라고 해도 무방하다)로 규정하고, 문학(또는 문예Dichtung)을 서사시적인 것과 극적인 것 그리고 서정적인 것으로 나누었던 것이다. 서사시적 거리의 종말이 '고상한' 미메시스와 '저속한' 미메시스의 단절을 나타낸다는 것은 분명하다. 그러나 우리는 노드롭 프라이를 통해 허구 세계 내에서 이런 구분을 유지할 수 있다는 것도 알게 되었다. 아리스토텔레스의 말대로 등장인물들이 우리보다 "우월하거나" "열등하거나" 또는 "동등하다" 할지라도, 모두가 모방된 스토리의 행위자들인 것이다. 소설이 줄거리 구성의 문제를 극히 복잡하게 만든 것에 불과하다고 말하는 것도 같은 이유에서이다. 뿐만 아니라 바흐친의 견해를 빌리면, 이야기를 만들어내는 사람의 입장에서 볼 때, 끊임없이 변하고 있는 현실을 재현하고 불완전한 인성(人性)을 묘사하며 "결론 없이" 해결되지 않은 채로 남아 있는 현재를 가리킬 때가 고유의 내적 완결성을 지니고 있는 영웅적 양태를 이야기할 때보다 형식에 보다 많은 노력을 기울이게 되는 것이 당연하다. 나는 이러한 방어적인 추론에 만족하지 않을 것이다. 현대 소설은 우리의 줄거리 구성을 형식적으로 정의하는 이질적인 것의 종합 원리를 보다 정교하게 정리하는 것을 넘어서는 어떤 것을 문학 비평에 요구하고 있다는 것이 내 생각이다. 나아가 현대 소설은, 줄거리 개념을 다듬는 것과 비례하여, 행동의 개념 자체를 새로 다듬게 한다. 본 연구의 3장과 4장은 좁은 의미에서의 행동의 미메시스에서 점점 멀어져 등장인물의 미메시스로 나아가고, 결국 "의식의 미메시스"(도리트 콘의 표현에 따르면)에 이르는 것처럼 보일 것이다. 하지만 우리의 분석이 제 길을 벗어난 것처럼 보이는 것인 피상적인 관찰일 뿐이다. 소설은 무엇보다도 행동의 개념을 진정으로 다듬는 데 기여한다. 극단적으로 말해서 조이스의 『율리시스』 끝 부분에서 "이야기된 독백"만으로 이루어진 에피소드 「페넬로페 Pénélope」는 우리에게 말하는 것은 비록 무언의 생각의 목소리 없는 담론 속에 모습을 감춘다 해도, 소설가는 그 생각을 망설이지 않고 이야기하기에, 결국 행동하는 것임을 탁월하게 보여준다.

이제 마지막 단계로 허구 이야기에서의 시간의 형상화에 대한 본 연구의 결론을 1권의 역사 이야기를 통한 시간의 형상화의 연구에서 얻은 결론과 대조함으로써, 지금까지 종합적으로 검토한 내용을 마무리지어야 한다.

우선 각기 역사 이야기에서의 형상화와 허구 이야기에서의 형상화를 다루고 있는 두 개의 분석은 엄밀히 말해서 서로 대응하는 것이며, 구성 기법에 적용된 한 가지 탐구, 즉 우리가 1부에서 미메시스 II 라는 약어로 위치시킨 동일한 탐구의 양 측면을 이룬다고 말할 수 있다. 그렇게 해서 역사 이야기에 대한 우리의 분석에 부과되었던 제약 조건들 가운데 하나가 사라지게 된다. 이제 서술 영역 전체가 우리의 고찰 대상이 된 것이다. 동시에 서술성을 다루고 있는 현금의 연구들이 안고 있는 중대한 결함도 메워진다. 결국 역사 기술과 문학 비평은 함께 거대한 서술학, 즉 역사 이야기와 허구 이야기가 동등한 권리를 인정받을 수 있는 서술학을 구성할 수 있게 되는 것이다.

역사 이야기와 허구 이야기가 형상화의 측면에서 합치한다는 사실이 놀라운 것이 아님을 밝히기 위해 몇 가지 이유를 제시할 수 있다. 첫번째 이유는 두 가지 서술 양태에 선행하여 일상 생활에서 이야기가 사용된다는 것인데, 이에 대해서는 길게 설명할 필요도 없다. 세

상사에 관한 정보는 사실 대부분 소문에서 얻어진다. 그렇게 해서 이야기하는 행위 —— 아니면 기술 art이라고 해도 좋다 —— 는, 우리가 서술 영역에 대한 전이해와 결부시켰고 미메시스 I 이라는 약어 아래 위치시켰던, 행동의 상징적 매개에 속하게 된다. 이런 의미에서 이야기하는 모든 기술, 그리고 무엇보다도 글쓰기에서 비롯된 이야기 기술은 일상적인 담론의 교환 속에서 이미 실천되고 있는 이야기의 모방인 것이다.

그러나 이처럼 역사 이야기와 허구 이야기가 공통의 내력을 갖는다 하더라도 그것만으로는 역사 기술과 문학이라는 가장 발전된 형태에서도 두 가지 서술 양태가 공통성을 유지한다는 것을 밝혀주지는 못한다. 이제 두번째 이유를 제시하여 두 가지 양태가 여전히 합치한다는 것을 보여주어야 할 것이다. 사실 서술 영역을 여러 양태로 나누어 구분하는 것은 매분야의 형상화 작업이 동일한 척도에 따라 가늠되는 한에서만 가능한데, 우리에게는 바로 줄거리 구성이 그러한 척도였다. 이 점에서 역사적 설명과 대조되던 형상화 작업을 다시 허구 이야기에서 발견하는 것이 놀라운 일이 아니다. 왜냐하면 2부에 소개된 서술학적 이론들은 줄거리 구성이라는 문학적 범주를 역사 이야기 영역에 옮겨놓는 데서 나온 것이기 때문이다. 이런 의미에서 우리는 역사가 문학에서 빌려온 것을 문학에 되돌려주었을 뿐이다.

반면 이 두번째 이유가 설득력을 가지려면 아리스토텔레스에게서 받아들인 단순한 줄거리 구성 모델의 변형 양태들이 아무리 분산되어 나타난다 하더라도 그것들을 식별할 수 있는 공통성이 보존되어야 한다. 이 점에서 독자는 줄거리 구성의 개념에 그리스 비극에 의존하는 아리스토텔레스의 뮈토스 개념보다 더 광범위한 외연과 더 근본적인 내포 의미를 부여하기 위해 두 서술 영역에서 별개로 진행되어온 시도들이 결국은 극히 유사하다는 것을 알아차리게 될 것이다. 서로 다른 그러한 시도들을 이끄는 실마리로 우리는 이질적인 것의 시간적 종합 그리고 불협화음을 내포한 화음이라는 개념들을 채택했다. 이 개념들과 함께 아리스토텔레스의 뮈토스 개념의 형식 원리를 기존의 문학 장르와 유형 —아주 한정되어 있어서 문학에서 역사로 옮겨가는 것이 조심스럽다— 에 개별적으로 적용하는 것을 넘어서게 된다. 서술적 형상화 개념이 두 서술 영역을 공통적으로 포괄하는 가장 근본적인 이유는 궁극적으로, 허구 이야기 영역은 물론 역사기술 영역에서도 나타난 새로운 서술적 실천의 특수성을 설명하기 위하여 각 영역에서 내세우고 있는 유도 방식들이 유사하다는 것에서 비롯된다. 역사 기술과 관련하여, 우리는 역사를 일종의 단순한 스토리 장르로 간주하는 서술학적 주장들을 받아들이는 데 있어 몇 가지 유보 조항을 제시한 바 있으며, 또한 후설의 『위기 *Krisis*』에서 빌려온 "역행 질문 방법"이라는 우회로에 우선권을 부여했음을 기억할 것이다. 이렇게 해서 우리는 역사적 설명의 영역에서 새로운 합리성의 탄생을, 하지만 그러한 의미 형성을 통해 역사적 합리성을 여전히 서술적 이해력에 종속시키면서, 정당하게 평가할 수 있었다. 또한 준-줄거리, 준-등장인물, 준-사건 개념을 통해 새로운 양태의 역사적 형상화를 넓은 의미에서 이질적인 것의 시간적 종합으로 간주되는 형식적 줄거리 개념에 맞추려 한 것도 기억할 것이다.

　3부의 1장과 2장 역시 이질적인 것의 시간적 종합이라는 관념 아래 줄거리 개념을 일반화하는 데 기여하고 있다. 우선 서술성과 관계된 문학 장르들의 발달을 특징짓는 전통적 체제를 검토하면서 서술적 형상화라는 형식 원리가 허용하는 일탈의 가능성을 탐색해보았다. 그리고 마지막에는 서술 형태를 구성하는 원리 자체를 위협하면서 이단의 조짐을 나타내는 징후에도 불구하고 그 원리는 이야기한다는 본질적 행위의 영속성을 보장할 수 있는 새로운 문학 장르 속에 언제나 구현될 것임을 주장하면서 끝을 맺었다. 그런데 이야기의 표층 구조를 심층 구조에 따라 다시 정리하려는 서술기호학의 시도를 검토하면서 우리는 역사적 설명의 인식론과 서술 문법의 인식론이 가장 밀접한 대응 관계를 맺고 있음을 볼 수 있었다. 두 경우 모두에서 우리의 주장은 동일하였다. 즉, 서술적 이해력은 언제나 서술학적 합리성에 대해 우선권을 가진다는 것이다. 이렇게 해서 서술적 형상화라는 형식 원리의 보편성이 입증된다. 이해력의 앞에 놓인 것은 그 형식상 가장 극단적인 의미로 이해된 줄거리 구성, 즉 이질적인 것의 시간적 종합이기 때문이다.

역사 이야기에서의 형상화 작업과 허구 이야기에서의 형상화 작업에 대한 우리의 분석은 인식론적 관점에서 서로 대응하고 있음을 역설한 바 있다. 이제 그러한 두 분석이 달리하는 비대칭성을 밝힐 수 있을 것이다. 물론 이에 대한 완전한 해명은 4부에서, 즉 진리 문제에 쳐두었던 괄호를 제거하면서 이루어질 것이다. 바로 이 문제가 진실한 이야기로서의 역사를 허구와 궁극적으로 구별짓는 것이라면, 이야기가 시간을 재형상화하는 능력, 우리가 관례적으로 사용해왔던 어휘에 따르면 이야기에서 행동에 이르는 세번째의 재현적 관계에 영향을 미치는 비대칭성은, 조금 전에 언급된 대로, 허구 이야기와 역사 이야기가 가장 완벽한 대칭성을 보여주는 측면, 즉 형상화 측면에 이미 드러나 있다.

서로 대응하는 역사 이야기와 허구 이야기에 대한 우리의 연구가 얻어낸 뚜렷한 성과를 다시 정리하면서 두 영역의 비대칭성을 간과했을 수도 있다. 이야기에 의한 시간의 형상화를 이야기하면서, 이야기의 형상화하는 능력의 쟁점인 시간보다는 그러한 능력에 따르는 이해 가능성 양태를 주로 강조했기 때문이다.

그런데 아직은 드러나지 않은 몇 가지 이유 때문에 허구 이야기는 역사 이야기보다 구성 기술의 측면에서 시간에 관한 정보가 보다 풍부하다. 그렇다고 해서 구성 기술의 측면에서 역사 이야기가 극히 궁핍하다는 말은 아니다. 역사 이야기에서 사건에 관한 논의를 통해,

보다 정확히 말해서 장기 지속 longue durée을 통해 결국 사건으로 되돌아오는 것을 관찰함으로써, 역사의 시간은 우리로 하여금 준-사건이라는 개념을 만들어내지 않을 수 없을 만큼 충분한 다양성을 지닌 영역으로 나타났던 것이다. 그럼에도 불구하고 몇 가지 제약(그에 대한 설명은 4부에 가서 나올 것이다) 때문에 역사가들이 생각하고 있는 다양한 지속들은 삽입 규칙을 따를 수밖에 없으며, 그 결과 지속들과 그에 상응하는 속도들은 그 질적인 차이를 부인할 수 없음에도 불구하고 사건들의 리듬과 템포와 관련하여 상당히 동질적이 되어버린다. 2부의 각 장에서 제시된 처방들이 시간을 이해하는 데 특별한 진전을 보여주지 않았던 것도 바로 그 때문이다. 그러나 허구 이야기에 의한 시간의 형상화 경우에는 사정이 전혀 다르다. 3부를 구성하는 4개 장은 서술적 시간성을 점점 더 치밀하게 이해할 수 있도록 조직되었다고 말할 수 있다.

1장까지는 이야기에 속하는 문학 장르들의 역사가 보여주는 전통 양식과 연결된 시간적 양상들만을 다루었다. 그렇게 해서 시간적 함축이 분명히 드러나는 세 가지 개념, 즉 혁신·영속성·쇠퇴라는 개념의 연쇄를 통해 형상화 작업이 갖는 일종의 초역사적——시간을 초월하는 것은 아니다——정체성을 규정할 수 있었다. 2장에서는 서술적 이해력과 서술학적 합리성의 논쟁을 계기로 시간의 문제에 보다 깊이 들어갔다. 서술학적 합리성이 이야기의 심층 문법 모델을 위해 그 원칙상 비시간성을 강력하게 요구하고, 그러한 비시간성에 비추어 이야기의 표층에서 나타나는 변형의 **통시태**는 파생적이고 부차적인 성격을 띠게 되기 때문이다. 그에 대해 우리는 서술적 이해력——서술학적 합리성이 서술적 이해력을 가리고 있다는 것이 우리의 생각이다——에 비추어 줄거리 구성에 내재한 시간적 과정 본래의 특성을 대립시킨 바 있다. 그러나 허구 이야기가 잠재적 가능성을 펼치기 시작하는 것은(지금의 연구 단계에서는 분명히 밝힐 수 없는 몇 가지 이유에서 역사 이야기는 이러한 가능성에 대한 탐구를 가로막는 것처럼 보인다) 3부 '시간과의 유희'에 대한 연구에서이다. 줄거리를 만들어내면서, 언술 행위와 언술 사이의 유희에 의해 성립되는 시간의 이중화를 통해서 이야기하는 데 걸리는 시간과 이야기된 내용의 시간 사이의 비틀림을 다양하게 늘릴 수 있는 것은 오직 허구 이야기에서만 가능하다. 마치 허구가 상상 세계를 창조하면서 시간이 뚜렷이 나타나도록 무한한 길을 열어주는 것 같다.

시간의 허구적 경험이라는 개념에 바쳐진 4장에서 우리는 허구적 시간의 특수성 쪽으로 결정적인 일보를 내딛게 된다. 허구적 경험이란, 문학 작품이 자기 스스로를 넘어서는 힘에 의해 투사하는, 이 세계를 사는 잠재적 방식이다. 2부에서 역사적 지향성을 다루었던 장과 이 4장은 정확히 짝을 이룬다. 따라서 우리가 이제 말하려고 하는 비대칭성은 바로 서술 구조의 측면에서 역사 이야기와 허구 이야기 사이의 대칭성에 따른 결과다.

그렇다면 역사에서와 마찬가지로 허구에서도 의미의 문제와 대상 지시의 문제, 혹은 우리가 보다 좋아하는 용어를 사용하자면, 형상화 문제와 재형상화 문제 사이의 경계, 즉 우리가 처음부터 그려왔던 그 경계를 넘어선 것인가? 그렇지 않다. 지금 단계에서 재형상화가 형상화를 강하게 끌어당기고 있다는 사실을, 그것도 우리가 말하는 것은 우리가 무엇에 관해 그런 말을 하는가에 지배받고 있다는 언어의 일반 법칙에 근거해서 그렇다는 점을 고백하지 않을 수 없다 할지라도, 작품 세계가 텍스트에 내재하는 초월성으로 남아 있는 한 아직 형상화와 재형상화의 경계를 넘은 것은 아니라는 점을 명심할 필요가 있다.

이러한 힘겨운 분석은 그만큼 힘겨운 또 한 가지 분석에 대응한다. 그것은 2부에서 우리가 역사적 사건의 인식론적 특성을 그 존재론적 특성과 분리시키면서 시도한 분석으로, 그 문제는 4부에 가서 역사적 과거의 '실재 réalité'와 관련하여 다루어질 것이다. 따라서 역사적 과거가 실제로 일어난 과거를 가리키는가 하는 문제를 성급하게 해결하려 하지 않았던 것과 마찬가지로, 행동의 실제 세계를 발견하고 변형시키는 허구 이야기의 힘에 대한 문제는 당분간 유보할 것이다. 이런 의미에서 시간에 관한 세 개의 이야기를 다룬 연구들은, 서술적 형상화에서 이야기에 의한 시간의 재형상화——4부의 연구 목적이 될 것이다——로 넘어가는 것은 아니지만, 넘어갈 수 있도록 길을 마련한다. 사실상 형상화에서 재형상화로 가는 문턱을 넘어서기 위해서는 텍스트의 세계와 독자의 세계의 대면이 있어야 한다. 따라서 텍스트에 의해 투사된 세계와 독자의 삶의 세계가 교차하는 지점에서 비로소 문학 작품은 온전한 의미를 획득하는 것이다. 하지만 그렇게 텍스트의 세계와 독자의 세계가 마주하기 위해서는 독서 이론을 거쳐가야 한다. 그 이론은 상상 세계와 실제 세계가 교차하는 지점인 것이다. 결국 허구 이야기는 4부의 마지막 장에 제시된 독서 이론을 넘어선 후 비로소, 인간의 행동을 탐구하고 변형시키는 예술 작품의 힘에 맞추어 진리의 문제를 근본적으로 다시 정리하는 대가로, 진리에 대한 권리를 주장할 수 있을 것이다. 시간의 재형상화에 허구 이야기가 기여하는 바가 실제로 일어난 과거를 말하는 역사 이야기의 힘과 맞서고 어우러질 수 있기 위해서도 마찬가지로 독서 이론을 넘어서야만 할 것이다. 허구 영역에서의 대상 지시성이라는 그토록 논란이 많은 문제에 있어서 우리의 논제가 갖는 독창성은 바로 허구 이야기의 진리 주장과 역사 이야기의 진리 주장을 분리시키지 않고, 하나를 다른 하나와 관련하여 이해하려고 노력한다는 점이다.

따라서 이야기에 의한 시간의 재형상화 문제는, 우리가 후에 허구 이야기와 역사 이야기가 각기 목표로 하는 대상 지시성을 교차시킬 수 있을 때에, 비로소 그 종착점에 이르게 될 것이다. 시간의 허구적 경험에 대한 분석은 **텍스트 세계**와 같은 어떤 것을 생각게 하고, 이를 보완하는 독자의 삶의 세계를 예비한다는 점에서, 적어도 우리의 연구 전체의 지평을 이루고 있는 문제를 해결할 수 있는 방향으로 결정적인 전기를 마련하게 될 것이다.

옮긴이 해제

　인간의 경험은 시간 체험이다. 시간 체험이란 무엇인가? 리쾨르는
『시간과 이야기』1부 1장('시간 경험의 아포리아 ── 아우구스티누스의
『고백록』11서')에서 아우구스티누스의 물음을 따라가며 다시 해석한
다. "도대체 시간이란 무엇인가? 아무도 나에게 그 질문을 하지 않을
때는 나는 알고 있다. 그러나 누군가 나에게 그것을 묻고 내가 그것
을 설명하려 한다면 나는 더 이상 알 수 없다." 아우구스티누스가 말
하는 시간의 패러독스는 이렇다. 시간은 존재하지 않는다. 왜냐하면
과거는 이미 지나가버렸고, 미래는 아직 오지 않았으며, 현재는 끊임
없이 도망가버리기 때문이다. 그러나 시간은 존재한다. 왜냐하면 우
리는 시간을 잴 수 있기 때문이다. 존재하지 않는 것을 잴 수는 없다.
시간이 길다 또는 짧다고 말한다. 그렇다면 시간은 어디에 존재하는
가? 아우구스티누스는 그렇게 해서 시간을 외부에 존재하는 대상이
아니라 정신의 체험이라고 본다. 시간 체험은 우선 정신의 균열 혹은
이완distentio animi으로 나타난다. 과거는 지나간 것으로, 현재는 지
나가고 있는 것으로, 미래는 아직 오지 않은 것으로 체험하는 것이
다. 체험된 시간은 불협화음과 균열의 체험이다. 그 때문에 과거와
현재와 미래가 있는 것이다. 균열은 무의미와 혼돈이다. 그런데 그러
한 불협화음과 균열을 극복하려는 '의지'가 있다. 균열을 통합하고
불협화음에 화음을 부여하려는 정신의 긴장 intentio animi이 또 다른

시간 체험을 만든다. 그래서 시간 체험이란 현재를 중심으로 과거와 현재, 미래의 균열을 통합하려는 정신의 긴장으로 나타난다. 균열을 통합하려는 의지로 시간 체험이 생기는 것이다. 과거는 현재의 과거, 미래는 현재의 미래, 현재는 현재의 현재다. 그것이 세 겹의 현재 triple présent다. 우리가 재는 것은 과거도 현재도 미래도 아니다. 이미 없고, 지금 지나가고 있으며, 아직 오지 않은 것을 잴 수는 없기 때문이다. 우리는 지나가고 있는 현재의 의식 상태에서 과거의 기억이나 미래의 기다림을 재는 것이다. 기억이나 기다림이 없다면 시간 체험도 있을 수 없다. 현재의 긴장은 지속이 되고 그것을 통해 있을 것(미래)은 없어질 것(과거)으로 나아간다. 미래는 현재를 거쳐 과거로 흘러든다고 말할 수 있다. 리쾨르의 표현을 빌리면, 시간 경험은 '화음을 이루는 불협화음discordance concordante,' 균열 속에서 통합을 찾는 것이 된다. 물론 정신의 긴장(의지)을 통해 이완(균열)을 완전히 극복할 수는 없다. 더구나 거룩한 영원성 앞에서 인간의 유한성을 체험한다는 것은 존재론적 결핍, 존재로부터의 분리 경험이다. 그것을 나름대로 경험하고 극복하는 것이다. 경험이라는 것이 그렇고 삶이 그렇다. 그러한 시간 경험은 할말을 낳고 할말과 함께 경험이 생긴다. 아우구스티누스가 언어 체험을 이야기하는 것도 그 때문이다. 노래를 하거나 시를 낭송하거나 이야기를 할 때 미래(기다림, 미래의 현재)가 현재(직관, 현재의 현재)를 거쳐 과거(기억, 과거의 현재)로 흘러들어 다 없어지는 것을 경험할 수 있다. 시간은 오로지 말하는 현재의 긴장을 통해서만 존재한다. 한 인간의 삶이 그렇고 인간의 삶이 모인 인류의 역사가 그렇다. 리쾨르는 이렇게 해서 아우구스티누스가 시간의 아포리아를 설명하면서 암시하고 있는 해결책, 즉이야기하는 행위가 시간 체험과 어떻게 결부되는가를 밝히기 위해 1부 2장('줄거리 구성──아리스토텔레스의『시학』읽기')에서 아리스토텔레스의『시학』을 끌어들인다.

리쾨르는 여기서 이야기하는 행위의 가장 중요한 큰 특성을 '뮈토스muthos' - '줄거리 구성mise en intrigue'으로 이해함으로써 이야기 해석의 토대를 마련한다. 우선 형식적인 측면에서 줄거리 구성이란 "다양한 사건들로부터 하나의 통일되고 완전한 스토리를 끌어내는, 말하자면 다양성을 하나의 통일되고 완전한 스토리로 변형시키는 통합적 역동성"으로 규정된다. 이러한 형식적인 규정에 따라 '이질적인 것의 종합synthèse de l'hétérogène'이라는 개념이 제시된다. 다시 말해서 줄거리 구성이란 상황·목적·수단·상호 작용, 그리고 원하거나 원치 않던 결과 등 이질적인 것을 시간적으로 종합하는 것이다. 이를 통해 이야기는 시작과 중간 그리고 끝을 갖는 '완결되고 전체적인' 스토리가 된다. 여기서 리쾨르는 아우구스티누스의 시간 구조와 아리스토텔레스의 뮈토스가 시간성의 측면에서 주목할 만한 대조를 이루고 있다는 사실을 발견한다. 앞에서 말했듯이 아우구스티누스의 시간 체험이란 정신의 긴장과 이완이며, 균열된 시간을 극복함으로써 불협화음에 화음을 부여하려는 인간 정신의 활동을 가리킨다. 반면에 아리스토텔레스의 줄거리 꾸미는 행위란 이리저리 흩어진 사건들을 하나의 일관된 행동의 시간적 단위로 묶는 것이다. 경험된 시간의 균열은 이야기하는 행위를 통해 일관성을 유지하며 통합된다. 일상에서 체험하는 시간 경험, 즉 아우구스티누스의 시간 경험과는 달리 모든 이야기에는 처음과 중간 그리고 끝이 있다. 두서없는 이야기란 일관성이 없는 이야기고 말이 안 되는 이야기다. 이야기는 이질적인 사건들을 모아서 종합한다. 창조적 상상력을 통해 질서를 만들어내는 것이다. 따라서 이야기를 따라가는 시간 체험은 일상의 시간 체험과는 다른 시간 체험이다. 여기서 이야기가 갖는 시간적 통일성은 체험된 이질적인 사건들의 균열보다 우세한 것으로 드러나며, 리쾨르는 이러한 상관 관계에 주목하여 이야기하는 행위와 시간 경험 사이에 근본적인 유사성을 설정한다. 즉 체험된 시간은 줄거리 구성을 통해 형상화되며, 거기서 사건들은 줄거리라는 새로운 논리에 따라 배치된다는 것이다. 시적 이야기의 본질은 행동을 재현하는 것이며, 줄거리를 꾸미는 것은 행동이 만들어낸 사건을 체계적으로 배치하는 것이다. 뮈토스가 '행동의 모방'이라는 아리스토텔레스의 정의는 그렇게 이해된다. 줄거리를 구성하는 것은 나아가서 상황·목적·수단 등 '이질적인 것의 종합'을 통해 이야기 '전체를 고려하는' 행위가 된다. 이야기를 통해 가치 판단을 내리는 것이다. 가치를 부여한다는 것은 의미를 부여하는 것이며, 그것은 존재론적이고 가치론적인 질서를 전제한다. 이질적이고 불협화음을 내포한 사건들은 이야기하는 행위가 전제하는 그러한 질서를 통해 이해된다. 스토리를 따라갈 수 있는 것은 줄거리를 이해할 수 있기 때문이며, 그것은 '이해'의 특수한 방식으로 볼 수 있다. 이야기의 뜻을 이해한다는 것은 글자 그대로의 뜻을 이해하는 것과는 다르기 때문이다.

이야기의 시간성 문제로 돌아오자. 체험된 시간의 균열은 이야기 특유의 질서(물론 단순한 연대기적 질서가 아니다) 앞에서 사라진다. 그러나 완전히 사라지는 것은 아니다. 이야기되는 행동들 자체가 이질적이며, 따라서 과거와 현재와 미래 사이의 균열이 있기 때문이다. 일어난 모든 일을 시간적 순서에 따라 남김없이 이야기한다는 것은 불가능할 뿐더러 그것은 이야기가 아니다. 그래서 이야기는 어느 정도 불협화음과 균열을 내포하게 마련이다. 리쾨르는 이렇게 해서 아우구스티누스의 현상학적 시간을 정신의 긴장과 이완에 따라 '화음을 이루는 불협화음discordance concordante'으로, 아리스토텔레스의 이야기의 시간을 줄거리 구성 고유의 질서에 따라 '불협화음을 내포한 화음concordance discordante'으로 규정한다.

1부 3장('시간과 이야기 ─ 삼중의 미메시스')에서 리쾨르는 앞에서 제시했던 내용을 토대로 이야기 고유의 논리, 즉 경험을 이야기하고 이야기된 이야기를 통해 다시 경험하는 해석학적 논리의 체계를 세운다. 아리스토텔레스의 정의에 따라 '미메시스'를 '행동하는 인간의 재현 représentation des agissants'이라 할 때, 그것은 그대로 '모방'하는 것이 아니며 그렇게 할 수도 없다. 실제 행동과 해석된 행동 사이에는 거리가 생긴다. 삶은 행동으로 이루어진다. 인간의 행동은 여러 겹의 뜻을 갖는 일종의 상징이다. 행동으로 다 표현할 수 없기에 그 뜻을 풀어야 한다. 리쾨르가 행동의 의미론을 거론하는 것은 그 때문이다. 행동은 그렇게 해서 텍스트로 간주된다. 상징과 마찬가지로 행동의 뜻도 자기 나름대로 풀면서 그 뜻을 찾아간다. 그러나 아무렇게나 그 뜻을 푸는 것은 아니다. 행동의 뜻을 푸는 나름대로의 틀이 있다. 특히 타인과 얽혀 있는 상황에서는 더 복잡해진다. 사람들이 살면서 겪는 욕망이나 갈등이 거기서 비롯된다. 여러 가지 이데올로기가 개입하는 것이다. 자기의 '관심 préoccupation'이나 세계관-이데올로기에 따라 행동의 의미를 찾으려 한다. 그것은 무의미를 극복하려는 의지다. 리쾨르가 말하는 '미메시스 I,' 즉 전형상화 préfiguration는 행동의 뜻을 체험된 시간의 층위에서 풀어보는 것이다. 기억 속에서 사라져가고, 아직 다가오지 않았으며, 지금 하고 있는 행동의 뜻을 이해하려는 것은, 균열과 무의미를 극복하고 의미를 찾으려는 의지다. 할 이야기가 생기는 것이다. 할 이야기는 많지만 아직 말로 이야기되지 않은, 이야기되기를 기다리는 이야기다. 우리가 현실을 이해하는 방식이 그렇고 삶이 그렇다. 결국 이야기를 미리 그려본다 préfigurer는 것은 이야기되기를 기다리는, 이야기되기 이전의 행동의 뜻을 이해하려는 행위이며 의지다. '미메시스 II,' 즉 형상화 configuration는 미메시스 I에서 이해된 행동의 뜻을 줄거리로 꾸며 실제로 이야기로 옮기는 과정이다. 현실을 재현하는 창조 행위인 것이다. 이 단계에서 '미메시스 II,' 즉 형상화와 줄거리 구성은 일치한다. 이야기되기 이전의 이야기, 의미있는 행동으로 체험된 시간에 질서와 형상을 부여하는 것이다. 여기서는 불협화음보다 화음이 우세하다. 그러나 이야기는 현실과 거리가 있으므로 불협화음은 남아 있게 된다. 즉 이질적인 사건들을 나름대로 종합하여 현실을 이해하려 하는 것이다. 모든 예술이 그렇다. 여기서 이야기의 재현적 기능 fonction mimétique이란 현실을 '마치 ~처럼 comme si' 봄으로써 현실(실제적이거나 허구적인 경험)로부터 '거리를 두면서' 재현하는 기능이다. 모습을 부여한다는 것이 그렇다. 그리고 나름대로 모습을 부여하기에 해석이 들어간다. 그러나 아무렇게나 모습을 부여하는 것이 아니다. 나름대로 이야기라는 틀(코드)에 맞추어야 하기 때문이다. 작품의 내적인 코드(장르)에 따른 이야기의 '자기-구조화 auto-structuration'가 그것이다. 후에 언급하겠지만, 리쾨르가 구조주의의 성과를 받아들이는 것은 바로 이 지점이다. 이야기의 시학적 구성의 마지막 단계는 재형상화 refiguration-미메시스 Ⅲ으로서, 그것은 텍스트 세계와 독자 세계의 교차 지점으로 이해된다. 즉 독자가 이야기의 뜻을 풀어 삶의 뜻을 찾아가는 작업이다. 할 이야기, 이야기되지 않은 이야기는 한 이야기, 이야기된 이야기를 통해 독자가 속한 현실 세계로 넘어간다. 그러나 작가가 하고 싶은 이야기가 그대로 독자에게 전달되는 것은 아니다. 독자는 이야기의 뜻을 나름대로 풀어 나름대로 삶의 뜻을 찾는 것이다. 이야기를 읽는 것은 잠재적 현실의 세계, 질서를 갖춘 세계를 경험하는 것이다. 그러나 단순히 언어적 경험으로 끝나지 않는다. 그것은 우리의 경험과 상호 작용을 일으키고 허구적 경험을 실재적 경험으로 변형시킨다. 다시 말해서 이야기의 서술적 기능은 단지 역사적이거나 상상적인 현실을 이야기의 틀(서술 코드)에 따라 재현하는 데 그치는 것이 아니라, 다시금 독자가 속한 현실 세계와 관계를 맺게 하는 데 있는 것이다. 이야기는 그냥 이야기로 끝나지 않는다. 이야기는 우리가 처한 현실을 돌이켜보게 하고 어떻게 살 것이냐의 문제를 제기한다. 이렇게 해서 해석학적 순환은 완성되고, 그 순환은 악순환에서 벗어난다. 미메시스 Ⅰ이 가리키는 현실 세계는 미메시스 II를 통해 형상을 갖추고 다시 미메시스 III을 통해 현실로 되돌아오는 것이다. 이처럼 재형상화는 우리의 시간 경험이 갖는 깊이를 드러내고 그 방향성을 변형시킨다는 이중의 의미에서 이야기는 시간 경험을 다시 조직하는 힘으로 드러난다. 체험된 시간은 이야기를 통해 새로운 뜻을 갖는다. 이야기된 시간은 이렇게 해서 삶의 시간, '인간적 시간'이 된다.

기실 『시간과 이야기』 전체는 리쾨르의 이야기 해석학의 토대를 이루는 이러한 삼단계의 재현 활동을 중심으로 구성되어 있다. 리쾨르는 이렇게 해서 2부에서는 역사 이야기에서의 서술적 형상화를, 3부에서는 허구 이야기에서의 서술적 형상화를 다루게 된다. 즉 이야기를 크게 역사 이야기와 허구 이야기로 나누고 줄거리 개념을 각각의 영역에 적용하면서 생기는 문제들을 검토한다. 역사 이야기에서의 문제는 이렇다. 역사 Histoire는 이야기 histoire다. 그러나 이야기로 된 역사를 통해 과거를 객관적으로 이해할 수 있는가? 과학으로서의 역사 문제가 여기서 비롯된다. 역사를 과학적으로 설명하려는 사람들은 역사의 법칙을 찾고자 한다. 반면에 역사 이해가 이야기를 이해하는 능력과 직접적인 관계가 있다고 보는 사람들은 줄거리로 꾸며진 이야기를 통해 역사를 이해하려 한다. 리쾨르는 여기서 특유의 변증법적 종합, 설명과 이해의 변증법을 내세운다. "더 많이 설명하는 것은 더 잘 이해하는 것이다." 역사 기술의 지향성이란 과거를 있었던 그대로 그리려는 것이다. 그러나 역사는 과거를 있었던 그대로 재현할 수는 없으며 나름대로 재현한다. 역사는 그래서 과거에 대한 해석이며, 그 해석을 통해 역사의 뜻을 찾고 방향을 찾으려는 노력이다. 줄거리를 꾸미는 것이다. 그러나 허구는 아니다. 실제 있었던 과거의 흔적을 토대로 줄거리를 꾸미는 것이다. 역사과학도 궁극적으로는 이야기를 이해하는 능력에 뿌리박고 있다. 리쾨르는 이리하여 준-줄거리 구성 quasi-intrigue, 준-작중인물 quasi-personnage, 구성된 시간에 관해 이야기한다. 준-줄거리 구성은 이야기를 따라가는 능력과 마찬가지로 역사를 인과론적으로 설명하는 과정도 받아들인다. 준-등 장인물(국가 · 민족 · 집단……) 개념은 역사 이야기의 주체가 이야기에 등장하는 인물과는 다르지만 추상적인 단위는 아니라는 것을 보여준다. 그리고 역사적 시간성은 줄거리 구성에 의해 형상화된 시간을 토대로 구성된다. 사건 중심의 역사는 시작과 끝을 갖는 줄거리를 통해 이질적인 사건들 사이의 불협화음을 극복하려는 의지를 반영하고 있다. 따라서 그것은 체험된 시간, 숙명적인 시간에 기대고 있다고 말할 수 있다. 반면에 법칙론적 역사는 영원한 법칙의 시간, 즉 시작도 끝도 없이 끊임없이 되풀이되는 우주적 시간을 간접적으로 참조하고 있다. 결론적으로 달력의 시간, 세대의 교체, 흔적(기록이나 유적) 등을 범주로 하는 역사적 시간은 숙명적 시간과 우주적 시간 사이를 매개한다는 것이다.

『시간과 이야기』 3부(「허구 이야기에서의 형상화」)에서 우리는 리쾨르의 해석학과 구조주의와의 힘겨운, 그러나 풍요로운 대화를 볼 수 있다. 프라이와 커모드, 프로프와 브르몽과 그레마스, 벤베니스트와 바인리히, 뮐러와 주네트, 도리트 콘과 스탄젤, 우스펜스키, 바흐친에 이르기까지 리쾨르와 대화를 나누는 인물들은 다양하지만 대화의 폭도 그만큼 깊다. 이 대화에서 리쾨르의 관점을 일관되게 받치고 있는 개념은 뮈토스-줄거리 구성 개념이다. 즉 미메시스 II라는 이름으로 설정된 서술 모델을 허구 이야기에 적용시킴으로써 발생하는 문제들을 다루고 있는 것이다. 『시간과 이야기』 2권의 구성과 관련하여 우선 주목할 만한 것은, 리쾨르가 서두에서 언급하고 있듯이 3부를 이루고 있는 네 개의 장이 하나의 과정에 속하는 여러 단계들을 이루고 있다는 점이다. 리쾨르는 그 과정을 "아리스토텔레스적인 전통에서 물려받은 줄거리 구성의 개념을 확대하고 심화시키며 다듬고 밖으로 열어줌으로써, 아우구스티누스의 전통에서 물려받은 시간성의 개념을 다양화시키는 것"이라고 말한다. 그렇게 해서 1장('줄거리의 변모')에서는 아리스토텔레스의 뮈토스 개념을 어떻게 현대 소설에까지 적용시킬 수 있는지를 살펴봄으로써 줄거리 개념을 '확대'하고, 2장('서술성의 기호학적 제약')에서는 전통성에 근거한 서술적 이해력과 서술기호학에서 내세우는 기호학적 합리성을 대치시킴으로써 줄거리 개념을 '심화'시키며, 3장('시간과의 유희')에서는 서술적 형상화의 방법을 면밀하게 검토함으로써 줄거리 구성 개념과 밀접한 관계가 있는 서술적 시간의 개념을 '다듬고,' 4장('시간의 허구적 경험')에서는 '시간의 허구적 경험'이라는 매우 중요한 개념을 제시하면서 줄거리 구성 개념과 그에 적합한 시간 개념을 텍스트 세계 밖으로 '연다.' 보다 구체적으로 살펴보자.

1장에서 리쾨르는 문학의 모험이 "문학으로 하여금 장르들의 한계 자체를 희미하게 하며 줄거리 개념의 근원인 질서라는 원칙 자체를 부인하도록 하는 것처럼" 보이게 하는 현대 소설의 영역에도 서술적 형상화라는 형식 원리를 적용할 수 있는가라는 질문을 던진다. 현대 소설에서는 인물의 성격 개념이 줄거리 개념의 한계를 벗어나 오히려 거의 대등한 위치를 차지하고 있는 것처럼 보이기 때문이다. 피카레스크 소설, 교양소설, 의식의 흐름 소설에 이르기까지 이야기와 관계된 문학 장르들의 역사적 변모를 통해 드러나는 것은 바로 그러한 현상이다. 이에 대한 리쾨르의 대답은 그 어떤 경우에도 "뮈토스를 '행동의 모방'으로 규정하는 아리스토텔레스의 정의에서 벗어날 수 없다"는 것인데, 그 논거는 줄거리의 영역과 더불어 '행동'의 영역도 확대된다는 것이다. 즉 행동의 재현-줄거리 개념을 비극의 뮈토스를 넘어서 의식 내면의 변화에까지 확대시키는 것이다. "우리는 행동을 상황의 가시적 변화나 운명의 급변을 유발하는 중심 인물들의 행동, 즉 인간들의 외부적 운명이라고 지칭할 수 있는 것들 이상의 의미로 이해해야 한다. 넓은 의미에서 어떤 등장인물의 정신적 변화, 성장과 교육, 혹은 도덕적이며 정서적 삶의 복잡한 양태를 조금씩 체험해가는 것도 행동이다. 그리고 더욱더 미세한 의미에서, 경우에 따라서는 가장 덜 계획적이고 가장 덜 의식적인 수준에서 내적 성찰을 통해 도달할 수 있는 감각과 감정들의 시간적 흐름에 영향을 미치는 순전히 내적인 변화들도 결국 행동의 영역에 속하는 것이다." 리쾨르의 이러한 주장에 따르면 줄거리 개념은 소멸한 것이 아니라 새로운 '시간적 형상화' 원칙에 따라 혁신되었다고 말할 수 있다. 이러한 주장의 이면에는 기실 역사와 구조, 서술적 이해력과 기호학적 합리성 사이의 논쟁적 관계에 대한 리쾨르의 입장이 자리잡고 있는데, 곧이어 노드롭 프라이와 프랭크 커모드를 나란히 놓고 분석하는 것은 바로 그 때문이다. 리쾨르는 프라이가 제안하고 있는 서술적 형상화들의 체계가 서술기호학의 비역사적인 합리성이 아니라 서술적 이해력이 갖는 초역사적 도식성의 영역에 해당된다고 주장한다. 즉 "서술적 이해력을 지배하는 도식성은 동일한 양식을 보존하는 역사 속에서 전개된다"는 것이다. 여기서 동일한 양식이란 비시간적인 논리 구조의 동일성이 아니라 "누적되고 침전된 역사 속에서 형성되는 서술적 이해력의 도식성의 특징"으로 이해된다. 그에 따르면 현대 소설을 특징짓는 이야기의 일탈과 소멸은 프라이가 말한 아이러니로의 하향으로 설명할 수 있으며, 이는 유럽과 서양의 서술적 '전통성'의 양식을 규정한다. 다시 말해서 줄거리 구성의 '질서'는 여전히 유효하며, 칸트가 말한 생산적 상상력에 주어진 질서는 도식성을 구성하고, 이러한 질서는 시간적 차원, 즉 전통성의 차원을 포함한다. 리쾨르는 이러한 주장에 대한 반론, 즉 이야기의 전통성 양식이 소멸할 수도 있다는 반론으로 커모드의 예를 든다. 커모드에 따르면 현대 소설이 보여주는 종결 불가능성은 서구의 전통성 양식인 묵시록적 패러다임의 쇠퇴를 나타내는 징후이며, 이는 허구의 종말과 종말의 허구의 붕괴를 드러낸다는 것이다. 여기서 리쾨르는 허구적 질서에 대한 욕구를 묵시록적 패러다임으로 간주하는 커모드의 견해에는 동조하지만 거기에는 "허구를 다소간 속임수로 만드는 니체식의 죽음에 대한 위안의 욕구"가 자리잡고 있지 않은가라는 커모드의 의혹의 시선에는 비판적이다. "커모드의 저서는, 허구가 위안을 준다는 점에서 거짓말을 하고 속임수를 쓰는 것이라는 물리칠 수 없는 의혹과, 우리가 어떻게 할 수 없는 욕구, 즉 혼돈에 질서, 무의미에 의미, 불협화음에 화음의 각인을 찍으려는 욕구에 응답한다는 점에서 허구가 독단적인 것은 아니라는 그 또한 물리칠 수 없는 확신 사이에서 끊임없이 동요한다." 리쾨르가 보기에 커모드가 이러한 곤경에 처하게 된 것은 형상화 문제와 재형상화 문제를 분리시키지 않고, "독자의 기대를 무시한 채 작품의 형식만을 고려"했기 때문이다. 비록 이야기의 전통성 양식은 변모할 수 있고, 이야기하는 기술은 소멸할 수 있으나, 이야기 자체는 사라질 수 없다는 것이다. "그렇지만 [······] 그렇지만, 어쩌면 그 모든 것에도 불구하고, 오늘날 독자의 기대를 여전히 구조화하는 화음의 요청을 신뢰하고, 아직은 이름붙일 수 없는 새로운 서술 형태들, 즉 서술 기능은 변모할 수 있지만 사라질 수는 없다는 증거가 될 그런 형태들이 이미 탄생하는 중이라고 믿어야만 할 것 같다. 왜냐하면 우리는 이야기하는 것이 무엇을 뜻하는지를 더 이상 알 수 없는 문화가 어떤 것인지를 도저히 상상할 수 없기 때문이다."

2장에서 리쾨르는 줄거리 개념을 심화시킨다는 의도를 가지고 전통성에 근거한 서술적 이해력과 서술기호학이 주장하는 합리성을 대치시키고 겹쳐놓는다. 1장에서 본 것처럼 줄거리 구성 양식은 역사적으로 끊임없이 변화하면서 혁신되기도 하고 쇠퇴하기도 하지만, 이야기가 존재하는 한 어떤 영속성을 지닌다는 것이 리쾨르의 견해다. 그러나 이 영속성은 역사에 따라 변화하기에 불안정한 영속성이다. 리쾨르에 의하면 기호학적 연구의 동기란 바로 "역사를 벗어난 유희

340

규칙에 의거해서 서술 기능의 영속성을 확립하려는 야심"이다. 요컨대 구조를 위해 역사를 떠나려 하는 것이다. 여기서 우리는 구조와 역사에 관한 사르트르와 레비 스트로스의 논쟁, 그리고 리쾨르와 레비 스트로스의 논쟁을 떠올릴 수 있다. 리쾨르는 여기서 그 특유의 해석학적 방법으로 구조와 역사를 중재하는데, "보다 많이 설명하는 것은 보다 잘 이해하는 것"이라는 그의 말은 이러한 입장을 한 마디로 요약하고 있다. 즉 서술기호학의 방법론적 혁신은 텍스트의 기능과 의미를 보다 객관적으로 설명하는 데 유효하지만, 그것은 근본적으로 서술적 이해력에 바탕을 두고 있다는 것이다. 리쾨르는 서술기호학의 방법론적 특징을 세 가지로 요약하는데, 이는 구조주의 방법론의 특징과 일치한다고 말할 수 있다. 그것은 우선 공리적으로 구성된 모델들을 토대로 연역적 절차에 가능한 한 가까이 접근하려 한다. 언어학은 언어 행위를 대상으로 하는 분야 중 이러한 합리성의 이상이 가장 잘 충족될 수 있는 분야다. 서술기호학의 두번째 특징은 따라서 언어학의 영역에서 모델을 구성한다는 것이다. 체계적인 것은 바로 코드, 랑그다. 랑그가 체계적이라고 말하는 것은 랑그의 공시성, 즉 동시적 양상이 통시성, 즉 연속적이고 역사적인 양상에서 분리될 수 있다는 점을 인정한다는 것이다. 체계의 조직이란 제한된 수의 변별적 기본 단위, 즉 체계를 이루는 기호들로 환원할 수 있으며, 또 기호들 사이의 모든 내적 관계를 만들어내는 총체적인 결합 규칙을 설정함으로써 이루어진다. 이러한 조건 아래서 구조란 "유한한 단위들간의 내적 관계들로 이루어진 폐쇄된 총체"로 정의될 수 있다. 관계들의 내재성, 다시 말해서 언어 외적인 현실에 대한 체계의 무관심은 구조의 특징을 이루는 폐쇄 규칙에서 필연적으로 도출될 수밖에 없는 결과다. 세번째 특징은 언어 체계의 구조적 속성들 가운데 가장 중요한 것은 바로 그 유기적 특징이라는 것이다. 그것은 전체가 부분보다 더 중요함을 의미하며, 그로 말미암아 층위들의 단계가 생겨난다는 것이다.

이야기를 '탈시간화 déchronologiser' 하고 '재논리화 relogifier' 함으로써 "구조를 위해 역사를 버리는" 서술기호학의 방법론적 혁신이 갖는 한계와 가능성을 가늠하기 위해 리쾨르는 줄거리 개념을 심화시킨다는 명목으로 프로프와 브르몽 그리고 그레마스를 차례로 다룬다. 여기서 심화란 심층 구조에 대한 연구를 말하며, 줄거리 구성을 핵으로 하는 서술적 형상화(미메시스 Ⅱ)는 표층 구조에 해당된다. 그렇다면 문제는 심층 구조와 표층 구조의 관계가 될 것이다. 우선 등장인물에 대한 '기능'의 우위를 특징으로 하는 프로프의 민담 형태론은 연쇄적인 기능들을 분류하는 린네의 기계론적 구조 개념과 질서에 초점을 둔 목적론적이며 유기적인 구조 개념을 동시에 원용함으로써 형식주의로 완전히 환원할 수 없는 모습을 보여주고 있다고 리쾨르는 주장한다. 프로프가 재구성한 민담은 그 상태로는 어느 누구도 다른 누구에게 이야기할 수 없기에 문화적 대상으로서의 민담 그 자체가 아니다. 그것은 분석적 합리성을 통해 과학적 대상으로 변형된 민담이다. 그런데 우리는 그러한 합리성에 따라 민담을 생산하고 수용하는 것이 아니라 전통성에 바탕을 둔 서술적 이해력에 따라 민담을 이해한다. 다시 말해서 합리적인 분석을 행하려면 우선 이야기를 이해하는 능력, 줄거리 구성에 대한 서술적 이해력이 앞서야 한다는 것이다. 리쾨르는 이렇게 해서 프로프에게서 "서술학적 합리성의 기초가 되는 인식론적 단절에도 불구하고 이 합리성과 서술적 이해력 사이의 간접적인 관련성"을 찾아낸다. 브르몽은 『이야기의 논리』에서 프로프와는 달리 행동보다는 인물에서 출발함으로써, 그리고 이 인물들이 이야기 속에서 맡을 수 있는 '역할 rôles'을 적절하게 공리화함으로써, 가능한 서술적 역할들, 다시 말해서 어느 이야기에서나 인물들이 맡을 수 있는 지위들의 목록을 체계적으로 작성하고자 한다. 즉 프로프가 러시아 민담이라는 하나의 줄거리-유형을 도식화하는 데 그친 반면에, 브르몽은 서술적 가능성에 토대를 둔 서술적 역할의 목록이 역사 기술을 포함하여 모든 종류의 서술적 메시지에 적용될 수 있다고 자신함으로써 이야기의 재논리화와 탈시간화에 보다 진전된 입장을 보인다는 것이다. 마지막으로 리쾨르는 그레마스의 서술기호학을 치밀하게 분석하면서 풍요로운 대화를 펼친다. 리쾨르는 그레마스의 행위소 모델과 서술 문법 모델이 엄밀한 비시간적 모델을 구성하려는 야심에도 불구하고 근본적으로 서술적 이해력에 따른 줄거리 구성에 내재한 시간성에 기댐으로써 혼합적 성격을 띠고 있다는 점을 주로 비판한다. 우선 행위소 모델은 통사론에 의해 규제되는 연역적 접근과 경험적으로 주어진 다양한 자료(프로프의 러시아 민담, 에티엔 수리오의 '20만 종류의 극적 상황들')에서 추출해낸 역할 목록에서 비롯된 귀납적 접근을 상호 조정함으로써 얻어진 것으로 간주한다. 그렇게 해서 행위소 모델은 "체계적 구성과 실천적 영역에 속하는 '수정 사항'들이 뒤섞인 혼합성"을 띠게 된다는 것이다. 기호 사각형에 대한 비판도 같은 맥락이다. "기호 사각형을 구성하는 첫 단계에서부터 이미 그레마스의 분석은 그 마지막 단계, 즉 가치의 창조 과정으로서의 서술 행위의 단계를 예상함으로써 그러한 목적에 끌려간 것이 아닌가" 하는 의혹을 제기하고, 그 마지막 단계를 전통성에 근거한 서술 문화 안에서 우리가 줄거리라고 이해하는 바로 그것에 상당하는 것이라고 말한다. 그렇게 해서 이야기와 줄거리에 대해 갖고 있는 우리의 이해력에서 비롯된 통합적인 질서를 적절히 덧붙이지 않는다면 그레마스의 모델은 논리적 제약을 충족시키지는 못한다고 결론짓는다. 물론 리쾨르 자신도 밝히고 있듯이 그레마스 모델이 갖는 이러한 혼합적 성격을 문제삼는 것이 그것을 반박하려는 것은 결코 아니다. 반대로 2부에서 역사의 법칙론적 모델을 다루며 그렇게 했듯이, "더 많이 설명하는 것은 더 잘 이해하는 것이다"라는 입장에서 합리성에 근거한 그 모델이 지니는 이해 가능성의 조건들을 명백히 밝히려는 것이다.

3장에서는 서술적 시간 개념을 다듬기 위해 허구 이야기의 시간에 관한 여러 이론들을 다루고 있는데, 여기서 핵심적인 것은 언술 행위와 언술로 이분되는 이야기의 특성이다. 형상화 행위는 반성적인 판단에 속하는 행위이며, 이야기하는 것은 이미 이야기된 사건들에 관해 반성하는 것이라는 점에서 이야기에서 언술 행위와 언술은 구분된다. 리쾨르가 관심을 기울이는 부분은 바로 언술 행위의 시간(또는 형상화 행위, 서술 행위의 시간)과 언술의 시간(또는 이야기 récit의 시간) 그리고 이야기된 내용의 시간(스토리의 시간) 사이에서 벌어질 수 있는 다양한 유희의 규칙을 체계적으로 검토함으로써 허구가 상상 세계를 창조하면서 어떻게 시간이 뚜렷이 나타나도록 풍요로운 길을 열어주는가 하는 것이다. 1절 '동사의 시제와 언술 행위'에서는 동사의 시제 체계가 갖는 자율성이 시간의 현상학적 경험, 즉 일상에서 경험하는 시간에서 어느 정도 자유로울 수 있는가 하는 문제를 다루기 위해 에밀 벤베니스트가 도입한 이야기 histoire와 담론 discours의 구별에서 시작해서, 동사 시제의 문제에 대해 캐테 함부르거와 하랄트 바인리히가 제시한 이론을 차례로 검토한다. 리쾨르는 그 순서에 관해 이렇게 두 가지 이유를 제시한다. "한 가지 이유는, 그렇게 함으로써 우리는 순전히 계열체적인 관점에서 주도된 연구에서 시작하여, 텍스트라는 큰 단위 내에서 동사 시제의 연속적 배분에 관한 연구를 통해, 그 정태적 구성에 관한 연구를 보충하는 견해로 이어지는 발전 과정을 따라갈 수 있기 때문이다. 다른 이유는, 그렇게 한 가지 견해에서 다른 견해로 넘어가면서 동사의 시제가 시간의 살아 있는 경험으로부터 점진적으로 분리되는 과정을 관찰할 수 있으며, 또한 그러한 시도를 끝까지 밀고 갈 수 없게 하는 어려움이 무엇인지 헤아려볼 수 있기 때문이다. 사실 바로 이 점에 있어서 전형상화 또는 재형상화된 시간 경험에 대하여 서술적 형상화가 어느 정도 자율적인가에 관한 우리 연구에 이 세 가지 이론이 기여한 바를 살펴보려고 한다." 리쾨르는 우선 벤베니스트가 언술 행위의 유형으로 제시한 이야기와 담론의 구별을 받아들이지만, 이를 수정한다. 즉 이야기 내에서 언술 행위(벤베니스트가 말하는 담론)와 언술(벤베니스트가 말하는 이야기)을 구별함으로써 한편으로는 언술 행위의 시간과 언술의 시간의 관계, 다른 한편으로는 그 두 가지 시간과 삶이나 행동의 시간과의 관계에 대한 문제를 제기한다. 함부르거는 허구 이야기에서는 일상 대화의 실제적인 '원점(原點)-나 je'가 허구적 인물의 원점-나로 대체되기 때문에 시제 체계가 흐트러진다고 보고, 허구에서의 단순과거는 과거를 지칭한다는 문법적 기능을 상실하며 궁극적으로 허구적 시간성은 존재하지 않는다고 본다. 즉 일상 대화의 시제와 허구의 시제는 완전히 단절되어 있다는 것이다. 리쾨르는 허구 시제의 자율성에 관한 부분은 수용하지만, 과거라는 의미가 없어진다는 것이 허구에서의 동사의 시제 체제를 특징짓는 데 충분한가 하는 문제에는 이의를 제기한다. 과거의 의미가 소멸되었는데도 왜 과거 시제라는 문법적 형식은 보존되는가? 리쾨르는 그 해답의 열쇠를 실제 작가와 허구적인 화자의 구별에서 찾는다. 즉 허구 속에는 화자의 담론과 인물의 담론이 있으며, 인물의 담론은 일상 대화의 시제와 구별되지 않는다는 것이다. 이어서 리쾨르는 바인리히의 동사 시제 이론이 서술 구성 이론과 심층적인 유사성을 갖고 있음을 밝혀내는데, 그 논의는 2장에서 그레마스의 서술기호학에 대한 분석과 비견할 만큼 엄밀하고 상세하다. 리쾨르는, 바인리히가 말한 시제 체계가 서술적 형상화 활동에 적용된 시간을 구조화할 수 있게 해주는 언어적 장치로 간주될 수 있다는 점에서는 분석의 타당성을 인정할 수 있으나, 동사 시제가 시간과 전혀 관련이 없다는 주장에 대해서는 이의를 제기한다. 즉 동사의 시제 체계가 아무리 자율적이라 하더라도, 시제가 모든 점에서 시간 경험과 단절되지는 않는다는 것이다. "시제 체계는 시간 경험에서 나오며, 시간 경험으로 돌아간다. 그리고 시제 체계가 이렇게 어디서 나와 어디로 가는지를 나타내는 기호들은 계열적 또는 선조적인 배분에서도 사라지지 않는다." 비판은 보다 구체적으로 이어진다. 우선 발화 상황에 따른 시제의 구분은 '이야기된 세계'와 '해설된 세계'의 구분을 낳는데, 이야기된 세계와 해설된 세계도 어떤 '세계'이며, 실천적 세계와의 관계는 미메시스 Ⅱ의 법칙, 또는 후설이 말한 '중화'에 따라 유예되었을 따름이기에 완전히 단절된 것은 아니다. 이어서 발화 관점의 축에서 회상과 예상은 살아 있는 현재의 과거 지향 rétention과 미래 지향 protention이라는 가장 원초적인 구조를 나타낸다는 점에서 동사의 시제 체계는 체험된 시간과 단절될 수 없다고 지적한다. 의사 전달의 세번째 축, 즉 강조하기의 축에 관해서도 리쾨르는 비슷한 지적을 하는데, 허구 이야기에서 반과거와 단순과거의 구별이 갖는 일차적 의미는 시간 자체 속에서 영속적인 양상과 우발적인 양상을 분간하는 능력과 관계가 있다는 것이다. 그리하여 리쾨르는 허구 이야기에서 동사 시제 체계가 실천적 세계와 맺는 관계를 자신의 해석학적 틀, 즉 삼중의 미메시스와 연결시킨다. 우선 이야기의 시간과 실제로 체험한 과거의 시간이 서로 연관되고 단절되는 이중의 관계는 미메시스 Ⅰ과 미메시스 Ⅱ의 관계를 보여주는 본보기가 된다. 과거 시제는 먼저 과거를 이야기하며, 그 다음에 은유적 치환을 통해 그 자체로서의 과거와, 직접적인 관계는 아니라 하더라도, 적어도 우회적인 관계를 갖는 허구 세계로 들어감을 알린다는 것이다. 그리고 리쾨르가 텍스트의 하류라고 부르는 미메시스 Ⅲ의 단계와 관련해서, 실천적 세계를 토대로 하여 이루어진 허구는 그 세계의 흔적을 간직하는 것만은 아니라는 점에서 시간을 재발견하게 한다고 말한다. "허구는 스스로 '지어낸,' 다시 말해서 발견함과 동시에 창조한 경험의 특징을 향해 다시 시선을 돌리게 한다. 이 점에서 동사의 시제는 체험된 시간——텍스트 언어학에서 이 체험된 시간은 곧 잃어버린 시간이다——의 명칭들과 관계를 끊지만, 곧 엄청나게 다양해진 문법적 표현 수단들을 가지고 그 시간을 재발견하는 것이다." 리쾨르는 여기서 이야기의 허구적 인물이 경험하는 것과 같은 시간의 허구적 경험이라는 새로운 개념을 끌어들인다. 그 경험은 세계를 투사하는 문학 작품의 능력에 속한다. 다시 말해서 허구 이야기에서의 시간은 허구적이지만 '마치 ~처럼'의 양태에 따라 새로운 시간 의식을 만들어내며, 동사의 시제는 이러한 의미 생산에 기여하고 있다는 것이다. 4장에서 리쾨르가 탐구하는 것은 바로 이러한 시간의 허구적 경험이다.

  2절과 3절에서는 귄터 밀러와 제라르 주네트의 이론을 차례로 다루면서 허구 이야기의 시간 구조가 시간의 허구적 경험과 어떠한 관계를 맺고 있는가를 규명한다. 이를 위해 리쾨르는 밀러와 주네트의 이론을 일부 받아들이고 수정하면서 언술 행위－언술－텍스트 세계라는 세 가지 층위로 된 도식을 제시하는데, 그 각각에는 '이야기하는 시간'과 '이야기되는 시간,' 그리고 이 두 시간들간의 연접／이접에 의해 투사된 시간의 허구적 경험이 대응한다. 형태론적 시학의 배경 아래 밀러가 도입한 이야기하는 시간과 이야기되는 시간의 구분은 서술의 템포와 리듬을 규정한다는 점에서 매우 중요한 의미를 갖는다. 즉 한 작품 전체에서 이야기하는 시간과 이야기되는 시간의 상대적 길이의 다양성은 이야기의 형상을 그리는 데 기여하는 것이다. 그러나 서술의 템포와 리듬은 양적인 것만이 아니라 질적인 긴장도 내포한다. 리쾨르는 여기서 삶과 예술에 대한 괴테의 성찰을 끌어들여 밀러의 구분을 수정하고 발전시킨다. 즉 이야기하는 시간과 이야기되는 시간의 관계에서 비롯된 긴장과 이완, 즉 시간 구조는 시적 형태론에 그치는 것이 아니라 허구적 시간 체험을 낳고 텍스트 세계가 투사하는 이러한 시간 체험은 시간 경험 그 자체에 영향을 미친다는 것이다. 이렇게 해서 이야기하는 행위의 시간, 이야기되는 시간,

삶의 시간으로 나눌 수 있다. "어느 경우에든 '의미를 지닌 구성'의 지평에는 언제나 실질적인 시간적 창조, '시적 시간'이 있다. 시간을 구조화하는 목적은 바로 시간을 창조하는 것이며, 그것은 이야기하는 시간과 이야기되는 시간 사이에 놓여 있는 것이다." 모든 범주를 텍스트 자체 내에 포함된 특징에서 끌어내려는 구조서술학에 충실한 주네트에 대한 리쾨르의 비판은 보다 준엄하다. 잘 알고 있듯이 주네트 또한 세 가지 층위를 구분하는데, 중간에 위치한 서술적 언술의 층위는 이중의 관계를 갖는다. 한편으로 이야기의 대상, 즉 허구적이건 실제적이건 이야기된 사건과 관련하여 '이야기된' 스토리라고 부르는 것이 바로 그것인데, 비슷한 의미로 스토리가 전개되는 세계를 디에제스diégèse의 세계라고 부를 수 있다. 다른 한편으로는 서술하는 행위 그 자체, 즉 서술적 '언술 행위'와 관련을 맺는다. "서술체로서 이야기는 이야기되는 스토리와의 관계로, 담론으로서의 이야기는 이야기하는 서술 행위와의 관계로 존재한다." 그렇지만 주네트의 용어 체계에서 디에제스의 세계와 언술 행위는 텍스트 외적인 것과는 전혀 관련이 없다. 즉 시간 체험은 논의에서 제외되며, 언술 행위, 언술 그리고 스토리(또는 디에제스의 세계) 사이의 텍스트 내적인 관계만이 남는다. 주네트가 분석한 『잃어버린 시간을 찾아서』도 바로 그러한 텍스트 내적 관계를 다루고 있는데, 리쾨르의 비판도 이 부분에 집중된다. 즉 주네트가 서술적 목소리라는 개념을 사용하기는 하지만 그에게는 텍스트 세계와 같은 개념이 없기 때문에 화자-주인공의 허구적 시간 경험을 배제하게 된다는 것이다. 화자-주인공의 허구적 시간 경험은 이야기의 내적 의미 작용에 결부되지 못하고, 프루스트가 사용한 서술 기법은 문체로 환원되고 만다. 그 결과 『잃어버린 시간을 찾아서』에 대한 주네트의 분석은 시간을 변질된 것으로 나타나게 하는 서술 기법에 대한 형식적 연구라고 규정한다. 여기서 리쾨르는 시간 체험을 시간과의 단순한 유희라는 서술 기법으로 환원할 것이 아니라, 텍스트 세계가 투사하는 허구적 시간 경험을 향하게끔 하는 목표에 서술 기법을 종속시켜야 한다고 주장한다. 그렇게 해서 프루스트의 서술 기법은 '잃어버리고 되찾은' 시간 경험에 대한 보다 더 예리한 이해력을 회복하기 위한 긴 에움길이라는 의미를 갖게 되며, 후에 4장에서의 리쾨르의 분석도 바로 이 점에 초점을 맞추고 있다.

4절에서는 시점과 서술적 목소리라는 개념이 어떻게 형상화 과정에 통합되며, 특히 서술적 목소리 개념이 어떻게 형상화와 재형상화 과정의 중간에서 텍스트 세계를 바깥으로 투사하는가를 규명한다. 우선 시점과 서술적 목소리 개념은 화자와 작중인물의 범주에 연결되며 서술 구성의 영역에 들어오게 된다. 이야기된 세계는 작중인물의 세계인 동시에 화자에 의해 이야기되는 세계다. 그런데 이야기가 행동을 재현하기 위해서는 행동하는 존재를 재현해야 하므로 행동의 미메시스 개념을 인물 쪽으로, 그리고 인물의 미메시스 개념을 인물의 담론 쪽으로 이동시킬 수 있다. 이렇게 인물의 담론을 디에제스에 통합하게 되면 언술 행위는 화자의 담론이고 언술은 인물의 담론이라고 말할 수 있다. 따라서 이야기란 어떤 특별한 서술 방식에 의해 작중인물의 담론을 이야기하는 화자의 담론이 된다. 시점과 서술적 목소리 개념은 바로 그러한 서술 방식에 포함됨으로써 미메시스 II 과정에 통합된다. 그리고 화자의 담론이 인물의 담론에 비해 우세한 정도에 따라 서술 행위를 구분할 수 있다. '정신적 삶의 재현'이라는 관점에서 직접 서술(간접 화법), 인용된 독백 또는 자기 인용 독백(직접화법), 서술된 독백(자유 간접 화법)으로 구분한 도리트 콘의 경우가 그렇다. 또한 화자의 담론과 인물의 담론 사이의 우열만이 아니라 거리도 다양하게 변할 수 있는데, 작가 중심 서술 상황, 인물 중심 서술 상황, 일인칭 서술 상황을 축으로 가능한 모든 서술 상황을 포괄하려는 유형론을 제시하는 프란츠 슈탄젤의 '전형적 서술 상황' 이론을 그 예로 든다. 슈탄젤의 이론을 검토하면서 리쾨르는 두 가지 점을 비판한다. 즉 지나치게 추상적이어서 변별력이 떨어진다는 것과, 또한 모든 서술 상황을 다루기에는 유기적 구성이 너무 미흡하다는 것이다. 그래서 리쾨르의 주장은 시점과 서술적 목소리를, "분류 체계에서의 위치로 규정되는 범주가 아니라 다른 수많은 특성들로부터 추출되고 문학 작품 구성에서의 역할을 통해 규정되는 변별적 특성"으로 간주하는 것이 보다 생산적이라는 것이다. 시점 개념을 구성시학에 통합함으로써 이를 서술적 형상화 영역에 기술적으로 위치시키는 우스펜스키의 유형학은 이 점에서 보다 긍정적인 유형학으로 평가되고 있다. 여기서 말하는 시점이란 삼인칭이나 일인칭 이야기에서 작중인물을 향한 화자의 시선과 인물들 상호간의 시선의 방향을 가리키는 것으로 정의되며, 따라서 시점이 제공하는 다양한 구성 수단들에 대한 연구는 서술적 형상화의 영역에 통합된다. 다시 말해서 "예술 작품은 여러 층위에서 읽혀질 수 있고 또 읽혀져야 한다는 점에서, 시점은 유형학의 대상으로 적합하다"는 것이다. 우스펜스키의 유형론(이데올로기적 차원, 어법 차원, 시간적·공간적 차원, 심리적 차원)은 바로 시점이 표현될 수 있는 장소, 시점들간의 구성이 이루어질 수 있는 다양한 공간-층위에 대한 연구이며, 이런 의미에서 리쾨르는 시점 개념은 "언술 행위와 언술의 관계에 초점을 맞춘 연구의 정점을 나타낸다"고 말한다. 이처럼 시점 개념이 화자와 분리될 수 없는 한, 서술적 목소리라는 개념을 형상화, 즉 미메시스 II 영역에서 배제할 수는 없다. 문제는 바흐친이 말하는 '다성적 소설'에서는 화자의 담론과 인물의 담론 사이의 관계가 완전히 허물어짐으로써 줄거리 구성 개념 자체도 파열되는 것이 아닌가 하는 의혹인데, 리쾨르는 아무리 다성적인 소설, 극단적인 경우에는 버지니아 울프의 『파도』처럼 순전히 다양한 목소리만을 내는 소설이라 할지라도 카니발적 양식과 같은 오랜 전통에서 물려받은 줄거리 구성 원리를 완전히 벗어나지는 않는다고 주장한다. 즉 다성적 소설은 줄거리 구성을 '대화'라는 다른 구조화 원리로 대체하는 것이 아니라 확장하도록 이끈다는 것이다. 다른 한편으로 서술적 목소리가 갖는 시간적 의미와 관련하여 서술 행위의 현재, 화자의 허구적 현재라는 개념을 제시한다. 서술 행위의 현재는 서술적 목소리에 귀속되는 것이다. 언술 행위와 언술의 이중화로 인해 빚어지는 시간과의 유희는 이렇게 해서 이야기하는 시간과 이야기되는 시간 사이의 유희일 뿐만 아니라, 화자의 담론과 인물의 담론의 이중화로 이어진다는 점에서 화자의 시제와 인물의 시제가 벌이는 시간과의 유희이기도 하다. 아울러 허구적 현재라는 개념을 통해 리쾨르는 앞서 보류해두었던 문제, 즉 서술 행위의 기본 시제로서 단순과거의 위상에 관한 문제를 해결하고자 한다. 즉 독자는 서술 행위의 현재를 이야기된 스토리보다 '뒤에 오는 것'으로 이해하기 때문에, 그러니까 이야기된 스토리가 서술적 목소리의 과거이기 때문에, 단순과거는 그 문법적 형태와 특권을 유지한다는 것이다. 어떠한 스토리도 그 스토리를 이야기하는 목소리의 입장에서는 지나간 과거가 되기 때문에 과거 시제는 과거라는 시간적 의미 작용을 갖는다. 이렇게 시점과 서술적 목소리를 검토한 다음 리쾨르는 형상화 차원에서 그 둘을 묶어서 설명한다. 시점은 이야기됨으로써 드러나는 것을 '어디에서' 지각하는가? 즉 어디에서 말하는가? 라는 질문에 답하는 것이며, 목소리는 '누가' 여기서 말하는가? 라는 질문에 대답한다는 것이다. 차이는 시점이 미메시스 Ⅱ 차원에 머물러 있다면, 목소리는 그것이 독자에게 건네진다는 점에서 이미 의사 전달 문제에 속한다는 것이다. "독서가 텍스트 세계와 독자 세계의 만남을 가리킨다는 점에서 목소리는 이처럼 형상화와 재형상화 사이의 전환점에 위치"한다. 그렇게 해서 텍스트 이해라는 관점에서 시점과 목소리의 기능은 시각과 청각처럼 서로 상보적인 관계에 놓이게 된다. "어떠한 시점이건 그것은 독자의 시선을 작가나 인물과 같은 방향으로 돌리게 하기 위해 독자에게 보낸 초대장이며, 반면 서술적 목소리는 독자에게 텍스트 세계를 제시하는 무언의 말이다. 그것은 회심의 순간에 아우구스티누스에게 건네졌던 목소리처럼 이렇게 말한다. "Tolle! Lege! 들고 읽어라!."

마지막 4장에서 리쾨르는 세 편의 소설을 구체적으로 분석함으로써, 작품이 그 구조라는 측면에서는 그 자체로 닫혀 있으면서도 또한 어떤 세계를 '향해' 열려 있을 수 있는가를 보여준다. 이를 위해 텍스트 세계가 펼치는 '허구적 경험'이라는 개념을 제시한다. 허구적 경험이란, 문학 작품이 자기 스스로를 넘어서는 힘에 의해 투사하는, 이 세계를 사는 잠재적 방식으로 정의된다. 다시 말해서 허구적 경험은 일상적인 경험과 만날 수 있도록 작품이 투사하는 '것'을 가리킨다. 그것은 경험이지만 허구적인 경험이라는 점에서 텍스트 세계를 완전히 벗어나는 것은 아니다. 리쾨르는 이를 텍스트에 '내재하는 초월성'이라고 말한다. 따라서 시간의 허구적 경험이라고 부르는 것도 다만 텍스트가 내보이는, 세계-내-존재의 잠재적 경험이 갖는 시간적 양상을 말할 따름이다. 독자가 텍스트를 받아들이면 이러한 허구적 경험과 독자의 살아 있는 경험이 서로 만나게 되는 것이며, 텍스트에 의해 투사된 세계와 독자의 삶의 세계가 교차하는 바로 그 지점에서 비로소 문학 작품은 온전한 의미를 획득하는 것이다. 하지만 그렇게 텍스트의 세계와 독자의 세계가 마주하기 위해서는 독서 이론을 거쳐가야 하는데, 리쾨르는 3권 4부의 마지막 장에서 이를 다루게 될 것이다. 리쾨르는 이러한 자신의 텍스트 해석학적 주장을 입증하기 위해 시간에 관한 세 개의 이야기를 분석 대상으로 삼는다. 그런데 주의 깊은 독자라면 아마 본문을 읽으면서 3장 1, 2, 3절의 끝 부분에서 리쾨르가 분석 대상이 되고 있는 세 작품을 각각 간단하게 언급하고 있음을 기억할 수 있을 것이다. 즉 '시간과의 유희'라는 제목이 붙은 3장이 형상화 차원에서의 시간 구조 분석을 다루고 있다면, 시간과의 유희의 궁극적인 목적은 시간 경험을 유기적으로 구성하는 것이라는 해석학적 주장을 4장은 입증하고 있는 것이다. 해석 또는 비판적 독서는 두 가지 층위에서 이루어진다. 첫번째 층위에서는 작품의 서술적 형상화를 다루며, 두번째 층위에서는 이러한 형상화가 그 바깥으로 '투사'하는 시간 경험과 세계관을 다룬다. 이렇게 해서 세 편의 소설은 감정적이며 실천적인 일상 경험의 시간적 양상들을 훨씬 넘어서는 '불협화음을 내는 화음'의 다양한 변주곡, 리쾨르의 용어를 빌리면 시간에 관한 '상상의 변주variation imaginative'를 들려준다. 다시 말해서 리쾨르는 허구에서 이야기된 시간, 체험된 시간의 상상적 변주를 따라가면서 체험된 시간(행위의 시간)이 어떻게 허구의 시간을 통해 형상화되며, 또 허구의 시간은 시간의 재형상화에 어떠한 잠재적 가능성을 제공할 수 있는가를 탐구한다.

첫 작품 『댈러웨이 부인』에서 리쾨르는 시간의 형상화 그리고 시간의 허구적 경험과 관련하여 세 가지 서술 기법을 들고 있다. 첫번째 기법은 사건들을 점진적으로 축적함으로써 하루가 흘러가게 하는 것이다. 여기서 시간을 환기시키는 빅벤의 종소리가 갖는 진정한 역할은 형상화 차원을 넘어서서 다양한 등장인물들의 허구적 시간 경험을 독자에게 열어보이는 것임이 드러난다. 두번째 서술 기법은 짧게 이어지는 행동들 사이에 무언의 생각 속에서 과거로 여행을 떠나는 긴 시퀀스를 삽입함으로써 이야기를 지연시키는 것이다. 그렇게 해서 생각 속의 사건이 일어나는 순간을 안에서 깊이 파들어가며, 이야기된 시간의 순간들을 내부로부터 확대한다. 이야기되는 시간이 상대적으로 짧음에도 불구하고 무한한 시간이 풍부하게 함축되어 있는 것처럼 보이는 것은 그 때문이다. 여기서 소설 기법은 "행동의 세계와 내적 성찰의 세계를 함께 꾸미고, 일상성의 의미와 내재성의 의미를 뒤섞는 데에 있다." 보다 미묘한 세번째 서술 기법은 화자의 특권으로 한 의식의 흐름에서 다른 흐름으로 '이행하게' 하는 것이다. 즉 서로 관계가 없는 작중인물들을 같은 장소에 멈추어 있게 하거나 같은 시간에 머물러 있게 함으로써 서로 무관한 시간성들을 잇는 구름다리를 만드는 것이다. 시간의 형상화를 특징짓는 이러한 기법들은 시간 경험들을 공유할 수 있도록, 곧 독서를 통해 시간 자체를 재형상화할 수 있게 해준다는 점에서 의미를 갖는다. 이렇게 해서 리쾨르는 『댈러웨이 부인』이 보여주는 허구적 시간 경험을 '기념비적 시간'과 숙명적인 시간의 불협화음 구조로 파악하기에 이른다. 작품에서 등장인물들의 구체적이고 생생한 경험이 갖는 다원성은 숙명적 시간성(내적인 시간성)의 층위에 자리잡고 있다. 이야기는 그러한 숙명적 시간과 빅벤의 종소리로 상징되는 기념비적 시간, 즉 권위의 형상으로 나타나는 공식적 역사의 시간과 다양한 긴장을 이루면서 전개된다. 숙명적 시간은 기념비적 시간의 파괴적이고 냉혹한 힘에 의해 고통을 겪을 수밖에 없으며, 현실에 맞서 우주적 통일성에 이르려는 셉티머스의 욕망은 결국 자살로 끝나게 된다. 마지막 연회 장면에서 클라리사의 시간 경험은 우주적 시간과 숙명적 시간의 대립 속에서 기념비적 시간을 받아들일 수밖에 없다는 고통스러운 인식을 나타낸다. 결론적으로 리쾨르는 『댈러웨이 부인』을 특징짓는 시간 경험을 다양한 인물들의 시간 경험을 상징하는 '동굴들'이 서로 인접하여 그물처럼 이어진 지하 통로를 구성하고 있는 것으로 파악한다. 그러한 허구적 시간 경험은 "어느 고독한 경험이 또 다른 고독한 경험 속에 울림"으로써 독자에게 암시된다.

『마의 산』의 시간 구조는 연대기적 시간의 소멸이라는 시간 밖의 hors-temps 삶에 익숙해진 '위쪽en haut 사람들'과 달력과 시계의 리듬에 몰두하여 살아가는 '아래쪽en bas 사람들(평지 사람들)'의 대비를 통하여 뚜렷하게 드러난다. 공간적인 대립이 시간적인 대립과 겹쳐지며 그것을 강화하는 것이다. 서술 기법의 측면에서 가장 뚜렷한 특징은 이야기하는 시간과 이야기되는 시간 사이의 유희다. 한편으로 이야기하는 시간은 이야기되는 시간에 비해 계속 짧아지고 있다. 다른 한편으로 이야기의 축약과 결합되어 이야기하는 시간의 길이가 늘어나게 함으로써 시간 감각의 상실과 싸우는 주인공의 내적 갈등이라는 중대한 경험을 전달하는 데 필요한 '투시 효과'를 만들어낸다. 주제적 측면에서 『마의 산』은 시간의 소설인 동시에 질병의 소설, 문화의 소설이라는 복합적인 구조를 갖는 것으로 이해된다. 그리고 이 세 가지 주제는 일종의 교양소설 방식으로 한스 카스토르프라는 주인공의 경험 속에 통합되는 양상을 보인다. 문제는 작품이 이야기하는 주인공의 정신적 수련이 어떠한 성격을 띠고 있는가 하는 점이다. 리쾨르는 여기서 서술적 목소리와 이야기 사이의 거리두기 관계에서 비롯되는 '아이러니'에 주목한다. 즉 주인공이 시간과 논쟁을 벌이면서 맺고 있는 관계는 화자가 스토리를 이야기하면서 맺고 있는 것과 동일한 관계, 즉 아이러니에 의한 거리두기 관계가 아닌가 하는 가설을 제기한다. 그렇게 해서 『마의 산』은 단순한 연대기적 시간의 소멸을 그리는 허구가 아니라 연대기적 시간의 소멸을 통해 불변의 영원성과 변화의 생성 사이의 대조를 풍요롭게 펼치는 소설로 드러난다. 주인공의 내적인 시간 경험은 연대기적 시간의 소멸로 인해 그 굴레로부터 해방되는 동시에 아우구스티누스적인 불협화음과 균열 속에서 해체된다. 해체되고 증폭된 내면의 시간은 시간의 우주적 양상——죽음의 반복적 영원성, 별이 빛나는 하늘의 영속성——들과는 화해를 이루지 못한다. 주인공은 거대한 영원성, 죽음의 영원성에 정복당하지 않기 위해 아이러니컬한 무관심 속으로 도피한다. 그러나 이러한 도피는 행동으로 실천할 수 없는 것이기에 스토아 학파의 아타락시아에 가까운 불안정한 승리로 남는다. 결론적으로 『마의 산』은 시간의 아포리아에 대한 사변적인 해결책을 제시하는 것은 아니지만 그 아포리아를 한 단계 높였다고 리쾨르는 말한다. 즉 여기서 시간의 불협화음이 화음을 이기지만, 불협화음의 의식은 한 단계 높아진 것이다.

『잃어버린 시간을 찾아서』는 앞의 두 작품과는 달리 불협화음의 시련을 통해 새로운 화음의 가능성을 발견하고자 한다는 점에서 특히 주목을 끈다. 잃어버린 시간이 불협화음이고 균열이라면 되찾은 시간은 화음이고 통합이다. 그렇다면 잃어버린 시간과 되찾은 시간이란 무엇이며, 어떻게 시간을 잃어버리고 되찾는가? 리쾨르는 『잃어버린 시간을 찾아서』가 '시간에 관한 이야기'라는 자신의 해석과 관련하여 몇 가지 반론 또는 다른 해석을 검토하면서 자신의 독서 가설을 제시한다. 첫번째 가설은 서술 구성과 관련하여, 주인공─화자인 마르셀을 『잃어버린 시간을 찾아서』를 구성하는 시간에 관한 이야기를 지탱하는 '허구적 실체'로 간주하는 것이다. 실제 작가인 마르셀 프루스트가 동명이인인가의 여부와는 관계없이 잃어버린 시간과 되찾은 시간은 둘 다 허구적 세계에서 펼쳐지는 허구적 시간 경험의 특성들로 이해되어야 한다는 것이다. 두번째 가설은 질 들뢰즈의 해석, 즉 『잃어버린 시간을 찾아서』의 주된 쟁점은 시간이 아니라 기호의 체득을 통한 진리라는 주장을 비판적으로 수용함으로써 얻어진다. 그에 따르면 『잃어버린 시간을 찾아서』의 의미를 전체적으로 이해하기 위해서는 작품 자체를 '탐구'와 '영감의 도래'라는 두 개의 초점을 갖는 타원형으로 생각해야 한다는 것이다. "시간에 관한 이야기는 『잃어버린 시간을 찾아서』의 두 초점의 관계를 창조하는 이야기다." 한편 안느 앙리는 이야기 외적인 철학적 지식이 삽화의 측면에서 소설 형식 안에 투사되어 있다고 봄으로써 『잃어버린 시간을 찾아서』의 서술적 탁월성 자체에 이의를 제기하는데, 이에 대한 반론에서 세번째 독서 가설이 나온다. 즉 『잃어버린 시간을 찾아서』에서는 하나의 목소리가 아니라 나─주인공의 목소리와 나─화자의 목소리라는, 적어도 두 개의 서술적 목소리를 들려준다는 것이다. 이렇게 해서 리쾨르는 작품의 서술 구성을, 잃어버린 시간과 되찾은 시간이라는 두 개의 초점을 갖는 타원형으로 설명하고, 그 두 초점들 사이에 설정되는 관계를 규명함으로써 작품을 이해하고자 한다. 그에 따르면 우선 첫번째 초점인 콩브레의 잃어버린 시간이란 '추억들의 덩어리' '잃어버린 낙원'이며, 주인공-화자는 망각을 낳으면서 커져가는 괴리와 희망 없는 투쟁을 벌이면서 세계와 사랑 그리고 감각적인 인상의 '기호를 체득'하게 된다. 두번째 초점을 이루는 되찾은 시간이란 말은 우연과 비의지적인 기억에 의해 주어진 행복한 순간들과 결부된 '초시간적'인 것과, 사라지기 쉬운 그 행복한 순간을 항구적인 작품 속에 고정시킴으로써 잃어버린 시간을 되찾는 행위라는 이중의 의미를 갖는다. 글을 쓰겠다는 결정은 이처럼 예술의 근원에 대한 사색에서 비롯된 초시간적인 것을, 잃어버린 시간이 되살아나는 시간성으로 옮김으로써 그 이중적 의미를 통합한다. 이런 의미에서 "『잃어버린 시간을 찾아서』는 되찾은 시간이 갖는 한 가지 의미 작용에서 다른 의미 작용으로의 이행을 이야기한다." 그렇다면 잃어버린 시간을 되찾는다는 것은 무엇인가? 리쾨르는 여기서 타원의 두 초점을 나누는 괴리를 뛰어넘어 종합적 해석을 제시한다. 그에 따르면 되찾은 시간의 첫번째 의미는 '은유'에 의해 영원성을 얻게 된 잃어버린 시간이다. 여기서 은유란 마들렌의 일화에서 보듯이 서로 구별되는 두 대상들이, 그 차이에도 불구하고 본질에 이르고 시간의 우연성에서 벗어나게 되는 모든 관계를 가리킨다. 두번째 의미는 되찾은 시간의 허구적 경험을 '소명'의 계시로 알아차리는, 즉 '식별'하는 것이다. 그러나 타원의 두 초점을 이루는 이 두 가지 의미는 두 개의 인상의 차이를 없애지 않으면서도 그 인상들을 본질의 차원으로 상승시킨다는 공통점을 갖는다는 점에서 서로 만난다. "실제로, 누군가를 '알아본다'는 것, 그리고 나아가서 그를 알아보지 못하다가 확인한다는 것, 그것은 모순되는 두 가지를 단 하나의 명칭 아래 생각하는 것이다." 타원의 두 초점은 이제 은유와 식별이라는, 동일한 의미론적 층위에서 영역만을 달리한다. "은유가 문체의 영역에 속하듯이 식별은 입체적 전망의 영역에 속한다." 그렇다면 문제는 문체와 전망의 관계가 될 것이다. 이 지점에서 리쾨르는 작품 전체를 지배하는 문제, 즉 문학과 삶의 관계에 접근하면서 되찾은 시간의 세번째 의미를 제시한다. 그것은 바로 글쓰기를 통해 '되찾은 인상'이다. 문학이란 "진정한 삶, 마침내 발견되고 규명된 삶, 그 결과 실제로 체험한 유일한 삶," 글쓰기를 통해 "되찾은 현실의 환희"다. 되찾은 시간의 세 자기 의미는 이렇게 통합된다. "되찾은 시간, 그것은 말하자면 '유려한 어떤 문체의 필연적 고리 속에' 차이점들을 가두는 '은유'이다. 나아가서 그것은 입체적 전망을 완성하는 '식별'이다. 끝으로 그것은 삶과 문학을 화해시키는 '되찾은 인상'이다. 실제로, 삶이 잃어버린 시간 쪽을, 그리고 문학이 초시간적인 것 쪽을 나타내는 한, 되찾은 인상이 예술 작품을 통해 되찾은 삶의 인상을 표현하듯이, 되찾은 시간은 초시간적인 것을 통해 잃어버린 시간의 복원을 표현한다고 말할 수 있다." 그러나 잃어버린 시간을 완전히 되찾을 수 있을까? 되찾은 시간 또한 죽음에 의해 파괴되는 시간이 아닌가? 화음이 완성되려는 순간에 들려오는 바로 이러한 불협화음의 여운이야말로 허구 이야기의 형상화가 시간의 수수께끼에 대해 제시할 수 있는 해결책을 암시하는 것처럼 보인다. 그리고 그 해결책은 3권에서 다루게 될 재형상화 단계로 넘어가야만 구체적인 윤곽을 얻게 될 것이다.